SPRAWA NINY FRANK

KATARZYNA BONDA

SPRAWA NINY FRANK

MUZA

WARSZAWSKIE WYDAWNICTWO LITERACKIE

Projekt okładki: *Paweł Panczakiewicz/Panczakiewicz Art.Design*
Redaktor prowadzący: *Ewa Orzeszek-Szmytko*
Redakcja techniczna: *Anna Sawicka-Banaszkiewicz*
Korekta: *Katarzyna Szajowska*

Zdjęcia wykorzystane na okładce
© stokkete/Fotolia
© kurapy/Fotolia

© by Katarzyna Bonda
© for the Polish edition by MUZA SA, Warszawa 2015, 2017

ISBN 978-83-287-0442-8

Warszawskie Wydawnictwo Literackie
MUZA SA
Wydanie II
Warszawa 2017

Grad ma najbielsze ziarna,
  przybywa z wysokości nieba
jak lawina strącony
wkrótce staje się wodą.
Grad jest ziarnem chłodnym
i ulewą ziarnistą, i chorobą,
która niszczy węże.

(wiersz runiczny)

Z runą Hagal należy pracować niezwykle ostrożnie. To bardzo silna energetycznie runa i nie wolno stosować jej zbyt długo. Po zastosowaniu należy koniecznie spalić.
  E. Kulejewska (znawczyni run i jasnowidz)

Prolog

„Gdybyś była grzeczniejsza... Choćby tak miła i czysta jak zakonnica, którą grasz. Być może wtedy nie musiałbym cię karać. Ale nie, w końcu i tak bym musiał. Bo w głębi duszy jesteś tylko dziwką. Myślałaś, że mnie oszukasz jak miliony telewidzów? Twoje ciało nie zna już niewinności. Jesteś zbrukana. Cała unurzana w grzechu. Nie, nie urodziłaś się taka. Postarałaś się o to. Dobrze, że matka nie wie, co razem robiliśmy.

A tak bardzo chciałem ci dać to, czego pragniesz. Bo tylko ja znam twój sekret.

Kochanie, zrozum. Muszę. Przecież wiesz, że w moich oczach zawsze będziesz najpiękniejsza, najsłodsza. Doskonała. Nie chcę cię krzywdzić, skarbie.

Każdej nocy przed zaśnięciem wyobrażam sobie, jak drżysz, gdy coraz mocniej zaciskam dłonie na twojej alabastrowej szyi. Wyraźnie widzę twoją piękną twarz wykrzywioną w grymasie bólu i czuję rozkosz. Jestem wtedy silny. Jestem Kimś. Panuję nad życiem i śmiercią. To takie podniecające. Już nic nie jest w stanie mnie powstrzymać.

Dobrze, że matka nie wie, co razem robiliśmy. To nic, że tylko w mojej wyobraźni. Czy wiesz, co by mi zrobiła, gdyby się dowiedziała? Złoiłaby mi skórę. Jak zwykle. Ty nie masz pojęcia, jak to boli. Ty nie wiesz, co znaczy ból. To, co ja ci zrobię, jest tylko przedsmakiem bólu, jaki chciałbym ci zadać. Naprawdę cię kochałem, Niko. Ale ty nie umiesz tego docenić. Nawet teraz, kiedy jest nam razem tak cudownie. W każdym razie mnie jest.

Oczyszczę cię, uwolnię. Tego przecież pragniesz. Musisz jednak ponieść karę za swoje grzeszne spojrzenia. Nie mam innego wyjścia. Wszystko, co dotyczy ciebie, jest tak nieszczere. Gdybyś chociaż zdawała sobie z tego sprawę.

Dlaczego mnie odrzucasz? To nie w porządku, dziewczynko. Tak się nie robi. W końcu jesteśmy ze sobą tak blisko. Zbierasz moje listy. Żaden nie wrócił do skrytki. Gdybyś ich nie odbierała, może nie pisałbym więcej. Pogodziłbym się z tym, że mnie nie chcesz. Ale nie, ty milcząco przyzwalasz i wciąż mnie kusisz. Uśmiechasz się do mnie z ekranu, tak lubieżna w kruczym habicie. Myślałem, że pragniesz, żebym cię odwiedził. Kiedy jednak przyszedłem, ryzykując, że matka się dowie, zaczęłaś krzyczeć. Groziłaś mi jak pierwszemu lepszemu, jakbyśmy się nie znali. To nie było miłe. Zwłaszcza te przekleństwa – nie przystoją damie. Ale ja nauczę cię kultury. Jesteś żałosna. Tak, teraz mnie śmieszysz. Już nie masz nade mną władzy. Choć na zawsze pozostaniesz tą pierwszą, która wyzwoliła we mnie siłę stwórcy. Stworzę na nowo. Pokonam barierę. Przekroczę próg dla wybranych.

Znów czuję to narastające napięcie. Zaczyna się od delikatnego mrowienia niepokoju, wzmaga do ekstazy, aż rozsadza mi czaszkę wirówką bodźców. To już nie jest przyjemne. Zwłaszcza ten paraliż i przymus wycofania się ze świata do mojej samotni. Ten ciągły lęk, który wciąż pokonuję przez ciebie. Ale po spotkaniu z tobą wiem już, co da mi poczucie prawdziwej siły. Patrzę na twoją twarz na filmach, w gazetach, widzę ją we śnie, na jawie, bo coraz odważniej zbliżam się do ciebie. I nie chcę już dłużej czekać. Chcę wyładować to napięcie, które znów mnie rozsadza".

Rozdział 1
Początek końca

„Zaplanuj swoje życie, bo inni zrobią to za ciebie"

Nie pamiętam, jak znalazłam się w swoim łóżku. Ból głowy wgniatał mnie w ciemność poduszki. Kiedy próbowałam uciec w nieświadomość, poczułam na piersi czyjś język. Jakaś ręka wędrowała po moim brzuchu i zmierzała między nogi. Po chwili wyczułam, że zęby przygryzające moje sutki i ręka penetrująca właśnie moje wnętrze nie należą do jednej osoby. Natarczywy palec próbował mnie pobudzić. Dopiero gdy ofensywny język z piersi przeniósł się do ust, krzyknęłam:
– Przestań!
W skotłowanej pościeli leżało dwóch młodszych ode mnie mężczyzn. O wymuskanych twarzach niewyrażających nic prócz żądzy. Kutas jednego z nich był w stanie imponującego wzwodu. Mężczyzna zbliżał się do mnie.
– Jaka groźna kotka – szeptał obleśnie.
Drugi histerycznie się zaśmiewał. Jego rechot doprowadzał mnie do furii. Chwyciłam stojącą na blacie butelkę po dżinie i cisnęłam w niego. Uchylił się. Butelka potoczyła się po podłodze.
Owinęłam się prześcieradłem. Zepchnęłam mężczyznę z łóżka. Kiedy udało mi się przysłonić swoją nagość wygniecionym materiałem, spojrzał błagalnie i śliniąc się, czołgał po podłodze.

– Dostaliście, co chcieliście! Zabierać się z mojego domu! – darłam się.

– Jaki temperament... – Śmiech grzązł w gardle czołgającego się. – Zwariowałaś? – Zamilkł, kiedy wyrwałam lampkę z kontaktu i zamachnęłam się na niego. – Przecież sama nas zaprosiłaś. Nie rób wiochy.

Przez głowę przelatywały mi różne myśli. Gubiłam się. Nie byłam już taka pewna. Jak to się stało, że ich tu przywiozłam? Przypominało mi się mgliście, że poprzedniego wieczoru pozwoliłam, by pili z mojego buta, całowali po szyi. Nie znałam ich imion, a oni zwracali się do mnie per „ty". Zupełnie nie pamiętałam, żebym z nimi spała. Choć moje ciało mówiło, że pozwoliłam na wiele. Bolały mnie piersi. Sutki były sterczące, podrażnione, pewnie przypalane papierosami. Między nogami miałam żarzące się węgle.

– Dzwonię na policję. – Chwyciłam telefon. – Czy sami wyjdziecie? – dodałam ciszej.

– Ale jesteśmy na wsi... – odezwał się cicho Czołgacz o oczach wiernego szczeniaka.

– Nie obchodzi mnie, jak wrócicie.

– W innych pokojach są ludzie. Ich też wyrzucisz? – Uśmiechnął się chytrze.

Na miękkich nogach wyszłam z sypialni.

Biała sofa w salonie była obrzygana. Leżały na niej na wpół rozebrane dziewczyny i dwóch znanych mi producentów. W kuchni ktoś smażył jajecznicę. Furkotał ekspres do kawy. W bibliotece chichotały jakieś panienki. Ktoś na cały regulator włączył telewizor. „Wypijmy za błędy..." – zawodził Rysiek Rynkowski.

– Jest nasza gwiazda! – krzyknął Zbyszek, mój agent. Na sobie miał mój szlafrok, pod spodem był nagi. Kilka niekompletnie ubranych dziewcząt kręciło się wokół niego.

– Dzień dobry – przywitałam się grobowym głosem.

Zastanawiałam się, kim są ci ludzie, większości nie znałam. Czułam się osaczona, zagubiona i stara, kiedy patrzyłam na te osiemnastki, gotowe zrobić wszystko za epizod w głupawym serialu. Marzyły o tym, co ja już mam – o orgii we własnym domu, której nie pamiętam. Pewnie po tych tabletkach, alkoholu i niezliczonej ilości dragów, które pojawiły się nie wiadomo skąd.

– I do widzenia. Koniec imprezy – powiedziałam, nie patrząc na to towarzystwo. Mam was wszystkich gdzieś – chciałam dodać. Ale po prostu wyszłam.

– Nika, pojebało cię? Dziś niedziela, dzień święty – rzucił zza moich pleców gość, którego imienia nie znałam i nie chciałam poznawać. Reszta wybuchnęła śmiechem. – Odwaliło ci, odkąd wróciłaś ze Stanów! Wschodząca gwiazda Hollywoodu już nie chce zadawać się z polskim show-biznesem – szydził.

Zamachnęłam się i uderzyłam wymoczka w twarz. Podbiegłam do białej skrzynki przy wejściu:

– Wzywam ochronę. Wyrzucą was, tak jak tu stoicie.

– Przecież ty nie umiesz nawet obsługiwać odtwarzacza wideo – roześmiał się Jakub, chyba jedyny w marynarce.

Spojrzałam na niego i poczułam, że mi niedobrze. Do jego ramienia, jak manekin, przyczepiona była śliczna dziewczyna. Blond włosy miała potargane, wzrok mętny. Była na prochach. Wyglądali jak ojciec z córką. Zobaczyłam w niej siebie sprzed lat. Spojrzałam Jakubowi w oczy, wpisałam kod i nacisnęłam czerwony guzik.

– Macie dziesięć minut – powiedziałam i weszłam po schodach na górę.

Nie oglądając się, zamknęłam drzwi. Wiedziałam, że wyjdą. Opatuliłam się prześcieradłem i usiadłam przed komputerem.

Wtedy właśnie postanowiłam to spisać.

Może dowiem się, jak zagubiłam się w meandrach moich marzeń i stałam kimś tak bardzo mi obcym. Jak obudziłam potwora śpiącego pod skórą, którego przez lata karmiłam własną krwią i który teraz żąda kolejnej ofiary – z mego życia. Spowiedź internetowa w konfesjonale nicka. Rozgrzeszenie przez powiedzenie wszystkim i nikomu. Do tego żadnej pokuty za grzechy. Czułam, że jeśli nie zrzucę tych wszystkich masek, które nosiłam, wybuchnę. I na myśl o samooczyszczeniu poczułam ulgę.

Słyszałam, jak w mieszkaniu cichnie rwetes. Przez chwilę słychać było jakieś głosy, po czym zapadła cisza. Kiedy zapukała ochrona, nikogo już nie było.

– Przepraszam, zapłacę za fatygę, ale już wszystko w porządku. Nie potrzebuję niczego – powiedziałam do dwóch karków uzbrojonych po zęby.

Sprzedałam im trzydziesty siódmy wystudiowany uśmiech i owinęłam się szczelniej prześcieradłem, tak by mogli dyskretnie dojrzeć zarys mojego poprawionego biustu i stopę z polakierowanymi paznokciami.

Oczywiście zadziałało. Jeden z nich bąknął:

– Od tego jesteśmy. Napiszemy, że interwencja była uzasadniona.

Znów się uśmiechnęłam i zatrzasnęłam drzwi.

Zostałam sama. Jak zwykle. Ale tak czułam się najbezpieczniej. Nie musiałam grać. Człowiek rodzi się sam, żyje i umiera sam – jako nastolatka wydrukowałam to sobie na koszulce. I jeszcze: Lepiej szybko spłonąć, niż tlić się powoli – credo Cobaina. Zaćpał się u szczytu sławy, mając tyle lat, co ja teraz. Ogarnęłam spojrzeniem mieszkanie. Doszłam do wniosku, że to pobojowisko odzwierciedla moje życie. Zrujnowane, zbezczeszczone. Obcy ludzie, obcy kochankowie penetrujący nie mnie, ale aktorkę mydlanych oper, która uwierzyła, że jest gwiazdą.

Właśnie. Wzięłam do ręki list z agencji CAA. Data, pieczątka, Santa Monica. Podpis. Treść czytałam może dwadzieścia razy. W jednej chwili pozbyłam się złudzeń. Już nie wierzę w nic. Czy tak właśnie wygląda początek końca? Weszłam do łazienki. Odkręciłam kurki – huk spadającej wody zagłuszył na chwilę natrętne myśli. Wpatrywałam się w przezroczystą ciecz, w której za chwilę się zanurzę. Jak najszybciej pragnęłam zmyć z siebie kolejne warstwy mazi, która oblepia mi duszę i barwi ją na czarno. Jest jej tak dużo, że zaczyna być widoczna także w realu. Przestałam kontrolować jej uparte działania. Jutro stracę kilka kontraktów. Potwór przejmuje stery. Nie chcę już z nim walczyć, bo wiem, że i tak poniosę klęskę. Ale nadal nie wiem, gdzie jestem ja – ta dziewczyna, która nie była sławna, ale była sobą. Co z nią zrobiłam? Tęsknię za nią, choć wiem, że przeszłość to jedyna rzecz, na którą nie mam wpływu.

Wyprostowałam nogi i ręce w wodzie, głowę oparłam o akrylowy brzeg wanny. Światło raziło mnie, więc przymknęłam powieki. Zanurzyłam włosy, policzki. Woda przykryła moje oczy. Po chwili wyrzuciłam głowę na powierzchnię. Otarłam twarz. Ale pod spodem była tak cudowna cisza. Nabrałam powietrza, powoli opadałam na dno wanny. Coraz wolniej i wolniej.

Pod wodą, w ciszy, znalazłam bezkresny azyl. Nie chciałam wynurzać się na powierzchnię. Nawet kiedy zaczęło mi brakować powietrza i czułam w uszach kłujący ból. Wtedy pojawiła się ta irracjonalna myśl: „Musieli nieźle wyglądać, jak z gołymi tyłkami uciekali do swoich ekskluzywnych wozów". Wystrzeliłam jak z procy spod wody i roześmiałam się w głos. Zawinęłam się ręcznikiem i ociekająca wodą poszukałam pilota do telewizora. Patrzyłam na mokre kałuże wokół własnych stóp, gdy usłyszałam z głośników odbiornika:

– Kocham cię, Sergio! Skąd w tobie tyle okrucieństwa?

Rozdział 2
Lidia, miłośniczka seriali

*"Nie daj się nabrać. Jeśli coś wydaje się zbyt dobre,
żeby mogło być prawdziwe, pewnie tak jest"*

– Kocham cię, Sergio! Skąd w tobie tyle okrucieństwa?
– zawodziła teatralnym głosem kobieta, drąc w drobne kawałeczki zdjęcie amanta. – Ty kochasz moją siostrę Leilę, nie mnie! Moje życie nie ma sensu – łkała.

Kamera z szerszego planu zbliżyła się do twarzy tytułowej bohaterki serialu. Amanda otarła oczy chusteczką z monogramem i podeszła do kuchennego blatu. Wypielęgnowanymi dłońmi chwyciła nóż. Błysnęło ostrze, gdy przeciągała je po swoim przegubie. Upadła na drogocenną posadzkę w arabskie wzory.

Cięcie. Napisy. Z głośników popłynęła latynoska muzyka.

Lidia Daniluk, sześćdziesięcioletnia wdowa, siedziała jeszcze chwilę nieruchomo w ciemnościach. Dopiero gdy muzykę zastąpił ryk dżingla zwiastującego reklamę, wstała i ściszyła telewizor. Zerknęła na zegar: dochodziła dziewiętnasta. Spojrzała w lustro na poznaczoną zmarszczkami twarz. Oczy miała jeszcze zaczerwienione od bezgłośnego płaczu. Splecione w warkocz włosy, owinięte na styl ukraiński wokół głowy, były całkiem białe. Wyjęła czerwoną szminkę. Lekko dotknęła nią ust, by twarz stała się wyrazistsza. Zaczęła krzątać się po kuchni; włączyła czajnik na herbatę i zajęła się robieniem kanapek. Nie chciała, by syn, który zaraz wróci z pracy, zorientował się, że płakała. Wydało jej się, że słyszy warkot silnika samochodu, a potem zobaczyła granatowe auto z emblematami firmy ochroniarskiej.

– Znów ryczałaś przy *Amandzie*? – roześmiał się Borys, gdy tylko przekroczył próg białego domku. Wysoki, barczysty, o twarzy z mocno zarysowaną szczęką i kanciasto wystającymi kośćmi policzkowymi. Jego intensywnie zielone oczy śmiały się figlarnie. – Zaraz twój serial. Ciekawe, jaki dobry uczynek zrobi dziś zakonnica Joanna. Swoją drogą niezła laska z tej siostrzyczki – mówił.

– Też byś pooglądał. To dobry wzór do naśladowania. A szukają statystów do tego filmu. – Lidia mówiła jak do małego dziecka. – Zgłosiłbyś się, zarobił parę złotych. Kto wie, może masz talent aktorski?

– Aha, pójdę na casting i od razu zagram główną rolę!

Zawsze czuła się lepiej, gdy widziała syna: dwudziestopięcioletniego mężczyznę, który wciąż wydawał się jej małym chłopcem. Był jej oczkiem w głowie, prawdziwym oparciem po śmierci męża. Wierzyła, że wychowała go na dobrego człowieka.

Borys poszedł do swojego pokoju i zaraz usłyszała odgłos włączanego PlayStation.

Lidia z filiżanką herbaty pośpiesznie wróciła przed telewizor. Spikerka właśnie zapowiadała, że dziś w studiu gościć będą Ninę Frank, odtwórczynię roli siostry Joanny w serialu *Życie nie na sprzedaż*, ulubienicę telewidzów i laureatkę tegorocznej Złotej Telekamery dla najlepszej aktorki pierwszoplanowej. Wywiad przeprowadzi gwiazda telewizji, Piotr Tarczyński.

– Niko, jak ty to robisz, że z każdym dniem jesteś coraz piękniejsza? – zagaił prezenter.

– Och, miłość telewidzów tak na mnie świetnie wpływa. I praca, która daje mi ogromną satysfakcję – perlistym głosem odpowiedziała gwiazda i uśmiechnęła się do kamery, ukazując białe, równe zęby. Jej alabastrowa cera kontrastowała z kruczoczarnymi włosami poskręcanymi w sprężynki.

Lidia przyglądała się smukłym nogom w czarnych kabaretkach i pantofelkach z weluru na szpilce. Obserwowała dodatki: mieniące się kolczyki i bransoletkę ze szczerego złota, która brzęczała zmysłowo przy poruszeniu ręki aktorki. Chłonęła każde słowo gwiazdy.

– Mówią, że jeździsz jak pirat – ciągnął Tarczyński.

– To prawda, jeżdżę dość szybko, ale moja alfa nie lubi niskich obrotów. Na szczęście policjanci zwykle puszczają mnie wolno. Zamiast mandatów wystarczy autograf albo miła pogawędka – szczebiotała Frank.

– O czym teraz marzysz, skoro masz już wszystko: sławę, pieniądze, miłość?

– Chciałabym założyć fundację wspomagającą głodne dzieci. Zamierzam zaangażować się też w akcję rozwoju rodzinnych domów dziecka. Nie mogę patrzeć, gdy cierpi niewinna istotka.

– Życzę więc powodzenia i dziękuję za wizytę w studiu. A teraz zapraszamy państwa na kolejny odcinek *Życia nie na sprzedaż* i dalszy ciąg przygód najpiękniejszej zakonnicy w Polsce.

Lidia usadowiła się wygodnie i zatopiła w rzeczywistości serialu. Herbata wystygła. Wdowa zapomniała, że ją tutaj przyniosła.

– Co za kobieta, ta Nina. Niezwykła, o tak dobrym sercu – zachwycała się i marzyła, by jej syn znalazł taką elegancką synową.

Rozdział 3
Szeryf Kula

„Okazuj szacunek wszystkiemu, co żyje"

Dwa głośne piknięcia obudziły podkomisarza Eugeniusza Kulę o piątej nad ranem.

Wstał, pstryknął światło, które na moment go oślepiło. Zielony wyświetlacz pagera pulsował i policjant odczytał, że ma dwie wiadomości.

Obie od tego niemoty Alojzego Trembowieckiego – na myśl o posterunkowym jego twarz wykrzywił wzgardliwy grymas. Zaklął pod nosem i nacisnął funkcję „odczytaj". Wyświetliły mu się numery posterunku. Poszedł do pokoju i zakręcił korbką.

– Jakiś problem? – zapytał, głośno chrząkając.

– Przepraszam, jeśli obudziłem. Panie podkomisarzu, melduję posłusznie, że zanotowałem kilka drobnych zdarzeń: nieznani sprawcy zrabowali trzy kury zielononóżki od Komorników, Lendziony znów się popiły i pobiły. Stara Wójciakowa z Mętnej zaatakowała klienta sztachetą nabitą gwoździami, bo nie chciał zapłacić za wódkę – meldował Trembowiecki.

– I to są powody, żeby mnie budzić w środku nocy? Żeby chociaż w rezydencji aktorki rozrabiali, to rozumiem – warknął komendant.

– Dziś tam nadzwyczajna cisza i spokój. Światła pogaszone. Chyba nikogo nie ma. Ale nie śmiałbym pana budzić, gdyby nie pewien drobny incydent – ciągnął służbowo posterunkowy. – Pop z Tokar znów dręczy żonę. Sąsiedzi mnie wezwali, ale nawet słowa nie dał powiedzieć. Tylko z panem zgodził się negocjorować.

– Negocjować, barania głowo, negocjować – zamruczał do siebie Kula, a jego twarz rozjaśnił szeroki uśmiech. – Zaraz będę. Czekajcie tam na mnie, Trembowiecki.

– Tak jest – zdążył odpowiedzieć posterunkowy. Ale Kula już nie usłyszał, bo z całej siły walnął słuchawką. – Zrób mi śniadanie do pracy, duszko. Nie wiem, kiedy wrócę – powiedział radośnie do żony, która też już wstała.

– Coś się stało, Geniu? – zaniepokoiła się Gala, widząc rozentuzjazmowanego męża.

– Potrzebują mnie, poważna sprawa. Będę negocjatorem! Tak jak ten prokurator Kumosa, co go oglądaliśmy w „Kurierze", pamiętasz? Już czas na mnie: idę pogadać z szaleńcem – zakończył przemowę, wymaszerowując z kuchni i zostawiając żonę w stanie kompletnego osłupienia.

– Jakim szaleńcem? – Gala wybiegła po chwili na ganek z zawiniątkiem śniadaniowym i spytała ponownie: – Jakim szaleńcem? Gdzie?

– A nic, duszko, śpij dalej – odparł słodko podkomisarz Kula. Siedział już w swoim służbowym trzynastoletnim polonezie z białym napisem na bocznych drzwiach „POLICJA" i próbował go odpalić. Litery na drzwiach były trochę krzywe i pochylone w jedną stronę, bo policjant sam je niedawno podmalowywał, żeby zaoszczędzić i dzięki temu kupić trzy ryzy papieru do policyjnej drukarki. Bezpieczeństwo i nowe technologie to był konik kierownika posterunku w Mielniku. – Lokalny, znajomy szaleniec. Saszka znów dręczy żonę – odpowiedział mimochodem i ponownie przekręcił kluczyk w stacyjce.

– Gadzina nie chce odpalić. – Podkomisarz Kula po chwili wysiadł z auta i głośno trzasnął drzwiami. – Szlag by to trafił, akurat jak potrzebuję tego starego grata.

Ciężko wzdychając, podszedł do szopy stojącej naprzeciwko, by wyprowadzić niezawodnego komara. Motorower zafurkotał za pierwszym razem.

Budynek posterunku stał w samym środku Mielnika, miejscowości ślicznie położonej nad Bugiem. Z samej Warszawy przyjeżdżali pasjonaci pieszych wycieczek, lubiący ciszę i spokój. Trafiali tu głównie miłośnicy nudy i prawosławni pielgrzymi, bo niedaleko, w lesie, znajdowało się największe miejsce ich kultu – góra Grabarka. I oprócz takich incydentów jak kradzieże kur, rozróby na weselach, utonięcia po pijaku w rzece i sprawy drobnych przemytników usiłujących przez zieloną granicę przewozić plecaki z papierosami i wódką nic się tutaj nie działo.

Mimo to podkomisarz bacznie obserwował każdą z chałup, a w myślach już układał sobie mowę, jaką wygłosi batiuszce, którego znał od dziecka. Kiedy Kula zaczynał jako posterunkowy w komendzie w Mielniku, Saszka biegał jeszcze z pieluchą. Potem policjant zatrzymywał go na wiejskich zabawach za bitki z kolegami z sąsiednich wsi. A także gdy po alkoholu prowadził samochód ojca, szefa ochotniczej straży pożarnej. Jakiego doznał szoku, kiedy dowiedział się, że Saszka idzie na studia. I to nie byle jakie – do seminarium duchownego! Wszyscy sąsiedzi wierzyli, że chłopak odmieni się pod wpływem posłannictwa bożego. Ale Saszka był pokorny tylko do ożenku i wyświęcenia. A gdy dostał swoją parafię w Tokarach, dopiero się zaczęło. Lubił sobie wypić i najpierw pastwił się nad żoną psychicznie. Zaraz potem dochodziło do rękoczynów. Zaganiał ją do rąbania drewna, bił kołkiem do rozgniatania ziemniaków dla świń i ganiał z widłami po obejściu. Parafianie przymykali oczy na jego temperament, bo niebieską kapliczkę z 1912 roku wyremontował jak się patrzy. Ikonostas aż kapał od złota. Sprowadził artystę, Greka, który na suficie starej cerkiewki wymalował prawdziwe freski. Miał też zmysł gospodarski, co rolnicy zwłaszcza cenili u swojego popa. Zbudował drogę z cmentarza do wsi.

Nareszcie nie trzeba było doń chodzić w gumofilcach, a dało się nawet dojechać samochodem.

Wybaczali mu więc te ekscesy z żoną, tym bardziej że matuszka nigdy się nie skarżyła. Tylko czasem w trakcie liturgii nie wychodziła z części dla chóru, żeby nie narażać ludzi na widok siniaków. A śpiewała jak anioł w niebiesiech.

Podkomisarz Kula już dwudziesty piąty rok pilnował bezpieczeństwa na tym terenie. Ludzie traktowali go z respektem jak swojego szeryfa na Dzikim Wschodzie. Często dawał „młodym zagubionym wilkom" drugą szansę i słynął z uczciwości.

Tym razem jednak jechał na posterunek z postanowieniem, że będzie dla Saszki bezwzględny. Pop, choć znajomy, musi ponieść karę. W papierach mu nie namieszam, postanowił. Ale nauczkę dostać musi. Zacisnął pięści na rączkach motorynki.

Nie chciał nawet myśleć, co by się stało, gdyby o wyczynach popa dowiedzieli się jego zwierzchnicy w białostockiej kurii. Pewnie przenieśliby go na drugi koniec Polski. Wstydu najadłaby się za Saszkę wtedy cała okolica. Gdyby go przeniesiono, straciłby nad nim kontrolę, a ten jeszcze gotów zatłuc pokorną matuszkę, bo wciąż wydaje mu się, że jest zbyt grzeszna.

Tak dumał kierownik Kula, jadąc komarkiem. Kiedy zbliżał się do posterunku, dostrzegł przed budynkiem swojego podwładnego. Alojzy Trembowiecki, jeden z trzech jego ludzi, po prostu trząsł się ze strachu. Co tu się dziwić? Dopiero trzeci miesiąc na służbie, a tu taka poważna interwencja. Kula, mile połechtany oddaniem swojego podkomendnego, nawet się uśmiechnął pod wąsem na ten widok. Nie gasząc silnika, zaparkował motorower i raźnym krokiem wszedł do budynku. Posterunek składał się z czterech izb, piwnicy i piętra, gdzie podkomisarz podłączył internet. I gdzie miał swój gabinet.

– Panie podkomisarzu, sytuacja wymknęła się spod kontroli – zameldował drżącym głosem posterunkowy. – Batiuszka zamknął żonę na strychu i nie chce wypuścić. Grozi, że jak się nie przyzna, z kim go zdradziła, to ją zadusi gołymi rękami. I jeszcze krzyczy z okna sąsiadom, że przez nią całą wieczność będzie się smażyć w piekle. Ludzie z chałup wyszli na ulicę i modlą się, żeby Bóg mu wybaczył. – Trembowiecki zawiesił głos. – Czy mam wzywać posiłki z Siemiatycz?

– Ty barania głowo! Filmów żeś się naoglądał? Patrzcie no go, posiłki – huknął, aż Trembowieckiemu w uszach zadźwięczało, odwrócił się na pięcie i wyszedł. – To nie Ameryka! My tu nad Bugiem sami wiemy, jak rozwiązywać przypadki przemocy domowej – dorzucił już mniej groźnie, ale czułość minęła mu jak ręką odjął.

Zgrabnie zawrócił na niewielkim parkingu i co mocy w silniku komara pognał do Tokar.

Promienie wschodzącego słońca z trudem przebijały się przez gęstą mgłę. Nagle z mlecznej ściany wyłonił się zarys postaci. Komisarz odruchowo zwolnił.

Widok rzeczywiście był niecodzienny. Kobieta prawie leżała na ramie roweru wyścigowego: jedną ręką trzymała kierownicę, a drugą przytrzymywała aksamitny kapelusz z ogromnym rondem, które przysłaniało niemal całą jej twarz. Obszerna plisowana spódnica wydęła się jak balon, nieskromnie odsłaniając uda w czarnych wzorzystych rajstopach i pantofle z klamerkami w stylu rokoko. Peleryna zjawiskowo tańczyła na wietrze. Jedynym elementem psującym widok mistycznej postaci był zielony wojskowy plecak, który kobieta przewiesiła przez ramę roweru.

Gdy Kula zrównał się z nią na pustej drodze, rozpoznał znajomą.

– Dzień dobry, panie komisarzu – powiedziała radośnie Lidia Daniluk i błyskawicznie doprowadziła do porządku garderobę.

– Witam, witam, pani Lidko. – Kula podkręcił zalotnie wąsa. – Niepotrzebnie się pani śpieszy, poranne nabożeństwo będzie dziś odrobinę później. Cerkiew pewnie zamknięta na cztery spusty – powiedział tajemniczo. – Przepraszam, ale muszę już jechać. Obowiązki czekają.

Lidia spojrzała na szeryfa ze zdziwieniem.

– Ależ batiuszka już wyjeżdża. Nie trzeba będzie czekać na liturgię dłużej niż dziesięć minut – zaoponowała.

– Mówię pani, że lepiej wracać do domu. Mam pewne informacje i radzę jak dobry znajomy – wyjaśnił, konfidencjonalnie zniżając głos. – Proszę mi wierzyć.

– A cóż to za nowiny? Coś się stało? – Kobieta zmrużyła szelmowsko oczy.

– Nie mogę ujawnić, tajemnica służbowa. Proszę wybaczyć. – Skinął głową na pożegnanie.

Wdowa wskoczyła na rower.

– W takim razie do zobaczenia wieczorem w bibliotece. Ma pan do zwrotu książki z przekroczonym limitem – odparła i już odjeżdżając, krzyknęła niby mimochodem: – Pani Wiera jest już bezpieczna, szykuje się do liturgii. Nic jej nie jest.

Kulę zatkało.

– Halo, halo, pani Lidko. Proszę się zatrzymać.

Wdowa posłusznie zatrzymała rower, a na jej twarzy zagościł triumfujący uśmiech.

– Jak to? Przecież sytuacja była tragiczna, z kim zgodził się negocjować Saszka? – wyrzucił z siebie podkomisarz.

– Ja z nim pogadałam.

Szeryf otworzył szerzej oczy ze zdziwienia.

– Pani?

– Tak. A dlaczegóż by nie.

– I zgodził się?

– Cóż pana tak dziwi? Trochę sobie pogawędziliśmy i sytuacja jest już opanowana. Jeśli chce pan sprawdzić, to proszę się pośpieszyć. Zastanie ich pan jeszcze, zanim ruszą do cerkwi – powiedziała od niechcenia wdowa i pochyliła się znów w pozie kolarki, by po chwili zniknąć w oddali, gdzie na horyzoncie majaczył błękit ścian kapliczki.

Batiuszka Aleksander Koczuk na widok podkomisarza zrobił się czerwony jak burak. Natychmiast schował się w stodole, gdzie trzymał nowiutką toyotę.

– Po co cię budzili, panie Geniu, sami byśmy sobie poradzili z naszymi domowymi kłopotami – mówił z wypiekami na twarzy. Nagle chwycił szmatkę wiszącą na gwoździu i z całej siły szorował czyściutkie lampy samochodu.

– Co ty gadasz?! Znów miałeś te swoje pijackie wizje! – huknął Kula i widząc, że batiuszka zamierza wsiadać do auta, chwycił go za kołnierz. Batiuszka zamachał bezradnie nogami w powietrzu. – Nie myśl, że pojedziesz w takim stanie!

– Ale jestem prawie trzeźwy – zaoponował pop, gdy wyzwolił się z rąk policjanta.

Powstrzymał czkanie i chuchnął prosto w twarz Kuli. Policjant aż się odwrócił, żeby złapać trochę tchu.

– Tak, Saszka, pewnie. A kto zamknął Wierkę na strychu? Może ja?

– Więcej się nie powtórzy. Obiecuję...

– Jedziemy na posterunek. A jak nie, odbiorę ci prawo jazdy. – Kula pokiwał palcem. I dla wzmocnienia efektu wyciągnął błyszczące kajdanki.

Pop tchórzliwie wycofał się pod ścianę.

– Ale... ja już jestem trzeźwy... prawie – nieudolnie przekonywał. – Chcesz, to dmuchnę?

– Nie kuś losu lepiej. Takie cacanki możesz opowiadać żonie czy sąsiadkom. Ja wiem swoje. – Kula schował kajdanki i podrapał się po głowie, bo nagle litość go wzięła. – Przecież ty batiuszka, sługa boży. Jak ty się nie wstydzisz? – Pogładził go po głowie. – Trudno, dziś muszę cię zabrać. Tym razem bez żartów. Przesłucham i oskarżę o zakłócanie porządku. Ludzie zrozumieją, że raz liturgii nie będzie. To i tak lepiej, niż gdybym cię musiał aresztować – dodał.

Pop odłożył szmatkę na maskę toyoty i posłusznie ruszył za policjantem.

– Rozejść się do domów! Służby dziś batiuszka nie odprawi. Jest chory – krzyknął do zgromadzonych ludzi policjant.

Baby w chustach wstawały z kolan, mężczyźni przy płocie rzucali niedopałki i tłum powoli zaczął się przerzedzać. Kula odpalił silnik. Już miał odjechać, kiedy coś mu się przypomniało. Ruszył w kierunku trzypiętrowej plebanii.

– Zostajecie w domu, zabieram męża na przesłuchanie – zakomunikował matuszce i bacznie się jej przyjrzał. Tak naprawdę przyszedł tu, by sprawdzić, jak kobieta się czuje. Zarejestrował, że nie ma na ciele śladów pobicia, jest jedynie przerażona, a chabrowe oczy ma podkrążone z niewyspania. Spracowanymi dłońmi ocierała łzy. Miała zaledwie dwadzieścia siedem lat, a wyglądała na znacznie starszą – ze względu na swoją tuszę i bijący z daleka smutek. Kuli zrobiło się jej żal. – Nic mu nie będzie – dodał już łagodniej i przytulił kobietę jak własną córkę. – Zajmijcie się dziećmi, Wierka.

Wymaszerował żwawo z murowanej willi. Usadowił popa na tylnym siedzeniu komarka, a kiedy tylko ruszyli, rzucił niby od niechcenia:

– A teraz gadaj, co powiedziała ci pani Lidia.

Batiuszka milczał.

– Przecież rozmawialiście, wiem wszystko.

– Nie mogę, panie Geniu, tajemnica spowiedzi.

Kula przygryzł wargi.

– Skąd wy się znacie? Przecież ona tu nowa – zagaił łagodniej policjant.

Saszka ucieszył się, że Kula zmienia temat.

– No, przychodziła do cerkwi, śpiewała w chórze. Widziałem ją, ale osobiście poznaliśmy się dopiero teraz. Szkoda, że w takich okolicznościach. Dobra kobieta z tej Lidii, anioł jakiś mi ją podesłał. I nie mnie pierwszemu – przekrzykując ryk motoru, ciągnął batiuszka.

– Anioł? Co ty za farmazony gadasz! Kiedyś ty ją zdążył wyspowiadać? – Kula gwałtownie zahamował, aż batiuszka wpadł mu na plecy.

– No teraz, po tym, jak wypuściłem Wierkę z poddasza – ciężko dyszał Saszka.

– Po pijaku ją spowiadałeś?

– No trudno. I takie sytuacje bywają w życiu duszpasterza.

– Ano bywają, zwłaszcza u ciebie. Zobaczymy, jak będziesz się tłumaczył na posterunku – westchnął podkomisarz i pokręcił głową. Dowiem się ja, bratku, o czym konferowaliście, pomyślał. Przycisnę dziś panią Lidkę w bibliotece, zobaczymy, co za tajemnice skrywa. Jeszcze nie było takiego sekretu, którego Eugeniusz Kula by nie ujawnił.

Rozdział 4
Profiler Hubert Meyer

„Nie myl dobroci ze słabością"

– Pan komisarz jest teraz zajęty. Proszę spróbować za godzinę. W razie pilnej potrzeby podam numer do rzecznika prasowego. – Sekretarka monotonnym, jak nagranym na taśmie magnetofonowej głosem eliminowała natrętnych dziennikarzy.

A telefon wciąż się urywał. Kiedy tylko zdołała pozbyć się jednego rozmówcy, na pulpicie znów świecił się czerwony guziczek.

– Tak, rozumiem, w sprawie seryjnego zabójcy z Sosnowca – konwersowała. – Oczywiście, proszę zostawić numer, ale wątpię, by pan komisarz miał czas, żeby oddzwonić.

– Dobrze, przekażę.

– Niestety, nie wiem, kiedy skończy. Tego nie wie nawet jego żona. Pan komisarz nie miał jeszcze przerwy obiadowej.

– Tak, pracuje nad tą sprawą, jak podały wczoraj *Wiadomości*. Zapraszam w poniedziałek.

Odłożyła słuchawkę i ciężko westchnęła:

– Jeszcze godzina męczarni!

Drzwi pokoju uchyliły się nieznacznie.

– Twój szef cię prosi – powiedział grobowym głosem Marczewski z kryminalnego. – Mam cię zastąpić. Jak to działa? – Podszedł do pulpitu telefonicznego ze światełkami i niezdarnie zaczął naciskać guziki jak popadnie.

– Hej, co robisz! – krzyknęła.

– Nie wiem, szlag by to... Też mam swoją robotę. Jest piątek wieczór. A ten ma kaprysy. Będę tu siedział do nocy. Gwiazdor telewizyjny, psycholaska. Żaden, kurwa, detektyw – prychnął.

– To proste, zapisuj tylko dokładnie, kto i w jakiej sprawie dzwoni. I broń cię Boże, nie łącz z Meyerem. O tej porze już niewiele osób się dobija – pouczyła go i spojrzała z wyższością na zagubionego policjanta. – Postaram się wrócić jak najszybciej.

– Mam nadzieję – burknął Marczewski.

Wstała, wygładziła fałdy różowej mini. Przeczesała ręką blond loki i poprawiła dumnie identyfikator: starszy aspirant Mariola Walecka-Sztos, kierownik sekretariatu Zespołu Psychologów Wojewódzkiej Komendy Policji w Katowicach.

Klitkę, niesłusznie nazywaną gabinetem, spowijały ciemności. Tylko ekran monitora oświetlał nieruchomą twarz komisarza Huberta Meyera, który siedział wpatrzony w zdjęcie rzucone z projektora na ścianę. Zwłoki mężczyzny zwisały z krzesła na podłogę. Wyraźnie widać było rany na plecach, które morderca zadał swojej ofierze. Głowa nienaturalnie wykręcona odsłaniała zmasakrowaną twarz, niemal całkowicie pozbawioną nosa. Mariola nie mogła oderwać wzroku od oczu denata. Jakby po śmierci pozował do obiektywu – pomyślała mimowolnie. Druga ofiara leżała na podłodze na wznak. Jej twarz nakryto wzorzystą szmatą. Kompletnie ubrana, spódnicę obciągnięto do kolan, odsłaniając chude nogi, niewiarygodnie czyste, zważywszy, że całe pomieszczenie zbryzgane było krwią. A jej ciało równo ułożone, z pieczołowitością, jak do trumny. Jakby morderca zadbał o nie po śmierci.

– Dlaczego ona leży tak nienaturalnie... jak by to powiedzieć... spokojnie? – spytała wstrząśnięta Mariola.

– Morderca znał ją, miał do niej stosunek emocjonalny – wyjaśnił Meyer. – Może to zazdrosny mąż, dawny konkubent, może też ktoś z rodziny. Po zabójstwie umył ją i przykrył jej twarz. Chciał zachować misterium śmierci.

– Co? Potwór... – jęknęła Mariola. – To ten z Sosnowca?

– Nie, to Częstochowa, już kończę ten profil. Sam nie wiem, za co się złapać. A jeszcze dziennikarze wciąż mi przerywają. – Policjant spojrzał na nią. Jego twarz nie wyrażała emocji. – Czy da się przełożyć to seminarium w Quantico w przyszłą sobotę? Nie mogę lecieć – powiedział.

– Ale, panie komisarzu... – Odwróciła się, by sprawdzić, czy drzwi są zamknięte. – Hubert, słuchaj. Nie możesz tego zrobić. Przecież załatwialiśmy to pół roku. To było na twoją prośbę. Wszyscy stanęli na głowie. Cała sekcja pracuje nad naszą prezentacją. Jako pierwszy i jedyny w Polsce możesz doprowadzić do tego, że profilowanie w końcu będzie funkcjonowało formalnie, nie chałupniczo. Sam tak mówiłeś, pamiętasz? Będą etaty dla młodych, będziesz miał uczniów, będzie lżej – wyrzucała z siebie słowa jak pociski.

– Nie mogę jechać. Czy ktoś może polecieć za mnie?

– Wątpię. Są już bilety, budżet – mówiła coraz ciszej. – Zresztą, kto miałby pojechać? Komendant się wścieknie. – Aż usiadła z przejęcia. – Co się stało?

– Anka chce rozwodu. – Komisarz chwycił się za głowę.

– Dowiedziała się?

Komisarz poderwał się gwałtownie.

– O czym?

– No, o nas.

Roześmiał się nerwowo.

– Nie, ale jeszcze tego brakuje. Miałaby co wyciągać, żeby odebrać mi dom i dzieci.

– To co tu robisz? Jedź do domu, udobruchaj ją – poradziła Mariola. – Przecież nas już nic nie łączy. – Zawiesiła głos i spojrzała błagalnie, by zaprotestował. Ale Meyer milczał, dodała więc: – Jesteśmy tylko kolegami z pracy. Przyjaciółmi, można tak powiedzieć.

– Nie o to chodzi. – Komisarz machnął ręką i wstał sprzed monitora.

Mariola spojrzała na jego twarz, która znalazła się akurat w miejscu pleców ofiary ze slajdu. Na policzkach Huberta wyraźnie, jak pod szkłem powiększającym, widać było rany i zastygłą krew.

Podniosła się.

– Wyłącz tę makabrę – szepnęła.

Meyer pstryknął światło, ale nie wyłączył projektora. Zdjęcie na ścianie przypominało teraz wyblakły fresk. Straciło moc oddziaływania. Mariola patrzyła na swojego szefa i byłego kochanka z niepokojem, ale i współczuciem. W świetle jarzeniówki wyglądał okropnie: zmierzwione włosy, przekrwione oczy, cera ziemista. Jego twarz była kwintesencją smutku i rezygnacji.

– To dlaczego chce rozwodu? – spytała.

Meyer podszedł do biurka, wyciągnął z paczki ostatniego papierosa i zaciągnął się.

– Postawiła ultimatum: albo moje trupy, albo ona.

Mariola znów żałowała, że są tylko przyjaciółmi. I tego, że rok temu pozwoliła mu tak zakończyć ich romans. Ale bała się związku z żonatym mężczyzną. Miała dość jego znikania zaraz po. Tego, że nie mogła dzwonić, kiedy wrócił do domu. Chciała uniknąć samotnych świąt, sylwestrów, wakacji. Wiedziała, że nie odejdzie od żony – powtarzał to wiele razy. Brali z Anką ślub kościelny, ona tego nie przeżyje. Musi z nią żyć dla dobra dzieci. I choć Mariola wiedziała, że jego małżeństwo od dawna było fikcją, bo Meyer wciąż wikłał się w romanse, wierzyła, że dla niej odejdzie. Marzyła o tym i czekała. To dla niego się stroiła, starała i czekała. Nie umiała pokochać innego. Przesiadywała w komendzie, była na każde jego zawołanie. Godziła się na rolę platonicznej „przyjaciółki", byle tylko być blisko. Żyła w schizofrenicznym świecie – by nikt ich nie podejrzewał, zwracała się do niego oficjalnie, a tylko czasem, gdy zostawali sami, przechodziła na „ty". Nie mogła sobie darować, że któregoś dnia powiedziała: „dość" i nie zażądała nawet rozwodu z Anką. Nie była w stanie zaakceptować, że pokornie przyjął jej decyzję i po prostu się wycofał. Nie walczył o nią, a ona umierała z tęsknoty. Zwolniła się nawet z sekcji, poprosiła o przeniesienie do sekretariatu komendanta. Była jednak zbyt dobra: skończyła studia, miała doświadczenie w pracy w policji. I szef, w ramach awansu, przydzielił ją do sekcji psychologów. A Huberta Meyera awansował na kierownika sekcji. Tak znów się spotkali. Mariola najpierw cierpiała, potem nabrała nadziei, że los daje jej drugą szansę. Tylko że Hubert jakby jej nie zauważał. Wydawało się, że odbudował swoje małżeństwo.

– Prawie nie widuję swoich dzieci – poskarżył się, a Mariolę tknęło.

Zawsze tak było, że myśleli o tym samym. Śmiała się kiedyś, że zagląda do jej głowy. Teraz aż zadrżała ze strachu, że Meyer wie, o czym myślała przed chwilą.

– Dlaczego? – zmusiła się, by nadać swojemu głosowi obojętny ton. Wewnątrz cała dygotała.

– Bo wciąż jestem w pracy, w delegacji. Jest tyle roboty, tyle niewykrytych zbrodni, a Anka wychodzi z tej swojej szkoły o dwunastej i myśli, że wszyscy tak pracują. Nie rozumie, że ja nie pracuję. Ja jestem na służbie! – wyrzucał z siebie.

– Ona jest nauczycielką... – wtrąciła cicho Mariola, ale pomyślała: Ja cię rozumiem. Czekałabym na ciebie dzień i noc.

– A ja psychologiem policyjnym. Wiedziała, za kogo wychodzi. Profilu nie da się zrobić ot tak, w godzinę – podniósł głos. Po chwili się opamiętał. – Przepraszam. To nie twoja wina. Nawet nie mam z kim o tym porozmawiać – usprawiedliwił się i podszedł do kobiety. Przytulił ją, ale ona pozostała sztywna.

– Hubert, przestań. Idź do domu. Ona na ciebie czeka.

– Nie! Albo zaakceptuje moją pracę, albo się rozejdziemy. To moja szansa. Jak teraz nie pojadę do Quantico, te wszystkie lata pójdą na marne! – Mówił stanowczo, jakby przekonywał sam siebie.

– Ale ty masz rodzinę. Musisz być teraz z nimi.

– Ty mnie rozumiesz. – Spojrzał na nią. – Dlaczego ona nie może? Ach, gdybym to ciebie spotkał dziesięć lat temu.

– Proszę cię.

– Przecież dopiero awansowałem, zaraz wszystko by się ułożyło. Wszystko byłoby inaczej. Gdyby tylko ona była inna! – Hubert ciągnął swój monolog.

Stał tuż obok. Marioli było już gorąco. Czuła jego zapach, w głowie świdrował jej głos Huberta: „Ty mnie rozumiesz", „Gdybym spotkał cię dziesięć lat temu". Ale on tylko ucałował ją w czoło i powiedział:

– Jesteś cudowna, nigdy ci tego nie zapomnę. Dziękuję za pomoc.

– Przecież nic nie zrobiłam!

– Idź już do domu. Przynieś mi tylko te teczki z Rawicza. Pamiętasz, dziewczyna zamordowana w sklepie, blondynka. Ta dzielna, co udzielała się w straży ochotniczej. Czuję, że to ten sam gość.

– Hubert, ale... Może ja zostanę? Pomogę ci.

– Nie, nie trzeba, idź, odpocznij. Jest piątek, baw się. Ja jeszcze posiedzę.

Mariola odwróciła się i niemal wybuchnęła płaczem. Czuła się oszukana. Jak mogła dać się tak nabrać! Przecież on nic już do niej nie czuje.

Rozdział 5
Tajemnicza bibliotekarka

"Czytaj między wierszami"

– Długo kazał pan na siebie czekać. – Lidia Daniluk powitała Kulę wyrzutem. Ale zrobiła to tak uroczo, że nie mógł się gniewać.
– Ciężki miałem dzień: przesłuchania, raporty, jeszcze prąd wyłączyli i internet padł. – Komendant położył na biurku bibliotekarki stos książek.

Rozejrzał się po niewielkim pomieszczeniu, w którym ciasno, w równych rzędach stały regały z książkami. Na każdym z nich bibliotekarka zawiesiła tabliczki i kolorowym flamastrem oznaczyła nazwy działów. Lidia w miesiąc zinwentaryzowała zasoby biblioteczne. Aż trudno było uwierzyć, że w tak krótkim czasie kobieta zaprowadziła w tym galimatiasie perfekcyjny porządek.

– Miło popatrzeć na bibliotekę, pani Lidko – zagaił Kula. Odkąd posadę bibliotekarki objęła ta kobieta, stał się wzorowym czytelnikiem. Zresztą to ona podsunęła mu pierwszy kryminał i powiedziała:

– W pańskiej pracy musi pan czytać powieści detektywistyczne.

– Nie mam czasu.

Spojrzał na nią wtedy pogardliwie, ale wziął książkę. I kiedy do niej zajrzał, nie mógł się oderwać. Często zatapiał się w marzeniach, że prowadzi taką sprawę, jak ta z powieści. Gala dziwiła się. Jak to możliwe, że mąż dotychczas jak ognia unikał słowa pisanego, jeśli nie był to protokół przesłuchania, a teraz ślęczy nad kolejną książką.

– Coś nowego mi pani poleci? – spytał Eugeniusz Kula.

– Czytał pan *Złotą muchę*? O ile pamiętam, *Trudnego trupa* pochłonął pan w weekend. To ta sama autorka.

Kula wziął do ręki mocno oklejoną książkę.

– Chyba dobra, sądząc po zużyciu.

– Niezła – skwitowała Lidia. – Ale specjalnie dla pana mam dziś coś naprawdę ciekawego. Nowość! O mniszce prawosławnej, która rozwiązuje zagadki detektywistyczne. Syn kupił trochę nowości w warszawskim antykwariacie. To jedna z nich. Schowałam pod ladę. – Lidia się uśmiechnęła.

Kula wypiął pierś z dumy.

– No, skoro specjalnie dla mnie, to biorę. A jak pani dzień minął? – zagaił niby mimochodem.

– Dobrze. – Lidia spokojnie zapisywała w karcie bibliotecznej numery książek pożyczonych przez podkomisarza. – Miał pan rację, liturgii nie było – dodała po chwili.

– Ostrzegałem – chrząknął Kula. – A tak przy okazji – zawiesił głos. – Długo zna pani naszego batiuszkę?

– Tyle co i pana. Jakieś pół roku – odpowiedziała kobieta, nie podnosząc głowy znad biurka.

– I co pani o nim sądzi?

– Dobry, choć zagubiony człowiek. Powinien się nim zająć lekarz. Wie pan... – Wyprostowała się i uderzyła kantem dłoni w szyję.

– Ależ pani Lidio! – żachnął się Eugeniusz Kula. – Jeśli o takie kryterium chodzi, to tutaj prawie wszystkich trzeba by wysłać do doktorów. Kto ma na to czas i pieniądze? A alkohol jest dla ludzi.

– Ale nie każdy dobrze toleruje jego działanie. Ja tam się do życia batiuszki nie będę mieszała. Ma pan jak w banku.

– Już się pani wmieszała – podkreślił policjant. – Zresztą o waszej rozmowie milczy jak głaz i twierdzi, że w Tokarach zło się czai. To niby dlatego czart w niego wstępuje. Podobno ktoś urok na niego rzucił. A pani pewnie wie coś na ten temat? Tylko ostrzegam... Chyba nie chce mieć pani sławy czarownicy?

– Ja się tylko za niego modlę. Żadnych duchów nie trzeba wołać. Zło jest w nas. Panu chyba nie trzeba tego tłumaczyć. Codziennie ma pan z tym do czynienia.

– Już plotkują na pani temat. Pani jest nowa, radzę uważać. Języki ludzkie wiele krzywdy mogą czynić – zawiesił teatralnie głos. Lidia spuściła wzrok. – Ale dopóki pani prawa nie łamie, zawsze może pani na mnie liczyć.

– Dziękuję, panie podkomisarzu. – Nagle jakby coś sobie przypomniała. Zerwała się z krzesła, zaczęła składać do zielonego plecaka rozrzucone na stole drobiazgi. – Już czas na mnie. Trzeba zamknąć bibliotekę – powiedziała.

– Pani na tym rowerze nie może jechać, przecież śnieżyca – zorientował się Eugeniusz Kula.

– Syn po mnie przyjeżdża. Rower zostawię w portierni – odparła Lidia i pieczołowicie umiejscowiła na czubku głowy aksamitny kapelusz.

W tym momencie pod okno biblioteki podjechał samochód firmy ochroniarskiej. Kula zabrał książki i wyszedł za bibliotekarką. W drzwiach zderzył się z synem Lidii Daniluk.

– To mój syn, Borys – powiedziała z dumą.

Kula omiótł spojrzeniem postawną sylwetkę mężczyzny i skinął bez słowa głową.

– A co to za pogaduszki z tym psem? – zdenerwował się Borys. – Nie dość narozrabiałaś? Cała wieś gada tylko o twoim wyczynie. Na chwilę nie można zostawić cię samej – narzekał.

– Która godzina? – spytała. – Zdążymy. Serial zaczyna się za dwadzieścia minut. Zresztą zobacz, wszyscy już pewnie siedzą przed telewizorami.

Rzeczywiście, okna lśniły błękitną poświatą odbiorników telewizyjnych. Borys zatrzymał samochód przed posesją otoczoną biało-różowym betonowym ogrodzeniem, otworzył bramę i od niechcenia poklepał bernardyna, który łasił się i ocierał oblodzonym futrem.

– Kierownik, na miejsce! – krzyknął do psa. – A gdzie suka? – spytał matkę. – Zamknęłaś ją w domu?

– Zimno przecież.

– No tak. Ty zawsze wiesz lepiej.

Włączył światło na werandzie i otworzył drzwi domu. Z niewielkiej sieni wyskoczyła żółta amstafka.

– Cykoria! – zawołała Lidia. – Śliczny piesek, chodź do mnie. Zaśpiewaj!

Pies zawył, skakał, bił ogonem po nogach. Z radości biegał w kółko, zalotnie podgryzał Kierownika, który ganiał za młodą suczką. Bawili się tak kilka minut, dopóki Borys i matka nie zniknęli w drzwiach domku. Cykoria w ostatniej chwili wbiegła do środka, zanim zatrzasnęły się drzwi.

W pomieszczeniu było zimno jak w lodówce. Borys poszedł po drewno, a Lidia włączyła plazmowy telewizor na pół ściany. Dziwacznie wyglądał w tym starym drewnianym domku, ogrzewanym piecem kaflowym.

Postać na ekranie, w czarnym habicie i z wytuszowanymi rzęsami, namawiała właśnie rodziców, by sami zbudowali przystanek we wsi, bo wtedy autobus miałby się gdzie zatrzymywać i dzieci nie musiałyby chodzić sześć kilometrów na piechotę.

– Ale siostro, przecież nie mamy pieniędzy. Skąd weźmiemy drewno, blachę? To wszystko kosztuje – przemawiała jedna z matek, przytulając do piersi niemowlę. Prześliczna dziewczynka w wieku szkolnym opierała się o jej kolana.

– Pójdę do burmistrza, poproszę o wsparcie. Musicie wierzyć, że Bóg nam pomoże – wygłosiła zakonnica.

Lidia pocierała już oczy. Borys wybuchnął śmiechem.

– Tak, tak. Jak mi tu kaktus wyrośnie!

– Synku! – Matka zgromiła go wzrokiem.

Borys umilkł i wyszedł z pokoju.

– Ale nas jest tylko kilkoro, gdyby było nas więcej... To niepotrzebny trud – przemawiał inny rodzic z ekranu.

– Pamiętajcie, w grupie jest siła. Jezus pociągnął za sobą ludzi, którzy uwierzyli. My też powinniśmy dawać innym dobro. Ten przystanek będzie służył całej wsi – przekonywała Nina Frank w przebraniu mniszki.

Po półgodzinie kłopotów, które siostra Joanna pokonała z właściwą jej bohaterce charyzmą, pokazano, jak rodzice sami budują daszek i stawiają ławeczkę. Już się nie kłócą – nawet alkoholik i były więzień stanęli do pracy. Jeden z lokalnych przedsiębiorców dostarczył budulec. We wsi wybuchła epidemia radości. A na koniec kilkoro dzieci siedziało na przystanku i czekało na autobus, liżąc lody. Żegnali mniszkę ze łzami w oczach, bo jechała dalej spełniać dobre uczynki.

Lidia uśmiechała się do ekranu. Oczy jak zwykle miała czerwone.

– Chyba dziś nie pojedziesz na wieczorną liturgię. Zasypało drogę – oznajmił Borys, wyglądając przez okno. – Teraz moja kolej na relaks. – Rozsiadł się w bujanym fotelu przed telewizorem.

Kiedy Lidia zajęła się pracą w kuchni, usłyszała ryk telewizora. Aż podskoczyła. To Borys specjalnie dla niej podkręcił głos nadawanej właśnie wiadomości.

– Po raz kolejny znana aktorka Nina Frank pokazała swój ognisty temperament – usłyszała Lidia. – Szkoda tylko, że zamiast w kinie realizuje swoje wizje na osobach z rzeczywistego otoczenia. Jej stylistka i charakteryzatorka trafiła do szpitala. Ma zwichniętą szczękę i siniaki na twarzy. Lekarze podejrzewają wstrząśnienie mózgu. Rodzina wizażystki już wniosła sprawę do prokuratury.

– Jeśli moja córka będzie przez nią cierpieć, każdy dzień życia poświęcę na zemstę – wygrażała do kamery matka charakteryzatorki.

Narzeczony dziewczyny odmówił komentarza. Dziennikarz zdołał od niego tylko wyciągnąć: „Nina Frank jest szalona, trzeba ją leczyć! Poprzednie jej wygłupy zawsze można było jakoś wytłumaczyć, a dziś?".

Lidia jednym susem znalazła się przed ekranem, na którym w tym momencie pojawiły się dwie fotografie. Piękna aktorka z błyskiem w szarych oczach i pulchna dziewczyna mniej więcej w tym samym wieku, tyle że o przeciętnej, sympatycznej twarzy.

Potem pokazano przebitki z planu filmowego. Frank przytulała charakteryzatorkę i targała jej włosy.

– Jeszcze niedawno Iwona była jej pupilką. Nikt nie rozumie, jak to się stało, że aktorka rzuciła się na nią z pięściami. W branży od dawna mówi się, że Nina Frank nadużywa leków, alkoholu, są nawet pogłoski, dotąd niepotwierdzone, że się narkotyzuje – mówiła dziennikarka. Relacja była nadawana na żywo sprzed gmachu telewizji, gdzie doszło do dramatycznych wydarzeń.

– Patrz, jak jej odwaliło – krzyknął Borys.
– Synku, nie wyrażaj się.
– A już tu jesteś... Myślałem, że nie słyszysz – dodał ciszej. – Nawet nie miała odwagi się wytłumaczyć. Wysłała tego pedzia.

Mężczyzna, który zabrał głos, był wymuskany, jakby dopiero opuścił zakład fryzjerski, kosmetyczny i solarium jednocześnie.

– To bzdura! Nina Frank nigdy nie była uzależniona od alkoholu, a tym bardziej od narkotyków. Konflikt z asystentką powstał na tle osobistym. Nie jestem upoważniony, by o tym mówić. Poza tym są podejrzenia, że mojej klientce zrabowano pewną sumę pieniędzy, a klucz do mieszkania miała jedynie charakteryzatorka. Jesteśmy w trakcie wyjaśniania tej kwestii. To wszystko, co mam do powiedzenia w tej sprawie.

– Patrz, a ty oglądasz zakonnicę i wierzysz, że Nina Frank jest święta. To właśnie jest prawda – żachnął się Borys. – Nie zrobiłaby takiej kariery, gdyby nie była dobrą manipulatorką!

– Synku, przecież ta wredna charakteryzatorka ją okradła, a może nawet uwodziła jej męża. Słyszałeś przecież.

Rozdział 6
Rozmowa z Quantico

*"Ćwicz się w empatii. Staraj się zobaczyć rzeczy
z punktu widzenia innych ludzi"*

– Przepraszam, że tak późno dzwonię, ale muszę ci się pochwalić. – Mariolę obudził głos Huberta Meyera, który właśnie nagrywał się na automatyczną sekretarkę.

Pędem podbiegła do telefonu, żeby podnieść słuchawkę.

– Hubert. Cześć, jesteś?
– Obudziłem cię, przepraszam. Która u ciebie?
– Po czwartej, ale opowiadaj. Jak tam? Zwiedzasz Stany?
– Trochę z okien taksówek. Raczej miejsca zbrodni. Dzwonię o tej porze, bo wiesz... Zdarzyło się coś niezwykłego. Wyobraź sobie, poznałem Johna Douglasa! – Komisarz Meyer był tak podekscytowany, że aż głos mu się łamał. Zjadał końcówki słów, powtarzał te same słowa wielokrotnie. Czekał, aż Mariola wyrazi podobny zachwyt. Bez skutku.

– Hubert, ty jesteś pijany – mruknęła zniechęcona.
– Proszę cię. Nie mów jak Anka. Więc słuchaj, siedzieliśmy dzisiaj z Johnem nad jego starą sprawą Roya Moody'ego. Dał mi swoje notatki i ankiety. Przeczytał moją pracę na temat profilowania i obiecał, że jeśli uda mi się ją wydać, będzie ją konsultował. Wyobrażasz sobie, Douglas będzie moim konsultan-

tem! Stworzę autorski program profilowania pod patronatem FBI. – Meyer wybuchnął radosnym śmiechem.

– To cudownie – drewnianym głosem odpowiedziała kobieta. – No i co?

– Jak to co! Podoba mu się moja teoria. „Jeśli chcesz poznać artystę, przyjrzyj się jego dziełu". Jak wszystko pójdzie gładko, nie będę już musiał robić tych cholernych testów kwalifikacyjnych dla kandydatów na gliniarzy. Ani pocieszać pobitych żon sierżantów, którzy odreagowują stresy w pracy. Jeszcze cztery lata, odejdę na emeryturę i zakładam firmę. Chcesz, zatrudnię cię. Będziesz moją prawą ręką, specjalistką od public relations. Cieszysz się?

– Bardzo – westchnęła Mariola. – Ale wiesz... Kiedy wracasz?

– Za dwa tygodnie, a co? – Komisarz momentalnie stał się czujny. – Mów.

– Są dwie wiadomości: dobra i zła. Wybieraj, co pierwsze.

– Najpierw zła.

– Twoja żona była u komendanta. Na moim biurku czeka na ciebie wizytówka jej adwokata. Twierdzi, że miesiąc bez kontaktu z tobą to przesada. Podobno chce rozwodu z orzeczeniem winy, alimentów i całego domu. Twierdzi, że kiedy ty robiłeś karierę, ona wychowywała twoje dzieci i marnowała szansę na rozwój zawodowy. Stary się wściekł. Nazywa to czarnym piarem dla komendy. Nie muszę ci mówić, co cię czeka...

Po drugiej stronie zapadła cisza.

– A ta dobra?

– Zostałeś odznaczony medalem prezydenta Katowic i masz w kieszeni awans. A ten dwudziestojednolatek z Rawicza, którego wytypowałeś do sprawy dziewczyny z ochotniczej straży pożarnej. Szymczak czy Szamański?

– Szymanowski. Dożywocie? Wiedziałem!

– Tak, cztery razy, za każdą zbrodnię. Gdyby nie ty, nigdy by nie wpadli, że to ten sam sprawca. Twoje zdjęcia są we wszystkich gazetach. Zbieram wycinki. Dziennikarze ustawiają się w kolejce po wywiad. Oczywiście na razie śmietankę spija komendant, który wyręcza cię w wyjaśnianiu, jak wpadłeś na to, że to ten sam gość. I choć nie ma pojęcia, jak to zrobiłeś, cytuje fragmenty twojego wykładu z konferencji dla psychologów w Szczyrku. Tego samego, który jeszcze rok temu chciał wyrzucić do kosza – mówiła szybko, byle tylko Meyer nie zaczął znów pytać o żonę.

– Profil pokrył się z badaniami biegłych?
– W stu procentach – odparła Mariola. – Biuro prasowe planuje cię wykreować na bohatera. Załatwiam ekspertyzy psychiatryczne do tych spraw i będziesz miał bazę porównawczą.
– Koniecznie! Jesteś boska – ucieszył się Meyer. – Wszystko super, ale o podwyżce nic nie mówią? – Roześmiał się gorzko.
– Chyba szykują ci premię. Nie wiem jaką.
– Rozmawiałaś z Anką? – zapytał nagle.
– Żaliła mi się – westchnęła. – Myślę, że tak naprawdę chciałaby, żebyś znów był w domu. Ten pozew to jej sposób na przywrócenie starego porządku. Prosiła nawet szefa, żeby cię przeniósł na inne stanowisko. Stary to rozważa.
– Co?
– Bohater policji nie może mieć rozbitego życia osobistego. Chcą, żebyś do wywiadów w prasie pozował z żoną i dziećmi. Wracaj, robi się gorąco. Mam nadzieję, że nie odsuną cię i nie zrobią szefem psychologów tego idioty Mola, co uważa, że twoje profile to wróżenie z fusów.

Meyer ciężko westchnął.

– Słuchaj, Douglas to ma warunki. Tutaj profiler jest jak guru, wszyscy się z nim liczą. Sam prowadzi śledztwa. Nie to, co u nas, że traktują cię jak piąte koło u wozu i musisz domagać się, żeby ci pokazali zdjęcia z miejsca zdarzenia, a już być na miejscu zbrodni to luksus. – Meyer mówił jak nakręcony. – Mari, spróbuj kontrolować sytuację. Odwdzięczę się.

Mariola oczekiwała jakiegoś wyznania, komplementu.

– Tak, jasne. Postaram się. Na razie wszystko mam na oku. Nie martw się.
– Pisz do mnie na prywatny mejl. Wrócę jak najszybciej. Czekaj na mnie. I bądź grzeczna.

– Grzeczna – prychnęła, gdy odłożyła słuchawkę. Była na siebie wściekła, czuła się jak idiotka. – Wciąż grzecznie czekam. Co z tego, że wrócisz? Dla mnie i tak nic się nie zmieni. Czy jesteś tu, czy tam.

Nalała sobie szklaneczkę dżinu, zapaliła papierosa i włączyła telewizor. Polonia powtarzała wczorajszy odcinek *Życia nie na sprzedaż*. Kiedy Mariola przyglądała się seksownej zakonnicy, pomyślała, że właściwie to ona sama żyje jak zamknięta w klasztorze. Rozpłakała się w głos.

Podeszła do komputera, na pulpicie miała jedyne wspólne zdjęcie z Hubertem. Przytulał ją i patrzył, jakby ją kochał. Dziś już wiedziała, że to była tylko jej projekcja. Włączyła Outlook. Napisała e-mail: „Spotkajmy się. Muszę z Panią porozmawiać. Jest coś, o czym Pani nie wie, a mnie to dręczy. Myślę, że czas na wyjaśnienie pewnych kwestii waszego małżeństwa i mojego życia. Mam dość stania w cieniu".

Najechała myszką na zakładkę „wyślij", kiedy zorientowała się, że nie wpisała adresu.

Bez wahania wstukała nazwisko Anna Meyer. Program sam wybrał adres e-mailowy żony profilera. Mariola zamknęła pocztę, chwilę jeszcze wpatrywała się w twarz Huberta na zdjęciu, po czym wypiła duszkiem drinka i oświadczyła:

– Nie dam się więcej upokarzać. Nie chcę już być ofiarą. Hubert, widziałam twoją twarz ostatni raz.

Rozdział 7
Narodziny Wenus

„Nie odmawiaj sobie radości"

Ostatni raz widziałam jej twarz wykrzywioną złością i nienawiścią. Ale pamiętam ją inną. Łagodną i czułą. Śmieje się. Podobno po niej odziedziczyłam chłodną urodę i regularne rysy twarzy. Tylko nie wzrost – ja jestem wysoka i chuda, ona była malutka, o kobiecych kształtach. Wyobrażasz więc ją sobie – nawet w ogrodniczkach, kiedy pieliła te swoje bratki przed naszym blokiem numer 13, wyglądała jak miniaturka księżnej Di. Niestety, nikt nie robił jej zdjęć, więc mogę ci ją tylko opisać z pamięci. Była harda, urocza i... depresyjna. Płakała bez powodu, załamywała się drobiazgami, przejmowała każdą moją dwóją. Żeby zasnąć, brała jakieś tajemnicze pigułki, żeby się nie denerwować, piła śmierdzący syrop. Zrezygnowała z kariery, została w tej zapadłej dziurze, choć mogła wyjechać do rodziny w Warszawie. Zerwała z nią kontakty, kiedy ja miałam przyjść na świat i okazało się, że ojcem jest chłopak z podlaskiej wsi, z którym studiowała na SGGW. Zabrzmi to pompatycznie, ale poświęciła mi swoje życie. Pozostała w małym miasteczku, jak na wygnaniu, nierozumiana przez nikogo i omijana z daleka, choć darzona szacunkiem. Oczywiście, wtedy nie byłam w stanie tego docenić. Dopiero teraz dostrzegam tak wiele podobieństw między nami. To pozornie drobiazgi – od gestów aż po sposób myślenia i podejmowania decyzji. Prawdę mówiąc, z przerażeniem patrzę w lustro, bo powoli staję się nią. Nawet wady i dziwactwa mam takie same.

Pamiętam, że kiedy miałam siedem lat, zapisała mnie na lekcje gry na fortepianie, bo „pianino nigdy nie stoi w stodole" – powtarzała. Chciała, żebym była kimś. Rodzice zawsze tego pragną dla swoich dzieci. Całe dnie wypełniała mi zajęciami: muzyka, siatkówka, angielski, niemiecki. Jeździłam na wszystkie szkolne wycieczki, kolonie, biwaki, kursy żeglarskie, nurkowe, wspinaczkowe.

– Musisz być lepsza od innych. Uroda to nie wszystko, musisz być mądra – powtarzała.

I choć sama miała niewyparzony język, wbijała mi do głowy, że pokorne cielę dwie matki ssie. Strasznie mnie to irytowało. Marzyłam, żeby nosiła trwałą ondulację jak inne matki, a ona zawsze się wyróżniała. I nie używała zielonych cieni do powiek, które jej kupiłam na Dzień Matki. Teraz jestem dumna, że taka była.

Uważałam się za szczęśliwą nastolatkę. Nie pamiętam żadnych traum z dzieciństwa. Choć, prawdę mówiąc, nie mam wspomnień sprzed szóstego roku życia. Zresetowałam je. Tylko przebłyski, jak rodzice kłócą się przy stole albo ojciec dobija się do drzwi pijany. Biedy też nie pamiętam. Nie chodziłam – jak dzieci z niezamożnych rodzin – na darmową bułkę z mlekiem do świetlicy szkolnej. A przecież w domu się nie przelewało. Nosiłam używane rzeczy, które sama musiałam przerobić, a czasem na obiad przez tydzień były placki czy gołąbki. Nie dostawałam kieszonkowego, za to kiedy wyjeżdżałam, mama wręczała mi pieniądze. Tata dawał drugie tyle albo więcej. Próbował kupić moją miłość prezentami i przyjemnościami. Zawsze przywoziłam im obojgu jakieś upominki, tyle że mama przez długi czas trzymała swój prezent w opakowaniu, zanim otworzyła. To chyba był jej sposób na oswajanie rzeczy, które były materialnym wyznacznikiem mojej miłości. Kochałam ją, jasne.

Tak jak ojca. Ale jego inaczej – chowałam do niego straszny żal w sercu. Założył nową rodzinę. Miał prymitywną żonę po zawodówce i trójkę okropnie tępych dzieci, które wciąż grały w karty albo oglądały telewizję. Byli szczęśliwi – patrzyłam na to ze zgrozą.

Gdzie tej Hance taty było do mojej mamy – nauczycielki, przez chwilę dyrektorki liceum – dostojnej, dumnej, wciąż siedzącej w książkach. Czasami, gdy myślała, że się uczę, siadała z kieliszkiem koniaku i wpatrywała się w przestrzeń, gdzieś poza tymi obskurnymi blokami naprzeciwko. Błądziła myślami we własnym świecie. Miała swoje tajemnice, do których mnie nie dopuszczała. Byłam dla niej dzieckiem, nawet gdy już wyrosłam z dziecięcych sukienek i zaczęłam dostrzegać, że jednego dnia stroi się bardziej – to był znak, że w jej życiu pojawił się jakiś mężczyzna. Ale nigdy nie przyprowadzała do domu żadnych wujków. Zresztą matka nie chciała dać ojcu rozwodu, nawet gdy dowiedziała się, że jego nowa kobieta jest z nim w ciąży. Mówiła, że przysięgała w cerkwi przed Bogiem (a z katolicyzmu przeszła dla niego na prawosławie, czym wywołała nienawiść całej rodziny) i musi się tego trzymać. Choć los okrutnie się z nią obszedł. Może dlatego chroniła mnie przed dorosłym życiem. Kazała wracać do domu przed dwudziestą drugą. Zamiast szaleć w sobotni wieczór na dyskotece, musiałam dawać koncert fortepianowy w ognisku muzycznym albo pomagać pani od skrzypiec w sprzątaniu świetlicy – taki barter, jeśli mama nie miała pieniędzy, żeby zapłacić za czesne.

Jeździłam regularnie do białostockiej filharmonii i kina. Należałam do teatru lalek i kiedy któregoś dnia powiedziałam, że chcę być aktorką – strasznie się wściekła.

– Ty nic nie rozumiesz. To mrzonki! Musisz się uczyć! Wybrać jakiś porządny zawód, który da ci niezależność od mężczyzn. Jeszcze nikt STĄD nie zrobił kariery w TAMTYM świecie. Trzeba mieć znajomości! Talent nie wystarczy.

A jednocześnie, jak wszystkie sąsiadki, wieczory spędzała przed telewizorem. Płakała po raz enty na *Przeminęło z wiatrem*.

Ubłagałam ją, żeby się zgodziła na kółko teatralne przy Domu Kultury. Po wielu awanturach i płaczach powiedziała tak, pod warunkiem, że sama na to zarobię. Rozdawałam więc ulotki przed sklepem ze sprzętem gospodarstwa domowego.

A przeistaczanie się w postaci, które miały inne życie, było dla mnie tym samym, co tlen. Uciekałam w świat fikcyjny. Czułam się wyjątkowa, lepsza i rosłam w przeświadczeniu, że dokonam tego, co nie udało się innym. Dlaczego ja? A dlaczego nie?

Kiedy zorientowałam się, że urosły mi piersi, obcięłam ukochane dżinsy i zrobiłam z nich wystrzępione spodenki, ledwie zakrywające pośladki. Chłopcy z sąsiedztwa gwizdali na widok moich opalonych nóg. Od tamtej pory zaczęłam prowadzić drugie życie. Całkowicie odmienne od tego, które kontrolowała matka.

Badałam swoją seksualność i sprawdzałam, jakie wrażenie wywieram na mężczyznach. Eksperymentowałam w pociągach, autobusach, na łódkach, nartach. Uwodziłam wuefistów, kelnerów, sprzedawców telewizji kablowej. Sprawdzałam swoje triki i ulepszałam metody. Byłam ostrożna. Robiłam to tylko wtedy, gdy matka nie mogła mnie oglądać. Miałam wrażenie, że matka boi się dnia, gdy stanę się wreszcie kobietą. Uważała, że wtedy wejdę na drogę naszpikowaną niebezpieczeństwami, więc starała się ze wszystkich sił, bym jak najdłużej pozostała dzieckiem. Ale to przecież było nieuniknione. Kobietą czułam się już od dawna. Stworzyli mnie wakacyjni chłopcy. Wkładali mi języki głęboko do gardła, ślinili i ugniatali moje drobne piersi. Prowadzali za rękę, szeptali czułe słówka, byle zaciągnąć mnie w ustronne miejsce. Wozili na szybkich motocyklach, a od gorących rur wydechowych ich ścigaczy miałam poprzypalane kostki. Ale kiedy któryś z nich posuwał się dalej – do wkładania ręki w moje majtki – czy choćby sięgał w te rejony, sztywniałam. Widziałam przerażone, potępiające oczy matki i mówiłam, że muszę już wracać.

Moja przyjaciółka Regina dawno miała za sobą to wszystko, co w moich marzeniach było romantycznym misterium, i przestrzegała mnie:

– Aga, cały ten seks... Musisz wiedzieć, że to nie jest tak jak na filmach. Ale mężczyźni to lubią. – Robiła przy tym minę taniej kurtyzany. – Jeśli jednak chcesz znaleźć męża, trzeba zacisnąć zęby i pozwolić na ten ból. No i powstrzymać wymioty.

Podziwiałam ją za odwagę, doświadczenie i ogromne cycki, które nosiła w przepoconym staniku z fiszbinami. I truchlałam na samą myśl o tym bólu i torsjach. Nie do końca jej wierzyłam. Jak to możliwe, tyle ludzi to robi. Dlaczego kobiety się na to godzą? Matka oczywiście nie chciała o tym rozmawiać. Seks był tematem tabu. Jeśli się pojawiał, to jako zło konieczne i moc, która rozsadza związek, a uczucie sprowadza do fizjologii. A ci, którzy czerpią z niego satysfakcję, są prymitywni i po prostu niewykształceni. Dziwki, zboczeńcy, no i faceci. Ale im więcej słyszałam złego, tym bardziej pragnęłam dołączyć do grona tych wykolejeńców. Szukałam odpowiedzi w „Cosmopolitan" i uczyłam się na pamięć wszystkich punktów, jak zadbać o swój orgazm. Regina śmiała się i mówiła:

– Orgazm? A co to jest? To zresztą nieważne, byle chłopak był dla ciebie dobry. Nie bił i nie zmuszał do, wiesz... – Wsadzała palec do buzi i poruszała nim w policzku. Z obrzydzenia zwykle zmieniałam temat.

W trakcie któregoś wyjazdu na żagle zdecydowałam; że nadszedł czas mojej próby. Polonistka powtarzała:

– Chcesz pozbyć się strachu, stań z nim twarzą w twarz. Zmierz się z nim.

Malowałam więc usta i rzucałam sobie w lustrze wyzwanie:

– Mówisz, że nie dam rady? Przekonasz się!

Wybrałam ofiarę. Artur był ordynarnym cherlawym blondynem, który przechodził mutację i ćwierkał jak wróbelek, a choć miał zaledwie siedemnaście lat, już przejawiał symptomy łysienia. Wiedziałam, że go nigdy więcej nie zobaczę. Wiedziałam, że nie będę się go wstydzić, bo nawet go nie lubię. A on coraz bardziej ślinił się na mój widok. Gwizdał, gdy szłam keją, krzyczał: „Kici, kici". Przewracało mi się w żołądku, gdy patrzyłam w jego świńskie oczka, ale to właśnie on był słabszy ode mnie. Nie mógł mi zagrozić. Nie całowaliśmy się nawet. Nie chciałam, żeby mnie dotykał. Na dyskotece nie tańczyliśmy ze sobą. Nie było mowy o magii, którą wymarzyłam, ale jeśli mam wytrzymać ten ból i torsje, to chciałam darzyć go uczuciem. Tyle że negatywnym – obrzydzenia, niechęci i pogardy.

Była ciepła noc. Szliśmy po papierosy – dla niego, bo ja nie paliłam – kiedy nagle schwycił mnie za rękę i pociągnął w kierunku pobliskiej stodoły.

Miałam na sobie sukienkę z falbanami i białym kołnierzykiem. Nie trudził się, by mnie rozebrać. Po prostu zadarł spódnicę do góry i sapiąc gorączkowo, trzęsącymi się rękami usiłował ściągnąć mi majtki. Miział moje pośladki, jakby głaskał jakieś zwierzę pod okiem jego właściciela. Nie powiedział mi nic miłego. W ogóle głównie sapał. Skupiłam się na jego dłoniach i wyobraziłam sobie ostatnie regaty. Wiatr smagał mnie wtedy po plecach, aż czułam dreszcze.

– Nie nosisz stringów? – spytał Artur. W rękach trzymał moje białe gacie z przylepioną zakrwawioną podpaską i podtykał mi pod oczy. – A, ciota, dobrze. Nie zajdziesz w ciążę! – szczerze się ucieszył i wyciągnął z rozporka swojego małego ptaszka.

Jakby ktoś uderzył mnie po twarzy. Otrzeźwiałam. Kiedy patrzyłam, jak morderczo traktuje swój cieniutki jak własny kciuk penis, a ten wcale nie chce stanąć i wciąż przypomina galaretowatą masę, myślałam, że zwymiotuję.

W końcu rozłożył mi nogi i niezdarnie starał się dostać do środka. Usłyszałam cichutkie skrzypnięcie. Artur chrząkał i dyszał:

– Szerzej! Szerzej nogi!

Odwróciłam głowę w kierunku drzwi i w ciemności zobaczyłam postać, która zmierzała w naszym kierunku.

– Tam ktoś jest – powiedziałam szeptem.

– Cicho, dochodzę – zacharczał Artur.

Zdziwiłam się, bo nic nie czułam. Ani ukłucia, ani bólu, jakbym była zamrożona. Wtedy zobaczyłam, że jego galaretowaty dotąd, malutki penis stwardniał i tylko ociera się o moje uda. Po kilku chwilach psiknął na mnie czymś oślizłym jak domowy krochmal i opadł bezwładnie. To był pewnie jego pierwszy raz.

– Co tu robicie? – spytał mężczyzna o twarzy zboczeńca, który pojawił się niepostrzeżenie na wyciągnięcie ręki.

Zobaczyłam, że rozpina spodnie. Byłam pewna, że jego urządzenie wygląda groźniej niż zgwałcony właśnie ptaszek Artura. Nie zastanawiałam się. Adrenalina zadziałała błyskawicznie. Chwyciłam swoje majtki i rzuciłam się do ucieczki. Kiedy jednak dotarłam do drzwi, okazało się, że są zamknięte. O Boże, pomyślałam. Za plecami czułam oddech intruza. Sama nie wiem jak, ale wspięłam się po klamce i przeskoczyłam przez dwumetrowe wrota. Spadłam na ziemię z łoskotem i poczułam ból w kostce. Byłam przekonana, że zwichnęłam nogę. Ale biegłam. Coraz szybciej i szybciej. Jak na sprawdzianie na sześćdziesiątkę. Aż brakowało mi tchu. Zatrzymałam się dopiero przed wejściem do bazy żeglarskiej.

Białe tenisówki były całe uwalane w błocie, kolana miałam podrapane, z łokcia ciekła krew. Rozejrzałam się, czy wokół nikogo nie ma, i schowałam się w umywalni. Włożyłam majtki, zmyłam krew, błoto, po czym wolno skierowałam się do swojego pokoju. Zasnęłam po kilkunastu minutach. Następnego dnia spakowałam plecak i poszłam do trenera. Powiedziałam, że dostałam telegram – muszę pilnie wracać do domu. Pytał, co się stało, więc zrobiłam minę biednej sierotki.

– Mama ma operację. Wie pan, sprawy kobiece. Za godzinę mam pociąg.

Wpisał mi najwyższą punktację za zakończenie obozu. Książeczkę żeglarską stanowczym gestem podał mi do ręki. Spojrzał na zegarek.

– Idź już, bo nie zdążysz. Robi się późno!

Rozdział 8
Nad Bugiem

„Wierz w cuda, ale na nie nie licz"

– Robi się późno! – Borys stanowczym gestem wręczył matce kaganiec i zatrzasnął drzwi.

Wdowa nie mogła oprzeć się wrażeniu, że znajduje się w białym igloo, a nie w aucie. Miała przeczucie, że za chwilę, kiedy Borys przejedzie po szybie skrobaczką do lodu, jej oczom ukaże się niezwykły widok. Po chwili, jak za dotknięciem czarodziejskiej różdżki, syn odsłonił rzeczywistość przed jej oczami. Poczuła ukłucie w sercu. Flesz z przeszłości. Plusk wody, bulgotanie, mordercza walka z żywiołem w ciszy. I nagle pustka. Wszystko to w ciągu kilku sekund. Przymknęła na chwilę powieki, poczuła, że żołądek podchodzi jej do gardła jak na szybującym krzesełku karuzeli, na którym jeden jedyny raz siedziała jako mała dziewczynka. Déjà vu.

Ale flesz, który pojawił się nagle, tak samo błyskawicznie zniknął. I kiedy ruszyli, Lidia zatonęła w myślach. Zastanawiała się, dlaczego wydało jej się, że kiedyś to już przeżyła. I co zdarzyło się dalej?

Choć Borys tego dnia miał inne plany, zgodził się zawieźć matkę na spacer. Wzięli ze sobą psy, żeby się wybiegały. Lidia uparła się na tę wycieczkę akurat dziś, bo dokładnie rok temu byli tu po raz ostatni z mężem.

– Chcę zobaczyć Bug – powiedział.

Wszyscy się ucieszyli, bo od dawna nie opuszczał domu, a nawet łóżka. Rak, plasterek po plasterku, pożerał jego ciało. Zaledwie miesiąc od wycieczki nad Bug, który obejrzał z okna samochodu, odbył się jego pogrzeb.

Jak okiem sięgnąć, łąka otulona była jeszcze białym puchem. Kobieta wpatrywała się w przestrzeń – czuła się radośnie i rześko. Otuliła szalikiem twarz i naciągnęła kapelusz na uszy. Patrzyła na syna, który spuszczał psy ze smyczy. Cykoria podskakiwała na wysokość metra, by dosięgnąć zwisającej gałęzi. Kierownik próbował ją oblizać. Amstafka odganiała go delikatnymi warknięciami.

Lidia patrzyła na ten sielankowy widok i znów zanurzyła się we wspomnieniach. Przed oczami stanął jej obraz sprzed lat, kiedy mąż przywiózł ją na tę skarpę. Rozłożyli koc, koszyk z jedzeniem i otworzyli flaszkę wódki. Zrobili sobie majówkę, kąpali się w rzece.

– Hej, Koria, wracaj! – rozpaczliwy krzyk syna wyrwał ją z rozmyślań. – No nie, co za durna... Tutaj jest kij, zobacz... – krzyczał do psa, który już go nie słyszał i pędził w dół, prosto do rzeki.

Lidia zobaczyła, że Borys trzyma w ręku jakiś konar i wymachuje nim. Zrozumiała. Pies myśląc, że kij pofrunął w dal, pobiegł za nim. Odruchowo spojrzała na pokrytą białym lodem rzekę i zamarła. Żółty pies z daleka wydawał się małym punkcikiem. Biegł z nosem przy lodzie i czegoś szukał.

– Borys, ten lód już topnieje. Rzeka nie jest całkiem zamarznięta – wyszeptała cicho.

– Zamiast gadać, wołaj ją!

Zaczęli razem krzyczeć do szczeniaka. Lidia była coraz bardziej przerażona.

– Może wpaść w przerębel albo kra się oderwie – lamentowała.

Syn wręczył jej kij i zbiegł w dół. Matka nie była w stanie się ruszyć.

– Nie wchodź tam, synku – prosiła. Ale już nie słyszał.

Po chwili zobaczyła go przy brzegu. Przykucnął i udawał, że trzyma w ręku coś do jedzenia. Amstafka przestała szukać i skupiła się na nim. Już biegła w jego kierunku, kiedy coś znów zajęło jej uwagę i gwałtownie skręciła.

– Eee, ten lód jest mocny – krzyknął do matki i ruszył po psa w głąb rzeki. Lidia zamknęła na chwilę oczy i zaczęła się modlić.

Kiedy otworzyła oczy, Borys z psem na smyczy stał na środku lodowej tafli. Wpatrywał się w coś pomiędzy swoimi butami. Nie mogła dosłyszeć, co mówi.

– Wracajcie! – wrzasnęła głośno, ile sił w płucach.

Ale nie zwracał na nią uwagi. Kucnął i zaczął rękami odgarniać śnieg, trzeć lód. Matka ruszyła w dół. Zejście ze skarpy wydawało jej się nie lada wyczynem i zdziwiła się, że poszło tak łatwo. Była przy brzegu. Postawiła ostrożnie stopę na lodzie. Przesunęła ją o kilka centymetrów i postawiła drugą. Czuła, że każdy krok trwa wieczność, a jednak brnęła dalej. Nogi drżały. Rzeka skrzypiała głucho, jakby ktoś tarł metalem o szybę.

– Spokojnie, to przeciążenie – zawołał syn i tylko na chwilę odwrócił się w jej kierunku. – To lód na rzece się rusza.

– Lód się rusza – powtórzyła matka.

Zamknęła oczy i zmusiła się, by iść dalej. Coś pchało ją w kierunku syna. Jakaś siła nie pozwoliła jej zawrócić. Gdy podeszła na tyle blisko, by zobaczyć twarz Borysa, spostrzegła, że jest blady jak ściana, a na czole pojawiła się lwia zmarszczka. Wiedziała, że oznacza to u niego stan najwyższego poruszenia.

– Sama zobacz – powiedział Borys, kiedy zbliżyła się na odległość metra. Podał jej rękę. – Albo lepiej wracajmy. – Pociągnął ją w kierunku skarpy.

Lidia odruchowo spojrzała w dół.

Spod przezroczystej tafli lodu patrzyła na nią kobieta. Jej oczy były nienaturalnie wytrzeszczone. Twarz sinobiała, usta granatowe. Kruczoczarne włosy wiły się jak węże wokół głowy.

Były tak długie, że zasłaniały jedną pierś, za to druga była spłaszczona i przyciśnięta do lodu. Ciemnogranatowa brodawka sterczała wyzywająco. Wydawało się, że za wszelką cenę próbuje wydostać się na powierzchnię. Lidia skupiła się na niej, bo bała się znów spojrzeć w jej martwe źrenice. Zauważyła, że jedna ręka z czerwonymi długimi paznokciami jest nienaturalnie wygięta, jakby kobieta zastygła podczas śmiertelnego tańca.

– Ona nie żyje?
– Nie, śpi sobie – odparował syn. – Mamo, to przecież trup.
– A może manekin? – Lidia próbowała oszukać samą siebie. Patrzyła na wypielęgnowane czerwone paznokcie, na to piękne ciało. Nie mogła uwierzyć, że jest martwe.
– Trzeba wezwać psy – powiedział Borys i wykręcił numer do pobliskiego posterunku. Odsunął komórkę od ucha i usłyszał sygnał – zajęty. Po chwili nastąpiło rozłączenie. Nikt nie odbierał. – Co za wiocha. A może zmywajmy się? Niech ktoś inny ją znajdzie, nie my.
– Może to lalka. Wiesz, robią takie do filmu – powtarzała bezsensownie Lidia i jak zahipnotyzowana wpatrywała się w twarz kobiety. – I ten niebieskawy odcień. Nieboszczycy są zwykle żółci.

Nagle ją tknęło. To Nina Frank. Nie, to niemożliwe! Nika, to ty? Co tutaj robisz? Dlaczego? – przeleciało Lidii przez głowę.
– Coś mówiłaś? – spytał Borys, jakby usłyszał jej myśli.
– Nie, nic.
– O, mam połączenie. Halo?
Nagle Lidia krzyknęła i chwyciła syna za rękę.
– Ona mrugnęła!
Borys odsunął telefon od ucha i spojrzał na matkę z politowaniem.
– Mamo, to trup – skwitował i znów próbował połączyć się z posterunkiem policji. – No patrz, zasięg się skończył. – Zdenerwował się. – A już miałem sygnał! Musiałaś tak panikować?

Lidia wpatrywała się w oczy Niki. Drżała. Dałaby sobie rękę uciąć, że po raz drugi zobaczyła, jak Nina Frank puszcza do niej oko.

Nagle poczuła podmuch wiatru. Dziwny, bo ciepły. Była teraz kompletnie sama: tylko ona i Nika. Borys odpłynął gdzieś daleko, a wokół niej wszystko zawirowało. Drzewa, łąka, zamarznięta rzeka. Nie słyszała ujadania psów i nie czuła już tego przenikliwego zimna. Przeraziła ją nicość, w której się znalazła. Chciała uciec, ale nie mogła się ruszyć. Biała mleczna mgła spowiła wszystko oprócz martwej kobiety pod lodem i niej samej.

To się źle skończy, pomyślała Lidia. Teksty szeptanych modlitw plątały się. Miksowała różne fragmenty, na różne okazje, ale kiedy po raz szósty doszła do „Hospodi pomiłuj", zamilkła.

Obserwowała denatkę jak ze swojego krzesełka w pokoju przed telewizorem. Dzielił je teraz nie ekran telewizora, ale szyba z lodu. Lidia czuła dziwną bliskość z aktorką. I strach.

Może ona mnie tutaj zawoła? – pomyślała wdowa.

Wtedy wydało jej się, że ciało ożywa. Niebieskawy odcień znikał. Bielały ręce, twarz. Sutki poróżowiały. W końcu ciało znów było alabastrowe. Usta stały się czerwone i powoli rozciągały się w ironicznym uśmiechu. Tylko oczy pozostały przerażające. Nienaturalnie wytrzeszczone, robiły się coraz bielsze i bielsze.

Nika poruszyła ręką. Teraz Lidia nie miała wątpliwości. Ona żyje! Kobieta spod lodu ustawiła paznokcie pod kątem dziewięćdziesięciu stopni i wycinała otwór w zmarzlinie, jakby to była miękka materia. Uśmiechała się przy tym, odsłaniając ostre zęby.

– Borysku, biegnij! Uciekaj! – zdołała wyszeptać Lidia, ale sama była sparaliżowana strachem.

Nie mogła nawet poruszyć palcem. Wpatrywała się w źrenice kobiety, które jak magnes wciągały ją i zmuszały do pozostania na miejscu. Słyszała, jak lód pod jej stopami kruszeje i trzaska.

Czerwony paznokieć palca wskazującego błyszczał w słońcu. Był już nad powierzchnią lodu. Lidia widziała, jak pozostałe paznokcie tną przezroczystą taflę. Szyderczy śmiech dźwięczał w uszach. Rozsadzał bębenki. Lidia zatkała uszy, zasłoniła oczy i krzyczała:

– Borys! Borys! Boże, nie pozwól jej... Synku, uciekaj!

Aktorka wydobyła spod tafli rękę i chwyciła Lidię za nadgarstek, a jej całe życie przeleciało przed oczami.

– Nieeee! – Próbowała wyrwać się z objęć wampirzycy. – Nieee!

– Mamo, obudź się. Jestem tutaj – usłyszała jak z zaświatów.

To Borys trzymał ją za rękę. Lidia zmusiła się, by otworzyć oczy. Jeszcze zatykała uszy, kręciła głową. Była zlana potem. Nad sobą miała twarz syna, który przemawiał wyjątkowo czule.

– Myślałem, że już nigdy się nie obudzisz. Coś mamrotałaś, zrzuciłaś kołdrę... Już dobrze. – Gładził ją po białych włosach.

Lidia ogarnęła wzrokiem pokój. Wszystko było po staremu.

– Mamo, dobrze się czujesz?

– Tak, tak. – Uśmiechnęła się i odetchnęła. – To był tylko zły sen. Która godzina?

– Piąta. Zaparzę ci ziółek. Zaraz jadę na obchód.

– Nie trzeba, synku. Ubieraj się, już dobrze.

– Ale się darłaś. Poleż sobie. Zrobię ci tych ziółek – powiedział i zostawił ją z kołowrotkiem myśli.

Tego dnia Lidia dotarła do biblioteki o dwie godziny wcześniej. Wyciągnęła z szuflady tekturowe teczki, do których wkładała wycinki prasowe na temat ukochanej aktorki. Z archiwum biblioteki wyciągnęła stare gazety i wertowała je, chcąc znaleźć wywiady z gwiazdą. Wycięła artykuły, nawet notki z imprez towarzyskich, zdjęcia. Studiowała każde słowo Niny Frank.

Jedną z teczek przeznaczyła na artykuły o jej karierze, w drugiej trzymała wywiady na temat rodziny, sesje fotograficzne w domach dziecka i szpitalach. Do jeszcze innej wkładała wycinki z plotkami na jej temat. Tej teczki nie lubiła i rzadko ją przeglądała. Teraz otworzyła czerwone okładki i wysypała wszystko na stół.

Jeden z artykułów dotyczył imprez w domu Niki nad Bugiem, gdzie ponoć odbywały się orgie seksualne. Ale w następnym wydaniu gazeta opublikowała sprostowanie i przeprosiny. Aktorka podała dziennik do sądu i dziennikarze nie potrafili udowodnić swoich rewelacji. Ludzie, którzy im o tym donieśli, nie chcieli zeznawać. Lidia przeglądała inne artykuły. Z zakonnicy, kochanej przez miliony telewidzów, próbowano zrobić w dziennikach sensacyjnych narkomankę i wredną zdzirę, która polowała na reżyserów i producentów. W zamian za to Nina Frank konsekwentnie odmawiała im wywiadów, których nie szczędziła kolorowej prasie, gdzie pełno było jej konfekcyjnych, lukrowanych historyjek i zasłyszanych lub wyczytanych złotych myśli.

Lidia zaczęła dokładnie analizować doniesienia dziennikarzy, których do tej pory uważała za hieny. W jednym z artykułów znalazła wypowiedź mężczyzny, tego samego, który tłumaczył Nikę w telewizji. W artykule zaprzeczał, jakoby aktorka nadużywała alkoholu.

– Brała leki na sen, ale nie jest uzależniona od lekarstw, a tym bardziej od narkotyków. To pomówienia – zapewniał Zbigniew Woju, jej agent.

Lidia usiadła nad stertą wycinków prasowych i zamyśliła się. Przypomniała sobie rozmowę z synem sprzed kilku miesięcy, kiedy poprosiła go, by nagrywał wszystkie odcinki serialu i wywiady z udziałem gwiazdy. Borys się oburzył.

– Kaset nam nie starczy – kwękał.

– Synku, możesz skasować moje stare filmy. Już nie będą mi potrzebne.

Lidia wiedziała o aktorce wszystko, co można było wyczytać. I w rozmowach z ludźmi, którzy przychodzili do biblioteki, broniła serialowej mniszki jak lwica. Nawet jeśli zarzucano jej narkomanię i przeszłość gwiazdy erotycznej kinematografii.

– Ludzie pomawiają ją z zazdrości. Ona taka nie jest – przekonywała.

- Ale wiesz, syneczku, dlaczego nagrywam to wszystko o Frank?

- No, ciekawe, w końcu się dowiemy... Kolejne dziwactwo?

- Bo, choć informacji o niej jest mnóstwo, tak naprawdę nic o niej samej nie wiem: nic o jej przeżyciach, pragnieniach, przeszłości. Wszystko to są gładkie słówka.

- Może ktoś jej napisał życiorys i to wcale nie jest jej własny. Czasem tak się robi w show-biznesie – wyjaśnił syn, jakby codziennie stykał się z tym światem.

- Że niby to, co piszą, jest fikcją?

- Jasne, a coś ty myślała? Twoja zakonnica ma pewnie nieźle za uszami.

- Co masz na myśli? – zaniepokoiła się Lidia. – Jakieś przestępstwo?

- Nie wiem. Coś. Może po prostu jest kimś innym niż ta laska wykreowana w telewizji. Żeby seriale z jej udziałem biły rekordy popularności.

- Coś podobnego! – Lidia pokręciła głową z niedowierzaniem.

Dziś rozpamiętywała tę rozmowę i zastanowiła się nad swoim snem. Nina Frank była w nim demonem, który chciał zrobić jej krzywdę – tego była pewna. Nie przypominała wcale serialowej bohaterki. Mało tego, była jej przeciwieństwem. Lidia chwyciła do ręki telefon i wykręciła numer. Przez kilka minut nikt nie podnosił słuchawki. Po chwili znów spróbowała. Sygnał regularnie się urywał.

Aha, jest w domu, dobrze, pomyślała i poszła zrobić sobie herbatę. Sięgnęła po telefon – znów zajęte. Uporządkowała karty biblioteczne, przyjęła kilku czytelników i ponownie wykręciła numer. Dziwne, wciąż ten sam sygnał. Nie można przecież tak długo rozmawiać.

Cały dzień była lekko nieprzytomna, nawet czytelnicy zwrócili na to uwagę.

Tuż przed wyjściem do domu jeszcze raz wzięła do ręki słuchawkę. Telefon nie był zajęty.

– Halo? – Po kilku sygnałach odebrał mężczyzna. W tle słychać było jakieś odgłosy: trzaski, kroki i strzępki rozmów.
– Słucham – powtórzył ten sam męski głos.

Wtedy Lidii wydało się, że z oddali dobiega ją wschodnie zaciąganie podkomisarza Kuli. Krzyczał na kogoś. Gwałtownie odłożyła słuchawkę.

Podeszła do stolika, gdzie trzymała teczki z wycinkami o Frank, i sama nie wiedząc dlaczego, spakowała je wszystkie do szarej koperty z naklejką „Dzieje wieków". Po krótkim namyśle z jednej z szuflad wyjęła płytę CD opakowaną w czerwony papier i wrzuciła ją także do koperty. Zakleiła pakunek taśmą i zaniosła do gminnego sejfu.

– Pani Krystyno, tutaj mam faktury i rozliczenia biblioteki. Nie chcę ich trzymać bez opieki, schowa mi pani? – poprosiła.

– Oczywiście – odpowiedziała urzędniczka. – A pani jeszcze nie w domu? *Amanda* zaraz się zaczyna.

– Właśnie jadę. Proszę to położyć gdzieś na dole, nie będzie mi potrzebne do końca roku – podkreśliła i jak gdyby nigdy nic wyszła z budynku.

Rozdział 9
Listonosz znajduje trupa

"Wiedz, kiedy należy się odezwać"

Młody listonosz wyprężył dumnie pierś, kiedy zbliżał palec do domofonu. Poprawił blond grzywkę, otarł rękawem nos. Chrząknął i powtórzył kwestię, zanim zadzwonił:
– Poczta Polska. Polecony.

Wydawało mu się, że jest w tym uwodzicielski, choć gdyby zobaczył go ktoś z boku, roześmiałby się w głos. Ale listonosz był święcie przekonany o swoim uroku osobistym i wierzył, że to jego polisa na życie. Bo z fizjonomią już gorzej – chuchro, tchórzliwy zdechlak.

Z czasem jednak przekonał się, że niektóre kobiety, a zwłaszcza starsze – mężatki, wolą takich aniołkowatych chłopców od brutali, których mają w domu. I po wysłuchaniu kilku banalnych komplementów chętnie się nim opiekują. Wtedy odkrył w sobie talent godny mistrza Kalibabki. Słodkimi słówkami zdobywał zaufanie, wyglądem wzbudzał litość, a sprzedając fikcyjne historyjki, osiągał cel. Obdarowywały go prezentami i wpuszczały do łóżka, kiedy mąż był akurat w pracy. Listonosz potrafił w ciągu zaledwie godziny trzykrotnie je zniewolić, a one nie mogły wyjść z podziwu nad jego sprawnością seksualną.

Przed furtką aktorki zawsze czuł jednak tremę. Nie był zadowolony z tembru swojego głosu, więc powtórzył raz jeszcze:
– Dzień dobry, poczta. Mam dla pani list polecony – przesadnie przeciągał sylaby.

Już lepiej, choć wolałby czuć się pewniej. No tak, ale jak czuć się pewnie, gdy się odwiedza gwiazdę filmową w stroju zwykłego listonosza? Żeby chociaż w skórzanych spodniach, na motocyklu. Albo jako dziennikarz z mikrofonem w ręku. I na motorze. Właśnie! Nagle go oświeciło. Zygi wciąż remontuje starego harleya. Można by pożyczyć, nie musi być nawet sprawny. Liczy się efekt! Podjechać, uwieść, zachwycić, zakręcić i... ogolić – a tu pewnie dużo jest do wyniesienia.

Aktorka nawet nie zauważy. Takie jak ona kasy mają jak lodu. Ale na razie sytuacja niesprzyjająca. Trzeba czekać do lata, kiedy skończy się okres próby. Bo jak działać, kiedy cały czas po piętach depcze ten grubas Kula! Wydaje mu się, że jest szeryfem, i kocha władzę. To dlatego listonosz, po ostatniej wpadce, gdy w lekarskim kitlu zbadał narzeczoną przewodniczącego związków zawodowych mielnickiej kopalni kredy i na jaw wyszło, że wcale nie jest ginekologiem ani nawet studentem medycyny, na razie woli się nie wychylać.

Kula dał mu wybór. Sprawa sądowa albo druga szansa. Stanowisko zaufania publicznego – doręczyciel. Posada miała go resocjalizować. Bez wahania zgodził się pracować za półdarmo i obiecał solennie, że taka akcja więcej się nie powtórzy, choć w głębi duszy wierzył, że dzięki uniformowi listonosza uda mu się poznać jeszcze więcej babek. A potem los sprawił mu niespodziankę. Okazało się, że w jego rejonie mieszka gwiazda filmowa. I od czasu do czasu – przy doręczaniu listów – ma szansę na kontakt z nią. Choćby tylko przez furtkę.

Listonosz jak zwykle przygotował sobie notesik i długopis, na którym aktorka miała mu złożyć autograf, który zeskanuje i skopiuje na płytę DVD z filmem, a potem sprzeda na Allegro za czterysta złotych.

Nacisnął guzik. Cisza. Drrr, drrr. Nikogo nie ma? Samochód stoi, drzwi wejściowe uchylone. Spróbował jeszcze raz.

Nie odpowiedziało mu zwykłe szczekanie psa, który wcześniej zawsze rzucał się do jego nogawek i z tego powodu doręczanie korespondencji odbywało się przez furtkę.

Wzruszył ramionami. Spojrzał na zegarek, dochodziła trzynasta.

Nie chce się jaśnie pani wstawać. Pewnie ma kaca. Nici z transakcji, zmartwił się. Już zaczął wypisywać awizo, kiedy wpadł na pewien pomysł. Skoro drzwi otwarte, psa nie ma, a Frank śpi, to można wejść i rozejrzeć się. Nigdy jeszcze nie był w środku.

I nie zastanawiając się dłużej, popchnął furtkę. Znalazł się na posesji okolonej ze wszystkich stron oszronionym żywopłotem, odgradzającym posiadłość od świata. Alejka była wyłożona kamienną kostką, wzdłuż której rosły tuje, a między nimi powtykano lampy z ręcznie kutego metalu. Czuł się trochę jak złodziej, za którego przecież wcale się nie uważał, ale było tu tak uroczo, że nie mógł się powstrzymać i zapragnął jak najszybciej znaleźć się w środku. Na werandzie mimo ostatnich mrozów stały wiklinowe fotele i stolik. Zapukał do drzwi tak cicho, że sam ledwie usłyszał. I kiedy, tak jak się spodziewał, nikt mu nie odpowiedział, popchnął je i bezszelestnie dostał się do środka. Wewnątrz poczuł dziwny zapach, jakby zgnilizny, pomieszany z intensywną wonią sosnowego odświeżacza powietrza, który aż zatykał mu nozdrza. Rozejrzał się i odprężył – tak, było pięknie. Urządzony ekskluzywnie – jak mu się wydawało – salon miał trzy razy więcej metrów niż całe mieszkanie jego rodziców, a z niego wychodziło jeszcze kilkoro drzwi do innych pomieszczeń i kręcone schody prowadzące na górę. Dokładnie wytarł buty i ostrożnie stąpał po podłodze z jaśniutkiego drewna.

– Dzień dobry – krzyknął radośnie. – Poczta, mam dla pani list polecony – powtórzył ze wschodnim zaśpiewem.

Nikt mu nie odpowiedział. Dyskretnie zajrzał do kilku pokoi. Przepych wnętrza oszołomił go tak bardzo, że nie wiedział, co zrobić. Usiadł na białej skórzanej kanapie, a torbę listonosza położył sobie na kolanach. Wtedy dopiero zauważył na podłodze brązowe smugi, a także to, że drzwi do łazienki są otwarte i świeci się w niej światło.

Co za marnotrawstwo, pomyślał. Przecież jest dzień.

Chciał je zgasić, ale zatrzymał się w połowie drogi. Zobaczył, że na progu białej marmurowej łazienki, w wodzie, leżą byle jak rzucone szpilki z czarnego zamszu na niebotycznie wysokim obcasie. Jedyną ich ozdobą była mała cyrkonia, w której odbijało się słońce. Widocznie łazienka jest z oknem, pomyślał i zawrócił. Jeszcze raz krzyknął, żeby sprawdzić, czy w domu naprawdę nikogo nie ma. I już pewniejszym krokiem zaczął zwiedzać pomieszczenia.

Wszedł do kuchni i zauważył stertę brudnych naczyń. W stalowym zlewozmywaku znajdowały się niedbale wrzucone winogrona, kryształowe kieliszki, niedopałki, deska z niedojedzonymi serami i wielki nóż kuchenny. Obok karafka z płynem w kolorze wrzosowego miodu. Odkorkował i powąchał. Chwycił stojącą w pobliżu szklankę do połowy wypełnioną whisky. Otarł usta rękawem i upił łyczek. Napój igiełkami rozszedł się po podniebieniu i błyskawicznie rozgrzał mu gardło, więc chciwie wziął kolejny łyk. W końcu szklanka była niemal całkowicie opróżniona. Nalał sobie jeszcze jedną do pełna i trzymając ją w dłoni, kontynuował zwiedzanie.

Z kuchni wszedł do pokoju, niemal całkowicie wypełnionego książkami i płytami. Panował tu okropny bałagan. Rzeczy były poprzewracane, zdjęcia na stoliku podarte, a na sofie leżały jakieś ubrania i wilgotny ręcznik. Na jednej ze ścian wisiał plakat przedstawiający gwiazdę w otoczeniu fotoreporterów. Rozdawała uśmiechy i figlarnie odsłaniała fragment zgrabnej nogi w rozcięciu wieczorowej sukni. Wyciągniętą zachęcająco ręką zapraszała oglądającego fotografię do tańca. Listonosz przesunął ręcznik i ubrania, pod którymi znalazł do połowy opróżnioną fiolkę z tabletkami i pustą butelkę po winie. Rozsiadł się na kanapie i poszukał pilota. Ale powstrzymał się przed włączeniem telewizora. Popijał drinka. Czuł, że alkohol i otoczenie świetnie na niego wpływają, więc zatopił się w kontemplacji, co zrobiłby z taką dupą, gdyby znalazła się w jego łóżku. Pogładził się po rozporku i patrząc na wyciągniętą dłoń Niny Frank ze zdjęcia, rozpoczął masturbację. Kiedy w końcu sperma trysnęła na skórzaną sofę i dywan, opadł bezwładnie bez sił. Po chwili jednak poderwał się, by zetrzeć ślady białawej mazi. Na samą myśl, że jeszcze niedawno tym samym ręcznikiem wycierała swe ciało gwiazda filmowa, znów poczuł podniecenie. Ale tym razem zdołał się powstrzymać.

– Dość tego lenistwa, śpij, Mały – szepnął i ruszył dalej.

Wtedy na dywanie, obok stolika, zauważył porzuconą czarną pończochę i koszulkę w kolorze malinowym. Wziął ją do ręki i zauważył, że jest rozdarta i zaplamiona. Powąchał zdobycz i odruchowo zwinął ją w mały kłębek. Zdziwił się, bo była tak cieniutka, że mieściła się w dłoni. Schował ją do kieszonki w torbie. Będzie się czym pochwalić Zygiemu! – ucieszył się.

Już kierował się do wyjścia, kiedy ciszę przeciął dzwonek telefonu. Zamarł. Sygnał nie ustawał. Listonosz w zastygłej pozie czekał sparaliżowany, aż znów zapadnie bezpieczna cisza. Bał się, że aktorka obudzi się i nakryje go, jak myszkuje w jej mieszkaniu. Jeszcze oskarży o kradzież albo gwałt. W końcu telefon ucichł.

Aha, czyli jej nie ma. Uśmiechnął się perfidnie. W takim razie poszukamy sypialni. Zobaczył przymknięte drzwi i ruszył w tamtą stronę. W jego nozdrza się wdarł się smród zastarzałego dymu papierosowego wymieszanego z zapachem mocnych perfum.

Popchnął delikatnie skrzydło drzwi. Pusta szklanka wypadła mu z ręki. Nie stłukła się. Potoczyła w głąb pokoju.

Kobieta leżała na łóżku naga, ledwie przykryta białym prześcieradłem. Jakby ktoś rzucił je nie na ciało, tylko na przedmiot. Dekolt i piersi przypominały czerwoną miazgę. Na rękach i nogach miała krwawe wybroczyny. Nogi kobiety były rozłożone, a pomiędzy nimi listonosz dostrzegł coś dziwnego, jakby denko od butelki. Czuł, jak miękną mu nogi. Twarzy ofiary nie widział, przykryto ją jakąś szmatą uwalaną we krwi, która zasklepiła się i zbrunatniała. Dłonie denatki były poranione i podrapane aż do przedramion, jakby walczyła przed śmiercią z monstrualnym kocurem. Na jednym z przegubów dostrzegł kawałek pończochy. Skojarzył, że taką samą widział w bibliotece. Na szyi kobiety widniała sina pręga.

Jasny dywan od wejścia aż do łóżka przecinała droga z zaschniętej krwi. Skojarzył brunatne smugi na podłodze w salonie. To też była krew, tylko ktoś ją nieudolnie i w pośpiechu zmywał. Poczuł dreszcz przerażenia na plecach i tyłem wycofywał się z pomieszczenia. Przed ucieczką zarejestrował jeszcze, że góra cienkich niedopałków wypełniała popielniczkę. Kilka białych kapsułek po lekach walało się obok łóżka razem z podartymi fotosami i nadpaloną kartką. Na stoliku nocnym, przy łóżku, były rozsypane pudełka po lekach, obok przewrócona butelka po winie i inna, do połowy opróżniona, z jakimś ekskluzywnym, nieznanym listonoszowi trunkiem. Chciał jak najszybciej opuścić ten dom.

Światło lampki nocnej, włączonej mimo wczesnej pory, nadawało zmasakrowanemu ciału aktorki nieco żółtawy odcień. Może morderca jeszcze tu jest, pomyślał nagle listonosz i wybiegł z mieszkania jak oparzony.

Zatrzasnął furtkę. Dopiero teraz dotarło do niego, że przecież ta kobieta nie żyje. Ktoś ją w bestialski sposób zabił! A on zostawił w jej mieszkaniu mnóstwo śladów. Otworzył kieszeń torby, do której schował koszulkę. Malinowa satyna była jak wyrzut sumienia. W panice chwycił za klamkę, by wejść i odnieść fant, ale zamek się zatrzasnął. Listonosz omal się nie rozpłakał – właśnie zostawił kolejny ślad.

Kula nie uwierzy, że nie mam nic wspólnego ze śmiercią tej baby. Kurde, jeszcze to aktorka. Nie wywinę się z tej sprawy, myślał. Pognał do domu, ale nie mógł usiedzieć w miejscu. Cztery godziny później rozdygotany przyszedł na posterunek policji.

– Chcę rozmawiać z panem Kulą – oznajmił dyżurnemu.
– To pilne.

– W tej chwili trwa odprawa. – Trembowiecki z przyjemnością pławił się w swej władzy oficera dyżurnego. – Petenci i interesanci są przyjmowani w godzinach podanych na tablicy ogłoszeniowej. Ma pan szczęście, dziś kierownik posterunku przyjmie pana za godzinę. Jeśli nie będzie miał pilniejszych zadań.

– Nie mogę czekać. – Listonosz rozejrzał się, choć oprócz nich na posterunku nie było nikogo. – Mamy do czynienia ze zbrodnią. Znalazłem ciało.

Posterunkowy zerwał się tak gwałtownie, że aż przewrócił krzesło

– Co? Gdzie?

– W domu tej aktorki. Muszę natychmiast rozmówić się z kierownikiem Kulą – zapiszczał listonosz.

– Niech pan się stąd nie rusza – rozkazał Trembowiecki.

Pędem, po dwa stopnie naraz, ruszył na górę.

W gabinecie Eugeniusza Kuli właśnie trwała narada nad wzmocnieniem działań prewencyjnych. Oprócz dwóch posterunkowych: Czerwieńskiego i Cetnarka, przy stole siedzieli wójt i kilku przedstawicieli ochotniczych patroli, które Kula powołał rok temu. Podkomisarz niestrudzenie cytował statystyki.

Pukanie ożywiło wszystkich uczestników odprawy. Tylko szef posterunku zmarszczył brew i poczochrał wąsa. Nie lubił, gdy ktoś przerywa mu wykłady.

– Chwili spokoju mieć nie można!

Do pokoju zajrzał młody posterunkowy i jąkając się, poprosił kierownika na sekundkę na zewnątrz.

– Trembowiecki! Mówcie szybko, co macie do powiedzenia. Tylko migiem, mamy ważną naradę! Przed tymi ludźmi nie mam tajemnic.

– Ja nie wiem, jak to powiedzieć. Panie pood-ko-komisarzu... – Trembowiecki ze zdenerwowania zaczął się jąkać. – Ale, na do-do-do-do... Na dole jest li-li-listonosz... – wydukał.

– Ponczek? Znów narozrabiał? Pobity, okradziony? Spiszcie zeznania, niech czeka.

– Ale paaaanie kie-kierowniku. To świadek przestępstwa.

– Trzeźwy?

Trembowiecki się zastanowił. Szef go zaskoczył.

– No, właściwie to nnnie wiem.

– To dajcie mu dmuchawkę! I dopisać do interwencji, żeby statystyka nie spadała!

– Ale... on mówi, że chyba widział z-z-zbrodnię... w domu tej aktorki...

– Nina Frank wreszcie kogoś zabiła? – Kula roześmiał się i odłożył wskaźnik. – Panowie, wybaczcie. Trup na moim terenie. To ci dopiero żartowniś z tego naszego listonosza. Ja mu dam popalić! Drwić z kierownika posterunku!

Do drzwi odprowadził go szmer podniecenia. Kiedy Kula znalazł się na dole w pokoiku oficera dyżurnego, zastał listonosza, który siedział ze spuszczoną głową i wyłamywał palce.

– Jurka, opowiadajcie – powiedział wesoło.

– Panie kierowniku, ja bym wolał na osobności.

Kula poruszył nozdrzami. Wciągnął powietrze na wysokości ust doręczyciela.

– Ejże, coś oddech masz niewyraźny. Chuchnijcie!

– To nie tak, panie podkomisarzu. Tylko małą szklaneczkę whisky wypiłem. – Jurka przestraszył się i gwałtownie ścisnął w ręku czapkę listonosza.

– Whisky, to wam się powodzi – zaśmiał się Eugeniusz Kula. – I tylko jedną szklaneczkę? – Pokiwał na niego palcem. – Już ja was znam. Co znów zmalowaliście?! A jaka była między nami umowa? Uczciwy doręczyciel i unikamy pudła. Nieuczciwy? Idziecie na urlop przymusowy, tak? Za kratki.

– Przysięgam, to nie ja! – krzyknął rozpaczliwie Jurka Ponczek. – Proszę mnie wysłuchać, panie podkomisarzu. Tam zwłoki. Ktoś ją... – Doręczyciel przeciągnął palcem po własnej szyi. – Ja pierwszy raz widziałem martwe ciało. Znalazłem je. Dlaczego ja? Ta aktorka nie żyje!

Kula natychmiast spoważniał.

– Trembowiecki, odprawa zostaje przerwana. Zawołaj Czerwieńskiego, niech zabierze sprzęt, a wy tutaj zaopiekujcie się Jurką. Herbaty mu dajcie i zapiszcie, co ma do powiedzenia.

- No i co sądzicie, Czerwieński? - spytał Kula, ledwie powstrzymując wymioty. - Trzeba zawiadomić prokuraturę.

Chłopak biegał wokół łóżka aktorki i robił zdjęcia. Na butach miał foliowe torebki zawiązane w kostkach, podobnie jak podkomisarz Kula, który zresztą palił pierwszego papierosa od dziesięciu lat.

- Pierwszy raz widzę coś takiego. Zważywszy, że ofiara to osoba publiczna, będziemy tu mieli na karku wszystkich - zaczął rzeczowo Czerwieński, ale zaraz przerwał, bo nic fachowego nie przychodziło mu do głowy.

Kiedy skończył robić zdjęcia, wyciągnął kamerę i skręcił film z miejsca zdarzenia. Kula był dumny ze swojego wychowanka. Inteligentny, konkretny i zaangażowany ideowo w pracę funkcjonariusza. Chciałby mieć więcej takich ludzi na posterunku. Sprzęt, który Czerwieński wykorzystywał, należał do niego i tylko w części posterunkowy dostawał za jego zużycie ryczałt. Dzięki jego kamerze złapali ostatnio włamywacza.

- Taka ładna była ta kobieta. W wieku mojej córki. Co oni z niej zrobili! - Kula kręcił głową. - Kto mógł chcieć ją zabić?

- To jakiś psychopata - włączył się Czerwieński, dumny z siebie, że może czymś zaimponować Kuli, który jednak spojrzał na podopiecznego, jakby spadł z księżyca. Zaraz więc Czerwieński się wytłumaczył: - Na Discovery widziałem podobne morderstwo.

- Romek, bzdury pleciesz. Skąd psychopata nad Bugiem?

- Mówię, szefie, co pokazywali w telewizji. Maniak. Zabijał kobiety i pastwił się nad nimi po śmierci. Kroił je nawet. Robił sobie z nich kamizelki.

- A fuj, Romek! Ty oglądasz takie potworności? - zdziwił się szef posterunku i wydał polecenie, by nie ruszać niczego do czasu przyjazdu prokuratora. - I tak ci z wojewódzkiej odbiorą nam sprawę. - Posmutniał i odwrócił się na pięcie.

Wtedy zauważył brązowawą smugę prowadzącą do schowka na narzędzia.

- Ee, Czerwieński, zróbcie zdjęcie tych śladów. I nie ruszać odłożonej słuchawki. Niech sprawdzą, kto ją odłożył. Czy nasza mademoiselle, czy może ktoś inny.

Sam poszedł wzdłuż smugi i otworzył drzwi schowka. Znów zrobiło mu się niedobrze. W ciemnym pomieszczeniu, zwinięty w kłębek, leżał owczarek niemiecki. Gdyby nie rana pod szyją, Kula pomyślałby, że pies po prostu smacznie śpi pomiędzy miotłami, szpadlami i kupą gratów na półkach. Ale nie spał. Leżał martwy w kałuży krwi, która wypłynęła z jego rozharatanego gardła.

– Czerwieński, uwiecznijcie też to biedne zwierzę – krzyknął do posterunkowego i chwycił foliową torebkę, by zwrócić obfite śniadanie.

Zmasakrowana aktorka i jej pies z poderżniętym gardłem to już za dużo, nawet dla niego. Kula pluł z obrzydzeniem do torebki. Chciał jak najszybciej wyjść.

– Tylko nie przesuwać ani nie dotykać niczego do czasu mojego powrotu! Idę przedzwonić do wojewódzkiej – powtórzył i z ulgą zatrzasnął drzwi schowka.

Kiedy wychodził z posiadłości, zauważył na śniegu ślad terenowej opony. Odwrócił się i zerknął na koła auta Frank, uwalanej błotem czarnej alfy. Porównał bieżnik – był całkiem inny. Zamierzał wołać Czerwieńskiego, żeby sfotografował ślad, ale pomyślał, że zrobi to później. Jak najszybciej trzeba zawiadomić prokuratora i komendanta w Białymstoku. Niech szukają tego psychopaty, bo ludzie wpadną w panikę. Odchodząc, jeszcze raz rzucił okiem na ślad opony: już mało wyraźny, ktoś pozostawił go kilka godzin temu. W okolicy nikt nie jeździł takim ekskluzywnym samochodem. Może to jakiś ogromny terenowiec albo rządowa lancia – opancerzona i wykonana na specjalne zamówienie. Dawno temu czytał, jak produkuje się takie cacka. Wyjął notes i narysował bieżnik, zmierzył go – tak na wszelki wypadek.

Wrócił po godzinie w towarzystwie całej ekipy z Komendy Wojewódzkiej w Białymstoku, lekarza sądowego i prokuratora. Posesję otoczono czerwono-białą taśmą i postawiono patrole. Zaczął padać śnieg. Przy oszronionym żywopłocie zaparkowały radiowozy. W mieszkaniu zaroiło się od techników. Podkomisarz Kula z dumą tłumaczył, co jego ludzie zrobili przed ich przyjazdem. Komisarz Czupryna, łysy facet w szarym płaszczu, słuchał go od niechcenia. Milczał i z zapamiętaniem żuł wykałaczkę.

– Zebraliście stąd odciski? – spytał, spojrzawszy na telefon.

Technik z wojewódzkiej kiwnął głową. Oficer odłożył słuchawkę na widełki.

Kilka godzin później ciało Niny Frank zapakowano w czarny worek i wywieziono do Zakładu Medycyny Sądowej w Białymstoku.

– No to się doigrała nasza gwiazda narodowa. – Łysy uśmiechnął się krzywo. Wszedł do pokoju z książkami i zawołał technika. – Tutaj też są ślady. Chyba mamy jego DNA! – Wskazał na białe plamki na sofie.

– To może być listonosz, który znalazł ciało – nieśmiało wtrącił Kula.

Oficer zignorował jego słowa.

– Już my to sprawdzimy. To, że znalazł zwłoki, wcale nie znaczy, że... O! I to też sprawdzimy. – Podniósł ręcznik z zaschniętymi śladami spermy.

Telefon usłyszeli dopiero po trzecim dzwonku. Łysy i prokurator spojrzeli po sobie.

– Ja odbiorę. – Łysy poprawił gumową rękawiczkę i podniósł słuchawkę telefonu. – Halo – powiedział. Cisza. Wyraźnie słyszał, że ktoś oddycha po drugiej stronie aparatu. – Słucham – powtórzył i położył palec na ustach. Wszyscy ucichli.

– Alojzy, mówiłem, żebyś został na posterunku i miał listonosza na oku. Co tutaj robisz? – ryknął podkomisarz Kula do Trembowieckiego w drugim pomieszczeniu.

Łysy wściekły wzniósł oczy do sufitu. Usłyszał trzask odkładanej słuchawki. Ale nie zbeształ Kuli, tylko spytał:

– Co to jest?

Wszyscy podnieśli głowy. Nad nimi na cieniutkiej niczym nitka lince zwisał jakiś nienaturalnie wielki owad. W miejscu jego głowy odbijało się światło żarówki.

– Drabina – zażądał Łysy.

Kula wskazał wzrokiem na Czerwieńskiego, ten wybiegł z posesji i po kilkunastu minutach przytargał starą drewnianą drabinę. Łysy, nie zważając na jej chybotliwą konstrukcję, osobiście wszedł na najwyższy stopień i dotknął owada.

– Tu jest kamera – powiedział, dokładnie oglądając urządzenie.

– Przeszukać lokal. Sprawdzić, czy w innych pomieszczeniach też są insekty. Gdzie jest ten człowiek od komputerów?

– Jedzie już, zasypało drogę – potulnie odrzekł Kula.

– Chyba spędzimy tutaj całą noc. Co mówi listonosz?

– Już jadę po jego wyjaśnienia – odrzekł policjant i trzasnął obcasami.

„Weszłem do pokoju i zobaczyłem te panią, jak lerzała na łurzku. Obok niej walały się butelki i lekarstwa. Pszestraszyłem sie okropnie, bo nigdy wcześniej nie widziałem zwułok. A tak pokancerowanych i pobitych to jurz wogule. Chyba tylko dziadka, ale on umarł jakoś tak bardziej normalnie, na starość". – Kula soczystymi przekleństwami przerywał czytanie protokołu spisanego przez Trembowieckiego. – Kto was uczył ortografii! Jak ja to pokażę zwierzchnikom?!

– Jestem dyslektykiem – tłumaczył się Trembowiecki.

– „To morze być tylko zabujstfo, przemyśliwałem. Uciekałem stamtąd, bo zrozumiałem, że morderca morze tu teraz być i mnie terz czeka taki smutny loz". Kto tak pisze!!! Zabójstwo przez „u" zwykłe i „ef"?

– Przepraszam, jestem...

– Pierwszy raz mamy do czynienia z poważnym przestępstwem, a pan nawet świadka nie umiesz przesłuchać. Nie wiem, jaką opinię panu wystawię!

Kula był tak zajęty besztaniem swojego dyżurnego, że nie zauważył, jak do komendy wmaszerował Łysy.

– Panie podkomisarzu, mamy rozkazy. Zabójstwo pani Frank to sprawa priorytetowa. Media się interesują. Ktoś zawiadomił prasę. Do was należy ustalenie, kto się do tego przyczynił. I nie ujawniać żadnych, ale to żadnych informacji! - podkreślił. - Przejmujemy sprawę! Dostarczycie nam notatki z miejsca zdarzenia, protokoły zeznań ewentualnych świadków. Liczę, że do rana wszystko będzie gotowe. Wyjeżdżam o jedenastej piętnaście - wyrecytował i nie czekając na odpowiedź, wyszedł.

Kula swoją złość natychmiast wyładował na podwładnym.

- Trembowiecki! Przepisać to w ciągu godziny. Nic z tego nie rozumiem. Czego ten listonosz w końcu dotykał? Pilota, pił ze szklanki, potem wrzucił ją do pokoju, gdzie leżały zwłoki? Telefonu? Zabrał koszulkę aktorki. Dlaczego? Gdzie ten dowód jest teraz? I dlaczego nie zawiadomił nas od razu, tylko czekał tyle czasu? Liczył, że ktoś inny odkryje ciało? Na wszelki wypadek zatrzymać go do wyjaśnienia na czterdzieści osiem godzin. - Rzucił wydruk Trembowieckiemu w twarz. - Nie dzwonić bez powodu.

- Tak jest.

Kiedy posterunkowy wyszedł, Kula ukrył twarz w dłoniach. Pierwsza w życiu poważna sprawa. O takiej marzył! Zdarza się na jego terenie, a traktują go jak kmiotka. Upokarzają przy najgłupszym pracowniku. „Przejmujemy sprawę" - przedrzeźniał Łysego.

- Ale tak wam się tylko wydaje, że się mnie pozbędziecie. Jeszcze będziecie prosić, żeby wam pomóc. Tylko ja znam tak dobrze okolicznych obywateli, oni powiedzą mi więcej niż wam, miastowe, wydelikacone bubki! - Odpalił komputer. - I tak poprowadzę to śledztwo. Na własną rękę. Bez waszej wiedzy. Co możecie mi zrobić? Wysłać na emeryturę? Ha, ha, ha! Mógłbym być na niej już od piętnastu lat - śmiał się gorzko i na samą myśl o zostaniu detektywem jak z czytanego ostatnio kryminału uśmiechnął się pod wąsem. Otworzył plik tekstowy i zaczął spisywać zgromadzone dane.

Ofiara: Nina Frank, zwana Niką. Lat 29.

Zawód: aktorka, wcześniej modelka.

Stan cywilny: mężatka.

Zamieszkała: Warszawa – apartament, Mielnik n. Bugiem – stary dworek.

Pochodzenie: nieznane.

Przyczyna śmierci: zabójstwo, najprawdopodobniej uduszenie, morderca pastwił się nad ofiarą przed śmiercią i później, do pochwy włożył butelkę po soku, poranił całe ciało.

Rodzina: mąż Mariusz Król (prezenter telewizyjny), dzieci – brak, rodzice – sprawdzić.

Zwyczaje: oprócz bardzo towarzyskiego, z wieloma burdami, zakrapianego alkoholem życia – nieznane.

Stan majątkowy: zamożna, brak dokładnych danych.

Karana sądownie: brak danych.

Miejsce odkrycia zwłok: dom w Mielniku, własna sypialnia. Denatka leżała na łóżku, zmasakrowaną twarz miała przykrytą zakrwawionym szlafrokiem, brzuch przykryto prześcieradłem, w mieszkaniu bałagan, porozrzucane fiolki po lekach i butelki po alkoholu. Odłożona słuchawka telefonu. Zabity pies w schowku na narzędzia. Nadpalone zdjęcia i kartka od agenta z Los Angeles. Treść nieznana. Ciało było przemieszczane z garażu do sypialni. Po zbrodni sprawca umył podłogę, podarte ubrania wrzucił do kubła na śmieci. Umył naczynia, pozbierał część śmieci, ale nie wszystkie.

Narzędzie zbrodni: nie znaleziono – może linka, sznurek, pończocha? Nie znaleziono też tępego narzędzia, którym ogłuszył ofiarę. Ani ostrego narzędzia, którym poranił skórę ofiary.

Do zastanowienia: dziwna kamera przypominająca owada, głuchy telefon, brak śladów rabunku albo włamania.

Wnioski: ofiara musiała znać mordercę i wpuścić go do mieszkania. Nikt go nie widział, nikt nie słyszał krzyków, ale posesja jest oddalona od wsi.

Patrzył na zapisane informacje i po chwili dopisał do ostatniego punktu: ślad terenowej opony (załącznik – rysunek bieżnika).

– Zbyt wiele tych niewiadomych – powiedział do siebie. Kliknął na ikonę internetu i wrzucił w wyszukiwarce „Nina Frank". 55 342 wyświetlenia. Zaczął czytać: *Życie nie na sprzedaż*, *Kochaj mnie*, *Na Wroniej*.

Cholera, nie oglądam tych babskich seriali, pomyślał.

Po godzinie surfowania po internecie sięgnął do szuflady. Wyjął do połowy przeczytany kryminał i uśmiechnął się: Potrzebuję kogoś, kto zna te cholerne filmy, jest w miarę kumaty, dyskretny i ma dostęp do prasy. Pani Lidia!

Wstał, poprawił mundur i spojrzał na zegarek. Było po dwudziestej drugiej. Opadł z powrotem na krzesło.

Ej, jak ten czas leci. Biblioteka już zamknięta. W takim razie od jutra zaczniemy badać życie naszej ofiary, postanowił.

Wcisnął czerwony guzik, który zaświecił się w centralce:

– Czego?

– Panie podkomisarzu, jakiś dziennikarz.

– O tej porze? – zdziwił się. – Łączcie.

– Nie udzielamy żadnych informacji. Tak, mogę potwierdzić, że odnaleziono zwłoki kobiety. Tożsamość jeszcze nie jest potwierdzona. Tak, w domu Niny Frank. Przyczyna śmierci? W tej sprawie proszę kontaktować się z rzecznikiem Komendy Wojewódzkiej w Białymstoku. Oni przejęli śledztwo. Dziękuję. Oczywiście: podkomisarz Eugeniusz Kula, kierownik posterunku w Mielniku nad Bugiem. Kula przez K jak Kazimierz. A będzie pan cytował moje wypowiedzi? W jakiej prasie? Hmm. Jasne, do widzenia. – Rozłączył się.

Jeszcze trochę posiedział za biurkiem i rozmyślał nad własnym szczęściem. Potem niemal zbiegł po schodach. Nie czuł ciężaru teczki, którą niósł w ręku.

Rozdział 10
Jakub i matka

„Poznaj swoich konkurentów lepiej, niż oni znają ciebie"

Nie czułam ciężaru plecaka, kilkoma susami pokonałam schody i znalazłam się na pierwszym piętrze naszego bloku. Jeszcze przed chwilą siedziałam w wakacyjnie zapełnionym po brzegi przedziale i rozmyślałam nad własnym szczęściem. Niemal biegłam z dworca do domu. Tu byłam bezpieczna. Bratki mamy kwitły prześlicznie na rabatkach. Odnowiona klatka schodowa kojarzyła mi się z moim nowym życiem, w które wkroczyłam z triumfalnym uśmiechem. Włożyłam klucz do zamka i przekręciłam go niemal bezgłośnie, chciałam jak najszybciej znaleźć się w środku, w moim własnym pokoju. Otworzyłam drzwi i próbowałam tyłem wciągnąć za próg plecak, który nagle zaczął ważyć swoje. Kiedy się odwróciłam w kierunku mieszkania, nasze spojrzenia się spotkały. Uśmiech, który miałam na ustach, znikł, a mężczyzna przede mną – przepasany jedynie białym ręcznikiem – zamarł w pozie greckiego boga na postumencie. Zacisnął prawą rękę na klamce do łazienki, otworzył usta, żeby coś powiedzieć. Wtedy z salonu wyszła rozczochrana moja matka.

– Aga, co tu robisz? Dziś szesnasty? – spytała, wybałuszając oczy ze zdziwienia.

Ogarnęłam ich wzrokiem i poczułam, jakby ktoś znienacka uderzył mnie w klatkę piersiową. Język uwiązł mi w gardle, zabrakło tchu. Nie byłam w stanie wydusić z siebie ani słowa. Oni przed chwilą ze sobą spali! Moja matka uprawia seks! Kim jest ten facet?

– Jedenasty. Wróciłam wcześniej – odpowiedziałam, gdy już odzyskałam głos, i żeby nie wybuchnąć przy nich płaczem, po prostu wślizgnęłam się do swojego pokoju. Ładnie się zabawiasz, kiedy mnie nie ma, pomyślałam gorzko. Kiedy zatrzasnęłam drzwi, usłyszałam, jak matka mówi cicho:

– Córeczko... – po czym naciska klamkę, by się do mnie dostać.

Całym ciałem oparłam się o drzwi. Za żadne skarby nie chciałam jej oglądać w takim stanie. Pierwszy raz zobaczyłam w niej szczęśliwą kobietę. Owinięta kołdrą, z policzkami zaróżowionymi i błyszczącymi oczami, wyglądała na młodszą o co najmniej dziesięć lat. Boże, jak dobrze, że nie weszłam tu chwilę wcześniej. Usiadłam na tapczanie i rozpłakałam się. Poczułam się tak potwornie samotna.

– To może ja już pojadę – odezwał się szeptem gość w ręczniku.

– Zostań na obiedzie. Tak nie możesz wyjść – dodała matka. – Porozmawiajcie – poprosiła.

Leżałam na łóżku jak sparaliżowana. Przed oczami miałam mojego niedoszłego kochanka Artura i jego żenujące próby rozdziewiczenia mnie. Kiedy nie mogłam już płakać i tkwiłam tak bez sił skulona w pozycji embrionalnej, usłyszałam stłumiony śmiech tego mężczyzny. Wyobraziłam sobie, że przygotowują razem jedzenie i on – jak na filmie – obejmuje moją mamę wpół, szepcząc jej coś lubieżnie do ucha. Poczułam zazdrość. Odkrycie nowego uczucia tak mną wstrząsnęło, że aż wstałam. Ściągnęłam spodenki i przybrudzoną bluzkę. Stanęłam przed lustrem. Opalenizna kontrastowała ze spłowiałymi od słońca włosami, a moim szarym oczom dodała intensywności. Dotknęłam płaskiego brzucha, poniżej którego wyraźnie odcinał się biały trójkąt od stroju kąpielowego – słońce nie miało tam dostępu. Obejrzałam dokładnie długie nogi i przysłoniłam rękami piersi.

– Jestem kobietą – powiedziałam do siebie. – Wcale nie gorszą od własnej matki.

Zdjęłam z wieszaka białą lnianą sukienkę sznurowaną na szyi i niemal całkowicie odkrywającą plecy. Włożyłam ją i boso wyszłam z pokoju. Stół był nakryty, a moja mama i jej przyjaciel siedzieli przy nim, popijając wodę mineralną. Czekali na mnie.

Szłam wolno, ostrożnie stawiając każdy krok. Usiadłam z pochyloną głową, by po chwili wyzywająco spojrzeć w oczy temu mężczyźnie.

– Więc kim pan jest? – spytałam, wydymając usta. By to zrobić, zdobyłam się na całą odwagę, na jaką mnie było stać w tym momencie. Wyobrażałam sobie, że matki nie ma w pomieszczeniu.

Speszył się. Odwrócił głowę, jakby u niej szukał ratunku, ale mama była tak szczęśliwa, że to ja wychodzę z inicjatywą i przełamujemy lody, że zupełnie nie zwracała uwagi na moje kokietowanie. Wiedziałam, że w tym momencie wytaczam cały mój oręż erotyzmu w jednym celu.

– Mam na imię Jakub – odparł aksamitnym głosem i uśmiechnął się. – Trochę się z twoją mamą kolegujemy.

Tylko ja i on wiedzieliśmy, że przed chwilą świat zawirował, zatoczył piruet, aż poszły iskry. Kiedy szczebiotałam, opowiadając, jak było na obozie, Jakub kątem oka obserwował moje opalone ramiona. Więcej już nie spojrzałam na niego ani razu. Wiedziałam, że po wyjściu stąd nie będzie mógł przestać o mnie myśleć.

Matka była rozpromieniona. Okazało się, że Jakub był jej kolegą ze studiów. Bliskim, prawie narzeczonym, który nagle wyjechał za granicę. Pracuje w sztabie jakiegoś polityka – pisze mu przemówienia i przyjechał razem z nim na spotkanie wyborcze, które odbywało się w szkole, gdzie uczyła matka. Nie poznał jej w pierwszym momencie, ale ona go tak. Poszli na herbatę, rozmawiali do późnej nocy. Ot, romantyczne spotkanie po latach. Przypomniałam sobie! Matka wróciła wtedy późno, lekko na rauszu i śpiewała pod prysznicem. Dziś od tej rozmowy minął zaledwie miesiąc. A oni wyglądali jak przyłapane na gorącym uczynku nastolatki.

Kiedy kończyliśmy deser, Jakub spytał:

– A jakie ty masz plany na przyszłość? Kim chciałabyś zostać?

Podniosłam głowę i odpowiedziałam z dumą:

– Będę aktorką!

– Aga – fuknęła matka.

– No co? Nie wierzysz, że twoja córka będzie gwiazdą? – Zaśmiałam się sztucznie.

Matka otarła usta serwetką i zaczęła mnie chaotycznie tłumaczyć. Mówiła, że należę do kółka teatralnego i rzeczywiście mam talent recytatorski. Ale jestem też wzorową uczennicą i gram na fortepianie.

– To świetnie. – Jakub spojrzał na zegarek. Upił mały łyk kompotu. – Było bardzo miło, ale muszę lecieć. Przepraszam za najście – powiedział do mnie.

– Do widzenia – odparłam i powoli wstałam.

W tym momencie zerwał się i podał mi lekko spoconą dłoń. Wiedziałam, że omiecie spojrzeniem moją sylwetkę. A kiedy będę się wyginać, sukienka napnie się dokładnie na wysokości jego wzroku i wtedy zobaczy zarys moich piersi. Tak się stało, poznałam po tym, że jabłko Adama na szyi kochanka mojej mamy gwałtownie powędrowało w górę i w dół. To było wyjątkowo łatwe. Dokładnie tak, jak zauroczyć ratownika czy wychowawcę na koloniach. Ot, tak sobie, dla zabawy.

Chciałam się roześmiać, bo był jak marionetka – pociągałam za sznurki, a on tańczył.

– To pożegnajcie się.

Kręcąc biodrami, wyszłam z pokoju. Byłam pewna, że żaden mężczyzna nie pozostanie obojętny na takie wrażenia estetyczne.

Matka odprowadziła go do drzwi. Ja, już w swoim pokoju, przyłożyłam ucho do ściany.

– Kiedy się znów zobaczymy? – spytała z błaganiem w głosie.

– Zadzwonię. – Rozległo się cmoknięcie w policzek.

– A może, skoro twoja córka wróciła z obozu, wybralibyśmy się razem nad to morze? Pogadajcie, jest jeszcze trochę czasu. Myślisz, że mnie polubi? – To pytanie zadał, wydało mi się, z nadzieją.

Uśmiechnęłam się. Pewnie matka kiwnęła głową, a może tylko wzruszyła ramionami. Tego już nie mogłam zobaczyć. Usłyszałam:

– Zostawić ci trochę pieniędzy?

– Nie trzeba – odpowiedziała matka, choć przecież zawsze nam brakowało. Dobiegł mnie szelest wyciąganych banknotów. Twarz wykrzywił mi pogardliwy grymas.

– Ile ci zapłacił? – Wychyliłam się ze swojego pokoju, kiedy już przesuwała zasuwkę.

– Aga, jak możesz! – oburzyła się matka.

– Po prostu pytam.

Matka milczała, wpatrywała się we mnie nieufna i urażona.

– Nawet przystojny. Ile ma lat?

– Rok starszy ode mnie. Czterdzieści trzy – mówiła niepewnie, spuszczając wzrok, tak jak wcześniej ja, gdy zagadywała o moje sympatie. Zwykle nie podobały jej się moje wybory. Postanowiłam zapożyczyć jej minę.

– Żonaty? – drążyłam.

Zawstydziła się.

– Tak, ale właśnie się rozwodzi – pośpieszyła z wyjaśnieniem.

Wyczułam, że bardzo jej na nim zależy.

– Ładnie razem wyglądacie. – Chciałam zrobić jej przyjemność, więc dodałam: – Cieszę się, że masz kogoś.

Przytuliłam się do niej, ale złość wcale mi nie przeszła. Wiedziałam, że muszę uśpić jej czujność. Udało się. Głaskała mnie po głowie i szeptała:

– Dziękuję, córeczko. Przepraszam, że nie powiedziałam wcześniej. Ale to ktoś naprawdę dla mnie ważny.

– Wiem, mamo. Wiem. – Wyplątałam się z jej objęć. – Pójdę się wykąpać. Jestem trochę zmęczona.

Czułam na sobie jej spojrzenie. Obserwowała mnie, więc nie kręciłam już biodrami. Zgarbiłam plecy i niezdarnie, klapiąc bosymi stopami po podłodze, ruszyłam do łazienki. Starałam się, by nadal widziała we mnie dziecko.

– Wszystko się ułoży – rzuciła, bardziej by upewnić w tym siebie niż do mnie. Bez słowa zamknęłam drzwi łazienki.

– Pewnie, że tak – odpowiedziałam, wpatrując się we własne odbicie w łazienkowym lusterku.

Patrzyła na mnie pewna siebie kobieta, już nie dziecko. Uśmiechnęłam się. Opalona twarz, rozjaśniona tym triumfującym uśmiechem, nie zdradzała nawet cienia lęku przed wejściem w nowy etap życia.

Rozdział 11
Listonosz czy mąż

*"Zarówno pech, jak i szczęśliwa passa
rzadko trwają długo"*

Opalona twarz, triumfujący uśmiech. Uzbrojony w ten oręż komisarz Hubert Meyer bez lęku udał się po powrocie z Quantico do szefa.

– Gratulacje! Kawał dobrej roboty – pochwalił go tubalny głos zza dębowego biurka.

Meyer nie mógł oprzeć się wrażeniu, że filigranowa postać komendanta ginie w wielkim skórzanym fotelu.

– Najpierw udzieli pan kilku wywiadów, na które już umówił pana rzecznik, a potem do pracy. – Komendant uśmiechnął się chytrze i Meyer wyczuł podskórnie, że coś kombinuje.

– Co to za sprawa?

– Proszę siadać. – Komendant wskazał krzesło na samym końcu stołu. – Wiadomo, jak to człowiek wraca z zagranicy. Rozbity, zdystansowany. Musi trochę ochłonąć. Na początek coś łatwego, ale medialnie bardzo interesującego. – Szef nie przestawał mówić.

– Chyba mnie pan nie przeniesie? – Meyer się zaniepokoił.

– Taką gwiazdę? Nie, na razie nie. Chciałbym, żeby pan trochę popracował w terenie… – Zawiesił głos.

– W terenie? Przecież cały czas pracuję w terenie.

– Niepokoi nas pańska sytuacja domowa – tłumaczył komendant. – Jeśli sytuacja rodzinna się komplikuje, odbija się to na pracy. A tego przecież nie chcemy. Proponuję substytut urlopu.

– Urlopu?

– Słyszał pan o śmierci tej aktorki? Okoliczności wskazują...

– Co ja miałbym tam robić? Sprawca w areszcie. Jest zbrodnia, będzie kara. Proces przyciągnie wszystkie telewizje. Po co profil nieznanego sprawcy, jak mają podejrzanego? – zjeżył się psycholog i wskazał na okładkę dziennika: *Wampir w przebraniu listonosza puka tylko raz*.

– Właśnie. Nie jest to takie pewne. – Komendant urwał.

Meyer cierpliwie czekał na dalszy ciąg wywodu. Wiedział, że szef uwielbia przemawiać. Na szczęście wypowiedź była krótka.

– Musieli go zwolnić z aresztu. Dobrze, powiem otwarcie: analiza porównawcza nie potwierdziła zebranego na miejscu zdarzenia kodu DNA.

Profiler podniósł głowę.

– Panie komendancie, to nawet nie nasz rejon – próbował przekonywać. – Tutaj mam tyle do zrobienia. Prawdziwi maniacy, naprawdę niebezpieczni, są na wolności! A pan mnie wysyła do badania przypadkowej śmierci jakiejś serialowej celebrytki.

– Komisarzu, ja tu wydaję rozkazy. – Komendant uciszył Meyera gestem dłoni. – Pojedzie pan, odpocznie. Wieś, przyroda, spokój. Przemyśli pan w tym czasie rozwód. I przeanalizuje, czy rzeczywiście ten listonosz, który odkrył zwłoki, jest mordercą. Zbada pan to z psychologicznego punktu widzenia, jak tylko najlepiej potrafi. A jeśli to listonosz, pomoże śledczym w jego przyznaniu się do winy. Wie pan, media węszą. Musimy mieć pewność, niepodważalny dowód. Co ja tu będę dłużej gadać. Musimy mieć sprawcę!

– Rozumiem, pan chce się mnie pozbyć i... – zaczął Meyer, ale szef zmarszczył brew, więc dokończył tylko w myślach: „moim kosztem wykazać przed zwierzchnikami!".

– To rozkaz? – spytał.

– Tak.

– A jeśli się nie zgodzę?

– Niech pan nie stawia tak sprawy, komisarzu. Jeśli się pan wykaże, czeka awans, podwyżka, może nawet etat profilera. Może, nie będę ukrywał, że to, by pan zajął się sprawą, już nie zależy ode mnie. Taką sugestię dostałem z góry. – Rozłożył ręce.

– Ile mam tam siedzieć?

– Daję panu dwa tygodnie. Przyzna pan, że to luksusowa sytuacja.

Meyer jęknął znacząco, ale komendant udał, że tego nie słyszy.

– Co ciekawe, jest na to także budżet. Ma pan do dyspozycji sprzęt, jakiego pan zażąda, i samochód służbowy. – Wyciągnął z szuflady szarą teczkę. – Tutaj jest streszczenie tego, co ustalili detektywi. Akta podręczne są w Białymstoku. Już wiedzą, że pan przyjedzie. Mają obowiązek współpracować. Sprawa była prowadzona bardzo rzetelnie. Zebrano wiele dowodów. Ślady biologiczne, świadkowie. Wszystko szło pięknie, a listonosz nawet przyznał się do zabójstwa. Ale po dwóch dniach odwołał zeznania. No i, niestety, ta nieszczęsna ekspertyza go wykluczyła. Sam pan rozumie, mamy klops. Sąd raczej go uniewinni. A nie możemy sobie pozwolić na kolejną sprawę Jaroszewiczów. Jeśli pan znajdzie inne dowody, choćby nowe poszlaki na listonosza albo na kogokolwiek innego, kto poniesie karę za tę zbrodnię, zamkniemy sprawę po dwóch tygodniach. I wróci pan do zaplanowanych czynności. Niech pan potraktuje to jako urlop. Ekskluzywny urlop. – Komendant zamknął notes. – Po powrocie złoży pan na moje biurko raport.

Komendant uznał rozmowę za zakończoną.

Meyer wszedł do gabinetu i zaczął zbierać notatki, składać laptop, pakować projektor do torby. Zadzwonił do sekretariatu.

– Idziemy na kawę? – spytał.

Mariola była jakaś dziwna, wystraszona.

– Nie wiem, może za godzinę?

– Dobra, ja się tu pozbieram i już nie będę wracał. Wiesz, że jadę na wieś? Jak się ona nazywa? – Zajrzał do notesu. – Mielnik nad Bugiem. I jeszcze mam pogadać z dziennikarzami.

– Oddzwonię później. – Mariola odłożyła słuchawkę.

Meyer wzruszył ramionami.

Zadzwonił do rzecznika.

– Słuchaj, potrzebuję informacji o tej aktorce. I jej mężu, rzecz jasna. Załatwisz? Na już. Jutro wyjeżdżam. Nie, najlepiej wydruki. Ksero może być. I dane policyjne o niej. O nim już są. Był przesłuchiwany. Dzięki.

Spojrzał na zdjęcia Anki i dzieci, które trzymał na biurku. Odwrócił fotografię i przykrył książką. Pozwany, powódka, alimenty – do tego doszło.

– Hubert, nie mogę wyjść – zadzwoniła Mariola.

– To może wieczorem? Pójdziemy na drinka. – Uśmiechnął się.

– Nie bardzo mogę się z tobą spotykać. Zostałam wezwana na świadka w twojej sprawie.

– O czym ty mówisz? Jakiej sprawie?

– Rozwodowej. Twoja żona mnie powołała.

– A co ty masz do tego?

– No wiesz... – Mariola zamilkła, po czym wydusiła z siebie: – Kiedy cię nie było, spotkałyśmy się. Szkoda mi jej.

Meyer zaciągnął się papierosem. Czekał.

– Będę zeznawać przeciwko tobie – dokończyła Mariola i zapadło milczenie.

Profiler bez słowa odłożył słuchawkę.

Łysy żuł wykałaczkę i patrzył na Meyera spod oka. Nie rozumiał, po co z Głównej przysyłają tutaj jakiegoś psychologa. Przecież sami sobie świetnie radzą. Mają dwóch podejrzanych. Listonosz przyznał się do winy, zabezpieczono jego spermę, odciski palców. Teraz trzeba nad nim jedynie popracować operacyjnie i kiedy znajdą na niego haka, znów go przycisną. Tym razem im się nie wywinie. A ta ekspertyza? No fakt, wykluczyła go. Ale Łysy sam od początku obstawiał męża aktorki. Już po pierwszym przesłuchaniu wiedział, że pomiędzy nimi jest stosunek pewności od czterdziestu do sześćdziesięciu procent. Mąż miał motyw, ofiara miała jego naskórek pod paznokciami, znaleziono też jego spermę. Nie ma wątpliwości, to on zgwałcił ofiarę przed śmiercią. Nie ma alibi na czas zgonu Niny Frank. Teraz potrzebne jest tylko jego przyznanie się do winy. A z tym chłopcy już sobie poradzą.

No tak, ale aż z Komendy Głównej pofatygowali się, żeby go poinformować, że jedzie do nich psycholog policyjny. Co miał robić? Musi współpracować. Tylko dlaczego ten gość zadaje takie dziwne pytania?

– Dlaczego w łazience była woda?

– Czy zidentyfikowano odciski na kurkach od wanny?

– Na jakiej wysokości znaleziono rozbryzgi krwi w garażu? Czy sprawca uderzał tępym, czy ostrym narzędziem? Czy ciągnął, czy niósł zwłoki do sypialni?

– Czy ustalono, jakie miał buty? W sypialni odbił się ślad podeszwy. Czy jest jej odlew?

– Czy listonosz pali? Czy mąż ofiary pali?

Jakie to, kurwa, ma znaczenie! To tylko szczegóły, myślał Łysy. Sprawca sam nam to wszystko wyjaśni. Dowody mówią za siebie. Nie trzeba nam tu magików. Prosta sprawa. Mąż albo listonosz.

– Najprawdopodobniej to buty z miękką gładką podeszwą typu cichobiegi, kupione na bazarze – odpowiedział, stukając palcami w blat biurka.

Meyer zarejestrował zdenerwowanie policjanta.

– Cichobiegi? W zimie? – upewnił się.

Łysy wzruszył ramionami. Milczał.

Profiler spokojnie przeglądał zdjęcia z sekcji w aktach i zaciągał się papierosem. Łysy nie cierpiał, kiedy ktoś kopcił w jego gabinecie. Nigdy na to nie zezwalał. Ale bał się zabronić psychologowi, którego wprowadził tutaj sam szef i płaszczył się przed profilerem, jakby był co najmniej hrabią Potockim.

– A kogo pan obstawia, jeśli można spytać? – zwrócił się do niego profiler.

– Męża. – Łysy odrzekł sucho. – Byli w konflikcie. Frank nie chciała mu dać rozwodu. Miał motyw. Nowa dziewczyna domagała się ślubu. A gdyby Król zgodził się na rozwód na warunkach Frank, zostałby goły i niewesoły. Jej śmierć jest mu bardzo na rękę. Dziedziczy jej apartament w Warszawie, dworek w Mielniku, który po remoncie wart jest jakieś dwieście tysięcy, polisę ubezpieczeniową i oszczędności. W sumie prawie pół miliona złotych.

– Wyszedł za kaucją?

– Tak. Zaraz po identyfikacji zwłok aresztowaliśmy go na czterdzieści osiem godzin, potem przyjechał jego adwokat z kwitem, że ma dobrą opinię w miejscu zamieszkania. Ręczą za niego ksiądz, prezydent Jabłonny spod Warszawy, skąd pochodzi gwiazdor, jego rodzice oraz trzystu wielbicieli jego teleturnieju. Oto lista. – Łysy przewertował akta. – I jeszcze narzeczona jest w ciąży, a on jest jedynym żywicielem. Ona nie pracuje. Sąd ustanowił zabezpieczenie majątkowe wartości stu tysięcy złotych.

– Mieli wspólne konto?

– Nie. Podobno sprzedał działkę nad Zalewem Zegrzyńskim i lexusa. Wart mniej więcej tyle. Teraz jeździ służbowym. Ale ma jeszcze jedno auto. Jakiś chrysler.

– Po co mu tyle samochodów?

– Wie pan, to gwiazda. Może dali mu w ramach promowania marki?

– I nie przyznaje się do zabójstwa?

Łysy niechętnie skinął głową.

– Rozumiem, że staraliście się go do tego przekonać?

Oficer w milczeniu żuł wykałaczkę.

– Jak się zachowywał podczas przesłuchania? – ciągnął Meyer.

– Najpierw się awanturował. Odmówił składania wyjaśnień. Potem przyjechał z adwokatem i był już bardzo spokojny. Przybity, można powiedzieć. Dokładnie opracowali wersję. Nie można szpilki włożyć.

– Czyli awantura, pobicie, gwałt. Opuścił Mielnik o północy, wrócił, ale nie wszedł do domu, i pojechał do Warszawy. Całkiem pijany, tak?

– Utrzymuje, że to nie był gwałt. Normalny stosunek seksualny. Tak to ujął. Nie ma alibi – dodał Łysy. Wstał i zapatrzył się w okno. – Według mnie wrócił do mieszkania i znów rozpętał awanturę. Był jeszcze bardziej pijany. W schowku jego auta znaleźliśmy opróżnioną do połowy butelkę whisky. Wpadł w szał. I zabił ją w afekcie. Typowa zbrodnia rodzinna.

Hubert Meyer patrzył na plecy Łysego. Policjant był niedużego wzrostu, chudy, sprężysty. Kiedy się odwrócił, profiler zobaczył w jego rozbieganych oczkach wrogość. Takie spojrzenia widział bardzo często. Ten typ detektywa nie wierzy w psychologię. Woli twarde dowody. I tylko biologiczne dowody. A jego ulubioną taktyką przesłuchania jest przemoc.

– A co pan sądzi? Psycholog ma inne zdanie? – pozwolił sobie na szyderstwo Łysy.

Meyer zmarszczył brwi. Wiedział już, że nie zostaną partnerami.

– Jak dla mnie sprawa jest prosta – ciągnął Łysy. – To tylko kwestia czasu, że Mariusz Król się przyzna.

– A listonosz? Jego przecież też bierzecie pod uwagę. – Meyer odpowiedział pytaniem na pytanie.

Postawił na chłodną, racjonalną rozmowę. Nie chciał się kłócić. Chciał jedynie wycisnąć wszystko, co policjant może mu przekazać. Łysy zmusił się, by powstrzymać grymas niezadowolenia. Nie zamierzał pomagać profilerowi. Prawdę mówiąc, nie mógł się doczekać, kiedy ta wizyta dobiegnie końca. W pokoju zapanowała cisza, aż oficer zaczął przedstawiać kolejną wersję wydarzeń. Meyer wyczuł od razu, że Łysy w nią nie wierzy.

– Wszedł do mieszkania pod pretekstem wręczenia korespondencji. Znała go, więc wpuściła do środka. Po awanturze z mężem zamknęła psa w schowku. Nienawidziła tego kundla, zwłaszcza jak szczekał. Podobno kiedyś ją pogryzł. Listonosz wdał się z nią w rozmowę. Chciał ją zgwałcić. Był zaczepny. Odepchnęła go. Uciekła do garażu. Próbowała wydostać się z domu tylnym wyjściem. Dogonił ją i zaczął uderzać na oślep. W końcu udusił. Ciało przeniósł na łóżko. Włożył butelkę w krocze. Potem dokonał masturbacji w bibliotece. Wytarł się ręcznikiem. Czekał do popołudnia, żeby zmylić śledczych, i zawiadomił lokalny posterunek, że odnalazł ciało. Wszystko.

– Wszystko? Przecież nawet nie wiecie, czym dokonał zbrodni. Gdzie jest narzędzie, którym dusił? Czym zadawał ciosy? – żachnął się Meyer.

Riposta nie padła z ust Łysego, więc psycholog spytał tylko, czy może pożyczyć akta. Oficer niechętnie skinął głową.

– Numer do dyżurnego pan ma. W razie potrzeby proszę dzwonić. Wszystkie informacje zostaną przekazane do mnie – powiedział na zakończenie oficer i uśmiechnął się ironicznie.

Nie zamierzał podawać Meyerowi numeru własnej komórki ani nawet numeru wewnętrznego. Powoli przesunął w kierunku psychologa teczkę ze zgromadzonymi ekspertyzami, notatkami, protokołami przesłuchań. Zrobił to wbrew sobie, bo gdyby to od niego zależało, nie wypuszczałby akt z rąk.

– Zrozumiałem. Oddam pojutrze. – Meyer wyszedł.

Ciekawe, co mnie czeka na tej wsi, pomyślał. Jeśli dalej będę miał takie warunki do pracy, ciężko będzie przetrwać ten urlop.

Rozdział 12
Profiler jedzie na wieś

„Dziel się swoją wiedzą. To sposób na osiągnięcie nieśmiertelności"

Eugeniusz Kula już od siódmej wypatrywał auta z katowicką rejestracją. Dostał polecenie z góry, by udostępnić wszystkie możliwe informacje „profajlerowi", jak z angielska nazywali psychologa policyjnego, który przyjedzie na jego teren badać sprawę śmierci Niny Frank. Od tygodnia wciąż zjeżdżali się tu jacyś detektywi. Byli przemądrzali i lekceważyli kierownika posterunku, co bardzo go denerwowało. Listonosz przez ostatnie dwa tygodnie siedział w areszcie pod zarzutem zabójstwa aktorki. Kiedy Kula dowiedział się, że Jurka Ponczek przyznał się do winy, nie mógł uwierzyć. On mordercą? Owszem, to łajdak, oszust matrymonialny, ale nie gwałciciel i zabójca. Nie, w to nie wierzę, choć przecież nie dam za to głowy, rozważał. I kiedy już pogodził się z myślą, że się co do niego pomylił, nagle wypuścili Ponczka z aresztu. Od tej pory nie wychodzi z domu. Raz wybrał się do sklepu, ale ludzie omal nie zakłuli go widłami. Musiał go asekurować Czerwieński. Jurka jest teraz w takiej depresji, że tylko leży i gapi się w sufit. Nadal jest głównym podejrzanym. Aż tu nagle nowa niespodzianka: przysyłają psychologa. Dziwne.

Profiler, co to w ogóle jest? – głowił się kierownik posterunku. W internecie szukał informacji o ekspertach wykonujących profile nieznanych sprawców. Im więcej czytał, z tym większą niecierpliwością czekał na gościa.

Znalazł informację, że w Stanach Zjednoczonych tacy ludzie nazywani są „hunterami" – myśliwymi. Polują na seryjnych morderców, gwałcicieli, pedofilów, podpalaczy, porywaczy i maniaków seksualnych. Każdy wydział kryminalny ściśle współpracuje z kilku- lub kilkunastoosobową grupą profilerów.

Za najstarszy profil osobowości nieznanego sprawcy uznaje się portret „Kuby Rozpruwacza", seryjnego zabójcy prostytutek w londyńskiej dzielnicy Whitechapel. Sporządził go w 1888 roku doktor Thomas Bond. Profil zawierał opis cech fizycznych poszukiwanego sprawcy, jego zaburzeń seksualnych oraz analizę środowiska społecznego i warunków socjalnych. Początki nowoczesnego profilowania to lata pięćdziesiąte i sześćdziesiąte ubiegłego wieku oraz sprawy „Dusiciela z Bostonu" i „Szalonego Bombowca" z Chicago. Uczestniczył w nich nowojorski psychiatra James A. Brussel.

– Co to w ogóle za sprawy? Oj, w tej Ameryce to oni mają niezłych dewiantów. Nic dziwnego, że ci, co ich łapią, też muszą być bardziej wykształceni. Nie to, co u mnie: drobni przemytnicy i złodzieje kur – monologował Kula.

Był porażony ogromem wiedzy, która nagle zwaliła mu się na głowę. Ale choć połowy nie rozumiał, uparcie brnął dalej. Klikał na kolejne strony.

W 1978 roku Wydział Badań nad Zachowaniem Akademii FBI w Quantico wprowadził Program Profilowania Psychologicznego, stworzony przez Johna Douglasa i Roberta Resslera. Ci dwaj agenci FBI przez kilka lat prowadzili wywiady z pięćdziesięcioma najbardziej niebezpiecznymi przestępcami osadzonymi w amerykańskich więzieniach oraz z trzydziestoma sześcioma, którzy popełnili zbrodnie na tle seksualnym. Douglas studiował ich życiorysy, sposób zabijania i motywy, jakie nimi kierowały. Wszystko po to, by stykając się z kolejną brutalną sprawą, dowiedzieć się, dlaczego zabijali. I by móc powiedzieć, o czym myślał nieznany sprawca w momencie popełniania czynu, a w końcu określić, kim może być. Tak powstał system profilowania osobowości nieznanych sprawców, stosowany do dziś na całym świecie. Także w Polsce.

A więc jednak system, jak matematyka. Ale zaraz, zaraz. Jak się ma do tych magików nasz przyjaciel? – Zajrzał do notesu, by nie przekręcić nazwiska. Meyer, Hubert Meyer. Wrzucił w wyszukiwarkę.

Na stronach polskojęzycznych na pierwszym miejscu znalazł artykuł z tygodnika „Newsweek". Pisali o nim. Proszę, był na okładce!

Kula pochłonął tekst w pół godziny. Wydrukował go sobie i zaznaczył fragmenty, o które chciał spytać.

Dowiedział się, jak „profajler" pracuje.

Analizuje zdjęcia wyświetlane na ścianie – ułożenie ciała, zadane ciosy, rozległość ran. Jeśli ofiara została zadźgana nożem i stwierdzono wiele ran kłutych w jednym miejscu, zwłaszcza w okolicy twarzy, to profiler może mieć niemal stuprocentową pewność, że sprawca dobrze znał ofiarę. Mamy do czynienia z zabójstwem z pobudek osobistych. Jeśli zawinął ciało w prześcieradło lub koc albo w inny sposób zadbał o nie po śmierci – żywił dla ofiary swego rodzaju czułość, a może nawet miał wyrzuty sumienia. Jeśli ciało zostało okaleczone i porzucone w widocznym miejscu, zabójca gardził ofiarą lub lekceważył kobiety w ogóle.

– To fascynujące – mamrotał Kula pod nosem. – Szkoda, że kiedy ja zaczynałem pracę, nie było takiej możliwości. Może nie trzymałbym się tak obsesyjnie tej wsi. – Zawołał przez interkom Czerwieńskiego i kazał mu dostarczyć cały materiał zdjęciowy oraz nagranie z kamery. – To się przyda naszemu gościowi. Jak dobrze, że o tym pomyśleliśmy – cieszył się Kula i czytał dalej.

Profiler jeździ na miejsce zbrodni. Ogląda okolicę, próbuje domyślić się, dlaczego sprawca wybrał akurat ten teren na dokonanie zabójstwa. Wyobraża sobie, co czuł w tamtym momencie. Stara się odgadnąć jego potrzeby i fantazje, które nosi w sobie. Próbuje wejść w umysł sprawcy. Myśleć jak on, przeżyć moment zbrodni jak on. Stara się zrozumieć, dlaczego zachował się w taki właśnie sposób. I stawia hipotezy dotyczące tych wszystkich „dlaczego". Dzięki temu może odtworzyć przebieg wydarzeń. Sytuację ocenia z obu stron: wczuwa się zarówno w położenie sprawcy, jak i ofiary. A o zabójcy wie więcej niż on sam o sobie. Dlatego potrafi określić, kim może być.

Czytanie artykułu przerwał warkot podjeżdżającego samochodu. Kula wyjrzał przez okno i natychmiast włożył czapkę policyjną. Uporządkował biurko, wyrzucił niedopałki z popielniczki. Już miał wychodzić, kiedy w drzwiach stanął mężczyzna.

Przybysz był w tweedowej marynarce, zamiast koszuli miał ciemny T-shirt.

– Meyer.

Podszedł do kierownika posterunku i wyciągnął dłoń. Jednocześnie omiótł spojrzeniem gabinet, a jego wzrok zatrzymał się na wydrukowanym artykule.

– Witamy w skromnych progach. – Kula się uśmiechnął i uścisnął dłoń psychologa. Zarejestrował żelazny chwyt. Twardy gość, to lubię, pomyślał. – Może herbaty, kawy? – zapytał.

– Potem. Najpierw chciałbym pojechać na miejsce zdarzenia – powiedział sucho psycholog.

– Oczywiście. Czy ma pan już nocleg? – spytał szef posterunku. I dodał szybko: – Tu trzeba załatwiać wcześniej. Hotele nie działają o tej porze roku.

– Może jakaś kwatera?

– Proponuję nocleg u mnie. Córka jest za granicą, jej pokój jest wolny. Żona świetnie gotuje – starał się zachęcić gościa.

Meyer się skrzywił.

– Wolałbym coś bardziej intymnego. Wie pan, jak pracuję – odrzekł i wskazał wydrukowany artykuł leżący na biurku kierownika posterunku.

Kula zawstydził się, że psycholog tak łatwo go rozszyfrował, i pluł sobie w brodę, że dał się nakryć na sprawdzaniu gościa.

– Zorientuję się.

– Pomyślimy po południu. Mam nadzieję, że będzie pan miał chwilkę, by porozmawiać?

– Tak, zapraszam. Proszę mówić, co panu trzeba. Moi ludzie są do dyspozycji – dodał Kula z uśmiechem.

Meyer przed wyjściem spytał:

– Czy mogę zostawić tutaj sprzęt? Jest dość cenny. Wolałbym, żeby nie znalazł się na niego amator.

Na to szef posterunku wybuchnął gromkim śmiechem.

– Widać, że pan komisarz z miasta. Tutaj wszystkie ściany mają oczy, a każdego złodzieja znam od dziecka. Nawet samochodu nie musi pan zamykać. Ale proszę zostawić, co panu zbędne.

Psycholog po chwili przytargał z bagażnika kilka toreb, pudeł z papierami, akta. Wyciągnął tylko kamerę i spytał:

– Jak mam jechać?

– Czerwieński! – krzyknął Kula. Po chwili w drzwiach stanął posterunkowy. – Zawieźcie pana komisarza.

– Wystarczy wytłumaczyć. Trafię.

Kula skinął głową.

– Oczywiście.

Po wyjściu psychologa Kula wrócił do lektury.

Profiler zbiera też wiedzę o ofierze. Sam ją gromadzi – rozmawia z rodziną i jej przyjaciółmi. To, kim i jaka była zamordowana osoba, pozwala mu zrozumieć relację łączącą ją z przestępcą. W osiemdziesięciu pięciu procentach ofiara nie jest przypadkowa. Zwykle była śledzona, obserwowana lub znała swojego zabójcę. Zdarza się, że to jej zachowanie uaktywniło agresję.

„Ofiara to książka, którą należy czytać – mawia komisarz Hubert Meyer. – Określenie, dlaczego akurat ta osoba została wybrana, jak sprawca i ofiara zachowywali się wobec siebie, pozwala postawić hipotezy, kim był sprawca dla ofiary, jakimi cechami psychofizycznymi się odznacza i w jakim środowisku należy go poszukiwać".

– Słusznie – powiedział do siebie Kula i zastanowił się.
– Ale do czego jest potrzebny taki portret psychologiczny?

W ciągu kilku minut miał odpowiedź. Portret psychologiczny pomaga policjantom w planowaniu i podejmowaniu działań operacyjnych, ujawnianiu i zabezpieczaniu dowodów, umożliwia weryfikowanie wersji śledczych. W praktyce jednak to detektywi zatrzymują sprawcę, a nie psycholog. Ale dzięki psychologom można zawęzić grupę podejrzanych.

– Tak, dlatego trzeba będzie z nim współpracować. Choć gość jest nieufny, to właśnie ja znajdę mordercę przy jego pomocy – ucieszył się kierownik mielnickiego posterunku.

Około pierwszej Kula pojechał do domu i w ciągu kwadransa był z powrotem. W bagażniku miał gorący obiad. Zapach kapuśniaku i schabowych rozszedł się po całym posterunku. Kula otworzył drzwi gabinetu. Meyer oglądał właśnie wnikliwie zdjęcia w aktach. Pod szkłem powiększającym sprawdzał ułożenie rąk martwej kobiety. Nawet nie zwrócił uwagi na wchodzącego kierownika posterunku.

– Mamy więcej tych zdjęć. Nawet film – powiedział Kula od niechcenia.

Profiler podniósł głowę.

– Tak? Gdzie?

Podkomisarz wskazał na szafę pancerną.

– Nie ma tego w aktach – zaczął Meyer.

– Nikt nie chciał ich przeglądać. Kilka fotek, które sami zrobili, im wystarczyło. Mojego technika zlekceważyli. Ale to my byliśmy pierwsi na miejscu zdarzenia – podkreślił Kula. I wyjął z szafy stertę płyt CD. – Chce pan zobaczyć?

Meyer pokiwał głową i nawet lekko się uśmiechnął.

– Bardzo chętnie. Zaskoczył mnie pan. Rzadko się zdarza, by szefowie, przepraszam, nawet rejonowych komend, myśleli o takich rzeczach. Mówią, że nie mają sprzętu i ludzi. Skupiają się na śladach biologicznych, badaniach genetycznych.

Owszem, to dowody, nie wolno ich bagatelizować. A tu zaledwie posterunek i taka niespodzianka.

– Dobrze, panie komisarzu. Może teraz ma pan ochotę na domowego schaboszczaka? Kawał drogi pan jechał.

Meyer przełknął ślinę.

– Tak pachnie, że byłbym głupi, gdybym nie spróbował – odpowiedział i Kula miał wrażenie, że zaczynają nawiązywać kontakt.

– No i jest jeszcze kapuśniak – dodał Kula, ale gdy zobaczył, że Meyer znów się spina w sobie, dodał: – Proszę się nie wstydzić. U nas to normalne: wschodnia gościnność. Czym chata bogata. – Podstawił pod nos psychologa garnek z zupą.

Kiedy po południu posterunkowy Trembowiecki wszedł do gabinetu szefa, żeby spytać, czy może iść do domu, omal nie udusił się od dymu papierosowego. Puste talerze i garnki stały w kącie, a Meyer odsłaniał przed podkomisarzem Kulą tajniki swojego zawodu.

Wyciągnął z kieszeni plik żółtych karteczek, z których połowa zapisana była drobnym maczkiem.

– Tu zapisuję wszystko, co mi przychodzi do głowy, gdy pracuję nad jakąś zbrodnią. To jak złapanie tropu – mówił.

– Wiem, to pewnie tak, jak ryba chwyta haczyk – rozpromienił się Eugeniusz Kula. – Też wtedy czuję się niezwyczajnie.

– No, można by porównać. Ja tam się na łowieniu ryb nie znam. Ale takie olśnienie to ogromna satysfakcja. Kiedy się odnajdzie ten brakujący element mozaiki, wszystko się wyjaśnia. Nagle zaczyna grać ze sobą, pasować. – Psycholog żywo gestykulował.

– Szefie, mógłbym już iść? – nieśmiało wtrącił Trembowiecki.

– Jeszcze tu jesteście? No idźcie, idźcie. – Szef pokiwał głową. – Kto dziś dyżurny?

– Cetnarek.

– Nic się nie dzieje?

– Drobnica. Lendziony znów...

– Idźcie, idźcie – machnął ręką Kula.

Trembowiecki już zamykał drzwi i dopiero wtedy jego wzrok padł na kubki, które trzymali w dłoniach mężczyźni. Zauważył na stole pomiędzy papierami butelkę oazy i rumiane policzki szefa. Wycofał się z gabinetu.

– Trembowiecki! – usłyszał.

– Tak jest! – Zajrzał ponownie.

– Wiecie co, jeszcze dziś posiedzicie w dyżurce – rzucił ostro. To, że był na rauszu, nie przeszkadzało mu w rejestracji podejrzanych zachowań posterunkowego. – Bądźcie pod telefonem na dole. Trzeba będzie nas rozwieźć.

Trembowiecki westchnął ciężko.

– Tak jest.

– Krótko pan trzyma swoich ludzi. – Meyer się uśmiechnął i upił łyczek oazy, usiłując ukryć grymas. Trunek nie należał do najsłabszych.

Słysząc ten komplement, Kula jeszcze bardziej pokraśniał z zadowolenia.

– Jakby Pan Jezus przechodził przełykiem, co? Nasz lokalny, zdrowiutki, żadnej chemii. Czyściutki, świeżutki bimberek. Wczoraj odebrany w depozyt producentom. Ruska receptura. Zero kaca!

Meyer zaśmiał się szczerze i podniósł kubek do góry. Kula stuknął się z nim z impetem.

– Ja nie czytam z fusów! – ciągnął Meyer. – Niektórym wydaje się, że tworzenie portretu psychologicznego to rodzaj magicznej mocy albo zgadywanka. Tymczasem większość spraw, w których brałem udział, została wykryta. W tworzeniu portretu osobowości mogę się pomylić jedynie w dwudziestu procentach, a zdarzają się profile nawet stuprocentowe, tak jak ostatnio, pewnie pan słyszał.

– Niesamowite – wydusił z siebie Kula.

Ale Meyer wcale nie przestał się złościć.

– Wszyscy mówią „niesamowite", gdy sprawcę udaje się wykryć i trafia pod sąd. A jednocześnie w Polsce nie ma dla nas etatów. Nie ma też szkoleń. No, chyba że w celu poznawczym, by pokazać, że jest taka metoda. Ale nie szkoli się detektywów. A doświadczenie detektywa w połączeniu z wiedzą profilera pozwala na szybkie zatrzymanie sprawcy. Potrzeba przynajmniej jednego profesjonalnego profilera na komendę wojewódzką. – Mówiąc to, komisarz odpalił kolejnego papierosa.

Był tak zdenerwowany, że Kula myślał nawet, czy nie zmienić tematu.

– Ci, którzy chcą być profilerami, to pasjonaci. Sami się uczą. Wiedzę zdobywają też, nękając psychologów z Instytutu Ekspertyz Sądowych w Krakowie i dzięki własnym kontaktom z agentami FBI. Ja właśnie wracam z Quantico. Lub przez internet. Ośmiotygodniowy interaktywny kurs u Brenta Turveya kosztuje około trzystu dolarów.

– U kogo?

– Brenta Turveya, świetnego brytyjskiego profilera młodszego pokolenia. Choć moimi idolami są Douglas i Ressler... – wyjaśnił Meyer, ale widząc konsternację na twarzy podkomisarza, ciągnął dalej: – Nieważne. W każdym razie w Polsce podczas poszukiwań sprawcy przestępstwa policja najpierw skorzysta z usług wróżbitów czy jasnowidzów, a nie psychologa. Do nas zwracają się, gdy już nie ma innego wyjścia. I na przykład trzeba przebadać całe miasteczko, by wykluczyć DNA.

– No właśnie – potwierdził Kula, jakby takie działania były u niego na posterunku normą. Zrobił minę wszechwiedzącego. – Panie komisarzu, ja wierzę i całkowicie ufam pańskiej technice. Chciałbym uczestniczyć w tym śledztwie, jeśli mogę się przydać.

– Niech się pan nie obrazi, ale moim zadaniem jest tylko stworzyć profil i dokładnie sprawdzić, czy listonosz do niego pasuje. – Meyer machnął ręką. – Na razie dowody zebrane przez detektywów potwierdzają jego winę. A potem powinienem zająć się naprawdę niebezpiecznymi przestępcami.

– A gdybym powiedział panu coś, co zlekceważyli inni funkcjonariusze, którzy tu byli?

Meyer spojrzał na Kulę czujnie.

– Lekarz stwierdził, że ofiara przed śmiercią została pobita i zgwałcona. Przyczyna zgonu: uduszenie, tak?

– Tak – potwierdził profiler.

– Na miejscu znaleziono mnóstwo odcisków listonosza, ślady spermy, Jurka przyznał się do winy, zabrał fant w postaci fragmentu garderoby – ciągnął Kula.

– Zgadza się.

– Aktorka go znała, mogła wpuścić do swojego mieszkania. Dlatego nie było śladów włamania. Tylko dlaczego akurat teraz go wpuściła, skoro do tej pory zawsze odbierała korespondencję przez furtkę? I dlaczego listonosz kilka godzin przed odwiedzeniem jej pochwalił się, że będzie miał kolejny autograf do sprzedania, jeśli chciał ją zabić? I nic nie zabrał? Jak znam Jurkę, to on nawet telefonem komórkowym nie pogardzi, o gotówce, biżuterii czy odtwarzaczu DVD nie wspomnę. Nie to, żebym go bronił.

– Wie pan, może to jego pierwsza zbrodnia – wtrącił się profiler. – Maniacy seksualni zwykle pierwsze zabójstwo popełniają spontanicznie, w afekcie. Dopiero potem uczą się na własnych błędach i typują ofiary. Doskonale potrafią też prowadzić grę z policją.

– Panie komisarzu, to się kupy nie trzyma. – Kula żachnął się. – Ja znam Jurkę od dziecka. Wiem, że to łajdak i bawidamek, ale nie gwałciciel! Już od szkoły kompletnie nieagresywny, unikający konfrontacji. Kłamczuch, krętacz, oszust matrymonialny, ale muchy nie skrzywdzi, a już na pewno psa by nie zabił. Sam ma jamnika i obchodzi się z nim jak z małym dzieckiem.

– No, wie pan, podkomisarzu. Taki argument to chyba przesada. Pan go lubi i stąd ta niewiara w winę. Ale wezmę pod uwagę te fakty. Proszę mi więc wyjaśnić, dlaczego przyznał się do winy.

– Bo to tchórz jest – huknął Kula. – Jedna wielka trzęsąca się ze strachu zajęcza kupa. Rozumie pan? Wystarczy na niego krzyknąć i zaraz wszystko wyśpiewa. A jeśli obiecali mu niższy wymiar kary, to wykoncypował, że lepiej od razu się przyznać, żeby już go nie dręczyli przesłuchaniami. Może go tam uderzyli albo tylko się zamachnęli. Sam pan wie, jak jest. Wolał mieć z głowy.

– Ludzie nie przyznają się bez powodu do cudzych zbrodni.
– Meyer widział, że Kula jest zaangażowany emocjonalnie, wolał go trochę ochłodzić faktami.

– Dobrze, może ja się na psychologii nie znam – zirytował się Kula. – Ale nad ranem, przed odkryciem ciała przez listonosza, ktoś tutaj był. Przyjechał jeepem albo innym zagranicznym autem na terenowych oponach. Według mojej dedukcji...
– Kula specjalnie użył trudnego słowa i zaraz sprawdził, jakie wrażenie zrobiło to na psychologu. Ten jednak po prostu wpatrywał się w niego w oczekiwaniu. – Według mojej dedukcji, to właśnie ten albo jeden z tych, którzy pomogli jej przedostać się na tamten świat. Rano chciał sprawdzić, czy kobieta na pewno nie żyje. I zabrać to, czego w tym mieszkaniu teraz nie ma. Widziałem ślad jego kół.

W pomieszczeniu zapadła cisza. Meyer odchrząknął.

– Śmiała hipoteza. Ale proszę mówić, to interesujące...

– Niestety, nie zrobiliśmy zdjęcia, a potem zaczął padać śnieg i zjechały się radiowozy. Ale...

– Ale...

– Narysowałem sobie ten ślad. – Kula się uśmiechnął. Wyciągnął karteczkę i podał ją komisarzowi. – Też zawsze noszę przy sobie notes.

– To nietypowy bieżnik.

– Właśnie.

– Zmierzył go pan?

– Czterdzieści dwa centymetry.

– Nieprawdopodobnie szeroki. Terenowe auto albo samochód robiony na zamówienie. Tutaj nikt takim nie jeździ?

– Skąd... Znam nawet numery rowerów. Jakby trzeba było, ustalę i liczbę hulajnóg. – Kula wypiął pierś. Najwyraźniej był już wstawiony.

Meyer zamyślił się.

– Panie podkomisarzu – zawiesił głos. – A dlaczego nie ma tego w aktach?

- Mówiłem śledczym, ale nie pasowała im taka informacja. Chcieli jak najszybciej znaleźć sprawcę i pochwalić się mediom. Według mnie to nie Jurka zabił, tylko ktoś przyjezdny. Nie stąd, rozumie pan?

- Wnioskuje pan na podstawie jednego śladu opony?

- Wiem też, że poprzedniego dnia była awantura w domu Frank. Mąż wyjechał po zmroku, widziano jego samochód. Nikt nie sprawdził, czy nie wrócił. Może on ją pobił i zgwałcił? A jak wrócił – udusił. Miał motyw: wie pan, oni się rozwodzą, kłótnie szły o pieniądze. Wiele razy już słyszałem tam awantury. On libacje u niej robił, a jej się to niezbyt podobało. Wzywała nas czasem albo ochroniarzy. Sam raz byłem ich rozdzielać. Już wcześniej chodziła w siniakach. Ja nie mówię, że to na sto procent mąż, ale nikt go nie sprawdził. Dlaczego? Czy on ma alibi?

- Jest podejrzany. Wyszedł za kaucją. Był już przesłuchiwany, to jest w aktach.

- Nie wiem, tylko mówię panu, bo na mojego nosa... Według mnie, Jurka jest tylko kozłem ofiarnym, bo pańscy zwierzchnicy potrzebują sprawcy i dobrej statystyki. Chcą się wykazać, rozumie pan?

- Muszę to wszystko przemyśleć. – Profiler się zasępił. – Co by pan powiedział, gdybym dziś przenocował w domu Niny Frank?

- Co? – Kula wybałuszył oczy.

Meyer nawet nie mrugnął, po prostu czekał na odpowiedź.

- Mówię poważnie. I tak nie mam noclegu.

- Ale tam wszystko zaplombowane. To niezgodne z procedurą – bąknął i patrzył na gościa z wyrazem błagania w oczach.

- Może jednak u mnie. Jest późno, przepraszam, że nic nie załatwiliśmy. Tylko jedna noc, a potem coś się zorganizuje.

- Niezgodne z procedurą! – Profiler rozłożył ręce. – Gdyby było zgodne, nie pytałbym. Chciałbym tam dziś pobyć, żeby poczuć atmosferę miejsca, wczuć się w rolę tej kobiety jako ofiary. I zastanowić nad motywacją sprawcy. Sam pan wie, dlaczego nalegam. Przecież nie dlatego, że pański dom mi nie odpowiada. Zresztą ślady już zostały zebrane. Tak czy nie? A pan, doświadczony funkcjonariusz, ma podejrzenia, że to morderstwo popełnił ktoś inny, nie listonosz. Tak?

– W zasadzie to tak. Brakuje motywu. Mnóstwo luk w tej układance. I jeszcze te kamery.

– Nie znaleziono w mieszkaniu żadnych nagrań?

– Komputer został przez kogoś wyczyszczony. Choć ci z wojewódzkiej mówią, że to nieistotne. – Kula spojrzał na Meyera, który wyciągnął w jego kierunku pusty kubek.

Kierownik rozlał resztki oazy.

– Obiecał pan pomoc. Proszę tylko o tę jedną noc.

– Zgoda – powiedział w końcu szef posterunku. – Ale to musi pozostać między nami.

Meyer stuknął się z Kulą.

– To leży także w moim interesie – podkreślił psycholog. – Mam do pana jeszcze jedną prośbę.

– Słucham. – Kula wpatrywał się teraz w Meyera z oddaniem. Czuł się w końcu doceniony i potrzebny.

– Niech pan, korzystając ze swojej wiedzy, stworzy listę osób, z którymi mogła się stykać tutaj Nina Frank – mówił Meyer. – Skoro tu mieszkała, musiała rozmawiać z ludźmi. Była aktorką, jej życie fascynowało wielu. Kto się nią interesował, podglądał ją, zabiegał o spotkanie z nią, przychodził po autografy, sprzątał u niej. Musimy ustalić, jaki prowadziła tryb życia. Jakieś rutynowe czynności. Być może ktoś z okolicznych mieszkańców widział kierowcę tego samochodu. To na razie byłoby na tyle.

– Zrobi się! Ma pan jak w banku – rozpromienił się Kula i poczuł dreszczyk podniecenia, bo jak na tutejszego szeryfa przystało, miał w zanadrzu trochę informacji, które musiał tylko poukładać.

Rozdział 13
Dom Niny

"Poznaj reguły. Potem niektóre naruszaj"

Alojzy Trembowiecki odstawił profilera pod furtkę domu Niny Frank. Zaparkował starego poloneza pod oszronionym żywopłotem i obserwował to wszystko, co się wokół niego działo, z nieskrywaną obawą. Nie mógł uwierzyć, że w ewidentnym łamaniu przepisów bierze udział jego zwierzchnik. Kiedy jednak szef posterunku wysiadł, wręczył psychologowi klucze do furtki, drzwi wejściowych i garażu, Trembowiecki nie mógł mieć już żadnych wątpliwości. Kula na kartce zapisał jakieś numerki oraz długo wyjaśniał Meyerowi, do czego służą. Trembowiecki już tego nie słyszał, ale domyślał się, że są to kody do alarmu i Kula drobiazgowo wyjaśnia, jak się nimi posługiwać. Potem na własne oczy zobaczył, jak podkomisarz Kula zrywa policyjne plomby i ściska rękę psychologa.

Kiedy szef posterunku ponownie wsiadł do radiowozu i kazał się wieźć do domu, aspirant jeszcze długo we wstecznym lusterku obserwował, co robi Meyer. Wiedział, czym się zajmuje, i kompletnie nie wierzył w te psychologiczne brednie. W szkole miał nawet kilka zajęć z profilowania, ale nie szło mu to wcale i z trudem zaliczył ten irytujący przedmiot.

Z niepokojem obserwował zachwyt szefa i zastanawiał się, do czego to ich doprowadzi. Bo że będzie afera, był przekonany. Jakże się zdziwił, gdy Meyer, zamiast od razu wejść do domu aktorki, ruszył w kierunku rzeki. Obszedł żywopłot i zniknął za zakrętem. Co on kombinuje? Posterunkowy aż dygotał ze zdenerwowania.

– Stójcie, gdzie wy mnie wieziecie, do zielonej granicy? – wyrwał go z rozmyślań głos oburzonego szefa. Dopiero wtedy zorientował się, że przejechał wjazd do posesji kierownika posterunku.

– Przepraszam. – Posterunkowy wrzucił wsteczny.

– A o czym tak dumaliście, Trembowiecki? – zapytał z chytrym uśmieszkiem Kula.

– Takie tam. – Spłonił się jak uczniak złapany na gorącym uczynku.

– Jak wam się podoba nasz gość? – dociekał Kula.

– Nie wiem, co myśleć. Trochę dziwny jakiś.

– Czujecie się w jego towarzystwie nieswojo, co? Jakby przewiercał was wzrokiem na wylot i czytał w myślach?

Trembowiecki skinął głową.

– Nic się nie bójcie. To umny człowiek, trzeba z nim współpracować. A ja wszystko mam pod kontrolą. Na jutro przywieźcie Jurkę Ponczka. Uspokójcie go i nie zatrzymujcie się po drodze. Nie potrzeba nam nowych kłopotów.

– Tak jest! – Posterunkowy zasalutował.

Meyer obszedł posesję aktorki dookoła i zatrzymał się przed skarpą. Spojrzał na rzekę, która w nocy wyglądała złowieszczo. Pewnie przez to, że na zamarzniętym lodzie leżał śnieg, który w świetle księżyca miał trupioniebieski odcień. Krzaki i zarośla po obu stronach brzegu przydawały okolicy dodatkowej tajemniczości. Meyer zamknął oczy i wyobraził sobie wieczór sprzed dwóch tygodni, kiedy aktorka jeszcze żyła. Widok musiał być podobny. Zanotował w myślach, by sprawdzić, jaka była tego dnia pogoda. Czy padał śnieg, czy był mróz, czy w nocy widać było księżyc, czy było zachmurzenie. Spojrzał na dom Niny Frank i zarejestrował, że obserwować go mogli jedynie ludzie użytkujący drogę oddaloną o kilometr od posesji, a ci, którzy mieszkali po drugiej stronie szosy, widzieć i słyszeć mogli jedynie auta podjeżdżające do furtki. Już postaci, zwłaszcza w nocy, jeśli ubrana byłaby w ciemny strój, by nie dostrzegli. Chyba że ta osoba wchodziłaby do oświetlonego mieszkania, a lampy na podwórku były zapalone.

Przymknął oczy. Usłyszał ujadanie psów i szum drzew. Poza tym żadnych ludzkich odgłosów. Wokół było tak cicho, że poczuł się nieswojo. Przeszedł dalej, by mieć przed oczami tył domu. Zauważył, że wokół posesji ciągnie się wydeptana w śniegu mała ścieżka, która kończy się wejściem na skarpę. Ktoś ją najwidoczniej odśnieżał. Po co? Poszedł w tamtym kierunku i na wysokości jego wzroku, w lesie, mignął jakiś pojazd: motocykl bądź rower. Tam musi być droga, pomyślał. Czuł wewnętrzną presję, by właśnie teraz sprawdzić, którędy biegnie, choć oznaczało to dłuższy spacer.

Myślał o aktorce i jej zabójcy. Przeczuwał, że w tej sprawie jest coś więcej. Rozmowa z zabawnym szefem posterunku dała mu do myślenia, choć nie mógł jeszcze zgodzić się z tezą, że listonosz jest niewinny. Łysy obstawiał męża aktorki. Słusznie. Mariusz Król miał motyw, są też jego ślady. Wiele dowodów wskazuje jednak na listonosza, ale ten z kolei nie wiedział o martwym psie w schowku. Dlaczego się przyznał? Było w tym rozumowaniu wiele luk, a jednocześnie nie dało się wykluczyć żadnego z podejrzanych. Obaj mogli dokonać zabójstwa. I jak za każdym razem, gdy zaczynał sprawę, czuł ten dreszczyk emocji, który mobilizował go do analizy zebranych faktów. Z wewnętrznej kieszeni płaszcza wyjął dyktafon i zaczął mówić:

– Mielnik nad Bugiem. Dzień pierwszy. Godzina – spojrzał na zegarek – dwadzieścia trzy minuty po północy. To w zasadzie dzień drugi. Jestem w okolicy zamieszkania ofiary. Główna droga oddalona jest od posesji o mniej więcej kilometr, zaledwie dwieście metrów dzieli ją od skarpy nad rzeką. Wokół posesji ciągnie się regularnie odśnieżana ścieżka. Dom otoczony jest wysokim żywopłotem, więc z daleka nie widać, co się dzieje i kto jest na posesji, jeśli znalazł się po drugiej stronie furtki. Idę w kierunku drogi w lesie, którą przed chwilą przejechał jakiś pojazd.

Wyłączył dyktafon.

Kiedy wszedł do lasu, ogarnęły go ciemności. W odległości kilkunastu metrów zobaczył małą polankę, na której można było zaparkować samochód bądź motor oraz rozpalić ognisko. Widocznie zbierała się tu miejscowa młodzież, zakochane pary przyjeżdżały na tajemne schadzki. Miejsca na ognisko dawno nie używano, a na śniegu nie było świeżych śladów żadnego pojazdu. Doszedł do drogi, którą przed kilkoma minutami przejechał rower lub motorynka, i zarejestrował pojedynczy ślad. Odwrócił się w kierunku domu aktorki i zamarł. Budynek z tej perspektywy był widoczny jak na dłoni. W tle widniała rzeka, a wejście na posesję oświetlał księżyc.

– Jeśli morderca chciał obserwować, co dzieje się w mieszkaniu aktorki, i czekał na moment, by dostać się do środka, to właśnie jest idealne miejsce. Mało tego, ludzie z naprzeciwka nie zauważą i nie usłyszą samochodu. A jeśli z zagajnika wyjdzie się tą dróżką, którą przed chwilą szedłem, nikt nie dostrzeże małej postaci. Potem wystarczy już tylko obejść posesję i wejść przez furtkę. Chyba że jest jeszcze tylne wejście. – Meyer wyłączył dyktafon i prawie biegiem ruszył z powrotem.

Obszedł żywopłot, sprawdzając, czy nie ma w nim ubytków, przez które dałoby się przedrzeć. Niczego nie znalazł. Ponownie stanął przed furtką, z której Kula zdjął policyjne plomby. Wyszukał w kieszeni klucz i włożył go do zamka. Jedno trzaśnięcie, ustąpił. Chwycił za klamkę, przekręcił i rozejrzał się. Doszedł do wniosku, że morderca mógł zza żywopłotu obserwować drogę i spokojnie poczekać na moment, kiedy niezauważony wyjdzie na dróżkę z tyłu. Kucnął i patrzył na szosę. Doskonale widział w oddali domy ze zgaszonymi światłami, drogę, pola. Sam nie będąc widoczny.

Nagrał swoje wnioski i skierował się do drzwi wejściowych. Zerwał papierową taśmę i znalazł odpowiedni klucz. Po wejściu wpisał kod, światło włączyło się automatycznie i zalało salon. Mieszkanie było przestronne. Naprzeciwko drzwi wejściowych stała biała sofa. Zostawił przy drzwiach swoją teczkę, zdjął buty i w samych skarpetkach, choć nadal w płaszczu, zaczął filmować wnętrze. Szedł od pomieszczenia do pomieszczenia, mówiąc:

– Jestem w pomieszczeniu gospodarczym, tutaj znaleziono martwego psa. Przecinam salon w poprzek, zabezpieczone ślady krwi.

Otworzył szafkę pod zlewem i powiedział:

– Tutaj morderca wrzucił podarte ubranie i ścierkę, którą zmywał krew i ślady zbrodni.

Wszedł do sypialni i nagrał opis miejsca, gdzie odnaleziono zwłoki. Udał się do garażu i zarejestrował, jak wygląda miejsce dokonania zbrodni. Na białych ścianach były jeszcze ślady brunatnej mazi – zakrzepła krew. Meyer dostrzegł pojedynczy długi włos w kolorze czarnym. Domyślił się, że morderca uderzał głową ofiary o ścianę. Rozejrzał się za czymś płaskim i tępym, właśnie takim przedmiotem zabójca zmasakrował twarz kobiety. Mogła to być na przykład deska, ale niekoniecznie. Nie znaleziono narzędzia. Morderca zabrał je ze sobą. Tak samo jak przedmiot, którym udusił ofiarę. Co to było?

Wyłączył kamerę i skierował się do wyjścia z garażu.

– A więc jest tylne wyjście – powiedział do siebie.

Otworzył drzwi. Naprzeciw niego, za żywopłotem, rozpościerała się panorama rzeki.

– Dlaczego nie widziałem tych drzwi po tamtej stronie? – zastanawiał się.

Wrócił do salonu. Postanowił wejść na górę po schodach. Na poddaszu stały komputer i łóżko. Wiedział, że w tym miejscu wszystko pozostało nietknięte przez techników. Było dokładnie takie, jak za życia Niny Frank. Technicy nie zabezpieczyli tu żadnych śladów. Przejrzeli tylko dokumenty, zdjęcia i zabrali laptop. Profiler postawił na pustym biurku kamerę, powiesił na krześle płaszcz i ruszył na dół po teczkę, którą zostawił przy drzwiach. Na dzisiejszą noc wziął jedynie akta podręczne oraz wycinki prasowe, które przygotował mu rzecznik.

Ale o wiele więcej danych miał w tym domu. To był jej intymny pokój, gdzie uczyła się ról, bo na półkach leżały stosy scenariuszy i egzemplarze magazynu „Przegląd Teatralny". W równo ustawionych segregatorach aktorka trzymała swoje wywiady. Sterty kolorowych gazet wypełniały szuflady. Z pomieszczenia wchodziło się do maleńkiej, słodkiej jak landrynka łazienki z wanną, a obok były jeszcze jedne drzwi. Na nich też widniały plomby policyjne.

– Wejście na strych – stwierdził profiler. – Tu ekipa Łysego nic nie znalazła. Zajrzał do protokołu: stwierdzono kilkanaście kartonów zaklejonych szarą taśmą. Określili je ogólnie: „stare szpargały".

Zerwał plomby i wszedł do niezbyt dobrze oświetlonego pomieszczenia. Otworzył jeden z kartonów. Był pełen książek i zeszytów szkolnych. Wyjął latarkę i świecąc sobie, rozpoczął przeglądanie. Otworzył pierwszy z brzegu brulion. Zarejestrował ładny charakter pisma. Niektóre notatki były podkreślone kolorowymi pisakami. Każda lekcja zaczynała się od regularnego szlaczka. Otworzył zeszyt na końcu i czytał zapisany maczkiem tekst o Henryku Sienkiewiczu. Wszystkie zeszyty, z chemii, fizyki czy geografii, były prowadzone w podobny, schludny sposób. Przejrzał oceny za wypracowania: same piątki, czwórki, ale też kilka jedynek. Głównie za nieodrobioną pracę domową.

Na samym dole znalazł plik świadectw szkolnych i certyfikatów językowych. Zerknął na nazwisko: Agnieszka Nalewajko, ul. Armii Krajowej 13/10, Siemiatycze.

– Siemiatycze, Siemiatycze – powtarzał jak mantrę i chodził w kółko. – Jechałem przez taką miejscowość. To gdzieś tutaj.

Czyje to zeszyty? – zmuszał się do myślenia, jednocześnie aparatem cyfrowym wykonywał reprodukcje wszystkich materiałów. Znalazł darmowe albumiki, które dostaje się z fotolabu za wywołanie negatywu. Było ich ze dwadzieścia. Z niemal wszystkich zdjęć uśmiechała się do niego śliczna nastolatka o popielatych blond włosach. Na żaglówce, na nartach, z koleżankami w ławce. Przy pianinie. Na scenie, w stroju udającym grecką tunikę. Za nią wisiało prześcieradło z ogromnym napisem: „Przegląd Młodzieżowych Kółek Aktorskich Białystok 1992".

Kto to jest? – zadawał sobie pytanie profiler, grzebiąc w pudłach. – Czy to przypadkiem nie... Natrętna myśl błąkała się po głowie, ale wciąż ją odpychał. Nieprawdopodobne, ale nie niemożliwe.

Długo siedział nad pudłami, aż w końcu złapał się na tym, że w zasadzie nie wie, czego szuka. Poczuł zmęczenie po pełnym wrażeń dniu i ogarnęła go senność. Zszedł na dół, wygasił światła i wdrapał się z powrotem na górę. Rozebrał się. Spodnie i T-shirt powiesił na krześle obok. Zapalił papierosa, zaciągnął się nim i w samych bokserkach położył się na łóżku Niny Frank. Zatonął w rozmyślaniach. Cisza, która go otaczała, pozwoliła na całkowite skupienie. Wsłuchiwał się w swój oddech i zastanawiał nad życiem ofiary. Pozornie niczego jej nie brakowało. A jednak wyczuwał w tym domu smutek, a raczej martwotę. Tak, już wiedział. W tym domu nie było życia. Wszystko piękne i eleganckie, martwa doskonałość. Czy aktorka była osamotniona i nieszczęśliwa? A kto nie jest? Każdy nosi w sobie pustkę. On też.

Jedyną jego radością jest praca. Od dobrych kilku lat uciekał w nią przed żoną, która rozliczała go z każdej złotówki i wypominała, że jej koleżanki mają większe domy, nowsze samochody, jeżdżą na wakacje za granicę. A ona musi spędzać urlop w Łebie z dziećmi i wciąż ma tę samą glazurę w łazience. Utyskujący głos żony doprowadzał go do furii. Wychodził wtedy do swojego pokoju, otwierał akta jakiejś sprawy i zanurzał się w analizie. Zwykle wtedy Anka zaczynała krzyczeć. Nie mógł tego znieść, więc czasem zamykał przed nią drzwi, co tylko doprowadzało ją do furii. Już bez opamiętania darła się, że obiecywał jej normalne życie, wspólne wieczory. Oczywiście danego słowa nie mógł dotrzymać, choć bardzo się starał. Kiedy wzywali go na drugi koniec Polski, jechał, nie zaglądając do domu, choćby wziąć rzeczy na zmianę. Wiedział, że Anka najpierw zrobiłaby awanturę, a potem szantażowałaby go dziećmi. Nie byłby w stanie skupić się na robocie. Na delegacji zawsze zostawał, ile było trzeba. Ona zaś wydzwaniała i żądała wyjaśnień, więc wyłączał telefon. Po powrocie nie odzywała się przez tydzień, a kiedy prosił, żeby się pogodzili, znów robiła scenę.

– Ja gotuję, piorę, sprzątam, chodzę na zakupy. Co mam w zamian? Samotność i parę groszy, które mi rzucasz jak jałmużnę! Traktujesz mnie jak gosposię! Nigdy nie ma cię w domu, bo znów kogoś zabili i musiałeś tam jechać. Tak dłużej nie da się żyć! Wciąż będą zbrodnie, a ja, w przeciwieństwie do ciebie, nie mam ochoty zbawiać świata.

Nie znosił, gdy płakała. Nie chciał słuchać o jej cierpieniu. Co gorsza, przez te awantury nie mógł z nią sypiać. Jak miałby się przytulić do kogoś, kto przed chwilą nazwał go nieudacznikiem, egoistą i tchórzem, który nie potrafi stawić czoła własnym problemom, a jest psychologiem i ma za zadanie pomagać ludziom w ich kłopotach. Ukojenie znajdował w ramionach innych kobiet. Zawsze im się podobał, choć o to nie zabiegał. Pozornie zimny i nieprzystępny, szorstki w obejściu, potrafił jednym uśmiechem stopić lód każdego damskiego serca. Udawanie biernego, niezainteresowanego bliższym kontaktem tak naprawdę było jego sprawdzoną i skuteczną strategią. Kobiety interpretowały jego chłód i tajemniczość jako wyznacznik silnych genów. Stawiały sobie za cel go uwieść, a on się na to łaskawie zgadzał. Pozwalał na adorację, sprawiała mu frajdę. I uwielbiał ten dreszczyk emocji, który towarzyszył dopiero rodzącemu się romansowi. Nigdy nie wiadomo, czy zakończy się na niewinnym flircie, czy zrodzi się z tego bliższa znajomość. Czy uda się wciągnąć kobietę do łóżka, czy skończy się na kolacji.

Zwykle to one proponowały mu drinka i zapraszały do siebie. Było mu to na rękę. Przynosił szczoteczkę do zębów i pojawiał się, kiedy miał ochotę na bliskość i seks. Musiały tolerować jego pracę oraz rolę kochanki. Od początku stawiał warunki: jestem żonaty, nie układa nam się, ale nie zamierzam się rozwodzić. Jedne po kilku nocach same się wycofywały, inne liczyły, że kiedy związek potrwa dłużej, będą mogły stawiać żądania. I z czasem zaczynały domagać się wyznań miłości, poczucia bezpieczeństwa, stabilizacji, rozwodu i oczywiście ślubu. Z rozerotyzowanej kotki każda z nich zamieniała się w zrzędzącą Ankę. Kiedy tylko zauważał choć cień takiej postawy, dyskretnie się wycofywał. Miał już taką jedną w domu, która chciała go ubezwłasnowolnić. Jedynie Mariola nigdy niczego nie żądała, ale w jej wiernym spojrzeniu widział, że też pragnie tylko jednego: by był z nią na zawsze. I kiedy wreszcie zakomunikowała chłodno: „Między nami koniec", zdziwił się, że wcale mu nie żal. Poczuł nawet ulgę, że to ona wychodzi z inicjatywą.

– Zostańmy przyjaciółmi – zaproponował.

Kiwnęła głową. Wiedział, że teraz zgodzi się na wszystko. Naprawdę ją lubił, ale nie chciał zakładać kolejnej rodziny. Nie nadaje się do tego. Czuł pustkę emocjonalną. Bał się kolejnych związków, za którymi stał jedynie seks. Czasem, przed zaśnięciem, przywoływał pewną kobietę, którą dawno temu porzucił, też ze strachu. Była taka jak on: chodziła własnymi drogami, kaprysiła, kłamała. Jednego dnia było między nimi dobrze, następnego rozstawali się i Kinga znikała na całe tygodnie. On odchodził od zmysłów. Z powodu tej huśtawki nie był w stanie normalnie funkcjonować. Ale bez niej czuł się kompletnie rozbity. Dzieliła jego pasje, była inteligentna. Uwielbiał z nią rozmawiać. Nauczyła go, że intuicja to skarb. Potrafili do rana rozprawiać o zbrodniach, profilowaniu albo medycynie sądowej. Kiedy znikała, rozpaczliwie za nią tęsknił. Dzwonił, pisał, wystawał pod jej oknami i błagał, żeby znów wszystko było po staremu. Zwykle wracała. Mówiła, że na zmianę kocha go i nienawidzi. Cała była sprzecznością. I wciąż miała pecha: do pracodawców, facetów, przyjaciół. Wielokrotnie próbował odejść, wybić ją sobie z głowy. Bezskutecznie. Zawsze w końcu łamał się i wracał.

Żeby się wyzwolić spod jej wpływu, zaczął spotykać się z Anką. Kinga w tym czasie skończyła studia i wyjechała do innego miasta. Nie odezwała się, jak zwykle. Normalnie odszukałby ją, ale Anka zaszła w ciążę. Jakoś tak wyszło. Wcale nie zamierzał się żenić – powiedział to Ance. Poszła do jego matki, rozpłakała się. W końcu obie wymusiły na nim ten cholerny ślub. Przez pierwsze miesiące, po pijaku albo w miłosnym uniesieniu, mówił do Anki: Kinga. Rozpaczała, chciała odejść, ale matka przekonała ją, że mu to minie. Cierpliwie czekała więc, aż Hubert zapomni. Była opiekuńcza, dbała o niego, dzieci i dom. Polubił rutynowe, wygodne życie. Uśpił emocje, zajął się pracą. Ale teraz ma już dość wszystkiego. Czuł się zmęczony. I chciał być sam. Wolny i niepodległy.

Gdy teraz zasypiał, pojawił się obraz z czasów studenckich, kiedy z Kingą spacerowali po parku. Wspomnienie było tak żywe, jakby to było dziś.

Obudziło go piknięcie. Zamarł. Myślał szybko: ktoś wpisał kod i dostał się do domu. Zerwał się z łóżka. Bezszelestnie podszedł do teczki, którą dzięki Bogu przytargał na górę, i wyciągnął z niej pistolet. Przeładował, po czym na palcach, oparty plecami o ścianę ruszył w kierunku drzwi. Kiedy je otworzył, skrzypnęły przeraźliwie i usłyszał tylko stłumiony odgłos kroków. Wyjrzał ostrożnie przez szparę. W salonie nie było już nikogo. Wiedział, że jeśli stanie na pierwszym stopniu, będzie odkrytym celem jak plansza na strzelnicy. A jeśli ten ktoś ma broń?

– Stój, policja! – Gwałtownie otworzył drzwi, nie wyskakując z nich, tylko wystawiając rękę z glockiem.

Kiedy się w końcu wychylił, zobaczył jedynie plecy rosłego mężczyzny odzianego w czarną kurtkę. Usłyszał odgłos trzaśnięcia drzwiami do garażu. Zbiegł po schodach w tamtym kierunku i wyskoczył na zewnątrz. Zatrzymał się przy żywopłocie. Miał na sobie skarpetki, podkoszulek i bokserki. To nie był strój nadający się do pogoni za napastnikiem. Długo wpatrywał się w tył granatowej astry, która z piskiem ruszyła przed chwilą sprzed domu Niny Frank. Była zbyt daleko i nie zdołał dostrzec numeru rejestracyjnego. Wydawało mu się, że widzi tylko ostatnią cyfrę – 6.

Patrzył jeszcze przez chwilę za samochodem i zastanawiał się, dlaczego uciekinier wszedł od tyłu i jak dostał się tu bez pokonywania furtki. Musiał znać dom i kod. Meyer wszedł po kostki w śnieg i jeszcze raz zbadał żywopłot. Dopiero wtedy dostrzegł, że w jednym miejscu ktoś po prostu odkopał zaspę i przez tę lukę prześlizgnął się na posesję. To ktoś młody i wysportowany. I jeszcze jedno – ta osoba, kimkolwiek była, nawet jeśli mordercą, który wraca na miejsce zbrodni, myśląc, że w domu nikogo nie ma, musiała zaplanować to dużo wcześniej. Przygotować sobie dziurę w płocie – myślał profiler. Dopiero wtedy poczuł przejmujący chłód, mokre nogi drętwiały mu z zimna. Ścisnął w dłoni pistolet i wrócił do domu tym samym garażowym wejściem. Kiedy wchodził, zauważył, że okna w jednym z domów naprzeciwko biją niebieskim światłem telewizora. Wydało mu się też, że mignęła firanka. A może to tylko złudzenie?

Wszedł do mieszkania. Zdjął mokre skarpetki i na bosaka skierował się do kuchennego zlewozmywaka, żeby je przeprać i powiesić na kaloryferze. Jego myśli zaprzątało teraz tylko pytanie: kim mógł być ten człowiek?

Kiedy szedł powiesić skarpetki, wyczuł specyficzny zapach potu zmieszanego z intensywną wodą kolońską, która coś mu przypominała. Widocznie ktoś z jego znajomych używał podobnej. Jego wzrok padł na stolik przy sofie. Telefon był rozebrany, obudowa leżała na podłodze. Meyer zajrzał do mechanizmu i aż usiadł z wrażenia. Pluskwa! Aktorka była podsłuchiwana. Nieproszony gość przyszedł po podsłuch, który najprawdopodobniej sam zamontował. Ale nie zdążył go wyjąć.

Profiler podejrzewał, że nie ma sensu zbierać odcisków, bo sprawca był w rękawiczkach i gdyby miał czas, zabrałby urządzenie i zmontował telefon ponownie, ale Meyer go spłoszył. A jednak trzeba będzie to oddać do zbadania. Może dowiemy się, czy pluskwa była profesjonalna, czy amatorska. Może będą jakieś inne ślady? Skąd ja znam ten zapach? – głowił się.

Z góry przyniósł torebki samozamykające się i zapakował do nich aparat telefoniczny. Zrobił sobie herbatę i usiadł nad aktami, wpatrując się w drobną twarz podejrzanego listonosza na zdjęciach policyjnych. Obok jego głowy była listewka z numerkami. Niski, drobny mężczyzna, stwierdził na podstawie zdjęcia całej sylwetki. Ale to nic nie znaczy. Większość zabójców jest podobna do nikogo, o niepozornej fizjonomii i twarzy mijanego codziennie sąsiada. Jednak gdy czytał wyjaśnienia listonosza, który najpierw kręcił, potem odmawiał ich składania, a na koniec przyznał się, ale nie chciał opowiedzieć, jak zabijał, profiler coraz bardziej utwierdzał się w przekonaniu, że to nie on. Nie cierpiał tych upartych podpowiedzi intuicji, bo choć zwykle z czasem potwierdzał jej odkrycia dowodami, to pierwsze przebłyski były niewytłumaczalne naukowo i dręczyły go swoją natrętną siłą, zmuszając do myślenia. A w tej sprawie, która pozornie wydawała się prosta, okazało się, że tak naprawdę nadal nic nie wiadomo. Meyer był teraz pewien, że czeka go ciężka praca, a nie substytut urlopu, jak obiecywał komendant.

Około trzeciej nad ranem poczuł się bardzo zmęczony, głowa rozbolała go od skupiania się na analizie. Sprawdził dokładnie, czy wszystkie drzwi są zamknięte, choć jak się okazało, nocny gość i tak wiedział, jak się tu dostać, więc jego działania miały go raczej uspokoić, niż zabezpieczyć przed ewentualną napaścią. Wszedł na górę. Zasnął z bronią w ręku. Tym razem zamiast słodkiej Kingi śnił mu się człowiek w masce uśmiechniętego głupawo dżokera, który odjeżdża granatową astrą. Obudził go sygnał przychodzącego esemesa.

„Panie komisarzu, proszę przyjechać. Mamy kłopot. Eugeniusz Kula".

Rozdział 14
Mąż żąda wyjaśnień

"Miej nienaganne maniery"

Meyer wykręcił numer posterunku i zażądał połączenia z kierownikiem.

– Co się stało? – zapytał podkomisarza.

– Właśnie przedzwonił do mnie mąż ofiary i żąda wpuszczenia go do mieszkania. Chciałby zabrać swoje rzeczy. Nie wiem, czy go wpuszczać, czekam na decyzję z góry. Powiedziałem mu to, ale on już jedzie. Z moich obliczeń wynika, że będzie tutaj za jakieś pół godziny. Wie pan, mąż Frank to ten pajac z telewizji, w którym kochają się wszystkie pięćdziesięciolatki, nawet moja Gala, bo taki słodki, grzeczny, no i sławny! Oj, nie lubię ja takich gładkich facetów. Może lepiej byłoby, gdyby pan tu był w komisariacie przed nim. A poza tym musowo...

– Chętnie z nim pogadam. Dziękuję, podkomisarzu.

– Czyta pan w moich myślach – uradował się Kula. – Wyspał się pan?

Meyer się zamyślił.

Mówić o nocnym gościu? Zobaczymy, co z tego wyniknie. Może później, po przesłuchaniu. To przecież mógł być mąż Niny Frank. Znał kody, przestraszył się. Teraz chce zrobić aferę, że plomby złamane. Najlepsza obrona to atak, wiadomo.

– Tak, dziękuję.
– Świetnie, świetnie. Czekamy.
Meyer odkładał właśnie słuchawkę, kiedy uświadomił sobie, że przecież auto zostawił pod komisariatem.

Za chwilę jego telefon zadzwonił ponownie.

– Zapomniałem powiedzieć, że załatwiłem panu transport – tłumaczył się Kula. – Nie będzie pan szedł na piechotę taki kawał. Pół dnia by to zajęło. Podjedzie po pana Borys, syn naszej bibliotekarki, który pracuje w firmie ochroniarskiej East Securitas. Trochę gbur. Proszę nie zwracać uwagi. I był kilka razy na interwencji u Frank, z nim też warto pogadać. On widział w tym domu niejedno. Aha, odwołać w związku z tym Jurkę? Bo musiałbym go wsadzić na dołek, dla bezpieczeństwa. A to dla niego teraz przeżycie.

– Niech zaczeka w domu, sam do niego potem pojadę – zadysponował Meyer.

– Pan to ma łeb – pochwalił Kula. – Wilka najłatwiej poznać w jego własnej norze.

– Na razie zajmijmy się mężem ofiary. Skoro sam prosi się o przesłuchanie. A ten listonosz niech czeka. A kiedy, to znaczy, za ile będzie ten człowiek, co mnie podrzuci?

– Jak znam Borysa, to za chwilę, bo jest piekielnie punktualny. To znaczy przyjeżdża zawsze dużo wcześniej niż trzeba. Ale poczeka, jak pan nie będzie gotów. Tylko proszę wszystko tam zostawić, jakby nikogo...

– Wiem, wiem – westchnął Meyer i poczuł, że będzie dziś potrzebował litra kawy, żeby się skupić. Po ciężkiej nocy czeka go jeszcze cięższy dzień.

– To ja wstawiam wodę. Kawa czy herbata? – Kula z kolei był wesoły jak skowronek.

– Mocna kawa z przyjemnością – ucieszył się profiler.

Kiedy tylko odłożył słuchawkę, pod bramę podjechał samochód. Meyer z przykrością stwierdził, że nie zdąży się wykąpać. Pozbierał rzeczy, po czym wyszedł z teczką w ręku.

Przed posesją stał srebrny espero z fioletowym szlaczkiem na bokach i nazwą firmy ochroniarskiej. Z auta wysiadł barczysty dwudziestoparolatek i skinął nieznacznie głową. Mogło to być powitanie, ale w innych okolicznościach także bandycka zaczepka. Chłopak wyglądał, jakby wychował się w blokowisku, wśród dresiarzy, a nie mieszkał na sielskiej wsi nad Bugiem.

– Drzwi! – krzyknął zamiast powitania.

Profiler odwrócił się i przypomniał sobie, że zanim się zamknie dom, trzeba wpisać kod. Inaczej przy kolejnym wejściu włączy się syrena. Cholera, tylko trzy godziny snu, będzie dziś ciężko. W ostatniej chwili złapał skrzydło drzwi i przy wejściu wstukał kod z kartki podanej wczoraj przez Kulę. Odetchnął z ulgą, kiedy usłyszał prawidłowe piknięcie, i ruszył w kierunku wozu ochroniarza.

Kierowca nie podał mu ręki. W ogóle zachowywał się tak, jakby przyjechał tu za karę. Owszem, był uprzejmy, a raczej poprawny urzędowo. I nie można go posądzić o wzbudzanie sympatii czy zaufania. W lewym uchu miał słuchawkę od telefonu, a na dłoni złoty sygnet z wizerunkiem lwa. Na szyi błyszczał mu złoty, gruby na palec łańcuch. Od ucha do środka szyi ciągnęła się długa szrama. Blizna po nożu, pomyślał Meyer. I nie zakrywa jej golfem czy szalikiem? Nie wstydzi się? Może przeciwnie, jest z niej dumny.

Chłopak wziął się pod boki i ze zniecierpliwienia zaczął przytupywać. Ale nie odważył się odezwać. Kiedy Meyer podszedł bliżej, Borys głową wskazał miejsce pasażera.

– Ma jakieś bagaże? – spytał, aż Meyera rozczulił użyciem „bezosobowej formy grzecznościowej".

Komisarz pokręcił głową i opadł na siedzenie obok kierowcy. Chłopak precyzyjnie sprawdził, czy furtka jest dokładnie zamknięta, zerknął na posesję i z impetem zasiadł za kierownicą. Wtedy profiler poczuł ten specyficzny zapach: znajoma woda kolońska i intensywny pot. Spojrzał z przerażeniem na chłopaka i ocenił jego plecy. Nie miał stuprocentowej pewności. Ale to mógł być on. Nocny gość!

Borys nie odzywając się, włączył radio i wnętrze samochodu wypełniły silne bity muzyki techno. Meyer czuł się tak, jakby ktoś założył mu na głowę metalowe wiadro i walił w nie prętem. Co gorsza, od gwałtownej jazdy zaczęło go mdlić. Odkręcił szybę i wystawił twarz na zewnątrz. Chłopak przyglądał mu się z narastającym zdziwieniem.

– Czy moglibyśmy posłuchać czegoś innego? – spytał w końcu psycholog i zerknął kątem oka na Borysa, który kiwnął głową i lekko krzywiąc się, spytał:

– To może w ogóle bez muzyki.
– Może bez muzyki – odetchnął Meyer.

Borys jechał w milczeniu. Stanowczy, wręcz autorytatywny, lubi porządek i sam chciałby decydować o wszystkim, jak nasz morderca – ocenił go Meyer, widząc, jak pewnymi ruchami zmienia biegi.

Chłopak nie jest miły, ale czy jest mordercą? Nie wygląda na zaniepokojonego ani tym bardziej wystraszonego. To nie musi być nocny gość. Może wydawało mu się z tą wodą? To jakaś projekcja? Zresztą woda może być tutaj krzykiem mody i większość młodzieży jej używa. Skąd jednak on sam ją zna?

Co jakiś czas przy naciskaniu sprzęgła rozlegało się specyficzne skrzypnięcie. Meyer zastanawiał się, skąd pochodzi. Zerknął na sportowe buty na plastikowej podeszwie, które miał na nogach chłopak ubrany w służbowy czarny uniform.

– Może pan do kombinezonu ochroniarza nosić adidasy? – spytał.

– Ja tu wszystko mogę. Tutaj i tak rzadko są interwencje. A odkąd zginęła ta aktorka, w ogóle tylko zabawy w remizach i firmy, w których nic się nie dzieje, monitorujemy. Nuda na patrolach.

Meyer się zamyślił. Jak to możliwe, że wczorajszy gość nie zostawił śladów śniegu na podłodze w salonie? Przecież wszedł w butach. Takie adidasy z pewnością nabrałyby śniegu i zostawiły mokre plamy. A przecież nie zauważył niczego. Mało tego: chodził bez skarpetek. Poczułby, że idzie po mokrym. Dopiero dziś to sobie uświadomił. Jeśli gość zdjął buty przed wejściem i wszedł boso, to kiedy zdążył je włożyć? Przecież uciekł w ciągu kilkudziesięciu sekund. Tak rozważając, nawet nie zauważył, że dojechali na posterunek. Kiedy wysiadał, postanowił zagrać va banque.

– Co to za zapach? – spytał, a chłopak spojrzał na niego z obrzydzeniem, aż profilerowi śmiać się chciało. Pewnie wziął mnie za homoseksualistę, pomyślał.

– Fahrenheit – odrzekł gbur i spojrzał na Meyera wilkiem.

– Do widzenia.

– Uhm – zamiast odpowiedzi z gardła Borysa wydobył się tylko grubiański pomruk.

Meyer trzasnął drzwiami, a ochroniarz z piskiem opon ruszył spod komisariatu i pognał w kierunku nadgranicznych wiosek.

Wszystko jasne, pomyślał profiler, wchodząc na komendę. Ten zapach znał, bo sam go kiedyś używał. Dostał wodę Diora od Marioli tuż przed ich rozstaniem. Tego nie pamiętać? Fahrenheit. I co mam o tym sądzić? Czy mogę założyć, że morderca używa wody Diora? Czy to znaczy, że jeśli sam używałbym tego zapachu, siebie też brałbym pod uwagę jako potencjalnego mordercę? Absurd.

Eugeniusz Kula czekał z mocną kawą i domowym sernikiem.

– Mamy jeszcze kilka minut. I dostałem odpowiedź z wojewódzkiej. Łysy zakazał wpuszczać męża do mieszkania. A jeśli czegoś chce, to niech powie, co jest mu potrzebne i dlaczego. Do protokołu rzecz jasna.

Obok szklanki z kawą niepostrzeżenie na talerzyku komisarza wylądował wielki kawał ciasta.

– Mam już dla pana kapitalne lokum. Przydrożny motel Czarna Woda na trasie Terespol–Lublin. Byłem dziś rano i obejrzałem pokój. Jest wszystko, czego panu trzeba: łazienka z prysznicem, wygodne łóżko, telewizor i intymność za jedyne trzydzieści sześć złotych za noc. Wytargowałem, bo chcieli sześćdziesiąt. A lokalizacja po prostu idealna. Będzie pan u nas w niespełna kwadrans.

– Świetnie – powiedział Meyer, dłubiąc w serniku.
– Coś nie ma pan apetytu.
– Mam, tylko porcja jest dla trzech osób.
– No, zwłaszcza pan powinien jeść, inaczej szare komórki nie będą pracować. A może śledzika by pan wolał? Herkules Poirot w trakcie śledztwa zawsze je rybę. To dobrze robi na myślenie. Pobudza mózg!
– Dziękuję, nie trzeba. – Meyer machnął ręką i omal nie wybuchnął śmiechem. Więc Eugeniusz Kula jest miłośnikiem książek Agathy Christie, proszę, proszę. – A wracając do Króla – zagaił.

Okrągła rumiana twarz podkomisarza natychmiast przybrała wyraz powagi.

– Dzwonił jakieś piętnaście minut temu i był naprawdę wściekły. Mówił, że w mieszkaniu są dokumenty niezbędne mu do pracy. I on ma w dupie plomby. Przepraszam – Kula odchrząknął i zaraz kontynuował – ale dokładnie tak się wyraził. Generalnie musi się tam dostać. Zaczął ze mną rozmawiać jak z jakimś obszczymurkiem, więc go ustawiłem do pionu. Szacunek musi być. Więc stanowczo, używając odpowiedniego paragrafu, uprzedziłem go, że będzie ponownie przesłuchany. Wtedy wpadł w panikę. Zaczął się wycofywać: to może my mu wyślemy ten dokument, to tylko jedna kartka. A on wróci do Warszawy. A w ogóle, to na jakiej podstawie chcemy znów z nim rozmawiać. Przecież był przesłuchiwany. To dla niego trauma itepe, itede.

– Przestraszył się?

– I to jak! Krzyczał, w jakim charakterze, i co ja sobie wyobrażam. Przecież sprawca już aresztowany.

– Oficjalnie listonosz jest uznany za głównego podejrzanego. Ale sąd jeszcze nie zastosował wobec niego aresztu. Dlaczego?

– Właśnie. Z kolei Jurka Ponczek, znaczy listonosz, bardzo pragnie się z panem spotkać. Twierdzi, że policjanci, którzy go przesłuchiwali, bili go po piętach, żeby nie zostawić śladów. Brednie, znam tego kombinatora i zaręczam, że to bujda. Ale czeka na pana. I jego matka też. Ona lubi sobie pogadać, musi być pan bezwzględny. I nie dać się nabrać na jej płacze. Ona na zawołanie roni łzy.

– Będę uważał – przytaknął grzecznie profiler i dyskretnie odsunął od siebie talerzyk z niedojedzonym ciastkiem. Ale oczywiście nie umknęło to uwagi Eugeniusza Kuli.

– Źle się pan czuje? Kawy jeszcze? Coś wygląda pan mizernie. Może ta oaza wczoraj?

– Trochę chyba za dużo tego wszystkiego jak na start – powiedział Meyer i ugryzł się w język.

Kula pociągnął wąsa i dodał:

– No wie pan, my zza Buga mamy inne głowy.

Meyer bał się, że Kula zacznie mówić o tym, ile on i jego ludzie potrafią wypić, więc zawczasu przerwał. Uczył się powoli, jak pracować z Kulą. Trzeba mu szybko dawać zajęcie.

– Panie Eugeniuszu, czy nie znalazłby pan informacji o pewnej osobie – przerwał Meyer i wyciągnął plik żółtych karteczek. – Nazwisko: Agnieszka Nalewajko, urodzona dziewiętnastego lutego tysiąc dziewięćset siedemdziesiąt osiem?

– Imiona rodziców pan zna?

– Tak, ale nie mam przy sobie. Chyba że... Jedną chwileczkę.

Włączył laptop i znalazł skan jednego ze świadectw wygrzebanych w kartonowym pudle na strychu Niny Frank. Podał imiona rodziców, a także adres znaleziony na innym dokumencie. Podkomisarz Kula zanotował te informacje.

– Czy ta osoba ma związek z naszą sprawą? – upewnił się.

– Nie wiem. – Profiler wzruszył ramionami. – To właśnie chciałbym dzięki pańskiej pomocy ustalić.

– Znam to nazwisko. – Kula nerwowo strzepywał popiół z papierosa. Zaraz też chwycił słuchawkę i zadzwonił do jakiegoś policjanta. – Cześć, Andriusza! Prośbę mam, no... – Wyłuszczył, o co chodzi i kogo szukają. Podał adres. – Jak to na kiedy? Na już! Bardzo pilne. Tak? Czuwaj.

Odłożył słuchawkę.

– Załatwione. Andriusza znajdzie i przedzwoni. Wyśle człowieka pod ten adres i zrobią wywiad środowiskowy. No, co jeszcze? Działać, działać! – Zatarł ręce z zadowolenia i dodał już poważnie: – On też kojarzy nazwisko Nalewajko. Mówi, że była taka nauczycielka. Już nie żyje. Może to jej rodzina?

Zaświeciło się światełko w telefonie i policjanci dostali informację, że czeka pan Mariusz Król.

– No to do dzieła! – Kula klasnął w dłonie i otworzył przed Meyerem drzwi.

Kiedy schodzili schodami do dyżurki, z daleka obserwowali wysokiego, postawnego prezentera z włosami świeżo ułożonymi brylantyną. Efekt idealnie gładkiej cery, wypielęgnowanej jak pupcia niemowlaka, psuł biały plaster przyklejony w krzyżyk na samym środku lewego policzka.

– Witam pana. Podkomisarz Eugeniusz Kula. – Kierownik posterunku wyciągnął rękę do gościa. – To ze mną pan rozmawiał.

Mariusz Król się speszył. Poprawił marynarkę i ledwie musnął szorstką dłoń policjanta.

– Moja żona ogląda pański teleturniej – powiedział Kula, by rozładować napiętą atmosferę.

Ale prezenter jeszcze bardziej spiął się w sobie. Zwłaszcza kiedy witał się z Meyerem. Nie patrzył na niego, opuścił wzrok na czubki swoich wypolerowanych butów.

Kuli wydało się, że – jak to opisują w książkach – zobaczył strach w jego oczach.

– Przyjechałem tylko po moją umowę. Jest w dokumentach Niki. Może nie będę panom robił kłopotu – dukał aktor.

– Przejdźmy do pokoju przesłuchań – zaproponował komisarz Meyer.

Kula skinął głową i wskazał drzwi sąsiedniego pomieszczenia.

– U nas, na wsi, warunki są siermiężne. – Miało to być usprawiedliwienie, a wyszło, jakby kierownik mówił z dumą. – Napije się pan kawy?

– Nie, ja się bardzo śpieszę! Tylko ten dokument chciałem zabrać. I kilka rzeczy osobistych.

– Spokojnie, zdążymy. I tak komisarz chce z panem porozmawiać – usadził go Kula i stanął w drzwiach, blokując przejście.

– Nie, dziękuję – mruknął aktor.

Kula nie wiedział, czy prezenter dziękuje za kawę, czy za rozmowę.

I tak będziesz musiał, mój ty „Dżidżi amorozo", pomyślał szef posterunku i zwrócił się do Meyera.

– A pan?

– Kawy, jeśli wolno nadużyć gościnności – odpowiedział profiler i usiadł przy stoliku, tyłem do okna.

Światło padało na jego plecy. Twarz Meyera ginęła w cieniu. Naprzeciwko stało drugie krzesło, które psycholog gestem dłoni wskazał prezenterowi.

Mariusz Król usiadł z wrodzoną elegancją, zawczasu sprawdzając czystość krzesła. W świetle słonecznym Meyer dostrzegł na jego twarzy oprócz plastra więcej uszczerbków. Ranki były już prawie zagojone. Został tylko spory żółtawobrązowy siniak pod okiem, którego Meyer nie zauważył w ciemnym korytarzu, bo Król był bardzo dokładnie przypudrowany. Zrozumiał, dlaczego twarz mężczyzny wydawała się tak dziwnie gładka jak maska. Miał makijaż – dotarło do Huberta Meyera. Wstał i wyszedł na korytarz.

– Da pan nam godzinkę? – spytał szeptem kierownika Kulę.

– Na osobności? – zaniepokoił się szef posterunku. Widać liczył, że będzie uczestniczył w przesłuchaniu.

– Tak. A potem chciałbym pogadać z panem. – Meyer rozgrywał to dyplomatycznie.

– Jakby coś się działo, proszę wołać, będę w pobliżu. – Kula trzasnął obcasami.

– Dzięki. I jeszcze jedno. – Meyer zawiesił głos.

– Zamieniam się w słuch. – Kula od razu wyczuł, że to coś ważnego.

– Niech pan sprawdzi jego wóz – szepnął konfidencjonalnie Meyer. – Wie pan, opony, marka, ile mandatów i gdzie wręczane. I porówna to z...

– Oczywiście. – Oczy podkomisarza aż się zaświeciły z radości.

– I warto byłoby się dowiedzieć, czy to jego jedyne auto. Może ma inne, służbowe. Droższe – podkreślił. – Uda się panu? – dodał profiler szeptem.

– Spróbuję, choć jestem tylko kierownikiem posterunku. Zobaczymy, co da się zrobić – obiecał Kula.

– Za ile mamy zebranie patroli społecznych? – huknął Eugeniusz Kula do podsłuchującego posterunkowego.

Trembowiecki zerknął na zegarek i poinformował, że za niecałą godzinę. Natychmiast pochylił głowę nad książką wejść i wyjść.

– To pilnujcie, żeby pan komisarz miał spokój. Jak przyjadą władze, od razu ich do mnie kierować! Czerwieńskiii! – krzyknął tak gromko, że aż ściany komisariatu wydawały się trząść w posadach.

Ale nikt nie przybiegł ani nie odpowiedział na wołanie.

– Ma dziś wolne. W nocy był – nieśmiało wtrącił Trembowiecki. – Zamieniliśmy się wczoraj.

– Aha. – Nagle zbity z tropu kierownik aż zmarszczył czoło. – Trudno, trudno. Tak... zamieniliście się... To przedzwonić do niego na komórkę! I łączyć do gabinetu!

Po kwadransie Czerwieński przyjechał z aparatem i razem z Kulą dokładnie obejrzeli wóz prezentera oraz sfotografowali poszczególne jego części.

– Romek, tam zobacz! – wydawał polecenia Kula.

Posterunkowy leżał pod wozem, by znaleźć dobre ujęcie bieżnika. Trembowiecki z dyżurki obserwował ich działania z ciężkim sercem. Gorączkowo zastanawiał się, o co właściwie chodzi. Czuł się okropnie. Wykluczony, odsunięty od ważnej pracy, jakby był wiejskim głupkiem, który nic nie rozumie. I to dlaczego? Szef ubrdał sobie, że jest niegodny zaufania, bo robi błędy ortograficzne. Rosła w nim złość na Kulę, Czerwieńskiego i ludzi, którzy go tu skierowali. Dlaczego woła Czerwieńskiego, gdy ja jestem na służbie? Przecież fotografowanie nie jest trudne, też mógłbym pomóc. Prawie się rozpłakał.

Zazdrościł koledze, ale nie miał śmiałości się zbuntować. Nie rozumiał, dlaczego to tamten jest pupilkiem, a nie on. Przecież stara się, toleruje to wszystko, nawet łamanie przepisów.

Tak bardzo chciał, by Kula też brał go do poważniejszej roboty niż pilnowanie pijanych Lendzionów. Muszę się wykazać, postanowił. Tylko jak?

– Jest mi przykro z powodu śmierci pańskiej żony – zaczął Meyer. – Proszę się nie denerwować. Jestem psychologiem, nie aresztuję nikogo. To robota dla detektywów. Moim zadaniem jest stworzyć psychologiczny profil nieznanego sprawcy, więc potrzebuję pańskiej pomocy w poznaniu życia i osobowości ofiary. Czy pan mnie rozumie? To nie będzie typowe przesłuchanie, raczej wywiad. Wymaga pańskiej zgody i aktywnej współpracy.

– Tak, oczywiście, zgadzam się. Myślałem, że coś się zmieniło. Wie pan, że mnie aresztujecie. A ja mam wieczorem nagranie. Dlatego się zdenerwowałem. W końcu mnie też zależy na zatrzymaniu sprawcy. Kochałem żonę.

Meyer bacznie obserwował prezentera. Był coraz bardziej przekonany, że mąż aktorki kłamie. A przynajmniej coś ukrywa. Ani razu nie powiedział o żonie z czułością, po imieniu. Najwyżej „ona". Kiedy stwierdził, że kochał Ninę Frank, jego oczy automatycznie powędrowały na stół. Łże i boi się. To pewne. Boi się o własny tyłek. I słusznie! Ma duże szanse, by trafić do więzienia. Skoro twierdzi, że jest niewinny, to skąd ten strach?

– Proszę mi opowiedzieć, jak wyglądał pański dwudziesty lutego? Co się działo? Po kolei.

– Nic się nie działo. Siedzieliśmy sobie w domu. Leniwa niedziela. Telewizor, scrabble, obiad. Wie pan, pokłóciliśmy się dopiero wieczorem. Ona była pijana, często piła. I brała jakieś leki na uspokojenie, ale zamiast pomagać, tylko wyprowadzały ją z równowagi. Wpadła w szał, kopała mnie i drapała. Połamała sobie paznokcie, a ja byłem jak poorany... Więc kiedy rzuciła się na mnie z nożem, próbowałem ją obezwładnić. Rzuciłem na podłogę, uderzyłem...

W tym momencie odpiął koszulę i pokazał opatrunek na przedramieniu. Ku zdziwieniu profilera odkleił go i pokazał. Rana była mała, ale dość głęboka.

– Ciężko się goi. Miałem szczęście, że na czas odskoczyłem i wyrwałem jej nóż – kontynuował Król.

A profiler zanotował w pamięci, że mężczyzna, opowiadając, skupia się na sobie i własnym cierpieniu, jednocześnie patrzy daleko w przestrzeń. Jakby recytował opracowaną historię. Nie zapominaj o tym, co przeczytałeś: to też aktor – pouczył sam siebie Meyer. – I to po szkole wyższej. Tyle że karierę zrobił jako gadająca głowa w teleturnieju. A jeśli to jego zawód, może właśnie teraz odgrywać rolę zaszczutego małżonka.

– Ta kłótnia trwała długo?

– Może godzinę. Potem się kochaliśmy.

– Kochaliście? To dlaczego wyjechał pan po dwudziestej trzeciej?

– Żonie skończyły się papierosy – powiedział bez namysłu prezenter.

– Tak? – Meyer był przekonany, że Król wymyślił to na poczekaniu. Przecież jeszcze dziś w nocy profiler widział zapas papierosów w szafce w mieszkaniu Frank.

– Pan pali?

– Nie, nigdy nie próbowałem.

To dlatego nie zauważyłeś kartonu mentoli, pomyślał Meyer.

– A nie prosił pan, by żona rzuciła palenie? To niezdrowe.

– Często się o to kłóciliśmy. Zwłaszcza jak paliła w sypialni, a ja musiałem zasypiać w dymie. Zresztą dostawałem od tego alergii.

– I mimo to zgodził się pan jechać kilkanaście kilometrów po spożyciu alkoholu, by kupić żonie papierosy?

Prezenter aż się zapowietrzył.

– Chciałem ją udobruchać. Wie pan, jak to po kłótni małżeńskiej – zaśmiał się sztucznie.

– Może lepiej byłoby opatrzyć jej rany, siniaki. Była po tej waszej kłótni dotkliwie poturbowana. Lekarz stwierdził gwałt. To nie było miłosne uniesienie.

– Dobrze, powiem panu. – Król podniósł głos. Zerwał się z krzesła i zaczął chodzić po pomieszczeniu.

– Proszę się uspokoić.

Król nie słuchał. Wpadł w furię. Krzyczał. Ręce mu drżały.

– To ona zaczęła! Często prowokowała kłótnie. Tym razem była agresywna, więc mnie poniosło. I żeby ją uspokoić, rzuciłem ją na podłogę, a kochaliśmy się, owszem, dość brutalnie, ale ona tak lubiła.

– Proszę usiąść!

– Tak, już. – Aktor jakby opamiętał się i zawstydził porywczo wygłoszonej myśli. – Zresztą nie było innej możliwości, żeby nad nią zapanować. Sam nie wiem, jak to się stało. Po prostu zrobiłem to. Początkowo się broniła, płakała, biła mnie i rozdrapywała mi plecy.

– Był pan rozebrany?

– Zdarła ze mnie koszulę. Chyba ja też rozdarłem jej ubranie. Walczyliśmy ze sobą, ale potem uległa. W prawdziwy szał wpadłem po wszystkim. Śmiała się histerycznie i rzucała wulgarne słowa. Uderzyłem ją pięścią. Przestraszyłem się swojej reakcji, bo dotąd nigdy nie udało jej się tak wyprowadzić mnie z równowagi. Dlatego wziąłem kluczyki i wyjechałem. Nie mogłem znieść upokorzenia. Kiedy wychodziłem, leżała jeszcze na podłodze skulona i szeptała, że mnie przeklina. Rozumie pan, wyrzuciła mnie, kazała się wynosić. Nie pomyślałem, że to się może tak potoczyć. Nie miałem głowy. Nie zdążyłem zabrać psa ani rzeczy osobistych.

– Psa?

– Cybant to był mój pies. – Teraz profiler zobaczył prawdziwy smutek na twarzy mężczyzny. Wyraźnie podkreślił słówko „mój". – Gdybym go zabrał...

Meyer nie mógł uwierzyć. Facet prawie płacze z powodu psa. Bardziej żałuje, że zginął pies niż jego własna żona. Jak on jej musiał nienawidzić!

– Kłóciliście się o pieniądze czy o pana zdradę?
– O jedno i drugie. Ja mam narzeczoną, to pan wie. Cała Polska już wie i pewnie stracę z tego powodu w sondażach. Bo zamiast płakać po zakonnicy Joannie, próbuję stworzyć nową, tym razem szczęśliwą rodzinę. Ewa spodziewa się dziecka, a ja marzyłem o córeczce. Chciałem rozwodu, już od roku się z nią kłóciłem.

– Z Niną?

– Tak. Ale ona upierała się, że chce rozwodu z orzeczeniem winy. Mojej, rzecz jasna. No i majątek. Twierdziła na przykład, że dom w całości należy do niej i nie mam do niego prawa, choć ja też wyłożyłem niemało na ten remont. To była ruina. Właściwie trzeba go było zbudować od nowa. Prosiłem, żebyśmy kupili działkę w lepszej lokalizacji, ale z jakiegoś powodu jej na tym miejscu bardzo zależało. Tłumaczyłem, że to zadupie. Może lepiej gdzieś w Zakopanem, nad morzem. Ewentualnie na Mazurach. Uparła się, nie dało się jej tego wyperswadować. Pomyślałem więc, że w sumie to będzie dobre miejsce na letnie przyjęcia. Blisko do Warszawy, ładnie w lecie. Zacząłem zapraszać gości. Ona znów się wściekała. Nie można jej było dogodzić. Mówiła, że to jej azyl i mam wypierdalać. Przepraszam, ale ona tak do mnie mówiła. Nie była wcale tą słodką panienką z serialu, naprawdę. Ile ja z nią przeżyłem! Ile wstydu się najadłem. Kilka razy jej kariera wisiała na włosku. Ratowałem ją własnymi znajomościami. Ryzykowałem głową. A ona odpłacała mi wrogością i cynizmem. Wtedy spotkałem Ewę. Kiedy się dowiedziała, że Ewa jest w ciąży, bardzo się ucieszyła. Wiedziała już, że ma mnie w szachu i teraz po prostu odejdę. Oddam jej dom, a z kolei mój apartament w Warszawie chciała dzielić na pół. Kłóciliśmy się straszliwie, a publicznie udawaliśmy zgodną parę. Nasze małżeństwo było fikcją. Przez pewien czas rozmawialiśmy jedynie przez prawników.

– Czyli mówi pan, że żona nie była uległym aniołkiem?

– W życiu! Była sprytna i kiedy ktoś się jej sprzeciwiał albo próbował narzucić swoją wolę, krzyczała i atakowała.

– Krzyczała? Atakowała?

– O Jezu, jak! Potrafiła być naprawdę agresywna. – Potrząsnął obandażowaną ręką.

– A tutaj? Jaki miała stosunek do tutejszych?

– W ogóle się nie integrowała. Nie przyjmowała gości. Lubiła być sama. Wtedy czuła się najszczęśliwsza. Miała te swoje słabsze dni, kiedy zatapiała się w chandrze, a czasem bywała duszą towarzystwa. Tak jakby była dwiema osobami jednocześnie.

– Kogo tutaj znała? Kogo mogła wpuścić do mieszkania?

– Nie wiem, chyba nikogo. Była ostrożna.

Nagle prezenter zamyślił się i spojrzał na Meyera.

– Wie pan, mam wyrzuty sumienia, że ją zostawiłem w takim stanie. Ale nie zabiłem jej. Jak sobie pomyślę... To potworność. Wtedy, w nerwach, owszem, byłem brutalny, szczerze jej nienawidziłem, ale nie włożyłbym jej butelki, no wie pan... Proszę na mnie spojrzeć. – Rozłożył ręce.

Meyer patrzył na wydelikaconego prezentera i nie mógł uwierzyć, że dokonał tak brutalnego gwałtu i pobicia. Sekcja wykazała, że większość ran powstała kilkanaście godzin przed śmiercią. Te rozliczne siniaki, nie od jednego ciosu pięścią, ale zadawane przez męża wielokrotnie, na oślep: w twarz, klatkę piersiową, plecy, nogi. Kopał ją. Gwałcił, wykręcając ręce, aż zwichnął palec. Po takiej bójce musiało ją wszystko boleć. Być może wymagała opieki lekarza. Dopiero po śmierci była podrapana zbitą butelką, tak zwanym tulipanem, i uderzana czymś tępym, na przykład deską.

Jak więc ma wierzyć temu mężczyźnie, skoro już podczas awantury o pieniądze dziewczyna cudem uszła z życiem? Rana od noża u niego jest bez porównania mniejsza niż ta, którą ujawniono na jej ciele. Skąd ma wiedzieć, czy rzeczywiście, jak twierdzą Kula i Łysy, wydelikacony mąż nie wrócił i nie dokończył dzieła rano? Znał dom, kody do alarmu, zresztą nawet jeśli nie otworzyłaby mu drzwi, miał klucze. I motyw. Jak sam przyznaje, szczerze jej nienawidził. Prawie zrujnowała mu karierę, zniszczyła życie osobiste. Zabrała godność, pozbawiła męskiego honoru.

– Co pan zrobił, kiedy wyjechał pan z Mielnika?
– Zeznałem już. Jeździłem bez celu, w kółko. Przespałem kilka godzin w samochodzie i wróciłem, myśląc, że ona śpi. Ale światło się świeciło. Wiedziałem, że mnie nie wpuści. Pojechałem do Warszawy.
– Widziano pański samochód nad ranem. Ma pan alibi, że wrócił pan do stolicy?
– Tylko rachunek ze stacji benzynowej. Nie chciałem budzić Ewy, pojechałem do swojego mieszkania. Naprawdę, ja bym tego nie zrobił – zarzekał się.

Komisarz patrzył na tego człowieka z niedowierzaniem. Jak ktoś o rękach pianisty mógł postąpić tak brutalnie? A skoro tak, mógł też zabić. Widział już wielu takich zakamuflowanych pod płaszczykiem grzecznego chłopca psychopatów.

Prezentera bardzo niepokoiło milczenie psychologa. Nerwowo kręcił się na skrzypiącym krześle. Dotknął upudrowanego sińca i stwierdził, że się błyszczy, choć nie miał lusterka. Po czym, jak kobieta, wyjął chusteczkę i delikatnie dotknął nią twarzy. Pozwolił, by nagromadzony na powierzchni skóry tłuszcz wchłonął się w bibułkę. Pedant. Lubi porządek, pomyślał psycholog.

Po zbrodni z pewnością umyłby podłogę i wrzucił brudne szmaty do kubła. Przykryłby zmasakrowaną twarz żony, bo miałby wyrzuty sumienia, i choć już jej nie kochał, to wciąż była mu bliska. Gwałt nie był aktem seksualnym, jak uparcie utrzymuje, ale próbą zdominowania, podporządkowania ofiary. Pokazania jej i sobie, że traktuje ją jak przedmiot. A on przecież od roku miał kłopot ze zbuntowaną, niezależną kobietą, która traktowała go instrumentalnie. To ona decydowała o wszystkim w ich życiu prywatnym i zawodowym. On musiał się podporządkować. Złość i nienawiść nosił w sobie, tak jak poczucie niższości, świadomość przegranej, że to ona wyrosła na gwiazdę.

A przecież to ja miałem błyszczeć na firmamencie, teraz Meyer myślał jak Król. Stał się nim z tamtej nocy, w którym powoli narasta napięcie nie do zniesienia.

Ono z każdym dniem jest coraz bardziej uciążliwe. Przeszkadza żyć. Jest jak napełniany powietrzem balon, który musi pęknąć.

Nienawidził żony, a musiał z nią chodzić po odbiór nagród filmowych dla najpopularniejszej aktorki, najbardziej lubianej. Zepchnęła go we własny cień. Nie tak miało być! Brał z nią ślub, by wspiąć się jeszcze wyżej, na sam szczyt popularności.

„Co ona ze mnie zrobiła? Jestem nikim! Muszę się jej pozbyć, żeby przestała przyćmiewać mnie swoim blaskiem. Jeszcze mnie upokarza, żąda pieniędzy. Nie przejęła się, że ją zdradzam. W ogóle jej to nie poruszyło. Nie cierpi, nie płacze. Ja jej nie obchodzę. Ona ma mnie za śmiecia, za nic! Tak mnie to irytuje, że rządzi mną jakaś kobieta, która wspięła się po moich plecach do kariery, która na dodatek mną gardzi. Śmieje się ze mnie. Krzyczy, gdy tylko staram się postawić na swoim. A ja przecież nienawidzę krzyków. Nie wiem, jak się zachowam któregoś razu. Mówiłem, że nie wytrzymam. Balon jest coraz większy, coraz trudniej mi się opanować".

Aż w końcu Król, podczas jednej z rozlicznych awantur, nie jest w stanie wytrzymać dłużej napięcia. Chce je wyrzucić, pozbyć się. Balon pęka. Zabija Nikę. Działa jak w amoku. Masakruje zwłoki. Palce pianisty chwytają różne przedmioty. Zadają ciosy z nieludzką siłą. Szał typowy dla maniaków seksualnych. Bo mamy tu do czynienia z podłożem seksualnym.

„Gwałt, którego dokonałem, nie zaspokoił mnie. Wręcz przeciwnie, czuję się jeszcze bardziej upokorzony. Dopiero zadawanie jej bólu, krzywdzenie, poniżanie – jak wkładanie do pochwy znalezionych pod ręką przedmiotów. W końcu uduszenie... Poczucie przedśmiertnych drgawek, jak przy orgazmie, daje uwolnienie tego koszmarnego napięcia. Tak, teraz czuję się dobrze, spełniony, silny, mocny. I co? Kto wygrał? Ostrzegałem cię! Teraz jesteś kupą mięsa bez twarzy.

Ojej, jaki tu bałagan. Muszę to posprzątać. Przecież nie mogę tak zostawić naszego domu. Co z jej ciałem? Nie zostawię przecież żony w garażu. Dostała za swoje, teraz ja jestem górą. Chyba będzie lepiej, jeśli zaniosę ją do sypialni. Tak!

Chciałaś być aktorką, więc umrzesz jak aktorka. Marilyn też znaleziono martwą we własnym łóżku. Cieszysz się? Robię ci przysługę. Powinnaś być mi wdzięczna. Ale ta butelka... Fuj, okropność. Jak to się stało? To moje dzieło? Tak! Teraz ja panuję. Mam władzę. Twoja twarz nie przypomina już tej ślicznotki... Gdybyś nie sprzeciwiała mi się, być może nie musiałbym cię karać. Ale nie mogę na to patrzeć. Ta twarz, miazga z krwi, kości i mięsa. To jednak była moja żona... Rzucę na nią tę szmatę. Ty też jesteś szmatą. To twoja prawdziwa twarz, szmato. Tak, a teraz sprzątanie. Ale jeszcze chwilę posiedzę i odetchnę. Ponapawam się spokojem. Jaki to nowy stan! Nareszcie spokój. Nareszcie!"

– Czy moglibyśmy być w kontakcie? – przerwał ciszę Meyer.

Król podał mu wizytówkę i lekko się uśmiechnął. Odetchnął z ulgą, że to już koniec przesłuchania. Był pewien, że rozwiał wszelkie wątpliwości psychologa.

– Mogę teraz pojechać do domu? – zapytał.

– Zawołam podkomisarza. Ale obawiam się, że chyba będzie pan musiał poczekać. Nie wolno tam wchodzić. A czego pan dokładnie potrzebuje, jeśli można spytać?

Prezenter się zgarbił.

– Mój kontrakt – odrzekł niepewnie. – Jest w dokumentach, w dolnej szufladzie komody. Chciałbym jeszcze kilka koszul, buty z garażu i ten aparat telefoniczny, bo w nowym mieszkaniu nie mamy, a ten jest zabytkowy...

Meyer się wzdrygnął.

– Zabytkowy aparat z salonu? – powtórzył z naciskiem, nie spuszczając wzroku z prezentera. – Nie wiem, czy to będzie możliwe. To dowód w sprawie.

Król się najeżył.

– Przecież już zebrano wszystkie odciski! Ja nie mogę nawet odebrać swojej własności. To łamanie praw człowieka. Na co wy sobie pozwalacie! – mówił coraz głośniej, bez opamiętania wymachując rękami.

Meyer był przekonany, że pod maską wściekłości mężczyzna ukrywa przerażenie. Dlatego nie potrafi zapanować nad swoimi emocjami.

Patrzył na niego oniemiały. Nie mógł się nadziwić, jak w jednej chwili ze spokojnego, wydawałoby się, człowieka zmienia się w ogarniętego szałem, chaotycznego i agresywnego. Na pomoc przyszedł mu Kula, który usłyszał krzyki.

– Już skończyliśmy – powiedział spokojnie profiler. – Pan Król chciałby odzyskać swój kontrakt, bo chyba dowodów rzeczowych nie możemy wydać do czasu wyroku, prawda? – zwrócił się do Kuli. Akcentował każde wypowiedziane słowo.

Kierownik posterunku w mig się zorientował, co psycholog sugeruje.

– Wyślemy panu ten kontrakt pocztą. Proszę powiedzieć dyżurnemu, gdzie go szukać – rzekł oficjalnie.

Prezenter poderwał się z krzesła i w kilka chwil znalazł się przy wyjściu.

– Zadzwonię do pana zwierzchnika. Zobaczymy, co on na tę samowolę. Zażądam wyjaśnień na piśmie – rzucił na odchodne.

Ta jawna groźba omal nie wyprowadziła z równowagi podkomisarza Kuli.

– Do widzenia – odpowiedział spokojnie, ale sączył słowa przez zaciśnięte usta. – Jest pan wolny. Na razie.

Wskazał mu drzwi.

Rozdział 15
Nika to Aga

„Bądź bezgranicznie ciekawy. Pytaj często «dlaczego»"

Pokój, który po promocyjnej cenie załatwił Meyerowi podkomisarz Kula, znajdował się w skrzydle budynku bez okien. Motel Czarna Woda, położony przy samej szosie Lublin–Terespol, był dziwnym tworem projektanta amatora i właściciela w jednej osobie – tajemniczego pana Dzabały, który chciał przyoszczędzić, nie inwestując w drogie plastikowe framugi, i dzięki temu zafundował swoim gościom prawdziwą psychodelię w centrum puszczy. A jednocześnie na ścianie, w której powinno znajdować się okno, powieszono zasłony i firanki. Profiler odkrył oszustwo dopiero wtedy, gdy chciał otworzyć lufcik, bo od dymu papierosowego w pomieszczeniu zrobiło się aż siwo.

Czego tu oczekiwać? – Wzruszył ramionami. – W końcu na tej trasie zatrzymują się jedynie TIR-owcy, dziwki, ich alfonsi i przemytnicy. Turyści wybierają raczej pensjonaty nad rzeką, które w zimie są nieczynne. Meyer żałował, że nie ma okna, bo chciał popatrzeć na księżyc, gwiazdy i poobserwować snujące się po pokrytych śniegiem polach mgły, które przydawały tej przygranicznej okolicy mrocznej tajemniczości. Cisza panująca wszędzie była jak upiorne czekanie w jednym pokoju na atak człowieka z nożem. Nie wiadomo, z której strony padnie cios.

Tak, to morderstwo jest jak ruska matrioszka. Wyjmujesz jedną kolorowaną babę, a okazuje się, że wewnątrz jest druga, a w niej następna. Co znajdę w tej najmniejszej i czy uda mi się ją otworzyć? – myślał psycholog późną nocą.

Meyer wiedział, że zanim stworzy profil nieznanego sprawcy, musi odpowiedzieć sobie na trzy podstawowe pytania: Jak? Dlaczego? Kto?

Na pierwsze pytanie: „Jak morderca dokonał zbrodni?" odpowiedzi udzielał sam sprawca, który pozostawił po sobie mnóstwo śladów na miejscu zdarzenia. Nie tylko odciski palców, ślady spermy, włosy, ślina na niedopałkach. Ale też sposób ułożenia zwłok, przemieszczanie ich, zadane ciosy.

Jeśli nie ma śladów, to dla psychologa ważna wskazówka. Znaczy, że zbrodnia została dokładnie zaplanowana – pamiętał słowa Johna Douglasa.

Tutaj śladów było mnóstwo. Ciosy były chaotyczne, zadawane w szale. Nie miał do czynienia z mordercą seryjnym. A jeśli tak, to była to jego pierwsza zbrodnia.

Zabójca bez problemu wszedł do domu Frank. Nie było śladów włamania. Ofiara musiała go znać. Ale jednocześnie zaskoczył ją, bo napuszczała sobie właśnie wodę do wanny. Nie zdążyła zakręcić kurków. Wdał się z nią w rozmowę w garażu i tam właśnie zaatakował. Musieli się tam znaleźć oboje. Może ją zawołał? Może sama weszła do garażu? Najpierw ogłuszył ją tępym narzędziem, ale nieudolnie, bo nawet nie upadła – ślady krwi spływały po ścianie i kapały z dużej wysokości. Meyer sprawdził w aktach fakturę plam. A także przez pół godziny ślęczał na kolanach w garażu aktorki i przez szkło powiększające obserwował wypustki małych kraterów. To znaczyło, że krew skapywała z co najmniej metra. Ofiara nie upadła, tego był pewien. Morderca trzymał ją w pionie i uderzał jej głową o ścianę – o tym świadczą z kolei płaskie rozbryzgi zaschniętej krwi na tynku o średnicy około dziesięciu centymetrów na wysokości poniżej stu siedemdziesięciu centymetrów. Zresztą na potylicy Niny Frank zidentyfikowano rany tłuczone i fragmenty szarej farby, tej z garażu na ścianach. Sprawca musiał być niższy, ale silniejszy od ofiary. Kiedy straciła przytomność, pociągnął ją za nogi do sypialni. Brunatna ścieżka w salonie powstała w wyniku krwawienia z czaszki. Kobieta jeszcze żyła.

Ułożył ją na łóżku i stłukł butelkę o szafkę. Zabezpieczono rozbite szkło, ale nie szyjkę butelki, popularnie zwaną tulipanem. To nim precyzyjnie rysował na jej ciele krwawe ścieżki. Robił to z namaszczeniem. Sprawiało mu przyjemność, że zadaje jej ból. Kiedy się ocknęła i zaczęła wyrywać, próbował ją związać pończochą leżącą pod łóżkiem, ale mu się nie udało. Wściekły zmiażdżył jej twarz tym samym tępym narzędziem, którego także nie zidentyfikowano. Złamał ofierze nos i kości żuchwy, oczodoły musiały być zapuchnięte, a spływająca krew zalewała jej oczy. Znów omdlała. Jeszcze żyła, być może błagała o litość, kiedy wsadził jej do pochwy butelkę. Butelka po soku, o średnicy siedmiu centymetrów. Poszedł po nią do kuchni? Wziął ją z pokoju? Przyniósł ze sobą? Pozostałe opróżnione i walające się butelki były po alkoholu: winie, dżinie. Dziwne.

Ciężko amatorowi zabić człowieka. Choć walka Niny Frank o życie trwała już pół godziny, nadal nie wymierzył jej śmiertelnych ciosów, jedynie dręczył ją i zadawał jej ból. Ofiara wyrywała się i próbowała uciec. Wtedy chwycił ją za gardło i udusił jakimś cienkim drutem, może pończochą? Nie, to musiało być coś twardego. Kabel od telefonu? Od wideo? Ale w sypialni nie było nawet radia. Sznur od bielizny? Kiedy poczuł, że ofiara się nie rusza, zaczął drapać tulipanem pomiędzy jej piersiami (w miejscu serca?), robił to z zapamiętaniem, z dużą siłą. Rozorał przestrzeń pomiędzy piersiami, aż do pępka. Kiedy ją znaleziono, skóra była rozszarpana, jakby darł poszewkę do poduszki, a nie ciało człowieka. Wyjął lub wyrwał kolczyk (jeśli tam był?), miejsce wokół pozostawił niezmasakrowane.

Dlaczego? Po wszystkim usiadł na łóżku i najprawdopodobniej patrzył na swoje dzieło.

Zdjął z kobiety zakrwawiony szlafrok, zostawił ją nagą z rozłożonymi nogami. Wydarte miejsce na klatce piersiowej nakrył prześcieradłem. Może chciał jej wyrwać serce, ale nie potrafił? Był przerażony, czego się dopuścił, ale jednocześnie ogarnął go spokój. Teraz już działał metodycznie.

W ciszy usłyszał cieknącą wodę w łazience, więc poszedł zakręcić kurki. Być może zostawił tam swoje odciski? Posprzątał po sobie. Zabrał narzędzia zbrodni: tępe, którym ogłuszał i walił po twarzy, tulipan, którym wyrysował na ciele paski, a także sznur, którym udusił ofiarę. Był to kawałek specyficznego materiału: twardy, gruby, o średnicy co najmniej centymetra. Tak mocno nim ściskał, że zgniótł jej tchawicę i przełyk. Potem wszedł do salonu i umył podłogę. Działał już w rękawiczkach – nie zabezpieczono więcej żadnych śladów (skąd wziął rękawiczki?). Wszystko, czego dotykał, szlafrok, a także szmaty, którymi sprzątał, wyrzucił do kubła na śmieci. Salon nie nosił żadnych znamion przestępstwa. Jakby starał się, żeby akurat tam było czysto. Dlaczego?

Dlaczego zabił? Tutaj już przydaje się kompilacja wiedzy psychologicznej i kryminalistyki. Z pewnością pałał do niej nienawiścią. Może do odtwarzanej przez nią postaci w filmie? Być może w ogóle pogardzał kobietami. Ale nie zaplanował zbrodni. Nie przyszedł, by zabić. To ona swoim zachowaniem wyzwoliła jego agresję. Krzyczała. Nie była bierna. Przeklinała. Im głośniej wołała o pomoc, im bardziej się broniła, tym mocniej uderzał. Krzyk! Sprawca musi reagować na krzyk. To powoduje w nim lęk. Może w domu na niego krzyczano, może rodzice się kłócili, awanturowali.

Dlaczego wybrał akurat aktorkę? Według badań ofiara prawie nigdy nie jest przypadkowa. Może morderca przed zbrodnią obserwował ją lub znał bliżej. Nawet zabójca, który zaczaja się w parku, tylko pozornie wybiera przypadkową osobę.

W jego ręce trafia ta, która w jakimś stopniu spełnia jego oczekiwania. Może przypomina mu kogoś z wyglądu (włosy, twarz, sposób poruszania się), może jej zawód – tutaj aktorka jako symbol kobiecości i niewinności (postać grana przez Ninę Frank – mniszka), może zachowanie – agresywna, wulgarna, pijana.

W tym przypadku morderca bardzo wiele o niej wiedział. Znał jej przyzwyczajenia, miejsce zamieszkania, życiorys. Nawet jeśli tylko wyczytał to w prasie. Znał ją choćby z widzenia. Ale dlaczego zmasakrował jej twarz? Znów ten sam wniosek: miał z nią kontakt i musiał mieć do niej stosunek emocjonalny, darzyć ją uczuciem. Zabójstwo było nieprzewidzianym zwrotem akcji. Przyszedł w innym celu. Seksualnym? Zawodowo? Uszkadzając jej twarz, chciał zanegować własny kontakt z ofiarą. To przejaw jego mechanizmów obronnych. Być może zawiódł się na niej, na jej wizerunku, na niej jako osobie bliskiej. I jednocześnie miał poczucie winy, jeśli można w ogóle tutaj o tym mówić. Raczej chciał „anulować" zabójstwo, a nawet zadośćuczynić ofierze. To dlatego przykrył jej twarz. To, że zostawił ją nagą, z rozłożonymi nogami, świadczy o tym, że chciał ją jednocześnie upokorzyć, ośmieszyć. Pastwił się nad nią po śmierci. Próbował symbolicznie wydrzeć jej serce. Tak zwany *overkill*, czyli nadzabijanie, i jednocześnie nieodbywanie stosunku płciowego. Zwykle oznacza to podświadomy lęk przed kobietami i przed własną niesprawnością seksualną. Czyżby został skrzywdzony przez matkę? Oszukany, poniżany w dzieciństwie?

Dlaczego umieścił w pochwie butelkę? To potrzeba sprawowania całkowitej kontroli i władzy. Zabijał, bo to dostarczało mu silnych doznań seksualnych, robił to dla wzbudzenia i utrzymania popędu. Nie zgwałcił jej, ale użył butelki. Być może tylko w ten sposób mógł dostarczyć sobie satysfakcji. Może nie jest w stanie odbyć stosunku? Może jest impotentem? W każdym razie to sadysta. Już wcześniej musiały go podniecać sadystyczne praktyki seksualne: potrzeba całkowitej władzy, ranienia i upokarzania partnera. Może był karany za podobne przestępstwa. Może bił i podduszał swoje kobiety. Może używał do stosunków przedmiotów, bo nie był w stanie w normalny sposób zaspokoić siebie i partnerki?

Z tego samego powodu udusił. Jego zachowanie było wynikiem działania bardzo silnych emocji związanych z niezaspokojeniem popędu. Podczas agonii w wyniku uduszenia, kiedy brakuje tlenu, ciało człowieka wpada w drgawki przypominające orgazm. Sprawca dzięki temu mógł poczuć satysfakcję seksualną. Ten rodzaj zbrodni wybierają sprawcy jako substytut stosunku.

Na razie odpowiedź na trzecie, kluczowe pytanie: „Kto zabił?" profiler zostawił sobie na później. Musiał to wszystko jeszcze raz przeanalizować, poukładać. Potrzebował więcej danych o samej ofierze. Życie Niny Frank to klucz do wyjaśnienia zagadki jej śmierci. Zastanowił się nad nowymi informacjami, zgromadzonymi dzisiejszego dnia. Mąż Niny Frank kłamie. Coś ukrywa. Co? Może ten podsłuch? Czy coś jeszcze? Listonosz dopiero po czterech godzinach zawiadomił policję. Dlaczego wszedł do domu i zabrał część garderoby?

I najciekawsza nowina z dziś. Andriusza dowiedział się, że Agnieszka Nalewajko to córka szanowanej nauczycielki z Siemiatycz, która zmarła parę lat temu na raka. Dziewczyna uciekła z domu. Była w ciąży. Wróciła do rodzinnej miejscowości dwa dni po pogrzebie matki już jako Nina Frank. To dlatego znana aktorka kupiła sobie dworek nad Bugiem. Z sentymentu. Nigdy nie odwiedziła rodziny ojca, ale wysyłała do niej paczki z jedzeniem, prezentami i pieniądze pod pseudonimem. Ale ojciec sprawdził u znajomej w banku, do kogo należy konto, z którego przychodzą przelewy pieniężne. I zamarł – nadawcą jest Nina Frank. Znana aktorka. Nie wiedział, jak to rozumieć, co nie przeszkadzało mu w przyjmowaniu prezentów. Z czasem zaczął podejrzewać, że to jego córka. Ale nigdy nie nawiązał z nią kontaktu. To było zbyt nieprawdopodobne.

Meyer otworzył akta i ponownie zaczął czytać wyniki sekcji. Nie zgadzało mu się stężenie lekarstw we krwi aktorki. Jeśli miałaby tyle benzodiazepin w żołądku, zasnęłaby na dwanaście godzin albo dłużej i nie otworzyłaby drzwi mordercy. Chyba że drzwi były otwarte. Ale tym bardziej nie miałaby sił stać o własnych nogach w garażu. A już na pewno krzyczeć i walczyć. Czyżby morderca to jej znajomy z dawnych czasów? Może to nie mąż, ale kolega ze szkoły?

Listonosza też nie mógł wykluczyć. Zwłaszcza ten silny, negatywny związek z matką, brak dobrego męskiego wzorca w dzieciństwie. Brak stałego zatrudnienia, nie licząc ostatniej pracy szansy: doręczyciela. I aktorka go znała.

Komisarz Meyer uchylił drzwi do korytarza. Chciał wypuścić trochę dymu, bo czuł, że zaraz się udusi. Rozpiął pierwszy guzik niebieskiej koszuli. Aż wzdrygnął się, gdy z rozmyślań wyrwał go dzwonek komórki.

– Hubert?
– Ja. A do kogo dzwonisz?
– Czemu jest taki pogłos, masz podsłuch? – zażartował Janek, spec od elektroniki i aparatury podsłuchowej w katowickiej komendzie wojewódzkiej.
– Mieszkam w dziwnym miejscu. Klocek z betonu, bez okien – zaśmiał się Meyer i chwycił zapalniczkę.
– Prosiłeś o tę analizę. Zabytkowy telefon, a w nim maleńka pluskiewka.
– I co?
– Wiesz, te odciski. Oczywiście nie udało się ich zidentyfikować. Ale podsłuch był montowany przez fachowca. I to pewnie kogoś z naszych. Jest jednak coś innego, co cię pewnie zainteresuje.
– Jesteś tak podniecony, że to coś naprawdę ciekaw... – Zamilkł.

Usłyszał kroki na korytarzu, jakby skradanie się. Spojrzał na zegarek. Dochodziła dwudziesta pierwsza trzydzieści.

Podbiegł do drzwi i stanął za nimi, tak by móc zobaczyć, kim jest człowiek, który – miał przeczucie – stara się stąpać jak najciszej.

– Halo – odezwał się Janek. – Halo, Hubert... Słyszysz mnie?

Profiler się wzdrygnął. Był przekonany, że ten na korytarzu także usłyszał wołanie Janka. Jednym ruchem wyłączył komórkę. Ale zanim Meyer poradził sobie z telefonem i wyjrzał zza drzwi, przybysz już schował się w swoim pokoju. Hubert się rozejrzał – nie miał pojęcia, w którym pokoju zniknął człowiek kot. Czy w ogóle istniał? A może to jedynie omamy słuchowe? Psycholog zamknął swój pokój od wewnątrz, jeszcze raz nacisnął klamkę, żeby sprawdzić, i wykręcił numer Janka. Wzruszył ramionami. Dostaję tu paranoi, zganił się za zbytnią podejrzliwość.

– No, jestem. Przepraszam, tu czasem nie ma zasięgu – skłamał.

– Widzę, że nie jesteś zbytnio zainteresowany moimi informacjami.

– Gadasz jak baba. Zaraz zażądasz, żebym cię pochwalił!

– Pewnie! I bądź pewien, że pochwalisz – śmiał się Janek. – Więc zbadałem cały telefon, nie tylko pluskwę. Wiesz, że lubię zagadki. Okazało się, że oprócz tego urządzenia, które widziałeś i przekazałeś do analizy, było... – Janek teatralnie zawiesił głos.

– No? – poganiał go Meyer niecierpliwie.

– No, zgadnij...

– Drugie urządzenie podsłuchowe?

– Daj spokój, Hubert! Mogłeś choć z grzeczności strzelić pudło.

– Przestań. I mów w końcu! – Profiler z podniecenia zaczął chodzić w kółko.

– Tak, druga pluskwa. Tym razem zamontowana przez amatora. Wyjęta siłą, dlatego zostały ślady.

– O kurwa... Matrioszka...

– Słucham?

– Masz u mnie flaszkę. Jesteś mistrzunio.
– Co jest, Hubert? Jaka matrioszka?
– Na razie. Muszę kończyć. Wyślesz mi tę ekspertyzę? Dzięki. – Słyszał, jak to mówi, ale już myślami był daleko od tej informacji.

Teraz miał tylko jeden plan. Chwycił klucze od domu Niny Frank. Bogu dzięki, że nie zdążył ich oddać Kuli. Długim, zapyziałym korytarzem pognał do wyjścia z Czarnej Wody. Żeby wyjść z hotelu, trzeba było przemieszczać się labiryntem. Schodzić w dół, potem znów w górę. Minąć korytarz z cienkiej dykty, potem wnęki obite plastikową boazerią, przejść obok restauracji. Co jakiś czas nad drzwiami łączącymi korytarze Meyer widział kwadratowe jarzeniówki z namalowanym uciekającym człowieczkiem. Wyjście awaryjne – dopóki je mijał, wiedział, że idzie w dobrym kierunku. Pierwsza świetlówka, najbliżej jego pokoju, byczała jednostajnie. Ciarki chodziły mu po plecach, bo oprócz tego niepokojącego odgłosu panowała tu ponura, tutejsza cisza. W końcu poczuł powiew świeżego powietrza. Dotarł do recepcji. Przez otwarte drzwi do hotelu wdzierało się przenikliwe zimno. Meyer opatulił się płaszczem i pobiegł do samochodu. Ale w połowie drogi zawrócił, jakby czegoś zapomniał, i jeszcze raz pokonał labirynt. Kiedy minął byczącą niepokojąco świetlówkę, wyciągnął klucz z kieszeni i już miał wkładać go do zamka, gdy nagle świetlówka zgasła. Byczenie umilkło, jakby ktoś nożem przeciął kabel. Ciemność i cisza potęgowały strach. Profiler trzęsącymi się rękoma, po omacku, szukał dziurki od klucza. Jakimś cudem się udało, przekręcił. Wszedł do pokoju.

Spocone ręce wytarł o spodnie. Poszperał w torbie, posiedział chwilę na tapczanie i znów wyszedł. Ciemność, długi labirynt i ten cholerny niepokój. Co z tobą! – ganił się w duchu i coraz silniej czuł mrowienie na plecach. Ruszył, ale po chwili zawrócił. Płochliwie schował się w pokoju. Myślał nawet, czy nie przełożyć wyprawy. Ale gdy trzasnęły drzwi, światło nagle zalało korytarz i znów rozległo się znajome byczenie. Prawie biegiem ruszył w stronę wyjścia.

– Mogę u pani kupić czerwone marlborki? – spytał tęgą recepcjonistkę.

W tym momencie do lady podszedł drobny mężczyzna. Skórzana kurtka, którą miał na sobie, nosiła ślady wieloletniego używania. Włosy miał posmarowane czymś błyszczącym. Kobieta bez słowa wydała mu klucz z numerem 239. Odwrócił się plecami do profilera, ale nie od razu ruszył w głąb labiryntu. Otworzył klapę teczki i czegoś w niej szukał. Wszystkie ruchy wykonywał precyzyjnie, jak robot. Meyer zwrócił uwagę na zawartość teczki: równo poskładane kartki, notatniki i jakieś urządzenia.

– Halo! Papierosy? Ma pani? – spytał Meyer ponownie.

Gruba pokręciła głową i odrzekła piskliwie:

– Można kupić na stacji.

– Gdzie ta stacja?

– To siedem kilometrów stąd. Prosto, na Lublin. Potem w lewo, na Czarnuszkę i w prawo. Jest pan na trasie do Białegostoku. Potem w prawo i jeszcze raz w lewo, koło spalonej remizy. Tam jest najbliższa stacja.

Hubert westchnął ciężko.

– Chyba nie będę dziś palił. Podobno to zdrowo – rzucił głośniej i rozejrzał się, czy facet z teczką i brylantyną na włosach to słyszy, ale już go nie było. Jakby zniknął.

Już ponad godzinę Meyer przetrząsał pudła na strychu Niny Frank. Pod ręką miał broń i gotów był w każdej chwili zaatakować intruza. Nie krył się ze swoją obecnością, zapalił światło i z zapamiętaniem przeszukiwał, kartka po kartce, kolejne szpargały. Szukał odpowiedzi na dręczące go pytanie.

Odnalazł podarte na małe kawałki i sklejone przezroczystą taśmą zdjęcie mężczyzny z wąsami trzymającego na ramionach kilkuletnią dziewczynkę i wbił wzrok w oczy małej.

– To pewnie mała Agnieszka Nalewajko. Mała Nina Frank. Agnieszka. Nina. Aga. Nika. – Chodził w kółko i palił mentolowego vogue'a, którego zabrał z szafki denatki.

– Dlaczego tak trzymałaś to w tajemnicy?

Kiedy sięgał po kolejnego cienkiego papierosa i skupiał się na metamorfozie dziewczyny z małego miasteczka w wielką gwiazdę, jego uwagę zwróciła stara książka obłożona folią, z dokładnie namalowanym numerem na grzbiecie. Nie pasowała do tego luksusowego miejsca. Zwłaszcza prawosławny krzyż na okładce. *Podzielone serca* – widniało w tytule. Przewertował strony i przeczytał, że prawie sześćdziesiąt lat temu na szosie we wsi Tokary postawiono szlaban granicy państwa.

"Podzielił on drogę i las. Rozpołowił wieś, parafię i losy ludzkie na dwie części. Tym sposobem niektóre rodziny znalazły się po polskiej stronie, inne po białoruskiej. Los wielkiej wsi Tokary, liczącej ponad dwieście domów, stał się symbolem bezwzględnej polityki. Niektóre rodziny nie widziały się ze sobą do dziś. Zwłaszcza po wejściu Polski do Unii Europejskiej mieszkańcy Tokar po białoruskiej stronie mają kłopoty z odwiedzaniem się, a nawet przyjazdami na rodzinne groby. Na terenie Polski w uroczysku Tokary stanęła cerkiew ikony Wsiech Skorbiaszczych Radost' z 1912 roku (przeniesiona z innego miejsca prawosławnego kultu). A wtedy w głuszy trysnęło święte źródełko".

Przerwał czytanie. Dlaczego znana z grzechów Nika Frank interesowała się historią prawosławnej wsi? Jakby w odpowiedzi okładki książki otworzyły się w miejscu wbitej pieczęci gminnej biblioteki w Mielniku nad Bugiem. Czyżby gwiazda odwiedzała bibliotekę? A ten Borys, kafar z łańcuchem i blizną na szyi, nie był synem bibliotekarki? Czy bibliotekarka znała Nikę Frank? Losy wszystkich postaci splatają się w tym domu. Domu gwiazdy, która podobno się nie integrowała i była samotnicą. Widać każdy tutaj ma własny sekret. Tylko ja nic nie rozumiem. I zamiast badać zbrodnię, wyciągam po omacku porwane nitki z kłębka. Gdzie jest węzeł? – dedukował.

Schował książkę do kieszeni płaszcza. Ruszył z powrotem do pudeł. – Nika, nie za dużo tych tajemnic? – zwrócił się do zdjęcia nad biurkiem. Patrzyła na niego kobieta z burzą czarnych włosów. Jeden kącik jej ust był podniesiony, jakby powstrzymywała wybuch śmiechu. Miał wrażenie, że za chwilę udzieli mu odpowiedzi. Zobaczył kasety z filmami wideo. Na ich grzbietach czytał tytuły napisane odręcznym pismem: „Urodziny", „Telekamera", „Przyjęcie w dworku". Zgarnął z półki tyle kaset, ile był w stanie chwycić, i położył wszystkie na własnym płaszczu. Zabierze je ze sobą.

Na dnie jednego z kartonów znalazł kalendarz z 1987 roku, wypełniony w całości niewyraźnym pismem, niemal maczkiem lekarskim, tak zupełnie niepodobnym do pisma z zeszytów szkolnych. Na górze każdej kartki z hieroglifami zanotowano datę i godzinę. Dziennik Agnieszki Nalewajko, domyślił się. Czytał na wyrywki i ziewał. Dziewczyna szczegółowo opisywała, co jadła, ile spała, jaką ocenę dostała, jaką jutro włoży sukienkę. Okraszała te informacje swoimi przemyśleniami i rozterkami.

W połowie notatnika zaczęły się pikantne opisy scen seksualnych. Jako kochanek pojawiał się nieokreślony bliżej J. Tu Meyer się ożywił. Czasem inicjał J. zdobny był w małe serduszko, czasem w gwiazdkę. Na jednej ze stron znalazł wycięte z gazety i przyklejone plastrem zdjęcie mężczyzny. Był dość przystojny, stał na mównicy w garniturze. Miał około czterdziestki. Meyer wpatrywał się w czarno-białą niewyraźną fotografię z lokalnego dziennika i zastanawiał się, kim jest ten człowiek. Czy to właśnie J. uprawiał seks z nastoletnią Niką? Na końcu zeszytu znalazł mapy kontynentów, nieużywane, jeszcze fabrycznie sklejone. Kiedy niechcący rozdarł jedną z nich, wypadł kawałek papieru opakowany w folię – nierozdarte kartki utworzyły kopertę, w której zawieruszył się jakiś pasek z dwiema niebieskimi liniami.

Co to jest?

Zerknął na zegarek. Znów późno. Jak ten czas leci. Zabrał kasety, książkę i pamiętnik, po czym opuścił dom aktorki. Wstukując kod, zastanawiał się, dlaczego ją podsłuchiwano. I dlaczego aż dwóm osobom zależało na jej kontroli? Kto założył pierwszą pluskwę? Ten, kto montował drugą, musiał wiedzieć o pierwszej. Czy ta sama osoba ją podglądała? Kto zamontował kamerę i po co? Gdzie są nagrania? Dlaczego swoją zmianę nazwiska aktorka tak pieczołowicie ukrywała? To przecież musiało dostać się do prasy, a nie pamiętał, by ktokolwiek mówił o tym, że Nina Frank to jedynie pseudonim sceniczny. I dlaczego poczciwa wdowa z biblioteki nie powiedziała Kuli, że kontaktowała się z aktorką?

Rozdział 16
Kazirodztwo

*"Przestań mieć pretensje do innych.
Bierz odpowiedzialność za każdy swój krok"*

Siedziałam z tyłu w klimatyzowanym samochodzie i co jakiś czas wpatrywałam się we własne odbicie we wstecznym lusterku. Jakub też zerkał w nie niby przypadkowo. Nieskończoną liczbę razy wyciszał radio i rozmawiał przez komórkę o sprawach tak dla mnie odległych, że nie jestem w stanie tego powtórzyć. Padały jakieś nazwiska, niektóre znane z telewizji. Ale kto był kim, nie bardzo się orientowałam – o polityce wiedziałam jedynie, jak nazywają się prezydent, premier i kilku najbardziej groteskowych posłów. Wpatrywałam się w okno i słuchałam muzyki, a kiedy znów dzwonił telefon, wyłączałam się, zatapiając w miłym letargu. Dolatywały do mnie jedynie fragmenty jego wypowiedzi. Jakub mówił, żeby w takim razie zmienić rzecznika albo popracować nad poprawką do projektu, bo inaczej nie kupi tego jakiś przewodniczący. Było to tak abstrakcyjne, że zastanawiałam się, co ten facet robi z nami. Z niemłodą już kobietą z prowincji i jej córką. Na co liczy? Co z tego ma? Nie byłam głupia, sam rozumiesz, że wydawało mi się to co najmniej podejrzane.

Zatrzymaliśmy się na stacji benzynowej i usiedliśmy na metalowych krzesełkach przy kawie. Matka opowiedziała jakąś historyjkę z przeszłości i oboje wybuchnęli szczerym śmiechem. Patrzyłam na Jakuba i pomyślałam mimowolnie, że jak na takiego starego faceta nieźle się trzyma. Może od tych sportów, które uprawiał? Urocze miał te kurze łapki, kiedy mrużył oczy w uśmiechu. Na plastikowej tacy kelnerka przyniosła kawę, herbatę dla mnie i domowe ciastka. Matka odmówiła, więc zjadłam też jej porcję. Spytałam, czy mogę dokupić sok, bo strasznie chciało mi się pić. Jakub podszedł do lady i zamówił to, co chciałam. Oczywiście sprawił mi tym przyjemność – to takie subtelności, które są jasne jedynie dla niej i dla niego. Dla nikogo z zewnątrz. I takich właśnie drobiazgów mieliśmy na koncie całą masę. Matka ich nie dostrzegała, była zbyt w niego zapatrzona. Nie dopuszczała nawet takich podejrzeń.

Nie będę wymieniać tych szczególików, bo szkoda czasu, można powiedzieć ogólnie – flirtowaliśmy sobie. Kiedy wrócił, jakoś tak niezdarnie opadł na krzesło i jego kolano niechcący oparło się o moje. Nie odsunęłam się. Spojrzał czujnie na matkę, ale nie zabrał nogi. Po chwili przycisnął mocniej. Nie patrzyłam na niego i udawałam, że nie dzieje się nic nadzwyczajnego, choć zrobiło mi się gorąco. Potem zjadłam mu kawałek pączka i roześmiałam się figlarnie.

– Ale masz apetyt, przecież w domu nie jadasz słodyczy – zdziwiła się matka.

Wzruszyłam ramionami i poszłam do łazienki. Czułam, że ta gra coraz bardziej mnie wciąga. Kiedy wróciłam, rozmawiał przez telefon, a matka oglądała swoje paznokcie.

– Niestety, będę musiał trochę popracować – zwrócił się do niej, gdy usiadłam i potrząsałam bezmyślnie pustym pudełkiem po soczku. – Zakwateruję was w hotelu i spotkamy się wieczorem.

Skinęła smutno głową.

Hotel okazał się małym pensjonatem nad samą plażą. Jakub mieszkał jednak gdzie indziej, razem ze swoimi kolegami z pracy. Oczywiście, dla niego był to wyjazd służbowy. Wyjął nasze bagaże i cmoknął matkę w policzek. Widziałam, jak odprowadza go do auta zakochanym wzrokiem. Złapałam się na tym, że robię to samo. Stałyśmy tam jak dwie Penelopy, starsza i młodsza, więc żeby zatrzeć to wrażenie, krzyknęłam:

– Idziemy nad morze. A wieczorem potańczymy!
– Ja nie mam ochoty, ale ty idź, jeśli chcesz – odpowiedziała.
– Tylko nie wracaj późno.
– Przed północą.

Miałyśmy apartament z dwoma pokojami. Matka najpierw poszła się wykąpać, ja włączyłam telewizor i rozsiadłam się na kanapie. Nogi położyłam na stole i przerzucałam kanały. Kiedy zadzwonił telefon, matka stała pod prysznicem, więc odebrałam.

– Halo?
– Aga? – zdziwił się Jakub. – Zarezerwowałem stolik w restauracji. Może chcesz pójść z nami?
– Nie będę wam przeszkadzać, wieczorem idę do dyskoteki. Bawcie się dobrze. Tylko opiekuj się mamą, ona ma słabą głowę – zażartowałam. – Spójrz, jak to się zmienia. Kiedyś to ona mnie pilnowała. I pamiętaj, jeśli stanie się jej krzywda, będziesz miał ze mną do czynienia – udawałam groźną.

Śmiał się. Mieliśmy podobne poczucie humoru. Przed wyjazdem do Sopotu widzieliśmy się już kilka razy. Raz nawet przyjechałam do Warszawy, bo Jakub poradził mi spróbować swoich sił jako modelka, zanim zostanę znaną aktorką. Wysłał moje zdjęcia i podobno się mną zainteresowali. Pojechałam na rozmowę, chcieli mnie zobaczyć, zmierzyć. Szef agencji truł o tym, że praca modelki jest fascynująca, ale muszę dbać o szkołę. Pokazałam świadectwa i opowiedziałam o dodatkowych zajęciach, którymi do tej pory katowała mnie matka.

– Jesteś już trochę za dorosła, prawie siedemnaście lat. Masz za to dobrze poukładane w głowie – skomentował agent i obiecał załatwienie jakiejś prostej sesji na początek. Dopiero wtedy ma się okazać, czy się nadaję. Czy mam do tego dryg, czy aparat mnie lubi.

Ale ja już i tak byłam szczęśliwa. Warszawa. Wydawało mi się wtedy, że jestem w środku mrowiska. Zwłaszcza że po tej rozmowie w agencji Jakub zabrał mnie do Galerii Centrum. Masa modnych ubrań i ich ceny oszołomiły mnie. Biegałam w kółko, kręcąc głową, i zdejmowałam z wieszaków kolejne zdobycze. Śmiał się, patrząc na moją radość. Kazał wybrać, co mi się podoba, i zapłacił za moje dżinsy, sukienkę i kilka bluzeczek. Czułam, że los się do mnie uśmiechnął i teraz już świat stoi przede mną otworem. Z niecierpliwością czekałam na telefon z agencji. Matka, do tej pory sceptyczna, miała dbać o moje finanse.

– No to cześć – powiedziałam, słysząc, że odgłosy z łazienki cichną.

– Do zobaczenia – odparł, wydało mi się, trochę zasmucony i odłożył słuchawkę.

Nie pozdrowił mamy ani nie poprosił jej do telefonu, choć musiał wiedzieć, że czeka z niecierpliwością na wiadomości od niego. Podskoczyłam do góry z radości i zakręciłam piruet.

– Zakochane gołąbki idą do restauracji! – poinformowałam matkę, kiedy pachnąca wyszła z zaparowanego pomieszczenia. Rozpromieniła się. – No, a teraz podbijemy plażę! – krzyknęłam, wymachując ręcznikiem i stanikiem w kwiatki.

Zapatrzyłam się na całującą się parę na środku parkietu. Myślałam wyłącznie o tym, że moja matka właśnie pije wino i patrzy maślanym wzrokiem na Jakuba, a ja jestem tutaj kompletnie sama. Chłopak w moim wieku tańczył przede mną i mrugał zalotnie. Próbował mnie poderwać i może jeszcze trzy miesiące temu podjęłabym wyzwanie. Dziś czekałam tylko, aż minie północ, i z głową pełną marzeń wrócę do swego łóżka. Obciągnęłam dżinsową spódniczkę i bawiłam się kolczykiem. Ze studni myśli wyrwał mnie barman, stawiając przede mną różowego breezera.

– Ja nie zamawiałam! – obruszyłam się.

Pokazał palcem na mężczyznę w wieku około dwudziestu pięciu lat, a on pomachał do mnie ręką.

Był dość dobrze zbudowany, opalony i miał uroczy uśmiech.

– Nie piję. – Przesunęłam butelkę w kierunku barmana. I pociągnęłam przez słomkę łyk swojego soku. Wzruszył ramionami.

Po chwili przystojniak podszedł do mnie i usiadł obok.

– Taka ładna i sama?

Zemdliło mnie od tak banalnego wstępu.

– Czekam na kogoś.

Popijał leniwie drinka.

– Popląsamy? – Prześlizgnął się wzrokiem po moich nogach.

– To pląsajcie – odburknęłam i omiotłam spojrzeniem parkiet.

– Masz piękne oczy. – Nie poddawał się.

– Jak gwiazdy? – zaśmiałam się. – I do tego bogate wnętrze – dodałam.

Na dłuższą metę mógł być męczący. Chciałam się już przenieść w inne miejsce przy barze, gdy w drzwiach zobaczyłam Jakuba. Rozglądał się. W tym tłumie młodzieży wyglądał okropnie staro. Natychmiast odwróciłam się do przystojniaka.

– Zastanowiłam się.

Poprowadził mnie za rękę na środek, tam gdzie przed chwilą obserwowałam parkę moich rówieśników. Zaczął podrygiwać w rytm muzyki, a ja patrzyłam beznamiętnie i czułam, że moje ciało jest zesztywniałe i niechętne. Przymknęłam oczy i wsłuchałam się w niski głos piosenkarki. Leniwe dźwięki przetykane mocnymi bitami wyznaczały harmonię ruchów moich bioder. Powoli stapiałam się z muzyką, zaczęłam nawet poruszać rękami i co jakiś czas wydymać usta w kierunku mojego partnera. I wiesz, dopiero kiedy otworzyłam oczy i w tłumie zobaczyłam przyglądającego mi się Jakuba, jakby ktoś podładował mi baterie. Moje ciało stało się giętkie. Zaczęłam je czuć. Przytuliłam się plecami do przystojniaka i kręciłam biodrami kółka, nie dotykając go jednak. On wydawał pomruki zadowolenia i cmokał z aprobatą. Nie trzeba go było dłużej zachęcać. Podjął moje wyzwanie i podczas kolejnego numeru nasz taniec przerodził się w zmysłowy trans, z którego nie chciałam wcale wychodzić. Pozwoliłam mu położyć rękę na swoim brzuchu i czułam się jak bogini, która zarządza czasem i przestrzenią. Ale gość, z którym tańczyłam, nie istniał dla mnie, tańczyłam ze sobą, licząc, że Jakub to widzi. Przystojniak w pewnym momencie obrócił mnie, zetknęliśmy się niemal twarzami. Muzyka zwolniła, romantyczne wibracje zalały parkiet i ludzie potworzyli pary. Wtedy przycisnął mnie do siebie. Prowadził despotycznie. Podobało mi się to. Dopiero kiedy językiem zaczął muskać moje ucho i szeptać:

– Jesteś boska, urodzona do tańca. Może wyjdziemy? – odepchnęłam go.

Kątem oka spojrzałam w miejsce, gdzie przed chwilą stał Jakub. Nie przewiercał mnie już na wylot oczami. To podziałało jak kubeł zimnej wody. Czar prysł. Odsunęłam się gwałtownie od przystojniaka i zatrzymałam rozdygotane biodra. Wycofując się, uderzyłam kogoś plecami.

– Przepraszam. – Odwróciłam się, a wściekłość, która malowała się na twarzy Jakuba, na moment mnie sparaliżowała.

– Idziemy do domu. – Chwycił mnie za rękę.

– Hej, tatuśku! To moja dziewczyna! – Przystojniak widać uważał za stosowne zostać moim rycerzem.

– Czego chcesz? – spytałam Jakuba.

– Upiłaś się! – skarcił mnie jak własną kobietę.

– Odczep się! – powiedziałam do obu.

– Widzisz? Nie chce iść z tobą. Lepiej odpuść po dobroci. – Mój *loverboy* podskakiwał niczym rozwścieczony kogucik.

Szykowała się bójka.

Jakub zignorował go i chwycił mnie za ramię, po czym pociągnął do wyjścia. Wtedy przystojniak zamachnął się i szarpnął Jakuba za koszulkę. Ten odwinął się i strzelił go po twarzy.

– Ty frajerze – usłyszałam, gdy wybiegałam z klubu. Nie zatrzymując się, ruszyłam do pensjonatu.

– Aga, czekaj! – usłyszałam za plecami jakiś czas później.

Jakub dogonił mnie w połowie drogi. Szłam już spokojnie, trzymając w rękach sandałki. Wybrałam drogę przez plażę, bo była krótsza, choć ciemna, i matka twierdziła, że niebezpieczna.

– Co ty sobie wyobrażasz? – krzyknęłam mu w twarz. – Że jesteś moim ojcem? Zastanów się nad sobą!

– Zadajesz się z jakimiś obcymi facetami. Mógł ci coś dosypać i zgwałcić cię w toalecie! – Był naprawdę wściekły, z trudem łapał oddech.

– Zostaw! – Wyrwałam rękę. – Kto tu kogo poucza!

– Martwiłem się – dodał już ciszej i, wydawało mi się, z troską.

Wtedy zobaczyłam, że ma lekko spuchnięty policzek. Zrobiło mi się głupio.

– Nie twoja sprawa – powiedziałam już łagodniej. – Zresztą nie piłam alkoholu.

– Poczekaj, porozmawiajmy.

– O czym? – Byłam wciąż najeżona, ale zatrzymałam się. Sama nie wiem dlaczego.

Poprosił, żebyśmy usiedli na zwalonym drzewie. To potrwa chwilę.

– No? – pośpieszałam go.

– Wiem, że to dziwne. Trudno mi wytłumaczyć, ale naprawdę bałem się o ciebie. Jest wpół do dwunastej. Miałaś wrócić... Jest ciemno.

– Umawiałam się z matką przed północą. To ona cię wysłała?

– Ona śpi.

– Co? Mama śpi? Żartujesz! Nigdy jeszcze nie zasnęła przed moim powrotem!

– Wypiła trochę za dużo wina. – Jakub machnął ręką i przysunął się do mnie.

Zrozumiałam, że nieprzypadkowo wypiła za dużo. Pomyślałam, że upił ją, żeby przylecieć do mnie, choć wydawało mi się to absurdalne. Miałam mieszane uczucia. Z jednej strony to podłe, a z drugiej mile połechtało moją próżność. Poczułam zapach jego potu. Podniosłam wzrok.

– Co ty w ogóle tutaj robisz? – spytałam ostro, ale złość mi już mijała. Czułam narastające między nami napięcie.

– Sam nie wiem.
– Dobrze wiesz – przeciągnęłam „wiesz".
– W takim razie ty też wiesz.
Zaśmiałam się nieprzyjemnie.
– Nie, ja nie wiem. Jesteś facetem mojej matki, mógłbyś być moim ojcem. Może chcesz mnie zgwałcić? Mam się bać?
Pochylił głowę.
– Przestań gadać głupoty.
– Ja? – prychnęłam. – No dobra, nie boję się, że mnie zgwałcisz. Matka by ci tego nie darowała.

Sama nie wiem, dlaczego się uśmiechnęłam, ale zrobiło mi się go szkoda. Miał minę skarconego zwierzaka. Zamiast zwycięzcy otoczonego nimbem tajemniczości, robiącego efektowne wrażenie przy pierwszym kontakcie, posiadacza luksusowego samochodu, laptopa, kilku złotych kart kredytowych miałam przed sobą po prostu zauroczonego mężczyznę. I muszę przyznać, że bardzo mi się to podobało.

– Kiedy cię pierwszy raz zobaczyłem... Jakbym cię znał. Kiedyś, może w innym życiu. Wiem, że to głupio brzmi, ale czuję między nami braterstwo dusz – dukał jak uczniak.

Zamilkłam. Prawdziwy melodramat, nie mogłam uwierzyć.

– Chyba się popłaczę – nie ukrywałam ironii, ale też prowokowałam go, by mówił dalej. – I co chcesz z tym zrobić? – zapytałam wyzywająco.

– Wciąż o tobie myślę.
– Śpisz z moją matką. A teraz bajerujesz mnie. Myślisz, że to normalne?

Pogładził mnie po szyi. Poczułam dreszcz. Zbliżył twarz do mojej.

– Aga, ja nie wiem, co się ze mną dzieje. Kochanie, ucieknijmy na drugi koniec świata – poprosił.

Nie mam pojęcia, czy żartował, czy mówił poważnie. Drżałam. I słowo honoru, nie wiedziałam, jak się zachować. Czułam, że jest na granicy, że zrobi wszystko, czego zażądam. To było takie uczucie, jak panowanie nad sterem i żaglem, gdy wieje ósemka. Niebezpieczne, ale wciągające. Wciąż trzeba kontrolować sytuację. Jeden błąd i wywracasz łódkę.

– Ładnie wyglądasz – powiedziałam i odsunęłam się.

– To ty... jesteś śliczna. Jesteś najpiękniejszą kobietą, jaką w życiu widziałem. Umierałem z zazdrości, jak tańczyłaś z tym fagasem.

Prychnęłam, udając, że nie wiem, o co chodzi.

– Taki tam. Nieistotne.

Pochylił się i musnął wargami kącik moich ust. Nie wkładał języka, nie przyciskał. Był wyrafinowany, nie jak ci wszyscy dotychczasowi absztyfikanci, którzy na moim ciele robili eksperymenty. Drżącą ręką dotknął mego karku. Zamknęłam oczy i czekałam. Poczułam się nagle bezpiecznie i dobrze. Gorąco oblało moje ciało. Choć było już chłodno, zniknęła gęsia skórka.

– Odprowadzę cię do pokoju – powiedział nagle i okrył mnie kurtką.

Złapałam się na myśli, że czuję zawód, że nie doszło do niczego poważniejszego.

Szliśmy za rękę plażą i słuchałam jego słów jak zaklęć. Kiedy stanęliśmy przed pensjonatem, objął mnie i przytulił.

– Chciałbym tylko, żebyś była blisko, nic więcej. Nie wiem, czy mi uwierzysz. Będę cię chronił. Zawsze. Wyzwalasz we mnie jakiś instynkt opiekuńczy. Jeśli oczywiście mi pozwolisz. Zobaczysz, będziesz wielką gwiazdą! – Uśmiechnął się i znów delikatnie pocałował.

Tym razem oddałam pocałunek. Ale zaraz przestraszyłam się, że ktoś z recepcji nas obserwuje. Oddałam mu kurtkę i wbiegłam po schodach do naszego pokoju.

Matka rzeczywiście spała. Spojrzałam na nią i instynktownie podeszłam, żeby ją przykryć, ale cofnęłam się. Czułam na sobie zapach Jakuba, którym przesiąkła moja bluzka. Weszłam do łazienki i dokładnie zamknęłam drzwi. Kiedy się kąpałam, przywołałam w myślach jego szept na pożegnanie:

— Kocham. Nie bój się.

Nic nie odpowiedziałam. Wtedy jeszcze nie. Bawiłam się nim tak przez cały pobyt. Matka co drugi dzień szła wcześniej spać, a Jakub przychodził do mnie na plażę. Siedzieliśmy, rozmawialiśmy, w końcu przyszła pora na ten pierwszy raz. Odkrywał moje ciało i zachwycał się każdym kawałeczkiem. Nie zrobiliśmy tego jednak nad morzem. To był zbyt piękny czas. Najbardziej romantyczna plaża, jak z kiczowatych filmów. Powiedziałam mu, że jestem dziewicą. Nie uwierzył, więc opowiedziałam wszystkie przygody damsko-męskie i nie pominęłam historii z Arturem. Najpierw zbladł, a potem wybuchnął śmiechem. Przygarnął mnie do siebie i obiecał, że poczeka, aż będę gotowa, sama zdecyduję, kiedy nadejdzie stosowny moment.

Stało się to, kiedy wróciłam z mojej pierwszej sesji zdjęciowej. Udanej. Kamera mnie kochała! I on też mnie kochał, w każdym razie tak mówił. Przez cztery miesiące przyjeżdżałam do Warszawy. On odsunął na boczny tor moją matkę. Czasem wpadał do naszego miasteczka z kwiatami i prezentami, także dla mnie. Patrzyłam z niepokojem, jak reaguje, gdy ona próbuje go uwodzić. Nieudolnie, desperacko, z błagalnym wyrazem twarzy. I bez skutku. Wychodził przed zmrokiem, całował mnie w czoło na pożegnanie. Czasem wymykałam się z domu do jego samochodu, w którym czekał na leśnym parkingu. Kiedy przybiegałam, siedzenia już były rozłożone, a on palił papierosa. Czasem był czuły i niemożliwie delikatny, czasem gwałtowny, jakby bał się, że za chwilę sobie pójdę. Co ciekawe, nie bolało. Nie było to obrzydliwe, jak twierdziła Regina. Było mi dobrze, latałam.

Za to matka, z nią odwrotnie. Widziałam, jak schnie i zamyka się w sobie, robi się coraz starsza. Czasem, kiedy myślała, że już śpię, dzwoniła do niego i płakała w słuchawkę. Zaczęła brać leki na sen, popijać. W koszu na śmieci często znajdowałam puste butelki zawinięte szczelnie reklamówkami. Piła po cichu, tak żebym nie widziała, a rano szła do szkoły i wyżywała się na uczniach. Patrzyłam na to ze zgrozą, ale ani razu nie pomyślałam, że to ja zrobiłam z niej zrzędzącą, sfrustrowaną kobietę.

Ukrywaliśmy nasz romans z Jakubem tak doskonale, że z czasem czułam się coraz bardziej bezkarna. Kwitłam. Kiedy raz przekroczysz barierę, pokonywanie następnych przychodzi coraz łatwiej. Kłamałam i grałam przed nią. To była moja pierwsza rola. Mogę dziś powiedzieć, że debiutowałam mistrzowsko. Nikt niczego się nie domyślał. Przyprowadzałam nawet chłopaków ze szkoły na obiad, żeby matka myślała, że jestem normalną nastolatką. Czasem wszczynała awantury z rozpaczy, że nie jesteśmy tak blisko jak dawniej. Zamykałam się wtedy w swoim pokoju i włączałam na cały regulator muzykę. Matka wyrzucała mi, że się zmieniłam, że mnie nie poznaje. Nie mam uczuć, jestem zimna, boi się mojego obcego spojrzenia. I żebym się nie łudziła, bo i tak do niczego nie dojdę. Obchodzą mnie tylko te fatałaszki i kremy. Z wściekłości wysypywała z mojej szafy eleganckie ciuchy i kosmetyki, które dostałam od Jakuba i po sesjach do pism.

– Kto płaci twoje rachunki?! – krzyczałam jej prosto w twarz. – Za czyje pieniądze pojechałaś do sanatorium? Kto wyremontował łazienkę?

A kiedy chciałam ją dobić, dodawałam:

– Jestem już pełnoletnia. Mogę zlikwidować twój dostęp do konta. Wystarczy mój podpis.

Cichła i płakała w kuchni. Nie mogłam tego słuchać, ale nie było mi jej szkoda. Oddalałyśmy się od siebie. Żyłyśmy obok, jak na dwóch bezludnych wyspach otoczonych oceanem żalu.

Uparcie budowałam swoją twierdzę milczenia i tylko czasem niesiona poczuciem winy budziłam się zlana potem, przerażona, doskonale zdając sobie sprawę, że to, co robię, jest złe. Bałam się nawet odsłaniać okna w pokoju, by zachować tę bezpieczną ciemność, w której tak naprawdę ukrywałam swoją drugą, mroczną twarz. Czasem, kiedy otwierałam oczy, nie wiedziałam, która jest godzina ani jaka jest pora dnia.

Rozdział 17
Spotkanie Lidii z Niką

*"Nigdy nie przepuść okazji, żeby wybrać się
w podróż z matką"*

Ciemność panowała w pokoju, kiedy Meyer otworzył oczy. Nie miał pojęcia, która jest godzina ani jaka jest pora dnia. Zerknął na zegarek i gwałtownie zrzucił z siebie kołdrę – minęła trzynasta.

Do rana oglądał kasety, które wziął z domu Niny Frank. W nieskończoność przewijał jedną scenę. Kobieta śmiała się i krzyczała:

– No i co ty na to, Jakubie!? – po czym jednym ruchem rozpinała suknię.

Operator zrobił zbliżenie na opadającą połyskliwą materię, która leżała u stóp kobiety, a kiedy znów pokazał alabastrowe ciało aktorki, ta była już w męskiej marynarce narzuconej na nagie ciało. Spod poły marynarki widać było jedynie jej smukłe nogi w czarnych pończochach i szpilkach na wysokim obcasie. Musiała być pod wpływem jakichś środków, bo krzyczała coś, przeklinała, nie dając się wyprowadzić z pomieszczenia, ale Meyer nie powiedziałby, że była w tej furii odrażająca. Raczej słodka kobieta dziecko. Piękna, gwałtownie nieporadna. Przewijał kasetę w tę i z powrotem i myślał, że miała w sobie coś z gwiazd kina lat pięćdziesiątych. Autodestrukcję, szaleństwo i tę magnetyczną siłę przyciągania, której on też nie potrafiłby się oprzeć. Nic dziwnego, że kochały ją tłumy. Kobiety jej zazdrościły, jednocześnie pragnąc być takie jak ona, mężczyźni pożądali. Kiedy mówiła: „No i co ty na to, Jakubie?", drgały jej nozdrza. Była stworzona do ról dramatycznych, urodzona do bycia wielką gwiazdą. Neurotyczna i książęca, ale z pewnością okrutnie zakochana w sobie. A może było wręcz przeciwnie. Była tak zakompleksiona, że dopiero przeglądając się w oczach widzów, przestawała być szarą myszką i stawała się motylem nocy. Meyer zatrzymał nagranie i wpatrywał się w wykrzywioną śmiechem twarz kobiety. Sam nie wiedział, dlaczego zobaczył w tej twarzy smutek, samotność i żal. A także prośbę o ratunek. Poczuł mentalną bliskość z Niką. Powoli zaczynał ją poznawać i rozumieć. Ten radosny uśmiech to była tylko maska dla tłumów, myślał. Gdy patrzył w swoje odbicie w lustrze, miał ten sam tęskny wyraz twarzy.

Tak się zaangażował w podglądanie jej życia, że chciał nawet przynieść śniadanie do ciemnego pokoju i obejrzeć pozostałe taśmy. Ale się powstrzymał.

Uspokój się. Masz plan działania, a już po południu, skarcił się. Po chwilach zapomnienia znów górę wziął Meyer profesjonalista. Przecież nie może zauroczyć cię kobieta, którą oglądasz na ekranie! To ofiara. Zaangażowanie emocjonalne w sprawę utrudni analizę.

Wstał i wykonał kilka telefonów. Kiedy jednak usiadł na łóżku, znów włączył wideo i zatrzymał kasetę na ulubionym spojrzeniu aktorki.

– O co chodzi? Kim jesteś, Niko? – zwracał się do niej po imieniu.

Uderzył się w skroń i zebrał myśli. Stop!

Chwycił telefon.

– Panie kierowniku, mam prośbę. Do której czynna jest biblioteka gminna? – mówił, ale jego myśli znów zaprzątała Nina Frank.

Nie przestając rozmawiać z Eugeniuszem Kulą, wstał, podszedł do telewizora i dotknął policzka Niki. Wyobraził ją sobie na żywo. Musiała być zjawiskowa.

– Świetnie. Pójdzie pan ze mną? – słyszał swój głos dobywający się jak ze studni.

Nie mógł się skupić na rozmowie, więc z żalem wyłączył telewizor.

– Dobrze, będę za godzinę. Tylko coś zjem. Aha, kto tutaj interesuje się elektroniką, jest jakiś maniak? Nie, nie podejrzany. Potrzebuję tylko konsultacji – dodał szybko.

Położył się na wznak na tapczanie, a przed oczami miał obrazy z amatorskich filmów, na których aktorka tłukła kieliszki, tańczyła, stała na scenie lub z zaróżowionymi z zażenowania policzkami odbierała swoją pierwszą nagrodę od telewidzów. Złapał się na tym, że od dawna żadna kobieta tak go nie zafascynowała.

Poszedł do łazienki. Po chwili, cały mokry i z pianą do golenia na twarzy, wyszedł, usiadł przed komputerem. Pisał coś. Woda tymczasem wypełniła brzegi umywalki i zaczęła głośno kapać na posadzkę.

– Szlag by to trafił! – Pobiegł zakręcić kurek.

Wtedy skojarzył, że w łazience Niny w momencie odkrycia zwłok też była woda. A szpilki z cyrkoniami, chyba jedyne przedmioty niedotykane przez listonosza, były całkiem mokre. Aktorka musiała wyjść z łazienki, kiedy zapukał morderca. Zaskoczył ją. Wdał się w rozmowę. I szybko zaatakował. Kiedy ją mordował, woda wylewała się z wanny. Zabójca musiał zamknąć kurki, spuścić wodę, ale podłogi nie zdążył już osuszyć. Sądząc po ilości wody w łazience Frank, myślał psycholog, stojąc na bosaka w zimnej wodzie, zabójstwo zajęło mu jakieś pół godziny. Nie więcej. Więc jednak...

Pik – usłyszał sygnał przychodzącej wiadomości i podszedł do komputera, znacząc wykładzinę hotelową śladami mokrych stóp. Kiedy otworzył odpowiedź na pilnego mejla, aż zatarł ręce z radości.

Jutro znów głęboko odetchnę miejskim smogiem!

Ubrał się i chwycił leżącą na brzegu łóżka książkę o wsi podzielonej państwową granicą. A teraz tajemnica starszej pani.

Lidia Daniluk siedziała w swoim aksamitnym kapeluszu i wznosiła błagalny wzrok na szefa posterunku. Ten naburmuszony odwrócił się do okna.

– Nie powiedziałam, bo nie wiedziałam, że to się może przydać w znalezieniu mordercy – tłumaczyła najspokojniej na świecie.

Meyer położył książkę na stole.

– Pani Daniluk, te informacje mogą bardzo pomóc. Proszę wszystko opowiedzieć.

– Ale tylko panom, obiecałam Nice, że nikomu... Przyrzekłam. Cóż, ona teraz nie żyje. – Zamrugała bladymi powiekami, gotowa za chwilę się rozpłakać.

– Proszę się uspokoić. – Meyer wzrokiem zbeształ Kulę za zbyt gwałtowny atak na wdowę.

Ale kierownik posterunku chyba sam zorientował się, że przeholował.

– Może ja wyjdę? – spytał nękany poczuciem winy.

– Proszę zostać. Obaj panowie zostańcie. Moje spotkanie z Niną nie jest żadną tajemnicą. W każdym razie nie wobec zaistniałej sytuacji. Przecież panowie są policjantami – odpowiedziała Lidia.

– Proszę więc mówić – nalegał Meyer.

Lidia zaczęła zwierzenia bardzo cicho. Mówiła o tym, że zawsze chciała mieć córkę, ale jeśli już się tak nie ułożyło, to pragnęła choć dobrej synowej dla swojego Borysa.

– Ale on taki nieuprzejmy, a swoje dziewczyny... Wiedzą panowie, młody jest. Chce się wyszumieć i traktuje dość lekko, niepoważnie, jak to się mówi. Zresztą wybiera zawsze jakieś lafiryndy z pokręconym życiorysem.

Meyer, gdyby mógł, zastrzygłby uszami, niczym pies, który wyczuwa trop. Lafiryndy z pokręconym życiorysem? Traktuje lekko?

Czy ta kobieta dobrze zna swojego syna? – myślał. Jeśli to on był w nocy, jak ona to przyjmie? Chciał zadać jej wiele pytań dotyczących Borysa, ale zostawił to na inną okazję. Skupił się na mówiącej wdowie i chłonął każde jej słowo.

Kiedy więc poznała Nikę, a wydało się jej, że zna ją od dawna, bo przecież seriale z jej udziałem oglądała każdego dnia, po prostu odezwały się w niej jakieś niewytłumaczalne uczucia macierzyńskie.

Jak się spotkały? Oczywiście, że Nina Frank nie przyszła do gminnej biblioteki. Wtedy wszyscy by o tym wiedzieli. Ale tak się składa, że drogi do dworku Niki i do białej chatki w Tokarach, gdzie mieszka bibliotekarka, krzyżują się w jednym miejscu. I spotkanie odbyło się właśnie tam. Na rozstajach dróg.

– Śpieszyłam się na film, wracałam z biblioteki, jak zwykle na rowerze. Było około dwudziestej, jeszcze jasno, ale już szarówka, jak to we wrześniu. Zamyśliłam się. A tak słabo się czułam, jakieś przeziębienie mnie brało. Więc jechałam wolno i ledwie sił starczało mi na pedałowanie. Na krzyżówce zjechałam jakoś niefortunnie na lewy pas ruchu. Nie dałam znaku, że skręcam, i nagle, ni stąd, ni zowąd poczułam uderzenie. Ktoś wjechał we mnie samochodem, aż spadłam z roweru. Straciłam przytomność, ale nie wiem, na jak długo. Kiedy się ocknęłam, zobaczyłam nad sobą twarz zakonnicy Joanny. Nie żyję, pomyślałam. A ponieważ tak bardzo interesowałam się jej życiem, to Bóg w nagrodę dał mi ją w końcu poznać. Otworzyłam usta, by coś powiedzieć, ale ona odezwała się pierwsza.

– Jak się pani czuje? Już dzwonię po lekarza. Ma pani siłę wstać? Może niech się pani lepiej nie rusza, nie mogę się dodzwonić na pogotowie – mówiła z troską.

Z jej pomocą wstałam i pozwoliłam zawieźć się do jej domu. Pytała, czy czegoś nie potrzebuję.

Pokręciłam głową, a potem przytaknęłam.

– Wody.

Byłam tak skołowana, że nie mogłam wydusić z siebie nic więcej. Kazałam sobie podać mój wojskowy plecak i wyjęłam z niego podręczne lekarstwa oraz herbatkę ziołową własnej roboty, którą ona zaraz zaparzyła. Powiedziałam, że też może zrobić sobie taką, na pewno nie zaszkodzi. Chwilę leżałam, to cud, że nie upadłam jakoś mocno. Na szczęście nic nie było złamane. Nie wiem zresztą, jak to się stało. W końcu w moim wieku kości są miękkie i kruche jak zapałki. A gojenie się urazów to mordęga. Mogło to się różnie skończyć. Siedziałyśmy więc i rozmawiałyśmy. Nika, bo tak się przedstawiła i tak kazała się do siebie zwracać, pytała o mnie: jak żyję, co robię. Kiedy powiedziałam, że mam na imię Lidia, wzruszyła się.

– Moja mama też miała tak na imię.

Zdziwiłam się, bo nie wiedziałam o tym. A wydawało mi się, że jej życiorys znam na pamięć. Rozmawiałyśmy z godzinę. Wyczułam, że ma jakiś problem. Spytałam, czy jest szczęśliwa. Pokręciła głową, a ja nie mogłam w to uwierzyć. Nie opowiadała wiele, raczej słuchała. A kiedy starałam się ją podnieść na duchu i zgadywałam, co może ją boleć, okazywało się, że trafiałam w sedno. W którymś momencie się rozpłakała. Sprawiała wrażenie samotnej. Przekonywała, że to, co piszą o niej szmatławce, to nieprawda. Wydaje mi się, że była bliska samobójstwa. Powiedziałam jej wtedy kilka pokrzepiających słów.

– Co na przykład? – spytał komisarz Meyer.

Lidia wzruszyła ramionami.

– Nic ciekawego.

– Pewnie to samo co Saszce – wtrącił się obrażony Eugeniusz Kula. – Od tych pani mądrości święty się zrobił.

– Nieważne, wrócimy do tego jeszcze – przerwał mu Meyer. – Niech pani mówi, co było dalej.

– Ona oszukała mnie. Wcale nie było z nią tak źle. Zorientowałam się, kiedy zadzwonił telefon i w jednej chwili zmieniła tembr głosu. Szczebiotała, śmiała się, choć jeszcze nie obeschły łzy na jej policzkach. Poczułam się nieprzyjemnie. Wszystko, co mówiłam, co starałam się jej przekazać, całą moją mądrość – to było szczere. A ona odegrała przede mną rolę. Nie rozumiałam, dlaczego udawała.

Poczułam, że nie mogę tam dłużej zostać. Nagle wszystko zaczęło mnie boleć od upadku. To był cios w samo serce. Zawód jak na córce. Podeszłam do pokoju, gdzie rozmawiała z kimś przez telefon – byłam pewna, że z mężczyzną, i pożegnałam się.

Zrobiła minę, jakby było jej szkoda, że ją opuszczam. Powiedziała do tego kogoś, że zadzwoni później, i podeszła do mnie.

Przytuliła się. Ogarnęłam ją ramionami, choć ledwo sama stałam na nogach. Byłam skołowana tym wszystkim. Głaskałam ją po głowie i czekałam, aż mnie puści. Kiedy zaproponowała pieniądze jako zadośćuczynienie wypadku, oburzyłam się.

– Proszę dzwonić, gdyby było pani czegoś trzeba – powiedziała i napisała mi na kartce numer telefonu.

Odwiozła mnie do domu. Było już ciemno, rower zapakowała do bagażnika. Nikt nas nie widział i ja też nikomu nic nie powiedziałam. Nawet Borysowi.

Miesiąc później Nika zadzwoniła do biblioteki i zaproponowała mi spotkanie na rozstajach dróg, tam gdzie mnie potrąciła. Poprosiła o przechowanie pewnej paczuszki. Zawiniątko było opakowane w szary papier i oplecione białym sznurkiem. Wyglądało na dość stare.

– Zgłoszę się po to, gdy będę gotowa – obiecała.

– Czy tu nie ma nic niebezpiecznego? – spytałam ostrożnie i potrząsnęłam zawiniątkiem.

Ale nic nie brzęczało. To, co było w środku, szczelnie wypełniało opakowanie. I było lekkie.

– Nie wiem, co tu jest – powiedziała. – Dostałam to od mamy, a właściwie od jej przyjaciółki, która przekazała mi tę paczkę po jej śmierci. Do dziś tego nie otworzyłam. Boję się.

Brzmiało autentycznie, choć nie wiem, czy to była prawda. Może kolejna bajka dla starszych pań, takich jak ja, bym przechowała coś cennego lub niewygodnego. Nie wiem. To wszystko, cała historia. – Lidia patrzyła na funkcjonariuszy przepraszającym wzrokiem.

Hubert Meyer spoglądał na kobietę z podziwem. Ta osoba potrafi dochować tajemnicy. Ile jeszcze sekretów jej powierzono?

– Nie otworzyła pani pakunku, prawda?

Lidia spojrzała na Meyera potępiająco. Pochylił głowę, czując niestosowność swojego pytania, i uśmiechnął się w duszy, zdając sobie sprawę, z jak niesamowitą osobą ma do czynienia.

– Gdzie jest teraz ta paczka? – zapytał innym tonem.

– Pewnego dnia Nika znów zadzwoniła z prośbą, żebyśmy się spotkały na tym samym skrzyżowaniu – odparła Lidia z delikatnym uśmiechem. – Chciała pożyczyć jakąś książkę o tej okolicy, ale myślę, że to był jedynie pretekst, bo poprosiła, bym wzięła ze sobą paczkę od matki. Powiedziała, że jest gotowa ją otworzyć. Nasze spotkanie miało miejsce dwa dni przed jej śmiercią. Więcej nigdy jej nie zobaczyłam.

– Dzwoniłyście do siebie?

– Pod podany numer zadzwoniłam tylko raz. W nocy miałam sen i obudziłam się przerażona. Czułam, że coś się stało. I tego dnia rano odnaleziono ją martwą. Zadzwoniłam tylko ten jedyny raz. To znaczy cały dzień próbowałam, ale dopiero po południu w telefonie odezwał się mężczyzna.

– To pani! – Kula się poderwał. – Tak, pamiętam. Łysy odebrał i nikt nic nie mówił.

– Przepraszam, przestraszyłam się. Nie wiedziałam jeszcze, że Nika nie żyje. Coś złego przeczuwałam, ale nie wiedziałam, że śmierć.

Rozdział 18
Tatuaż

"Wiedz, kiedy należy milczeć"

Do prosektorium prowadził długi korytarz. Po obu stronach przeszklonej przestrzeni znajdowały się gabinety, w których siedzieli laboranci i pod mikroskopem badali pobrane ze zwłok wycinki różnych organów, by stwierdzić przyczynę zgonu. Cisza przydawała temu miejscu majestatu i każdy, kto kiedykolwiek tu trafił, musiał poczuć szacunek dla ludzkiego życia.

Docent Waldemar Żurek wyszedł na powitanie Meyera w białym fartuchu, na który włożył gumowy ochraniacz. Z owłosionej szyi zwisała zielona maseczka z fizeliny, identyczna jak te, które noszą chirurdzy przy operacji. Kiedy zobaczył psychologa, zdjął ją i schował do kieszeni.

– No i jak się ma mój ulubiony słuchacz? – spytał i mocno uścisnął rękę profilera. – Ostatnio widuję cię tylko w telewizji. Ile to już minęło od naszego ostatniego spotkania? Rok?

– Prawie dwa i pół.

– Jak ten czas leci – westchnął Żurek. – A ja wciąż nie mam czasu. Praca, praca. Bezrobocie raczej mi nie grozi.

Nie był to żart, raczej stwierdzenie faktu. Już siedemnaście lat docent Żurek piastował stanowisko szefa Zakładu Medycyny

Sądowej w Białymstoku. Zawsze powtarzał, że do tego zawodu trafił z ciekawości. Typowy pasjonat, którego interesują zagadki z pogranicza medycyny i prawa.

Kiedy wprowadził Meyera do wielkiej sali wykładowej, w której odbywały się pokazy dla studentów, profiler jakby cofnął się w czasie. Pamiętał szmer i szepty studentów, kiedy pierwszy raz przyszedł zobaczyć, jak wygląda sekcja zwłok. Grupka adeptów medycyny sądowej siedziała na podwyższeniu, Meyer jak zwykle był trochę z boku – jako jedyny student prawa i psychologii. Dziś, specjalnie dla Meyera, Żurek kazał przywieźć zwłoki Niki do sali.

– Miałeś rację. Ktoś się pomylił. To niewiarygodne – zaczął biegły sądowy i poprowadził Meyera do ciała aktorki.

Zwłoki wyglądały koszmarnie, ale profiler widział już gorsze: spalone, rozkładające się lub po ekshumacji. Jedyną jego refleksją było to, że nie jest to ta sama osoba, którą jeszcze wczoraj oglądał na kasetach wideo. Pocięta i pozszywana Nika wyglądała jak manekin. Tylko czarne, wijące się włosy, ostrzyżone na czubku głowy po to, by wyjąć z niej mózg, zwisały niczym sznurki od mopa. Ponieważ nie było w niej życia, straciła magnetyczną moc, która tak zachwycała Meyera jeszcze kilka godzin temu. Plamy opadowe nadały skórze, a właściwie jej pozostałościom, sinofioletowy kolor, w niektórych miejscach nie było skóry, tylko żywa rana.

– To, co czytałeś w aktach, jest w zasadzie zgodne. Przyczyna śmierci – uduszenie. Ofiara kilka godzin wcześniej musiała zażyć dużą dawkę leków, ale część zwróciła, zanim zdążyły rozpuścić się w żołądku. Pomyłka, którą odkryłeś, dotyczy miejsca po przecinku. Ktoś przy przepisywaniu wyników sekcji się pomylił. Po prostu.

Hubert Meyer się zamyślił. Czyżbym jechał tutaj tylko po to, by zobaczyć martwe ciało aktorki na żywo?

– A ta rana na brzuchu? Czy morderca wyjął kolczyk, czy go nie było? Czy da się to ustalić? – dopytywał się profiler.

– Wyszarpnięto go po śmierci – mruknął Żurek. – Nie potrafię ustalić, z jakiego był kruszcu.

– Wziął pamiątkę.

– Na to wygląda. Ale znalazłem coś jeszcze. Nie rozumiem, jak można tego nie zauważyć. Będę musiał pociągnąć do odpowiedzialności doktor Kowalską. Pewnie dlatego, że po ostatnim pożarze w hali targowej mieliśmy tutaj trochę roboty. Błąd musiał wynikać z pośpiechu. To oczywiście niczego nie tłumaczy... Zresztą, może i dobrze się stało. Dzięki temu sam zająłem się zbadaniem ciała tej twojej aktorki. Podejdź bliżej.

Żurek podszedł do czaszki, która była otwierana. Wzdłuż skroni ciągnął się gruby szew. Odsłonił zmasakrowaną twarz, a Meyer wpatrywał się w złamany nos, zasinione oczodoły i brunatne usta.

– Spójrz tutaj.

Rozgarnął bujne włosy, które od skóry miały popielaty kolor. Za uchem denatki, w miejscu, które większość kobiet skrapia perfumami, prześwitywało coś czerwonego. Żurek wziął maszynkę i ogolił włosy w tym miejscu. Zrobił to specjalnie przy Meyerze, by wzmocnić efekt. Profiler patrzył, jak długie, splątane pasma spadają na posadzkę.

– Voilà! – powiedział docent. Odsłonił tatuaż o średnicy około pięciu centymetrów. Znak przypominał kształtem literę H, lecz środkowa pałeczka była ukośna. Żurek dotknął palcami skóry denatki. – Dlaczego ktoś robi sobie tatuaż na głowie, na dodatek pod włosami? – spytał Meyera. – Czy ofiara należała do jakiejś sekty?

Psycholog wzruszył ramionami. Co to może znaczyć? Dlaczego go ukrywała? – myślał.

– Reszta zgadza się z opinią w aktach? – zapytał.

– Sprawdziłem, jest okay. Strasznie dużo śladów męża. Za paznokciami naskórek, włosy, sperma. Ale mnóstwo też innych. Ile osób chciało ją tej nocy zabić?

Hubert Meyer spojrzał na niego, bo to pytanie zadawał sobie, odkąd przyjechał do Mielnika nad Bugiem.

– Znajdziesz go? – spytał Żurek.

– Kogo?

– Jej mordercę.

– Mam nadzieję. Na razie wszystko się sypie. Stary obiecywał urlop, a wsadził mnie na minę. Nic nie rozumiem. Za dużo niewiadomych. Strasznie dużo tych tajemnic. – Wskazał znak na głowie denatki. – Mogę to sfotografować?

– Jasne. Zresztą musimy poprawić i uzupełnić ekspertyzę. – Westchnął. – Naprawdę nie wiem, jak to się w ogóle mogło stać.

– Widziałeś kiedyś coś takiego?

– Raz. Dziewczyna należała do sekty Boga Mocy. Miała na głowie wytatuowane słońce, jak się okazało – symbol wyższego wtajemniczenia. Polegało na tym, że guru poprzez stosunki seksualne przekazywał jej moc, a potem inni członkowie uprawiali z nią seks, by tę moc odebrać. Skończyła w rzece, rozkawałkowana. Znaleziono ją, bo ręka wkręciła się w koło obrotowe barki.

– Nic nie wiem o żadnej sekcie z Podlasia. W ogóle to wszystko jest jak ruska matrioszka. Im głębiej grzebię, tym mniej wiem. Ale mam dziś spotkanie z jej mężem. Może on coś powie.

– Może jest sprawcą. Tyle śladów, ale nie chcę nic sugerować. To twoje śledztwo. Jakby co, dzwoń.

Meyer opuścił Białystok i ruszył do Warszawy. Kiedy zapukał do drzwi mieszkania prezentera, otworzyła mu przeciętnej urody brunetka w widocznej ciąży. Bez porównania z Niką. Mdła, uległa, spokojna. Może dlatego lepsza. Nie dominuje nad gwiazdorem, pomyślał profiler.

– Czy zastałem Mariusza Króla? – zapytał.

– Pan w sprawie...

– Policja. – Wyciągnął odznakę. – Jestem psychologiem, proszę się nie bać.

Kobieta wpuściła go do mieszkania.

– Nie wiem, kiedy wróci – dodała z wyrzutem.

– Umówił się ze mną. Wprawdzie dopiero za pół godziny, ale przyszedłem wcześniej, bo jeszcze dziś muszę wrócić na Podlasie.

- Zrobię herbaty, ma pan ochotę?
- Jeśli to nie kłopot.
- Żaden. Zajmę się czymś.
- Gdzie mogę zapalić?

Kobieta wskazała taras z widokiem na park. Meyer wyszedł i odetchnął mroźnym powietrzem. Przed oczami pojawiały mu się obrazy: twarz Niki, jej nagrany głos: „No i co ty na to, Jakubie?", zmasakrowane ciało i ta czerwona litera na głowie. Jak niewiadoma w równaniu. Dobra puenta mojego śledztwa. Ciekawe, co powie Stary, jak mu to wszystko opiszę?

Z rozmyślań wyrwał go dzwonek komórki.

- Witam, komisarzu. Jak wieści? - Kula nie dawał Meyerowi spokoju nawet na kilka godzin.
- Zadzwonię później, jestem w domu Mariusza Króla. Mam coś nowego, panie podkomisarzu.
- Ja też mam kolejny kawałek układanki. - Eugeniusz Kula nawet nie myślał przerywać. - Andriusza dowiedział się, że dziewczyna uciekła z miasteczka, bo była w ciąży. Z żonatym facetem. Nikt nie wiedział z kim. Ale Andriusza to spec od rozmów z ludźmi, a zwłaszcza starsze panie wszystko mu zawsze wyśpiewają. Może dlatego, że wygląda jak księżulo. Zajęło mu to kilka godzin, bo staruszki oprócz tego, co nas interesuje, zawsze zaczynają opowieść od lat swojej młodości. Odległą przeszłość zawsze pamiętają lepiej niż teraźniejszość. Ale w tym wypadku spowiedź babci okazała się zbawienna. Andriusza dotarł do sąsiadki matki naszej Agnieszki Nalewajko vel Niki Frank i dowiedział się... Nie uwierzy pan. Wiemy, z kim była w ciąży Nika.
- Z kim?
- Najpierw pani Walentyna nie chciała podać nazwiska. Babcia ma demencję starczą. Ale pokazała gościa w telewizji.
- Jakub?
- Skąd pan wie? - Kula zakrztusił się dymem z papierosa. Kasłał przez chwilę.
- Zgadywałem. A dalej?
- Czerny.

– Jakub Czerny? Skądś znam to nazwisko...

– Nawet ja je znam, panie Meyer. To ten Czerny! Ten polityk.

– Nie wierzę. Może to sobie wymyśliła! Demencja, wszystko się jej pomieszało.

– Nie wiem, mówię tylko, co Andriusza uzyskał ze swojego wywiadu środowiskowego. Babcia mówi, że ten Czerny był kochankiem jej matki. Ona go odbiła.

– Czyjej matki? Kto odbił? Babcia?

– Nika. Ta mała Nalewajko. Niezła lafirynda, co? Uwiodła faceta matce.

– No nie wiem. Te rewelacje są nieprawdopodobne.

– Sprawdziliśmy jego PESEL. To ten Czerny, ważna figura.

– Pod jakim pozorem mam przesłuchać znanego polityka? – zniecierpliwił się Meyer. – Co mu powiem, że babcia z demencją naopowiadała nam, że uprawiał seks z siedemnastolatką? Zresztą on ma immunitet.

– Nie wiem, tyle się dowiedzieliśmy. – Kula był zawiedziony, że Meyer nie skacze z radości.

– Dobra, muszę kończyć – przerwał Meyer. – Ale niech pan ma tam wszystko na oku. Wobec tego ja tu zostanę jeszcze kilka dni i sprawdzę szczegóły. A właśnie, trzeba przesłuchać syna Danilukowej.

– Borysa? Co on zrobił?

– Jest jednym z podejrzanych.

– W sprawie zabójstwa Frank?

– Tak. Jakim samochodem jeździ, oprócz służbowego?

– Chyba nie ma innego. Chociaż odkąd pracuje w tej firmie, nie ma, ale dawniej miał jakiś. Astrę chyba.

– Opla astrę? – spytał rozgorączkowany profiler. – Jakiego koloru?

– Nie wiem. Ciemna jakaś. Dowiem się.

– Może granatowa? – Meyer czuł, że krew szybciej mu pulsuje w żyłach. – Niech pan sprawdzi, czy chłopak nie bawi się urządzeniami elektronicznymi, na przykład CB-radiem, czy nie podsłuchuje kogoś. Ma dostęp do monitoringu domu aktorki. Aha, i najważniejsze: co robił cztery dni temu, w noc mojego przyjazdu. A potem pogadajcie z bibliotekarką. Zobaczymy, czy potwierdzi zeznania synka. Czy da mu alibi. Może lepiej zacznijcie od niej.

– Co pan kombinuje, panie Meyer?
– Proszę przycisnąć młodego. Pogadamy jutro.

Wszedł z powrotem do mieszkania. Narzeczona Króla siedziała przed telewizorem. Piła herbatę.

– On może nie wrócić na noc – mruknęła, jakby stwierdzała stan pogody za oknem. – Nie poczęstuje mnie pan papierosem?

Meyer już wyciągał paczkę, ale wbił wzrok w brzuch kobiety i zawahał się.

– Niech pan się tym nie przejmuje. – Pokręciła głową i drżącą ręką wyjęła z jego paczki papierosa.

Szkoda mu było tej kobiety. Samotna, w ciąży, z człowiekiem, do którego nie ma zaufania.

Zapytał, czym się zajmuje. Odpowiadała na pytania lakonicznie. Jest aktorką, ale właściwie nigdy nie pracowała w zawodzie. Handluje robotami kuchennymi.

– Czy mógłbym otworzyć pani telefon? – przerwał jej.

Spojrzała zaskoczona, ale skinęła głową.

– Od dawna macie ten aparat?
– Od zawsze.
– Mąż mówił, że się popsuł.
– Taaak? – przeciągnęła sylabę i zawiesiła głos. – Skłamał. – Roześmiała się gorzko. – Ja już nie wiem, kiedy on mówi prawdę, a kiedy łże.

Komisarz Meyer dokładnie obejrzał urządzenie, ale, tak jak się spodziewał, nie było w nim podsłuchu.

– Czy mógłbym skorzystać z internetu?
– Jasne, komputer jest w pokoju męża. Znaczy, przyszłego męża, jeśli w ogóle. W tej sytuacji sama nie wiem, czy to w dalszym ciągu dobry pomysł.
– To zajmie chwilę – uprzedził profiler. – Ale jeśli w ciągu pół godziny pan Król nie wróci, nie będę dłużej dręczył pani swoim towarzystwem.

– Nie przeszkadza mi pan. I tak siedzę całymi dniami sama. Miło, że mogę z kimś pogadać. – Uśmiechnęła się cieplej i zdusiła papierosa. Nie wypaliła nawet połowy.

Meyer chciał zobaczyć pokój męża Niny. Z tych samych powodów, dla których nocował w dworku gwiazdy. Wcale się nie zdziwił, gdy zastał w pomieszczeniu idealny porządek. Wystrój pokoju był klasyczny, bez wyrazu. Równie dobrze tak wyposażony mógłby być pokój hotelowy. Proste w formie sosnowe meble. Pomalowane na biało ściany i muślinowe firanki. Nowiutki komputer na biurku był lekko przykurzony – od dawna nikt go nie używał. Profiler włączył internet i wstukał strony z tatuażami. Przeglądał znaki graficzne. Ale nigdzie nie znalazł symbolu choćby częściowo podobnego do tego na głowie Frank.

– Niko, powiedz mi, proszę – szepnął. – Co znaczy ta litera?

Rozejrzał się po pomieszczeniu. Jedna z półek była wypełniona segregatorami. Obok trochę książek. Głównie poradniki o pozytywnym myśleniu i urzeczywistnianiu marzeń – to pewnie Ewy. Trochę publikacji o telewizji. Obok zdjęcia Mariusza Króla i jego nowej narzeczonej z wakacji. Musiał ten romans zacząć dawno temu. Na zdjęciach Ewa była młodsza i o wiele ładniejsza.

Właśnie weszła do pomieszczenia i zapytała, czy Meyer nie jest głodny. Pokręcił głową.

– Jak długo się znacie?

– Z piętnaście lat – szepnęła. – Ale razem jesteśmy drugi raz. Kiedy spotkaliśmy się z Mariuszem ponownie, mieli kryzys.

Wtedy na jej szyi zauważył wisiorek z mandalą. Był wykonany z jakiegoś kamienia. Gdy kobieta się nachyliła, medalik odwrócił się. Na jego rewersie Meyer zobaczył jakieś znaczki. Największy był w kształcie iksa. Tknęło go.

– Co to znaczy?

– To amulet. – Kobieta speszyła się i przykryła go dłonią. – Mężczyźni nie wierzą w takie rzeczy. Zamówiłam go, by mnie chronił. I moje dziecko. – Pogładziła się po wypukłym brzuchu.

– Można zobaczyć?

Podszedł do Ewy i poczuł, że dopiero co skropiła skronie perfumami. Zrobiło mu się okropnie głupio. Policjant przychodzi do męża Niki, a jego nowa narzeczona chce wypaść przy nim atrakcyjnie. Zauważył też, że się lekko umalowała. Patrzyła na niego jak na mężczyznę, nie jak na policjanta. Chwyciła mandalę w wypielęgnowane, ale bez manikiuru, dłonie i zaczęła tłumaczyć.

– To runy. Znaki celtyckie, które mają przynosić harmonię i szczęście. Ten iks to Gebo. Runa dobra i miłości. Podarunek od losu. Mówi: ile dobra dajemy, tyle samo otrzymujemy. Przynosi też szczęście w związku i nazywana jest mistyczną seksualnie. Każdy znak na niej coś oznacza i ma dobrą energię. Zależy, czego pan potrzebuje. Ci ludzie, którzy wykonali ten amulet, ustalają to wahadełkiem. Wiem, brzmi to idiotycznie, ale mi pomaga. Znaki ustawia się w odpowiednich konfiguracjach. W zależności od tego, czy chce pan osiągnąć sukces, założyć rodzinę, odzyskać zdrowie. Pojedyncze znaki są najsilniejsze, mogą oznaczać dążenie do doskonałości.

– To ma coś wspólnego z magią?

– Można tak powiedzieć. Ale znaki runiczne pochodzą ze Skandynawii. Właśnie, dam panu ulotkę. To niedaleko stąd, w Otwocku. Jeśli pan zostanie do jutra, może uda się ich panu spotkać. Ale ostrzegam, są trochę dziwni.

– Zdziwiłaby się pani, ilu facetów chodzi do wróżek – zaśmiał się Meyer.

– Pan wygląda na twardo stąpającego po ziemi – ucięła Ewa i podała mu adres producentów runicznych talizmanów.

– Ile kosztuje taka mandala? – spytał.

– Pięćset złotych – odparła kobieta, a Meyer z trudem powstrzymał się od kąśliwego komentarza, że trzeba było zająć się wróżeniem zamiast profilowaniem. Lepiej by na tym wyszedł finansowo.

Mariusz Król nie przyszedł po godzinie ani nawet po dwóch. Meyer zmarzł, stojąc na balkonie i paląc papierosa za papierosem. Intensywnie myślał. W końcu pożegnał się z Ewą i podziękował za herbatę. Kobieta patrzyła za nim, jak wchodzi do windy, i pomachała mu nawet na pożegnanie.

– Nie powiem, że pan był. Proszę zajrzeć jutro z rana – krzyknęła, kiedy zatrzaskiwał metalowe drzwi dźwigu.

Wpatrywał się w swoje odbicie w lustrze i pomyślał o Marioli. Ona też zawsze odprowadzała go tęsknie wzrokiem, gdy wychodził. Dlaczego teraz jest przeciwko mnie?

W hotelowym barze kupił dwa piwa i poszedł do pokoju. Wyciągnął dyktafon i długo nagrywał swoje wnioski. Kiedy skończyła się kaseta, wyjął laptop i zaczął pisać profil psychologiczny ofiary. Doszedł do tatuażu i zostawił puste miejsce na wnioski. Zbyt wiele rzeczy się nie zgadzało. Błądzę, pomyślał. W punktach zanotował, co musi zrobić w najbliższych dniach: sprawdzić rewelację Kuli – związek Niki z Czernym, przycisnąć męża – dlaczego podsłuchiwał Frank, przesłuchać Borysa na okoliczność nocnej wizyty i przede wszystkim zbadać pochodzenie tajemniczego tatuażu. Być może on łączy te wszystkie nitki w całość. Szkoda, że nie spytałem Waldka, czy można ustalić czas wykonania tatuażu. Coś mi mówi, że powstał, gdy ofiara miała jakieś osiemnaście, prawie dziewiętnaście lat.

Rozdział 19
Ucieczka

"Nie myl głupoty z odwagą"

– Lat?
– Osiemnaście, już prawie dziewiętnaście.
– Miesiączki regularne?
– W miarę.
– Od jak dawna pani współżyje?
– Od siedmiu miesięcy.
– W czym więc mogę ci pomóc, dziecko?
– Chciałabym dostać receptę na leki antykoncepcyjne.
– Teraz? – Stara lekarka, z postury przypominająca raczej żabę niż człowieka, spojrzała na mnie z politowaniem i dodała:
– Do ginekologa przychodzi się przed rozpoczęciem współżycia! Mam nadzieję, że stosowałaś jakieś zabezpieczenie.

– Kalendarzyk, płukanie pochwy i modlitwę – odfuknęłam i z satysfakcją zarejestrowałam jej oburzenie.

– Najpierw musimy cię zbadać, dziecko. Kiedy była ostatnia miesiączka?

Irytowało mnie, gdy wciąż mówiła do mnie „dziecko". Ale rozłożyłam posłusznie nogi na fotelu ginekologicznym.

– Czternastego kwietnia – odpowiedziałam.
– To ponad dwa miesiące temu, moje dziecko.

– Czasem mi się przesuwa – rzuciłam i napięłam mięśnie brzucha.

– Rozluźnij się – pouczyła mnie, a ja z odrazą patrzyłam, jak zakłada gumową rękawiczkę.

Mruczała coś, grzebiąc we mnie. Na szczęście nie trwało to długo.

– Wszystko w porządku? – spytałam, obciągając spódnicę.

– Zdrowa, silna, biodra stworzone do rodzenia dzieci. – Byłam przekonana, że specjalnie pastwi się nade mną, aż mi się od tego jej gadania przewracało w środku. – Zapiszemy ci te leki, dziecko. Ale najpierw musimy mieć pewność, że nie jesteś już w ciąży. Kupisz sobie w aptece test.

Nie wierzyłam.

– Boże, nie! To pomyłka! – mówiłam do siebie w ubikacji i coraz bardziej przerażona patrzyłam na dwie niebieskie kreseczki.

Wzięłam do ręki ulotkę i czytałam ponownie. Jedna linia barwna – wynik negatywny – brak ciąży. Dwie linie barwne – wynik pozytywny – ciąża.

– Ciąża? – szepnęłam z niedowierzaniem, bo do tej pory była to kompletna abstrakcja. – Pewnie jest przeterminowany – oszukiwałam się i sprawdziłam datę ważności testu.

Był dobry. Zmięłam ulotki, pudełko i wynik. Schowałam do szuflady w swoim pokoju i wybiegłam do apteki po kolejny test.

Kiedy znalazłam się pod blokiem, zorientowałam się, że nie wzięłam telefonu. Ale już nie wracałam. Za chwilę wróci matka ze szkoły, a tak – może zdążę sprawdzić jeszcze raz.

Natknęłam się na nią na ulicy. Szła z zakupami i była dziś wyjątkowo wesoła.

– Dokąd tak lecisz? – spytała i widząc moją minę, zmartwiła się. – Stało się coś?

– Zaraz wracam. – Starałam się być opanowana, choć głos mi się łamał. – Zeszyt, muszę od Jacka pożyczyć zeszyt.

– To ja nastawiam wodę na ziemniaki. – Pogładziła mnie po głowie. Ostatnio się nie kłóciłyśmy. – Nie siedź za długo. Obiad wystygnie.

Ten dzień był torturą. Nie mogłam nic przełknąć. Ani usiedzieć w miejscu. Czekałam, aż matka pójdzie spać, żeby znów zamknąć się w ubikacji. Nawet nie mogłam zadzwonić do Jakuba, bo wyjechał za granicę. Rzadziej się teraz widywaliśmy, ale to była moja decyzja. Powoli zaczęła mnie nudzić jego poddańcza miłość, a seks z nim stał się rutynowy. Dwa tygodnie temu, kiedy był na tej zagranicznej delegacji, przespałam się ze stylistą fryzur, który przygotowywał mnie do sesji. Znaliśmy się dość długo, ale dopiero teraz tak jakoś wyszło. Przypadkiem, pod wpływem chwili. Ale jeśli jestem w ciąży, to tylko z Jakubem. Boże, nie!

Znów dwie kreski. Patrzyłam i czułam, jak sufit spada mi na głowę. Wyobraziłam sobie siebie z brzuchem i zaraz wymazałam ten widok. Okropność! Nie potrafię oddać swoich emocji w tamtym momencie. To było straszne. Kiedy dotyka cię to w takim wieku, jesteś albo bardzo szczęśliwa, albo kompletnie zdruzgotana. A ja nie chciałam żadnego dziecka ani męża Jakuba i nie wyobrażałam sobie siebie w roli mamuśki. Widziałam zgliszcza mojego życia, koniec wszystkiego.

– Nie mogę być w ciąży. Przecież prezerwatywy, uważaliśmy. On uważał. Jak to się stało? Ufałam mu – ryczałam, zatykając sobie twarz poduszką.

Nie mogłam przecież robić hałasu. Łkałam i zaciskałam pięści. Pomóż mi, chcę się tego pozbyć!

„Zadzwoń. Pilne" – wysłałam wiadomość do Jakuba. Nie mogłam zasnąć do rana. Potem ten sam esemes wysłałam z piętnaście razy. Dodawałam tylko: „błagam", „to pilne", „odezwij się, choćby teraz". Nie odpisał ani razu. Wyłączył telefon? Gdyby miał włączony, odpisałby. Płakałam z bezsilności, intuicja mówiła mi, że coś jest nie tak. Kiedyś by odpisał. Nawet jeśli za ścianą szalałaby „była aktualna żona". Ale dziś cisza, zamilkł. Olał mnie!

Zamiast do szkoły pobiegłam do Ropuchy. Czekałam trzy godziny, bo wszystkie numerki tego dnia były zajęte. Kiedy mnie zobaczyła, aż odłożyła długopis.

– Test wykazał ciążę? – spytała, patrząc na moją minę.

– Tak. – Usiadłam i rozpłakałam się w głos. – Proszę mi pomóc!

– Ależ, dziecko, nie ma się czego bać. Poza tym nie ma pewności, testy są pewne tylko na dziewięćdziesiąt dziewięć procent.

– Aż na dziewięćdziesiąt dziewięć procent?

– Niektóre na dziewięćdziesiąt dziewięć i dziewięć dziesiątych.

– Zrobiłam dwa.

– Trzeba poczekać jakiś miesiąc. Wtedy przyjdziesz na badanie... – ciągnęła.

– Jeszcze miesiąc? Ja nie mogę czekać. Nie chcę!

– Nie krzycz, dziecko. To nie tragedia. Czy ojciec wie?

– Mój? – spytałam skonfundowana. Pokręciłam głową.

Ropucha uśmiechnęła się i przez moment wydała się nawet sympatyczna.

– Ojciec dziecka.

– Jeszcze nikt nie wie – mówiłam szybko i w geście rozpaczy chwyciłam ją za rękę. – Proszę mi pomóc. Ja chciałabym taki zabieg, koniecznie. Moje życie traci sens!

Ropucha stanęła na baczność. Wyciągnęła spod fartucha krzyżyk na srebrnym łańcuszku i powiedziała:

– Jak śmiesz mi coś takiego proponować! To przecież zabójstwo – po czym wyrzuciła mnie z gabinetu.

Wiele lat później zrozumiałam, że w swoim mniemaniu chciała mi pomóc. Znalazła moją kartę, adres i kilka dni później zadzwoniła do matki. Opowiedziała jej o wszystkim. Zanim jednak to zrobiła, ja prawie umarłam. Nie chodziłam do szkoły, leżałam bez ruchu, płakałam i czekałam na powrót Jakuba. Przez cały tydzień. Odmawiałam jedzenia. Któregoś dnia, zdesperowana, zadzwoniłam do jego firmy i sprzedając bajeczkę o znalezionych dokumentach, wymusiłam na sekretarce podanie mi telefonu domowego. Kiedy wykręcałam numer, drżały mi ręce. Uświadomiłam sobie, że nigdy nie zaprosił mnie do siebie. Zawsze byliśmy w hotelu. Tłumaczył, że ten rozwód, żona źle go znosi. Lepiej jej nie drażnić.

Miałam złe przeczucia. Telefon odebrało dziecko. Nie mogłam wymówić słowa. Rozłączyłam się. Po kilku minutach spróbowałam jeszcze raz. Tym razem głos kobiety. Żona? Matka? Sprzątaczka?

– Mogę rozmawiać z panem Czernym?
– Kto mówi?
– Ja w sprawie pracy, pan Czerny podał mi numer – wydusiłam.
– Proszę zaczekać – odpowiedziała kobieta może odrobinę młodsza od mojej matki. Żona! Niedokładnie zakryła dłonią słuchawkę albo odłożyła ją na stół. – Kuba, dałeś nasz numer domowy? – Zapowietrzyłam się, gdy słyszałam jej szczebiotanie i to zdrobnienie.

Nie był za granicą! Był z żoną, są zgodnym małżeństwem! Coraz bardziej kuliłam się w sobie.

Słyszałam jej narzekania:
– Nie dość, że wciąż cię nie ma, to jeszcze kandydatkom na sekretarki dajesz nasz numer?

Po chwili rozległ się jej śmiech, widocznie Jakub powiedział coś, żeby ją rozbawić.

– Nie rób tego więcej, proszę cię, kochanie. Oj, syneczku, co się stało? Zaraz tatuś przyjdzie. Kuba, proszę cię, podejdź szybciej, bo ta pani czeka.

Odłożyłam słuchawkę. Opadłam na podłogę i oparłam się o ścianę. Wcale się nie rozwodził. Oszukiwał każdą z nas: żonę, moją matkę i mnie. Nienawiść rosła we mnie jak to dziecko, które nie miało prawa się począć. Gardziłam Jakubem, sobą. Nie chciałam go nigdy więcej widzieć. Ta podróż służbowa – fikcja. Skurwysyn.

Byłam sama, w ciąży. Nie mogę powiedzieć ani jemu, ani matce, tym bardziej ojcu. Nie mam nikogo więcej. Co robić? – myślałam.

Następnego dnia poszłam do szkoły. Kiedy wróciłam, zastałam matkę w moim pokoju. Płakała. Co jakiś czas wyrzucała z siebie przekleństwa. Nigdy wcześniej nie była wulgarna. A teraz się jej bałam. Wymachiwała pierwszym testem z szuflady i darła się:

– Dziwka! Skończysz na ulicy. Ostrzegałam cię!

Moje rzeczy były poprzewracane. Pamiętnik, który pisałam, leżał otwarty na tapczanie. Musiała go czytać. Więc już wiedziała. Patrzyłam na to i nie mogłam nawet uronić łzy. Stałam jak słup soli, zszokowana, że tak łatwo tajemnica wychodzi na jaw. I to teraz.

– Ty jeszcze nie rozumiesz, jaką klątwę na siebie ściągnęłaś. Powielasz moje błędy. Jesteś zła, rozpustna. Co się z tobą stało? Jaki błąd popełniłam w wychowaniu, przecież chciałam dać ci wszystko! – Rzucała we mnie moimi butami, sukienkami, szminkami od Jakuba. – Dziwka! Taki wstyd – dyszała ciężko. – Widać taką masz naturę, po ojcu. Po tatusiu... – zaśmiała się szyderczo. I spojrzała na mnie, jakby zamierzała coś powiedzieć, ale nie dałam jej dojść do słowa.

Nie mogłam tego słuchać. Musiałam się bronić.

– A ty? Jaka z ciebie matka? Nie mamy ze sobą żadnego kontaktu. Nie zauważyłaś niczego, nie ochroniłaś mnie. Sama wepchnęłaś mnie w jego ręce. Byłaś ślepa?

– Ufałam ci! Wam obojgu! O Boże!

– Teraz krzyczysz, bo jesteś stara i zazdrościsz mi. Bo ten, którego kochałaś, wybrał młodszą. Nie zawahał się, żeby przelecieć najpierw ciebie, a potem twoją własną córkę. Tak cię szanował! To ty jesteś przegrana, nie ja.

– Milcz!

– Nie będę. Chciałaś wiedzieć, to słuchaj! Pieprzył mnie, gdy ty spałaś za ścianą. Dotykał przy obiedzie, kiedy ty robiłaś do niego słodkie oczy i marzyłaś, żeby wylądować z nim w łóżku! Przyjeżdżał tu dla mnie, nie dla ciebie, rozumiesz!

– Jesteś potworem.

– Ja? Dlaczego mnie obwiniasz? On jest święty, tak? Miałaś mnie chronić, a dałaś mi przykład. Wtedy, gdy was przyłapałam, wiesz, jak się czułam?

– Niedaleko pada jabłko od jabłoni.

– Właśnie, przynajmniej masz odwagę to przyznać! – krzyknęłam. – Nienawidzę cię!

– Ty nic nie rozumiesz, córeczko – powiedziała cicho i jej nagły, zimny spokój mnie poraził. – To moja wina, bo nigdy ci nie powiedziałam. Ale myślałam wciąż, że jesteś jeszcze niedojrzała. Nie zrozumiesz, znienawidzisz mnie. Teraz jednak musisz to usłyszeć.

– Proszę, bierzesz winę na siebie? Co za samarytanka – szydziłam i wybuchnęłam histerycznym śmiechem.

Matka spuściła głowę.

– Ty nic nie rozumiesz! – powtórzyła. – Masz dziecko z własnym ojcem. Jakub jest twoim biologicznym ojcem!

Nie chciałam jej słuchać, choć wykrzykiwała to jeszcze wiele razy, a jej głos ciągle bębni mi w głowie. Wtedy nic nie słyszałam, tylko hałas, przed którym musiałam się bronić, zatykając uszy. Zaczęłam zbierać porozrzucane przez nią rzeczy. Wyciągnęłam niebieską walizkę, z którą jeździłam do Warszawy, i wysypałam do niej zawartość szuflady, dopełniłam ciuchami i tym, co zdążyłam chwycić. Słyszałam jej głos, ale nie słyszałam już zdań, tylko pojedyncze słowa, przetykane szlochem.

– Opuścił mnie. Wyjechał na stypendium. Wyszłam za pierwszego kolegę, który mnie chciał. Byłam przerażona. Kochałam go, obłędnie. Potem wrócił, ale już byłam zamężna. Dlatego z twoim ojcem, przepraszam, ojczymem, nie mogłam żyć. A potem znów się spotkaliśmy. Miał żal, że nie poczekałam. Myślałam, że się zmienił, że wszystko się zmieni. Cieszyłam się, że cię pokochał... Jaka głupia, jaka naiwna! Pokochał, ale inaczej... i zrobił to samo... Ty nawet jesteś do niego fizycznie podobna...

Stałam z walizką w ręku i patrzyłam na nią martwymi oczami.

– Bredzisz – stwierdziłam dobitnie. – Nie szukaj mnie.
– Córeczko, on nie wie. Jemu też nie powiedziałam. Nie wie, że byłam w ciąży! Nie wychodź, proszę...
– To wszystko twoja projekcja. Kłamiesz! – rzuciłam jej w twarz kluczami od mieszkania i dopiero kiedy minęłam nasze osiedle, pozwoliłam płynąć łzom.

Na dworcu podeszłam do kasy biletowej, ale zmieniłam zdanie. Pociąg będzie dopiero za kilka godzin – nie mam czasu czekać. Wstąpiłam do banku, podjęłam pieniądze, jakie zostały na koncie, i skręciłam w kierunku szosy wylotowej do Warszawy. Rozpadało się. Strugi wody z nieba płynęły mi po twarzy. Mieszały się z płynącymi wciąż łzami, ale im dłużej łkałam, tym więcej myśli, przebiegających dotąd chaotycznie przez głowę, układało się konsekwentnie, jak rzędy cyfr w skomplikowanych obliczeniach. Powoli zaprowadzałam porządek w tych równaniach. Została tylko jedna niewiadoma. Zatrzymałam się, bo poczułam nagle ciężar walizki. Postawiłam ją. Weszłam na pobliską stację benzynową i obmyłam twarz. Brzydka dziewczyna w kombinezonie firmowym wpatrywała się we mnie tępo. Uśmiechnęłam się na siłę i ruszyłam w kierunku szosy. Nie odwracałam się, choć coś do mnie krzyczało. Stanęłam przy drodze.

Sama nie rozwikłam tego X czy Y. Postanowiłam zagrać z losem w rosyjską ruletkę. Życie albo śmierć. Jedna kula. Wsiądę do pierwszego samochodu, który się przy mnie zatrzyma, i ten, kto będzie za kierownicą, wyznaczy moją nową drogę życia. Kogo mi przygotowałeś? Jakie wcielenie? Błagam, tylko nie tir ani furmanka. – Skupiłam się mocno i otworzyłam oczy, dopiero gdy hamujący samochód obryzgał mnie wodą z kałuży. Starłam błoto z twarzy i zajrzałam przez okno.

– Ale zmokłaś, Rusałko! – usłyszałam chrapliwy głos. Świetliście błękitne oczy świdrowały mnie na wylot.

Moja walizka wylądowała na tylnym siedzeniu czerwonej torpedy, a ja obok nieogolonego mężczyzny, z którego biła kusząca diaboliczna moc.

– Ale zmokłaś, Rusałko! – powtórzył jak echo i zaśmiał się.

Spojrzałam na siebie – mokre ubranie przykleiło mi się do ciała. Poczułam się jak naga. A jak to zboczeniec? Gwałciciel? Oddychałam ciężko, piersi mi falowały.

– Ten letni deszcz jest całkiem sexy. – Uśmiechnął się i wskazał koc na tylnym siedzeniu. – Przeziębisz się...

Dziękuję, pomyślałam wtedy z wdzięcznością o Bogu, a od siebie dodałam w myślach: Jeśli on mnie nie zabije, to już nikt nie będzie mnie w stanie zniszczyć.

Po godzinie drogi okazało się, że moje nowe przeznaczenie nie było najgorsze. Oprócz tego, że jeździło sportowym mitsubishi i było płci męskiej, to właśnie wracało z Ukrainy po podpisaniu korzystnej umowy na sprzedaż pełnego wyposażenia dwustu sklepów. Z tego banalnego zajęcia były niezłe zyski, a on mógł kupić prawie wszystko, co było dostępne za pieniądze. Potrafił liczyć i doskonale wiedział, że mnie dostał w najtańszym pakiecie. Gratis.

Rozdział 20
Wróżowie i Meyer

"Ciesz się z rzeczy nieoczekiwanych! Okazje rzadko pojawiają się w schludnych i przewidywalnych pakietach"

– Gratis – powiedziała kelnerka i postawiła przed Meyerem gorącą szarlotkę z na wpół roztopionymi lodami.

Sam nie wiedział, czy to shot espresso, czy jej rozkołysane biodra obudziły go z rozmyślań nad wczorajszym spotkaniem z Ewą, narzeczoną Mariusza Króla, i nasuwającymi się porównaniami do jego własnego życia.

Gdyby nie osiągał sukcesów, Anka byłaby szczęśliwa. Ich małżeństwo, choć puste, trwałoby. Dopóki siedział w jej złotej klatce, ich życie przypominało sielankę. Jak ona cieszyła się z jego pracy wychowawcy w Strzelcach Opolskich! Nie przeszkadzało jej, że był klawiszem. Wracał do domu zawsze o tej samej porze, zjadał obiad, bawił się z dziećmi. Potem, gdy ona zasiadała przed telewizorem, zamykał się w swoim pokoju, analizując wywiady z osadzonymi mordercami. Kupił trochę amerykańskiej literatury i pracował. Codziennie miał w zasięgu ręki świetny materiał do badań: seryjni zabójcy, zawodowi kilerzy, cyngle mafii, pedofile, maniacy seksualni. Wysłuchiwał ich zwierzeń i robił autorskie ekspertyzy po godzinach pracy i dla siebie. To wtedy złapał bakcyla profilowania. Anka traktowała to jak niegroźne hobby. Ma szczęście, kontroluje sytuację, tak myślała.

Nawet potem, kiedy dostał się do szkoły policyjnej w Szczytnie i zakomunikował, że będzie gliną, nie kwękała. Dopiero kiedy z szeregowego policjanta przeistoczył się w psychologa, a potem szefa sekcji i był tak dobry, że po prostu zawalali go robotą, zaczęła histeryzować. Jego nadgodziny nie przekładały się na większe pieniądze. Anka nie rozumiała, jak można się tak dawać wykorzystywać.

Im większe sukcesy osiągał – a był jedynym w Polsce profilerem z doświadczeniem detektywa wydziału zabójstw – tym bardziej nie było go dla niej. Jeszcze zanim zaczął ją zdradzać, znienawidziła jego pracę. Była zazdrosna o poświęcany czas, jakby chodziło o kochankę.

Roztrząsając swoją sytuację osobistą, wsiadł do samochodu i pojechał do mieszkania narzeczonej Mariusza Króla.

Ewa wyglądała o wiele lepiej niż wczoraj wieczorem. Pod świetlistym makijażem ukryła smutek i niepewność. Odważny dekolt lnianej bluzki eksponował czerwone ramiączko biustonosza. Białe płótno seksownie opinało okrągły brzuch.

– Nie było go całą noc – powiedziała tak radośnie, jakby cieszyła się z nieobecności narzeczonego.

Meyer stał w korytarzu i wpatrywał się w jej smukłe stopy z czerwonymi paznokciami i hinduską obrączką na jednym z palców. Była bosa, świeża i najwyraźniej czekała na niego od rana.

Zastanawiał się, dlaczego się jej spodobał. Dlaczego tak bardzo chce, by wszedł, i co pragnie mu powiedzieć. Nie jestem w jej typie, to pewne. Nie mam pieniędzy. Jestem żonaty. Meyer przeszukiwał swój twardy dysk w głowie i węszył podstęp.

– Będzie pan czekał? – spytała.

W jej głosie było zaproszenie, a w oczach figlarne ogniki. Cofnęła się do salonu. Kiedy wróciła, trzymała w ręku jego zapalniczkę.

- Zostawił pan wczoraj.
- Szukałem jej – odparł i lustrował ją od stóp do głów.

Odwróciła wzrok. Gdy odbierał zgubę, ich palce się zetknęły. Meyer wyczuł wysyłane przez jej ciało sygnały. Zachęcała go, ale on nie chciał przekraczać granicy. Spojrzał na zegarek.

- O trzynastej mam spotkanie w Otwocku z pani magikami, ale... – Urwał i zamilkł. Nerwowo podrapał się po podbródku.

Kobieta wlepiła wzrok w jego dłonie. Obrączka błyszczała na serdecznym palcu. Czuł, jak pali mu skórę.

- Ile lat jest pan po ślubie? – zapytała, kiedy w końcu usiadł przy szklanym stoliku w salonie. W płaszczu. Z teczką przy nodze. W każdej chwili gotów do wyjścia.
- Jedenaście.
- Nie byłam z nikim tak długo.
- Długo – powtórzył jak echo komisarz Meyer.

Zastanawiał się, dlaczego dziś czuje się w jej towarzystwie tak niepewnie.

- Po pana wyjściu zaczęłam analizować swoje życie. – Ewa ni stąd, ni zowąd zaczęła zwierzenia. – Tak kurczowo trzymam się Mariusza. Przecież nie muszę za niego wychodzić ani nawet być z nim. Jest wiele samotnych matek. Ta noc pozwoliła mi zrewidować swoje uczucia do niego. Czuję się dziś o wiele lepiej.

Milczał, więc ciągnęła.

- Ma pan dzieci?

Kiwnął głową.

- Dwójkę.
- To piękne. Musicie być bardzo szczęśliwi.

Roześmiał się nerwowo.

- Ja jestem, ale moja żona nie bardzo.

Sam nie wiedział, dlaczego to mówi. To nieprofesjonalne. Sprawa śmierci aktorki była dziwna. Jakby przy okazji szukania zabójcy Niki znajdował odpowiedzi na pytania dotyczące własnego życia. Podczas rozmów ze świadkami nieopatrznie wychodziły na jaw pieczołowicie ukrywane emocje. Wcale nie miał ochoty na ich analizę. Przeszkadzało mu to. To przecież narzeczona podejrzanego. Nie powinien się otwierać. Ale intuicja mówiła mu, że jej może powiedzieć. Nie ufać, ale rozmawiać o tym. Ona też jest na zakręcie.

– Ja już nie wierzę, że będę szczęśliwa. Może to dziecko da radość, jakiej mi brakowało – dotknęła wypukłego brzucha – ale związek już nie. Po jakimś czasie wszystko i tak zawsze się rozpada. Nie wiem, gdzie popełniłam błąd. Od śmierci Niki Mariusz bardzo się zmienił. Czasem podejrzewam, że to jednak zrobił. I z drugiej strony nie mieści mi się to w głowie. Ale czasem boję się go.

– Dlaczego?

– Kilka razy podczas awantury doszło do rękoczynów. Nie powstrzymało go nawet to, w jakim jestem stanie.

– Zgłosiła to pani na policję?

Nagle wstała. Kliknął pstryczek czajnika. Zagotowała się woda na herbatę. Nie było jej kilka minut, a kiedy wróciła z parującymi filiżankami na tacy, mówiła, jakby opowiadała nie o sobie, ale o koleżance czy sąsiadce.

– Nie chciałam, żeby trafił do aresztu. Kłamałam przed dzielnicowym, gdy pytał, jak się zachowuje. Przecież Mariusz ma dozór. Poręczyło za niego tyle osób. Mój ojciec podpisał się na liście. Podważyłabym ich opinię.

Meyer wpatrywał się w niezwykły wykrój ust kobiety – przypominały serduszko. Tak, ta kobieta miała jednak w sobie coś niezwykłego. Choć nie była piękna. Wtedy zrozumiał, co go tak razi – jej usta były sine, wręcz granatowe. Jakby przed chwilą zjadła pół słoika jagód. Albo piła czerwone wino poprzedniego wieczoru. Będąc w ciąży? Nie mógł dostrzec tego wcześniej, bo szminka pokrywała szczelnie jej wargi.

– Zresztą Mariusz przeprosił mnie, przyniósł kwiaty – ciągnęła Ewa. – Mówił, że go poniosło. Za dużo stresów. Ale potem... To nie był jeden raz.

– Ile razy do tego doszło?

– Dwa razy w domu i raz u moich rodziców. Ojciec kazał mu się wynosić. Nie chcą, żebym za niego wychodziła. Poza tym...

– Tak?

– Jak się kochamy... Przepraszam, że mówię o tak intymnych sprawach, ale... Nie mam nikogo, by się zwierzyć. On zacisnął ręce na mojej szyi.

– Podduszał panią? Zgwałcił?

– Nie, to nie był gwałt. Był wściekły. Rzucił mnie na łóżko. Kochaliśmy się, a kiedy kończył, wie pan, zacisnął ręce. Ledwie złapałam oddech. – Przerwała i spojrzała na Meyera oczami spłoszonej sarny.

Profilerowi zabłysła w głowie lampka ostrzegawcza.

– To się zdarzyło dopiero po śmierci jego żony? Wcześniej się tak nie zachowywał?

Kobieta pokręciła głową. Podwinęła stopy i na nich usiadła. Jakby nagle zawstydziła ją ich nagość.

– I jeszcze coś. Może się to panu przyda. Kiedy jeszcze Nina żyła, Mariusz akurat był u mnie. Zadzwoniła na ten telefon. Wściekł się, że dzwoni do mojego domu, a nie na jego komórkę. Kłócili się. „Zabiję cię, suko!" – krzyczał. Groził, że zapłaci mu za to. Nie wiem, za co, ale powiedział coś w stylu: „Wiem, jak wyglądał ten wypadek". A potem padło nazwisko. Zapamiętałam, bo to znana osoba.

– Jakie?

– Czerny. Nie wiem, o co chodzi. Podsłuchałam tę rozmowę z łazienki. Myślał, że się kąpię. Podobno oni mieli razem jakiś wypadek.

– Pani narzeczony i Czerny?

– Nie. Nina Frank i Jakub Czerny. Mariusz nigdy mi nie powiedział, o co chodzi, ale to jakaś śmierdząca sprawa. On szukał na nią haka, żeby wyjść dobrze na tym rozwodzie. Ta informacja była jego kartą przetargową. Może ją szantażował? Nie mam pojęcia. Jego zachowania są tak płaskie i prymitywne. Dopiero przejrzałam na oczy. Nie jest dobrym człowiekiem. Myśli tylko o sobie. Jestem pewna, że byłby zdolny ją pobić i zgwałcić, choć temu zaprzecza. Boję się o swoje dziecko. Gdy wpada w złość, zawsze mu ustępuję.

– Kiedy odbyła się ta rozmowa? – zapytał Meyer, ale Ewa już nie odpowiedziała.

Usłyszeli, że ktoś majstruje przy zamku i próbuje go otworzyć. Kobieta poderwała się, podeszła do zasuwki i ją odsunęła. Mariusz Król, pijany, wtoczył się do korytarzyka, gdzie przed chwilą stał profiler. Oparł się o ścianę i otarł rękawem usta. Musiał przed chwilą wymiotować.

– Co pan tu robi? – zasyczał, gdy spostrzegł na kanapie Meyera.

Śmierdział alkoholem i ledwie stał na nogach. Ewa odsunęła się od niego. Patrzyła na tę scenę przerażona.

– Wynocha z mojego domu! – krzyknął Król.

– Umawialiśmy się na rozmowę – powiedział z naciskiem Meyer. Chwycił teczkę w dłoń, wstał i zbliżył się do prezentera. – Ale pana wczoraj nie było, więc jestem dziś. Przyszedłem po nagrania.

– Jakie nagrania? O czym pan, do cholery, mówi? – zdenerwował się Król, ale był już mniej pewny siebie. Odwrócił się, by sprawdzić, czy Ewa jest nadal obok.

– Porozmawiamy na osobności czy mam wyjaśnić przy pani? – Meyer wskazał Ewę.

– Niech się pan wynosi! Ma pan nakaz aresztowania czy rewizji? Nie? To wypierdalać z mojego domu!

– Znaleźliśmy podsłuch w telefonie... – zaczął Meyer, a Król otworzył szerzej oczy i się zaśmiał.

– No i co?

– Pan go założył. Myślę, że będzie lepiej, jeśli porozmawiamy. W przeciwnym razie jeszcze dziś wieczorem odwiedzą pana ludzie w mundurach. Następne noce spędzi pan w hotelu z kratami. I wtedy już będziemy musieli pogadać. Tylko że w nieco gorszych warunkach. Może pan nie wrócić na wolność.

– Grozisz mi? Dobra, glino, zagram z tobą tę partyjkę. – Mariusz Król odepchnął Ewę i wskazał pokój, w którym Meyer był poprzedniego dnia.

Prezenter opadł na krzesło stojące przy biurku z komputerem. Ukrył twarz w dłoniach. Profiler stał z teczką w ręce. Patrzył na tego człowieka z politowaniem.

– Ja jej nie zabiłem, ile razy mam powtarzać – powiedział zrezygnowany mężczyzna.

Meyer widział, jak emocje na jego twarzy zmieniają się z sekundy na sekundę. Nagle przemknęło mu przez myśl, że oni oboje odgrywają przed nim role. Umówili się albo... Nagle go olśniło. Przecież oni są aktorami. Może nie najlepszymi, ale szkolonymi do tego, by grać, udawać. Czuł sztuczność. W nich obojgu czuł fałsz. Znów ta cholerna intuicja...

– Podsłuchiwałem, bo chciałem mieć coś na nią, żeby się w końcu uwolnić – tłumaczył Król. – Ale na tych taśmach nic nie ma. Mówię panu.

– Gdzie one są? – spytał ostro profiler.

– Przecież nie tutaj. – Mąż Niny wzruszył ramionami i spojrzał przekrwionymi oczami na zakurzony komputer. – Spotkajmy się wieczorem w pubie Chicago's na Woli. Przyniosę je.

– Będę tam o szesnastej. Jeśli pan kłamie, postaram się o nakaz aresztowania i rewizji. Porozmawiamy inaczej.

– Dziwny z pana gliniarz. – Król wykrzywił twarz w uśmiechu. – Ja już nie mam nic. Wszystko przez nią straciłem: opinię, pracę, nawet Ewę. Zniszczyła mnie. I wie pan, wcale mi jej nie żal. Zasłużyła sobie na śmierć. A teraz, kiedy ciągają mnie po komendach, pewnie śmieje się zza grobu. Piję, żeby odgonić od siebie jej ducha, który dręczy mnie po nocach.

– Dlaczego jej pan tak nienawidzi?

– Przesłucha pan taśmy, to sam pan zrozumie. A tak przy okazji to złożyłem na pana skargę. Na pana i na tego zarozumiałego wiejskiego komendancika. Czeka was postępowanie dyscyplinarne.

Meyer zacisnął usta ze złości.

– Będę czekał o szesnastej i ani minuty dłużej, jasne?

Wyszedł, trzaskając drzwiami.

Kiedy czekał na windę, Ewa wymknęła się na klatkę schodową.

– Mogę dostać pańską wizytówkę? – spytała.

Z ociąganiem wyjął metalowy wizytownik i podał jej biały kartonik.

– Proszę zadzwonić, gdyby coś się działo. I niech pani uważa na siebie. Do widzenia.

Bez pożegnania schowała się w mieszkaniu.

Błądził już pół godziny. Kilku pytanych przez niego przechodniów nie wiedziało, gdzie jest ulica Miła. W końcu, zupełnie przypadkiem, wjechał w najbrzydszą aleję, jaką widział w życiu, pełną roztopionego śniegu. Wszystkie domki stojące obok siebie w rzędzie były do siebie podobne. Meyer na jednej z posesji zauważył kobietę z wałkami na głowie i w daszku na gumce. W sznurowanych butach ortopedycznych na grubej plastikowej słoninie odgarniała śnieg. Miała na sobie nylonowy fartuszek, spod którego wystawała wściekle różowa bluzka z krótkim rękawem i zielone spodnie od dresu z żółtymi lamówkami. Wyglądała tak nieprawdziwie, że nawet nie liczył na konkretną odpowiedź, ale nie miał wyjścia. Nikogo innego nie było w zasięgu wzroku.

– Wie pani, gdzie jest Miła? – krzyknął.

Kiedy się odwróciła, zobaczył, że pod daszkiem ma na nosie ciemne okulary w oprawkach o kocim kształcie.

– Ulica Miła – powtórzył. – Numer czternaście.

Kobieta rzuciła łopatę i machając prawą ręką, wbiegła do domu. Meyer chwilę jeszcze wpatrywał się w miejsce, gdzie przed chwilą była dziwaczna postać, i dopiero gdy trochę ochłonął, odwrócił się za siebie. W tamtym kierunku pokazywała wariatka. Przed nim stał szary klocek z furtką i staroświeckim domofonem na ogrodzeniu. A na wysokości jego wzroku przyczepiono drutem tabliczkę: Miła 14.

Na frontowej ścianie budynku przeczytał szyld: „Egzorcyzmy. Bioterapia. Talizmany. Ferdynand Wawrzyniak & Feliks Bułka".

Nie musiał już manewrować. Jakby samochód sam przywiózł go na miejsce. Nacisnął przycisk. Po chwili usłyszał pojedyncze pikniecie.

Na spotkanie wyszedł mu niski mężczyzna. Łysa głowa i rumiana, pucołowata twarz przypomniały księżyc w pełni. Biała koszula była rozchełstana, a na piersi wisiał medalion, podobny do tego, który Meyer widział u Ewy, tylko trawiasto-zielony i monstrualnych rozmiarów.

– Bułka, do usług. – Mężczyzna podał mu rękę i wskazał wejście na zatęchłą werandę.

Potem poprowadził ciemnym korytarzem w głąb domu. Znaleźli się w pokoju urządzonym pod wynajem, gdzie właściciel wstawił wszystkie niepotrzebne graty. Brązowa wersalka, regał na wysoki połysk, ogromne biurko, lampa z zakurzonym abażurem. Po ciemnym korytarzu przyjemnie było znaleźć się w rozświetlonej przestrzeni. Meyer się rozejrzał. Ślady działalności magików były nieznaczne: na jednej ścianie powieszono kilkanaście małych obrazków z wizerunkami świętych, widoczkami morza, jakieś abstrakcje i trójwymiarowe słońca. Wszystko było tandetne i przypadkowe. Bułka posadził Meyera na wersalce, która głucho zaskrzypiała pod jego ciężarem, a sam oparł dłonie o blat biurka. Rozciągnął wąskie, pozbawione koloru usta. Przeszył wzrokiem postać przybysza na wylot. Spojrzeniem próbował wywrzeć nacisk i zdobyć zaufanie policjanta.

– W czym możemy pomóc organom ścigania? – zagaił.

– Pani Ewa mówiła, że panowie przyjmują we dwóch. – Meyer wyciągnął z notesu zdjęcie tatuażu, ale go nie pokazał.

Bułka uśmiechnął się, zamiast udzielić odpowiedzi. W tym momencie w drzwiach stanął chudy jegomość w spranej marynarce, kiedyś koloru czarnego, z wyszytym żółtą nitką chińskim smokiem.

Czarne włosy były przerzedzone, zaczesane na „pożyczkę". Twarz czerstwa, porowata, jak po przebytej ospie. Spodnie szarobure, przykrótkie, kończące się przed kostkami i uwydatniające skarpetki. Co tu dużo gadać – facet wyglądał na niezłego „denaturata". Denaturat i Księżyc w pełni. Prosiaczek i Kłapouchy – przyjaciele Kubusia Puchatka. Żwirek i Muchomorek. Meyer nie mógł pozbyć się wrażenia, że to wszystko mu się tylko śni. Takich dziwaków dawno już nie oglądał.

– Tak, przyjmujemy razem. Przepraszam, musiałem pomóc żonie – wytłumaczył się chudy i żylasty Żwirek, a Muchomorek dokończył z dumą, jakby to była jego połowica: – Jest ciężarna i ma dziewiętnaście lat.

– To już moja trzecia – pochwalił się pięćdziesięcioletni Żwirek. – Dlatego tak potrzebuję pieniędzy.

– Konsultacja będzie więc płatna – podkreślił rumiany Muchomor.

I rozgadał się, że on ma „dwudziestkę", a młodsza żona potrafi w duszę starca tchnąć młodzieńczy wigor.

Meyer oniemiał. Przenosił wzrok z jednego na drugiego. W zależności od tego, który akurat wydobywał z siebie głos.

– Czy to panu odpowiada? Wystawimy rachunek, oczywiście. – Żwirek wygładził marynarkę ze smokiem i przemówił, jakby prowadził audycję w radiu: – Nasza konsultacja może wydać się panu nieprawdopodobna, ale nie wszystko, co się zdarza, ma racjonalne wytłumaczenie. Wręcz przeciwnie. Najważniejsze jest niewidoczne dla oczu. Im mniej się tego spodziewamy, tym więcej alchemii. W zwykłym życiu, rzecz jasna. Pan o niej zapomniał, a szkoda.

Niski tembr głosu, aksamitna intonacja. Żwirek czarował głosem, a Muchomor trzymał klienta w szachu, świdrując spojrzeniem – odkrył ich strategię Meyer.

Ale choć wyglądali ubogo, nie byli prymitywni. Wysławiali się bardzo poprawnie, nadużywając jedynie archaicznych sformułowań.

– Chciałbym pokazać panom to zdjęcie. – Wyciągnął fotografię w ich kierunku.

– Wiemy, po co pan przyszedł – przerwał mu Muchomor.

– Na wszystkie pytania dostanie pan odpowiedzi. My już je znamy – dokończył Żwirek.

Muchomor: – Musi się pan znów nauczyć cierpliwości.

Żwirek: – Czy pan sądzi, że trafił pan tu przypadkiem?

Muchomor: – Przyczyna jest w panu, nie w tym znaku, który pana nurtuje.

Meyer zamrugał oczami. Ci dwaj to jacyś wariaci! Uciekli ze szpitala psychiatrycznego i trenują na nim socjotechniki. Zganił się w duchu za pomysł pojawienia się tutaj i uciął ich przemówienie:

– Przyszedłem służbowo. Jestem policjantem i psychologiem. Prowadzę...

– Wiemy o tym – powiedzieli jednocześnie. A Muchomor ponownie rozciągnął bezbarwne usta w pobłażliwym uśmiechu. – Stoi pan na rozstaju dróg. Nie wie, którą drogą pójść – oświadczył.

– W takim momencie trzeba się zatrzymać. Bieganie w kółko nic nie da. – Żwirek skrzyżował nogi.

Po chwili milczenia Meyer zapytał:

– Czym się właściwie panowie zajmują?

Rumiany z medalionem wstał i otworzył drzwi sąsiedniego pokoju. Meyer poderwał się zdezorientowany. Zrozumiał, że ma iść za nim. „Wewnętrzny gabinet", jak go określili, niewiele się różnił od poprzedniego. Wersalka, ława, dwa fotele. Na ścianie ogromny obraz Matki Boskiej w złotych ramach.

– Tutaj odprawiam egzorcyzmy – zakomunikował z dumą Muchomor i wskazał wygryziony przez myszy czy mole dywanik koloru nieokreślonego. – Wczoraj miałem pacjentkę, z której wyganiałem silnego demona. Opierał się, zwymiotował tutaj.

Rzeczywiście na dywaniku była widoczna ciemniejsza plama.

– To typowy objaw. Diabeł nie chciał odejść i zmusił owładnięte nim ciało do tego, by zwróciło obiad.

– Aha – wydusił z siebie Meyer i wrócił do pokoju. – A pan? Człowiek ze smokiem w milczeniu wpatrywał się w profilera.

– On? Wykonuje amulety i talizmany. Jest astropsychologiem.

– Kim?

– Astropsychologiem. Pomagamy zagubionym, chorym, opętanym, którzy znaleźli się na zakręcie życia. Ferdynandzie, azaliż dobrze się wyraziłem?

– Wybornie to ująłeś, Feliksie. Dokładnie takim ludziom jak pan. – Żwirek wskazał zdezorientowanego Meyera.

– Owszem, aby udowodnić, że nie jesteśmy gołosłowni, pokażmy panu.

– Masz całkowitą słuszność.

– Terapia nie jest groźna, nie zaszkodzi – zawczasu uspokoił gościa Żwirek.

– Wspomaga wiarę. Jeśli człowiek traci poczucie sensu, może go dosięgnąć niemoc. Popełnia błędy, a konsekwencje przekroczą jego najśmielsze obawy – dokończył Muchomor i wystawił spod biurka nogi obute w gumowe klapki z bazaru.

Meyer chciał uciekać. W co ta Ewa go wrobiła!

– Może pan teraz wyjść, jeśli pan tego chce – zaskoczył go Muchomor.

– Ale wtedy nic nie wyjdzie z pana śledztwa – dodał Żwirek.

Muchomor: – Tajemnica tkwi w tym znaku. To klucz. Także do pańskiej historii.

– Zwłaszcza do pańskiej – dodał jego wspólnik.

Meyer siedział jak sparaliżowany. Skąd oni to wszystko wiedzą? Czy ja mam wypisane na twarzy, że...? Czy oni zobaczyli zdjęcie? Może się odchyliło i podejrzeli.

Muchomor wziął do ręki stos karteczek i pokazywał je Żwirkowi. Ten kręcił lub kiwał głową na znak zgody. Niektóre odkładali na stosik, resztę trzymali w rękach. Przy jednej wymieniali się poglądami.

– Ja bym tak tego nie określił, raczej ceni indywidualność. Samotność to jedynie skutek.

– Ale jest samotny! – upierał się Żwirek. – To nie ma znaczenia, że są wokół niego ludzie. Samotny i źle mu z tym.

– Dobrze, dajmy mu obie. Niech sam oceni, która do niego pasuje – odrzekł Muchomor.

Rozłożyli przed Meyerem wachlarz wybranych kart. Na każdej z nich znajdowało się kilka cech.

– To według nas odzwierciedla stan pana duszy, ciała i życia. O to powinien pan zadbać, a tego unikać. Tego pan pragnie. To jeszcze nadejdzie.

Hubert wpatrywał się w kartoniki. Czuł się kompletnie zdominowany. Nie, oni nie są ludźmi. To przybysze z obcej planety, którzy jedynie podają się za ludzi. Może zapuszczają niewidoczną sondę w powietrze i zaglądają do mojej głowy? Może zgadują? Nie, to najzwyklejsi oszuści. Ale ich głosy, sposób bycia, wyrażania myśli i patrzenia nie pasują do ich absurdalnego ubioru i tego wnętrza. Meyer bił się z myślami.

W końcu postanowił zaryzykować – podda się kuracji. Zresztą umierał z ciekawości, co ci dwaj szaleńcy dla niego wymyślili.

– Nie panujesz nad swoim życiem. Bałagan. Zagubienie.

– Zła decyzja w przeszłości. Ponosisz jej konsekwencje, od których próbujesz nieudolnie uciec.

– Nieprzystosowanie społeczne. Niemożność pracy w grupie.

– Niespełniony indywidualista.

– Samotny, niezrozumiany.

– Problemy z krążeniem. Uwaga na serce.

– Skłonność do nałogów.

– Wychłodzenie emocjonalne, brak wiary w lepszą przyszłość.

– Zamykanie się w sobie, uciekanie w wyimaginowany świat.

– Fascynacja złem.

– Poczucie straty.

– Otaczają cię ludzie, którym nie ufasz.

– Oręż, którego używasz do walki, jest trafny, lecz uważaj na swój miecz. Możesz od niego zginąć.

– Potencjał twórczy. Rozwój przez całe życie. Liczne metamorfozy.

– Szczęście w miłości. Ale właściwa osoba pojawi się w drugiej połowie życia.

– Ambicja i konsekwentne dążenie do prawdy.

– Praca daje ci satysfakcję, czyni wolnym. Lenistwo to twoja trucizna. Działanie daje siłę.

– Monogamista. Zbyt wiele płytkich związków rozbija cię, sprawia, że wątpisz.

– Działanie na własny rachunek – to dla ciebie wyjście. Żadna korporacja, nie znosisz hierarchii. Sukces w drugiej połowie życia.

– Przyjemności: praca i spędzanie czasu z rodziną.

– Unikaj sportów ekstremalnych.

– Brak elastyczności. Twój skostniały konserwatyzm obraca się przeciwko tobie.

– Problemy z pieniędzmi. Nie uważasz ich za istotne, by dla nich żyć. Błąd.

Meyer przeczytał to i poczuł suchość w gardle. Chwycił plik kart, które odrzucili. Mogli wybrać zupełnie inny zestaw, a wybrali akurat te. Dokładnie te, które pasowały do niego jak ulał. Kochał swoją pracę, dążył w niej do doskonałości, pragnął miłości na całe życie. A teraz miał poczucie porażki i straty, to odbierało mu siły. No i te sporty? Nie cierpiał balansowania na granicy, wolał spokój, poczucie bezpieczeństwa. Kiedy raz pojechał na narty, złamał nogę. Wyprawa łódką po jeziorze skończyła się wywrotką i omal się nie utopił. Pieniądze są narzędziem, a nie celem samym w sobie. Tak, dokładnie tak uważał.

– Zgadza się? – zapytał Muchomor i podał mu plastikowy kieliszek z brązowym płynem: – To lekarstwo na wzmocnienie wiary.

Meyer odgonił go jak marę.

– Nie!

– Czy drżą panu ręce? – zaatakował Żwirek.

– To akurat nietrudno zauważyć – odpalił Meyer.

– Czy kłuje pana czasem w sercu?

– Czy miewa pan duszności?

– Czy ma pan problemy ze snem?

Zarzucili go pytaniami. Hubert usiadł zrezygnowany.

– Tak. Czy to aż tak widać?

– Nie, wygląda pan świetnie. Proszę wypić – uspokoił go Muchomor. – Nie uśpimy pana. To jedynie wzmacnia. Wyciąg z szesnastu ziół, nasion i kory drzew, dokładnie dopasowane do pańskich problemów. Rozwiąże je pan.

Żwirek: – I to szybko. Właśnie zapoczątkowała się w panu przemiana. Osiągnie pan absolut.

Meyer przełknął gorzki płyn. Było go niewiele, zaledwie łyk.

– Możemy teraz pomówić o tym znaku? Czy panowie go znają?

Muchomorek, wpatrując się w tatuaż na zdjęciu: – Ta osoba nie żyje?

Żwirek: – Została zamordowana?

Profiler w odwecie postanowił wyprowadzić ich w pole i przy okazji sprawdzić skuteczność ich zgadywanki.

– Popełniła samobójstwo.

Muchomorek: – To możliwe. Dziewiąta runa wzmacnia uczynione zło. Wpędza w poczucie winy. Jeśli człowiek nie zmieni swojego postępowania, dąży do autodestrukcji. Mogła chcieć to zrobić. Nie wyczuwam jednak, by zrobiła to sama...

Żwirek z naciskiem: – Czy ona popełniła samobójstwo?

Muchomorek jak jego echo: – Czy ona naprawdę popełniła samobójstwo?

Żwirek: – Czy to ona? Czy on?

Profiler milczał przez chwilę.

– Dlaczego chcecie to wiedzieć? Nie możecie mi po prostu wyjaśnić, co to oznacza? Co to jest?

Żwirek i Muchomorek stanęli obok siebie jak zsynchronizowani. Hubert poczuł, że zaczyna mu się dwoić w oczach. Mrowienie w opuszkach palców sprawiało ból, jakby podłączył je do prądu. Setka czerwonych mrówek wędrowała po jego karku. Usłyszał tylko jedno słowo, które wwiercało mu się do głowy: Hagalaz.

– Co oni mi dali? – przeklinał się w duchu. – Uśpią mnie, dałem się wciągnąć, jak jasna cholera.

Przez mgłę widział, jak jeden z wróżów wyciąga drewniane wahadełko, a drugi otwiera woreczek z białymi kamieniami, które wysypuje przed zaskoczonym policjantem na blat taboretu.

– Niech pan patrzy tutaj i skupi się na tej nieszczęśnicy, u której znalazł pan taki tatuaż – powiedział Muchomorek, a Żwirek wzniósł ręce nad kamienie.

Spomiędzy jego palców zwisał teraz sznurek z kawałkiem drewienka, który nazywali wahadełkiem. Z zamkniętymi oczami poruszał nim nad każdym z kamieni – raz w prawo, raz w lewo. Potem przestawał. Profiler czuł, że obraz zaczyna drgać, czuł się tak, jakby był pijany.

Kiedy chude dłonie Żwirka zawisły w powietrzu nad znakiem dziwacznej litery H – tatuażu Niny Frank – wahadło zaczęło się kręcić w kółko. Meyer miał wrażenie, że samo wykonuje ten ruch, że jegomość ze smokiem na klapie nic nie robi w tym kierunku. Trudno mu było w to uwierzyć. Pocieszał się, że jest pod wpływem jakichś środków i dlatego widzi to, co widzi.

Wtedy Muchomor odchrząknął i zaczął patetycznie recytować:

– Pasowaliśmy do siebie jak dwie połówki zgniłego jabłka albo jeden twardy i nieczuły kamień przecięty na pół i na chwilę złożony dla zmyłki.

Rozdział 21
Mefisto i uczennica

"Korzystaj z każdej okazji, by poskakać na trampolinie"

Pasowaliśmy do siebie jak dwie połówki zgniłego jabłka albo jeden twardy i nieczuły kamień przecięty na pół i na chwilę złożony dla zmyłki. Wiesz, jak to jest, kiedy człowiek jest zakochany. Gada od rzeczy, rymuje, kolory stają się intensywniejsze, zapachy odurzają. I nawet jeśli rozstawaliśmy się na chwilę, bo drzemiące w nas siły wciąż rodziły burze, zmieniało się tylko niebo nad nami. Nie spotkałam nigdy więcej mężczyzny, który całym swoim organizmem tak pasowałby do mojego. Zlewał się ze mną w całość. Nie chodziło o wygląd – był zwykłym, grubo ciosanym, łysiejącym facetem – ale o zapach i aurę. Jego uśmiechowi towarzyszył niepokój przed nadejściem czegoś strasznego, a przyjemności miały mdły posmak krwi. Zło, które wspólnie wyzwalaliśmy, niegroźne dla nas, zapowiadało złowrogi koniec dla wszystkich wokół.

Mistrz mówił, że miłość zaatakowała jego i Małgorzatę tak nagle, jak morderca z ciemnego zaułka dopada bezbronną ofiarę. Tak samo było z nami. Podczas tej pierwszej wspólnej podróży zadałam sobie w myślach pytanie: Czy mogłabym być z tym mężczyzną?

Nie! – odpowiedziała moja podświadomość. I powinnam była jej posłuchać. Ale stało się inaczej.

Mijały miesiące, a żywioł ognia, który wspólnie podsycaliśmy, nie gasł. Dowiadywałam się o nim rzeczy strasznych, a on obserwował, jak gubię kolejne męskie serca i z uśmiechem nabijam na szpileczki, po czym wkładam do puzderka niczym suszone kwiaty do zielnika. Wiedziałam, że w jego chorym umyśle to była zaleta, nie wada. A sam? Pojawiał się i znikał. Nie interesowały go moje poglądy, przeszłość ani marzenia. Przysypiał, gdy mówiłam z zapałem o swojej dorywczej pracy modelki. Moje marzenia go śmieszyły, miał je za mrzonki. Nie wpuszczał mnie też do swojego świata – pieczołowicie stawiał mur nie do pokonania, choć cierpiałam i rwałam włosy z głowy. Z czasem musiałam zaakceptować wszystkie jego dziwactwa i zrozumiałam, że w sumie taki układ mi odpowiada. Wmawiałam sobie, że to cena wolności, na którą żaden inny by mi nie pozwolił. Skąd miałam wiedzieć, że to nie wolność, ale więzienie? I dobrowolnie wchodzę do obstawionej przez strażników twierdzy, z której można wyjść tylko po śmierci.

Wtedy, gdy zabrał mnie zmokniętą z drogi, nie trafiliśmy do łóżka. Ani miesiąc później. Stosował metodę głaskania i kopania kotka na przemian. Bardzo systematycznie kupował moją fascynację. Podróżami, przedmiotami, znajomościami. Co za głupiec powiedział, że pieniądze szczęścia nie dają. Stan konta dawał siłę, której pragnęłam. Dostrzegł we mnie plastyczny materiał i postanowił samemu ulepić z niego postać. Dla niego to była tylko frajda, a ja się temu poddałam. W zasadzie to on mnie fizycznie stworzył. Wyszczuplił tam, gdzie trzeba, poprawił, wyrzucił do śmieci te fragmenty życiorysu, które uważał za zbędne. Stwierdził, że blond jest banalny, i tak narodziły się moje czarne włosy czarownicy. A kiedy bezpowrotnie zniknęła Aga i narodziła się Nika, rozpoczął ofensywę na moją duszę i bezwstydnie mi ją podkradł. Zrobił to tak podstępnie, że choć widziałam, jak po nią sięga, nie powstrzymywałam go – sama tego pragnęłam. Wiedziałam, że nigdy ponownie nie wejdę do strumyka niewinności, a przed sobą miałam rzekę, którą mogą okiełznać tylko nieliczni. Chciałam być jednym z tych śmiałków, którzy płyną jej prądem, żonglując namiętnością jak kolorowymi piłeczkami w cyrku. Zgoda na bycie jego kochanką była transakcją judaszową, ale nie zawahałam się sprzedać za marne trzydzieści srebrników mojej bezwartościowej duszy. Uznałam władzę silniejszego. Ale po kolei.

– Chcę lusterko – zażądałam, gdy zdjęli mi opatrunek.

Pielęgniarka i lekarz spojrzeli po sobie.

– To nie będzie zbyt piękny widok – ostrzegali.

– Proszę o lusterko – powtórzyłam stanowczo, z trudem panując nad bólem. Zobaczyłam swoją napuchniętą, czerwoną twarz i szybko oddałam zwierciadło stojącej obok kobiecie.

– Ale będzie lepiej? – spytałam.

Kiwnął swoją kwadratową głową. Odwrócił się w moim kierunku, a w jego oczach pojawił się uśmiech.

– Za dwa tygodnie – odrzekł.

Właśnie wchodził w życie jego plan tworzenia mnie. Miałam już nowe, przedłużone włosy i za każdym razem, gdy patrzyłam w swoje odbicie, wydawało mi się, że jestem w peruce. „Zaostrzymy ci rysy twarzy" – postanowił, więc od najlepszego chirurga dostałam nowy nos oraz silikonowe kształtki, mające podkreślić kości policzkowe. Potem kolej na usta.

– Trzeba je nieznacznie powiększyć, zwłaszcza górną wargę – skomentował.

Dalej urosły piersi, tłuszcz odessał się z ud. Nie zgodziłam się tylko na wyjmowanie żeber.

– Moja talia jest w porządku – powiedziałam.

Znudzony oblizał wargę. Jego język był szorstką, wydłużoną tarką w kolorze burgunda. Gdy On był szczęśliwy, miałam wrażenie, że ten język rozdwaja się na pół. Nie cierpiał, gdy zmuszałam go do wystawiania go z ust i głęboko analizowałam pooraną płaszczyznę, dotykając go delikatnie ustami. Do dziś nie wiem, dlaczego był tak fizycznie inny niż wszyscy. Miał jeszcze więcej takich zagadkowych znamion, które utwierdzały mnie w przekonaniu, że sypiam z samym diabłem.

– Masz rację. Zresztą to drożyzna – dodał.

Makijaż permanentny był tylko ozdobnikiem. Patrzyłam na świat oczami w kształcie migdałów.

W tych zmianach brał pod uwagę moją opinię, ale ja i tak zgodziłabym się z nim we wszystkim. Wiedziałam, że nie zrobi ze mnie Pameli Anderson. Po pierwsze – miał gust, a po drugie – tworzył całkiem nową jakość, nie kopię. To on wymyślił mi też imię: Nina. Poważne, kobiece, fatalne – wyjaśnił. Pozwolił na przyjęcie nazwiska panieńskiego matki. Frank spodobało mu się, bo było tak cudownie zwykłe, a jednocześnie szlachetne.

Teraz spytasz, co miał w zamian, skoro zainwestował we mnie niebagatelne sumy? Przecież seks nie jest tutaj wyjaśnieniem, a taki facet nic nie robi z altruizmu. Empatia też jest mu obca. Racja, już ci wyjaśniam.

Byłam oczywiście jego maskotką, z którą pojawiał się na spotkaniach i z którą zwiedzał świat. Podniecało go, że mnie rozpoznają z reklam proszku do prania. Rozpierała go duma, gdy wypinałam kształtny biust, opalając się toples na sardyńskiej plaży. Ale było coś jeszcze: ja naprawdę w niego wierzyłam, wielbiłam go, byłam uzależniona od seksu z nim. No i pasowałam do każdej jego koszuli, odkąd stałam się jego własnością.

Jeździliśmy na wakacje, turnieje tenisa, snuliśmy się po polach golfowych, wygrzewaliśmy przy ekskluzywnych basenach. Po tych wszystkich przygodach Warszawa przestała już wydawać się wielka. Kiedy wracałam z Paryża, Nowego Jorku czy Bangkoku, Okęcie było niewielkim kurnikiem.

Słabo mówił po angielsku, więc byłam jego tłumaczką. Tolerował moje kaprysy z modelingiem, choć nie traktował tego poważnie. Liczył pewnie, że kiedy się zestarzeję, życie samo zweryfikuje moje marzenia. On chciał mnie mieć, a stan posiadania traktował bardzo poważnie. Tak jak otaczał się luksusowymi meblami, tak samo traktował mnie. Nie mogłam mieć rys czy wad konstrukcyjnych. Był kompletnym świrem i kręciło mnie to.

Wynajął mi mieszkanie w apartamentowcu, który wyrósł pomiędzy blokami z wielkiej płyty, i wpadał do mnie wieczorami. Gotowałam mu i piliśmy wino, a potem się kochaliśmy. Był moim sponsorem, tak to chyba nazwali dziennikarze. Nigdy nie powiedział, że mnie kocha, ale ja w uniesieniu czasem mu to wyznawałam. Doskonale zdawałam sobie sprawę, że na niektóre przyjęcia nie może mnie zabrać, bo musi się tam pojawić z żoną. Też miała własną firmę i była zadbaną bizneswoman. Przyjaźnili się, ale układ był prosty: seks tylko na zewnątrz związku.

Chodziłam na castingi i uparcie marzyłam o aktorstwie. Ćwiczyłam dykcję, trenowałam kwestie w domu, przed telewizorem. Skończyłam trzymiesięczny kurs aktorski, a moje zdjęcia znalazły się w wielu agencjach. Wciąż jednak grałam tylko w reklamach piwa albo płynu do mycia naczyń. W filmie byłam jedynie statystką lub dublerką nagich scen, kiedy gwiazdy nie chciały pokazywać swoich cellulitowych pośladków. Po dublach w filmie, gdzie wynurzałam z wody swoje opalone wdzięki, uwierzyłam, że któregoś dnia dostanę rolę, choćby epizod, który otworzy przede mną wrota kariery.

Wieczorami czekałam. Całymi godzinami wpatrywałam się w zielony wyświetlacz telefonu i hipnotyzowałam go, by ożył. Czasem się udawało. Mówił wtedy, żebym się pakowała, bo rano jedziemy do Berlina, albo zmuszał mnie słodkim basem, żebym to ja wyznała, że dziś jestem zmęczona. Wtedy on dobrotliwie się zgadzał:

– To ja poczytam gazetę.

To był nasz kod, który znaczył, że on ma swoje sprawy i się nie zobaczymy. Kiedy byłam grzeczna, nagradzał mnie seksem. A czasem nie kochał się ze mną tygodniami – mówił, że wyjeżdża na narty, i po prostu znikał. Były też dni, że nie wychodziliśmy z łóżka. Przyzwyczaiłam się do pewnego standardu życia i tego, że pieniądze nie stanowią problemu. Zresztą nie potrzebowałam zbyt wiele gotówki. Apartament, w którym mieszkałam, był jego inwestycją za plecami żony. Płacił wszystkie moje rachunki, nawet kiedy przyjeżdżał na kolację, przywoził produkty. Raz zażartowałam, czy boi się, że go otruję, i dlatego nie pozwala mi robić zakupów. Wściekł się, rzucił talerzem o ścianę i musiałam go błagać, by mi przebaczył.

Gdy interesy szły mu dobrze, obdarowywał mnie prezentami. A zwykle szły świetnie. Imponowało mi, że jest typem zdobywcy. Miał ustosunkowanych, przeraźliwie nudnych przyjaciół. Zabiegał o ich względy, opowiadając rubaszne dowcipy w restauracjach, ignorował przegranych i idealistów. Czasem przychodzili do nas jacyś biznesmeni i zmuszał mnie do prowadzenia z nimi gry. Widziałam, że sprawia mu przyjemność, gdy na jego oczach uwodzi mnie właściciel fabryki zakrętek albo potentat wody mineralnej. Kiedy goście zbierali się do wyjścia, robił scenę zazdrości. Tylko po to, by podgrzać atmosferę i w końcu pogodzić się ze mną w sypialni.

Czasem w nieskończoność kazał mi przewijać reklamy z moim udziałem i pouczał, jak mam mówić daną kwestię. Wstydziłam się, a on wiedział o tym. Po prostu mnie dręczył.

Gdy miał dobry dzień, rozpływał się w komplementach. Uwielbiał, gdy mówiłam rower – twierdził, że moje „r" go podnieca i nawet wymyślił erotyczną zabawę. Siedział ze słownikiem na kolanach i mówił słowo z „r", a ja powtarzałam i zdejmowałam jakąś część garderoby. Kiedy byłam już naga, musiałam wymyślić całe zdanie zawierające tylko słowa z „r" i jeśli zrobiłam to zadowalająco, całował mnie lub dotykał, jeśli nie – bił.

Nie zawsze ta gra kończyła się seksem. Gdy miał kaprys, po prostu stwierdzał, że jestem beznadziejna, i wychodził z mieszkania, zostawiając mnie samą, nagą i wściekłą. Pierwszy raz byłam kompletnie zdruzgotana. Czekałam, aż wróci. Ale oczywiście nie odbierał telefonu. Nie mogłam zasnąć, płakałam do rana.

Zamiast się buntować, doszłam do wniosku, że muszę dopracować moje „r" albo ubrać się bardziej ponętnie. I przez trzy dni prosiłam, by dał mi jeszcze jedną szansę. Zgodził się łaskawie. Ale potem sytuacja z wyjściem spodobała mu się – lubił, gdy go błagałam, korzyłam się przed nim, więc powtarzał to wiele razy. Najgorsze, że nigdy nie wiedziałam, co było nie tak. Doszło do tego, że panicznie bałam się naszej gry w „rower". Któregoś razu właśnie tak wyszedł, leżałam zdruzgotana, słuchając Patricii Kaas, gdy po chwili otworzyły się drzwi wejściowe – wrócił! Nie był sam, towarzyszył mu jakiś staruch w sweterku w serek. Zaskoczona zaczęłam zbierać porozrzucane części garderoby i wstydliwie zakryłam się sukienką.

Patricia śpiewała: *If you go away. If you go... I will understand. If you stay, if you stay... I must go...* Akompaniująca jej niepokojąco trąbka drażniła moje zmysły i wyciskała z oczu łzy.

– Darkowi podobał się twój „reporter", jest w nim aż trzy „r" – rzucił z uśmiechem i wyciągnął do mnie dłoń. Podeszłam zapłakana, a on zamiast chwycić mnie za rękę, zabrał mi ten kawałek materiału, którym osłaniałam swoją nagość. – Dlatego Darek wyznaczy ci dziś karę lub nagrodę zamiast mnie – dodał.

Odwróciłam się obrażona, ale musnął mnie delikatnie po plecach. Zamarłam w oczekiwaniu.

– Rusałko, wiesz, że to tylko zabawa. Nie bądź dzieckiem – zachrypiał i podniósł moje włosy, po czym ugryzł w kark. – Ja zacznę, a on skończy.

Spojrzałam ze złością na starucha, który prędzej miał na imię Józef albo Leon, a na pewno nie Darek. Ale jemu nie byłam w stanie niczego odmówić. Kiedy wyjął z kieszeni jedwabny szalik i zawiązał mi oczy, poddałam się.

– Będziesz zgadywać – powiedział chrapliwym szeptem i poczułam na sobie zimne ręce starca. Z trudem powstrzymałam wymioty. Już więcej nigdy nie graliśmy w „rower" tylko we dwójkę. Przyprowadzał mężczyzn, czasem kobiety. Kręcił z tych zabaw małe filmiki i nigdy mi ich nie pokazywał. Mówił, że kiedy mnie nie ma, ogląda je sobie i podziwia mnie na ekranie.

Znał mnie lepiej niż ja sama siebie. Czytał we mnie jak w otwartej księdze. Oczywiście wciągnęłam się w jego gry. Dołączał się do nas lub po prostu patrzył. Mówił, że jestem piękna dopiero na tle, błyszczę, gdy jestem w centrum uwagi, niczym prawdziwa gwiazda. Czułam, że szydzi z moich marzeń o aktorstwie. I bolało mnie to, ale co miałam zrobić. Kochałam go.

Często po takiej sesji w ogóle nie odbierał telefonu. Przysyłał za to całe kosze kwiatów. Tłumaczyłam sobie, że o mnie myśli i pamięta. Zdarzało się, że wysyłał po mnie taksówkę, a na bankiecie okazywało się, że go nie ma. Miałam sama wybrać odpowiedniego partnera, czasem dwóch, uwieść ich i przywieźć do domu. Wiedziałam, że będzie na nas czekał w fotelu ze szklaneczką whisky. Albo będzie zadowolony, albo ich wyrzuci za drzwi i zrobi aferę, jakbyśmy byli mężem i żoną. Był nieprzewidywalny, nieobliczalny. Wszystko, co się z nim zdarzało, było ekstremalnie chore.

Kilka miesięcy tak mnie „wychowywał", aż w końcu zrozumiałam, że żąda ode mnie inicjatywy. Robiłam mu więc perwersyjne niespodzianki, a oczy błyszczały mu szelmowsko i miałam wrażenie, że w myślach szepcze wyznania miłości. Słyszałam je, nawet jeśli akurat pieścił cycki innej.

Starałam się mu dorównać i byłam coraz lepsza. Sama zaczęłam wybierać tych, którzy zagrają z nami w „rower" albo „ciuciubabkę". Fingowałam ataki zazdrości i biłam sprowadzone przed chwilą dziewczyny. Groziłam mu nożem, tłukłam talerze. Wykręcałam numer na policję i udawałam śmiertelne przerażenie, kiedy wyrywał gniazdko telefonu ze ściany. W nagrodę udawał, że mnie gwałci, i było mi najcudowniej na świecie.

– Która godzina? – zamruczał któregoś ranka sennie, przytulając mnie i gładząc delikatnie moją pierś. Całą noc był wyjątkowo kochany. Może dlatego, że poprzedniego wieczoru zrzuciłam ze schodów prostytutkę, którą zamówił. A potem dobijał się do nas jej opiekun i musiałam mu oddać połowę mojej pensji hostessy.

– Nie wiem – odpowiedziałam. – Pić mi się chce. Strasznie dużo tego wina wczoraj.

– Byłaś w Amsterdamie, zboczku? – spytał, gwałtownie przyciskając moje pośladki do swojego łona. Poczułam, że się budzi.
– A co? – odmruczałam. – Aaa – zawyłam, bo gwałtownie wszedł we mnie.

Po chwili jednak ból zamienił się w błogość i odpłynęłam. Skończył po kilku minutach w całkowitym milczeniu i zaraz wstał.

– Szykuj się. Wyjeżdżamy pod koniec tygodnia. Mam dla ciebie niespodziankę – powiedział i wszedł do łazienki. Wiedziałam, że nie zobaczymy się do dnia wyjazdu. Posmutniałam, przekręciłam się na drugi bok. Wyszedł bez pożegnania.

Kiedy lecieliśmy samolotem, pomyślałam, że czuję się już zmęczona nim i jego perwersjami. Dokąd to prowadzi? Gdzie jest granica? – pytałam siebie. Łapałam się czasem na tym, że chciałabym się normalnie przytulić. Popłakać, że znów mnie nie wzięli do tej roli. Ale nie miałam na niego żadnego wpływu. Owszem, czasem był jak balsam, ale tylko wtedy, gdy sam miał na to ochotę. Wszystko, co się działo, było pod jego dyktando. Żeby teraz polecieć z nim do Holandii, musiałam odpuścić dwa castingi. Ale wiedziałam, że z jakiegoś powodu bardzo mu na tej wyprawie zależy. Zastanawiałam się, co by było, gdybym się zbuntowała. Albo odeszła?

Coraz częściej pojawiała się refleksja: Przecież tak dłużej nie da się żyć! I jednocześnie przerażała mnie samotność. Bo choć on się mną bawił, ja naprawdę byłam zakochana. Miałam jakieś znajome – żony czy kochanki jego przyjaciół. Wszyscy oni uważali go za zwykłego, średniej klasy biznesmena, który ma żonę i kochankę na boku. Jak prawie każdy. Nie mogłam się nikomu zwierzyć, wyżalić. Nie miałam też własnego świata. Wszystko było związane z nim.

Zapowiedziany wcześniej wyjazd nie różnił się niczym od innych – on robił biznesy, ja biegałam po sklepach, a potem czekałam w hotelu, wertując magazyny. I nagle któregoś popołudnia, dwa dni przed powrotem do Warszawy, nagle wpadł do mojego pokoju, otworzył szafę i zaczął czegoś szukać w moich rzeczach. Rzucił na łóżko bieliznę, buty i sukienkę – zrozumiałam, że gdzieś idziemy. Potem ukląkł i schował twarz pomiędzy moimi kolanami. Zaniepokoiłam się.

– Nika, pamiętasz, kiedyś mówiłaś, że jesteśmy dla siebie stworzeni?

Patrzyłam na niego szeroko otwartymi oczami i zastanawiałam się, co to za nowa gra. Nie był sobą. On nie był miękki! Co kombinuje?

– Seksualnie tak.

– Dalej tak uważasz?

Pogładziłam go po głowie jak chłopca i odpowiedziałam:

– Nienawidzę cię i kocham jednocześnie. Wiesz przecież.

Podniósł głowę i w oczach zobaczyłam znów diaboliczny błysk. Czekałam, co się zdarzy, i bałam się – tego jeszcze nie było.

Dlatego zdziwiłam się, kiedy wsiedliśmy do taksówki, a on z zamkniętej dłoni przekazał mi szary kamień.

– Normalni ludzie, jeśli chcą poślubić kobietę, dają jej pierścionek – zaczął niskim tonem. – My nie jesteśmy normalni. Ty jesteś jak ja. Jesteś mną – roześmiał się i spojrzał na taksówkarza, który z pewnością nie rozumiał ani słowa po polsku. – Któregoś dnia przerośniesz mnie, uczennica pokona mistrza. Nikt inny nie był mi bliższy niż ty.

Szeptał mi wyznania miłości, ale ja pozostawałam nieufna. Czułam, że to zwód, zmyłka, kolejne oszustwo. Ale jednocześnie przytulałam się do niego. Tak bardzo chciałam w to wszystko uwierzyć!

– Proponuję ci małżeństwo, Niko.

– Przecież już jesteś żonaty.

– Wyjdziesz za mnie? – upierał się.

– Ale najpierw, w dowód miłości, muszę zabić twoją żonę? – próbowałam żartować.

Byłam czujna i napięta. Bałam się, że za chwilę, gdy ja się odkryję, on mnie nikczemnie upokorzy.

– Nie musisz. To nie będzie zwykły ślub. – Pochylił głowę i wyszeptał mi do ucha słowo w jakimś obcym języku. Brzmiało z celtycka, jak zaklęcie.

– Tak – rzuciłam szybciej, niż pomyślałam. Otworzyłam dłoń i spojrzałam na kamień, który mi wręczył. Dopiero wtedy zobaczyłam wygrawerowane na nim trzy małe kreski tworzące literę H. Pałeczka łącząca pionowe linie była ukośna – z prawej na lewą stronę.

– Hagalaz – powiedział. I otwierając drugą dłoń, dodał: – Tiwaz.

Jego kamień był identyczny, różnił się tylko znaczkiem – to była strzała. Patrzyłam na to i próbowałam odgadnąć. Tiwaz i Hagalaz. Co to znaczy? Jakieś czary. Zbladłam i poczułam, że drżę. Przed oczami miałam jakąś sektę, a on wiezie mnie do starego domu, gdzie na czarnym ołtarzu złoży w ofierze kilkunastu napalonym zboczeńcom.

Śmiejesz się? Przysięgam, tak właśnie myślałam.

Wtedy przysunął swój kamień do mojego i okazało się, że pasują do siebie. „Jeden twardy i nieczuły kamień przecięty na pół i na chwilę złożony dla zmyłki" – roześmiałam się i pocałowałam go. Uwierzyłam mu naprawdę. Chciałam wierzyć i słuchać, gdy mówił:

– To, co stare, puść w niepamięć. Zacznijmy od nowa. Stańmy się jednością.

Czułam, że po policzku spływa mi łza, a on scałował ją i szepnął:

– Czy ty jesteś na to gotowa? Możesz zostawić wszystko tak, jak jest. Bez zmian. Zdecyduj sama, zrozumiem.

Rozdział 22
Hagalaz i wariatka

*"Jeden człowiek albo jedna myśl wystarczy,
by zmienić twoje życie na zawsze"*

– Czy jesteś na to gotów? Możesz wyjść, nie słuchać. Zostawić wszystko tak, jak jest. Bez zmian – powiedział Muchomor, kiedy przedstawienie się skończyło.

Meyer odzyskał już dawną ostrość spojrzenia i czucie w rękach. Ciarki zniknęły. Czuł się niezwyczajnie, jakby wstąpiły w niego nowe siły i, jak by to określić... Świeżość? Tak, czuł się świeży, jak nowo narodzony.

Żwirek i Muchomor, podając mu tajemniczą miksturę, otumanili go na tyle skutecznie, że odizolował swój mózg od skotłowanych myśli i zatopił w błogostanie nieświadomości. Kiedy wrócił do siebie, wiele rzeczy nagle stało się jasnych i prostych. Zrozumiał: musi zmienić kąt widzenia! Popełniałem błąd, patrząc na nią z boku, wyrzucał sobie. Dopiero teraz otworzyłem oczy, myślał.

Rozgrzebywanie sekretów Niny Frank już od jakiegoś czasu zaczęło mu sprawiać przyjemność. Teraz musi uwierzyć w te wszystkie bujdy i zaufać kosmitom. Nika Frank właśnie tak by zrobiła. Nie ma innego wyjścia, jeśli chce odtworzyć sposób jej myślenia, działania. Spróbować zbliżyć się do jej życia i zbadać, jakimi wydarzeniami, traumami i emocjami je wypełniła. Wtedy zrozumie, co czuła, gdy otworzyła mordercy drzwi i znalazła się z nim sam na sam. A kiedy będzie to wiedział, odpowie na trzecie, kluczowe pytanie: „Kto zabił?".

Dlaczego wzięła leki? Bibliotekarka twierdzi, że była bliska samobójstwa. Ile osób było feralnej nocy w tym domu? Doktor Żurek zidentyfikował odciski palców należące do czterech mężczyzn. Każdy z nich pojawił się u niej. Po co? Wiadomo już, że więcej osób ucieszyłoby się ze śmierci aktorki, niż po niej płakało. Dlaczego? Meyer nie wierzył w przeznaczenie, ale wygląda na to, że śmierć była jej pisana tej nocy. Czy to możliwe, by każdy z nas miał zabukowane czas i miejsce zgonu? Czy istnieje życie pozagrobowe? Kiedy rozmowy schodziły na takie tematy, Hubert wcześniej zawsze wybuchał śmiechem.

– Jutra nie ma – kwitował i nie zagłębiał się w egzystencjalne rozważania. – Liczy się tylko tu i teraz.

Ale po występie Żwirka i Muchomora zwątpił we własną teorię „jutra". Odkrycie innych wymiarów, które do tej pory były tajemnicą i prędzej przejawem choroby psychicznej niż dowodem na ezoteryczną prawdę, wprawiło go w entuzjazm. To kompletnie rewolucjonizowało jego światopogląd. Przez chwilę miał wrażenie cofania się w czasie.

Być może dlatego nie zareagował, gdy wróżbita mówił do niego na „ty".

– Możesz wyjść, nie słuchać. Zostawić wszystko tak, jak jest. Bez zmian – powtórzył Muchomor.

– Czy chcesz wyjść? – uparcie powtarzał Żwirek.

A Muchomor uzupełniał:

– Zdecyduj sam. Zrozumiemy.

Meyer wpatrywał się w dwa kamienie z rysunkami strzałki i H, które jako jedyne nie spadły na podłogę w wyniku wyzwolonej przez astrologa energii.

Pokręcił głową.

– Co tu się stało? – spytał. – Czego świadkiem byłem przed chwilą?

Czekał na wyjaśnienia. W żadnym wypadku nie chciał opuszczać tego pokoju. Nie teraz. Miałby wyjść, gdy wiedział jeszcze mniej? Nie. Musi... Chce rozwikłać sprawę śmierci Niki, a ten tatuaż jest tropem. Kluczem do zagadki. Nawet jeśli fałszywym, to fascynującym.

Muchomor: – Ona nie popełniła samobójstwa?

Profiler się poddał.

– Została zamordowana. Szukam jej zabójcy.

Żwirek: – Wiedzieliśmy o tym. Proszę nie pytać dlaczego. To nie magia.

Muchomor: – To umiejętne władanie energią. Ty też masz w sobie moc. Nazywasz ją intuicją. Denerwuje cię, bo nie umiesz racjonalnie wyjaśnić jej podpowiedzi. Ale na szczęście jej słuchasz.

Profiler znów czuł pewność siebie. Wiedział, po co przyszedł, i zaczął mówić. Początkowo głos mu drżał – miał wątpliwości, czy ujawniać tym wariatom, o co mu chodzi – ale nie widział już innego wyjścia. Czuł, że jest mało czasu. Musi się śpieszyć. Skoro oni wiedzą, co to jest Hagalaz, niech odpowiedzą w końcu na jego pytania.

– Ta dziewczyna została zgwałcona, zamordowana i znów zgwałcona szklaną butelką. Morderca zmasakrował jej zwłoki. Tatuaż znaleziono ukryty pod włosami. Był koloru czerwonego, niewielki, o średnicy kilku centymetrów. Co to właściwie jest?

Żwirek: – Dziewiąta runa zwana Grad. A my ją nazywamy po prostu zniszczeniem. Sama w sobie, jak każda runa, ma przynosić dobro. Nieumiejętnie użyta prowadzi do destrukcji, i tylko do destrukcji.

Muchomorek: – Jest symbolem przemiany. Teoretycznie na lepsze. Niszczy stare, by powstało nowe. Likwiduje bezpowrotnie stary porządek. Raz zapoczątkowanego kataklizmu nie da się powstrzymać. Człowiek, któremu runa służy niczym mityczny feniks, musi stanąć w ogniu i odrodzić się z popiołów. Jeśli więc ktoś decyduje się użyć jej mocy, musi się zmienić, przejść metamorfozę. Inaczej zginie. Albo umrze ktoś mu bliski, ktoś bardzo drogi. Ktoś, kogo kocha najbardziej.

Żwirek: – To właśnie Hagalaz, nazywana też Hagla, usuwa to, co słabe, i daje siłę. Jest niebezpieczna, nie można długo korzystać z rezerw jej mocy. Usuwa wszystko, co uważamy za złe. Niech pan pamięta, że nasze myśli mają moc sprawczą. Jeśli używamy jej w niecnych celach, odwróci się przeciwko nam.

Muchomor: – Runy się mszczą. Biorą odwet na złych ludziach.

– Jak to się mszczą? – przerwał wyliczankę Meyer.

Żwirek: – Mszczą się, uświadamiając człowiekowi, któremu służą, że robi źle. Wpędzając w poczucie winy, potęgując wyrzuty sumienia. W ten sposób sami zadamy sobie karę. Autodestrukcja. Samookaleczenie psychiczne. Nikt z nas nie jest z natury zły. Każdy człowiek rodzi się dobry i ma w sobie pierwiastek boski. Jest stworzony na podobieństwo Boga. Ideału.

– Boga? Co ma z tym wspólnego Bóg? – zirytował się Meyer.

Wróżowie pokiwali głowami.

– Boga. Stwórcę, Absolut. On kieruje naszym życiem. Runy tylko wskazują drogę. A człowiek często miewa złe myśli. My, pan, wszyscy myślą czasem źle. Marzą o zadaniu krzywdy. Runy mszczą się za te myśli i za złe uczynki z przeszłości.

– Mogę tutaj zapalić? – zapytał nagle profiler.

Nie był w stanie znieść już tych herezji. Ta wróżbiarska nowomowa doprowadzała go do szału.

Wróżbici spojrzeli na siebie.

– Nie! – powiedzieli jednocześnie, a po chwili postawili przed skonfundowanym psychologiem kryształową popielniczkę.

– Czyli ofiara uświadomiła sobie, że robi coś złego ze swoim życiem? Chciała się odciąć od czegoś? Zmienić?

Żwirek: – Gdyby się zmieniła, byłaby wciąż wśród żywych.

Muchomor: – Dosięgnęła ją zemsta Hagalaz.

– Raczej otworzyła drzwi nie temu człowiekowi, co trzeba – bąknął profiler. – Czy tatuując sobie na głowie coś takiego, mogła znać znaczenie znaku?

Muchomorek: – Ten znak miał zmienić jej życie. Musiała znać Hagalaz. Wiedzieć, czym jest.

Żwirek: – A skąd pan wie, że sama go sobie wytatuowała?

– Przecież nikt nie zrobiłby tego bez jej zgody.

Muchomor: – Może wyraziła zgodę.

– Co pan ma na myśli? – dopytywał się profiler.

Chudy zaczął mówić:

– Użycie pojedynczej runy rzadko się zdarza. Jej energia jest zbyt silna. Zwykle stawia się je w rząd znaków, które wspomagają się nawzajem. Wyczuwam, że ten rząd składał się z dubletu – powiedział w końcu i zaprezentował obok siebie kilka białych kamieni.

Muchomor: – A zwłaszcza Hagalaz, która ma moc bomby atomowej. Przekleństwa. Rozbija dobro, wzmacnia siłę. Jeśli czynisz krzywdę innym, wraca to do ciebie ze zdwojoną mocą.

Żwirek: – To jak rzucanie czaru, przekleństwa, które ostatecznie zabija ciebie. Hagalaz jest jedną z najniebezpieczniejszych run. Żmiją. Działa poza twoją kontrolą. Jak nadajnik. Zbiera energię i przetwarza ją, spełniając marzenie swojego właściciela, któremu służy. Myślisz źle o jakiejś osobie i ta choruje. Myślisz, że ten ktoś ci przeszkadza, Hagalaz usuwa tego człowieka z twojego życia. Na zawsze! Myślisz, że ta sytuacja jest dla ciebie zła – wszystko, co było z nią związane, psuje się, rozpada. Ktoś cię krzywdzi, umiera.

– Sugeruje pan, że runa myśli, podejmuje decyzje? To przecież bzdura.

– Nie wolno bagatelizować jej mocy. Zresztą w tym przypadku tatuaż został wykonany w dobrej intencji.

Meyer ciężko westchnął.

– A skąd panowie to wiedzą?

Żwirek wzruszył ramionami.

– Po prostu wiemy. To był układ idealny. Hagalaz i druga runa, władająca duchem. – Wskazał strzałkę na kamieniu, który leżał obok Hagalaz na taborecie. – Choćby Tiwaz.

– Symboliczna strzała wypuszczona z łuku w locie. Mówi: to się już spełnia. Runa pozwalająca osiągnąć cel poprzez poświęcenie. Niegwarantująca jednak miłości. Odpowiada za męski pierwiastek każdego z nas – wyjaśnił Muchomor.

– Dopiero gdy określimy cel, możemy wybrać właściwą broń do walki z przeciwnikiem i sposób polowania. Tiwaz uczy, jak postępować: określ cel, znajdź sposób, zaplanuj, a dopiero potem działaj. Nie pomieszaj kolejności. Ten, kto wybiera tę runę, wie, że może zginąć w walce o swój cel, ale poświęca się. Nawet własne życie.

Magowie mówili jeden przez drugiego, a profiler coraz bardziej kulił się w sobie. Kulił się ze wstydu. Przed tajemnicami, które istniały w nim. Każdy ma swoje Tiwaz czy Hagalaz, choć nie wszyscy tatuują je sobie pod włosami. Meyer nosił je w sercu, nawet nie zdając sobie z tego sprawy. Słuchał z zapartym tchem. Wszystko układało się w całość. I zaczynał rozumieć.

Hagalaz – dziewiąta runa i Tiwaz – o numerze siedemnaście w połączeniu dają osiem, czyli sławę. Gwarantują moc ciała i duszy. Stwarzają ideał. Para, która zdecydowała się na ten układ mocy, mogła żyć pełnią szczęścia, radości, osiągnąć godność, wszystkie przywileje i nagrody. Osoba nosząca znak Tiwaz, poświęcając się, łagodziła działanie niebezpiecznej Hagalaz. Tych dwoje po cierpieniach, łzach, kłótniach tworzyło nową jakość. Pełnię miłości. Hagalaz spaliłaby, co było złe, i zapoczątkowała wielką radość. Ale z jakichś przyczyn do tego nie doszło.

Niebezpieczna energia obu staroceltyckich znaków odwróciła się przeciwko nim. Bo rozdzielone działają jak nietrwała nitrogliceryna. Jedno małe, ale gwałtowne poruszenie fiolki powoduje wybuch. W tym przypadku niszcząc, spalając na popiół, dążąc do autodestrukcji każdej z osób. W zapisach archiwalnych znaleziono, że najdzielniejsi wikingowie nosili na piersi wizerunek Tiwaz, a ich kobiety Hagalaz. Ogień nie strawi nigdy ziemi, spalona ziemia zaś zawsze się odrodzi i ogień może z niej czerpać. Kiedy splatali się w miłosnym uścisku, wymieniali się swymi mocami. Skandynawowie wierzyli, że taki zrównoważony układ gwarantuje nieśmiertelność i wieczną młodość. Trudno dziś oceniać, czy mieli rację. Być może tak. Ale prawdą jest, że nie dożywali sędziwego wieku. Ginęli w walce. Szli do boju, wiedząc, że zginą. A kiedy ciemną stronę przekraczał wojownik z Tiwaz, jego kobieta popełniała samobójstwo. Często wcześniej traciła zmysły. Jeśli nie targała się na własne życie, mieszkańcy osady, a brała w tym udział także jej rodzina, sami ją zabijali. Wyjmowali jej serce i piekli je na ognisku. Zjadali je po kawałku. Wierzyli, że otrzymują w ten sposób uzdrawiającą moc Hagalaz. Odprawiali przy tym rodzaj egzorcyzmu, prosząc bóstwa, by zabrały naznaczoną kobietę w otchłań niebytu. Bali się nieograniczonej mocy Hagalaz. Mieli te kobiety za rodzaj wiedźm, duchów w ludzkiej skórze. Uwolnione, jak wampiry, mogły czynić krzywdę i sprowadzić klątwę na kilka pokoleń. Badacz runicznych znaków Greg Pascal O'Brien podaje, że tylko jednej udało się uciec i przeżyć. Miriada, poraniona, z odciętą lewą piersią, cudem wymknęła się z rąk oprawców. Sama przepłynęła Wielką Wodę i słuch o niej zaginął. Ale jej klątwa dosięgła osadę. Wszyscy ludzie zginęli w wielkim pożarze, który wybuchł samoistnie. Mężczyźni, którzy wrócili z bitew, nie mieli z kim płodzić swoich potomków. Ród Miriady zaginął. Ta historia była przez wiele wieków przestrogą, by nie traktować Hagalaz jak zabawki. W każdym położeniu (prawidłowym, ale i odwrócona) jest równie niebezpieczna. Niesie zniszczenie. Jak każda przypowieść, także i ta jest jedynie symbolem. Być może nie zdarzyło się to naprawdę.

Profiler słuchał słów Muchomorka i Żwirka jak opowieści Szeherezady. Ale czuł, że Nika mogła w to wierzyć. I jeśli znała te historie, traktowała je bardzo poważnie. Nie bez powodu wytatuowała sobie Hagalaz na głowie, a nie na odsłoniętej części ciała. Trzymała tę tajemnicę dla siebie i nie chciała jej ujawniać. Czy gdzieś jest jej Tiwaz? Waldek nie znalazł przecież na jej ciele drugiego tatuażu.

– Czy to dostępna wiedza? – spytał.

– W internecie znajdzie pan wiele stron na temat użytkowej strony run. – Żwirek zamilkł spiorunowany wzrokiem Muchomorka.

– Słucham? – Meyer znów był czujny.

– To zbyt śmiała hipoteza, Ferdynandzie – upomniał kolegę Muchomor.

– Otóż wyczuwam, że ta kobieta mogła być jednak bliska samobójstwa, ale miała swojego anioła stróża. To, że ktoś ją zabił, jest wynikiem niefortunnego zbiegu okoliczności, jak wy to nazywacie. Ale my nie wierzymy w zbiegi okoliczności. Jeśli wytatuowała sobie Hagalaz na głowie, wzięła odpowiedzialność za swoje czyny. I nosiła na sobie przestrogę: „Kto sieje wiatr, zbiera burzę". Któregoś dnia wyrocznia musiała się wypełnić. Czy ona, że się tak wyrażę, wykorzystywała swoje ciało do manipulowania ludźmi?

– Sądzę, że tak.

Meyer zastanowił się nad rozumowaniem Żwirka. Wiesz, że grzeszysz, będziesz się smażył w piekle. Nie wierzysz – nie trafisz do piekła. Dlaczego? Bo w twoim pojęciu po prostu go nie ma. Nie masz poczucia winy, wyrzutów sumienia.

– A co pan chciał dodać?

– Ta osoba, która miała tatuaż Tiwaz. Ten mężczyzna też nie żyje.

– Co? Skąd pan wie?

– Powinien pan już iść, więcej nie możemy pomóc. To jest Hagalaz, na sto procent.

– Ale chwileczkę, nie możecie mnie zostawić z takim mętlikiem w głowie! Skąd pan wie, że był gdzieś Tiwaz i że ten człowiek nie żyje? Skąd pan wie, że to był mężczyzna?

Żwirek: – Dlaczego nie spyta pan o białego Murzyna?

– Słucham?

Meyer spojrzał na poruszające się firanki i zamarł. Za oknem stała kobieta w kolorowym nylonowym fartuchu, w ciemnych okularach z oprawkami o kocim kształcie i z daszkiem przeciwsłonecznym na głowie, na której zamiast wałków widział teraz czarne poskręcane w loki włosy. Choć na zewnątrz była ulewa, ona była sucha. Paliła papierosa i – miał takie wrażenie – przysłuchiwała się rozmowie.

– Nika – szepnął.

Kobieta odwróciła się i odeszła w głąb ogrodu. Po chwili po prostu rozpłynęła się wśród starych drzew owocowych.

– Proszę mi powiedzieć o białym Murzynie – prosił mechanicznie Hubert Meyer. Nie mógł oderwać wzroku od okna.

– Czasem dwoje czarnych rodziców płodzi dziecko o białej skórze – usłyszał.

– Wyjątkowo rzadko – prychnął profiler i znów spojrzał w okno, po czym gwałtownie odwrócił głowę w kierunku Żwirka.

Fotel, na którym jeszcze przed chwilą siedział w kucki jegomość ze smokiem na marynarce, był pusty. Za biurkiem nie było też rumianej twarzy Muchomora. Spojrzał na dwa kamienie leżące przed nim na taborecie i czekał. Ale przez kilka minut nikt się nie pojawił. Zerknął na zegarek, zerwał się z wersalki, która zaskrzypiała głucho. Prawie czwarta! Mariusz Król!

– Proszę panów, to ja już pójdę! – krzyknął.

Odpowiedziała mu cisza.

Stał chwilę i rozglądał się po pokoju. Wreszcie położył na biurku swoją wizytówkę. Napisał na odwrocie: „Proszę wystawić rachunek. Zgłoszę się z pieniędzmi jutro".

Otworzył drzwi i z łatwością pokonał ciemny korytarz. Kiedy z niego wychodził, poczuł intensywny zapach palonego plastiku.

– Miłość była gdzie indziej – usłyszał niski głos i wyobraził sobie piękną kobietę.

Kinga, pomyślał z nadzieją. Trzasnął zapalniczką. Mały ogienek oświetlał w ciemnościach twarz postaci w ciemnych okularach i z daszkiem przeciwsłonecznym na głowie. Daszek był pofałdowany, jakby ktoś go podtopił nad ogniem. To on tak specyficznie pachniał. Nie potrafił określić wieku kobiety. Mogła mieć zarówno trzydzieści, jak i siedemdziesiąt lat. Pstrokate, ekscentryczne ubranie odciągało uwagę od jej ciała.

– Kim pani jest? – szepnął przerażony.

– Masz jeszcze jedną szansę. Pamiętaj. Miłość była gdzie indziej – powtórzyła. Teraz mówiła męskim głosem. Niskim, wibrującym.

Meyer zesztywniał.

– Miłość nie istnieje. To iluzja – wyrzucił z siebie i wybiegł z dziwacznego domu.

Śmiech wariatki niósł się za jego plecami echem i brzęczał mu w uszach, gdy wsiadał do samochodu. Kiedy usiadł za kierownicą, wciąż jeszcze się trząsł. Na dworze nie było ani śladu deszczu, który widział przed chwilą za oknem. Słońce aż go oślepiało.

– Mam omamy. – Potarł czoło i wyciągnął ze schowka okulary przeciwsłoneczne. – Dali mi jakiś narkotyk – mruczał.

Włączył silnik, wycieraczki zaczęły się gwałtownie poruszać. Podskoczył. Przestraszył się. Wcisnął centralny zamek. Wszystkie drzwi auta zamknęły się automatycznie. Kiedy udało mu się wyłączyć wycieraczki, zobaczył mokrą kartkę przylepioną do szyby. Siedział chwilę nieruchomo, aż się uspokoił. Wysiadł z samochodu i wziął ją do ręki. Była rozdarta w kilku miejscach. Czerwony atrament rozlał się, ale Meyer zdołał ją odczytać.

„Nie ufaj ludziom w ciemnych okularach, jeśli nie ma słońca. Ferdynand. PS Rachunek przyślemy pocztą".

Był skołowany tym wszystkim. Chciał jak najszybciej stąd uciec. Włączył silnik i ruszył do baru, w którym umówił się z Królem. Było piętnaście po czwartej.

Godzinę później dotarł do pubu Chicago's. Była to piwna speluna pełna dymu i typów spod ciemnej gwiazdy. Nie podejrzewał, że prezenter telewizyjny odwiedza takie miejsca. Przy wejściu stało trzech młokosów. Na jego widok wyprostowali się i wymienili spojrzenia. Wydmuchali dym z papierosów prosto w jego twarz. W sali, szaroniebieskawej od dymu, przy drewnianych ławach siedzieli mężczyźni. Meyer rozejrzał się po pubie, ale nie zauważył prezentera. Westchnął ciężko. Podszedł do baru i zamówił kawę. Pięćdziesięcioletnia siwa kobieta z warkoczem grubym na pięć zmierzyła go wzrokiem i po chwili postawiła przed nim parującą filiżankę. Wtedy poczuł na swoich plecach wrogie spojrzenia. Siedzący z tyłu mężczyźni wręcz przebijali go wzrokiem. Spojrzał na nich. Ci przy stoliku naprzeciwko natychmiast odwrócili głowy. Dopiero pojął. W garniturze, długim płaszczu i z teczką za bardzo się wyróżniał. Wyglądał, jakby trafił tu przypadkowo, a wszyscy zgromadzeni to stali bywalcy.

– Zna pani Mariusza Króla? – zwrócił się do barmanki.

W lokalu nagle zapanowała cisza. Wszyscy z tyłu słuchali ich rozmowy. Komisarz Meyer zdenerwował się, nie było mu to na rękę. Mimo to ciągnął wątek:

– Byłem z nim umówiony jakąś godzinę temu.

Barmanka kiwnęła głową.

– Każdy go zna. Z telewizji.

Spokojnie nalewała piwo jakiemuś grubasowi. Kiedy skończyła, otarła kufel przybrudzoną ściereczką i bez słowa sięgnęła pod ladę.

– Zostawił to dla pana.

– Skąd pani wie, że to dla mnie? – Spojrzał na pakunek.

– Jest pan z policji?

– Tak.

– Więc to dla pana. Do widzenia.

Nie była miła, a jednak wzbudzała sympatię. Sam nie wiedział dlaczego.

– Często tu przychodził?

– Nigdy. To lokal dla plebsu, nie dla gwiazd telewizyjnych. Przecież pan widzi – ucięła.

– Nie zdziwiła się pani, gdy przyszedł i zostawił pakunek?

– Nie mój interes.

Mężczyźni nadal nie spuszczali wzroku z profilera. Meyer nie zamierzał zostawać tu dłużej. Wyciągnął zmięte dziesięć złotych i położył na barze.

– Kawa na koszt firmy. – Barmanka z warkoczem odsunęła banknot. – To i tak straszna lura.

– W takim razie to dla pani – powiedział, chwycił paczkę i udał się do wyjścia.

Gdy mijał w drzwiach trzech młokosów, usłyszał głośne splunięcie za plecami.

– Lola, od kiedy psy przychodzą do twojego lokalu? – krzyknął harleyowiec.

– Zamknij mordę, Żaba – zachrypiała Lola. – Pij swojego browara i nie wtryniaj nosa w nie swoje sprawy.

Chicago's zatrzęsło się od śmiechu. Meyer ruszył w kierunku parkingu. Wsiadł do auta i wyciągnął komórkę. Była rozładowana.

– To dlatego nikt mnie dziś nie ściga – zamruczał pod nosem i rzucił kilka przekleństw.

Wyciągnął z bagażnika ładowarkę samochodową, podłączył ją. Kiedy czekał, aż komórka się naładuje, nagle doznał olśnienia. Wiedział, że jutro też nie wróci jeszcze do Mielnika nad Bugiem.

Rozdział 23
To ja pana wysłałem

*"Czy to, co robisz dziś, zbliża cię do tego,
co chcesz zrobić jutro?"*

Hubert Meyer przyszedł wcześniej, zanim debata się zaczęła. Postanowił zająć pozycję obserwatora i wycofał się na sam koniec sali, która w kilkanaście minut zapełniła się ludźmi, aż powstał zaduch. W płaszczu było mu gorąco, ale nie zdjął go, tylko postawił kołnierz.

– Nie możemy zgodzić się na taką umowę, jest krzywdząca dla kraju. Zdaję sobie sprawę, że lobby naftowe nie przychyla się do naszych pomysłów, ale prędzej ustąpię ze stanowiska, niż się na to zgodzę. – Jakub Czerny mówił spokojnie, patrząc w oczy ludziom z pierwszych rzędów.

Jego słowa wywoływały za każdym razem gorący aplauz.

– Czy wywierano na pana nacisk? – zapytał ktoś z publiczności.

– Nawet grożono. Ale nie wpłynęło to na moją decyzję i nigdy nie wpłynie – powtarzał Czerny.

Komisarz Meyer nie mógł dojrzeć w tłumie twarzy polityka. Czasem Czerny przekazywał mikrofon ludziom ze swojego sztabu, ale większość pytań dziennikarzy i zebranych była skierowana do niego.

Profiler co jakiś czas patrzył na zegarek. Pomyślał o wczorajszej rozmowie z Anką, która wyrzucała mu, że ma dość związanej z nim traumy. Kiedy spytał, co z dziećmi, odpowiedziała:

– To już cię nie dotyczy. Nigdy ich nie zobaczysz!

Tego się właśnie spodziewał. Wyznaczy mu karę: skoro na niej mu nie zależy, odbierze mu dzieciaki – by poczuł ból straty. Ale nie bolało go tak bardzo, jak przypuszczał. Nie będzie tak łatwo mnie odizolować, pomyślał i postanowił, że zajmie się tym wszystkim, gdy tylko wróci do Katowic. Chcesz walki, będziesz miała!

Na razie skupił się na pracy i analizował informacje, które zgromadził do sprawy. Słuchał wyważonych wypowiedzi polityka, ale intensywnie myślał tylko o tym, czego udało mu się dowiedzieć rano. Zadzwonił do znajomego z wydziału zabójstw w Katowicach i poprosił o nieformalną przysługę.

– Hubert, wywalą mnie z roboty, jak to wyjdzie – bronił się Macierzyński, zwany przez przyjaciół Maćkiem.

Przez cztery lata pracowali razem pod kierownictwem zaangażowanego pracoholika, który wciąż podnosił poprzeczkę i wymagał takiego samego oddania się pracy. Początkowo Meyerowi nawet się to podobało. Adrenalina, satysfakcja z dobrze wykonanego zadania. Razem z Macierzyńskim obejrzeli mnóstwo trupów. W sytuacji, gdy ludzie są zmuszeni do niemal stałego przebywania ze sobą, pokonywania trudności, przeżywania takich rzeczy jak oglądanie zwłok, a szef tyran każdego dnia wymaga wciąż takiego samego zaangażowania i z autorytetu staje się waszym wspólnym wrogiem, musi zrodzić się przyjaźń. Hubert wiedział, że nawet po zmianie stanowiska może liczyć na Maćka. Jednak po raz pierwszy poprosił go o coś nieformalnie.

– Sprawdź tylko, czy Jakub Czerny jeździ wozem terenowym.

– Nie mogę, Hubert – jęknął Maciek.

– Możesz. Jagna zrobi to dla ciebie. Albo sam to zrób. Wykurz ją pod jakimś pretekstem z archiwum.

– Błagam, nie proś mnie o to. Przecież to nie anonimowy człowiek. Polityk, z pierwszych stron gazet.

– Nie mam nic na niego. Rozumiesz, muszę mieć pewność, że mnie nie zbędzie. Muszę mieć jakiś punkt zaczepienia.

– Nie wiem. Może sam poproś Jagnę.

– To wzbudzi podejrzenia. Ty możesz, jesteś w środku.

– Huba, nie o to chodzi. Wiesz przecież. Stary nie może dać ci zgody?

– Wiesz, jaki on jest. Każe mi podać dowody, a ja nic nie mam. Tylko przeczucie.

– Ale jesteś upierdliwy.

– Jestem.

– I jeszcze chcesz, żeby to dziś.

– Stary, oko za oko.

– Dupa w ząb – zaśmiał się Maciek.

– To tylko drobna informacja – nalegał Hubert. – A dla mnie to jedyna nić łącząca wiele wątków.

– Dobra. – Macierzyński w końcu się zgodził. – Spróbuję ją wysłać po akta. Ale tylko spróbuję. Nie mogę nic obiecać.

– Jak się nie uda, trudno. Ale to dla mnie ważne. Postaraj się.

– W kontakcie.

– No to czołem.

– Czołem, druhu. Ty to masz życie – jęknął Maciek i rozłączył się.

Kilka godzin później wydobył informację wartą worek złota. Oprócz rządowej lancii Czerny nie ma auta. Ale na jego żonę zarejestrowany jest ekskluzywny hummer. Meyer odetchnął z ulgą.

– Stary, co ty kombinujesz? Jesteś pewien?

– To najlepsza wiadomość ostatnich dni.

– Uważaj na siebie. Ja nic nie wiem, w razie jakby co.

– Jak zwykle. Dzięki.

Teraz Meyer czekał, aż masa ludzka wyleje się na korytarz. Kiedy się przerzedziło, ktoś otworzył okna. Odetchnął z ulgą mroźnym powietrzem. Dopiero wtedy zobaczył przed sobą długi stół przykryty zielonym suknem. Leżały na nim papiery, stały mikrofony. Dziennikarz nagrywał wypowiedź polityka. Potem sam stanął pod ścianą i nagrał *stand up*. Konferencja prasowa połączona z debatą wreszcie dobiegła końca. Dziennikarz uścisnął rękę Czernego, który już kierował się do wyjścia.

Wtedy Meyer spotkał go wzrokiem. Żaden nie odwrócił głowy. Profiler powoli zbliżał się do środka sceny, na której stał Czerny. Wysoki, żylasty mężczyzna o szpakowatych włosach i opalonej w solarium twarzy. Bladoróżowa koszula, dobra woda po goleniu i zmęczenie wypisane na twarzy. Biła od niego siła, Meyer poczuł się niepewnie. O co ma go spytać? Podejrzenia podkomisarza Kuli wydały mu się absurdalne. Podsłuchane przez Ewę strzępki rozmów Króla i Niny Frank nie znaczyły tak naprawdę nic. To, że jakiś J. pojawił się w jej pamiętniku z młodości? No i co? Jak polityk będzie chciał, wyrzuci go za drzwi. Jeszcze wpędzi w kłopoty. Pewnie może bardzo wiele. Meyer zatrzymał się na odległość kilku metrów.

„Jakubie, i co ty na to?" – przywołał w myślach głos Niki i widok jej smukłego ciała odzianego w marynarkę tego mężczyzny, którego miał przed sobą. Intuicja mówiła mu: „Idź, rozmów się z nim. Tylko spróbuj". Wiedział, kto jest na zdjęciu, które znalazł w pamiętniku nastoletniej aktorki. I miał pewność: miał go przed sobą. Czterdziestoletni mężczyzna z wyblakłej fotografii bardzo się zmienił. Postarzał się. Zwiotczałe policzki, podwójny podbródek, wydatny brzuch. Ale to ten sam facet. Jego hummer i ślad opony znaleziony przez Eugeniusza Kulę – pewności nie było, ale zbyt często jego nazwisko pojawia się w tej sprawie, by nie miał ze śmiercią Niki czegoś wspólnego. Psycholog śmiało ruszył do przodu.

– Pan się nazywa Meyer. Komisarz Hubert Meyer? – zaskoczył go Jakub Czerny.

– My się znamy? – Profiler zaniemówił z wrażenia. Starał się jednak nie dać tego po sobie poznać.

– Wiedziałem, że jeśli jest pan tak dobry, jak mówią, w końcu sam pan do mnie trafi.

– Więc jestem. – Profiler zawiesił głos. – Liczę, że wiele pan wyjaśni. Choćby to, że tej nocy, kiedy zamordowano Ninę Frank, był pan w Mielniku nad Bugiem.

Czerny spuścił wzrok i odrzekł:

– Powiem tylko moim ludziom, że mogą już iść. Ma pan teraz czas?

– Mam go coraz mniej.

– Niech pan posłucha...

– Słucham.

– Może to pana przekona co do moich intencji. To ja zabiegałem, by właśnie pan zajął się sprawą jej śmierci.

– Proszę?

– Poprosiłem komendanta głównego, żeby przydzielili właśnie pana. Zależy mi na znalezieniu jej mordercy.

Meyer otworzył usta, by zarzucić polityka gradem pytań, ale się powstrzymał. Trawił zaskakującą informację i obserwował Czernego, który odwrócił się i po kolei żegnał z klonami w garniturach. Był charyzmatyczny, oni nie wyróżniali się niczym. Byli tłem. Podał im jakieś notatki, aktówkę, kluczyki do auta. Wziął płaszcz z krzesła.

– Jest pan samochodem? Pojadę z panem. Zna pan Green Mill?

Meyer pokręcił głową.

– Nie jestem z Warszawy.

– To jest jej ulubiony klub. To był jej ulubiony klub – poprawił się Czerny. – Grają tam jazz. Będziemy mogli porozmawiać.

Czerwona kotara falowała rytmicznie za plecami muzyków. Dwudziestoparoletni mężczyzna w czarnych okularach siedział przy fortepianie. Zgięty w paragraf wydobywał z instrumentu rozdzierające dźwięki. Grubawy trębacz skulił się w kącie i czekał na swoją kolej. Stopą wystukiwał rytm piosenki. Starzec z wąsami akompaniował pianiście na kontrabasie. Perkusista zlany potem uderzał w talerze i bębny. Muzyka była smutna. Mimo to jakaś para z tyłu kołysała się w tańcu. Kiedy reflektor padł na twarz pianisty, Meyer skojarzył, że scena, którą tyle razy oglądał na kasecie, została nagrana właśnie tutaj.

W tym miejscu jeszcze niedawno można było spotkać Ninę Frank. A nieliczni mieli szczęście ujrzeć, jak jednym ruchem zdejmuje z siebie błyszczącą suknię. I mówi:

– No i co ty na to, Jakubie?

– Stefan jest niewidomy – poinformował Meyera Czerny i wskazał na pianistę. Zamówił whisky. – Nie będzie panu przeszkadzało, że się napiję? Jestem wykończony.

Meyer pokręcił głową. Niech pije, jeśli ma mówić. Byle nie za dużo. Miał do niego milion pytań. Czekał jednak cierpliwie. Polityk jednak zwlekał, może nie wiedział, od czego zacząć. Liczył, że osłabi czujność profilera?

– Jak pan wpadł na to, że tam byłem? – zapytał nagle Czerny.

– Kierownik posterunku znalazł ślad opony. Nie wykonano odlewu, bo zjechały się radiowozy i zaczął padać śnieg. Ale podkomisarz narysował bieżnik. Pana auto jest zarejestrowane na żonę, ale... Jeśli mam być szczery, po prostu strzeliłem.

Czerny się uśmiechnął. Jest niezły, pomyślał z satysfakcją. Ale po chwili uśmiech zamarł mu na twarzy.

– Mam poczucie winy, że ją wtedy zostawiłem – powiedział. – Stchórzyłem. Uciekłem. Gdybym tego nie zrobił, być może by żyła. O ósmej rano miałem samolot do Brukseli. Może najpierw opowiem panu moją wersję, a potem będzie pan pytać.

– Zamieniam się w słuch.

– Było po dziesiątej, kiedy zadzwoniła. Płacząc, prosiła, żebym przyjechał. Mówiłem, że nie mogę, że rano lecę, a jest noc. Błagała, żebym jednak przyjechał. Twierdziła, że musi się ze mną zobaczyć i porozmawiać. Nie chce już żyć. Przestraszyłem się, bo w takim stanie dawno już nie była. Wyznała, że Król właśnie wyszedł, a wcześniej... Boże, nie mogłem w to uwierzyć: zgwałcił ją i pobił. Może w odwrotnej kolejności, nie pamiętam. W każdym razie mówiła, że jest cała we krwi. Spytałem, czy wezwała lekarza, policję.

– Chcę umrzeć. Czuję, że to koniec. Muszę ci coś powiedzieć. Przyjedź, proszę...

– Wzięłaś jakieś prochy?

– Jeszcze nie. Proszę cię, chociaż ten jeden raz nie zostawiaj mnie samej.

– To potrwa jakieś dwie godziny. Nic nie bierz. Postaraj się jakoś ogarnąć. Wykąp się. Już wychodzę.

Odłożyła słuchawkę. Dzwoniłem do niej z drogi, żeby sprawdzić, jak się czuje, czy nic sobie nie zrobiła. Nika bywała niezrównoważona. Nigdy nie było wiadomo, co strzeli jej do głowy. Naprawdę się bałem.

Przyjechałem dobrze po drugiej. Była już spokojniejsza, ale wyglądała koszmarnie. Ten człowiek niemal ją zmasakrował. Miała zapuchniętą twarz i chyba złamane dwa palce u rąk. Prosiłem, żeby się położyła spać, ale odmówiła. Trzęsła się. Owinąłem ją kocem i zacząłem przemywać jej twarz wodą utlenioną. Syczała przy każdym dotknięciu. To było straszne. Wykręciłem numer na pogotowie, ale wyrwała mi słuchawkę. Zabroniła mi dzwonić. Chciała rozmawiać.

– Nie mamy czasu. – Rozejrzała się po mieszkaniu, jakby bojąc się, że ktoś za chwilę wejdzie, i nie zdąży mi tego powiedzieć.

Usiedliśmy na kanapie w bibliotece. Nalałem jej wina. Cierpiała z bólu, ale jednocześnie chciała mówić. Zaczęła od tego, że nie wierzy w swoją pracę, że wszystko się wali. Ona nie rozumie dlaczego. Na dodatek nie ma nikogo, kto by ją zrozumiał. Wiedziałem, że wezwała mnie do siebie z innego powodu. Kryzys związany z pracą miała już od dawna.

– Widzi pan, my się z Niką znamy od lat.

– Wiem. Poznaliście się, kiedy jeszcze nazywała się Agnieszka Nalewajko.

– Tak. Przypadkiem spotkałem jej matkę i nawiązaliśmy romans. A potem zakochałem się w jej córce. W Adze. Ale różnica wieku, perwersja tego związku, cała ta schizoidalna aura. To wszystko spowodowało, że w którymś momencie się wycofałem. Stchórzyłem. Nie kontaktowałem się z nią ani ona ze mną. Myślałem, że zapomniała. Czasem chciałem ją znaleźć, przeprosić. Ale tyle rzeczy miałem na głowie. I prawdę mówiąc, bałem się konfrontacji. Byłem coraz starszy, a ona pewnie coraz piękniejsza. Myślałem, że wyszła za mąż, ma dzieci, a tu nagle pojawię się ja, zniszczę jej uporządkowane życie i zrobię z siebie idiotę.

Po latach nasze drogi znów się zeszły. Była już całkiem inną osobą. Stała się gwiazdą. Została aktorką, tak jak marzyła. Niną Frank. I nienawidziła mnie. Za to, że tak okrutnie ją potraktowałem. Wie pan, dowiedziałem się wtedy, że ona była ze mną w ciąży. Usunęła ją. Zabiła nasze dziecko. I nawet nie powiedziała mi o tym. Nie mogła, bo kiedy to się stało, nie odbierałem jej telefonów. Moje małżeństwo było spokojne i bezpieczne. Nie chciałem niepotrzebnych kłopotów. Myślałem, że Aga zacznie robić sceny i wszystko się posypie. W każdym razie nie powiedziała mi. Była dla mnie pięknym, choć wstydliwym wspomnieniem. Tajemnicą, którą za wszelką cenę pragnąłem ukryć. Potrzebowałem zgodnego małżeństwa do swojego wizerunku kryształowego polityka. I, tak jak chciałem, zniknęła. Myślałem, że to dobrze. Nie przewidziałem, że jej nienawiść będzie rosła z biegiem lat. Potem już jako Nina Frank próbowała mnie szantażować. Bardzo nieudolnie. Kłóciliśmy się. Unikała mnie na przyjęciach. Jeśli już musieliśmy rozmawiać, ignorowała mnie. Musieliśmy udawać, że nic nas nie łączy, a do tego jej mąż zapraszał mnie do nich, bo piastowałem wtedy stanowisko w zarządzie telewizji i ode mnie zależało, czy Mariusz Król będzie pracował, czy nie. On coś podejrzewał, szpiegował nas. Podejrzewał o romans. A ja za każdym razem, gdy się do nich wybierałem, liczyłem, że Aga – nie mogę się przyzwyczaić do tego idiotycznego imienia Nika – mi wybaczy. Może nie będziemy już kochankami, ale przyjaciółmi. Martwiłem się o nią, choć tego nie wyrażałem. Jak mówiłem, wciąż się spieraliśmy. To ona dążyła do konfrontacji, prowokowała mnie.

Starałem się być blisko, kontrolować jej działania. Ochraniać ją, choć wcale tego nie chciała. Obserwowałem, jak się powoli stacza. Na złość mnie, mężowi, całemu światu pozwalała wchodzić do łóżka obcym mężczyznom. Autodestrukcja w pełnym tego słowa znaczeniu. Kilka razy po takiej nocy, która przemieniła się w jakąś orgię, wyrzucała gości. Groziła policją, ochroniarzami. Patrzyłem na to ze zgrozą. Nie mogłem znieść widoku tych mężczyzn, którzy ją obmacują, a ona jeszcze się śmieje. Jesteś dziwką, zachowujesz się jak tania kurwa – mówiłem jej czasem. A ona uderzała mnie w twarz. Też nie byłem święty. Może dlatego nie mogłem jej powstrzymać. Wiedziałem, że to jej zemsta i że chce mi w ten sposób coś powiedzieć. Ale nie miałem ochoty wnikać, o co chodzi. Powtarzałem sobie: nic mnie to n i e o b c h o d z i! Byłem oschły i wcale nie starałem się jej odwodzić od powziętych decyzji. Patrzyłem na to wszystko i nawet brałem w tym udział. Dziś widzę, że mogłem ją powstrzymać, jakoś zareagować. Zrobić coś, ale paraliżowało mnie poczucie, że nie mam prawa ingerować w jej życie. Zwłaszcza ja nie mam prawa. Po tym, co zrobiłem jej i jej matce.

Dlatego takie dziwne wydało mi się, że tamtej nocy zadzwoniła akurat do mnie. Myślę, że nie miała już nikogo bliskiego. Czasem nienawiść zbliża ludzi bardziej niż miłość. U nas te emocje były zmieszane. Zwłaszcza ja tak czułem. I pojechałem, choć mogła mnie oszukać. Gdy pokonywałem zaspy na wiejskich drogach, nagle przyszło mi do głowy, że kiedy tam dotrę, ona po prostu mnie wyśmieje. – To był żart, Jakubie! Co ty na to? Jak się teraz czujesz? – zapyta ze śmiechem, tak jak to miała w zwyczaju.

To, niestety, nie był żart. Była w strasznym stanie. I nie udawała. Znów zobaczyłem tę dziewczynę, w której się obłędnie zakochałem. Miałem przed sobą Agę sprzed lat. Tak naprawdę była wrażliwą i dobrą dziewczyną. Ale, by zostać gwiazdą, musiała przeistoczyć się w kogoś innego. Grała rolę aktorki we własnym życiu. Nie miała dystansu do tych idiotycznych ról. Wszystko przeżywała bardziej i mocniej. I spalała się w środku. Płaciła cenę za swoje kłamstwa. Nosiła w sobie tykającą bombę. Nawet ten mąż był jedynie inwestycją. Wyszła za niego, by podnieść swój prestiż. Nie kochała go.

Tej nocy to wszystko wyrzucała z siebie. Nie rozumiałem, dlaczego tak się przede mną otwiera. Po co? Wtedy poprosiła:

- Obiecaj, że mi wybaczysz.
- Ale co? Co mam ci wybaczyć?
- Zrobiłam coś strasznego, podłego. Muszę cię ostrzec.
- Przed czym?
- Oni chcą cię zniszczyć i ja im w tym pomogłam.
- Co zrobiłaś? Mów! - krzyknąłem, bo znałem ją i wiedziałem, że jest zdolna do wszystkiego. Czułem, jak tracę kontrolę nad sobą.
- Oni mnie szantażowali. Grozili, szperali w moich rzeczach. Bałam się.

Milczałem, ale przepełniała mnie wściekłość.

- W co się wpakowałaś?
- Powiedziałam im. Podpisałam oświadczenie. Oni to mają. Chcą, żebyś złożył dymisję.
- Co napisałaś?
- Że tam byłeś i odpowiadasz za jego śmierć. Oddałam im też kasety.

Meyer zmarszczył brwi.

- Nie rozumiem.

Czerny go uciszył.

- Zaraz wyjaśnię. Pałałem nienawiścią, złością. „Jak mogłaś to zrobić?" - krzyczałem. Chodziłem w tę i z powrotem. Ona płakała, zwinięta na kanapie z włosami sterczącymi na wszystkie strony.
- Ale o co chodzi z tymi kasetami?
- Zamontowała w swoim domu kamery i nagrywała te przyjęcia. Było na nich wiele znanych osób uprawiających seks, oczywiście nie ze swoimi żonami. W ten sposób zabezpieczała się, żeby nie wypaść z branży. Gdyby to ujawniono, wybuchłby skandal. Moja reputacja, nieważne. Dziś to wszystko jest takie nieważne...
- A co to za śmierć? O kogo chodzi?
- O mężczyznę, którego kochała. Znałem go. Byliśmy wrogami. Popełnił samobójstwo. Naprawdę nie miałem z tym nic

wspólnego. Ale ona nie mogła tego przeżyć. Obwiniała się. Dzwoniła do mnie.

– Kim był ten człowiek? – naciskał Meyer.

– Biznesmenem, który miał układy polityczne z byłymi komunistami. Grał nie fair. Świetnie mu się wiodło. Mam w pracy sygnaturę akt tej sprawy. Badano ją, czy nie było udziału osób trzecich. Uruchomiłem swoje wpływy i zatuszowałem sprawę. Nika to na mnie wymogła. Dam to panu. Najlepiej, jak pan sobie sam przeczyta. Nie mam sił, by o tym teraz mówić.

– Dobrze, więc wróćmy do tej nocy.

– Byłem zdenerwowany, kiedy mi powiedziała. Zobaczyłem swój koniec. Koniec kariery, skandal, moją zrozpaczoną żonę. Chciałem się napić, ale nie mogłem. Musiałem przecież wrócić do Warszawy. Wtedy powiedziała coś, w co nie mogłem uwierzyć. Na pewno nie w takim momencie. Po tym wszystkim.

– Kłamiesz! – krzyknąłem. – Dlaczego dopiero teraz mi mówisz? Wiedziałaś przez te wszystkie lata! A ja? Bawiłaś się mną. Wychodzę. Nie obchodzi mnie, jak się czujesz!

Trzasnąłem drzwiami i odjechałem. Całą drogę to sobie układałem. Nie rozumiałem, jak mogła coś takiego zrobić. I czy to, co wyznała, może być prawdą. Do Warszawy dojechałem przed siódmą. Ledwie zdążyłem na samolot. Kiedy wróciłem po dwóch dniach, dowiedziałem się, że Nika nie żyje. Po kilku dniach zadzwoniłem do komendanta głównego i poprosiłem, żeby wysłali pana. Choć tyle mogłem dla niej zrobić.

– Co tak nieprawdopodobnego powiedziała?

– Że jestem jej ojcem.

Meyer wpatrywał się w twarz polityka i miał wrażenie, że w tym jednym momencie Czerny postarzał się o dziesięć lat. Choć informacja była nieprawdopodobna, Hubert czuł, że to może być prawda. Taki człowiek jak Czerny nie grałby przed nim komedii. Milczał jednak i czekał na dalszy ciąg zwierzeń polityka.

– Jej matka za czasów studiów była ze mną w ciąży – ciągnął Czerny.

Im dłużej mówił, tym bardziej się rozkleja. Pod koniec spowiedzi łzy spływały mu po twarzy. Nie powstrzymywał ich, nie wstydził się przed profilerem. Meyer był pewien, że wyrzuca z siebie ten ciężar pierwszy raz w życiu. Tak długo musiał trzymać go w sobie, aż wreszcie pękł. Prawdopodobnie sam nie zdawał sobie sprawy, jak bardzo zawinił.

– Nie powiedziała mi. Wyszła za mąż. Nie wiedziałem, że sypiam z własną córką. Co gorsza, ona była ze mną w ciąży. To jakieś fatum. Nie wiem. Nie mogę w to wszystko uwierzyć. A tej nocy, kiedy najbardziej mnie potrzebowała, znów zostawiłem ją, zamiast ratować. I jeszcze krzyczałem, zarzucałem jej kłamstwo. Nie mogę sobie tego darować. Od czasu jej śmierci cierpię na bezsenność. Gdy tylko zasnę, mam koszmary. Biorę leki. Życie z poczuciem winy, wyrzutami sumienia jest koszmarem. Wciąż czuję ból i ciągły niepokój. Do tego paraliżujący strach, że nie odkupię tej winy. Nigdy. W nieskończoność rozmyślam, jak to się mogło stać?

Rozdział 24
Schody do nieba

„Uważaj na ludzi, którzy noszą ciemne okulary,
kiedy nie ma słońca"

Po raz kolejny rozmyślałam, jak to się mogło stać. Wodziłam palcem po ukrytym przed wszystkimi tatuażu i czułam, że mi ciąży jak znamię wiedźmy. Jego wyznanie i dalsze zdarzenia, całe to perwersyjne misterium pseudoślubu, były nieprawdopodobne. Powinnam była szaleć ze szczęścia – zakochany diabeł zrobi dla mnie wszystko! Ale ja nie umiałam się z tego nawet szczerze ucieszyć. Bo czasem, gdy tak czekasz na coś, marzysz o tym, śnisz i nagle staje się to rzeczywistością, traci swój magiczny wymiar. Zwłaszcza gdy przychodzi za późno, a czekanie jest zbyt męczące. Zaczynasz odchodzić. Tak właśnie zareagowałam na jego nagłą miłość. Mówiąc „kocham" i zamiast symbolicznej obrączki, własnoręcznie tatuując na mojej głowie Hagalaz, oddał mi swoją demoniczną moc.

Przyjęłam ją jak należną daninę i powoli zaczęłam obejmować nad nim władzę. Miał rację, że pewnego dnia stanę się silniejsza niż on, ale nie przewidział, że nastąpi to tak szybko. Mój zamach stanu był łatwy do przewidzenia. A on nawet nie zauważył czającego się niebezpieczeństwa. Co śmieszniejsze, na początku akcja zaplanowana przeze mnie strasznie mu się podobała.

Alicja była drobniutką blondynką o romantycznym usposobieniu. Nigdy nie zrozumiałam, jak mogła wyjść za takiego potwora. Może gdyby mieli dzieci, byliby innymi ludźmi. A on nic uciekałby do piekła ze mną, by przeżywać życie na wysokich obrotach. Chodziłby w kapciach i głaskał po główce blondwłose maleństwa, przynosił zabawki, planował ich przyszłość. Co oni zrobili ze swoim tak dobrze zapowiadającym się małżeństwem? Oboje z dobrych, niezbyt zamożnych domów. Poznali się na pielgrzymce do Częstochowy. Zamieszkali razem i szybko dorobili się pieniędzy. Kiedy już biznes szedł pełną parą, wzięli ślub, kupili psa i zaplanowali dziecko. Przez dwa lata bezskutecznie próbowali zmajstrować potomka. Za każdym razem gdy Alicja zachodziła w ciążę, dostawała od męża bukiet herbacianych róż. Suszyła je i wstawiała do glinianego dzbana w salonie. Na szczęście. W moich stronach istnieje przesąd, by nigdy nie suszyć kwiatów od ukochanej osoby. Zasusza się uczucia, miłość znika. I tak się stało z nimi.

Po trzecim poronieniu Alicja wyrzuciła bukiety do kubła na śmieci, a sama wyniosła się do drugiej sypialni. Tak zamanifestowała, że nie chce wcale mieć dzieci. On zaczął uciekać w pracę, poznawać inne kobiety. Nie byłam pierwszą sponsorowaną przez niego kochanką. Podzielili firmę i Alicja skutecznie przemieniła się w bizneswoman. Nadal jednak, nawet przed sobą, udawali zgodne małżeństwo. Dla wygody, poczucia bezpieczeństwa. Ustalili tylko jedną zasadę – seks na zewnątrz związku. To jak życie na drzemiącym wulkanie. Nie wiadomo, kiedy wybuchnie, ale eksplozja z pewnością nastąpi i wtedy śmiercionośna lawa pochłonie wszystko i wszystkich dookoła.

Oczywiście znałam ten sekret ich małżeństwa. Zdradził mi go już przy pierwszym spotkaniu.

Ale na ten szatański plan wpadłam dopiero po Hagalaz, wcześniej nie przyszłoby mi do głowy nawet wprowadzać go w życie. Teraz mogę stwierdzić, że mężczyźni nie są wcale mistrzami uwodzenia. Wystarczy wiedzieć, co kobieta chce usłyszeć, i szeptać jej to do ucha. To kwestia czasu i doświadczenia, a jeśli umiesz przeciągle patrzeć i cierpliwie słuchać – owoce rodzą się same. Inwestycje? Kwiaty, drobiazgi z drogerii, kolacja, dobry alkohol. Koszty są naprawdę niewielkie.

Najtrudniej było zyskać jej zaufanie. Wiedziała przecież, że pracuję dla jej męża – oczywiście była przekonana, że jedynie tłumaczę na delegacjach. Początkowo natykała się na mnie w knajpach (sądziła, że przypadkowo) i rozmawiałyśmy (była zszokowana, jak dobrze ją rozumiem). Naśladowałam jej sposób mówienia, przechylania głowy. Ubierałam się podobnie. Pragnęła przyjaciółki, by się wyżalić. Gładko weszłam w tę rolę. Słuchałam jej z zainteresowaniem, chcąc się dowiedzieć, czego jej w życiu brakuje. Pierwsze, co się narzucało, to deficyt miłości i seksu. Drugie – choć była panią dyrektor – naturalna potrzeba bycia małą kobietką: seksowną, bezradną, słodką. Te dwie informacje wystarczyły mi do wyreżyserowania głównego aktu intrygi.

Pewnego wieczoru zaprosiłam ją do siebie, by pogadać o facetach. Wyjęłam wino i kiedy była już lekko oszołomiona alkoholem, zaczęłam ją komplementować. Potem zahaczyłam o zdradę. Ten temat bardzo ją poruszył. Otworzyłam kolejne wino. Grałam z pasją faceta – twardego, nieugiętego, ale szarmanckiego i romantycznego. Tylko pytałam i słuchałam. Nie spuszczałam z niej zauroczonego wzroku. Kiedy uznałam, że jest gotowa, wspomniałam nasze pierwsze spotkanie. Rozpływałam się w zachwytach. Zeszłyśmy na tematy intymne, więc doprowadziłam do tego, że sama spytała, czy byłam kiedyś z kobietą.

Udałam zawstydzenie.

– Może powinnaś już iść. Tak będzie lepiej – szepnęłam.

– Jeszcze chwilę, tak miło się rozmawia – odparła. Wcale nie chciała wychodzić. – A co? Boisz się tego, co mogłabyś zrobić? – Roześmiała się figlarnie.

Wiedziałam, że połknęła haczyk. Pochyliłam wstydliwie głowę.

– Nie wiem, co się ze mną dzieje – powtórzyłam tyle razy słyszane z męskich ust. – Nie mogę przestać o tobie myśleć. Chciałabym tylko, żebyś była blisko. Nic więcej. Jesteś tak do mnie podobna – łgałam jak z nut, wiedząc, że to na pewno zadziała.

Spojrzała na mnie tak, że poczułam motyle w brzuchu. Tak czuje się facet, który już zdobył kobietę, choć ona jeszcze sobie tego nie uświadamia. Gdy znienacka pocałowałam ją na tarasie, ryzyko jej ucieczki było już znikome. Zamiast oburzenia – niekłamany zachwyt. Oszołomiona mrugała rzęsami. Potem objęła mnie i oddychała ciężko. Dotknęłam ustami płatka jej ucha.

– Zostań, jeśli chcesz – szepnęłam.

Dała się poprowadzić do łóżka. Była nieprawdopodobnie malutka. Kiedy ją rozbierałam, miałam wrażenie, że dotykam ciała kruchego dziecka. Rola dominanty była fascynująca i muszę przyznać, że to wszystko sprawiało mi niesamowitą przyjemność. Wierzyłam święcie we wszystko, co mówię, choć przecież tylko grałam. A Alicja tańczyła pod moim dotykiem i reagowała jak prawidłowo wywołana reakcja chemiczna. Starałam się jej nie przestraszyć za pierwszym razem, kochałam ją delikatnie i jak najbardziej czule. Wyplułam z siebie setki słodkich słówek i egzaltowanych zachwytów nad każdym nowo odkrywanym fragmentem jej ciała, by czuła się jedyną na świecie. Wyszła po kilku godzinach, zapłaciłam za jej taksówkę. Po pięciu minutach wysłałam słodką wiadomość. A następnego dnia zaprosiłam na moje przyjęcie urodzinowe, które oczywiście było sfingowane. Całowałam jej plecy i kark, gdy za ścianą moje koleżanki modelki rozprawiały o kaloriach i dyskotekach na Malcie. Jęczała jak kotka, gdy jej dotykałam, a fakt, że mogą nas nakryć inne kobiety, jeszcze bardziej ją podniecał. Śmieszyły mnie jej zahamowania, lecz nie dawałam tego po sobie poznać. Kiedy w końcu tamte poszły, pozwoliła rzucić się bezwstydnie na stół. Nawet najbardziej porządna dziewczyna ma dwie natury – tę racjonalną, która świetnie sprawdza się w codziennych obowiązkach matki, żony, i tę drapieżną, która chce gwałtownych uczuć i niebezpiecznych zabaw z brutalem. A im bardziej się oburza na takie dictum, tym bardziej skrywa to w sobie i częściej o tym śni. Bawiłam się więc w niegrzecznego chłopca, udawałam pirata, Jamesa Bonda, a ona wyła z rozkoszy.

Jej zapach czułam na swojej twarzy jeszcze następnego dnia, kiedy odwiedził mnie On. Zrelacjonowałam mu całe przedstawienia, a on śmiał się i domagał pikantnych szczegółów. Niektóre sceny kazał sobie powtarzać po kilka razy. Wpadł nawet na pomysł, by zamontować w moim salonie kamerę, bo chciałby nas podglądać. Wciąż pytał, czy go nie nabieram.

– Alicja pozwoliła na takie bezeceństwo? – dopytywał się, jednocześnie próbując mnie dotykać.

– Akurat w tej chwili chcę rozmawiać, nie pieprzyć się. Jesteś zbyt nachalny – powiedziałam i zapaliłam papierosa.

Zbladł. Zwęziły mu się te jasne, diaboliczne oczy, zobaczyłam w nich przerażenie. Zapiął spodnie.

Wiedzieliśmy oboje: wbiłam mu nóż w plecy. Byłam przysłowiową żmiją wyhodowaną na własnej piersi. Hagalaz zniszczyło Tiwaz. I nie było odwrotu – oboje to wiedzieliśmy, zabawa w magię tak może się skończyć.

– Jestem zmęczona – dodałam, gdy przysuwał się do mnie, coraz bardziej uległy.

Znałam jego strategię przyciągania i odpychania, wabienia i karania. Wszystkiego sam mnie nauczył, tylko że teraz role się odwróciły. Od tej chwili to on błagał mnie o seks, a ja ewentualnie się na to godziłam. Ale to była tylko udana pierwsza bitwa, na wygranie całej wojny musiałam jeszcze zaczekać. Jak się okazało, niezbyt długo.

Kiedy znudziła mi się rola samca, odsunęłam cierpiącą i pełną wyrzutów sumienia Alę. Dalej manipulowałam jej mężem. I to on, osobiście, poinformował żonę, co tak naprawdę mnie z nim łączyło. Kiedy powiedziałam, że nie chcę się z nim spotykać, najpierw wpadł w szał. Nie mógł się pogodzić z odrzuceniem, zwłaszcza że na własnej głowie nosił podpisany przeze mnie cyrograf. Myślał, że skoro ja noszę jego znamię, na zawsze pozostanę jego własnością, i to on zdecyduje o ewentualnym końcu. Jakże się mylił! Sam nie podejrzewał, co robi. Po prostu zwariował na moim punkcie. Dzwonił, wystawał pod domem, obsesyjnie pragnął kontaktu i powrotu starego porządku. I stało się. Przyłapała go, jak do mnie wydzwaniał z łazienki i szeptał, że kocha, tęskni, pragnie. Dalej szły perwersyjne bajeczki, które kiedyś tak na mnie działały. Ale kiedyś On nie zadzwoniłby z domu. Dawniej nie był miękki jak plastelina, nie dawał się wodzić za nos.

Śmiałam się, odkładając słuchawkę, wciąż nie mogąc uwierzyć we własny talent. Wtedy rozległo się pukanie do drzwi. Spojrzałam w wizjer: Alicja. Wpuściłam ją. Była naprawdę piękna w swej rozpaczy.

– Czy to prawda?
– To kłamstwo – odparłam, bo to przecież chciała usłyszeć.

Przyjęłam pokorny wyraz twarzy.

W tym momencie ponownie zadzwonił telefon.

– Ona jedzie do ciebie. – Głos mu się łamał. – Słyszała naszą rozmowę. Wyprzyj się wszystkiego!

Był przerażony, słaby. Już nie zasługiwał na swoje zaszczytne imię.

– Dzwonił twój mąż – powiedziałam, odkładając słuchawkę. – To wszystko prawda.

Otworzyła usta, by zadać pytanie. Trzęsącymi się dłońmi wzięła papierosa i podpaliła filtr. Rozbawiło mnie jej zdenerwowanie.

– Od jak dawna? – wyręczyłam ją w zapytaniu. – Od ponad dwóch lat.

Opowiedziałam jej tyle, co trzeba. Prawdę mówiąc, tylko to, co było najmniej szokujące. Nie wiem, o kogo była bardziej zazdrosna – o mnie czy o niego. Kogo bardziej nienawidziła? W każdym razie miesiąc później złożyła papiery o rozwód. Odebrała mu dom, psa, zarejestrowała własną firmę i zażądała udziałów w jego fabryce. Przyjął to z honorem i zgodził się na wszystko. Ale mnie nie był w stanie wyrzucić ze swojej głowy.

Poddał się mojej władzy i z pokorą przyjął nowe warunki. Zarzucał mnie wyznaniami miłości, pytał, czy nie wzięlibyśmy teraz prawdziwego ślubu. Śmieszył mnie. Bez emocji odpowiadałam, że nie chce mi się z nim gadać. A zresztą mam już kogoś. Deptałam go jak robaka, już bez strachu, że się wścieknie, że będę sama.

Miesiąc temu, na jednym z turniejów tenisowych, zaczął się do mnie przystawiać znany prezenter telewizyjny. Umówiłam się z nim i zaczęłam regularnie spotykać. Z mężem Alicji ani z nią nie sypiałam od miesięcy. Jego nie wpuszczałam nawet do mieszkania, które zresztą zapisał na mnie. Był pokorny. Nawet gdy zobaczył w gazecie moje zdjęcia z nowym narzeczonym, nie zająknął się, żebym się wyprowadziła. Jeśli był bardzo uciążliwy i błagał mnie o spotkanie, a ja miałam dobry humor, umawiałam się z nim na mieście, ale nie pozwalałam nawet pocałować się w rękę. Nie wiem, jak to możliwe, że po takiej fascynacji, odkąd stał się miękki, zupełnie przestał na mnie działać. Gardziłam nim, że choć zrujnowałam mu życie, wciąż płaci za mnie rachunki i żebrze o miłość. Wymierzałam mu karę za to, że nie uszanował moich uczuć w stosownym czasie, gdy pragnęłam go nad życie.

Przed Gwiazdką dostałam szarą kopertę z zawiadomieniem, by zgłosić się do kancelarii notarialnej. Byłam pewna, że to desperacki ruch zbliżenia się. Hagalaz działał jak ładunek wybuchowy. Za jego pomocą niejadowity wąż pożarł ziejącego ogniem smoka – śmiałam się z satysfakcją, wkładając najbardziej obcisły kostium, jaki miałam w szafie.

– Myślisz, że mnie kupisz? – Wykrzywiłam pogardliwie usta i dmuchnęłam mu w twarz dymem z papierosa.

Chwyciłam akt notarialny, sporządzony przed chwilą, w którym czynił mnie współudziałowcem własnej firmy zaopatrującej pół Polski, całą Ukrainę, kawałek Bułgarii i Litwy w sprzęt do wyposażenia sklepów, i podarłam go na strzępy.

– Nigdy nie będziesz mnie miał!

Majestatycznie zeszłam schodami na dół. Przed wejściem czekał samochód. Siedział w nim Mariusz Król, z którym uprawiałam zwyczajny seks i rozmawiałam o wymarzonych rolach, jakie zagram. Był we mnie zakochany. Wierzył, że jestem urodzoną aktorką. Lubiłam go, bo był dobrym człowiekiem. Zaplanowaliśmy ślub na oczach milionów, który będzie transmitowała jedna z komercyjnych stacji, gdzie Mariusz pracował. Czułam, że weszłam na pierwszy stopień schodów do upragnionego nieba. Nie znałam jeszcze ceny, jaką mi przyjdzie za to zapłacić.

Rozdział 25
Borys podsłuchiwacz

*„Najlepszym rozwiązaniem są
zamknięte usta i otwarty umysł"*

– Nie znałam jeszcze ceny, jaką mi przyjdzie za to zapłacić – głos Niki wlewał się do uszu profilera przez maleńkie słuchawki discmana. Mała lampka nocna była włączona i rzucała trochę światła na przenośny odtwarzacz, choć dzień wstał na dobre kilka godzin temu. Ale w tym dziwacznym hotelu bez okien można było stracić poczucie czasu.

Patrzył na wibracje czerwonego punkcika, który wędrował ciemnym labiryntem po obudowie discmana, dopóki kręciła się płyta. Słuchał z uwagą i próbował wyłowić informacje przydatne do sprawy. Natychmiast, gdy natrafił na wątek czyjejś śmierci, którą aktorka tak straszliwie przeżywała, zgasił papierosa i chwycił plik żółtych karteczek. Cienkim flamastrem notował słowa płynące z odbiornika. Wyszedł z tego niezły kawałek serialowego scenariusza.

Nika: – Myślałam, że odetnę się od przeszłości. Zacznę na nowo. I dopiero teraz widzę, że słono zapłacę za zabawę jego kosztem. Jestem rozbita. Nie umiem się pozbierać. Mam wyrzuty sumienia. Nie wiedziałam, że to może tak podziałać.

Jakub: – Nie zadręczaj się! Nie ma w tym ani mojej, ani twojej winy. To był jego wybór.

Nika: – Pamiętam jego wzrok. Patrząc tak, obarczył mnie odpowiedzialnością za swoje nieudane życie i tak głupią śmierć. Kara za tę zbrodnię dosięgnie nas oboje.

Jakub: – Słuchaj, bo powtarzam ostatni raz. To było samobójstwo!

Nika: – Nie rozumiem, jak możesz dalej żyć, nie przejmując się, że z twojej winy zginął człowiek.

Jakub: – Czego ty chcesz? Mam się zabić? Wtedy będziesz szczęśliwa? Zastanów się, kobieto. A jeszcze lepiej: idź do psychiatry.

Nika: – Już byłam. U niejednego. Oni nic nie rozumieją. Przez te leki jest mi jeszcze gorzej. Czasem ogarnia mnie rozpacz. A czasem szał. Mam ochotę niszczyć wszystko wokół siebie. Włącznie ze sobą.

Jakub: – Słuchaj, nie mam teraz czasu. Ty masz swoje życie, ja swoje. Każdy wie, co robi. Nie jesteś już dzieckiem! Weź się w garść.

Nika: – Czy ty nie rozumiesz, że jego śmierć kładzie się cieniem na moim życiu?

W tym momencie kobieta zaczyna szlochać i w końcu rozmowa się urywa jak niedokończony film. Przerwa na reklamę? Nie, to nie serial. Jak bardzo jej życie przypominało thriller, w którym jest pełno tajemnic, niewyjaśnionych wątków, zwrotów akcji. Ale tym razem suspensu nie ma. Jakub nie dzwoni ponownie, nie pociesza jej.

Co się działo z nią w takich sytuacjach? Jak pokonywała ten żal? – myślał Meyer, wkładając do discmana kolejną płytę. Miał wrażenie, jakby aktorka sama odpowiadała na jego pytania. Słyszał szum nadchodzącego połączenia. Nika czeka przy aparacie. Nie minęło nawet piętnaście minut. Meyer niemal widział, jak trzęsą się jej ręce, obsychają łzy. To tylko przypuszczenia, obrazy wytworzone przez jego wyobraźnię. Jak starała się opanować, dlaczego dzwoniła do anonimowych mężczyzn i prosiła, by przyjechali. I nie mówiła, że potrzebuje wsparcia, bo nie szukała w ich ramionach i słowach ukojenia. Być może doskonale wiedziała, że jej smutek ich nie obchodzi. Interesują się nią z innych powodów. Chcieli radosnej kobiety. Namiętnej kochanki. W słuchawce rozległy się trzy dzwonki zajętego telefonu. Potem kolejna rozmowa, zakończona przez anonimowego mężczyznę szeptem: – Nie mogę rozmawiać. Oddzwonię. Nika dalej próbowała. Być może miała przed sobą notes i dzwoniła po kolei. Tak przypuszczał Meyer, siedząc w pokoju hotelowym. Zasugerowała jednemu z nich, który akurat odebrał telefon, że chce się kochać. Jej głos był zmieniony. Już nie wydawała się załamana. Kusiła, wzdychała, śmiała się.

– Trochę wypiłam, nie panuję nad sobą. Spotkamy się jutro. Zbyt wiele może się zdarzyć. A ty masz przecież obowiązki...

– Już wsiadam w auto – odpowiedział jej sprytny baryton. Najwyraźniej ucieszył się z jej telefonu. I kiedy zaczęła się wymigiwać, była bliska zmiany zdania, zareagował bardzo szybko: – Nie mów mi teraz, że się rozmyśliłaś.

– Bądź jak najszybciej. Pończochy mnie piją, nie mogę tak godzinami siedzieć w szpilkach. Prawie całkiem naga.

Meyer słuchał tych nagrań jak erotycznego słuchowiska radiowego. Król miał rację. Poza dramatycznymi wyrzutami powtarzającymi się jak mantra i wulgarnymi epitetami rzucanymi jej przez przygodnych kochanków na kasetach nie było nic interesującego. Nic, co mogłoby rzucić cień na sprawę jej zabójstwa. Większość to zwykłe rozmowy z różnymi mężczyznami. Czy do Niny Frank nigdy nie dzwoniły kobiety? Nie miała przyjaciółek? Owszem, kilkakrotnie na nagranych taśmach słuchał rozmów Frank z jej charakteryzatorką, ale dotyczyły pracy. Nika wymuszała na niej, by przekazała reżyserowi, że przyjedzie dopiero po południu albo ma napięcie przedmiesiączkowe i nie ma siły wstać z łóżka. Wykorzystywała ją też do zdobywania plotek na temat różnych osób, między innymi szefowej zespołu scenarzystów, którą obie nazywały „ta święta suka". Zarówno charakteryzatorka, jak i Nina Frank jej nie cierpiały.

Aktorka Świętej nie znosiła, ale miała wobec niej respekt. Za to Królem pogardzała. Rozmowy z nim i o nim były podszyte żalem. Tak, ten człowiek miał prawo czuć się jak śmieć. Żona upokarzała go bez litości. Ich małżeństwo było fikcją. Do tego opowiadała obcym ludziom na jego temat straszne rzeczy. Że jest pierdołą, a zanim położy się do łóżka, dokładnie składa w kostkę swoje ubranie, nawet skarpetki. Śmiała się. Jednak ani razu nie powiedziała, że ją poddusza czy jest brutalny. Wręcz przeciwnie. To ona go atakowała. Profiler zastanowił się nad tym i pomyślał o Ewie. Czy ona kłamała? Dlaczego?

– Idź do niej, jeśli cię zechce. Współczuję jej – mówiła Nika do Króla. – Jesteś do niczego. Nawet nie drań.

– Zachowujesz się jak dziwka. Czy wiesz, co mówiłaś wczoraj po pijanemu?

– Pewnie że ci nie staje przy mnie? Że się mnie boisz? I jeśli chcesz we mnie wejść, jestem sucha jak papier ścierny?

– Zamknij się!

– Coś innego? Szkoda. Poprawię się następnym razem.

– Krzyczałaś, że nikt nie wie, co w tobie siedzi. Tylko jeden człowiek cię rozumiał, ale go zabiłaś.

W tym momencie na płycie rozległ się trzask odkładanej słuchawki.

Meyer przesłuchał wszystkie szesnaście płyt, ale tylko na jednej rozmawiała o czyjejś śmierci. Ani razu nie padło imię tego człowieka, choć musiał być dla niej ważny. Bardzo przeżywała jego stratę.

Zadzwonił budzik. Meyer nie od razu go usłyszał. Wyłączył odtwarzacz, wyjął słuchawkę z ucha. Spojrzał na zegarek i zaczął się ubierać. Kiedy był gotów do wyjścia, włączył telewizor. Na ekranie pojawiła się twarz Niki z zatrzymanym na moment przeraźliwie smutnym uśmiechem. Za chwilę miała powiedzieć:

– I co ty na to, Jakubie?

– „Jeśli chcesz poznać artystę, przyjrzyj się jego dziełu" – odpowiedział jej profiler. I dodał: – Żałuję, że spotkałem cię dopiero po śmierci, Niko.

Kiedy wsiadał do samochodu, na parking wyszedł niski mężczyzna w skórzanej kurtce. Ten sam, którego spotkał kilka dni temu przy recepcji. Meyerowi wydało się, że skinął mu głową na powitanie.

– Ma pan ogień? – spytał go profiler.

Ale ten pokręcił przecząco głową.

– Nie palę. – Schował się we wnętrzu białej zardzewiałej furgonetki.

Meyer miał ochotę dowiedzieć się, dlaczego facet tak długo mieszka w tym dziwacznym hotelu. Co tu robi? Nie wyglądał na opiekuna prostytutki ani kierowcę ciężarówki. Ale błyskawicznie myśli o nim wyleciały mu z głowy, bo zadzwoniła jego żona. Aż odsunął od ucha komórkę i ściszył głos, tak się darła.

– Będziesz na rozprawie? Mam nadzieję już zakończyć tę farsę – lodowatym głosem mówiła Anka.

Skrzywił się, poczuł, że zabolało go w piersi.

– Jaki to dzień? – odpowiedział pytaniem na pytanie. Był przerażająco spokojny.

– Poniedziałek, najpiękniejszy dzień mojego życia.

– Nie wiem, zobaczę.

– Twoja przyjaciółka się wycofała. Co jej nagadałeś? – znów piszczała do słuchawki.

Ściszył jeszcze o kilka kresek.

– Nie drzyj się. Mam dość stresów i bez twoich wrzasków.

– Będę krzyczeć, bo tak mi się podoba!

– Jaka przyjaciółka?

– Mariola. Dowiedziałam się, że z nią też spałeś! Co za towarzystwo!

– Masz dowody?

– Wystarczy mi twoja skrzynka mejlowa.

– Jak mogłaś!

– Nie dostaniesz z tego domu ani jednej rzeczy. Twoje ubrania już oddałam do PCK.

– Nie spodziewałem się po tobie tak prymitywnego zachowania.

- Spałeś z połową komendy. Wyobrażam sobie, jak twoi koledzy się ze mnie śmieją.
- Tylko to cię interesuje. Opinia innych.
- A ty... ty... - Anka nie znajdowała słów. - Nie licz, że zobaczysz dzieci...
- Nie muszę wcale dawać ci rozwodu.
- ...ani pieniędzy z naszego konta - dodała z satysfakcją.
- Co? Potrzebny jest mój podpis.
- Czyżby? - odpowiedziała szyderczo i się rozłączyła.

Wsiadł do auta i zadzwonił na infolinię banku.
- W czym mogę pomóc? - usłyszał.
- Chciałbym poznać obecny stan konta.
- Proszę o podanie hasła.

Meyer się zawahał.
- Marchwicki.
- Zgadza się. Stan konta, tak? - upewniła się kobieta.

Meyer słyszał, jak uderza w klawiaturę. Gdy podała sumę, poczuł silne ukłucie w sercu.
- Może pani powtórzyć? - wydukał.
- Minus cztery tysiące dwieście trzydzieści siedem złotych.
- Możemy prześledzić ostatnie operacje?
- Tak, oczywiście. - Kobieta czytała realizowane przelewy i transakcje.

Żona Meyera pobierała początkowo pieniądze z bankomatów - po tysiąc złotych. Z czasem rozochociła się: po dwa tysiące. Ostatnia kwota została wypłacona na podstawie czeku: dziesięć tysięcy złotych. Anka wykorzystała w pięćdziesięciu procentach linię debetową. W sumie wyjęła dwadzieścia cztery tysiące złotych - ich wszystkie oszczędności plus debet.
- Dziękuję.
- Miłego dnia, do widzenia.
- Będzie bardzo miły - mruknął do siebie. - Mogłem się tego spodziewać. Jestem skończonym frajerem! - Przekręcił kluczyk w stacyjce. Wyjeżdżając z parkingu na szosę, omal nie wpakował się pod pędzącego TIR-a, bo ze zdenerwowania

nie spojrzał w boczne lusterko. – Spokojnie, spokojnie – próbował się jakoś opanować.

Ale wciąż widział przed oczami tylko walizkę swojego dobytku i trochę sprzętu elektronicznego, które zabrał ze sobą. To wszystko, co mu zostało. Cały dorobek życia zabrała Anka. Był pewien, że spełni obietnicę i nie wpuści go do mieszkania. Nie odda mu dobrowolnie nawet łyżeczki do herbaty. Co on może zrobić? Nie będzie się przecież z nią bić. Działał teraz pod wpływem emocji, ale doskonale wiedział, co robi.

– Nie mam innego wyjścia – powtarzał.

Kiedy znalazł się przy jedynym w okolicy bankomacie, wypłacił tysiąc złotych, w setkach. Potem maszyna odmówiła współpracy. Skontaktuj się z właścicielem karty – informowała uparcie. Wszedł do banku i czarującym głosem poprosił kierowniczkę. Zmusił się do uśmiechu oraz władczego tonu. Pomagał mu wizerunek: płaszcz, teczka. Szkoda, że akurat dziś nie włożył garnituru.

– Chciałbym zrealizować czek. To pilne.

Na blankiecie złożył dwa podpisy: swój i Anki. Wpisał kwotę: cztery i pół tysiąca złotych.

Dokładnie tyle jeszcze mogła udźwignąć ich linia kredytowa, którą otrzymali dzięki jego stałym dochodom. Siedział z godzinę, czekając na potwierdzenie wzoru podpisu. W końcu wypłacono mu gotówkę.

– Chcesz walki? Dobrze. Będziesz płaciła nasze długi – powiedział, wychodząc z budynku.

Nie myślał już o tym, co się stanie, gdy na jaw wyjdzie, że policjant podrobił podpis i zdefraudował pieniądze. Musi przecież z czegoś żyć. Za trzy dni wraca do Katowic. Zajmie się swoimi sprawami. Anką, rozwodem i sobą.

Przez całą drogę do białostockiego aresztu słuchał Rolling Stonesów. Gwizdał i palił. Nabuzowany złością wbiegł po schodach do pokoju Łysego.

– Witam pana psychologa! Może się pan szykować do domu. – Łysy aż rozpływał się w uśmiechach.

– Macie kolejny strzał w dziesiątkę, który nie chce się przyznać? – zakpił Meyer.

– Cóż, przyznanie się do winy to w tym przypadku kwestia czasu.

– Tak samo mówił pan poprzednio. Z tego, co wiem, czas nie płynie na waszą korzyść. Chyba działa pan po omacku, panie Czupryna. – Meyer odczytał nazwisko policjanta i przeciągle spojrzał na łysą czaszkę gliniarza.

Ten jednak jakby nie dostrzegł szyderstwa.

– A cóż pan nowego znalazł? O ile wiem, jeszcze pan narobił kłopotów i wszczęto przeciwko panu postępowanie dyscyplinarne.

– Nic o tym nie wiem – skłamał Meyer i ostentacyjnie zapalił papierosa.

Łysy nie wytrzymał.

– W tym gabinecie się nie pali!

– Jak się miewa nasz podejrzany? – Meyer jakby nie słyszał. Łysy rzucił na profilera wściekłe spojrzenie. – Wiem, jak przycisnąć podejrzanego, by przyznał się do winy.

Łysy zacisnął pięści.

– Gratuluję. Nie potrzeba nam magii i wróżenia z fusów. A tym bardziej pańskich porad. Sami dobrze wiemy, jak pracować.

Meyer zgasił papierosa w popielniczce. Oparł się o blat biurka i niemal zetknął się twarzą z Łysym. Zdawał sobie sprawę, że tamten czuje jego oddech i robi mu się słabo. Meyer chciał złamać Łysego i czuł, że ten coraz bardziej mięknie.

– Doskonale znam podejrzanego. I wiem też, że pańskiemu szefowi bardzo zależy na jego wyjaśnieniach. Mogę pomóc. Więc raz jeszcze zapytuję: Jak się miewa nasz podejrzany?

Łysy odjechał z krzesłem na kółkach pod ścianę i udał, że szuka czegoś w segregatorze.

– Ma się świetnie. Brak alibi, mikroślady, odciski. I widziano jego auto pod posesją aktorki.

– A któż je widział?

– Sąsiadka.

– Z jakiej odległości?

– Z naprzeciwka.

– Widziała auto. Ale nie jego! I zapewniam, że nawet ja nie zobaczyłbym z kilometra osoby wchodzącej do mieszkania aktorki, a tym bardziej ta staruszka Andrzejukowa, bo o niej pan mówi.

– Zobaczymy, zobaczymy...

– Słaby dowód. Adwokat pana wyśmieje. A biegli obalą zeznania ślepej jak kura sąsiadki. Możemy się założyć.

– Mamy też kolczyk Niny Frank, który morderca wyrwał z pępka. Znaleziony podczas przeszukania u podejrzanego. I co pan na to?

– Może to nie jej. Kobiety mają mnóstwo biżuterii. A często jest do siebie podobna.

– Należał do Frank. Jest widoczny na kilku jej starych fotografiach. Specyficzny: szafirowy, szlifowany w Wiedniu. Mamy też ekspertyzę wykonawcy. – Łysy pokiwał głową i wykrzywił usta w grymas.

– Skąd wiadomo, że miała go na sobie w dzień zabójstwa?

– Mąż potwierdził.

Meyer roześmiał się gromko.

– Przecież on jest podejrzany – powiedział. – Ale jeśli pan jest zadowolony z przebiegu śledztwa, to moje gratulacje – dodał profiler. – A nowy podejrzany wyjaśnił coś na tę okoliczność?

Łysy się zamyślił.

– Odmawia składania wyjaśnień. I nie przyznaje się, oczywiście.

– Czeka na adwokata?

– Ma już adwokata z urzędu. Zresztą podejrzany z nim też nie chce gadać.

– Aha. Czyli niezły klops. W grę wchodzi tylko proces poszlakowy. A prokurator nęka pana dwa razy dziennie: rano i po południu pytaniem, czy już się przyznał? – Meyer się uśmiechnął.

– Nie jest najgorzej – bronił się Łysy.

- Panie Czupryna, zarówno ja, jak i pan wiemy, że po dwóch falstartach nie możemy znów dać się ugotować. Najpierw pewniak listonosz, potem mąż, a teraz? Powie mi pan wreszcie kto?

Łysy podrapał się po czaszce i odparł, zdradzając niepewność:

- Ochroniarz. Syn bibliotekarki. W razie czego męża też zatrzymaliśmy.

Meyer spojrzał na Łysego z podziwem, a potem znów wybuchnął śmiechem.

- Jest pan naprawdę zabawny. A może będziemy ciągnąć zapałki i losowo wskażemy, kto zabił.

- Dobra, co pan ma na tego ochroniarza?

- Wiedzę psychologa. – Profiler zmrużył szelmowsko oczy. – Chciałbym powróżyć sobie z nim z fusów. Ale musi mi pan dać zgodę.

- Ma ją pan – poddał się Łysy i wydał telefoniczne polecenie, by zaprowadzili komisarza Meyera do aresztu.

Kiedy profiler wychodził, policjant podał mu wizytówkę. Był już uległy i zrezygnowany. Widać Meyer trafił w słabe punkty śledztwa, które Łysy sam dostrzegał, ale nie chciał się do tego przyznać.

- Chętnie pogadam z panem po południu. Muszę jechać do sądu, na przesłuchanie. Jak pan wyjdzie, mnie nie będzie, więc...

- Zrozumiałem aż nadto. Dzięki.

- Niech pan nie dziękuje. To mój obowiązek.

- Przecież wiem, że gdyby to od pana zależało, posłałby mnie pan do stu diabłów.

Łysy nie odpowiedział, ale pierwszy raz pożegnał Meyera z szacunkiem.

Dwumetrowy funkcjonariusz służby więziennej prowadził go długim korytarzem. Po jego obu stronach znajdowały się cele. Klucze przytroczone do paska klawisza brzęczały rytmicznie, a ten dźwięk jakby przyciągał umieszczonych w celach ludzi. Zza krat ciekawsko wystawały pokrzywione twarze alimenciarzy i złodziei.

Klawisz otworzył małe okienko w metalowych drzwiach jednej z cel i krzyknął:

– Daniluk, wstawać.

Po czym włożył klucz od zamka.

Kiedy drzwi się otworzyły, Borys bez słowa podniósł się z pryczy. Na sobie miał granatowy dres Adidasa i klapki. Koszulka opinała jego muskularne ciało. Meyer zaliczył go do kategorii ABS – absolutny brak szyi. Jak ten chłopak się tutaj świetnie komponuje, pomyślał.

Borys posłusznie wystawił ręce do założenia kajdanek. Meyer pokręcił głową, że nie ma takiej potrzeby. Usiedli w małym pokoju. Strażnik za szybą nie spuszczał z nich oczu. Meyer położył przed Borysem paczkę papierosów i zapalniczkę. Chłopak zapalił jednego i patrzył w milczeniu w okno.

– No i jak się podoba nowe lokum? – zapytał profiler, bacznie obserwując Borysa.

– Lokum jak lokum. W porzo. Żarcie za darmo, telewizja. Spać można, ile się chce – burknął Borys, nie odwracając głowy.

– W dwunastoosobowej celi nie będzie już tak przyjemnie.

– No.

– Wpadłeś w niezłe kłopoty. – Meyer płynnie przeszedł na „ty".

Borys jakby nie zwrócił na to uwagi.

– No.

– Matka się pewnie zdenerwowała.

– No – powtórzył Borys, ale tym razem spuścił głowę.

– To jak to było?

– Nie gadam z psami. – Mężczyzna udawał spokojnego, ale aż poczerwieniał ze zdenerwowania.

– Nic dziwnego. – Meyer przerzucił akta chłopaka. – Udział w bójce pod parasolkami, pobicie policjanta i ofiara nożownika w warszawskim barze Pod Kaczką. Siedem postępowań. Trzy razy pobrane odciski. To po nich cię zidentyfikowano. Zawsze sprawa kończyła się niewykryciem sprawcy, a jak ty byłeś ofiarą i cudem uszedłeś z życiem, też nie podałeś nazwiska napastnika.

– No...

Meyer wpatrywał się w oczy Daniluka.

– I co z tego? – nie wytrzymał Borys.

– Gdybyś współpracował, może udałoby się tego sprawcę złapać.

– E tam.

– Byłeś ostatni, który widział aktorkę żywą.

– Ja tam nic nie wiem.

– Ale ja wiem. Tak było. Czym ją uderzyłeś?

– Nie uderzyłem.

– Deską?

– Nie uderzyłem.

– A skąd wziąłeś kabel? Przyniosłeś ze sobą?

Borys zgasił papierosa i spojrzał na profilera:

– Myślisz, że mnie złamiesz, cioto?

– Tak. Bo ja wiem o tobie więcej niż ty sam o sobie. I podejrzewam, że jej nie zabiłeś.

Chłopak wpatrywał się w niego tępo, jakby to, co przed chwilą usłyszał, nie zrobiło na nim wrażenia.

– Ale jak nie będziesz ze mną gadał, to dostaniesz dożywocie – ciągnął Meyer. – I telewizja będzie za darmo do końca twojego zasranego życia.

– Odwal się.

– Byłeś w nocy, kiedy ja tam byłem. Przyszedłeś po pluskwę.

Borys podniósł głowę. Teraz spojrzenie miał spłoszone.

– To będzie między nami – dodał Meyer.

– Nie ufam psom.

– Nie musisz ufać. Mamy interes do ubicia.

– Ja nie mam z tobą żadnego interesu – odpalił Borys i chwycił kolejnego papierosa.

– Ale moje fajki ci smakują?

Chłopak gwałtownie odłożył zapalniczkę. Papieros potoczył się po stole i upadł pod ścianę. Psycholog wstał, podniósł go i zapalił. Patrzył teraz wyzywająco na chłopaka.

– Byłem tam i co? Nie zrobiłem tego! Nie mam z tą sprawą nic wspólnego.

– Teraz kłamiesz. Ustalmy coś. Ty mówisz mi prawdę, a ja cię wyciągnę.

– Nic mi już nie pomoże.

– Owszem, jeśli my – psy – złapiemy prawdziwego sprawcę, ty wyjdziesz.

– Skąd wiesz, że to nie ja?

– Nie mam pewności.

Chłopak prychnął.

– Ja tam nie ufam glinom. Jedna sitwa. Chodzi wam o to samo, tylko że formalnie.

– Skąd miałeś kolczyk? – przerwał mu Meyer.

– Znalazłem.

– Gdzie?

– W jej domu.

– Kiedy?

– Jak zakładałem podsłuch. – Borys roześmiał się szyderczo.

– Więc jednak...

– Żartowałem.

– Wiesz, co mnie interesuje? Jak wtedy wszedłeś i nie zostawiłeś śladów śniegu?

– Ty byłeś tam nielegalnie.

– Ty też. Jedziemy na jednym wózku. Lepiej mi zaufaj.

– Co będę z tego miał?

– Wolność?

Borys zaniósł się śmiechem.

– Nienawidziłeś jej. Za to, że reprezentowała świat, do którego nigdy nie będziesz należał. Ucieleśniała twoje marzenia, które pogrzebałeś, rzucając szkołę. Nigdy nie znalazłbyś takiej kobiety. Normalne dziewczyny nie zwracały na ciebie uwagi. A jednocześnie cię fascynowała. Miała kasę, robiła, co chciała, była sławna. Dlatego ją podsłuchiwałeś. Z frustracji. I dlatego ją zabiłeś. Miałeś ją za kurwę, bo choć tyle razy byłeś w jej domu, nie zapamiętała nawet twojej twarzy. To cię wściekało. Upokarzała cię, nawet nie zdając sobie z tego sprawy.

– Nieprawda!

– Co nieprawda?

– Nic.

– Marzyłeś o niej, wiedziałeś o niej więcej niż inni. Twoja matka ułatwiała ci dostęp do informacji. Kochała ją, marzyła o córce. Byłeś zazdrosny o Ninę Frank. Czułeś się przy niej gorszy. I sprawiała jednocześnie, że nie mogłeś przestać o niej myśleć.

– Ona była dla mnie nikim – powiedział Borys po chwili milczenia. – I nie podsłuchiwałem jej z powodu frustracji, ale z nudów.

– Gardziłeś nią. Nie mogłeś znieść myśli, że nie możesz jej posiąść.

– Kurwa, posiąść. Żałosne. Gdybym chciał, przeleciałbym ją, kutasie.

– To dlaczego ją podsłuchiwałeś?

– Mówiłem, że z nudów. W tej dziurze nic się nie dzieje. Gdybym mógł to wszystko sprzedać, wyjechałbym do Warszawy. Ale matka...

– Pociąga cię wielki świat, proszę, proszę – szydził profiler.

W tym momencie rozległo się pukanie. Wszedł klawisz.

– Zejdę na chwilę na dół. Da pan sobie radę? Za pięć minut jestem z powrotem.

Meyer kiwnął głową.

– W porządku.

– Nie boisz się, że cię zaatakuję? – spytał Borys, kiedy zostali sami.

Psycholog pokręcił głową.

– A zaatakujesz?

Zaciągnął się papierosem i skupił wzrok na Borysie. Chłopak patrzył mu prosto w oczy. Meyer wiedział, że jeszcze się buntuje, ale już chce współpracować. Wie, że trafiła mu się niezła szansa na wydostanie się stąd. I skorzysta z niej, choć wolał być twardzielem. Ale nie jest. W głębi duszy nie jest taki zły. Wykorzystamy to.

– Pogadajmy – powiedział do chłopaka. – Zależy mi na tym, co usłyszałeś na taśmach.

– Nic tam nie było. Zwykłe babskie płacze i pieprzenie o depresji. Trochę o seksie. Tego słuchałem.

– Czy mówiła o kimś, kto przez nią zginął?

– Nie. Słuchałem na wyrywki, jak CB-radia. Nie zapamiętywałem nazwisk. Nie pamiętam za bardzo niczego, co mogło być ważne.

– Spróbuj sobie przypomnieć.

– Nie umiem. To było zupełnie bez celu. Dlatego gdy zginęła, poszedłem i wyjąłem urządzenie. Nie wiedziałem, że ktoś może tam być.

– Wiem, omal cię nie zastrzeliłem.

– No. Widziałem, jak biegłeś w gaciach.

– Jaka ona była?

– Suka. Manipulatorka. Wredna suka.

– Aha.

– Spała z różnymi. Czasem jeździłem rozdzielać ją i tego jej męża. Dla mnie była miła, ale...

– Co ale...

– Ale ja jej nie ufałem.

– Podobała ci się.

– Niezła laska.

– Masz dziewczynę?

– Nie.

– A z kim sypiasz?

– Co cię to obchodzi?

– Chcę ci pomóc.

– Tak jak wszyscy. Cieszą się, że mnie mają.

– Kim jest twoja dziewczyna?

– Nie twoja sprawa.

– Byłeś u niej wtedy czy w domu Niki Frank?

– U niej.

– Dlaczego nie dała ci alibi?
– Ona nie mogła.
– Dlaczego?
– Nie wie, że tu siedzę. Ja jej tak naprawdę nie znam. Nie mam jej numeru. Ona do mnie dzwoni, kiedy może. Nie wiem, co robi, ani ona nie wie, co ja robię. Taki układ. Bez zobowiązań.
– Ale wcześniej byłeś u Niny Frank?
– Tak.
– Piliście wódkę?
– Tak, ja wódkę, a ona wino. Rozmawialiśmy.
– O której przyjechałeś?
– Gdzieś około szóstej zobaczyłem światło. Wszedłem i zobaczyłem, jak leży na podłodze w bibliotece. Była nieprzytomna, ale jeszcze kontaktowała. Wzięła mnóstwo prochów. Pomogłem jej dowlec się do łazienki i sprowokowałem wymioty. Wyglądała koszmarnie. Była chyba pobita. Chciałem wyjść i zostawić ją, ale było mi jej szkoda. Trochę na nią nakrzyczałem. Gdybym chciał ją zabić, przecież nie parkowałbym służbowego auta przed posesją. Potem położyłem ją spać, ale ona...
– No?
– Wtuliła się we mnie i płakała. Potem nagle zaczęła się śmiać. Śmierdziała alkoholem i wymiocinami.
– Odbyliście stosunek?
– Nie. Chciałem wyjść. A ona mnie prowokowała. Wtedy powiedziałem, co myślę o niej, o jej życiu. Znów się rozbeczała. Nienawidzę, jak baby ryczą. Co wtedy robić?
– Też tego nie znoszę – powiedział Meyer.
Borys spojrzał na niego i wzruszył ramionami.
– Słuchałem przecież wiele razy, jak kręci tymi przydupasami. Jak chce się z nimi pieprzyć. I wygarnąłem jej, że to zwykłe kurewstwo. Patrzyła na mnie i kiedy myślałem, że mnie wyrzuci, nagle się zmieniła. Nigdy nie widziałem tak opanowanej osoby. Zaczęła mówić. Zgodziła się ze mną, że ten jej zawód to lipa. Nie jest żadną gwiazdą. A branża to kupa

karierowiczów. Okazała się inną osobą. Powiedziała mi strasznie dużo o sobie. Ona była stąd, wie pan? I potem już, jak tak sobie piliśmy, ja wódkę, a ona wino, czułem się jak z normalną dziewczyną. Była taka jak ja. Powiedziałem, że moja matka ją uwielbia. Wzruszyła się i zaczęły jej lecieć łzy.

Wrócił klawisz i usiadł w pomieszczeniu obok, za szybą. Meyer jeszcze przez godzinę rozmawiał z Borysem. Na koniec wyjął karton papierosów i podał chłopakowi.

– A wie pan, dlaczego nie zostawiłem śladów? Zdjąłem buty i schowałem je pod kurtkę. Strasznie ciężko prowadzi się w samych skarpetkach.

Rozdział 26
Wszyscy mają kłopoty

„Akceptuj ból i rozczarowanie. To część twojego życia"

Przed wejściem do biblioteki gminnej zebrał się spory tłum. Mężczyźni zerkali gniewnie na zabarykadowane drzwi ośrodka kultury. Ich żony krzyczały jedna przez drugą. Co jakiś czas któraś podchodziła do zamkniętych drzwi, pociągała za klamkę i wracała do grupy. Razem czuły się bezpiecznie. I były znacznie bardziej agresywne niż w pojedynkę. Kiedy Kowalczewska, prowodyrka wiejskiego zgromadzenia, rzucała jakieś niewyszukane przekleństwo, harmider się wzmagał.

– Józek, a skocz po jeszcze jeden koszyk jajek. Stoi w sieni! Toż nasze dzieci tutaj przychodziły! – Kowalczewska szarpnęła jednego z mężczyzn.

– Chodź do domu, kobieto. Nie będziemy tutaj stać do nocy – warknął mężczyzna.

– A gdyby to mnie zaatakował ten psychopata? Syn tej, tej… – nie znajdowała słów. – Też byś udawał, że nic się nie stało? Nigdzie nie idę! Będę tu stała, aż ta wiedźma wyjdzie!

Pozostałe podniosły lament.

– Tak! – krzyknęły chórem. – Strzyga, czarownica! Wykurzymy ją z tej nory! Wyłaź, wiedźmo! Bladź chudawa! Zło sprowadziłaś na naszą wieś… Wynocha!

Darły się tak kilka minut. Mężczyźni znudzeni wpatrywali się w okna domu kultury. Kobiety zaczęły szeptać, że zaraz zaczyna się serial. Wydawało się, że nic więcej się tu już nie wydarzy, a za chwilę wszyscy rozejdą się do domów. Wtedy Kowalczewska sięgnęła do białego wiaderka po farbie emulsyjnej. Zamachnęła się i w kierunku wejścia do biblioteki poleciało pierwsze jajo. Za jej przykładem poszły inne baby. Sięgały do wiaderka i z zapamiętaniem, na oślep, ciskały jaja niczym kamienie. Jajeczny grad oblepił wejście do budynku. W oknie poruszyła się zasłona. Zadziałała na zgromadzone towarzystwo jak czerwona płachta na byka.

– Wyłaź, wiedźmo, policzymy się z tobą! – Kobiety rzuciły się do drzwi, ale te wciąż były zabarykadowane.

– Co się tutaj dzieje? – krzyknął do zgromadzenia Kula, wychylając się z radiowozu policyjnego, który niepostrzeżenie podjechał pod budynek.

Hałas rozjuszonych kobiet dotarł aż do stojącego nieopodal posterunku. Natychmiast kazał Trembowieckiemu odpalać radiowóz. Na widok policji ludzie zamilkli.

– Trembowiecki, zatrzymujemy całe towarzystwo! – rzucił podkomisarz i błyskawicznie wyskoczył z auta.

– Ale, panie kierowniku, wszyscy się nie zmieszczą do aresztu – próbował tłumaczyć posterunkowy.

– Zapisać nazwiska! Zakuć w kajdanki – straszył Kula. Nie zamierzał nikogo aresztować, ale jedynie uspokoić rozjuszone babska. Gdyby tu był Czerwieński, od razu interwencja przebiegłaby sprawniej, utyskiwał w myślach.

Rzeczywiście, zanim Trembowiecki zdążył wysiąść z wozu, wszyscy rozbiegli się już na boki.

– Proszę! Aresztujcie mnie i moje trzyletnie dziecko – jazgotała Konachowiczowa. Prowokacyjnie wyciągnęła rękę do założenia kajdanek. – Zabierzcie mnie do więzienia, a moje dzieci do przytułku. Proszę bardzo! – Spojrzała na resztę bab, które potakiwały głowami.

– Co to za sprawiedliwość! – podjudzała Kowalczewska. – Mordercy nie mogą ukarać, a niewinnych ludzi będą gnębić. Takiej policji nie chcemy we wsi!

Inne kobiety ośmielone zachowaniem Konachowiczowej także ruszyły szpalerem na Trembowieckiego.

– Sami wymierzymy sprawiedliwość! – krzyknęła Kowalczewska. – Panie Geniu, tak nie może być. Pan wie, że ja muchy nie skrzywdzę, ale to już przesada! My się boimy! – dokończyła łagodniej.

– Co to za samowola, pani Kowalczewska! Słyszeliście o domniemaniu niewinności? Sąd oceni, czy chłopak jest winien, a nie wsiowe mądrale. Linczu nam nie trzeba! I to na niewinnej kobiecie!

– Jakiej do maniu niewinności! – powtórzyła jak papuga. – Toż to matka mordercy! Niech się wynosi! Wszyscy widzieli, co zrobiła z naszym batiuszką. Rzuciła na niego urok. Od tamtej pory nie pije ani kieliszeczka!

– Proszę udać się w spokoju do domu – włączył się do rozmowy Trembowiecki, który wygrzebał się w końcu z auta z plikiem kartek. Wyglądało na to, że zamierzał robić notatki z przebiegu zdarzeń.

Zaraz jednak wytrącono mu długopis z ręki. Kula spojrzał na niego z politowaniem, ale nie miał czasu na pouczanie, robiło się naprawdę gorąco.

– Bo co? – Kobieta rzuciła się z pięściami na dwa razy mniejszego od niej posterunkowego.

– Bo, bo bę-będę zmu-zmu-zmuszony aresztować paaanią – Trembowiecki z przejęcia zaczął się jąkać.

– Już się boję – szydziła kobieta.

Pozostałe też miotały mu w twarz piorunujące spojrzenia. Trembowieckiemu wystąpiły rumieńce na twarz. Jak okiełznać takie towarzystwo? Delikatnie schwycił grubą za ręce. Po chwili to ona trzymała go jak w dybach. Nie mógł się wyzwolić z żelaznego uścisku.

– I co teraz, chłopcze? Zaatakujesz mnie? Powiem twojej matce, że nie wiesz, po której stronie stanąć w walce – drwiła.

Trembowiecki był bliski płaczu.

– Niech się pani uspokoi, bo oskarżymy o napaść na funkcjonariusza! – przyszedł mu na ratunek Kula.

Podszedł do kobiety i jednym ruchem rozwarł jej żelazny chwyt. Po czym bez ceregieli zakuł ją w kajdanki. Ten symboliczny gest zadziałał na wszystkich. Rozpierzchli się na boki. Trembowiecki stanął w rozkroku, jakby bał się, że za chwilę upadnie. Rozcierał zbolałe nadgarstki.

– Dobra – westchnął Kula i rozejrzał się wokół. – Będzie pani pociągnięta do odpowiedzialności karnej. A od tej chwili wszystkich proszę o zachowanie spokoju. Ponegocjujmy. Co zrobiła wam pani Lidia?

– Odkąd tu przyjechała, zło czai się w Tokarach. Nie chcemy jej w naszej wsi. Wychowała mordercę – krzyczały baby.

– Chwila, chwila. Po kolei. Jakie zło? Konkretnie – zapytał szef posterunku.

– Odkąd tutaj jest ta kobieta, morderca grasuje we wsi. Boimy się. A gdyby to nas zaatakował? – krzyknęła Kowalczewska.

W ręku miała tłuczek do rozbijania mięsa, którym zamachnęła się na okno biblioteki. Wszyscy zamarli. Młotek wykonał w locie kilka piruetów i wylądował w samym środku okna. Rozległ się odgłos tłuczonego szkła. Zaległa cisza.

– Mania, do domu! – W tym momencie do akcji wkroczył mąż Kowalczewskiej. – Ty durna babo, co ci ta kobieta zrobiła!? Dobrze zrobi, jak stąd wyjedzie. Przecież z taką hołotą nie da się żyć!

Uderzył ją porządnie po plecach i pociągnął w kierunku chaty.

– Jutro będzie pani przesłuchana – krzyknął do nich Kula i zerknął na resztę żałosnych rewolucjonistów, którzy jeszcze przed chwilą byli gotowi zlinczować zamkniętą w budynku bibliotekarkę.

Teraz smętnie przestępowali z nogi na nogę. Niektórzy mieli ochotę schować się w domu, ale autorytet podkomisarza Kuli nie pozwalał na jawną ucieczkę.

– W sumie to my wcale nie chcieliśmy zrobić pani Danilukowej krzywdy – zaczęła Pacowa, gdy Kowalczewska zniknęła z mężem za zakrętem.

– Ja stąd wyjeżdżam. Mam dość tego pierdolnika! – nagle wykrzyknął Trembowiecki.

– Co? – Kula aż się odwrócił. – Jak pan śmie tak się wyrażać! Funkcjonariusz?

Stojące pod płotem kobiety spojrzały przestraszone. Takiego zwrotu akcji się nie spodziewały.

– Rozejść się do domów! Jutro wszyscy zostaną wezwani na posterunek i przesłuchani. Zakłócanie porządku, zniszczenie mienia, groźby karalne. Naszykujcie się na wysokie kary. Nie będzie taryfy ulgowej. Do spółki pokryjecie koszty remontu wejścia biblioteki. Potem kilka prac interwencyjnych i grzywna. Ale tym zajmie się już prokurator – pouczył ich kierownik posterunku.

– A dokąd to zamierza pan odejść? – zwrócił się do niesubordynowanego posterunkowego.

– Poradzę sobie. Mam dość upokorzeń! Trembowiecki to, Trembowiecki tamto. Przynieś, wynieś, pozamiataj. A co to ja jestem? Służący?

– Z panem rozmówię się potem.

– Nie mamy już o czym rozmawiać – dodał Trembowiecki i energicznym krokiem rozpoczął marsz w stronę posterunku.

Kula machnął ręką na posterunkowego.

– I dobrze, idź sobie, tępa trąbo. Najwyższy czas!

Rozejrzał się dokoła. Po rozjuszonym tłumie nie było śladu. Znów zapanowała cisza. Pozostały porzucone wiaderka po jajach. Kilka kijów i grabie oparte o płot. Na zabłoconym podeście uwalany w topniejącym śniegu transparent naprędce zrobiony z parasolek i prześcieradła. „Matka mordercy precz z Mielnika i Tokar!" – głosił napis.

Drzwi biblioteki nieznacznie się uchyliły i wyjrzała z nich Lidia Daniluk. Oczy miała czerwone. W ręku trzymała tłuczek do mięsa Kowalczewskiej.

– Co się tu stało, pani Lidko?

– Panie Eugeniuszu, ledwie zdołałam uciec. Poszłam tylko do sklepu, żeby kupić chleb i mleko. Kobiety ze wsi zaczęły mnie wyzywać. Odpowiedziałam, że takie zachowanie nie przystoi damom. Wtedy rzuciły się na mnie. Dobiegłam tutaj. Dobrze, że nie oddałam dziś kluczy pani Krystynie. Słowo honoru, zabiłyby mnie. Kiedy schowałam się w środku, przystawiłam krzesło i przesunęłam szafę, żeby zabarykadować drzwi. Co ja teraz pocznę! Nagle spadły na mnie takie kłopoty. Syn za kratkami. Nie ma mnie kto odwieźć. Czas umierać.

– Ostrzegałem panią.

– Ale co ja winna? Mój syn... Borys tego nie zrobił. Ja nie wierzę.

– Wiem, trudno uwierzyć. Matki nigdy nie wierzą. Ale też nic nie tłumaczy takiej nagonki na panią. Proszę wsiadać do auta – polecił.

Lidia na chwilę zniknęła w bibliotece. Wyszła już w płaszczu i z plecakiem. Zamknęła drzwi.

– Wezwę szklarza. Pogadam też z wójtem. Powinna pani wziąć kilka dni wolnego – pocieszał ją Kula.

Było mu jej naprawdę szkoda. Nie zasłużyła na takie traktowanie. Ale wdowa zwiesiła głowę i ruszyła niepewnie w kierunku auta. Poczuła na sobie czyjś wzrok. Rozejrzała się. Była przekonana, że widziała kogoś w jednym z okien.

– Niech pani nie zwraca uwagi. Obserwują nas. Takiego przedstawienia dawno nie było – powiedział podkomisarz.

Nie wiedział, co zrobić, kiedy po twarzy wdowy zaczęły ciec łzy wielkie jak grochy.

Drogę do Tokar pokonali w całkowitym milczeniu. Kobieta przed bramą pożegnała się z kierownikiem posterunku.

– Proszę nie pojawiać się w Mielniku, zanim się nie uspokoi – poradził jej podkomisarz. – Ja załatwię wszystko.

Kobieta wyszperała w kieszeni pęk kluczy.

– Proszę przekazać pani Krystynie. Ja nie wiem, czy chcę tam kiedykolwiek chodzić. Nie muszę pracować. Mam emeryturę.

– Proszę się nie załamywać. Wszystko się ułoży.

– Tak pan myśli? – szepnęła bez przekonania.

– Pani Lidio! – Odwróciła głowę. – Proszę do mnie dzwonić w takich sytuacjach.

– Dziękuję, panie Eugeniuszu! – Zmusiła się do uśmiechu i przygarbiona odeszła alejką w kierunku domu.

Kula pomyślał, że ta kobieta, jedyna dama w okolicy, została złamana psychicznie. Jak taka osoba mogłaby wychować mordercę? Nie mieściło mu się to w głowie.

Kiedy zawracał na śliskiej drodze, pomyślał o zachowaniu Trembowieckiego. Będą przez tego niedojdę kłopoty!

Trembowiecki zdziwił się, bo choć na posterunek szedł ponad dwa kilometry, wcale się nie zmęczył. Przeciwnie, energia go rozpierała. Wszedł do dyżurki i zaczął zbierać swoje rzeczy. Starannie ułożył je na stoliku, a potem zapakował do żółtej reklamówki, którą znalazł w jednej z szuflad biurka.

– Co robisz? – Wpadł Czerwieński.

– Wyjeżdżam.

– Przecież jesteś na służbie. Nie możesz...

– Teraz to ja wszystko mogę!

– Słuchaj, Kula bywa tyranem, ale w gruncie rzeczy dobry z niego człowiek. Trzeba przetrwać pierwszy rok. Potem już idzie. Dogadacie się.

– Nie muszę się z nim dogadywać.

– Co ty za banialuki gadasz?

– Zrozumiesz sam. Dzwonili już z wojewódzkiej?

– Tak, jak was nie było. A co? Co ty masz z tym wspólnego? – zaniepokoił się Czerwieński.

– Sam zobaczysz. To jest posterunek policji, a Kula nie jest szeryfem, tylko kierownikiem tego interesu. Powinien był działać zgodnie z przepisami. Jeszcze będzie żałował, że tak mnie...

– Nakablowałeś na niego! – krzyknął. – To ty! Co nagadałeś, mów. Ale już!

- Nie powiem – z satysfakcją odrzekł Trembowiecki.
- Wynoś się, ty świnio!
- Będziecie mieli kłopoty. Łysy wie, co się tutaj działo. O złamaniu blokad w domu Niny Frank i o... A właśnie, za chwilę złożę mu kolejny raport – zakończył z perfidnym uśmieszkiem.
- Ty gadzie! – Czerwieński rzucił w Trembowieckiego reklamówką z jego rzeczami. Rozległ się brzęk rozbijanego szkła.

W tym momencie na posterunek wszedł Hubert Meyer. Minął się w drzwiach z Trembowieckim, który przyciskał do piersi żółtą torbę.

- Jeszcze się zobaczymy. Pożałujesz swoich słów! – wysyczał Trembowiecki i spojrzał znacząco na Czerwieńskiego.

Ten jakby nie usłyszał. Wstał i powiedział uprzejmie:
- Dzień dobry, panie komisarzu.

Meyer patrzył na dyżurnych i zmarszczył brwi.
- Jest kierownik?
- Na interwencję pojechał. Zaraz powinien wrócić. O mało nie doszło do linczu przed biblioteką.
- Poczekam.
- Proszę bardzo – odpowiedział uprzejmie Czerwieński.

Spojrzał za okno na drogę, gdzie widać było wyprostowaną sylwetkę Trembowieckiego.
- Jeszcze jest z siebie dumny. Podlec.

Meyer nie zająknął się nawet słowem, Czerwieński jednak miał potrzebę wyrzucenia całej swojej złości i podzielenia się nią z profilerem.

- Trąba zadenuncjował szefa do wojewódzkiej. Myśli, że dzięki takim działaniom go awansują. Swołocz!
- To on doniósł? – spytał Meyer.
- Już pan wie?
- Dostałem dziś wezwanie na komisję dyscyplinarną. Nieźle się sprawił ten wasz Trembowiecki. Łysy już dzwonił, że przyjeżdża? To dlatego był taki miły. Szef rozkazał mi wracać

pojutrze do Katowic. Niestety, podejrzewam, że pana kierownik też będzie miał kłopoty – dodał.

– Kurwa jego mać! – Czerwieński splunął na podłogę. – Żeby go osy pokąsały! Ale na przykład, jakie pan Genio będzie miał kłopoty? Toż on nigdy, przez tyle lat, nawet spóźnienia w aktach nie miał.

– Możecie nawet dostać nowego kierownika.

– Nie!?

– Zobaczymy, co z tego wyniknie.

– Dlaczego jest pan taki spokojny?

– To na razie tylko wewnętrzne śledztwo. – Meyer wzruszył ramionami. – Wszystko może się zdarzyć. Łysy wprawdzie jest przeciwko i wykorzysta tę sytuację, by pokazać swoją władzę. Ale ja mam pewien plan.

Na posterunek wmaszerował Kula. Uśmiechnął się szeroko na widok profilera.

– Oj, gorąco się u nas zrobiło, panie Meyer. Od lat nie miałem tutaj takiego kotła. Właśnie uratowałem wdowę przed linczem.

– Ja też nie mam dobrych wieści – uśmiechnął się profiler.

– Romek, zastąpisz Trąbę? – poprosił Kula, a Czerwieński nie mógł się nadziwić, jak ci dwaj mogą zachować spokój w takiej chwili.

Poczuł jeszcze większy szacunek do swojego kierownika. Nie mógł się jednak powstrzymać i powiedział:

– On już nie wróci.

– Obyś miał rację. Posiedzisz do dziewiątej, potem ja zostanę – dodał Kula i poprowadził Meyera do gabinetu.

Następnego ranka Lidię obudziło szczekanie Kierownika. Zasnęła nad ranem. Spała może dwie godziny. Odkąd Borys trafił do białostockiego aresztu, zaczęły się te bezsenne noce. Wyjrzała przez okno. Przed bramą stał mężczyzna. Był niski, szczupły. Ledwie widoczny zza ogrodzenia. Narzuciła płaszcz, wełniany szal na głowę i wyszła otworzyć.

– Dzień dobry. Czy mają państwo telewizję kablową?

– Już mamy. Dziękujemy.

– Mamy tutaj o wiele tańszą ofertę. – Sprzedawca wcale nie zamierzał odchodzić.

Lidia patrzyła na jego twarz. Pociągła, drobna, z czarnymi rozbieganymi oczkami. Mimo mrozu miał na sobie jedynie cieniutką, powycieraną skórzaną kurtkę, a pod spodem kraciastą koszulę i cienki poliestrowy krawat.

– Wie pan, nie mam teraz głowy do telewizji – bąknęła.

– To może ja zostawię informacje, a pani się zastanowi i do mnie zadzwoni. – Podał jej kilka ulotek przez druty kutej bramy.

W tym momencie Cykoria rzuciła się na ogrodzenie. Kierownik wystawił kły, warczał. Gwałtownie skoczył na bramkę i omal nie przewrócił Lidii. Niechcący nacisnął klamkę. Furtka się otworzyła. Psy wybiegły na zewnątrz. Sprzedawca kablówki rzucił się do ucieczki. Lidia patrzyła na wściekłą Cykorię i nie mogła uwierzyć, że dotąd łagodny pies nagle stał się tak agresywny.

– Kierownik! Cykoria! – wołała.

Ale psy dopadły już akwizytora kablówki i powaliły go na ziemię.

– Niech pani je zabierze! Ratunku! – krzyczał przerażony.

Próbował wyciągnąć coś z kieszeni, ale bestie tarmosiły go za ubranie i starały się dorwać do jego gardła.

Lidia chwyciła kolczatkę i jakoś udało jej się nałożyć ją na łeb Cykorii. Kiedy tylko ją odciągnęła, mężczyzna zdołał wstać i skryć się w aucie. Włączył silnik i odjechał z piskiem opon. Kierownik szczekał za nim jeszcze długo, nawet gdy samochód zniknął już w oddali. Lidia zagoniła oba potwory za bramkę i zamknęła drzwi na klucz.

– Tak nie wolno! – pouczała psy.

Była roztrzęsiona. Ręce jej drżały. Uderzyła smyczą oba psy i usiadła na schodach. Wydawało jej się, że wszystko jest przeciw niej. Nie radzi sobie z niczym, odkąd nie ma Borysa. Jeszcze tylko brakuje, żeby ten sprzedawca na nią naskarżył.

Tymczasem Cykoria znów się łasiła i łagodnie wpatrywała w oczy wdowy.

– Dlaczego tak się zachowałaś? Co to było?

Po południu Lidia postanowiła pójść do batiuszki i poprosić o mszę za syna. Bała się wychodzić z domu, a już tym bardziej do cerkwi, gdzie zbierali się w końcu mieszkańcy wszystkich sąsiednich wsi. Po ostatnim zachowaniu wiejskich kobiet wiedziała, że są w stanie zrobić jej krzywdę. Ale i tak będzie musiała wyjść. Niedługo skończy się jedzenie.

Kiedy wychodziła i dokładnie zamykała furtkę, zauważyła w skrzynce awizo z zaznaczonym kwadracikiem: przesyłka polecona.

Nawet listonosz nie chce ze mną rozmawiać, pomyślała z goryczą. Jak ja się teraz dostanę na pocztę? Rower został na portierni Gminnego Ośrodka Kultury. I co to za paczka?

Zmięła kartkę, schowała do kieszeni. Pomyśli o tym jutro.

Schyliła się, by zatrzasnąć bramkę. Na śniegu, w miejscu, gdzie przed kilkoma godzinami psy tarmosiły sprzedawcę kablówki, zauważyła coś błyszczącego. Podeszła bliżej. Zobaczyła zagięte w półksiężyc ostrze, drewnianą rączkę. Myśliwski nóż do patroszenia zwierzyny. Dwoma palcami w rękawiczce podniosła przedmiot i przyjrzała mu się z każdej strony. Wróciła do domu i położyła go na półce. Była przekonana, że należał do sprzedawcy kablówki.

– I co teraz będzie? – Kula od dawna nie czuł się tak niepewnie. Z nadzieją wpatrywał się w Meyera.

– Fakty są, jakie są. Zerwałem blokady w domu ofiary, zabrałem nagrania – własność Króla. Nie mam pokwitowania. Nie działałem oficjalnie, na dodatek samowolnie, bez zgody prowadzącego śledztwo. Zataiłem ważne dowody. – Meyer, wymieniając całą listę swoich uchybień, był wyjątkowo opanowany.

Kula zastanawiał się, jak w takich okolicznościach profiler jest w stanie zachować spokój.

– Nie pozwolę na to! To ja wyraziłem zgodę – zapewnił z niekłamaną dumą. – Pan nie wszedł tam dobrowolnie.

– Panie Eugeniuszu, nie warto. Zostanie pan pociągnięty do odpowiedzialności, może zawieszony w czynnościach, a nawet usunięty ze stanowiska. Lepiej ja wezmę wszystko na siebie. Po co panu taki smród przed emeryturą? – namawiał Kulę Meyer.

– A kto powiedział, że ja się szykuję na emeryturę? A zresztą tym bardziej. Nie będę chował głowy w piasek. Może już czas dać szansę młodszym. I wie pan, nie żałuję. Drugi raz postąpiłbym tak samo.

Meyer podziękował z uśmiechem.

– Równy z pana gość.

– Normalny. – Kula machnął ręką i dotknął wąsa. Komplement psychologa sprawił mu jednak dużą radość. – Lepiej niech pan powie, co z Borysem. Szkoda mi jego matki. To on jest mordercą?

Meyer pokręcił głową. Mogło to znaczyć zarówno tak, jak i nie. A także „nie wiem".

– Dziś skończę profil. Wtedy o tym pomówimy. Dokument przekażę też Łysemu i komendantowi.

– Ale pan już wie, prawda?

– Szczerze?

– Oczywiście.

– Ten, kto zabił Ninę Frank, jest...

Rozmowę przerwało pukanie do drzwi.

– Panie kierowniku, można?

– Romek? Co się znów stało? – zapytał Kula, bo na twarzy Czerwieńskiego rysowało się przerażenie.

Bezgłośnie powiedział kilka słów. Policjanci mogli czytać tylko z ruchu jego warg. Meyer znacznie szybciej złapał, o co chodzi posterunkowemu. Chwycił leżącą na biurku kartkę i napisał: Łysy.

Kula wstał, wygładził marynarkę od munduru. Drzwi się uchyliły i obaj – Meyer i Kula – zobaczyli w pełnej okazałości komisarza Czuprynę z wojewódzkiej.

– Myślałem, że pan już na Śląsku. Nie jest pan potrzebny, pański szef mnie rano poinformował – oznajmił profilerowi.

Meyer nie potrafił ukryć zaskoczenia.

– Ja nic nie wiem.

– Bo nie odbiera pan telefonu.

Profiler odruchowo sięgnął po komórkę. Była wyłączona. Zapomniał o niej po wyjściu z aresztu.

– Proszę się skontaktować ze swoim zwierzchnikiem. A teraz może nas pan zostawić?

Meyer skinął głową.

– Do jutra, panie komisarzu – odpowiedział mu na pożegnanie Kula.

Kiedy psycholog opuszczał posterunek, usłyszał, jak Łysy mówi z satysfakcją:

– I co, panie Eugeniuszu? Co pan ma na swoją obronę?

Rozdział 27
Jestem mordercą Niki

„Zwycięzcy robią to, czego przegrywającym się nie chce"

„Jestem silny. Jestem kimś. Czuję w sobie moc, panuję nad życiem i śmiercią. Nikt już mi nie podskoczy. Nareszcie! Teraz to ja będę stawiał warunki. To ja zadecyduję o twoim losie. O twoim, jej, jego... Sąsiadki, sprzedawczyni, dziewczyny z agencji. Mogę to zrobić z każdą z was. Już żadna nigdy mnie nie upokorzy. Nie poniży! Życie każdego, kogo widzę, kogo mijam, spotykam, nawet przez jedną chwilę, leży w moich rękach. I nic nie jest w stanie mnie powstrzymać. Gdybyś była grzeczna, taka, jaka jesteś w telewizji, być może nie musiałbym cię zabijać. Być może. Ale w końcu i tak bym to zrobił. W normalnym życiu znów stałabyś się suką, która pieprzy się z przygodnymi facetami. Dlatego musiałem cię ukarać. To dla twojego dobra, kochanie! Przecież wiesz, że cię podziwiałem i nadal podziwiam. Zawsze będziesz dla mnie najpiękniejszą kobietą, jaką znam. Dlatego mogłem cię pożądać tylko w ukryciu. Gdyby matka dowiedziała się, co razem robiliśmy... Nie jesteś wcale zakonnicą. Myślałaś, że mnie oszukasz? Miałaś mnie za dupka! Jak inne kobiety. Dziwki! Zawiodłem się na tobie. A tak bardzo chciałem dać ci to, czego pragniesz. Gdyby matka się dowiedziała, co razem robiliśmy... To nic, że tylko w mojej wyobraźni. Kiedy patrzyłem na twoje zdjęcia i oglądałem filmy z twoim udziałem, czułem, że jesteś ze mną. Czy wiesz, co by mi zrobiła, gdyby się dowiedziała? Złoiłaby mi skórę. Jak zwykle. Ty nie masz pojęcia, jak to boli. Ty nie wiesz, co znaczy ból. To, co ja ci zrobiłem, jest tylko przedsmakiem bólu, jaki chciałbym ci zadać. Musiałaś ponieść karę za swoje grzeszne spojrzenia. Twoje ciało nie wie, co znaczy niewinność. Byłaś zbrukana. Unurzana w grzechu. Nie, nie urodziłaś się taka.

Byłaś czysta, ale stałaś się dziwką. Bardzo starałaś się nią stać. Dlatego musiałem cię oczyścić. Nie miałem innego wyjścia. Wszystko, co ciebie dotyczyło, było tak nieszczere. Gdybyś chociaż zdawała sobie z tego sprawę. Ale nie, ty zamiast się poddać, jeszcze krzyczałaś. Wołałaś o pomoc, zamiast mi dziękować. Powinnaś być bardziej wdzięczna. Być może nie musiałbym ci zadawać aż takiego bólu. Choć wyznam ci szczerze, że sprawiało mi to dużą radość. Zwłaszcza kiedy wiłaś się i próbowałaś wyrwać z moich rąk. Albo gdy trzęsłaś się ze strachu. Twoje ciało tak pięknie drgało w agonii. Czułem, że rosnę, i niemal budziłem się gotów do odbycia stosunku. Ale nie, ty znów musiałaś się drzeć. Czy ty myślisz, że to przyjemne całe życie słuchać wrzasków? Też byś nie wytrzymała. Dlatego musiałem uderzać twoją głową o ścianę. Po to, żebyś się w końcu zamknęła. Przecież wiesz, że wcale tego nie chciałem. Pragnąłem cię tylko uwolnić. Mogłaś nie krzyczeć. A przecież wiesz, że ja nienawidzę wrzasków. W dzieciństwie wystarczająco się ich nasłuchałem. Najpierw są wrzaski, potem bicie. Klamrą pasa wojskowego, kablem, metalowym prętem. Czasem zupełnie bez powodu. Wyobraź sobie, że karze cię tak własna matka. A potem głaszcze po całym ciele, tuli do piersi i szepcze słowa przeprosin. Przecież tak bardzo kocha. Bardziej nawet niż tatusia.

Ja też cię kochałem, ty tego nie rozumiałaś. Nawet, kiedy było nam razem tak cudownie. Mnie w każdym razie było. Kiedy sobie przypomnę, jak drżałaś, kiedy cię dusiłem. Wykrzywiałaś twarz z bólu i czułem rozkosz. Stanąłem na krawędzi dwóch światów. Życia i śmierci. Takiej władzy pragnąłem. O niej marzyłem w moim pokoju, zamkniętym przed matką, by nie mogła mnie sprawdzać. Nie rozumiem, dlaczego mnie odrzuciłaś. To nie w porządku, dziewczynko. Tak się nie robi. W końcu byliśmy ze sobą tak blisko. Wiem, że zbierałaś moje listy. Żaden nie wrócił do skrytki. Gdybyś ich nie odbierała, być może nie pisałbym więcej. Pogodziłbym się z tym, że mnie nie chcesz. Ale nie, ty kusiłaś mnie, żebym cię w końcu odwiedził. Uśmiechałaś się do mnie tak słodko z ekranu, przebrana w ten powabny habit. A kiedy przyszedłem, ryzykując, że matka się dowie, zaczęłaś mi grozić. To nie było uprzejme. Zwłaszcza te przekleństwa. Musiałem cię nauczyć kultury. Jeszcze mnie obrażałaś. Chciałaś mi dać jakieś pieniądze, biżuterię. Żebym darował ci życie. Byłaś żałosna. Tak, teraz mnie śmieszysz. Już nie masz nade mną władzy. Pieniądze... Czy ja jestem złodziejem? Gdybym chciał je zabrać, sam bym sobie wziął. Przecież przyszedłem cię tylko odwiedzić. Ty sama mnie zachęciłaś, by w końcu wprowadzić naszą grę w życie. Im bardziej się wiłaś, tym bardziej miałem ochotę mocniej ci przyłożyć. Ale nie chciałem cię zabijać od razu. Gra wstępna jest najważniejsza. Dlatego chciałem, byś miała pamiątkę naszego pierwszego i jak się okazało, ostatniego spotkania. Stłukłem butelkę i postanowiłem cię lekko podrażnić. Rycie w twojej idealnej skórze bardzo mnie uspokajało. Chciałem, byś była gotowa do najbardziej bolesnej części naszego spotkania. Ty przecież wiesz, że wszystko zależy od nastroju. Tego dnia bardzo mnie zdenerwowałaś, a tak chciałem być miły. I kiedy tak rysowałem szkłem pręgi na twoim ciele, czułem, jak powoli uwalniam z siebie nagromadzone przez ten rok napięcie. W pewnym momencie zapomniałem się i pomiędzy twoimi piersiami trochę za bardzo rozorałem skórę. Krew tryskała na boki, a mnie rozpierała duma. To było takie łatwe. Dlaczego nie przyszedłem wcześniej? Czy wiesz, ile mnie kosztowało, by nie przyjść znacznie wcześniej? Ale potrafiłem się powstrzymać, choć było to trudne. Za to ty na mnie nie czekałaś. Mało tego, chciałaś mnie wyrzucić z domu.

Ale wybaczam ci. Teraz już jesteśmy kwita. Nie gniewaj się, ale zacząłem myśleć o innych kobietach. Na zawsze pozostaniesz tą pierwszą, która wyzwoliła we mnie moc. Siłę stwórcy. Bo ja cię stworzyłem na nowo. I czasem sobie oglądam ten kolczyk, który ci zabrałem. To moje trofeum, żebym nie zapomniał o swoim dziele. I powtórzył je po wielokroć. Twoje piękne ciało przemieniłem w miazgę. Dlaczego? Tłumaczyłem ci już: za karę! Gdybyś była choć odrobinę grzeczniejsza... Wciąż jeszcze rozpamiętuję nasz związek. I jego apogeum. Wracam na polanę, obserwuję twój dom i wspominam. Zapach twojej krwi do tej pory czuję na rękach. Musiałem ją zmyć, bardzo żałuję. Ale nie chciałem, by tak szybko cię znaleźli. Chciałem zrobić im niespodziankę. Wspólnie ją zrobiliśmy. Ty nie? Suko, gdybym mógł, zabiłbym cię jeszcze mocniej. Pokroił na kawałki. Nienawidzę cię! Ale teraz ja panuję nad tobą, a ty jesteś niczym. To ja zdobyłem władzę nad tobą, nad całym światem. Pokonałem barierę. Przekroczyłem próg dla wybranych. Balansuję na granicy dwóch światów. Zlewam je w jedność. Zniszczyłem tabu. Decyduję o tym, kto może, kiedy i jak ma żyć i jak zginąć. Nic mnie już nie powstrzyma. Znów czuję to narastające napięcie. Łechcze moje członki i z niecierpliwością czekam, aż ten wulkan dojrzeje. Przyznam ci, że czasem to nie jest przyjemne. Paraliżuje mnie i zmusza do wycofywania się. Ten ciągły lęk, który muszę pokonywać. Mój lęk w porównaniu z twoim jest zaledwie kropelką wody. Za to zabijanie uwalnia go, oswaja. Daje poczucie siły. O tak! Patrzę na twoją twarz, twój kolczyk, twoje zdjęcia. Jeszcze do niedawna wspomnienia mi pomagały. Ale już coraz mniej. Potrzebuję nowej energii. Nowego obiektu. Już nie chcę tyle czekać. Muszę wyładować to napięcie, które mnie rozsadza. Zaczynam już szukać nowego obiektu. Potrzebuję tych przeżyć, które miałem z tobą. Nawet wiem, jak to zrobię. Już nie popełnię tych samych błędów. Już wiem, że to wielka sztuka. Nauczę się to robić perfekcyjnie, obiecuję. Jest tyle kobiet, które powinienem oczyścić i uwolnić od brudu, wypełniającego je pod tymi ciepłymi ciałami. Zajmę się tym. Jeśli ja im nie pomogę, same się zniszczą. Nigdy nie zapomnę, jak cudownie było słuchać tego cichutkiego rzężenia w twoim gardle. I ostatniego oddechu. Ten bezruch po wszystkim i wszechogarniający spokój. Siedziałem i patrzyłem na twoje zwłoki. Byłem spokojny. Pierwszy raz od lat".

Komisarz Meyer otworzył oczy. Przez chwilę był zabójcą Niny Frank, znał jego myśli i uczucia. Teraz będzie mógł określić, kim jest. Odpowiedzieć na trzecie pytanie: „Kto zabił?". Był już teraz przekonany, że ma do czynienia z mordercą seryjnym, który właśnie popełnił pierwszą zbrodnię. I będzie zabijał dalej. Mówiła mu to już nie tylko intuicja, ale dowody zgromadzone w aktach, świadkowie. Włączył swój autorski program profilowania. Opisał rodzaj zadanych ciosów, miejsce zbrodni, okolicę. Przeanalizował ekspertyzę medyków sądowych, streścił zeznania świadków.

W punktach wypisywał cechy, jakimi odznacza się morderca. Pracował do czwartej nad ranem. Miał mało czasu. Chciał przekazać swoją opinię szefowi, rano zawieźć ją Kuli i Łysemu. Kiedy skończył, wydrukował kilka kopii, wszedł pod prysznic i długo stał pod gorącą wodą. Strumień parzył mu plecy, ale czuł się wspaniale. Nareszcie koniec. Wszystko jasne. Po pierwsze – gwałtowna reakcja: krzyk! Po drugie – to wielbiciel Niny Frank! Od tego powinien był zacząć.

Nie był jednak spokojny. Myślał teraz tylko o tym, że morderca nadal jest na wolności. I być może właśnie planuje, jak i gdzie znów zaatakować. Bo że będą nowe ofiary, nie miał wątpliwości.

– Skąd pan to wszystko wie? – Łysy chwycił plik kartek i czytał fragmenty. – Podaje pan wiek, wygląd, wykształcenie, a nawet jakim samochodem porusza się sprawca. I jeszcze grozi, że będzie dalej zabijał. Ciekawe, jaką metodą pan to wywróżył?

– To wynik pracy psychologa i detektywa. Kompilacja wiedzy obu tych dziedzin. Nie jestem magikiem. Przekazuję panu swoją analizę. Taka jest moja rola. Po to tu przyjechałem. A co pan z tym zrobi, pańska sprawa. Jednak sam pan chyba widzi, że Borys Daniluk nie pasuje do profilu. I jeśli prokurator zamierza skierować przeciwko niemu akt oskarżenia, to...

– Dość! – krzyknął Łysy. – Zrobił pan swoje. Przedstawił mi pan opinię, a do śledztwa proszę się nie wtrącać. Powodzenia na komisji dyscyplinarnej – dodał.

Meyer wyszedł z gabinetu. Włożył do ust ostatniego papierosa i zgniótł kartonik.

– Wiedziałem, że mi nie uwierzysz, Czuprynko. Ale dałem ci to, co miałem dać. Teraz możesz już sam działać. Masz rację, do reszty się nie wtrącam. Wykonałem swoją robotę. Nic tu po mnie.

Wsiadł do auta i pojechał na wylotową szosę do Terespola. Wiedział, że Kula czeka na niego od siódmej rano. I nie dzwoni tylko dlatego, żeby mu nie przeszkadzać.

– Tak to wygląda. – Meyer zakończył wyjaśnienia stworzonego wczoraj portretu nieznanego sprawcy.

– Romek miał rację – odrzekł Kula.

– Kto?

– Czerwieński. Jak odkryliśmy zwłoki, mówił, że widział taką zbrodnię na Discovery.

– Możliwe. – Profiler zaciągnął się papierosem.

– A skąd pan wie, że ma wykształcenie zawodowe?

– O tym świadczy porządek pozostawiony na miejscu zbrodni. Musiał pracować w jakimś zakładzie, bo jest tego nauczony.

– A że ma metr siedemdziesiąt wzrostu?

– Relacja wzrostu ofiary i wysokość śladów krwi w garażu.

– Tak? A biały zdezelowany samochód?

– Niewidoczny na śniegu. Nie budzi zainteresowania wśród mieszkańców wsi. Wewnątrz bardzo zadbany. Najprawdopodobniej stara furgonetka. Sprawca musiał do domu Niny Frank dojechać autem. Inaczej ktoś by go zauważył.

– I będzie zabijał?

– Przekazuję tę wiedzę panu jako gospodarzowi tego terenu. I żeby miał pan oko na tutejszych ludzi. Łysy nie wierzy w psychologię. Prokurator naciska go, by kończyć śledztwo. Chcą wysyłać akt oskarżenia przeciwko ochroniarzowi do sądu. To będzie kompletna porażka. Każdy adwokat wybroni młodego. To nie on.

– Nie?

– Proszę dokładnie przeczytać i przeanalizować profil. Może uda się panu wyselekcjonować grono podejrzanych. Morderca mieszka w pobliżu. Zaręczam. I przyjeżdża czasem na miejsce zbrodni.

– Co?

– Jest takie powiedzenie w kryminałach. Zabójca zawsze wraca na miejsce zbrodni.

– Właściwie tak, czytałem. Ale dlaczego?

– Wspomnienia zbrodni pozwalają mu przeżywać ją na nowo, w nieskończoność. A jak wiadomo, pamięć ludzka jest krótka. Wspomnienia się zacierają. On potrzebuje bodźców. Kolczyk, który zabrał, być może na razie mu wystarcza. Tak jak oglądanie zdjęć ofiary, które trzyma w swoim pokoju. Może nagrał zbrodnię? I zrobił sobie z niej film? Ale to wszystko będzie starczać tylko do pewnego czasu. Aż znajdzie nową ofiarę. Na razie jeszcze przyjeżdża na polanę, o której panu opowiadałem. To pozwala mu znów być blisko zamordowanej Niny Frank. Wspomnienia zbrodni stają się wtedy żywsze.

– Film? – Kula pomyślał instynktownie o Czerwieńskim.

– Jeśli wejdzie pan do jego domu, znajdzie pan mnóstwo pamiątek po ofierze. Nie trzeba będzie długo szukać. W domu Daniluka nie znaleziono niczego oprócz kolczyka, prawda?

– Tak. A skąd on go miał?

– Zabrał, kiedy zakładał podsłuch.

– I nie zabił jej ani mąż, ani Jurka Ponczek, ani Borys Daniluk. Ani nawet ten polityk?

– Żaden z nich. Prawdziwy morderca wciąż jest na wolności. To może być każdy. Także ktoś, kogo pan dobrze zna. Morderca seryjny, którego motyw kwalifikujemy jako seksualny, nie musi wyglądać groźnie. To często niepozorny sąsiad.

– Mieszka z matką?

- Najprawdopodobniej. Może był żonaty, ale żyją z żoną osobno. Prawdopodobnie jest rozwiedziony, a raczej w separacji. Żona wyrzuciła go z domu. Ma swój pokój i zamyka go przed matką. Nienawidzi jej i kocha jednocześnie. Nie potrafi jej zrobić krzywdy. Wybiera ofiary, które w jakimś stopniu mu ją przypominają. Są despotyczne, silne, wulgarne. Może następna ofiara będzie miała coś podobnego w wyglądzie do matki. I do Niny Frank. Być może matka w dzieciństwie zadawała mu kary cielesne.
- Biła go?
- Tak. Mocno i często. Możliwe, że był wykorzystywany seksualnie jako dziecko. Reaguje na krzyk. Wrzaski potęgują w nim poczucie lęku.
- Jak to na krzyk?
- Matka na niego krzyczała, potem go karała: na przykład biła i upokarzała. Przebierała w damskie ciuszki, wie pan... Dlatego nienawidzi kobiet, a jednocześnie nie może wyzwolić się spod dominacji matki.
- A ojciec?
- Słaby wzorzec. Prawdopodobnie matka wychowywała go samotnie. Być może ojciec odszedł od rodziny, gdy sprawca był dzieckiem. Może siedzi w więzieniu, jest alkoholikiem, umarł albo on w ogóle go nie zna?
- Podaje pan, jak może wyglądać. Ciemne włosy, to rozumiem – ślady zabezpieczone na miejscu zbrodni, ale spodnie w kant, kraciasta koszula? Pedant dbający o swój wygląd i porządek wokół siebie. Skąd pan...
- Już wyjaśniam. Widzi pan, ludzie dzielą się na konkretne typy osobowości. Na podstawie zachowania na miejscu zbrodni mogę ocenić, do której kategorii ich zakwalifikować. W tym przypadku zakładam, że to człowiek lubiący porządek i wykonujący jakąś pracę. Ale nie w biurze. To jakiś wolny, prosty zawód. Przemieszcza się z miejsca na miejsce własnym autem. O niepozornej fizjonomii. Swoim wyglądem musi wzbudzać zaufanie. Po zabójstwie posprzątał po sobie. Zadbał o szczegóły. Tak samo dba o swój wygląd: spodnie wyprasowane, być

może nawet w kant, pastuje buty (mają z pewnością płaską, miękką podeszwę), nosi krawat. Ale nie garnitur. To nie intelektualista, ale i nie prostak. Ogląda telewizję, czyta prasę. Sfrustrowany. W którymś momencie życia powinęła mu się noga. Zatrzymał się na dość niskim poziomie edukacji, ale jest ambitny i inteligentny. Niech pan tego nie bagatelizuje. Być może zamiast do szkoły ogólnokształcącej poszedł do zawodówki, potem już nie miał szans na dalszą edukację. Być może brak pieniędzy o tym zdecydował, może matka to na nim wymusiła.

– Jest samotnikiem?

– Według mnie nie jest z żadną kobietą. A jeśli ma żonę, to, tak jak mówiłem, zostawiła go albo sam od niej uciekł, do matki.

– Około trzydziestki?

– Tak. Raczej po trzydziestce niż przed.

– Czy seryjni mordercy zawsze zabijają w ten sam sposób?

– Zwykle modus operandi jest podobny. Ale nie zawsze. Obstawiam, że kolejną ofiarę także będzie chciał udusić. Zrobi to jednak znacznie sprawniej. Seryjni uczą się na swoich błędach. Jeśli się go teraz nie powstrzyma, będzie coraz skuteczniejszy. Mordercy seryjni działają w interwałach. Jak sama nazwa wskazuje, mamy do czynienia z działaniem serii. Są tutaj podobieństwa. Ale i różnice. Udoskonalają swój wypracowany sposób pozbawiania życia, dokładnie wybierają ofiarę. Potrafią zabić, a potem czekać. Nawet latami. To się nazywa stan wyciszenia. Nieraz czekają nawet siedem lat. Ale czasem zabijają już po dwóch tygodniach. Zależy, jakie doznania mieli w trakcie odbierania życia. Nikt nie jest w stanie tego przewidzieć.

– To znaczy, że może zaatakować w każdej chwili. Od śmierci Niny Frank minął niecały miesiąc. – Kula podniósł głowę znad dokumentu.

– Trzeba go powstrzymać jak najszybciej. Po każdej kolejnej zbrodni będzie zostawiał coraz mniej śladów. To perfekcjonista.

– Psychol.

- To potoczne określenie, choć nie można wykluczyć, że ma wysoce zaburzoną osobowość, a nawet cierpi na chorobę psychiczną.
- Skąd pan wie, że mieszka w pobliżu? Na moim terenie?
- Kula, mówiąc to, poczuł ciarki na plecach.
- Dobrze zna okolicę i wie, gdzie się ukryć. Nie wzbudza strachu ani czujności. To nie jest nikt obcy. A przynajmniej nikt przyjezdny, kto tutaj nigdy nie mieszkał. Nie budzi zainteresowania tubylców.

Kula uśmiechnął się tajemniczo.

- Czy jest coś, co chciałby mi pan doradzić? Coś konkretniejszego, co pozwoliłoby mi się skoncentrować na poszukiwaniach?
- Niech pan zwróci uwagę na fanów Niny Frank. Mężczyzn o opisanych tutaj cechach, którzy wiedzą o niej więcej niż ja czy pan. On jest jej wielbicielem. To znaczy był. Teraz w jego głowie kręci się nowy film. O kolejnej zbrodni, której dokona. Właśnie poluje na nową ofiarę. Seryjni są jak drapieżniki, tyle że w ludzkiej skórze. Nie przestanie zabijać. Jego instynkt łowcy jest teraz jedynie uśpiony.
- Nie przestanie zabijać – powtórzył Kula. Ręce mu się trzęsły ze zdenerwowania. Poczuł strach. Jakby nagle znalazł się w świecie jednego z czytanych kryminałów. – Pan też jest łowcą – powiedział i zamarł, patrząc z przerażeniem na Meyera.
- Można tak powiedzieć, podobnie jak i pan – roześmiał się profiler. - Tyle że ja poluję na te drapieżniki. Wiem o nich więcej niż oni sami o sobie. Potrafię określić, kim mogą być. Ale to pan może zastawić sidła.
- Kiedy pan wyjeżdża? – spytał trochę uspokojony kierownik posterunku.
- Jak wyjdę od pana. Chciałbym jeszcze podjechać do tej starej cerkiewki w lesie.

Kula nagle uświadomił sobie, że Meyer za chwilę wyjedzie, zostawi go samego. Poczuł zdenerwowanie. Czy potrafi udźwignąć odpowiedzialność, jaką na jego barki złożył właśnie profiler? Łysy mu nie wierzy. A to on jest przecież szefem dochodzenia. Ma władzę, narzędzia, ludzi. Jak ja, wiejski policjant, mam sam złapać seryjnego mordercę? Przy pomocy dwóch posterunkowych, z komisją dyscyplinarną na karku? Złapać drapieżnika w ludzkiej skórze? Ale przecież nie mogę udawać, że nic się nie stało. Morderca nadal jest na wolności. Wszystkie kobiety z okolicznych wiosek są zagrożone. Każdy mężczyzna może być mordercą.

– A jeśli pan się myli? – zdobył się na odwagę Kula.

– Sam pan to oceni. – Meyer się zaśmiał. – Kiedy pan zatrzyma sprawcę. Wierzę, że oddaję te informacje w dobre ręce. Może pan przekona Łysego.

– Raczej wątpię. – Kula ciężko sapnął. – Ale cieszę się, że miałem zaszczyt z panem pracować.

Meyer włożył płaszcz.

– Ja także. A ten ślad koła to był dobry trop. Choć nie doprowadził do mordercy, ale do odkrycia jednego z sekretów Niny Frank. Muszę się do czegoś przyznać. Ta sprawa zmieniła moje życie. Ale to już inna historia. Powodzenia.

Psycholog ruszył do wyjścia.

– Powodzenia, panie komisarzu.

– Hubert. – Profiler wyciągnął dłoń.

– Genek. – Kula ścisnął ją mocno i rozpromienił się.

– A ta komisja – zająknął się profiler. – Przepraszam, że narobiłem kłopotów.

– Nieważne. Uważaj na siebie. I zawsze jesteś tu mile widziany. – Kula odprowadził gościa aż do wyjścia, kiedy nagle coś sobie przypomniał, kazał zaczekać i zawrócił.

– Chwileczkę...

Pogrzebał w szufladzie biurka i wyciągnął białą kopertę z naklejką „Dzieje wieków".

– Pani Lidia prosiła, żeby ci to przekazać. Sama nie wychodzi z domu od czasu tej afery z babami z wioski. Wyjąłem dziś rano z sejfu Gminnego Ośrodka Kultury.

Profiler zamierzał obejrzeć zawiniątko w aucie, ale natarczywy wzrok Kuli zmusił go do rozpakowania bąbelkowej koperty w gabinecie kierownika posterunku. Wewnątrz znalazł plik wycinków prasowych na temat Niny Frank. Zdziwił się. Niedbałym gestem wytrząsnął je na stół. Spomiędzy nich wypadła opakowana w czerwony papier płyta kompaktowa.

– Co to? – szepnął zaintrygowany Kula.

– Tego szukałem – odrzekł cicho profiler.

Niecierpliwie rozerwał papier. Na płycie CD wodoodpornym flamastrem wykaligrafowano: Dziennik internetowy Niny Frank.

Kiedy profiler wyszedł z posterunku, było już kompletnie ciemno. Dochodziła dziewiętnasta. Na drodze do wsi Tokary nie było nikogo. Minął stojący na poboczu jeep straży granicznej. Z powodu zimna pogranicznicy siedzieli w wozie i nawet go nie zatrzymywali. Zaparkował swoje auto przed niebieską kapliczką i stwierdził z ulgą, że wewnątrz jeszcze palą się światła. Drewniany mostek, zbudowany na bagnie, trząsł się pod nim, gdy szedł w kierunku cerkiewki. Zardzewiałe zawiasy kutej ręcznie bramki zaskrzypiały złowrogo. Wśród wbitych w ziemię prawosławnych krzyży unosił się zapach palonych świec i kadzidła. Popchnął drzwi cerkwi. Otworzyły się bezgłośnie. Wewnątrz znajdował się malowany ikonostas i mnóstwo kwiatów, choć była zima. Po chwili zza carskich wrót wyszedł batiuszka Aleksander Koczuk. Brązowa broda sięgała mu do piersi.

– *Sława Hospodu i Isusu Chrystu* – powitał gościa i spojrzał na niego badawczo.

Meyer po raz pierwszy w życiu miał okazję rozmawiać z popem. Co tu ukrywać – czuł się nieswojo.

– Dobry wieczór – odpowiedział spłoszony.

– Co pana sprowadza? Już po wieczerni.

– Chciałbym zamówić mszę. Czy to możliwe, jeśli jestem innego wyznania?

– A wierzy pan w Boga?

Hubert się zamyślił.

– Tak naprawdę chciałbym zostawić ofiarę na cerkiew.

– Proszę bardzo. – Pop wskazał skrzynkę przy wejściu.

Meyer podszedł do niedużego pojemnika zbitego z deszczułek, na którym napisano po staro-cerkiewno-słowiańsku: *żertwa*. Wyjął z kieszeni obrączkę i próbował ją wcisnąć przez niewielki otwór. Nie mieściła się. Położył obok.

Pop patrzył na Meyera chwilę, po czym skinął głową.

– Za kogo mam się pomodlić? To ma być w pana intencji?

– Nie. – Komisarz zareagował gwałtownie. – W intencji kobiety. Czy imię wystarczy?

– Tak.

– Kinga – powiedział szeptem. Miał wrażenie, że batiuszka przewierca go wzrokiem na wylot.

– Dobrze, jutro podczas liturgii będziemy się za nią modlić. A jak panu na imię?

– Hubert.

– *Sława wo wieki* – odrzekł pop.

– *Sława* – odruchowo odrzekł Meyer i odwrócił się do wyjścia.

Miał teraz poczucie lekkości, spokoju i dobrze wykonanego obowiązku. Spojrzał na ślad obrączki. Biały cieniutki pasek – zarzewie nowego życia. To cieszyło go najbardziej. Miał przed sobą czystą białą kartę.

Rozdział 28
Pierwsza śmierć

„Przestrzegaj ograniczeń prędkości"

Miałam poczucie lekkości i spokoju: zarzewie nowego życia. To cieszyło mnie najbardziej. Czysta biała karta. Szykowałam się do ślubu. Suknię zamówiłam u Goni Białobrzeskiej, najbardziej snobistycznej polskiej projektantki, która jeszcze dwa tygodnie temu wystawiała swoją kolekcję na Schodach Hiszpańskich w Rzymie. Mariusz poznał mnie ze swoimi rodzicami. Jego ojciec był mną zachwycony, matka uczyła mnie gotować. Z ladacznicy zamieniłam się w dobrze wychowaną, świetnie zapowiadającą się młodą aktoreczkę, której rodzice już nie żyją. Wzruszył ich mój los sierotki, jaką przed nimi odegrałam. Starali się zapewnić mi rodzinny dom, którego zabrakło mi tak nagle. Także tę rolę grałam z przyjemnością. Włosy upinałam grzecznie w kok i przechadzałam się u boku mego przystojnego narzeczonego po bankietach warszawki. Odkąd nasze zdjęcia pojawiły się na ostatnich stronach plotkarskich pism, a „Gala" zaproponowała nam wywiad i zapowiedziała kupienie na wyłączność naszych ślubnych fotografii, moje akcje w filmowym światku zaczęły rosnąć.

Mariusz stanął w drzwiach mojej sypialni z kopertą w dłoni.
- Kochanie, to do ciebie. - Uśmiechnął się zadowolony.
- Od... fiu, fiu! - gwizdnął.
Przeciągałam się, gdy podał mi kopertę. Była otwarta. Spojrzałam na niego wymownie.
- I tak wiedziałem, co jest w środku - wytłumaczył się.
Zdjął marynarkę. Precyzyjnie powiesił ją na oparciu krzesła, by się nie pogniotła, i usiadł na brzegu łóżka, zawijając wcześniej prześcieradło. Denerwował mnie ten jego higieniczny sposób bycia. Zakryłam się szczelnie kołdrą i wyciągnęłam z koperty złożony trzykrotnie kremowy blankiet. Zamarłam. To było oficjalne zaproszenie na galę urodzinową legendarnego polskiego reżysera! Zaproszenie ważne dla dwóch osób. Objęłam go i ucałowałam.
- Pójdziesz ze mną?
- Jeśli mnie zaprosisz. - Wtulił głowę między moje piersi.
- Czy życie nie jest piękne?
- Jest, zwłaszcza z tobą - dodałam. - Co ja włożę? - jęknęłam i już chciałam biec do szafy.
- W zasadzie to wpadłem tylko na chwilę, żeby ci to wręczyć. - Mariusz zerknął na zegarek. - Słoneczko, jadę dziś w delegację. Wrócę do środy, obiecuję. Przyjadę po ciebie wieczorem, za tydzień. Wiem, że będziesz zjawiskowa. A na miejscu pogadamy, z kim trzeba.

Wierzyłam, że jest szczerym, dobrze wychowanym mężczyzną. Nie ujawniał żadnych utajonych skłonności sadomasochistycznych. Był inteligentny, wypielęgnowany i pragnął żony, która stworzy mu ognisko domowe. Tak twierdził. Oczywiście, życie zweryfikowało moje złudzenia. Ale wtedy nie wnikałam zbyt głęboko w jego intencje. By go zdobyć, naopowiadałam mu dziesiątki bajek, o sobie, swoim życiu, i chciałam wierzyć, że skoro oświadczył mi się zaledwie dwa miesiące od poznania, naprawdę mnie kocha. Widzi moje nowe oblicze i bierze je za prawdę. Poniekąd ja sama przez chwilę w nie uwierzyłam. Jedyne, czego wtedy pragnęłam, to odciąć się od starego życia i nigdy do niego nie wracać. Choć był ode mnie starszy o dziewięć lat, to czasem miałam wrażenie, że rozmawiam z naiwnym chłopcem. Miałam nadzieję, że Mariusz nigdy się nie dowie o mojej prawdziwej przeszłości. I że nic i nikt nie zrujnuje mojego nowego świata. Dlatego postanowiłam odciąć się od starego. Pierwszym krokiem było opuszczenie apartamentu, w którym uprawiałam diabelskie harce. I czasem, zwłaszcza w nocy, budziły się we mnie demony.

– A co to? – spytał Mariusz, wskazując na rząd walizek stojących w progu.

– Przeprowadzam się. To mieszkanie mnie męczy, jest takie nowobogackie. Wystawiam je na sprzedaż – skłamałam.

– Po co? Przecież za miesiąc, jak skończy się remont w naszym gniazdku, przeprowadzisz się do mnie. Czy jest sens teraz robić zamieszanie? – W jego przesłodzonym głosie wyczułam nutkę podejrzliwości.

– Misiu, proszę cię. To ostatni miesiąc mojej wolności, daj mi szansę. Już wpłaciłam zaliczkę – zaćwierkałam. – Idź już, spóźnisz się.

Chciałam, żeby Mariusz jak najszybciej wyszedł, bo zaraz miał zadzwonić On. A ponieważ rzadko mnie widywał, nie przepuści okazji, gdy to ja mam interes go zobaczyć. Kiedy tylko mój przyszły mąż zamknął drzwi, wykręciłam numer telefonu.

– To ja. Dziś przyjeżdża firma przeprowadzkowa. Możemy się spotkać za godzinę, przekażę ci klucze – zakomunikowałam chłodno.

Zakasłał trzykrotnie.

– Nie chcesz tam jeszcze pomieszkać, Rusałko? Przecież wiesz, że to dla mnie przyjemność. Zresztą możesz zatrzymać to mieszkanie.

– Nie chcę od ciebie żadnych prezentów – odpowiedziałam stanowczo. – I nie nazywaj mnie tak.

– Jak? – Udał, że nie wie, o co chodzi.

– Rusałka – ledwie przeszło mi to przez gardło.

– Dlaczego? Przecież nie ma w tym nic złego. Kiedyś lubiłaś.

– Ale już nie – przerwałam mu. Chyba zbyt gwałtownie, bo stał się mniej miły.

– Godzę się na twoje małżeństwo, czy to ci nie wystarcza? – wychrypiał, ledwie powstrzymując się od dalszych wyrzutów.

Na pomoc przyszedł mi jego nagły atak kaszlu. Zasłonił na chwilę słuchawkę.

– Daj spokój – starałam się go udobruchać. – Nie kłóćmy się.

Słuchanie jego głosu okropnie mnie męczyło. Irytował mnie nawet przez telefon. A gdy wyobraziłam sobie, że musiałabym wysłuchiwać jego wyznań na żywo, aż usiadłam zniechęcona.

– Chyba jednak zostawię klucze u portiera. Muszę już lecieć, wracaj do zdrowia.

Odłożyłam słuchawkę, nie czekając, aż zacznie mnie prosić o spotkanie. Oczywiście, po chwili zadzwonił. Patrzyłam na aparat i zagryzałam zęby ze złości. Ręce mi drżały. Tłumiona przez lata agresja dawała o sobie znać. Jak ten facet mnie wkurzał! Jego obleśne epitety, moja uległość – nie mogłam sobie wytłumaczyć, dlaczego godziłam się na to wszystko. Jak dobrze, że już koniec tej tragikomedii! Dotknęłam tatuażu za uchem i znów opadła mnie bezsilność. Przecież on mnie nigdy nie zostawi w spokoju. Zawarłam pakt z diabłem. Westchnęłam ciężko. Od miesięcy mnie nękał. Był uparty, wszystko sprawdzał, śledził mnie, nachodził. Myślałam, że już nigdy nie wypuści mnie ze swoich szponów. Przypłacałam rozmowy i spotkania z nim nerwicą. Paliłam i piłam więcej. Wybuchałam złością bez powodu, wyżywałam się na ludziach w sklepie, na planie. Czasem i Mariuszowi się dostawało, choć przecież był niewinny.

A On? Już mnie nie obchodził. Listy, które wysyłał, wyrzucałam nieczytane do kosza albo oddawałam listonoszowi, by je przesłał z powrotem do nadawcy. Nie przyjmowałam kwiatów. Czasem wyłączałam z gniazdka telefon, bo bałam się, że odbiorę i wygarnę mu, co myślę naprawdę. Dlaczego jednak drżałam, gdy dzwonił i na wyświetlaczu rozpoznawałam jeden z jego numerów? Dlaczego bałam się, że spotka kiedyś Mariusza i wyśpiewa mu wszystko o nas i naszym chorym związku? Tak, wolałam go nie denerwować. I nie psuć jego poczucia, że jeszcze minimalnie mi na nim zależy. A ten ślub to tylko taki mój kaprys, niech tak myśli. Przecież wie, że jestem taką samą wariatką jak on, uparcie podtrzymywałam go w tym przekonaniu, by mieć choć odrobinę spokoju.

– Nikt cię lepiej nie zna niż ja – krzyczał wściekły, gdy powiedziałam, że z nami koniec. – Z nikim nie będziesz już szczęśliwa – brzmiało jak klątwa.

Wtedy trzasnęłam drzwiami, ale jego głos wiele razy prześladował mnie w snach.

Kiedy telefon przestał dzwonić, rozległ się sygnał komórki. Tchórzliwie ukryłam aparat pod poduszką. Stłumiona melodyjka była mniej denerwująca. Wreszcie sygnał ucichł. Podeszłam do szafy i zdjęłam ostatnie rzeczy z wieszaków. Żałowałam tych sukienek, ale nie mogłam ich zabrać. Zbyt przypominały pewne wydarzenia. Wrzuciłam je do pudełka i wystawiłam za drzwi.

– Nie chcę więcej o tym pamiętać – powiedziałam do siebie.

Gdy wszystko było już spakowane, a ja ubrana w dżinsy, sweterek i trampki czekałam, poprawiając makijaż, zadzwonił domofon. Otworzyłam drzwi i wpuściłam ludzi w granatowych kombinezonach. Zaczęli wynosić pudła i walizki. Wyposażenie wnętrza zostało: telewizor, sprzęt grający, płyty, książki, sprzęty kuchenne i naczynia. Wszystko, co mi kupił, chciałam zostawić za tymi drzwiami. Chciałam zacząć od nowa. Założyłam plecak. Po raz ostatni odwróciłam się i omiotłam pokój pożegnalnym spojrzeniem. Nie zauważyłam nic, co chciałabym wziąć ze sobą. Schodząc po schodach, myślałam, że odcinam wszystkie kotwice, i czułam, jak rosną mi skrzydła.

Na pierwszym piętrze otworzyły się drzwi. Na klatkę wybiegła roześmiana nastolatka z torbą przewieszoną przez ramię.

– Mamo, mówiłam ci. Już nie zdążę zjeść. Śpieszę się – krzyknęła.

Kobieta, która wychylała się zza drzwi, patrzyła za dziewczyną z dumą i radością.

Przecież ja też mam matkę! Odkąd wyjechałam, nie dałam znaku życia. Nasza ostatnia rozmowa była taka straszna. Co się z nią dzieje? Jak sobie radzi? Dopiero mężczyzna w kombinezonie wyrwał mnie z rozmyślań.

– Proszę pani, dokąd jedziemy? Halo!
– Aleje Ujazdowskie sto dwadzieścia pięć. – Obudziłam się jak z letargu. – Tylko zostawię coś w portierni.

Szłam do ciecia, żeby przekazać klucz, i myślałam, że jedyne, czego teraz pragnę, to porozmawiać z mamą. Pogodzić się z nią, wypłakać. Zaprosić ją na ślub. Może mi wybaczy? Przecież zaczynam od nowa, chcę znów być dobra.

– Czy możecie te rzeczy tam zostawić? Tu są klucze do nowego mieszkania. Odbiorę je w waszym biurze – poleciłam.

Mężczyźni w kombinezonach spojrzeli po sobie skonsternowani.

– Ale jak coś zginie, to nie nasza wina – bąknął jeden z nich.
– Nie mam tu nic wartościowego. – Machnęłam ręką i wsiadłam do swojego peugeota. Włączyłam muzykę i skierowałam się do ulicy Radzymińskiej i na wylotówkę na Białystok.

Zatrzymałam się w kwiaciarni przy drodze i kupiłam słoneczniki – ulubione kwiaty mamy. Ciasto kupię w cukierni pani Jadzi, już na miejscu, zdecydowałam. Zastanawiałam się, czy może najpierw nie zadzwonić. Co powiem po tylu latach? A jak odłoży słuchawkę? Nie, pojadę bez zapowiedzi.

Kiedy tylko przekroczyłam most na Bugu, poczułam się nieswojo. Krajobraz tak bardzo różnił się od krajobrazu wielkiego miasta. Atakowały mnie wspomnienia. Czułam się jak stary człowiek, który po latach wraca w rodzinne strony, lecz wszystko wygląda już całkiem inaczej, niż to zapamiętał.

Miasteczko w moich wspomnieniach było śliczne, pełne zieleni i słodko spokojne. Tymczasem kiedy minęłam tablicę, okazało się, że kolorem dominującym jest szarość.

Czułam ten specyficzny zapach biedy, typowy dla małych miasteczek. I teraz byłam tu obca. Kupując szarlotkę z zapyziałej lodówki, cieszyłam się, że mam nowe przebranie, w którym nikt z tutejszych mnie nie rozpozna.

Obsesyjnie rozmyślałam o tym, co powiem matce. Jak zacznę? Czy mnie przyjmie? Liczyłam po cichu, że mi przebaczy.

– A jeśli nie? Co zrobię, jak mnie wyrzuci za drzwi?

Zaparkowałam pod domem i z satysfakcją stwierdziłam, że na parterze poruszyła się firanka. Pani Gryniewicz czuwa, uśmiechnęłam się mimowolnie.

Wyciągnęłam z bagażnika słoneczniki, szarlotkę i na nogach jak z waty ruszyłam w kierunku schodów. Przed wejściem spojrzałam w górę i znów poczułam przyśpieszone bicie serca. Nasze okno było zasłonięte. Na parapecie nie było kwiatków doniczkowych. Dziwne. Mama nawet na pustyni wyhodowałaby paprotki.

– Muszę ją stąd wyrwać – postanowiłam. – Cokolwiek by się działo.

Wspinałam się po śmierdzącej klatce schodowej, starając się stąpać jak najciszej. Kątem oka zerknęłam na skrzynkę. Była pełna korespondencji. Czyżby mama wyjechała? – zastanawiałam się. Zatrzymałam się przed drzwiami z numerem dziesięć i wpatrywałam w wizjer. Bałam się zadzwonić. Strach paraliżował mnie, ale wiedziałam, że muszę się z nim zmierzyć. Jakieś dzieci hałaśliwie zbiegły z góry, uderzając piłką o schody. Potrąciły mnie, a kiedy się odwróciłam, siedmioletnia dziewczynka wpatrywała się we mnie z ciekawością.

– Dzień dobry – powiedziała grzecznie.

Odpowiedziałam jej i natychmiast zapukałam do drzwi. Cisza. Zastukałam mocniej. Poprawiłam włosy, nacisnęłam klamkę. Zamknięte. Stałam dłuższą chwilę przed drzwiami, wpatrywałam się w ozdobne blachy: jedynkę i zero, które jeszcze sama przybijałam z mamą. Usłyszałam szepty dzieci dwa piętra niżej.

– Hej – krzyknęłam, sama nie rozumiejąc własnego zachowania. Ale dobiegł mnie jedynie tupot zbiegających stóp.

Rozejrzałam się bezradnie i mój wzrok zatrzymał się na sąsiednich drzwiach. Pani Marczukowa! – olśniło mnie. Ona na pewno jest w domu.

Podeszłam do dziewiątki. Nacisnęłam guzik. Rozległ się staroświecki dzwonek, który natychmiast uruchomił wspomnienia z dzieciństwa. Otworzyła mi starsza pani o błękitnych włosach. Uśmiechnęłam się na ten widok – od zawsze pani Wala używała błękitnej lub fioletowej płukanki, by ukryć siwiznę.

– Dzień dobry, pani Walu. To ja, Agnieszka. Nie wie pani, o której wróci mama? – powiedziałam radośnie.

Ona jednak wytrzeszczyła oczy, jakby zobaczyła ducha. Samson, nasz kot, wyszedł z korytarza i zamruczał. Poznał mnie, zaczął się łasić.

– Samson tutaj? – spytałam zaniepokojona. – Czy coś się stało?

Dlaczego ona tak stoi i nic nie mówi? Znała mnie przecież od dziecka. Często u niej czekałam po lekcjach, gdy zapominałam klucza. Mama i pani Wala chodziły na spacery, zwierzały się sobie. Łączyła je nić porozumienia, choć dzieliła duża różnica wieku, jakieś trzydzieści lat. Zawsze zapraszała nas na wigilię katolicką i częstowała karpiem w galarecie, którego nie cierpiałam. Robiła pyszną sałatkę jarzynową. Jej dom lśnił czystością, a przed świętami pomagałam jej myć okna.

– Zmieniłaś się – wyszeptała i otworzyła szerzej drzwi. – Chyba widziałam cię w telewizji. Wejdź.

– Gdzie jest mama? – Wydawało mi się, że jestem gotowa usłyszeć najgorszą prawdę. Nawet jeśli pani Wala wie wszystko i nie chce mnie znać. – Co się stało, proszę mi powiedzieć.

Staruszka posadziła mnie na krześle. Nastawiła wodę w czajniku i w milczeniu nasypywała do szklanek herbatę.

Podałam jej kupioną w sklepie szarlotkę. Uśmiechnęła się smutno i wyjęła nóż z szuflady. Powoli, trzęsącymi się rękami, zaczęła ją kroić.

Zrozumiałam, że potrzebuje czasu na zastanowienie, jak mi to powiedzieć. Ale powie. Nie wyjdę, dopóki tego nie usłyszę. Po to tu przyjechałam.

– Gdzie jest mama? – W moim głosie była już desperacja.

Kiedy wszystkie czynności zostały wykonane i siedziałyśmy w milczeniu, parząc sobie wargi wrzątkiem, odchrząknęła i zaczęła mówić.

– Lidka jest już bezpieczna.

Dopiero wtedy zobaczyłam, że sąsiadka jest w żałobie. Patrzyłam na jej szydełkową kamizelkę i skupiłam się na dziurze od guzika. Była za duża. Tak, stanowczo za duża. Zresztą guzika nie było. Zamiast niego sterczała gruba nitka zakończona supłem. Obsesyjne myślenie o brakującym guziku pozwalało mi zachować kontakt z rzeczywistością i nie zemdleć. Słuchałam jej, nic nie mówiąc i unikając patrzenia w pomarszczoną twarz. Nie przerywałam ani nie pośpieszałam. Bałam się zadawać pytania. Czułam, że coraz bardziej wrastam w krzesło. Tracę wagę. Odpływam.

– Miała raka w zaawansowanym stadium. Były przerzuty do płuc, na wątrobę. Lekarze nie mogli nic zrobić. To było dwa tygodnie temu w domu opieki – ciągnęła pani Wala. – Pogrzeb odbył się w poniedziałek.

Dziś mamy środę. Patrzyłam na nią i nie mogłam wydusić z siebie ani słowa. Spóźniłam się dwa dni. Położyłam głowę na stole i płakałam. Gładziła mnie po włosach.

– Przyszła delegacja ze szkoły. Dyrektor wygłosił mowę, ludzie płakali. Nie wiedziałam, gdzie jesteś, jak cię zawiadomić.

Pani Wala opowiadała kojącym głosem. Jej słowa docierały do mnie w zwolnionym tempie, jakbym w głowie miała założoną blokadę emocjonalną. Nie mogłam uwierzyć. Potrzebowałam czasu, by przyzwyczaić się do tej wiadomości. Myślałam, że zniosę wszystko, zaakceptuję każdą zastaną sytuację. Ale na wieść o śmierci nigdy nie jest się gotowym.

Broniłam się przed zrozumieniem treści: moja matka nie żyje! Wszystkimi siłami pragnęłam w to wątpić. To głupi żart, sen. Koszmar, z którego za chwilę się zbudzę. Ale pani Wala trzymała mnie za rękę, ściskała ją tak mocno, aż bolało. To była prawda!

– Jakieś pół roku temu twoja matka zaczęła gwałtownie chudnąć. O ile wcześniej nigdy nie chorowała, o tyle w tym czasie częściej była na zwolnieniu lekarskim niż w pracy. Nie mogła nic robić. Nawet siedzieć. Twierdziła, że to dyskopatia albo rwa kulszowa. A w ogóle starość. Jaka tam starość! Czterdzieści osiem lat? Ja mam osiemdziesiąt dwa – ja to dopiero jestem stara. Wykorzystała cały zaległy urlop, żeby nie iść do szpitala na kompleksowe badania. Bała się. Być może czuła, że to coś poważnego. Dyrektor szkoły załatwił jej wizytę u znanego ortopedy, doktora Marka Mindy. Pojechała. Zapisał jej ćwiczenia i skierował na rentę.

– Pani kręgosłup jest dwa razy starszy niż reszta ciała – przekonywał.

Twoja mama zbagatelizowała jego rady i uparcie walczyła z bólem. Brała leki, ale z czasem przestały przynosić ulgę. Skierowali ją na badania do szpitala. Dyrektor zagroził, że jak nie pójdzie, wyrzuci ją z pracy. Zrobiła badania, odebrała wyniki, ale nikt ich nie zinterpretował. Nie powiedzieli jej, że to rak. Nikt nie miał odwagi. Ale po małym mieście plotki szybko się rozchodzą. Ktoś miał znajomego w szpitalu i ten na ucho, w tajemnicy, wygadał się, że dają jej najwyżej miesiąc życia. Informacja szybko dotarła do szkoły. I znów nikt nie puścił pary z ust. Wszyscy wiedzieli, tylko nie ona. Ja też dowiedziałam się przypadkiem. Któregoś dnia przyszłam do niej pożyczyć proszek do pieczenia. Z trudem podeszła do drzwi. Przyznała się, że od jakiegoś czasu prawie nie wstaje z łóżka. Twierdziła, że ma ostrą biegunkę.

– Byłaś u lekarza? – spytałam.
– Nie wiedzą, co mi jest.

Wyciągnęła z szuflady plik kartek. Zadzwoniłam do córki i przedyktowałam tajemnicze nazwy i cyferki. Madzia zaniemówiła.

– Mama, tumor to guz... – powiedziała.

Przez znajomości załatwiła wizytę u najlepszego specjalisty z Centrum Onkologii w Warszawie. Pojechałyśmy samochodem Madzi, bo twoja mama wyglądała jak cień. Nie dałaby rady dojść na przystanek autobusowy.

– To rak jelita grubego w bardzo zaawansowanym stadium. Operacja już nic nie da – usłyszałyśmy.

Trzymałam ją wtedy za rękę. Była dzielna. Ani na chwilę nie straciła panowania nad sobą.

– Ile jeszcze będę żyć? – spytała.
– Tego nikt nie wie – odpowiedział lekarz.
– A według pana? – spytała.

Myślałam, że zemdleję. A ona siedziała jak zwykle dumna, z oczami wbitymi w lekarza. Widzisz, chciała w końcu poznać prawdę.

– Stan jest bardzo poważny.

Ordynator nie mógł znieść jej spojrzenia. Patrzył na kartkę z wynikami, które przyniosła. Były sprzed pół roku. To i tak cud, że jeszcze tam siedziała.

Potem twoja matka kazała się zawieźć do notariusza i załatwiła wszystkie sprawy. Ledwie dotarła do domu, tak była wyczerpana. Opiekowałam się nią kilka tygodni, dopóki sama mogła coś przy sobie zrobić. Poprosiła, żebym kupiła jej specjalne pampersy, bo ta biegunka już nie ustawała. Widziałam raz, co z niej leciało. Skrzepy krwi wymieszane z ropą. Przyznała się, że miała tę niby-biegunkę od trzech lat. Od trzech lat! Trzy lata z tym walczyła! Nikt jej nie mógł pomóc, bo nikt nie wiedział. Odkąd wyjechałaś, stała się samotnicą. A kto zwierza się z takich rzeczy jak biegunka obcym ludziom?

Zaczęły jej sinieć stopy, wiedziałam, że śmierć jest blisko. Nie byłam już w stanie opiekować się nią. Jestem stara, słaba. Nie dawałam rady jej podnosić, myć. Trafiła do hospicjum. I tam zmarła. Bardzo szybko.

– Czy pytała o mnie? Mówiła coś? – Przełknęłam ślinę. Odważyłam się w końcu odezwać.

– Poprosiła, żeby nagrać tę reklamę piwa, w której pali ci się spódniczka, i jakoś cię odszukać. Mój zięć dotarł do firmy, która to robiła, ale odesłali go do agencji modelek. Kiedy o ciebie pytał, powiedzieli, że nie mają Agnieszki o takim nazwisku. Pokazał im to nagranie. Usłyszał, że ta modelka nazywa się inaczej. Nie chcieli już z nim rozmawiać. „Nie jesteśmy upoważnieni do podawania danych" – powiedzieli.

Byłam porażona. Rzeczywiście zakazałam podawania swojego telefonu osobom nie z branży. Pod żadnym pozorem. Ale mieli mnie informować o tym, że ktoś mnie szuka.

– Zostawił numer, wiadomość?

– Twoja matka zakazała. Powiedziała, że to widocznie ty nie chcesz z nią kontaktu. Więcej już nigdy nie wspomniała o tobie ani słowem.

Kiedy znów opadłam na stół, dokończyła.

– Bardzo cierpiała. Nie zasłużyła na śmierć w takich męczarniach. Nawet największemu wrogowi bym tego nie życzyła. Dobrze, że już po wszystkim.

Dlaczego ona? To ja powinnam nie żyć! – rozpaczałam w myślach. Wszystko było tak straszne. Nie widziałam sensu w niczym. Rano jeszcze myślałam o weselu. Cieszyłam się na jakieś głupie przyjęcie. Marzyłam o zwykłych rzeczach, które będę robić, mieć, zdobywać. Ale w obliczu śmierci wszystko wygląda inaczej. Moje dotychczasowe plany przypominały bieganie po ciemnym pokoju i obijanie się o sprzęty. Nie rozumiałam, dlaczego moje życie jest pasmem cierpienia, które sama sobie zadaję. I na dodatek krzywdzę innych, najdroższych.

Brzydziłam się sobą. Niemal namacalnie czułam krew matki na własnych rękach. Nie mogłam się uspokoić, ale nie chciałam się też rozkleić u sąsiadki. Pragnęłam zatopić się we własnej rozpaczy. W samotności zapłakać nad życiem matki i swoim. Dokąd pójść? Teraz naprawdę byłam kompletnie sama.

Nagle pani Wala wstała. Przyniosła klucze od naszego mieszkania, paczkę w szarym papierze i wizytówkę prawnika. Podała mi to, mówiąc:

– Jesteś jedyną spadkobierczynią. Jeśli będziesz chciała, zaprowadzę cię na cmentarz.

Podniosłam głowę i ścisnęłam słonecznik, który trzymałam na kolanach.

– Nie, ja sama. Chcę sama.

Wsiadłam do samochodu i podjechałam pod bramę cmentarza. Oprócz mnie nie było tam nikogo. Grób matki odnalazłam bez trudu. Wokół wieńców w rzędach paliły się świeże znicze. Kto je przyniósł? Uklękłam na ziemi i położyłam kwiaty.

– Mamo, wybacz. – Wtuliłam się we wstęgi z napisem „Ostatnie pożegnanie". Plastikowe kwiaty drapały mi twarz, tylko moje słoneczniki były żywe. – To nieprawda, że nie chciałam się z tobą zobaczyć. To nie tak! Przecież jestem. Kocham cię!

Szeptałam prośby o przebaczenie. Klęczałam przy jej grobie i wpatrywałam się w tabliczkę na sosnowym krzyżu, jakby to były drzwi, za którymi się jedynie schowała. Czekałam, aż wyjdzie, rozśmieje się z własnego dowcipu. Ale oczywiście nic takiego nie mogło się zdarzyć. Próbowałam przekonać siebie, że ona jest tu, pod ziemią. I dotarło do mnie, że już nigdy jej nie zobaczę. Nigdy nie porozmawiamy, nie otrzymam od niej wybaczenia.

Przypominałam sobie, jak plewiła bratki, śmiała się. Jaka była śliczna i szczęśliwa, gdy wróciłam z obozu żeglarskiego. Jaka zrozpaczona, gdy wychodziłam, by nigdy nie wrócić. I wyobraziłam sobie, jak leży samotnie na szpitalnym łóżku, myśląc, że nie chcę jej widzieć.

Chciałam umrzeć. Czułam się zmęczona, wypalona. Pragnęłam odkupienia, ale moja wiara była widać zbyt słaba, bo gdy usłyszałam stłumiony dzwonek komórki, podniosłam głowę i prawie sięgnęłam do plecaka. Jak dziwnie ten sygnał brzmiał na cmentarzu. Cofnęłam rękę. Nie chciałam odbierać. Wyjęłam za to szarą paczkę związaną sznurkiem i patrzyłam, bojąc się, co znajdę wewnątrz. Już byłam bliska jej otworzenia, gdy telefon piknął ponownie. Przyszła wiadomość.

– Mamo, co robić? Jak żyć?

Podeszłam do tabliczki. Ucałowałam ją w miejscu, gdzie było jej imię. Uklękłam na ziemi, nie zważając na to, że pobrudzę ubranie. Mówiłam do niej czy bardziej do siebie samej? Wiedziałam, że nie otrzymam odpowiedzi.

– Co mam zrobić, żebyś mi wybaczyła? Dlaczego mi tego wszystkiego nie powiedziałaś? Czy on naprawdę jest moim ojcem? Czy to przeze mnie nie żyjesz? Tak, jesteś moją ofiarą, czuję to. Pierwszą było to dziecko. Nie zasługuję na życie, ale co mnie czeka po śmierci? Przecież byłam już w piekle.

Zaczęło się ściemniać. Drżałam z zimna. Wstałam i poczułam mrowienie w zdrętwiałych stopach.

– Nie mam sił oglądać twojego mieszkania. Chcę do swojego domu – zwróciłam się do niej, jakby żyła.

Na trzęsących się nogach wsiadłam do samochodu, ruszyłam do Warszawy. Wspomnienia rozdzierały serce.

Przed sobą widziałam tylko czarną przestrzeń, a mijające mnie samochody wydawały odgłos: „wiuu". Szybkościomierz dochodził do stu czterdziestu. Przycisnęłam jeszcze gaz. Skupianie się na prowadzeniu przynosiło ulgę. Czułam, że uciekam od wszystkiego, a przede wszystkim od samej siebie. Chciałam, bym ja-Zła nie dogoniła nigdy tej mnie-Dobrej. Jechałam coraz szybciej. Wyprzedzałam na trzeciego. Moja stopa była ciężka jak z ołowiu. Dobra parła naprzód, panicznie, rozpaczliwie próbując zgubić Złą. Przede mną była kolumna TIR-ów. Bez wahania zaczęłam je wyprzedzać. Byłam na lewym pasie już kilka minut, już widziałam wolne miejsce, kiedy z naprzeciwka wyskoczyła ciężarówka. Rozum podpowiadał schować się, wepchnąć na prawy pas. Zobaczyłam wykrzywioną wściekłością i rozpaczą twarz matki: „Dziwka, fatum". I jej grób. Przycisnęłam jeszcze gaz. Jechałam prosto na TIR-a, migał mi światłami. Trąbił, żebym zjechała. Minęłam kolumnę i mogłam bez trudu skręcić na prawy pas, ale dalej parłam naprzód. Patrzyłam na zarys postaci, zamkniętej w wielkiej jak smok kabinie. I czułam na plecach oddech Złej.

– Masz pecha, „Wojtek" – szeptała Zła do kierowcy.

Jego imię odczytałam z tabliczki na przedzie. W ciemnościach nie widziałam jego twarzy, ale byłam gotowa na śmierć. Dobra chciała, by los załatwił to za mnie.

– Nie chcę żyć! Boże, zlituj się. Nie zasługuję... Wszystko, czego dotknę, niszczę. Niech się w końcu stanie. Zrób to: zabij mnie! – krzyczałam w myślach.

Silnik mego peugeocika charczał, dusił się, pracował już ostatkiem sił. Wiatr plątał moje włosy.

Nagle TIR przede mną skręcił w rów. Minęłam go w momencie, gdy przewracał się na bok. Zjechałam na prawy pas i poczułam, jak Zła rozczapierza szpony i zlewa się z Dobrą, terroryzując ją i tłamsząc.

– Co? Jeszcze nie teraz? – rzucałam przekleństwami.

Trzęsłam się chwilę po tej walce ze sobą, aż w końcu w mojej głowie zapanowała cisza. Wracały siły. Nie obchodziło mnie, co stało się z „Wojtkiem". Zaśmiałam się szyderczo. Zła triumfowała.

– Ta śmierć nie jest dla mnie wystarczająca? Za mało okrutna dla kurwy i morderczyni? To wiedz, że jestem prawdziwym potworem. Złem w czystej postaci. Nie mam nic do stracenia. Wszystko zdeptałam, zgwałciłam, zabiłam. I choć wiem, że mnie dosięgniesz, nie cofnę się. Nie licz, że mnie zaskoczysz.

Dalej jechałam już spokojnie. Napięcie zniknęło.

Rozdział 29
Kula przeszukuje całą wieś

„Pamiętaj, że wszystkie informacje są stronnicze"

Kierownik mielnickiego posterunku, wracając do domu, dumał nad tym, co powiedział mu Meyer: nie przestanie zabijać. Z czasem będzie zostawiał coraz mniej śladów. To perfekcjonista. Może stać się nieuchwytny. Trzeba go jak najszybciej powstrzymać.

Kula tyle razy czytał sporządzony przez psychologa portret nieznanego sprawcy, że niemal znał go na pamięć. Do tego stopnia, że zdołał wyobrazić sobie fizycznie zabójcę Niny Frank.

Pierwszy raz w życiu szef posterunku w Mielniku nie zmrużył oka przez całą noc. W myślach analizował cechy wszystkich mężczyzn zamieszkałych w okolicy i próbował ich dopasować do profilu. Jednak nikt, kogo znał, nie odpowiadał temu opisowi w stu procentach.

Nad ranem zerwał się cały obolały. Włożył na nos okulary i sporządził listę osób do zbadania.

Gala, śpiąc, nie mrugnęła nawet powieką, gdy mąż chodził w kółko po pokoju, gadając do siebie. Napisał kartkę, by uważała na siebie i nie chodziła bez potrzeby po wsi. Wyjaśnił też, że zamknął drzwi i musi sobie otworzyć kluczem od środka. Pewnie zdziwi się, kiedy się zbudzi, ale wolał ją ostrzec. Meyer ostrzegał, że zabójca będzie atakował kobiety. Każda jest w niebezpieczeństwie. Wiek nie ma znaczenia. Wystarczy, jeśli będzie przypominała mu jego matkę. Spojrzał na żonę z czułością.

Na niebie błyszczały jeszcze gwiazdy, kiedy szef posterunku odpalił poloneza i ruszył do pracy. Nie czuł zmęczenia. Był skupiony i miał wyraźny plan działania. Rozpierała go energia. Nie zbeształ nawet posterunkowego Cetnarka, który zamiast czuwać, smacznie chrapał w dyżurce.

– Pobudka! – Potrząsnął chłopaka za kołnierz.

Ten zerwał się z krzesła i od razu stanął na baczność.

– Spokojnie. – Kula uśmiechnął się, czym wywołał konsternację posterunkowego.

Szef nigdy się tak nie zachowywał. Cetnarek spodziewał się raczej porządnej bury. Tymczasem Kula grzecznie poprosił, żeby wytrzymał jeszcze tylko do zmiany służby, gdy na posterunek dotrze Romek Czerwieński, i szybko wspiął się po schodach na górę. Usiadł za biurkiem, zapalił papierosa i zatopił się w rozmyślaniach.

Morderca mógł nakręcić z miejsca zbrodni film, który ogląda i w pieleszach domowych napawa się swoją brutalnością. Policjantowi nie mieściło się to w głowie. Ale skoro Meyer tak twierdzi, to musi być prawda. Z osób, które znam, tylko Romek Czerwieński ma kamerę. Ale to chłop jak drwal. A morderca przecież jest niski i nosi wyprasowane stroje. Czerwieński po służbie wkłada wytarte dżinsy i sportowe bluzy z kapturem. A jednak ogląda w telewizji filmy o zbrodniach. Dlaczego fascynuje go makabra? Z drugiej strony to kochany chłopak: spokojny, oddany. Może ma jednak drugie życie? Nie mogę mieć pewności. Jego ojciec zmarł, gdy Romek był dzieckiem. Osierocił czterech chłopców. Romek był najmłodszy. Matka wychowywała ich sama. Może go dręczyła, uderzała pasem? To silna kobieta, despotyczna. Kula chwycił kartkę i obok pierwszego nazwiska zrobił ptaszka. Potem go zmazał. Nie, przecież go znam, ufam mu. Ale nie mogę go wykluczyć. On nie lubi psów. Boi się ich. Nie widziałem, żeby kiedykolwiek głaskał jakieś zwierzę.

– Przykro mi, Romku. – Ponownie zaznaczył posterunkowego na liście podejrzanych.

Pod numerem dwa miał braci Lendzionów. Andrzej i Rafał – z patologicznej rodziny. Tylko piją i biją się wzajemnie. Agresja. Matka tyranka. Do przesłuchania – zakreślił. Ale ich ubranie? Przecież oni śmierdzą na odległość i nie mają samochodu! Trudno, mimo to trzeba ich przesłuchać. Mąż Kowalczewskiej odpada, bo był w tym czasie w Belgii. Jóźwiak stolarz jest pedantem i nosi kraciaste koszule. Ptaszek. Ignatowicz, cieć z biblioteki, z nudów ogląda seriale. Znał Ninę Frank i interesował się jej życiem. Kilka razy Kula słyszał, jak dyskutował o niej z panią Lidką. Ptaszek. Staszka Marczuka żona wyrzuciła z domu i od tamtej pory prawie czterdziestotrzyletni chłop mieszka z matką. Kłócą się, choć facet żyje z jej renty. Czasami bierze jakąś robotę na czarno. Meyer ostrzegał, że morderca pracuje jako wolny strzelec. Czy prace na zlecenie można zaliczyć do tej kategorii? Ptaszek. Sakowicz! Nowy członek ochotniczych patroli. Tak, on jest dość dziwny. Zasypia podczas odpraw. Zapisał się do patroli stosunkowo niedawno i to tylko dlatego, że z patrolowania dostaje pięćdziesiąt złotych tygodniowo. Nie jest zbyt zaangażowany. Może chce być blisko posterunku, by uśpić moją czujność? Nie uda ci się, bratku. Wyłowiłem cię! Tak mocno docisnął długopis, że zamiast narysować ptaszka wydarł kawałek papieru. Piekarz miał sprawę w sądzie. Podobno molestował pracownicę. To można zakwalifikować jako przestępstwo seksualne. A zresztą nosi krawat. Wygnieciony, jak wyjęty psu z gardła, ale jednak krawat.

Kto jeszcze nosi krawat? Kierownik posterunku myślał i myślał. Wójt! Nie, on chyba nie. To osoba publiczna. Lokalna szycha. Nie zabiłby aktorki. Ma zbyt wiele do stracenia. Chociaż, kto go tam wie? Pucuje tego swojego opla, jakby to była limuzyna. Do listy!

Michalewicz, właściciel sklepu? Mieszka z matką. Jak wypije, to gania dziewuchy i składa im niewybredne propozycje. Trzeba będzie obejrzeć jego pokój.

Kula wpatrywał się w długą listę podejrzanych. Zapisał już całą kartkę, ale jakoś nie był z siebie zadowolony. Liczył nazwiska: trzydzieści dziewięć. I każdy z zaznaczonych trochę pasował, jednak żaden w całości. Wszystkich przesłuchać? Wszystkich aresztować? Ludzie zaczną gadać. Wybuchnie afera. Bunt. Panika. Już widział baby rzucające w posterunek amunicją z jaj. Ale trudno, jakieś koszty musi ponieść. Byle wytypował mordercę! Ale sam? Nie dam rady. Ktoś musi mi pomóc. Nagle do głowy wpadł mu świetny pomysł. Niech ludzie sami doniosą, kogo widzieli pod domem Niny Frank. Trzeba sporządzić projekt plakatu.

– Cetnarek? – Wychylił się z gabinetu.

– Tak, szefie!

– Ile godzin jesteście na dyżurze?

– Będzie z czternaście – odrzekł Cetnarek. – To już druga doba z rzędu.

– O której będzie Romek?

Cetnarek zmarszczył czoło.

– Powinien być za pół godziny. Jak nie zaśpi, panie kierowniku. Ledwie we dwóch dajemy radę, ciężki czas.

– Już niedługo – pocieszył dyżurnego Kula. – To idźcie do domu wyspać się. Jak dalej będziecie tacy zaspani, nie będę miał z was pożytku. – Dalej już kierownik mówił lżejszym tonem. – Niedługo, mam nadzieję, przydzielą nam nowego człowieka. Dopóki jednak nie załatwię sprawy z Trąbą, będzie trochę ciężko. No, już was nie ma!

Nagle uświadomił sobie, że nie wpisał na listę jeszcze jednego nazwiska. Alojzy Trembowiecki! On jest najbardziej podejrzany. Pedant, obsesyjnie dba o czystość, chuchro, silna matka. Niezbyt lotny, ale nie prostak. Sfrustrowany. Agresywny. Doskonale wie, jak pracuje policja!

Sam przecież widziałem, jak reaguje na krzyk. Przed biblioteką baby darły się, a on nie wyłaził z wozu! Tak! Jego najpierw muszę przesłuchać, myśli błyskawicznie przebiegały mu przez głowę. To się nazywa olśnienie, ucieszył się. I z powrotem schował w gabinecie.

Pusta torba i pełny portfel – pełnia szczęścia. Malwinie Poskropko aż oczy się śmiały, gdy myślała o dzisiejszym utargu. Rano jechała z pełnym bagażem serów i mleka. Zainwestowała siedem złotych w autobus do Siemiatycz. I zwróciło się z nawiązką. Wszystko sprzedała, nawet wędzony kozi ser. Jak tak dalej pójdzie, nie będzie musiała oddawać mleka do skupu za psi pieniądz. Cieszyła się na samą myśl o fortunie, którą zbije, sprzedając na bazarze w Siemiatyczach swoje wyroby mleczne. A może kiedyś otworzy gospodarstwo agroturystyczne? Trzeba przyznać, że robiła świetny twaróg według przepisu matki. Miała już nawet kilku stałych klientów, którzy tylko do niej przychodzili na zakupy.

Wymachując torbą, w której brzęczała pusta aluminiowa bańka, wyszła na szosę. Poprawiła futrzaną czapkę, zapięła szczelnie kurtkę, opatuliła się szalikiem, bo wiatr okrutnie smagał ją po szyi. Cienka kurtka na watolinie nie była odpowiednia na dzisiejszą wilgoć. Stanik pił ją, niemal nie pozwalał oddychać. Po co go wkładała? A może znów przytyła? To dlatego biustonosz nie daje jej swobodnie oddychać. Jak tak dalej pójdzie, nigdy nie znajdzie męża. Chociaż podobno mężczyźni lubią mieć za co kobietę chwycić. Tak, kochanego ciała nigdy dosyć! – pocieszyła się błyskawicznie. Dziś ma dobry dzień, nie ma co się zadręczać. A może okazję szybko uda się złapać? Szła zamyślona, szurając butami. Dotarła do przystanku, położyła pustą torbę na ziemi i wypatrywała auta, które szybciej, a najchętniej za darmo, odwiezie ją do Tokar. Ale samochody mijały ją w pędzie, żaden nawet nie zwolnił. Malwina czuła, jak dobry humor ją opuszcza. Co gorsza, niebo się zachmurzyło i Malwina miała pewność, że w ciągu kilkunastu minut zacznie się ulewa.

Nagle zakręciło się jej w nosie i kichnęła. Pochyliła się, by wyciągnąć z torby chusteczkę, gdy przestraszył ją pisk opon.

Podniosła głowę i uśmiechnęła się do losu. Przed nią zatrzymała się biała rozklekotana furgonetka.

Gdy tylko wsiadła do auta i usadowiła się na miejscu pasażera, za oknem lunęło.

– Jak dobrze, że mnie pan zabrał. Zmokłabym do suchej nitki – szczebiotała. – Ostatnio był tu daszek, ale wandale go rozebrali. Człowiek nie ma się nawet gdzie skryć.

Kierowca jechał w milczeniu, wpatrzony w drogę przed sobą. Dziewczyna co jakiś czas spoglądała na jego chudą twarz. Ot, zwykły facet: ani przystojny, ani brzydal. Nie zapamiętałaby go, choć miała wrażenie, że już gdzieś tę twarz widziała. Spojrzała na kraciastą koszulę i cieniutki krawat zasupłany pod kołnierzykiem w skomplikowany węzeł. I na chwilę zamilkła lekko obrażona. Dziwny facet – zabiera ją z drogi i nawet nie ma ochoty pogadać. Wpatrywała się w zawieszony na lusterku wstecznym różaniec.

– Jest pan katolikiem? – zapytała. Ponieważ nadal nie wyrażał chęci do rozmowy, ciągnęła: – To tutaj rzadkość...

Pokręcił głową.

– Matka kazała mi zawiesić. Jest bardzo wierząca – odezwał się w końcu kierowca i Malwina uznała, że jego głos był nawet miły.

– Ja tam wierzę w Boga, ale nie w kler. Cały czas tylko mówią o grzechu. A przecież to, co ludzkie, nie powinno być im obce. Ale tak to jest, jak księża nie mają żon. Nie wiedzą, co to znaczy prawdziwe życie. Są zepsuci od wewnątrz, choć udają świętoszków – wyjaśniła z wypiekami na twarzy, jakby wyzywała kierowcę na pojedynek.

– To kobiety są grzeszne. Ewa skusiła Adama. Dobrze, że księża żyją w celibacie.

– A pan chciałby żyć w celibacie?

– Ja żyję.

– I nie ma pan żony ani nawet dziewczyny? Niczego przecież panu nie brakuje – zgorszyła się Malwina. – Powinien pan sobie kogoś znaleźć. Samotność prowadzi do zdziwaczenia i chorób. Moja sąsiadka...

- Samotność jest wyzwoleniem - przerwał jej kierowca.

Zmienił bieg i sięgnął nad jej kolanami do schowka, w którym czujne oko Malwiny dostrzegło paczkę papierosów.

- Pan pali? Oj, to super. Poczęstuje mnie pan papierosem? Tak miło tu i ciepło - szczebiotała i ponieważ poczuła się całkiem bezpiecznie, zaczęła się rozbierać.

Rozpięła kurtkę, gwałtownym ruchem ściągnęła szalik. Futrzana czapka nadal jednak siedziała na jej głowie. Pucołowate policzki były różowe od rozchodzącego się po jej ciele ciepła. Kierowca usłyszał dźwięk rozpinanego zamka. Malwina rozchyliła wściekle czerwony polar, w całej okazałości prezentując swoje rubensowskie kształty. Pod ciepłym polarem miała bardzo obcisłą bluzkę z wielkim dekoltem, który odsłaniał rowek między monstrualnymi piersiami. Kierowca zwolnił i zerknął kątem oka na pasażerkę. Dziewczyna rejestrowała każdy jego ruch i uśmiechała się kokieteryjnie.

- To wyjmie pan w końcu tego papierosa? - powtórzyła i założyła nogę na nogę.

- Kobiety nie powinny palić - odpowiedział kierowca i zamiast paczki papierosów, wyciągnął mapę okolic.

Położył ją sobie na kierownicy. Szukał jakiejś miejscowości, kiedy znalazł, odłożył mapę. Nawet nie spojrzał na Malwinę, znów w milczeniu wpatrywał się w drogę przed sobą. Dziewczyna była niepocieszona: ona dwoi się i troi, a on jej nie dostrzega! Nawet nie pomyślała, że kierowca ledwie siedział, tak się trząsł z podniecenia. Usilnie starał się to jednak ukryć, wykonywał mnóstwo niepotrzebnych czynności: zmniejszył częstotliwość poruszania się wycieraczek, wytarł niewidoczny kurz we wnęce na radio, w nieskończoność poprawiał położenie fotela.

- Mówi pan jak wszyscy faceci - zaczęła znów Malwina.
- Jak dziewczyna, to od razu do garów i rodzenia dzieci. Ale za zgrabnymi nogami to się oglądają, nawet jakby mieli osiemdziesiąt lat. Mężczyźni mają wszelkie prawa, a kobiety to kusicielki. Ja tam nie mam zahamowań. Jestem niezależna. I nie dam sobie zrobić wody z mózgu.

- Jest pani kusicielką?

– A co, nie widać? – Wypięła monstrualnych rozmiarów piersi i odwróciła się bokiem do kierowcy. Kiedy zauważyła, że facet kuli się w sobie, dodała ze śmiechem: – Niech się pan nie boi. Nic panu nie zrobię. Przecież pana nie zgwałcę. – Spojrzał na nią zimno. Dziewczyna jednak nie przerywała. – A właściwie to chętnie bym sobie zapaliła. I golnęła jednego. Dziś mam co świętować.

– Chyba nie ma pani najlepszej opinii we wsi?

– A co mnie to obchodzi! Jakbym żyła tak jak reszta, nic bym nie skorzystała. A żyje się przecież tylko raz. Czy będę dobra, czy zła, mężczyźni i tak będą mnie tak samo traktować. Jak będę potulna, to jeszcze gorzej. Miałam takiego chłopaka, co mi spuszczał manto za to, że go zdradzam. A ja wtedy nawet nie myślałam o nikim. Chodziło o to, że nie chciałam z nim spać. I czekałam do ślubu. Ale to dawne czasy. Teraz już nie jestem taka naiwna.

– I chodzi pani do łóżka z różnymi?

Malwina nie odpowiedziała. Pochyliła się do torby leżącej w wodzie ze stopniałego śniegu i wyciągnęła paczkę cristali. Kiedy podnosiła głowę, czapka zsunęła się jej na kolana. Czarne loki rozsypały się na ramionach. Kierowca omal nie wpadł w poślizg. Gwałtownie zahamował. Cudem zdołał utrzymać pojazd na szosie. Na szczęście nikt nie jechał z naprzeciwka.

– Ale ślizgawica – mruknęła Malwina. Nie było w niej nawet iskierki strachu. Pewnym ruchem wyciągnęła do kierowcy paczkę. – Skoro pan mnie nie poczęstuje papierosem, to ja mogę pana.

Mężczyzna odwrócił głowę i Malwina gwałtownie zasunęła polar. Wydało jej się, że w jego oczach zobaczyła coś złego.

– Mówiłem, że nie palę – wychrypiał ze złością.

Odsunęła rękę. Wyjęła z ust niezapalonego jeszcze papierosa i skuliła się w kącie. Zapadła nieprzyjemna cisza.

– Nie boi się pani jeździć autostopem?

– Nie wiem, nie zastanawiałam się. Często tak jeżdżę. – Malwina mówiła teraz cicho. Widać, że była spięta.

Zapięła polar aż po samą szyję. Miała wrażenie, że kierowca uśmiecha się półgębkiem.

– Proszę sobie zapalić. Chcę zobaczyć, jak pani trzyma papierosa.

Malwina posłusznie zapaliła i wydmuchała dym.

– Otworzę okno, bo się podusimy – powiedziała.

Skinął głową.

– A gdyby trafiła pani na kogoś, kto chciałby zrobić krzywdę, zgwałcić albo...

– Umiem się bronić. Kawał ze mnie baby, co? – zaśmiała się sztucznie.

Zamilkła i patrzyła w okno. Widać było jednak, że nadal się boi. Zgarnęła włosy i schowała je ponownie pod czapkę. Nerwowo się zaciągała, szybko wydmuchiwała dym. Nagle skręcili w leśną dróżkę.

– Hej, co pan robi! – krzyknęła Malwina.

Kierowca milczał. Pstryknął centralny zamek i wszystkie drzwi się zamknęły. Dziewczyna złożyła ręce jak do modlitwy.

– Niech pan mnie wypuści. Ja tutaj wysiądę – szeptała. Po chwili zaczęła cichutko szlochać. – Niech pan nie robi mi krzywdy.

– Muszę się odlać – odpowiedział kierowca i zaśmiewając się, udał się po głębokim śniegu w głąb lasu.

– Prawie dałam się nabrać – powiedziała, gdy z powrotem wsiadł do auta. – Myślałam, że jest pan jakimś zboczeńcem. Zresztą, chyba nie tak bardzo się myliłam. Ale ja to rozumiem. Każdy facet lubi te rzeczy, a pan taki skromny, niby, że taki ksiądz – w głosie Malwiny znów była kokieteria.

Kierowca dopiero teraz dostrzegł, że kobieta w dłoniach trzyma ulotki ogłoszeń agencji towarzyskich.

– Chodzi pan tam? – Świdrowała go wzrokiem.

Nie spodobało mu się, że grzebała w jego schowku. Dopiero z trudem zdołał się uspokoić, a ta kobieta znów chciała wyprowadzić go z równowagi.

– Tylko zbieram. Nie lubię rozwiązłych kobiet.

– To takie zabawne. Mężczyźni są jak marionetki, dla seksu zrobią wszystko. – Malwina znów śmiała się i opowiadała pieprzne historyjki z ostatniej zabawy tanecznej w sąsiedniej wsi. W pewnym momencie zapytała prowokacyjnie: – A pan nie ma ochoty na seks?

Mężczyzna się rozejrzał. Wjechali już do wsi.

– Nie – odpowiedział lakonicznie.

– Tylko niech pan sobie nie myśli, że jestem łatwa – dodała, wydymając usta.

– Niech pani wysiada. – Zatrzymał auto.

Urażona mleczarka zaczęła się w pośpiechu ubierać. Ledwie zdołała się wygramolić z furgonetki, trzasnąć drzwiami, kierowca już odjechał. Skręcił na szosę przelotową Terespol-–Lublin i zatrzymał auto przed motelem Czarna Woda. Malwina dotarła do swojej chałupy na piechotę. Kiedy się rozbierała, spostrzegła, że w aucie zostawiła szalik. Rozpłakała się w głos.

– Przecież kupiłam go dopiero miesiąc temu. Nie był tani. Pewnie już go nie odzyskam.

– Słyszałaś? – Konachowiczowa zastukała do okna domu Eugeniusza Kuli.

Wiedziała, że kierownika posterunku o tej porze nie będzie. Chciała poplotkować z jego żoną. Kto jak kto, ale ona przecież musi wiedzieć najwięcej.

Gala wpuściła sąsiadkę do mieszkania, zamknęła drzwi od wewnątrz i nastawiła czajnik.

– Ludzie mówią, że morderca grasuje we wsi. Co się tutaj dzieje? Miejsca nie mogę sobie znaleźć, taka jestem rozdygotana. – Kobieta gadała jak najęta.

– Genio każe mi drzwi zamykać – poskarżyła się Gala.

– A mojego to wziął na przesłuchanie. Co za wstyd!

– Nie martw się – pocieszyła ją Gala, cała była jednak czerwona ze wstydu za męża. Swoją drogą też chciałaby wiedzieć, co ten Genek szykuje. – Pół wsi było już na posterunku. Widziałaś plakaty? – dodała.

– Odkąd twój mąż wyznaczył nagrodę, ludzie po prostu oszaleli. Donoszą jeden na drugiego.

– Tysiąc złotych to dobra renta. Niektórym na kilka miesięcy starczy – broniła mieszkańców Gala.

– Ja tam donosić na nikogo nie będę. Co to ja, kabel jestem? Ale wiesz, mówią, że ten młody policjant, Trembowiecki.

– Ja go znam, miły chłopak.

– A mnie zawsze wyglądał na zboczeńca.

– Toż to ciepłe kluski, zadoja. Żaden zabójca.

– Ale spojrzenie zawsze miał nieszczere. W razie czego nie wychodzę z domu po zmroku. Kto to wie, kim właściwie jest morderca? Mój to nawet do kumpli przestał na ten czas chodzić. W domu siedzi. Ja ci powiem, że mi to nawet jego pilnowanie pasuje. Rańsze trzeba go było na taczce przywozić.

Obie podskoczyły, kiedy do okna zbliżyła się jakaś postać.

– To ja, wpuśćcie mnie, Galino – poznały głos Jóźwiakowej.

– Wierzycie w to, co mówią ludzie? – zapytała.

– W co? – zapytały obie.

– W wampira? – uzupełniła Jóźwiakowa. – Że na nas poluje.

– A co z synem bibliotekarki? To on niewinny? – pytały Galę jedna przez drugą. Ta jednak wzruszała ramionami.

– Mąż mi się nie zwierza. Tajemnica służbowa – wybrnęła dyplomatycznie, choć Kula trochę jej jednak opowiadał. Wymieniał osoby, które uważa za najbardziej podejrzane. A Trembowiecki rzeczywiście był na samym szczycie tej listy.

Gala dobrze wiedziała, że natrętne plotkary przyszły do niej, bo liczyły, że dowiedzą się czegoś więcej o planowanej przez Kulę zasadzce.

Gdy za oknem zaczęło szarzeć, Jóźwiakowa i Konachowiczowa jak na komendę zerwały się z krzeseł.

– Po zmroku niebezpiecznie – wyjaśniły.

– Do widzenia, sąsiadki, do widzenia. – Gala zamknęła drzwi, powtórnie sprawdziła, czy zasuwka działa, i opadła ciężko na krzesło. – Co to teraz będzie, Geniu? Znów wrócisz nad ranem?

– Jak to mamusia pana czasem usypia? – grzmiał Kula i po prostu walił z całej siły długopisem o blat biurka. – W jaki sposób? I jak często?

Trembowiecki siedział na krześle przed swoim byłym szefem i bez zająknięcia odpowiadał na pytania, co bardzo denerwowało kierownika posterunku. Zresztą czuł okropny głód, a Kula głodny to zły.

– Mama głaszcze mnie po plecach, aż zasnę. Czasem zasypia pierwsza i kiedy się do mnie przytula, mnie też morzy sen. Taka tradycja, od dziecka.

– A ile, przepraszam, ma pan teraz lat? Trzy?

– Trzy-dzieści trzy – wybełkotał Trembowiecki, bo nagle zrozumiał, że mogło to zostać przez Kulę źle odebrane.

– Czy to aby nie przesada, by dorosłego chłopa mamusia kładła do snu?

– Pan pije, kłamie, klnie, łamie przepisy. Mnie matka usypia. Co jest gorsze? – odciął się Trembowiecki.

Wydawało się, że teraz Kula wstanie i rzuci się na niego. Ale on tylko bacznie wpatrywał się w twarz posterunkowego i nie mógł uwierzyć, jak ten chłopak się zmienił.

– Nie ma nic gorszego niż donosicielstwo – huknął, gdy Alojzy już się nie spodziewał ataku, i wyciągnął z szuflady kartkę z pytaniami, które zapisał mu przed wyjazdem komisarz Meyer.

– Czy sikał pan do łóżka w dzieciństwie? – padło pytanie.

Trembowiecki oburzony wstał z krzesła.

– A co to pana obchodzi?

– Niech pan zachowa spokój. To przesłuchanie.

– Na jakiej podstawie?

– Milczeć, Trąba! Odpowiadać na pytania!

Alojzy bezwładnie opadł na krzesło. Prawdopodobnie nie wiedział o swoim niechlubnym pseudonimie. Poczerwieniał ze złości, ale się nie odezwał.

– Wiem, że sikaliście – ciągnął kierownik posterunku. – Od pańskiej matki.

– Co?

– I wiem też, że śpi pan z misiem. A w dzieciństwie tłukł pan szyby i bawił się ogniem. To prawda?

– Kiedy pan rozmawiał z moją matką? – Trembowiecki struchlał.

– Co pan robił tego ranka, gdy zamordowano Ninę Frank? Służbę zaczął pan o dwunastej. Zamieniliście się z Cetnarkiem. Mam to już w protokole.

– Nie mogę powiedzieć.

– W domu pana nie było! Matka powiedziała, że wyszedł pan do pracy o szóstej.

Trembowiecki westchnął ciężko.

– Odpowie pan? W przeciwnym razie będę musiał pana zatrzymać.

– Ale przecież to Borys Daniluk jest mordercą! Akt oskarżenia pojutrze wyślą do sądu.

– Proszę, jaki poinformowany. Ile razy dziennie składasz Łysemu raport?

Posterunkowy siedział w milczeniu. Kiedy się odezwał, z trudem wypluwał z siebie słowa.

– Bo ja, ja, by-byłem w le... le... w lesie – wydukał.

– Matka biła cię kablem od żelazka. Potem się zacząłeś jąkać. Ojciec nie mógł znieść, że nie jesteś taki jak on: twardy i nieustępliwy. To dlatego wstąpiłeś do policji. Mundur daje władzę. Co gorsza, przeszedłeś wszystkie testy. Tatuś za nie zapłacił?

– Jak pan śmie!

– Poczekamy na Łysego. Ja tutaj, a ty na dołku. Czerwieński! Zobaczymy, czy donosicielstwo pomoże ci w wydostaniu się zza kratek.

– Nie ma pan prawa! – bronił się Trąba.

– Tak? – Kula uśmiechnął się pod wąsem i otworzył czerwone okładki kodeksu karnego. Zaczął cytować paragrafy. Trembowiecki zwiesił głowę. Po chwili Czerwieński prowadził go po schodach do piwniczki. – Doigrałeś się – wysyczał mu na ucho.

Nagle Trembowiecki z całej siły uderzył Czerwieńskiego i – w kajdankach – rzucił się do ucieczki.

– Ucieka! Szefie, morderca ucieka! – rozległo się rozpaczliwe wołanie.

Kula minął zakrwawionego Romka, wybiegł na podwórko, ale zobaczył już tylko tył radiowozu jadącego w kierunku Siemiatycz. Przecież Trembowiecki miał zapasowe kluczyki! Szef wpadł do dyżurki. Chwycił nadajnik.

– J-trzydzieści cztery. Do wszystkich patroli. Przestępca ukradł radiowóz policyjny. Jedzie w kierunku Siemiatycz. Proszę o posiłki – krzyczał.

Po Trembowieckim nie było śladu. Szukało go kilkanaście okolicznych patroli, straż graniczna. Na nogi postawiono wszystkich ochotników, którzy przeczesywali las. Auto znaleziono na polance przy wylotowej trasie na Lublin. Kula zarządził stan alarmowy we wszystkich wsiach. Cetnarek i Czerwieński siedzieli na posterunku i odbierali telefony. Kierownik posterunku, mimo ślizgawicy na drodze, jeździł w tę i z powrotem na motorku. Kiedy mijał dom Saszki, postanowił zawiadomić popa, by przez jakiś czas nie odprawiał liturgii. Musi to ogłosić z ambony dzisiejszego wieczoru. To najlepsze wiejskie medium. Informacja rozniesie się błyskawicznie. Kula nie chciał ryzykować, że któraś z pobożnych kobiet, idąca do cerkwi przez las, zostanie napadnięta przez zabójcę Trembowieckiego.

– Saszka, musisz ogłosić, że zły człowiek jest we wsi – mówił i patrzył z przyjemnością na odmienionego duchownego. Spokojny, ani śladu przekrwionych białek.

Uśmiechnięta Wiera karmiła najmłodsze dziecko i dyskretnie przysłuchiwała się ich rozmowie.

– Panie Geniu, po co ta panika. To gorsze niż nieinformowanie ludzi w ogóle!

– Ja wiem swoje. On będzie dalej zabijał!

– Kto?

– Jak to, kto? Trembowiecki!

Batiuszka ciężko westchnął.

– Skoro tak ci zależy, powiem.
– To ja już idę, mało czasu. A ty uważaj na swoją żonę. On atakuje kobiety. A jakby co, to wiesz, gdzie jestem.
I już go nie było. Z oddali dobiegał jedynie furkot silnika komara.

Kula w myślach przypominał sobie profil psychologiczny nieznanego sprawcy opracowany przez Huberta Meyera.

1. Mężczyzna w wieku około 30–35 lat. Około 175 cm wzrostu, silny, ale niekoniecznie rosły. Żeby powalić ofiarę, posłużył się tępym narzędziem i uderzył ją w tył głowy. Ciemne włosy (znalezione na miejscu zdarzenia), krótkie. Używa brylantyny, żelu lub wosku kosmetycznego, by je przylizać. Być może naturalnie mu sterczą, więc robi z nimi „porządek".

2. Nosi buty na miękkiej podeszwie. Spodnie z ciemnego materiału, schludne, najprawdopodobniej w kant. Może mieć na sobie cienki krawat albo koszulę w stonowanych barwach, z elementami symetrii, np. w kratę. Ubranie bez ozdób. Twarz gładko ogolona.

3. Wykształcenie zawodowe, musiał kiedyś pracować w jakimś zakładzie. Pedant, obsesyjnie dba o czystość. Nauczony pozostawiać porządek w swoim miejscu pracy. Ceni precyzję. Zadrapania zadane po śmieci kawałkiem szkła są symetryczne. Typ mordercy zorganizowanego.

4. Nienawidzi kobiet. Silny związek z matką, która w dzieciństwie zadawała mu kary cielesne. Niewykluczone molestowanie seksualne w dzieciństwie. Brak wzorca ojca, być może nieznany albo opuścił rodzinę, gdy zabójca był jeszcze dzieckiem.

5. To jego pierwsza zbrodnia: chaotycznie zadawane ciosy, nieudolne, wykonane w szale, wcześniej mógł dokonywać nieudolnych gwałtów, a podczas stosunków podduszał swoje ofiary. Być może karany za przestępstwa seksualne. Najprawdopodobniej ma problem z osiąganiem satysfakcji seksualnej, jeśli nie zadaje partnerce bólu. Nie zgwałcił jej i nie zostawił

spermy, za to zbezcześcił zwłoki butelką po soku – być może jest impotentem, a nie dlatego, że jest taki sprytny i nie chciał zostawić śladów. Być może jego impotencja jest skutkiem fizycznej ułomności, powstałej już w wieku dorosłym. Na przykład po wypadku.

6. Często się przemieszcza. Musiał dojechać do ofiary autem. Jego samochód jest niepozorny, model często spotykany na tym terenie, koloru szarego lub białego, nie jest to najnowszy rocznik. Ale choć z zewnątrz pojazd wygląda jak stary grat, wewnątrz jest wyczyszczony i umyty. Panuje w nim porządek, morderca dba o niego – to jego azyl. Być może sam go remontuje.

7. Mieszka samotnie lub dzieli lokal z matką. Ale nie wpuszcza jej do swojej twierdzy. Zbiera różne przedmioty i układa je w rzędach. Być może ma mieszkanie oklejone zdjęciami aktorki. Jest jej fanem. Wszystkie informacje ma opisane i równo ułożone. Symetrycznie, według własnych kombinacji, co pozornie może wyglądać na rupieciarnię. Ale tylko pozornie. Pochodzi stąd lub zna dobrze terytorium nadbużańskich wsi.

8. Pracuje. Nie jest jednak zatrudniony w fabryce, ale działa na własny rachunek. Na przykład hydraulik, monter, ochroniarz do wynajęcia. Wolny strzelec. Niezbyt dobrze znosi podległość, lubi być niezależny. W pracy jest odpowiedzialny i godny zaufania.

9. Znał ofiarę, śledził jej losy. Ma w domu telewizję, może nawet kilka odbiorników. Być może jest prenumeratorem pism kolorowych, abonentem telewizji kablowej lub cyfrowej. Po przeprowadzce to pierwsza rzecz, jaką zrobił – zamontował odbiornik telewizyjny. Być może agresja była spowodowana jego rozczarowaniem, jakie wywołało porównanie wizerunku serialowej zakonnicy z rzeczywistą postacią Niny Frank. Monitoruje postępy śledztwa w mediach.

10. Reaguje na krzyk. W jego domu się krzyczało. To wyprowadza go z równowagi. Nie sprawia jednak wrażenia agresywnego. Ludzie mogą go postrzegać jako „niegroźnego

samotnika-dziwaka". Zdawkowo mówi dzień dobry, odpowiada na pytania lakonicznie. Nie patrzy w oczy. Dopiero krzyk aktorki i niezgoda np. na współżycie mogły go wyprowadzić z równowagi i wyzwolić agresję.

11. Ma za sobą przejścia w szkole. Mógł być tak zwanym kozłem ofiarnym. Nie dostał się do wyższej szkoły bądź został z niej wyrzucony. Niekoniecznie prymitywny, może dużo czytać. Jest postacią przegraną. Sfrustrowany, społecznie nieprzystosowany. Buntuje się. Na przykład nie płaci mandatów, rachunków, kiedy szukają go wierzyciele, przenosi się z miejsca na miejsce.

12. W dzieciństwie podpalał stodoły, dręczył zwierzęta. Jeśli pochodzi ze wsi, mógł dokonywać gwałtów na zwierzętach, satysfakcję dawało mu zadawanie bólu.

Kula myślał tak intensywnie, że aż rozbolała go głowa. Jeśli chodzi o Trembowieckiego, zbyt wiele rzeczy się zgadzało, na dodatek ta jego ucieczka. Kula był pewien, że ten człowiek ma coś na sumieniu. Nie bez powodu wziął nogi za pas. Ale czy zabił aktorkę? Kula sam już nie wiedział, co myśleć. Kiedy kierownik posterunku mijał biały domek bibliotekarki, zobaczył ją samą, jak stoi przy furtce i trzyma coś w przezroczystej torebce.

– Panie Eugeniuszu! – krzyknęła.

Podjechał bliżej. Był rozdrażniony, zły.

– Czasu nie mam, pani Lidko! Morderca jest wolny. Niech pani nie wychodzi z domu!

– Muszę coś panu pokazać. To potrwa chwilę.

Kula niechętnie podszedł do wdowy. Opowiedziała o spotkaniu z dziwnym akwizytorem kablówki i na zakończenie podała mu nóż w foliowej torebce.

– To znalazłam w śniegu.

– Na razie nie mam do tego głowy. Trwa pościg za Trembowieckim, moim podopiecznym. Ale dziękuję. – Chwycił torebkę i wsunął ją do kieszeni kurtki.

Lidia weszła do domu, włączyła telewizor. W studiu pojawili się reżyser i główna scenarzystka serialu *Życie nie na sprzedaż*.

– Bardzo przeżyłam śmierć Niny. Byłyśmy przyjaciółkami – mówiła chuda kobieta ostrzyżona na zapałkę.

Spikerka pytała ją o aktorkę. Jaką była osobą, dlaczego była tak nielubiana.

– Wielu zazdrościło jej sławy. Pamiętam jej ostatnie słowa, zanim znaleziono ją martwą. Pytała o moje zdrowie i jak przebiega remont. Ona cały czas martwiła się o innych. Była jak ta zakonnica, którą grała. Zawsze pozostanie w moim sercu.

Lidia zalała się łzami. Nie musiała udawać. Borysa nie było i jak dotąd nie wiadomo, co się z nim stanie.

– Dziś po raz ostatni na ekranach naszych odbiorników będziemy gościć w naszych domach Ninę Frank, ukochaną aktorkę, która tak młodo, tragicznie zmarła – powiedziała prezenterka. – Była prawdziwą gwiazdą. Najpopularniejszą aktorką ostatnich lat, o którą bili się reżyserzy i koncerny reklamowe. Stała u progu międzynarodowej kariery. Kochały ją miliony telewidzów. Los zapowiadał jej tak świetlaną przyszłość...

Rozdział 30
Aktorka

*"Kiedy spojrzysz wstecz na swoje życie,
będziesz bardziej żałować,
że czegoś nie zrobiłeś, niż że zrobiłeś"*

Byłam prawdziwą gwiazdą. Najpopularniejszą aktorką ostatnich lat, o którą bili się reżyserzy i koncerny reklamowe. Miałam przed sobą karierę międzynarodową. Kochały mnie miliony telewidzów. Los zapowiadał mi świetlaną przyszłość, ale wszystko ułożyło się inaczej. Chcesz rozśmieszyć Boga, opowiedz mu o swoich planach.

Habit zakonnicy wkładałam w pięć minut, gorzej było z chustą na głowie. Do jej założenia potrzebowałam pomocy – nie radziłam sobie ze szpilkami i burzą włosów, które wciąż próbowały wymknąć się spod welonu. Iwona, zauroczona mną charakteryzatorka, która nosiła moje stare ciuchy, zbierała niedopałki z podłogi, dbała o to, żebym codziennie miała gorące posiłki i po prostu była na każde wezwanie, teraz też przybiegła natychmiast. Była prawdziwym skarbem: delikatnie i sprawnie spięła mi włosy ciasno w kok, a potem ostrożnie, żeby nie popsuć makijażu, założyła mi na twarz biały materiał, symbol niewinności.

– Nikaaaa! – rozległ się głos reżysera. – Gdzie jesteś? Zaczynamy.

– Idę już. Idę! – krzyknęłam. A do siebie i do Iwonki: – Cholera, siku mi się chce.

Iwonka zrobiła zmartwioną minę, która znaczyła: „Gdybym mogła, wyręczyłabym cię także w tym", i gdzieś wybiegła.

Rola zakonnicy Joanny, która początkowo była epizodem w serialu, dzięki mojej kreacji urosła do pierwszoplanowej. Okazało się, że w katolickim kraju serial o zaradnej mniszce, która zawsze dobrocią zwycięża zło, bije rekordy popularności. Telewidzowie, dzięki mojemu ślubowi z Mariuszem, chcą mnie oglądać, czytać o mnie w prasie, słuchać w radiu. I im więcej było mnie w mediach, tym bardziej się mną interesowali. A to przekładało się na propozycje ról w innych mydlanych operach. Cieszyłam się z tego efektu śnieżnej kuli. Uśpiłam depresję cynizmem i zajęłam się pracą – to najlepsze lekarstwo na smutek.

Rozbudowano moją rolę ku wielkiemu niezadowoleniu autorki scenariusza. To ona rządziła serialem. Nie reżyser, nie aktorzy, ale Święta była bogiem tego interesu. I nie podobało jej się, że musiała zmienić wszystko w scenariuszu tylko dlatego, że pojawiłam się ja. Po prostu nikt! Nie lubiła mnie, ale musiała tolerować. Udawałyśmy przyjaciółki: wypytywałam ją o remont domu w górach, na który zaciągnęła wielki kredyt i musi go spłacać, pisząc ten serial. Miała w swoim biurze pięć niespełnionych dziennikarek, które dostawały grosze za wymyślanie kolejnych wątków. Zawarłyśmy ze Świętą nigdy niewypowiedzianą umowę: dopóki jestem na górze karuzeli, ona mnie toleruje, a ja opowiadam prasie, jak się lubimy. W wywiadach zachwycałam się jej warsztatem, niespożytą energią. Obłuda w czystej postaci, ale taki właśnie jest świat filmu. Okazało się, że mama miała rację – grunt to znajomości. Ale – jak się okazało – medialny mąż ma też wiele plusów. Dzięki niemu można zawierać kolejne przydatne znajomości. Nieważne, myślałam, i odrzucałam od siebie myśli o miałkości tego środowiska. Przecież to wszystko jest na niby. To tylko serial, który wyniesie mnie wyżej. W głębi duszy marzyłam o czymś więcej, o zagranicy, gdzie kręci się filmy, a nie ich podróbki.

Przezwisko Świętej wzięło się z jej nienaruszalnej pozycji i szorstkiego sposobu bycia. Miła była tylko dla przystojnych mężczyzn i tych, którzy w ordynarny sposób jej schlebiali. Jej samej kokietowanie wychodziło komicznie. Widziałam, jak Święta emabluje aktora odtwarzającego rolę proboszcza, a biedak wije się niczym piskorz, kiedy Święta proponuje mu wyjście na kawę. Zresztą był niczego sobie. Łakomym wzrokiem patrzył na mnie i inne aktoreczki. Nie pogardziłby młodą dziewczyną w swoim łóżku, choć miał już żonę i dzieci. Ale romans ze Świętą? Oj, to wkraczanie na przeklętą ścieżkę. Nie było w niej ciepłych uczuć. Tylko gorące: albo jesteś z nią, albo przeciwko niej. A ponieważ obie byłyśmy wytrawnymi graczami, każda swój ruch robiła ostrożnie, jednocześnie zabezpieczając tyły. Dwie wilczyce, chodzące jedną watahą, ale w każdej chwili gotowe się zagryźć w imię statusu samicy alfa. Dziś Święta też była na planie i robiła miny, że stroję fochy, jakbym była gwiazdą.

– Panie reżyserze. – Moja stylistka jak zwykle uratowała mi skórę, odwracając uwagę szefa. – Ta firanka jest rozdarta. I to widać. Na plebanii takie zaniedbanie jest niedopuszczalne.

– Poprawić! Co za baran robi te scenografie! Studio mamy jeszcze tylko trzy dni, musimy się wyrobić. A jeszcze dziesięć odcinków. Gdzie jest producent!? – krzyczał rozemocjonowany reżyser, po czym wyciągnął z kieszeni zegarek na srebrnym łańcuszku i złapał się za głowę.

Graliśmy już dziesiątą godzinę – wynajem studia był drogi, więc czas pracy wydłużał się czasem i do piętnastu godzin. Ze zmęczenia padałam z nóg jak chyba wszyscy z ekipy. Tylko Święta wydawała się niezniszczalna. Paliła papierosa za papierosem i stukała zniecierpliwiona chudym palcem o blat stolika. Kontrolowała wszystko. Jej gumowe uszy niemal poruszały się i wydłużały, gdy słyszała szepty.

Uśmiechnęłam się z wdzięcznością do Iwonki i poleciałam do toalety. Ale sikanie w habicie nie jest łatwe, zajęło mi to dłużej niż chwilę. Zastanawiałam się, jak one chodzą w tym płaszczu w trzydziestostopniowym upale. A może mają na tę okazję coś z lżejszego sukna?

– Nie, już jadłam, dziękuję.

– Och, jaka pyszna ta zupa.

– Nie trzeba było robić sobie kłopotu.

– Proszę księdza, mamy tu zadanie boże. Trzeba znów zorganizować akcję.

– Nie, to ten miły piekarz, który rozdaje chleb biednym, zajął się wszystkim. Teraz Urząd Skarbowy go nęka. Niech ksiądz powie o tym z ambony!

To były moje kwestie, które wygłaszałam od kilku godzin z miną nawróconej Magdaleny. Tylko człowiek niedorozwinięty miałby trudności w recytowaniu tych idiotyzmów. Ale Święta uważała, że jest twórcą i zmienia oblicze polskiego Kościoła. I filmu, oczywiście. Miała misję. Śmiałam się z jej dialogów i nie rozumiałam, dlaczego podobają się telewidzom. Cóż, dzięki tej roli wyrosłam na gwiazdę. A teraz jeszcze zaproponowano mi rolę w filmie fabularnym o zaskakująco głupim tytule: *Tylko raz w życiu*. Ktoś mądrze policzył, że skoro półtoramilionowa widownia codziennie zasiada przed telewizorem wyłącznie po to, by obejrzeć moją twarz zakonnicy – a to nawet więcej niż gromadził Adam Małysz – to uda się ich wszystkich wyciągnąć do kina. I jeszcze na tym zarobić. Zdecydowałam, że chętnie wezmę udział w tym przedsięwzięciu, zwłaszcza że będzie to w końcu mój pierwszy prawdziwy film. Choćby przedsięwzięcie miało okazać się kompletną klapą, zagram i poczekam na czasy, gdy to ja będę przebierać w propozycjach.

Nie miałam złudzeń – najbardziej znaną zakonnicą w kraju zostałam dzięki ślubowi z Mariuszem. Ale i tak mnie to satysfakcjonowało, bo wychodziło na to, że ludzie mnie kojarzą, choć nie przyjęłam jego nazwiska. – Nie zrób błędu, to pomoże ci w karierze – tłumaczył, a ja z przerażeniem obserwowałam, że wcale nie przypomina tego miłego chłopczyny, który mi się oświadczał. I jest tak samo wyrachowany jak ja – ślub zaplanował, gdy był na topie, i zaproponował małżeństwo akurat mnie, bo byłam idealną kandydatką. Anonimową, dość atrakcyjną, która nie przyćmi jego nazwiska, a wzruszy tłumy. Taki Kopciuszek u boku księcia. Szkoda, że dopiero teraz to widzę, wcześniej miałam go za wariata, który się zakochał. Wszystko, co się nam przytrafia, zdarza się w jakimś celu i z jakiejś przyczyny.

Dziś mój Mariuszek wścieka się, że to nie on jest w naszym małżeństwie gwiazdą pierwszej wielkości. Trochę inaczej to sobie zaplanował. Nie przewidział, że ja, a właściwie mniszka Joanna, zdetronizuje znanego prezentera. Zresztą, ja zakonnicą – czasami, gdy o tym rozmyślałam, miałam wrażenie, że Bóg jest po prostu wielkim jajcarzem.

Teraz to Mariusz pluł sobie w brodę, że nie przyjął mojego nazwiska. Bo zaraz po ślubie rozpoczął ryzykowne pertraktacje z telewizją publiczną, a kiedy jego szefowie się o tym dowiedzieli, bez wahania wyrzucili go ze stacji. – Idź, na co czekasz? Na twoje miejsce mam sto osób. Nikt nie jest zmęczony. Będą pracować dwa razy ciężej za dwa razy mniejsze pieniądze – usłyszał od swojego ukochanego szefa, z którym pił wódkę i któremu zwierzał się z fantazji erotycznych. Mariusz myślał pewnie, że jest niezastąpiony. Bzdura. Teraz nie ma pracy i nikt go nie chce. Ponieważ był zatrudniony jako zewnętrzna firma, nie dostał nawet odprawy. Jest na lodzie.

Ja zaś rosłam w siłę. Pojawiałam się niemal w każdym numerze „Vivy". Dziennikarze pytali, co jem, jakim szamponem myję włosy, jakie mam poglądy na eutanazję, aborcję, na kogo głosowałam w ostatnich wyborach i jaką pościel wolę: białą czy może czerwoną. Nawet gdy zmyślałam, że śpię bez poduszki, sikam pod prysznicem albo nie cierpię rajstop, robili z tego tytuł na okładkę.

Sama już nie musiałam odbierać telefonów od dziennikarzy, wyręczał mnie w tym mój agent Zbyszek, który pod swoją opieką miał najbardziej znane aktorki w Polsce. Jako jedyna nie miałam ukończonych studiów i nigdy nie grałam w teatrze, więc byłam na którymś tam miejscu jego listy. Ale zarabiałam niemało, więc to, że grałam tylko w serialach, wcale mu nie przeszkadzało brać ode mnie taki sam procent jak od pozostałych gwiazd. Wiedziałam też, za co płacę: umiał stworzyć wizerunek gwiazdy i dbał o odpowiedni „piar", jak z angielska mówiło się o podsuwaniu mediom coraz to nowych wieści, by podsycić ich zainteresowanie. Płaciłam mu więc i znosiłam jego beznadziejne umizgi oraz tokowania. Nie chodziło przy tym o nic poważnego, po prostu lubił, gdy w jego stajni panowała rodzinna atmosfera.

Od śmierci mamy minął ponad rok. Nie nosiłam żałoby, sprzedałam mieszkanie i za śmieszne pieniądze kupiłam zaniedbaną posesję niedaleko mojego rodzinnego miasteczka, nad samą rzeką. Zaczęłam remontować ten stary dworek i wierzyłam, że w ten sposób odkupuję grzechy, bo mama zawsze chciała w takim dworku zamieszkać na starość. Zawiozłam tam część naszych rzeczy, a segregując ubrania, meble, koce i pościel dla PCK, znalazłam masę rodzinnych zdjęć i pamiątek.

Wszystko to zapakowałam w pudła i umieściłam na strychu, wierząc, że kiedy przyjdzie pora, wybiorę się w podróż sentymentalną. Ale nigdy nie miałam na to czasu, bo nagle posypały się role. Wszyscy teraz mnie chcieli. Po hucznym ślubie, który obejrzało ponad milion telewidzów, stałam się rozpoznawalna. Historyjki, które opowiadałam Mariuszowi, musiałam sobie spisać i nauczyć się ich na pamięć. Stworzyłam sobie nowy życiorys, do którego – przy okazji kolejnych wywiadów – dokładałam nowe fakty. Czasem kupy się to nie trzymało, więc przy autoryzacji wywiadu wykreślałam pewne sformułowania, mówiąc z oburzeniem, że ja przecież nie miałam kota i z pewnością nie mówiłam, że Mruczek podarł mi rajstopy.

Nasze małżeństwo zaczęło się sypać. Tak normalnie, po ludzku. Nie było żadnych ekscesów. I, co pewnie trudno sobie wyobrazić, nie z mojej winy. Raz przyłapałam mojego męża, jak całuje jakąś koleżankę z telewizji, potem zaczął znikać na noce. Nie trzeba mi było więcej danych. Wiedziałam, że mnie zdradza. Nie miałam pretensji. Nie kochałam go. Seks też nie był nadzwyczajny, by drzeć szaty z rozpaczy. Po prostu było między nami coraz chłodniej, a ja patrzyłam na to ze spokojem, jak na coś nieuniknionego. Nawet nie myślałam, by zawalczyć o ten związek. Uznałam, że swoje zadanie Król wykonał i może odejść.

– Wiesz, dziś niechcący podsłuchałam, co Święta mówiła Witkowi – zaczęła Iwona, gdy odwoziła mnie do domu po zdjęciach. Nadstawiłam ucha. – Ona chyba cię nie lubi.

To mnie nie zaskoczyło. Byłam przekonana, że mnie nie cierpi. Jest zazdrosna, wściekła, że mam parcie na karierę, a co gorsza, mogę to osiągnąć. Iwonka, jak możesz się dziwić! Zresztą ja dobrze ją rozumiem. Gdybym była na jej miejscu, czułabym to samo, odpowiedziałam jej w myślach. A na głos:

– Dlaczego tak sądzisz? Przecież dziś częstowała mnie pączkami.

– Chyba chciała uśpić twoją czujność, bo kiedy tylko wyszłaś, gadała, że dobrze byłoby cię na trochę wyeliminować. Może zrobić przeoryszą albo zabić... w wypadku. Przekonywała Witka, że na twoje miejsce znajdziemy świeżą, młodą dziewczynę. Nową twarz, bo twoja się już opatrzyła.

– Nową twarz?

– Chyba nawet myśli o pewnej aktorce.

– Kto to? – zaniepokoiłam się.

Brzmiało poważnie. Iwona wzruszyła ramionami.

– I co na to Witek? – Czułam narastający gniew.

– Na razie machnął ręką. Ale nie zaprotestował, jak zwykle to robił. Obiecał jej, że wrócą do tego, gdy skończą tę serię. Po wakacjach.

– Skurwiel...

– Witek nie może się zbytnio stawiać. Święta ma takie kontakty, że jego też wykluczyłaby bez trudu. Przepraszam, że ci to mówię, ale chyba lepiej, żebyś wiedziała, na czym stoisz.

– Jesteś kochana.

A więc znów szykuje się walka. Święta nie tylko może wyeliminować mnie z *Życia nie na sprzedaż*, ale po prostu zniszczyć. Jej słowo niesie się po całej kloace polskiego serialu. Musi być jednak coś, co ją powstrzyma. Coś, co zamknie jej usta, by w końcu przestała ujadać. Gdy zacznie się bać, będzie musiała mnie szanować. Weszłam do pustego domu i zrobiłam sobie drinka. Ostatnio piłam coraz więcej w samotności.

Rozdział 31
Mleczarka wbija tasak

"Jeśli chcesz, by coś było zrobione,
powierz to osobie bardzo zajętej"

Musi być coś, co ją powstrzyma. Coś, co zamknie jej usta i w końcu przestanie ujadać. A jak będzie się bać, zacznie szanować – myślał o żonie Hubert Meyer, wchodząc do pustego domu.

Anka z dziećmi wyprowadziła się do matki kilka dni temu. Usiadł na krześle, które zostawiła tylko dlatego, że miało złamane oparcie. Kontemplował chwilę, aż w końcu postanowił zrobić sobie drinka. Sięgnął do szafki. Półki ziały pustką. Otworzył suszarkę, ale oczywiście nie było ani jednej szklanki. Ani żadnego innego naczynia. Rozejrzał się po mieszkaniu. Tyle zostało z jego małżeństwa: kilka porzuconych kartonów i trochę jego rzeczy osobistych, naprawdę niewiele.

Nie mógł uwierzyć, że Anka zachowała się tak prymitywnie. Wszedł do łazienki. Wypłukał kubek do mycia zębów, którego chyba nie zauważyła. Nalał do niego trzy centymetry wódki. Kiedy odkręcał butelkę z colą, gaz eksplodował i lepki płyn trysnął fontanną na twarz i ubranie. Bezskutecznie szukał ścierki, ale w końcu chwycił jakąś szmatę wciśniętą pod kaloryfer. Był to jego ulubiony, wyciągnięty i sprany T-shirt, którego Anka używała chyba jako ścierki do kurzu. Z trudem opanował wściekłość.

Dopiero teraz przydałby mi się urlop, powiedział do siebie, pijąc drinka. A Stary już mnie wysyła do rozpracowywania „unabombera". Jedenaście ładunków. To cud, że żaden nie wybuchnął. Podobno jednak cała Warszawa stanęła w korkach. Ogłoszono alarm. Musiało ich być dwóch, nagle przyszło mu do głowy. Dobrze, skoro Stary mnie potrzebuje, niech zajmie się sprawą mojej dyscyplinarki.

Spojrzał na zegarek. Znów pierwsza w nocy. Stres odpuszczał powoli. W miarę kolejnych wypijanych kubków wódki z colą profilerowi coraz bardziej podobała się ta pustka. Po raz pierwszy dom nie był zagracony. Wpatrywanie się w przestrzeń pustych pokoi uspokajało go. Dlaczego kobiety tak uwielbiają gromadzić rzeczy? Zachowują się jak chomiki. Otaczają się mnóstwem przedmiotów i dopiero wtedy czują się bezpiecznie. Jemu wystarczało tylko to, co miał w torbie podróżnej: trzy pary spodni, kilka podkoszulków, dwa garnitury na zmianę.

W gruncie rzeczy niczego więcej nie potrzebuję, myślał. Może jedynie proszku do prania, kilku naczyń i wygodnego łóżka. Wspominał pobyt w Mielniku nad Bugiem. Czas płynął tam wolniej. Teraz jednak to miejsce, zdarzenia i emocje związane ze sprawą wydawały się tak odległe, mimo że opuścił tę enklawę spokoju dopiero przed siedmioma godzinami.

Meyer sam nie wiedział, dlaczego tak polubił prostego kierownika posterunku. Kiedy się żegnali, było mu nawet trochę żal, że wyjeżdża. Pewnie nigdy się już nie spotkają. Przejazd przez Warszawę po raz kolejny uświadomił mu, jak różne są ludzkie światy. Kalejdoskop ludzkich myśli, marzeń, nieszczęść. Każdy ma w sobie kosmos i pustkę. Nie mógł się powstrzymać i mijając centrum stolicy, gwałtownie skręcił na szosę do Otwocka. Tym razem ulicę Miłą znalazł bez problemu. Zastukał do drzwi z numerem 14, bo domofon nie działał. Na spotkanie wyszedł mu mężczyzna z wąsami w niechlujnym ubraniu.

– Do kogo? – nie silił się na uprzejmości.

– Zastałem pana Bułkę? Albo jego kolegę? – zapytał Meyer.

– Nikt taki nigdy tu nie mieszkał. – Mężczyzna już zamykał drzwi, patrząc przy tym na Meyera jak na szaleńca.

– Byłem tu przedwczoraj. Rozmawiałem z nimi. Wynajmowali w tym domu pokój. Dwaj wróżowie – naciskał psycholog, choć z tyłu głowy błyskała lampka ostrzegawcza.

Coś mówiło mu, że się myli. Patrzył na właściciela budynku i słyszał, że nawet w jego głosie brakuje stuprocentowej pewności. Wskazał jaśniejszy prostokąt na frontowej ścianie, gdzie ostatnim razem wisiał szyld wróżów.

– Przedwczoraj tu była tablica – podkreślił.

Wiedział, że dalsze wyjaśnienia tylko go kompromitują, ale nie odpuszczał.

– Nie mieszkał i nie mieszka tutaj nikt, o kogo pan pyta – warknął gbur. Podszedł do schodów, przyniósł tabliczkę. Podsunął ją pod sam nos profilera. „Ja tu pilnuję. Wchodzisz na własną odpowiedzialność" – przeczytał Meyer. Nad napisem był wizerunek uśmiechniętego owczarka niemieckiego. Ani śladu Bułki, talizmanów. Co jest grane? – O tę tabliczkę panu chodziło? Odpadła kilka dni temu. Jeszcze nie zdążyłem jej przybić.

Meyerowi zakręciło się w głowie. Nie pożegnał się z właścicielem. O nic więcej nie spytał. Kiedy wyjeżdżał na szosę katowicką, wybuchnął śmiechem. To znaczy, że zwariowałem? Wszystko mi się śniło? Nie, to wszystko jest tak nieprawdopodobne.

Wyjął ze schowka podartą kartkę, którą przedwczoraj Żwirek włożył za jego wycieraczkę. Nie było na niej żadnego napisu. Ani jednego słowa! Zaskoczony aż zatrzymał samochód. Skręcił tak gwałtownie, że jadące za nim auto omal nie wpadło w poślizg. Kiedy kierowcy udało się odzyskać panowanie nad kierownicą, zaczął wściekle trąbić. Odgłos klaksonu ginął powoli, w miarę oddalania się od zatoczki autobusowej, w której zatrzymał się Meyer. Wpatrywał się w zmiętoszoną kartkę. Podsunął ją pod światełko w samochodzie. Dałby sobie rękę uciąć, przysiągłby na zdrowie swoich dzieci, że widział tutaj zdanie napisane czerwonym pisakiem. Teraz kartka była zupełnie czysta. Nic już nie rozumiał.

Im bliżej był domu, tym przeżycia z przygranicznej wsi nad Bugiem traciły na intensywności.

– Jutra nie ma – powiedział na głos. – Jest tylko tu i teraz.

Postanowił skupić się na tym, co namacalne i pewne. Nie miał już ochoty słuchać wskazówek magów, które okazały się diaboliczną iluzją.

Teraz siedział na połamanym krześle i popijał drinka. Chciał uporządkować chaos wokół siebie i w końcu wyjść na prostą. To wszystko, co może uczynić. W końcu jego sytuacja nie jest taka zła. Czuł, że w tym pustym domu nabierze sił. Dobrze, że Anka wszystko zabrała. Niech bierze! Zacznie od nowa. Może teraz zmienić wszystko.

Rano przedstawi swój profil komendantowi, złoży raport. Wszystko wróci do normy. Załatwi sprawy związane z rozwodem. Zobaczy dzieci, jeśli Anka mu pozwoli. Zajmie się bombiarzem, potem kolejnymi psychopatami. Dokończy wreszcie swoją pracę naukową o profilowaniu. Wyciągnął z pawlacza dmuchany materac, którego używali ostatni raz podczas wyjazdu nad morze, kiedy urodziła się ich pierwsza córka – Marcelina. Przykrył się starym kocem i pierwszy raz od dawna zasnął głębokim snem.

Profiler kilkoma susami pokonał schody i znalazł się w budynku komendy policji w Katowicach. Skinął głową oficerowi dyżurnemu. Kartą magnetyczną przeciągnął po czujniku. Drzwi otworzyły się automatycznie. Zwykle, kiedy wracał z delegacji, pierwsze kroki kierował do pokoju Marioli. Mówiła mu, kto go szukał, przekazywała listę rzeczy do zrobienia. Dziś od razu skręcił w zielonkawy korytarz, w którym mimo wczesnej pory jak zwykle raziło ostre światło jarzeniówek. Zamknął się w gabinecie. W klitce panował zaduch. Otworzył okno, włączył komputer, starł kurz z monitora, odebrał mejle, poukładał papiery na biurku. Kiedy wszystko znów było po staremu, a pomieszczenie wydawało się oswojone, wcisnął cztery cyferki numeru wewnętrznego. Usłyszał połączenie z sekretariatem Starego.

– Meyer. Mógłbym z szefem?
– Rozmawia z organizatorami konkursu „Policjant Roku". Połączę, jak tylko goście wyjdą. Czeka na pana.
– Jestem u siebie. – Odłożył słuchawkę.

– No i jak? – Zajrzał Janek.
– Świetnie. – Meyer się skrzywił. – Dzięki za pomoc z tą pluskwą.
– Drobiazg – uśmiechnął się spec od elektroniki. – Słabo coś wyglądasz.
– Też nie wyglądałbyś lepiej, gdybyś spał na dziurawym materacu i nie miał nawet czym wypłukać zębów. Z domu zniknęło wszystko. Ciesz się, że nie masz żony.
– Anka cię tak załatwiła? – zdziwił się Janek. – To do niej niepodobne.

W tym momencie zadzwonił telefon. Meyer zdusił papierosa i podniósł słuchawkę.

– Idę – rzucił ostro, ale do Janka zwrócił się o wiele łagodniej. – Stary mnie wzywa.
– No to czuwaj. Hub? – Janek skierował się do wyjścia, ale jeszcze coś chciał powiedzieć, tylko się wahał.

Meyer chwycił wydrukowany przed chwilą profil i wkładał marynarkę. Zerknął na przyjaciela.

– Co jest?
– Mariola się zwolniła. Wiesz coś o tym?
– Tak? – Meyer nawet nie podniósł głowy.
– Myślałem, że wiesz. Dlaczego tak nagle, z dnia na dzień.
– Obraziła się na mnie. Nie rozmawiamy – rzucił w biegu.

Rozmowa z komendantem nie należała do najprzyjemniejszych. Meyer czuł, że szef po prostu go nie słucha. Owszem, przyjął do wiadomości, że według niego zabójcą Niny Frank jest seryjniak, ale większą wagę przywiązywał teraz do jego niekonwencjonalnego sposobu zbierania informacji o ofierze: nocleg w domu denatki, zarekwirowanie kaset Króla, rozmowy bez protokołów ze świadkami. Tym razem się nie wywinę, myślał Meyer.

– Czy pan wie, że działając wbrew procedurze, naraża pan na szwank dobre imię całej policji? – przynudzał komendant.

– Nie miałem innego wyjścia, by zdobyć konieczne dane.

– Policjanci z wojewódzkiej twierdzą, że był pan wyniosły, ordynarny i nie informował o podjętych czynnościach. A to oni są przecież gospodarzami śledztwa. Co się panu stało? Zawsze był pan profesjonalistą! – Komendant nie szczędził słów potępienia. Widocznie sam dostał po głowie od szefów.

Meyer się zamyślił. Ten Łysy to kawał świni. Tak przedstawił sprawę, że jeszcze wyjdzie na bohatera. Bolało go, że komendant, który powinien być po jego stronie, a przynajmniej go wysłuchać, zachowuje się, jakby miał do czynienia ze stażystą.

– Z mojego punktu widzenia sprawa wygląda nieco inaczej.
– Profiler zdecydował, że będzie się bronił. – Czy ma pan w ogóle ochotę poznać moją wersję?

– Słucham – mruknął komendant, ale jego spojrzenie powędrowało w stronę okna.

– Komisarz Czupryna nie chciał współpracować. Udostępnił tylko wycinek wiedzy, którą posiadał. Nie podał mi nawet swojego numeru telefonu. Dał mi jasno do zrozumienia, już podczas mojej pierwszej wizyty, że jestem zbędny. I jednocześnie działał na oślep, po omacku. Prokuratura przyciska go, żeby jak najszybciej oskarżyć zatrzymanego w tej chwili mężczyznę. Rozmawiałem z tym chłopakiem. Według mnie on tego nie zrobił. Choć jest bardzo ważnym świadkiem.

– Ocena jego winy nie należy do pana. Od tego jest sąd. I dobrze pan o tym wie! Wysłałem tam pana, bo jest pan najlepszy. A przyniósł pan wstyd, hańbę! Chyba po ostatnim spektakularnym sukcesie woda sodowa uderzyła panu do głowy. Powtarzam, wciąż pan jest funkcjonariuszem, musi pan działać zgodnie z prawem. Nawet jeśli był pan na chwilę gwiazdą.

– Gwiazdą – żachnął się profiler. – Dobrze, nie będę się skarżył. Ale według mnie sytuacja jest bardzo niebezpieczna. Zabójca działa z pobudek seksualnych. Będzie zabijał. Jeśli Łysy, przepraszam, komisarz Czupryna, zamierza osiąść na laurach, to gratuluję. Ale zginą kolejne kobiety. Tyle mam do powiedzenia. Wszystko opisałem. Ten sam profil zostawiłem w Białymstoku. Co oni z nim zrobią, to nie moja sprawa. Ale pan może coś zrobić, proszę zainterweniować – dokończył rzeczowo.

– Mam panu zaufać? Jak pan to sobie wyobraża?! – zdenerwował się Stary. – Kradnie pan dowody, wdziera się do mieszkania ofiary, przesłuchuje świadków bez protokołu. Zastrasza męża Niny Frank! To pracownik telewizji, sławna osoba. Chce pan rzucić cień na nasz wizerunek, podważyć zaufanie społeczne! Czy pan wie, że w tej chwili mogę pana zawiesić w obowiązkach funkcjonariusza! Czy pan naprawdę nie rozumie, w co się pan wpakował? A jeszcze ten funkcjonariusz ze wsi. On pana chroni. Jego też pan pogrążył. Czy panu nie wstyd? Dałem panu czas na ułożenie swoich spraw. Urlop.

– Urlop? To było najcięższe śledztwo mojego życia! Same przeszkody. Zero pomocy, zero zaufania. To właśnie ten pański urlop zniszczył doszczętnie moje życie prywatne. Byłem lojalny wobec pana, a nie własnej rodziny. Ale was, przepraszam pana, komendancie, to nic nie obchodzi. Tylko procedury się liczą! Nie zamierzam tego wysłuchiwać. Proszę przeczytać profil i zastanowić się nad nim.

– Jak pan śmie tak się do mnie zwracać! – zgromił go komendant.

Meyer milczał. Tak zacisnął wargi, że aż zrobiły się granatowe. Potem wstał i ruszył do wyjścia.

– Meyer!

Odwrócił się, ale zanim komendant otworzył usta, by rzucić mu w twarz kolejne oskarżenie, powiedział dobitnie:

– On będzie zabijał. To seryjny morderca. Bardzo inteligentny. Pedantyczny. Typ zabójcy zorganizowanego. Jest na wolności. Jeśli ważniejsze są dla pana procedury, a nie życie ludzkie, nie zamierzam pracować pod pańskim kierownictwem ani minuty dłużej.

Wyszedł.

Długi korytarz wydawał mu się tunelem. W głowie mu się kręciło. Dopiero teraz uświadomił sobie, co zrobił. Jakie poniesie konsekwencje? Wszystko już runęło. Wszystko. Czy jest jeszcze coś, czego nie zniszczył? Pomyślał o swojej własnej Hagalaz: „Aby zbudować coś nowego, trzeba zniszczyć stary porządek". Kiedy przechodził obok sekretariatu własnej sekcji – może już ostatni raz – zza biurka wychyliła się młoda dziewczyna. Szare włosy, szare oczy, szare ubranie i metalowe okulary. Nic ciekawego.

– Panie komisarzu, zastępuję panią Mariolę – powiedziała i wybiegła mu naprzeciw. Zna go? Przecież on widzi ją pierwszy raz. – Dzwoni wciąż ta dziennikarka – mówiła Szara.

– Nie udzielam żadnych wywiadów. Niech rzecznik albo komendant mnie wyręczy – rzucił zrezygnowany.

– Jeszcze coś. Mam tu pilną korespondencję do pana. – Wyciągnęła w jego kierunku białą kopertę z niebieską naklejką „Priorytet". Pilne. – Przyszła dziś rano.

– Dziękuję. – Skinął głową i od niechcenia odebrał ją z rąk szarej sekretarki.

Wsiadł do windy, wszedł do siebie. Zaczął zbierać swoje rzeczy. Odpinał znaczki z bambusowej maty: „Konferencja psychologów policyjnych", „Szkolenie psychologiczne służby więziennej", „Portret psychologiczny nieznanego sprawcy w pracy detektywa – Konferencja". Nie, nie miał sił tego wszystkiego wyrzucać. Położył znaczki na stole. Ukrył twarz w dłoniach. Co zrobi, jeśli Stary go zwolni? Sam rzucił mu to w twarz. On nie wybacza takich zachowań. Co we mnie wstąpiło? Może wrócić do więzienia? Na firmę nie ma co liczyć. Stary zadba o to, by nikt nie chciał ze mną pracować. To człowiek, z którym lepiej żyć w zgodzie. Spojrzał niechętnie na pilny list. Okrągła pieczątka pocztowa była zamazana, ale zdołał rozszyfrować: Otwock. Natychmiast rozerwał kopertę. Wewnątrz znalazł rachunek na symboliczną kwotę 1 zł. W lewym górnym rogu dostrzegł pieczątkę: „Egzorcyzmy. Bioterapia. Talizmany. Ferdynand Wawrzyniak & Feliks Bułka".

W miejscu „nazwa usługi" wpisano: konsultacja.

Uśmiechnął się. Oprócz rachunku była też druga kartka, złożona na cztery części z wykaligrafowanym odręcznie: „Szanowny panie Meyer!".

Kto teraz tak pisze? – zastanawiał się psycholog.

Pod nagłówkiem, czerwonym flamastrem, starannie nakreślono literkę R i kilka zdań:

„RAIDHO. Podróż, koło, tarcza słońca. Symbol osobistej kariery. Cykliczność zjawisk w przyrodzie. Rytm, ruch. Rozwój. Działanie, droga, komunikacja. Zmiana, którą należy przeprowadzić w sposób uporządkowany. Niezbędna jest też aktywność w sferze etyki. Kieruj się rozumem, słuchaj dobrych rad. Tama wewnętrznych przeszkód runie i właściwe działanie będzie płynąć przez ciebie. Właściwy czas, stosowny moment. Zmiana warunków życia, zmiana mieszkania, dłuższa podróż. Zastosuj RAIDHO do ochrony przed wpływami wprowadzającymi chaos i zamieszanie. Do przywrócenia organicznego porządku we wszystkich zakresach: cielesnym, emocjonalnym i duchowym".

Podpisu nie było.

Meyer wykręcił numer do Anki.

– Musimy porozmawiać – powiedział. – Tak, dziś wieczorem. Chciałbym zobaczyć dzieci.

Nie kłócił się, słuchał. Ona też była jakby spokojniejsza. Kiedy skończył, zadzwoniła sekretarka szefa.

– Łączę z komendantem – zakomunikowała.

– Panie komisarzu... – Stary na chwilę zawiesił głos.

Hubert miał wrażenie, że czas stanął w miejscu. To była najdłuższa minuta jego życia.

– Rozmawiałem z komendantem w Białymstoku. Przekazałem mu w skrócie pańską analizę. Obiecał, że porozmawia ze swoimi ludźmi. Uczuli ich. Tyle mogłem zrobić. Proszę teraz zająć się bombiarzem. Mam nadzieję, że naszą poranną rozmowę puścimy w niepamięć.

Profiler nie mógł uwierzyć. Oddychał głęboko. Ulga. Czuł się lekko, zerknął na kartkę od wróżów i uśmiechnął się.

– Przepraszam, że się uniosłem.

– Proszę więcej tego nie robić. Jestem człowiekiem, który myśli. Czasem się jednak myli. Teraz panu zaufam, jednak konsekwencje działań niezgodnych z procedurą będzie pan musiał ponieść sam.

– Tak jest.

– Wyjazd do Warszawy byłby wskazany już dziś.

– Przykro mi, muszę zobaczyć się z dziećmi. Wyjadę jutro z samego rana – odpowiedział stanowczo profiler.

To było coś nowego. Zwykle od razu działał. Nie liczyła się rodzina. Praca była na pierwszym miejscu. Komendant udał, że tego nie zauważył.

– Dobrze, niech tak będzie – odpowiedział szorstko, ale bez pretensji.

Plakaty wisiały już drugi dzień. W Mielniku, Tokarach i sąsiednich wioskach wybuchła epidemia strachu. Trembowiecki jakby zapadł się pod ziemię. Kula wciąż dostawał kolejne donosy na sąsiadów od sąsiadów. Początkowo sprawdzał każdy trop. Potem jednak całkiem stracił zapał. Nie tędy droga, stwierdził. I chwycił słuchawkę. Trzykrotnie wykręcał numer telefonu komórkowego, ale wciąż się mylił. Gdy za trzecim razem się udało, telefon był zajęty. Odłożył słuchawkę. Po chwili telefon na jego biurku zabrzęczał.

– Co się stało, Eugeniuszu? – zapytał Meyer.

Kula aż podskoczył. Uśmiechnął się.

– A skąd wiesz, że to ja?

– Mam cię w telefonie – zaśmiał się Meyer, a Kuli aż ciepło zrobiło się na sercu, gdy usłyszał jego spokojny głos. – Jestem w Warszawie, pracuję. Ale chwilę mogę rozmawiać. Co się stało? – powtórzył.

Kierownik posterunku pokrótce streścił ostatnie wydarzenia i zamarł, lekko przestraszony. Bo dopiero gdy to wszystko powiedział na głos, zrozumiał, jak to brzmiało.

– Nie wiem, co się dzieje. Nie panuję nad sytuacją. Ludzie się boją. Co robić? – dodał ciszej, jakby bał się, że ktoś usłyszy jego wyznanie.

– Musisz zaprowadzić spokój, Geniu – szepnął profiler. – Nigdy nie wywołuj sztucznej paniki. Z tymi plakatami to też chybiony pomysł. Łysy wie?

– No co ty? Nie jestem samobójcą.

– Natychmiast się ich pozbądź.

– No, o kradzieży radiowozu to wie. Wszyscy wiedzą.

– Słuchaj, musisz zakończyć akcję. Rozwiej obawy, że morderca jest w pobliżu. Niech ludzie się uspokoją. Ale sam nie odpuszczaj, pracuj operacyjnie. Obserwuj i bądź czujny. Zachowuj się zupełnie normalnie, jakby nic się nie stało. Białystok, mam nadzieję, niedługo zwróci się do ciebie po dane podejrzanych z profilu. Udawaj, że nic nie wiesz. I koniecznie zniszcz plakaty.

– Wiem, mam z tego powodu tylko masę kłopotów. Ludzie oszaleli. Na samą myśl o zgarnięciu szmalu, a to tutaj duża kwota, donoszą jedni na drugich. Wracam do domu przed północą. Schudłem siedem kilo.

Profiler zaczął się śmiać.

– Genek, musisz jeść i pracować normalnie. I pamiętaj, sprawca będzie pasował do profilu, nie szukaj na wyrywki. To, że ktoś mieszka z matką, nic nie znaczy. Popatrz na to globalnie.

– Jak?

– W całości. Ogółem. Nie skupiaj się na szczegółach. Zadzwonię potem, muszę kończyć. – Rozłączył się.

Kula zszedł na dół i zerwał plakat z podobizną człowieka w cieniu. Wsiadł do radiowozu i objechał wszystkie miejsca, gdzie jeszcze mogły być afisze. Kiedy wrócił, zrobił zebranie posterunkowym. W kilku zdaniach pouczył, co robić, jeśli zgłaszają się chętni po nagrodę.

– Akcja zakończona? – zapytał Czerwieński.

Kula spojrzał na oddanego chłopaka i zrobiło mu się przykro. Jak mógł go podejrzewać?

– Tak, Romku. Ale tylko oficjalnie. My nadal musimy mieć oczy dookoła głowy.

– A Trąba?

– Niech go szukają. My zrobiliśmy, co trzeba.

Minął tydzień. Malwina znów wybrała się na bazar sprzedać swoje sery i mleko. Dzień był piękny: błękitne niebo, ani jednej chmurki. Słońce odbijało się w śniegu. W powietrzu było już czuć zapach wiosny. Wahała się, czy nie włożyć czegoś lżejszego, ale wybrała kurtkę. Zamiast futrzanej czapy wzięła beret. Wciąż nie mogła odżałować tego szalika. Był droższy niż bilet autobusowy. Tego dnia kupię bilet w tę i z powrotem, postanowiła. Ale jak pech, to pech. Sprzedaż szła bardzo kiepsko w porównaniu z ubiegłym tygodniem. Pojawiła się konkurencja. Mieli produkty nie tak dobre jak Malwiny, ale tańsze o złotówkę. Na dodatek dała sobie wcisnąć chiński tasak. Z dobrej stali, z drewnianą rękojeścią. Na ostrzu widniały trzy chińskie znaczki. Spodobał się jej od razu i nabyła go spontanicznie przy samym wejściu na ryneczek, choć nie potrzebowała go aż tak bardzo. Skąd miała wiedzieć, że nie sprzeda dziś ani jednego serka? Nie zarobiła nawet na bilet.

Szła nabzdyczona ze złości, z torbą pełną towaru, i narzekała. Zawsze mam pod górkę. Dlaczego nic mi się nie udaje?
– Prawie płakała. Ciężką torbę postawiła na chodniku i wyciągnęła rękę, by złapać okazję.

Mężczyzna spojrzał na zegarek. Minęła pierwsza. Jeszcze tylko cztery domy do objechania i czas na obiad. Dziś ostatni dzień w tym obskurnym hotelu. Jutro wraca do matki. Koniec wolności, ale nareszcie będzie w swoim własnym pokoiku. Tam czuł się najlepiej. Wyjął ze schowka czerwony szalik i powąchał go. Niepokój, który towarzyszył mu od miesiąca, narastał bardzo powoli. Czuł, że musi go wyładować. Nie jest w stanie dłużej żyć w napięciu. Patrzył na czerwony materiał leżący na jego kolanach i wyobraził sobie, że dusi nim ofiarę. Kobieta wpada w drgawki, słyszał rzężenie w jej gardle. Zamknął na chwilkę oczy tylko po to, by poczuć znów te emocje, które towarzyszyły mu podczas zabijania aktorki. Oglądanie jej zdjęć, wspominanie walki już nie dawało mu takiej satysfakcji jak kiedyś. Miał ochotę na coś nowego. Na nową porcję doznań. Spojrzał na swoje chude, długie palce. Nigdy nie zaznały pracy fizycznej. Były za to bardzo sprawne. W pokoju hotelowym bez okien ćwiczył czasem zaciskanie pętli. Ostatnio dla przyjemności zadusił kota, a potem rozkroił mu brzuch. Ale to była tak łatwa zdobycz, że natychmiast o niej zapomniał. Potem pojechał na polanę pod dom Niny Frank i zawiesił krwawiący kawałek ciała zwierzaka na drzewie. Siedział z godzinę w samochodzie, dopóki nie przyjechał inny samochód. Chyba zakochani, ale przestraszył się i uciekł. Żałował tego. Mógł wyciągnąć kobietę z auta i powtórzyć swoje dzieło, ale tamta jakoś na niego nie działała.

Schował czerwony szalik do schowka. I dokładnie wtedy zobaczył na przystanku tę samą dziewczynę. Stała z miną obrażonej na cały świat. Czarne włosy wiły się na wietrze, słońce świeciło jej prosto w oczy. Nie mogła widzieć twarzy kierowcy ani nawet auta, które właśnie zwalniało. Mężczyzna uśmiechnął się do siebie i pomyślał: Więcej mogę jej już nie spotkać. Do dwóch razy sztuka.

Bezszelestnie dotoczył się do mleczarki. Rzucił okiem na okolicę. Na przystanku ani wokół niego nie było żywej duszy. Tylko drzewa i słońce. Czuł w końcu radość i podniecenie. Jak błyskawice przemknęły mu przez głowę obrazki: krew płynąca po szybie, rozwarte usta, martwe szare tęczówki. Flesze, wspomnienia, które wracały.

Kiedy dziewczyna z trudem otworzyła zardzewiałe drzwi furgonetki, powiedział:

– Proszę wsiadać, właśnie jechałem do Tokar.

Zrobiła krok na pierwszy stopień i podciągnęła na wysokość drugiego schodka kraciastą torbę, aż nagle się cofnęła. Przerażona wpatrywała się w kierowcę. Wyjął ze schowka jej czerwony szalik, pomachał nim.

– Czy to pani?

Lidia czuła się zmęczona czekaniem, modlitwą i bezsennością. Nawet wpatrywanie się w szklany ekran ją nużyło i nie pozwalało zapomnieć o tym, że Borys jest w areszcie. Wszystkiego się spodziewała, ale nie piętna matki mordercy. Chciała go przecież wychować na dobrego człowieka. I nie wierzyła, że on to zrobił. A jednocześnie była pewna, że w tym czasie, kiedy zginęła Nina Frank, jej syna nie było w domu. Ani w pracy. Nie chciał jej powiedzieć, gdzie był. Oświadczył, że nie powie. Denerwował się, gdy o to pytała.

– Synku, ja muszę wiedzieć. Ty to zrobiłeś?

– Nie.

– To gdzie byłeś?

– Nieważne. To już nic nie zmieni. Dlaczego nie skłamałaś, że byłem w domu!

– Trzeba mnie było uprzedzić. To na pewno stało się w afekcie. Tylko się przyznaj.

– Mamo, to nie ja! Nikogo nie zabiłem.

– To dobrze, synku. Dobrze.

Czekała na kolejne widzenie. Jeszcze dwadzieścia trzy dni. Sama czuła się jak w areszcie – odliczała dni do momentu zobaczenia syna i płakała. Już nie w milczeniu, nie cicho. Zawodziła, aż Cykoria przybiegała i oblizywała jej twarz. Telewizora już prawie nie wyłączała.

Obejrzała wszystkie poranne seriale, czekała na sesję wieczorną. Zerknęła przez okno. Bernardyn właśnie wrócił z obchodu i siedział przed furtką. Kilka razy dziennie wykonywał powolny marsz wokół ogromnej posesji okolonej białoróżowym betonowym płotem. Lidia zasłoniła szczelnie okno, usiadła na starym krzesełku i wyłączyła głos telewizora. Wpatrywała się tępo w ekran i migające kolorowe postaci. Z rozmyślań wyrwał ją hałas i szczekanie Kierownika. Wybiegła na werandę. Słyszała wyraźnie wołanie o pomoc:

– Ratunku!

Gwałtownie otworzyła drzwi. Uspokoiła Kierownika.

Kobieta opadła bez sił w jej ramiona. Drżała. Lidia wolnym krokiem przyciągnęła ją do domu, położyła na łóżku i wtedy zobaczyła, że nieoczekiwana przybyszka jest cała we krwi. Ręce, twarz, rozchełstany dekolt umazane były brunatną cieczą.

Rozdział 32
Ochotnicze patrole znajdują mordercę

*"Życie to jedna dziesiąta tego, co ci się przydarza,
i dziewięć dziesiątych twojej reakcji na te zdarzenia"*

– Śpi? – Pop Aleksander Koczuk zajrzał do białego domku.
– Chyba tak – odrzekła wdowa. – Czy batiuszka zawiadomił kierownika Kulę?

Saszka skinął głową.

– Już jedzie. Pewnie znów mu się samochód zepsuł.
– Strasznie się boję – szepnęła wdowa.
– Nie trzeba, pani Lidko. Dziewczyna żyje. Już nic jej nie grozi.
– Ale ten człowiek... Ona go tasakiem... Chyba go zabiła...
– To był zły człowiek. Malwina zrobiła, co musiała. Bóg nas poprowadzi, każdy z nas niesie swój krzyż. A resztą zajmie się już pan Genek.
– Co teraz będzie?
– Pamięta pani, co mi pani wtedy mówiła? Wtedy, gdy jeszcze byłem innym człowiekiem. – Pop aż się zaczerwienił. – Dzięki pani zrozumiałem, dlaczego jestem sługą bożym i jakie mam zadanie. Bardzo wziąłem sobie do serca te kilka zdań. Mówiła pani wtedy, że cały cud życia polega na tym, że wszystko, co ważne, zdarza się w najmniej oczekiwanym momencie.

Dlatego trzeba cenić teraźniejszość, a z przeszłości wyciągać mądre wnioski.

– Ja tak mówiłam? – zdziwiła się Lidia. – Naprawdę?

– Tak. – Batiuszka się uśmiechnął. – Jest pani bardzo mądrą kobietą. Dlatego wierzę, że wszystko będzie dobrze. Borys też widać potrzebował takiego doświadczenia. Żeby wyciągnąć wnioski. On nie jest zły. I mam nadzieję, że teraz wszyscy uwierzą w jego niewinność. To nie on zabił tę aktorkę. Modlę się za niego codziennie.

– Malwina się budzi – szepnęła kobieta i podbiegła do łóżka.

Dziewczyna podniosła głowę. Rozejrzała się bojaźliwie po pomieszczeniu. Zobaczyła obok siebie szklankę wody i wypiła zawartość jednym haustem.

– Co z nim? – zapytała.

– Z kim?

– Tym zboczeńcem! Wstrętnym mordercą! Boże, dzięki ci za ten tasak! – krzyknęła i poderwała się z łóżka.

– Usiądź. Tu jesteś bezpieczna. Zaraz przybędzie podkomisarz Kula – uspokoiła ją Lidia i przykryła kocem.

– Co ze mną będzie? Jak długo tu jestem? Jak długo spałam? – Dziewczyna zarzuciła ich gradem pytań, przenosząc wzrok z Lidii na batiuszkę.

– Będzie ze czterdziesti minut – odpowiedział pop.

Malwina opadła na poduszkę. Po chwili jednak wstała.

– Chcę się wyspowiadać.

Pop Saszka jednak posadził ją z powrotem na łóżku.

– Nie czas teraz na to, dziewczyno. I nie miejsce – powiedział łagodnie.

– Ale ja uderzyłam go w głowę. Upadł – zaczęła mówić, dławiąc się końcówkami wyrazów. – Chyba go zabiłam. On był wierzący. Nie, to jego matka. On w nic nie wierzył. A ja chciałam tylko odzyskać mój szalik. Mówił straszne rzeczy. Bałam się. Słabo sprzedały się sery. Nie miałam na autobus. Ten cholerny tasak. O, przepraszam. – Zasłoniła usta ręką. – Ten tasak kupiłam. Na autobus nie starczyło. Ale gdybym go nie miała...

W tym momencie usłyszeli warkot silnika auta, trzask otwieranej furtki. Kroki policjanta zagłuszyło szczekanie Kierownika.

– Cicho, piesku. Swój – tubalnym głosem powiedział Eugeniusz Kula i wszedł na teren posesji.

Saszka i Lidia wybiegli mu na powitanie. Szeptali chwilę na werandzie, a kierownik tylko kiwał głową.

– Tak, tak – mruczał tylko co jakiś czas, gdy batiuszka i wdowa opowiadali, co się stało.

– Malwinko, żyjesz. Bogu dzięki! – W końcu Kula wszedł do domku i krzyknął do siedzącej dziewczyny: – Bój się Boga, okazją jeździć, jak morderca grasuje! Czy ty plakatów nie widziałaś? Jak to się stało? Gdzie jest ciało? Mów szybko, bo wszcząłem akcję poszukiwawczą.

– Panie Geniu! – Dziewczyna powtórzyła znów swoją litanię: – Jechałam z ryneczku w Siemiatyczach. Sery nie szły. Kupiłam tasak. Taki chiński, ze znaczkami. Złapałam okazję, zabrał mi szalik. Skręcił w las, chciał udusić. Uderzyłam go tym tasakiem z całej siły. On zacisnął pętlę bardziej. Myślałam, że to już koniec. Zobaczyłam zmarłą mamę i mgłę. Wszystko we mgle. Potem się ocknęłam. Leżał obok. Wszystko we krwi. Czerwone znaki na śniegu. Czołgał się do auta. Ale krew zalewała mu oczy. Wyprzedziłam go. Wsiadłam do samochodu, bo silnik był włączony. Nie umiem za bardzo prowadzić. Uderzyłam o drzewo, usłyszałam łomot. Naciskałam gaz. Wyjechałam na drogę. Ale ujechałam tylko kawałek, bo samochód nagle skręcił. Pomyliłam hamulec z gazem i uderzyłam głową o kierownicę. Szyba rozbryzgnęła się jak pajęczyna. Poszłam na piechotę. Bałam się, że mnie dogoni. Ruszał się, jak odjeżdżałam, ruszał... A potem miałam wrażenie, że zniknął. Patrzyłam w lusterko wewnątrz auta. Zniknął. Myślałam, że serce wyskoczy mi z piersi ze strachu.

– To on żyje? – szepnęła Lidia.

Cała trójka spojrzała po sobie. Pierwszy poderwał się do wyjścia Kula.

– Zaryglować drzwi – krzyknął do Lidii, a ta posłusznie pobiegła i przekręciła zamek. – Malwinko, gdzie to jest? – Chwycił za ramiona dziewczynę i trząsł nią, krzycząc: – Gdzie on cię zaciągnął?

– Taka polanka... – Dziewczyna była bliska omdlenia. – Tam, panie Geniu, młodzież się zbiera w lecie. Ogniska palą, śpiewają. No i wie pan... miłość jeżdżą uprawiać... Obok domu Niny Frank. W tym lesie.

– Trzeba było tak od razu – krzyknął Kula. – Czasu mało. Zaopiekujcie się nią. To sierota. Sama, bidula, jest – krzyknął do wdowy i batiuszki.

Wybiegł z posesji. Po drodze krzyczał do Czerwieńskiego siedzącego w aucie:

– Wezwać ochotnicze patrole. Niech przeczeszą las. Wziąć broń, noże, widły. Morderca jeszcze żyje, krwawi, znajdziemy go po śladach. Organizować zasadzkę!

Chwycił nadajnik, by zgłosić zwierzchnikom, co się zdarzyło, ale się rozmyślił. Przekręcił kluczyk w stacyjce radiowozu. Silnik zaskoczył już za pierwszym razem.

– Nie nawalił, sława Hospodi – zamruczał pod nosem Kula i klepnął radośnie Czerwieńskiego, który już obdzwaniał członków ochotniczych patroli.

Potem, stanowczo przekraczając dozwoloną prędkość, ruszyli na sygnale na polankę, o której mówił kierownikowi mielnickiego posterunku Meyer.

Jak na dłoni widać stamtąd dom aktorki. Pusty, ciemny jak zamek widmo, przypominał sobie słowa psychologa.

– Sami złapiemy mordercę – postanowił Kula.

Śnieg chrzęścił pod ich stopami. Szli równo niczym żołnierze na pierwszej linii frontu. Ubrani w maskujące stroje, gotowi na wszystko. Nie było zbiórki, nie było przeszkolenia ani nawet nudnego wykładu. Kierownik Kula kazał się rozdzielić po trzech i szukać. Ci, którzy mieli telefony komórkowe, zostali przydzieleni jako liderzy grupy.

– Miejcie oczy dookoła głowy – ostrzegł. – Sprawca może być agresywny, może mieć broń. Chcę go dostać żywego lub martwego!

Ochotnicy rozeszli się we wszystkich kierunkach. Gdyby z lotu ptaka połączyć sylwetki ludzkie, przypominające teraz niewielkie punkciki, wyszłaby z tego rozgwiazda, w której centrum znajdowała się polana tuż obok domu zamordowanej zaledwie miesiąc temu aktorki. Wszyscy czuli się teraz jak bohaterowie westernu. Mieli misję, narażali życie. Nikt nic nie gadał, nie narzekał. Z duszą na ramieniu przeczesywali las.

– Jest słaby, stracił dużo krwi. Szukajcie śladów – przekonywał ich kierownik posterunku, ale co tu gadać, wszyscy po prostu trzęśli się ze strachu.

Kula bez trudu znalazł miejsce, gdzie dzielna mleczarka zaatakowała swojego oprawcę chińskim tasakiem z bazaru. Z boku polany widniała wielka brunatna plama. Obok leżały kraciasta torba, czerwony szalik dziewczyny i kabel od anteny. Kierownik kazał zabrać wszystkie przedmioty do radiowozu. Znaleziony kawałek plastikowego kabla dokładnie zawinął w folię.

– Mamy narzędzie zbrodni – zwrócił się do Czerwieńskiego i ruszył osobiście po śladach krwi, które doprowadziły go do składu drewna. Tutaj się kończyły i choć Kula kręcił się w kółko już ponad kwadrans, musiał stwierdzić, że więcej ich w pobliżu nie było. Dziwne, zadumał się.

Usiadł za kierownicą i dopiero teraz zawiadomił komendę wojewódzką.

– Szukamy sprawcy. Zaatakowana kobieta jest bezpieczna – dokończył oficjalnie.

Pół godziny później, gdy już siedział na posterunku, dostał informację, że znaleziono rozbite na drodze auto. Była to biała furgonetka. Siedemnastoletni mercedes. Numery rejestracyjne właśnie są identyfikowane w bazie. Kula uśmiechnął się pod wąsem.

Hubercie, jak ty na to wpadłeś? – zwrócił się w myślach do profilera.

Wykręcił jego numer, ale po dwóch sygnałach odłożył słuchawkę. Powiadomię cię, gdy go znajdziemy.

Wyjrzał za okno, właśnie zapadał zmierzch. Za chwilę nic nie będzie widać. Morderca ukryje się w ciemnościach, zaniepokoił się. Nie mógł sobie znaleźć miejsca. Nienawidził bezczynności, a cierpliwość nie należała do jego głównych cech. Wolałby być razem z ochotnikami i szukać. Działać, działać. Jednak nie mógł zostawić pustego posterunku ani tym bardziej zamknąć go na cztery spusty.

Było już całkiem ciemno, a Kula zdenerwowany wciąż czekał na przyjazd Łysego albo innego detektywa z wojewódzkiej. Wpatrywał się w drzwi.

Co oni się tak guzdrają! Tu waży się sprawa życia lub śmierci!

Chwycił klucze, zamknął drzwi wejściowe i pognał do lasu.

Ochotnicy zebrali się na polance i wpatrywali w posępny dom Niny Frank. Poszukiwania nie przyniosły żadnych rezultatów. Morderca zniknął jak kamfora. Ani ciała, ani krwi, ani żywego człowieka. Cetnarek i Czerwieński zastanawiali się, co robić dalej. Jak powiedzieć to Kuli? W końcu trzeba go przecież zawiadomić, ale żaden nie chciał brać odpowiedzialności ani jednocześnie decydować w takiej sprawie. Dlatego wszyscy się ucieszyli, kiedy nagle z ciemności wyłonił się sam szef.

– Przecież nie zapadł się pod ziemię! Ruszać się! – Kula wrzeszczał na skonsternowanych strażników społecznych.
– Musimy go znaleźć! – Wręczył każdemu z nich po latarce.

A sam podszedł do ciemnej plamy i powtarzał:

– Dziwne, dziwne... Czerwieński, pożycz no latarki – krzyknął.

Po chwili okrągłe światełko nadpobudliwie biegało w tę i z powrotem wokół czarnych w tym świetle kropel krwi, które już wsiąkły w śnieg. Ochotnicy zamiast ruszać w ciemną głuszę wpatrywali się tępo w Kulę badającego znaki na śniegu.

Nagle Czerwieński podskoczył do ściętych bali ułożonych jeden na drugim. Chwycił jeden z nich i próbował podnieść.

– Co robisz, synu! Dysk ci wyskoczy – krzyknął Kula.

– Panie kierowniku – gorączkowo wyjaśniał posterunkowy.
– Te tutaj z jednej strony są oblodzone. A z drugiej?

– Nie – przyznał Kula.

– Reszta jest pokryta lodem w całości. Wszystkie, które leżą po prawej. A bale z lewej strony wszystkie są oblodzone częściowo – tłumaczył, a ochotnicy wpatrywali się w niego, nic nie rozumiejąc.

– Co to znaczy? – szeptali między sobą i wzruszali ramionami.

Kula pierwszy połapał się, o co chodzi Czerwieńskiemu. Podbiegł do posterunkowego i chwycił z drugiej strony masywne drzewo.

– Podnosić! – rzucił do zdezorientowanej reszty. Czternastu chłopa napięło muskuły. Z trudem przetargali siedem bali, stękając przy tym i sapiąc. Gdy wykonali tę pracę, ich oczom ukazała się ręka.

Mężczyzna leżał na plecach z rękami rozłożonymi w znak krzyża. U jego głowy sterczał tasak. Ale to nie cios Malwiny spowodował śmierć, lecz przywalenie balami, w które uciekająca mleczarka uderzyła, wycofując auto. Wszyscy wpatrywali się w twarz nieboszczyka. Choć była zmasakrowana, zmiażdżona od ciężaru drewna, nadal dało się ją rozpoznać. A już tym bardziej jego strój. Nikt w okolicy się tak nie ubierał. Wszyscy, co do jednego, dobrze znali zabójcę. U każdego z nich gościł co najmniej raz w miesiącu. Zakładał i konserwował telewizję satelitarną. Był jedynym w okolicy specjalistą od urządzeń telewizyjnych.

– Egon Kończak – oznajmił Czerwieński. – Mój sąsiad. Pożyczałem mu kamerę. Zwrócił bez jednego zadrapania.

- Mieszkał w Czarnej Wodzie – dodał Cetnarek. – Miał dziś do mnie zajrzeć, bo ojciec niechcący przesunął talerz satelity. Egon powiedział, że dziś wraca do siebie. Matka da mu nareszcie porządny obiad.

- To był taki spokojny człowiek – jęknął Sakowicz. – Taki dokładny.

- Znał wszystkie seriale. Z Galą dyskutowali o mniszce, jakieś pół roku temu. Wiedział pierwszy, że aktorka tu zamieszka. To on nam powiedział – przypomniał sobie Kula, a wszyscy spojrzeli na niego jak na wariata. Co to ma do rzeczy?

Kierownik przypomniał sobie nagle, że posterunek pusty, a Łysy pewnie jest niedaleko. Wścieknie się, jeśli nikogo nie zastanie. Rozkazał posterunkowym czekać, zwolnił ochotników, choć wcale nie chcieli wracać do domów. Wsiadł do radiowozu i szybko odjechał.

Zdążył. Przed wejściem nie było nikogo. Był przekonany, że Łysy zakopał się w jakiejś zaspie po drodze. Już sięgał po notes, by zadzwonić do Meyera, gdy usłyszał podjeżdżające auto. Kula wychylił się przez okno. Zobaczył Łysego w towarzystwie kilku asystentów, którzy otaczali go jak wierne psy. Sam widok oficera okropnie go irytował. Kula na złość zapalił papierosa i mocno się zaciągnął. Dotarł do niego głos komisarza Czupryny:

- Nie martw się, załatwię to.

Rozdział 33
Pociąg

"Znajduj czas na wąchanie róż"

– Nie martw się, załatwię to. – Jakub stukał długopisem o blat biurka.
– Jak? – podniosłam głos.
– Załatwię, powiedziałem – zniecierpliwił się.
Patrzyłam na niego z nienawiścią.
– Przez ciebie pójdę siedzieć! – krzyczałam z wściekłością. – Gdy tylko pojawiasz się w moim życiu, ktoś ginie! Przemyśl to!
– Ja? – oburzył się. – To ty, jak ćma, lecisz do ognia. Uważaj, bo za którymś razem spalisz sobie te koronkowe skrzydełka. – Roześmiał się z politowaniem.
A kiedy rzucałam w niego pioruny z oczu i przeklinałam, pochylił głowę.
– Uspokój się – wysyczał. – I nie drzyj tak! Patrzą na nas! – Zerknął przed siebie.

Nie wiesz, o co chodzi? Proszę cię, wykaż jeszcze odrobinę cierpliwości. Już ci wyjaśniam – teraz cofnęliśmy się w czasie do momentu, zanim jeszcze dostałam rolę bogobojnej mniszki. Chcę coś ci opowiedzieć niechronologicznie. Dlaczego? Bo konsekwencje tego zdarzenia pojawiły się dopiero po dwóch latach, kiedy myślałam, że sprawa już przyschła, i czułam się bezpiecznie. Więc słuchaj i postaraj się zrozumieć. To ważne.

Biuro Jakuba znajdowało się na najwyższym piętrze Atrium Plaza. Widok rozciągał się na całą Warszawę. Ściana z szyb, oddzielająca jego gabinet od korytarza, po którym kręcili się ludzie, była mleczno-przezroczysta i jeśli ktoś nie podnosił głosu i nie ruszał się, sekretarka siedziała bez ruchu. Każde odstępstwa od tej normy powodowały jej czujność. Do Jakuba przychodzili różni ludzie, była specjalnie przeszkolona. Wiedziała, jak reagować. Kiedy krzyknęłam i gwałtownie się poderwałam, też podniosła głowę i już sięgała po telefon, ale Jakub skinął ręką, że wszystko jest pod kontrolą.

Wstałam więc i podeszłam do okna, paląc papierosa.

– Mówiłeś, że tutaj możemy rozmawiać.

– Możemy, ale nie emocjonuj się tak. Musisz być spokojna. Zwłaszcza teraz. I na razie odmawiaj składania wyjaśnień. Zobaczymy, co mają.

– Już zeznawałam, jestem świadkiem. Na razie. Nie mogłam odmówić, bo zaczęliby coś podejrzewać! Taki jesteś chojrak, bo ciebie niby tam nie było – prychnęłam. – Ale ja mogę wyprowadzić ich z błędu.

Patrzyłam, jak pryska jego spokój, a na twarzy pojawia mu się grymas niezadowolenia.

– Twoja żona wie, jak zabawiasz się na przyjęciach? – ciągnęłam, nie zwracając uwagi na jego tężejącą minę. – Ją też mogę wtajemniczyć.

Jakub obrócił się na fotelu w moim kierunku. Był opanowany.

– Słuchaj, i tak mamy szczęście, że facet nie żyje. Gorzej byłoby, gdyby odzyskał przytomność i zaczął zeznawać. Na przykład przeciwko nam. Więc nie jest źle. A skoro z tobą rozmawiam, to dlatego, że znamy się długo i chcę ci pomóc. Nie pogarszaj sprawy i nie groź mi, bo nie nadajesz się do męskich gier. Wyrzuty, żenująca próba szantażu.

O, proszę, jaki jestem cwany, szydziłam w myślach. Wciąż masz mnie za nastolatkę? Jeszcze zobaczymy, kto tu ma większe jaja.

Czy to twoja prawdziwa twarz, Jakubie, czy masz w zanadrzu jeszcze bardziej odrażające maski? Patrzyłam na obcego człowieka. I nienawidziłam go. Za to, kim był, co zrobił ze mną, do czego doprowadził mnie i mamę. Obserwowałam, jak zmienia mu się twarz, kiedy odbierał telefon.

– Podtrzymujemy naszą decyzję. Proszę wysłać komunikat do PAP-u, że mimo to umowy nie zamierzamy podpisać. Jeśli chcą, niech rozwiążą parlament. Ja mam dość pieniędzy, by wycofać się z polityki. Chodzi o zasadę. Tak, to oficjalne stanowisko naszego ugrupowania – odpowiedział i odłożył słuchawkę.

Co to za decyzja? – zastanawiałam się, ale ponieważ rozgrywki polityczne nadal mnie nie zajmowały, nie wiedziałam, o co chodzi. Zresztą, na głowie miałam swoje osobiste kłopoty. Dokładnie trzy dni temu zadzwonili do mnie z Komendy Stołecznej Policji i grzecznie zaprosili na rozmowę. Początkowo siedziałam ze słuchawką w dłoni jak sparaliżowana, potem jednak stanęłam twarzą w twarz z moim strachem. Pojechałam do Pałacu Mostowskich. Udawałam, że nie wiem, o co chodzi. Zgrywałam niewiniątko. Jeden śledczy był nieufny, drugiego udało mi się łatwo omotać. Tak sądziłam, głupia. Skąd miałam wiedzieć o sztuczce na złego i dobrego glinę, skoro nigdy wcześniej nie byłam w konflikcie z prawem.

– Mówiłeś, że nikt się nie domyśli, że nie znajdą śladów łączących jego śmierć z nami. Trzeba było od razu iść na policję. Ale nie, ty nie chciałeś skandalu. No to teraz powiedz, jak wpadli, że tam byłam? – spytałam już spokojniej. – Przecież samochód spłonął w całości, nawet gdyby znaleźli tę cholerną komórkę, nie byliby w stanie jej zidentyfikować. Czy nie?

– Nie wiem. Poczekaj parę dni. Mam człowieka, który to sprawdzi. Normalnie pracuj, bądź grzeczna. Chodź na te swoje lekcje przedmałżeńskie i skutecznie umilaj czas chłopcu z telewizji, jak tylko ty potrafisz.

Zabrałam torebkę i zgasiłam papierosa na jego papierach. Kiedy zajął się ratowaniem tlącego się dokumentu, wyszłam bezgłośnie. Szklane drzwi rozsunęły się, nie dało się nimi trzasnąć dla efektu. W windzie wyciągnęłam telefon i zadzwoniłam do jego sekretarki.

– To jeszcze raz ja. Byłam przed chwilą. Rozpoznała mnie pani? Proszę przekazać panu Czernemu, że zapomniał o billingu, który zamawiał. Jest na nim to połączenie, którego potrzebował. Proszę dokładnie powtórzyć. Będzie wiedział, o co chodzi.

Stanęłam na ulicy i rozejrzałam się za taksówką. Za godzinę miałam kolację z Mariuszem. Jeszcze nic nie wiedział, ale kiedy dziennikarze wpadną na trop, że jestem zamieszana w tajemniczy wypadek z pociągiem, zrobi się afera. Nawet jeśli to rzeczywiście było samobójstwo. A tego muszę uniknąć, bo inaczej nici z wesela. On musi być ze mną, nie przeciw mnie. Trzeba być kompletną idiotką, żeby wplątać się w coś takiego! Zastanawiałam się, jak mu powiedzieć. I co? W najgorszym razie mógłby być moim żelaznym alibi.

Nie było sensu wracać do domu. Postanowiłam usiąść w kawiarni i spokojnie wszystko rozważyć. Serwetkę podzieliłam na trzy części: prawda, policja, Mariusz. Po chwili zmięłam ją i wyciągnęłam kolejną, którą podzieliłam na cztery części. Do tych trzech pierwszych rubryk dopisałam: Jakub. Czeka mnie odegranie niezłego dramatu w czterech aktach.

1. Prawda
Siedziałam w czarnej obcisłej sukni z dekoltem na plecach i przeglądałam „Elle". Czułam, że skoro zostałam zaproszona

na takie przyjęcie, to wkrótce ja będę na okładce w najbliższych numerach tego magazynu. Myślałam, co będę mówić, jaką stylizację wybiorę. Szkoda tylko, że Mariusz dziś ze mną nie idzie. Z nim czułabym się pewniej i miałabym większe szanse na zauroczenie Filipiaka, który za miesiąc zaczyna kręcić nowy serial. A potem, na castingu, pójdzie mi łatwiej. Ale trudno, poradzę sobie. Skoro powiedział, że nie może ruszyć się z Waszyngtonu, to nie może. Co z tego, że rozumiem, jak i tak się popłakałam. Wyjrzałam przez okno. Przyjechała taksówka.

Gala była wspaniała. Od natłoku znanych twarzy i nadmiaru szampana dostałam zawrotu głowy. Czułam się wreszcie jedną z tych gwiazd. Na razie trochę poza nawiasem, ale szyba dzieląca mnie od wnętrza filmowego kosmodromu była już na wyciągnięcie ręki. Czułam zapachy, muzykę i gwar wydobywające się z tego cudownego, upragnionego świata. Za chwilę znajdę się wewnątrz. Dziś Mariusz przydałby się, ale i tak świetnie sobie radziłam. Podchodzili do mnie kolejni ludzie i gratulowali ślubu. Sam gospodarz uścisnął mi rękę i dodał:

– Mam nadzieję, że tak uroczą damę zobaczymy wkrótce w jakiejś wielkiej produkcji. Szkoda marnować taki talent.

I poprowadził mnie do Filipiaka. Tam znów piłam i szczebiotałam.

– Proszę przyjść na casting, być może nadawałaby się pani do tej roli – zakończył rozmowę ze mną.

Chciałam tańczyć z radości.

Byłam już lekko wcięta, kiedy pod rękę z Magdą Malinowską wszedł starszy mężczyzna. Ludzie zaczęli bić brawo.

– Cóż za zbieg okoliczności – krzyknął ktoś z tyłu.

– Jest na usługach tego koncernu. Reklamuje farby do włosów – szepnęła mi do ucha Krystyna Szyicka, jakbyśmy się znały od lat.

Odwróciłam się do bywalczyni bankietów, która zawsze pojawiała się w towarzystwie Roberta Majorkiewicza, aktora homoseksualisty, zwanego ogólnie Robercikiem. Wszyscy wiedzieli, że jest jego przykrywką dla mediów. Byłam bardzo ciekawa – jak pewnie połowa zebranych na bankiecie – z czego Szyicka żyje. Bo z samego bywania nie da się przecież utrzymać. Cóż, jej strój nie zdradzał, że Krysia ma kłopoty finansowe. Przeciwnie.

– A ten mężczyzna? – zagaiłam Szyicką od niechcenia, choć na widok Jakuba nogi się pode mną ugięły.

– No wie pani? To przecież Czerny. Polityk, producent, biznesmen, członek Krajowej Rady Radiofonii i Telewizji. Postać przez duże „p". Bez jego wsparcia nie zacznie się produkcja żadnego serialu, a gdy on coś klepnie, łatwiej to sprzedać, nawet w komercyjnych stacjach. I podejrzewam, że mają z Malinowską mały romansik – chichotała i zacierała ręce.

Słuchałam słodkiego zawodzenia znanej piosenkarki i czułam, jak alkohol rozgrzewa moje tętnice. Likwiduje blokady, rozluźnia. Szyicka widać uznała mnie za dobrą inwestycję towarzyską, która niebawem zwróci się z nawiązką, bo opowiadała więcej, niż powinna.

– Ale może to tylko plotki. Specjalnie kreowane dla rozgłosu i podgrzania atmosfery. Czerny bardzo dba o swoją opinię, nikt nie złapał go jeszcze na gorącym uczynku z aktoreczką. Chyba że anonimową, ale to żaden skandal.

– Pani to chyba wie wszystko – roześmiałam się.

– Żyję już na tym świecie trochę, obracam się tu i ówdzie. Wiesz, artyści, aktorzy, piosenkarze. Takie normalne, zwykłe życie.

W odpowiedzi zaśmiałam się perliście.

– A jaką będziesz miała suknię? – przeszła płynnie na „ty" i zaczęła wścibsko wypytywać o nasz ślub. – To dobre posunięcie. Tylko może lepiej było pertraktować z publiczną. Ale nie, to byłoby dla nich zbyt odważne. Bardzo lubię Mariusza i cenię jego telewizyjnego nosa. Żeby z prezentera przeistoczyć się nagle w korespondenta zagranicznego. To, proszę pani, jest wielka rzecz. Dlatego jestem pewna, że wszystko dokładnie przemyślał. Och, będziecie piękną parą – oceniła. Byłam przekonana, że te informacje zaraz gdzieś wykorzysta. – Szkoda, że Mariusz nie przyszedł – westchnęła z miną stęsknionej cioci.

– Też żałuję – odparłam.

– Och, idzie do nas, idzie...

Szyicka nagle zapomniała o moim narzeczonym i zaczęła poprawiać garderobę. Była tak podniecona, jakby zbliżała się do nas królowa angielska. Zobaczyłam Jakuba zmierzającego w moim kierunku.

– To pani jest wybranką Mariusza? – spytał i głos mu zamarł.

Chciał coś powiedzieć, ale się zawahał. Rozpoznał mnie. Nie wiedział, jak zareaguję, więc pokonując wstręt i złość, przedstawiłam się szybko:

– Nina Frank. Dla przyjaciół Nika.

– Jakub – odrzekł i wyciągnął dłoń, ale widząc, że nie zamierzam jej ściskać, natychmiast schował ją do kieszeni eleganckiego garnituru w cieniutkie białe prążki.

– Znacie się? – Nasze dziwne zachowanie Szyicka wyłapała w lot.

– Nie – odpowiedzieliśmy jednocześnie i zbyt gwałtownie.

Miałam wrażenie, że Szyicka strzyże uszami.

– To już czas na mnie. – Pochyliłam głowę na pożegnanie.

Uścisnęłam serdecznie Szyicką, a Jakubowi nie podałam dłoni. Nie obdarzyłam go nawet uśmiechem. Nie chciałam kontaktu z nim, nie zamierzałam rozmawiać. Chciałam jak najszybciej znaleźć się w domu. Samo przebywanie obok i patrzenie na niego sprawiało mi ból.

– Ależ proszę zostać i opowiedzieć o swojej sukni od Goni. To świetna, świetna projektantka. – Szyicka zatrzymała mnie w kowadle swoich ramion i zaczęła gadać jak najęta.

Chciałam się wycofać, spojrzeć na Jakuba i przy wszystkich tutaj zebranych wyrzucić mu rzeczy okrutne. Wygarnąć, że musiałam uciec z domu, zrobić skrobankę, że przez niego nie pożegnałam się z matką, a teraz ona nie żyje. I wykrzyczeć, jak mógł oszukiwać mnie, moją matkę, tak bezlitośnie bawić się nami. Ale nie wydusiłam ani słowa. To wszystko było tak dawno temu, emocje zelżały, choć wciąż bolało tak samo. Tymczasem on patrzył na mnie jakoś inaczej. Z szacunkiem, może podziwem? Zostanę jeszcze chwilę, dosłownie pięć minut, poobserwuję, a potem do domu, postanowiłam.

Konwersowaliśmy o nieistotnych sprawach. Jakub chciał pewnie zmęczyć Szyicką i wyciągnąć mnie na stronę, ale plotkara wcale nie zamierzała się wycofywać. Miała oczy dookoła głowy i między słowami próbowała wyłuskać, co właściwie nas łączy.

W pewnym momencie podszedł Filipiak.

– Krysiu, jakie masz towarzystwo! Wschodząca gwiazda, która startuje do mojego filmu, i jego ojciec chrzestny. Ty zawsze wiesz, gdzie stoją konfitury.

Po czym chwycił Jakuba pod rękę, a ja przeprosiłam Szyicką i skierowałam się do wyjścia. Dopiero gdy szłam korytarzem, poczułam, jak bardzo jestem pijana. W oczach mi się dwoiło. Co się dzieje? – myślałam i by utrzymać równowagę, chwyciłam się lustra w złoconej ramie. Wtedy w jego odbiciu zobaczyłam Jego uśmiechniętą twarz. Boże, jak się przestraszyłam! Źle ze mną, mam omamy! Zamachałam ręką, by odgonić marę, ale jego jak najbardziej realny głos uświadomił mi, że to nie iluzja. On tam naprawdę był!

Odwróciłam się i spojrzałam w błękitne tęczówki diabolicznej twarzy. Znów pełen sił, zmartwychwstały. Gdzie moja moc, którą mu odebrałam? Czułam, że bezsilnie osuwam się na dywan. Pochwycił mnie w locie szorstkimi dłońmi. Poczułam znów ten odurzający zapach i usłyszałam zachrypnięty bas, który podziałał jak afrodyzjak. Znów ulegałam jego urokowi.

– Mam cię, Rusałko – zaśmiał się.

– Co tu robisz? – spytałam cichutko i z bojaźnią w głosie, którą tak chciałam ukryć. Bezskutecznie.

Wyciągnął z kieszeni beżowy kawałek papieru i zamachał mi przed oczami. Wyglądał przez moment jak chłopiec, który zrobił psikusa.

– Poznajesz? – Rozłożył papier i zobaczyłam na nim własne nazwisko. – Twoje zaproszenie. Sama mi je zostawiłaś. W apartamencie, z którego uciekłaś! – śmiał się.

– To niemożliwe. – Kręciłam głową.

Znalazłam w torebce kopertę od Mariusza i otworzyłam ją. Była pusta! Zaczęłam kojarzyć. Nikt przy wejściu nie sprawdzał zaproszeń, nie musiałam go okazywać. Więc się nie zorientowałam, że wewnątrz go nie ma. A wyprowadzając się w pośpiechu, nie włożyłam go do koperty. Zaproszenie leżało sobie spokojnie na łóżku, z którego wyskoczyłam wtedy tak szczęśliwa. Pani Tania nie przyszła sprzątać, odwołałam ją, a ona by je znalazła i mi oddała. Teraz to on je miał. Sama go tu zaprosiłam. Jak musiał ucieszyć się z takiej niespodzianki. To dlatego przez cały tydzień dał mi spokój. Wiedział, że się i tak zobaczymy. I nie nagabując mnie, uśpił moją czujność. A ja zrozpaczona po śmierci mamy próbowałam dojść do ładu ze sobą i wziąć się w garść. Przyjęcie, na które wcześniej się cieszyłam, nie było już takim wydarzeniem, więc ani razu nie sprawdziłam koperty.

– Wychodzisz? – usłyszałam za plecami i nogi ponownie się pode mną ugięły. – Nika. Intrygujące imię. – Odwróciłam się i zobaczyłam Jakuba.

Czy to nie przesada? – Myśli krążyły w mojej głowie jak wagoniki diabelskiego młyna. Obaj, razem, na jednym bankiecie, który miał na zawsze odciąć mnie od dawnego życia.

– Wychodzisz? – On przechylił głowę, nęcąc mnie szelmowskim spojrzeniem.

– Znacie się? – mruknął niepewnie Jakub.

Teraz obaj wlepiali we mnie wzrok. Czułam się jak przyciśnięta do muru w ciemnej uliczce, z której nie ma wyjścia.

– Muszę do toalety – zagrałam na zwłokę.

Co robić? Myślałam gorączkowo i starałam się trzymać dość prosto. Przed lustrem poprawiłam makijaż, oparłam się o ścianę i ciężko dysząc, policzyłam do stu. Kiedy już się uspokoiłam, postanowiłam zrobić to, co konieczne: uciec. Wahałam się tylko, czy oświadczyć, że muszę niezwłocznie znaleźć się w domu, czy może wymknąć się niepostrzeżenie. Zdecydowałam się na „angielską" wersję pożegnania. Tak, naprawdę wierzyłam w to, że mi się uda. Pewnym krokiem ruszyłam na spotkanie z własną przeszłością i kiedy zbliżyłam się do stojących mężczyzn, poraziło mnie. Usłyszałam, że prowadzą ze sobą ożywioną rozmowę. Dyskutowali zawzięcie i stroszyli piórka. Nagle pojęłam. Oni się znają! I, co gorsza, są wrogami.

– Lepiej zajmij się swoimi sprawami – ostrzegał Go Jakub, po czym odwrócił się i zapalając papierosa, dodał: – Nie zamierzam wchodzić z tobą w żadne układy. Chociaż wiem, że byłbyś bardzo rad. Nigdy!

– Nie chcesz, to nie. – On wydawał się całkiem obojętny, ale znałam go dobrze i widziałam, że jest po prostu skupiony.

– To oszustwo – emocjonował się dalej Jakub. – Najzwyczajniejszy w świecie szwindel. Uważaj, bo jak zakończę sprawę ropy, zajmę się tobą i twoimi kumplami.

– Grozisz mi?

– Tylko informuję – zaśmiał się Jakub.

– Ten się śmieje, kto się śmieje ostatni.

Patrzyłam na nich jak na dwóch rywalizujących samców. Nie lubią się. A obaj mnie pragną. Co za irytujący chichot losu, myślałam. Nie zastanawiałam się wtedy, dlaczego są śmiertelnymi wrogami. Polityka w dalszym ciągu mnie nie obchodziła. Skąd miałam wiedzieć, że Jakub grał w tej grze fair, a On kręcił na boku z przeciwną partią. Lobbował w sprawie supermarketów, podsuwał ustawy. To, że interesy szły mu świetnie, zależało nie tylko od jego operatywności. Liczyły się układy. Znajomości i przewaga wobec małych i dużych polityków. On chciał dzielić tort, Jakub zaś starał się temu przeciwstawić. To odkrycie zmieniło potem moje nastawienie do sytuacji. Ale wtedy czułam tylko narastające podniecenie. Dawno nie brałam udziału w tak szatańskiej rozgrywce. Wyciągnęłam papierosa, Jakub podał mi ogień. Skoro się znają, świetnie – wyprężyłam pierś.

– Pojedźmy gdzieś, gdzie będzie mniej sztywno – zaproponował mi Jakub.

Jasne było, że nie kieruje tego zaproszenia do Niego. Ten z kolei podchodził niebezpiecznie blisko.

– Tak, Rusałko – szepnął mi do ucha. – Pojedźmy.

– Muszę iść – bąknęłam niezbyt stanowczo.

Obaj zaczęli mnie prosić i namawiać, że warto. Było mi miło. Nie wiem, czy z próżności, czy ze złości, że Mariusz mnie zostawił na pastwę losu, postanowiłam po raz ostatni zabawić się, zanim ugrzęznę w małżeńskich kapciach.

Gdybym wsiadła do czerwonego sportowego wozu, udalibyśmy się do znajomych, pod Warszawę. Śmietanka biznesu. Część z tych osób z pewnością znałam i nawet lubiłam. Impreza z kąpielami nago w basenie.

Druga opcja: srebrna limuzyna. Rozmowy do rana i wspominanie przeszłości. Z Jakubem nie zdarzyłoby się nic zdrożnego.

Gdy otworzyły się drzwi dwóch samochodów, bez wahania wybrałam ten pierwszy. Jakub był już przeszłością. Nie chciałam z nim zostać sam na sam, bo wspomnienia były zbyt bolesne. Ale tak wprost dać znak, którego wybieram? Nie, to byłoby za łatwe, nie w moim stylu. On oczywiście odczytał moje myśli i jednym spojrzeniem podjudził do złego.

– Rzuć monetą – zażartował, a ja wybuchnęłam śmiechem.

Powoli znów zaczynałam się czuć boginią czasu i przestrzeni. Poziom adrenaliny przekroczył skalę. Byłam coraz bardziej podekscytowana i miałam ochotę na małą psychodramę. Zemszczę się za te wszystkie lata na statecznym Jakubie. Nagle zapragnęłam wciągnąć go w jedną z naszych gier i ukarać.

Im dłużej tak staliśmy, pozornie niewinnie rozmawiając, stawało się jasne, że obaj rywalizują o moją sympatię. To ja mam zdecydować, z kim zakończę dzisiejszy wieczór. Trudny wybór? Nie, bo nie miałam ochoty urazić ani jednego, ani drugiego, a tak naprawdę nie chciałam też spać z żadnym z nich. A jednak bawiła mnie ta sytuacja.

– Załóżmy się – nagle On się odezwał i uśmiechnął do mnie tak, że w jednej chwili podjęłam decyzję. Wtedy usłyszałam szatańską propozycję: – Kto wygra, w nagrodę pojedzie z Niką.

– Nie będę grał o kobietę – oburzył się Jakub. A do mnie:
– Chyba się nie zgodzisz. To upokarzające.
– Zależy, o jaką stawkę. Ale skoro się boisz – podjęłam rzuconą przez Niego rękawicę.

Cały czas patrzyłam mu w oczy, a ponieważ się zawahał, skierowałam się w stronę czerwonego porsche. Niedbałym ruchem wrzuciłam torebkę na przednie siedzenie.

– O co zakład? – Jakub odezwał się, gdy zamierzałam wsiadać.

Ta zabawa była niebezpieczna. Naprawdę. I kiedy to usłyszałam, momentalnie otrzeźwiałam. Nawet próbowałam ich powstrzymać przed tym szaleństwem, ale żaden mnie nie słuchał. Niczym walczące koguty ruszyli już swoimi limuzynami.

Miałam czekać dziesięć minut i dojechać taksówką. Zwycięzca powinien być już wyłoniony. Jeśli pociąg oczywiście nadjedzie na czas.

Zastanawiałam się, czy nie uciec. Może tak będzie lepiej? Ale kiedy wróciłam na przyjęcie, wypiłam jeszcze jeden kieliszek wina, wątpliwości się rozwiały i zgodnie z umową wsiadłam do taksówki zamówionej przez Jakuba.

Kiedy w oddali zobaczyłam dwa auta, po dwóch stronach przejazdu kolejowego, kazałam się zatrzymać i stanęłam przy drodze. Kogut taksówki znikał za zakrętem, ja zdołałam jeszcze zapalić papierosa, gdy w oddali usłyszałam trąbienie pociągu. Noc była ciepła i gwiaździsta. Odetchnęłam głęboko świeżym powietrzem i z niedowierzaniem patrzyłam na zbliżającą się lokomotywę. Po mojej stronie stało auto Jakuba. Nie widziałam jego twarzy, słyszałam jedynie silnik, który cicho pracował na najwyższych obrotach. Czerwona sportowa torpeda stała po drugiej stronie przejazdu przodem do mnie. Kierowca machał do mnie, śmiał się, błyskał długimi światłami. Odpowiedziałam uśmiechem, choć cała drżałam. I kiedy podniosłam rękę, by mu pomachać i posłać całusa, przez głowę przeleciała mi myśl, że to z nim przeżyłam najpiękniejsze chwile w łóżku. Seks był metafizycznym doznaniem, walką z żywiołem, czułam się spełniona i pewna własnej wartości.

Byliśmy jednością – dotknęłam naszej obrączki ślubnej na głowie: Hagalaz. Choć mnie tak wkurzał, to właśnie on pomógł mi z niechcianą ciążą i zapłacił za aborcję w ukraińskim szpitalu. Nigdy nie spytał, czyje to dziecko, nigdy niczego nie wypominał. Dbał o mnie, jak potrafił, i nie szczędził pieniędzy. Wyprowadził na prostą. Stworzył Nikę. Gwiazdę.

A ja tak mu się odwdzięczyłam. Nagle zapragnęłam przerwać tę żenującą akcję. Wiedziałam już, z kim chcę jechać, i miałam nadzieję, że pogodzimy się, zostaniemy przyjaciółmi, skoro nie możemy już być kochankami. Zrobiłam krok w jego kierunku, krzyczałam: „Kocham cię!".

Moje słowa zagłuszyło coraz głośniejsze trąbienie pociągu. Nie rozumiał, przyłożył rękę do ucha i zmarszczył brwi. Narysowałam w powietrzu serce i pokazałam na niego. Uśmiechnął się i machnął ręką. Podniósł do góry kciuk, że wszystko pod kontrolą. W uszach zadzwoniły mi rozwścieczone silniki aut i przerażające próby rozpędzania się obu. Podjeżdżali do przejazdu, cofali się, wydając przy tym hałaśliwe dźwięki. Wyobraziłam sobie nadjeżdżający pociąg i przeraziłam się, co tak naprawdę robimy.

– To paranoja! – krzyknęłam.

Chciałam skończyć z tą grą. Ale odwrotu już nie było.

Chodziło o to, który z nich ostatni wjedzie na przejazd i zjedzie z niego, gdy pociąg będzie się wtaczał. Jeśli źle wyliczy odległość, może zginąć pod kołami pociągu, a jeśli wjedzie pierwszy – przegra. Typowe durne myślenie mężczyzn, którzy na każdym kroku muszą się wykazywać, bo kochają nosić laur zdobywcy. Nie mogłam na to patrzeć. Przecież maszynista na sam ich widok dostanie zawału. Pełna złych myśli ruszyłam w głąb lasu. Stanęłam plecami do przedstawienia. Zatkałam uszy, zaczęłam śpiewać.

Ale to nie pomogło. Wyraźnie usłyszałam huk, trzask, przeraźliwy pisk tarcia metalu o metal. Potem syki, krzyk mężczyzny i pisk opon auta, które nagle zatrzymało się przy mnie. Otworzyły się drzwi.

– Wsiadaj! – krzyknął do mnie Jakub.

Odruchowo wskoczyłam do środka. Nacisnął gaz i uciekliśmy z miejsca wypadku. Spojrzałam na Jakuba i wiedziałam już wszystko. Zaczęłam szukać komórki, żeby zadzwonić na policję, pogotowie. Łudziłam się, że On przeżyje. Grzebałam pomiędzy mnóstwem szpargałów, ale telefonu nie było. Flesz wrzucanej torebki do auta przed Bristolem. Musiała mi wtedy wypaść. Zamarłam, spojrzałam na Jakuba, który bez słowa podał mi swoją komórkę.

Ale choć po raz kolejny zgłaszała się poczta, sygnału nie było słychać.

Zbladłam. Wzruszył ramionami.

– Może zostawiłaś w domu?

Pokręciłam głową. Uderzyłam go torebką. Chwytałam za kierownicę, przeklinałam go, po prostu wyłam z bólu.

– Nawet nie ruszyłeś, prawda? Czekałeś do ostatniego momentu, bawiłeś się nim, a potem zahamowałeś. I patrzyłeś, jak mija cię pociąg. A on się nie bał. To przez ciebie zginął!

– Nie jestem wariatem – odparł tak zimno, aż po plecach przeszedł mi dreszcz.

– Ty tchórzu! On nie żyje? Nie żyje... – Płakałam. Wpadłam w histerię. Chciałam wyskakiwać z wozu, szarpałam go.

Wtedy uderzył mnie w twarz. Potem drugi raz. Policzki mnie piekły, zakręciło mi się w głowie. Ale zadziałało. Umilkłam. Przed oczami miałam twarz tego, którego naprawdę kochałam. I który odsyła mi całusa na dłoni.

– Nikomu ani słowa! – syknął Jakub.

Skuliłam się. Jechaliśmy w kompletnej ciszy do mojego mieszkania – podałam jedynie adres. Jakub niemal zaniósł mnie na górę, bo cała się trzęsłam. Poprosiłam, żeby został chwilę i objął mnie. Byłam znów zagubioną dziewczynką i nie wiedziałam, co robić. Potrzebowałam oparcia, kilku pocieszających kłamstw, że nic się nie stało. Bałam się jutra. Co przyniesie? Wtedy zaczęliśmy się nawzajem rozbierać. On zginął, ale my żyjemy. Dotykałam zwiotczałej skóry Jakuba, jego brzucha i czułam się nie na miejscu. Zamknęłam oczy i w wyobraźni poczułam tamten zapach. Zobaczyłam jego błękitne oczy, w które kazał mi się wpatrywać, gdy byliśmy połączeni jak na obrazkach Kamasutry. Wiedział, że tak mnie ze sobą związuje na całe życie. Teraz zrozumiałam sens naszego tatuażu. To wszystko było nieracjonalne, zmysłowe, mistyczne. Tiwaz i Hagalaz tworzą absolut. Rozdzielone niszczą się nawzajem – ostrzegał mnie. Ale to on się poświęcił. Dopełnił Tiwaz, mnie zaś teraz czeka zniszczenie – dziewiąta runa pożre mnie niczym żmija.

– To przeze mnie tak głupio zginął – płakałam. – Wiedział, że może umrzeć, a jednak jechał. Miał cel, klątwa, Tiwaz, poświęcenie. Kocham – szeptałam, a Jakub brutalnie wchodził we mnie.

Nic nie czułam. Ani dotyku Jakuba, nie słyszałam słów. Łkałam, gdy spuszczał w moim wnętrzu nagromadzone przez lata napięcie, złość i frustrację. Potem zwinęłam się w kłębek i wciąż odwrócona plecami zasnęłam. To był raczej pół sen, pół jawa. Chciałam się obudzić i poczuć, że wszystko tylko mi się śniło. Że jest po staremu, że On znów nieustannie dzwoni do mnie i przysyła kwiaty. Moje kłopoty wydają się teraz tak błahe. Nie chciałam się budzić. Wiedziałam, że tak już nigdy nie będzie.

Nad ranem ocknęłam się w łóżku sama, zlana potem, przerażona sennym koszmarem. Księżyc, łuna nad miastem, nadjeżdżający pociąg i znaki runiczne, które wytatuowaliśmy sobie w Amsterdamie. Widziałam strzałę wypuszczaną przez myśliwego i literę H na czerwonej skrzynce hydrantu, która ociekała krwią. A potem stanęła w płomieniach.

Nie mogłam już zasnąć. Czułam się jak przestępca. Włączyłam radio i przeskakując ze stacji do stacji, gorączkowo szukałam wiadomości o wypadku na przejeździe w Komorowie. Ale nic nie podali. Dopiero następnego dnia w tabloidzie na jednej z ostatnich stron przeczytałam, że pijany kierowca nie zachował środków ostrożności i wjechał prosto pod pociąg. Wielkie zdjęcie przedstawiało zmiażdżony samochód. Wokół były radiowozy, w tle maszynista, który wymachiwał rękami. Choć była dziesiąta rano, otworzyłam martini i piłam szklankę za szklanką. Jakby dręczyło mnie pragnienie, a nie poczucie winy. Dopiero kiedy opróżniłam do połowy butelkę, weszłam pod prysznic. Ale woda też nie przyniosła ulgi. Szorowałam się, jakbym nie kąpała się całymi tygodniami. Tarłam skórę szorstką gąbką, ścierałam pumeksem lakier z paznokci. Cztery dni później zadzwonili ze stołecznej.

2. Policja

– Będzie pani przesłuchana w charakterze świadka. Za składanie fałszywych zeznań grozi kara więzienia do lat pięciu. Była pani karana za składanie fałszywych zeznań?
– Nie.
– Znała pani denata?
– Tak.
– W jakim charakterze?
– Byliśmy kochankami.
– Co pani robiła w nocy z siedemnastego na osiemnasty czerwca?
– Byłam na przyjęciu.
– Czy ktoś może to potwierdzić?
– Jakieś sto, dwieście osób.
– Do której godziny była pani na przyjęciu?
– Do drugiej.
– Wypadek zdarzył się za kwadrans druga. Czy po przyjęciu pojechała pani prosto do domu?
– Tak.
– Czy ktoś to może potwierdzić?
– Nie. Mój narzeczony był w delegacji.
– Czy to pani zaproszenie?

Spojrzałam na beżowy kawałek papieru, zmięty i wygnieciony.

– Tak. – Starałam się ukryć drżenie głosu.
– Jak pani wyjaśni, że zostało znalezione w kieszeni marynarki denata?

– Dałam mu je. – Gorączkowo zastanawiałam się, skąd mają jego marynarkę. Musiał zostawić ją na przyjęciu, w szatni.

– Portier zeznał, że przed wyjściem rozmawiała pani z dwoma mężczyznami. Kim jest ten drugi, oprócz denata?

Czy sypać Jakuba? Przecież wszyscy nas widzieli, portier go rozpozna. Jeśli skłamię, będą mnie cisnąć.

– To był Jakub Czerny.

– Czy wyszliście wszyscy razem?

– Nie, ja wróciłam na przyjęcie, a oni – nie wiem, co zrobili i dokąd poszli.

– Ile pani wypiła tego dnia?

– Kilka kieliszków szampana i wina.

– Ile?

– Może sześć... siedem...

– To może pani niezbyt dobrze pamiętać, o której wyszła?

– Jestem pewna, bo zamawiałam taksówkę na drugą w nocy.

– Jaką korporację?

– Nie pamiętam, poprosiłam kogoś...

– Nie pamięta pani, jaką korporacją pani jechała? A pamięta, na którą?

– Przykro mi za wybiórczą pamięć. Byłam lekko wstawiona. – Założyłam nogę na nogę i uśmiechnęłam się uwodzicielsko.

Jeden policjant powędrował wzrokiem za moim gestem, drugi pozostał niewzruszony. I właśnie ten się odezwał:

– To ważna sprawa, może sobie pani jednak przypomni. Inaczej ponownie wezwiemy panią, ale już nie jako świadka, ale podejrzaną.

– Podejrzaną o co?

– Na przykład o nieumyślne spowodowanie śmierci. Kara więzienia do lat ośmiu. Albo zabójstwo. Od dwudziestu pięciu lat do dożywocia.

– Nic nie zrobiłam – powiedziałam z miną przerażonej dziewczynki. – My się już rozstaliśmy, byliśmy jedynie przyjaciółmi.

– Czy ma pani coś jeszcze do dodania?
– Nie.
– Czy denat groził pani, nachodził, przysyłał kwiaty? Może nie mógł pogodzić się z waszym rozstaniem? Taka piękna kobieta go rzuca. Mężczyźni różnie reagują.
– Nie... Właściwie tak.
– Czyli?
– Chciał, żebyśmy się dalej spotykali. I pogodziliśmy się – kłamałam.
– Szantażował panią jakimiś nagraniami, zdjęciami?
Spojrzałam przerażona. Co oni mają?
– Nie.
– To na razie wszystko, dziękujemy. Czy może pani podać telefon komórkowy w celu ewentualnego kontaktu?
– Nie mam chwilowo. Zgubiłam.

Czułam, że muszę zapalić, teraz, już. Prawie sięgałam do paczki, ale musiałam się powstrzymać, bo to byłby dla nich znak, że mnie trafili.

– Będziemy pani szukać pod stacjonarnym.
– Wolałabym na komórkę, bo bardzo późno jestem w domu. Zadzwonię do pana – zwróciłam się do tego milszego. – Gdy będę miała nowy numer.

Starałam się być spokojna i opanowana, ale doświadczeni śledczy prześwietlali mnie jak rentgenem. Byłam przekonana, że widzą moje kłamstwa. Mają mnie na talerzu. Wyszłam na nogach jak z waty.

3. Mariusz

– Kochanie, wiesz, zdarzył się straszny wypadek. To potworne, bo na tym przyjęciu chyba jako jedna z ostatnich widziałam tego mężczyznę żywego i rozmawiałam z nim – zagaiłam podczas kolacji.
– Nic nie wiem. – Mój narzeczony nie wydawał się zainteresowany.
– Facet był pijany, wjechał pod pociąg. Musiałeś słyszeć.

– A co ty masz z nim wspólnego? Znałaś go?

– Trochę.

– Kto to? – Nagle stał się czujny.

– Nikt, taki jeden biznesmen. Handlował sprzętem wyposażenia sklepów. Ale poruszyła mnie jego śmierć. I wiesz, zostałam wezwana nawet na policję, bo ostatnia z nim rozmawiałam. To było straszne – starałam się opowiadać to jak doskonałą anegdotkę.

– Nie martw się, maleńka. Takie są procedury.

– Strasznie byli nieuprzejmi. – Wykrzywiłam twarz w grymasie pogardy. – I patrzyli na moje nogi – starałam się pieścić, zdrabniać. Strugałam idiotkę.

– Biedactwo. Następnym razem pójdziesz z adwokatem. Samej cię już nie puszczę. Jak oni śmieli! – oburzył się teatralnie. – Ale porozmawiajmy lepiej o liście gości. Misiaczku, zbliża się termin pierwszego w Polsce ślubu na oczach milionów. Pomyśl o przyjemnościach. Zapomnij o trupie jakiegoś sprzedawcy półek i kas fiskalnych. To nie nasze sprawy.

– Z przyjemnością. – Z trudem zachowywałam spokój. – W każdym razie mówiłam ci. Żeby potem nie było.

Jak trudno było mi wtedy śmiać się i żartować. Prawdziwe poczucie winy przyszło jednak dopiero za jakiś czas. Jego śmierć ciążyła mi jak garb, dławiła niczym pętla na szyi. Coraz trudniej było mi się z niej wyzwolić. Potem było już tylko gorzej.

4. Jakub

Zamówiłam billing mojego telefonu i zaznaczyłam na nim dwa numery: Jego i Jakuba. Obaj dzwonili do mnie wpół do drugiej, za dwadzieścia pięć druga, za piętnaście druga. Byłam wtedy na przyjęciu, wielokrotnie nagrywali się na pocztę. Zastanawiałam się, czy można teraz odzyskać ich wiadomości. I jak? Ostatnie połączenia przychodzące na moją komórkę – pięć razy numer Jakuba. Zadzwoniłam do operatora i zablokowałam telefon pod pozorem kradzieży, z możliwością zachowania numeru. Na wszelki wypadek.

– O co ci chodzi z tym billingiem? – Jakub zadzwonił na domowy i był wściekły.

Wyjaśniłam mu, że sam wydruk jest bezwartościowy, ale z moimi zeznaniami to coś więcej niż papier. To dowód zbrodni. I może nie będzie z tego komisji śledczej, ale zwykłe przesłuchanie w prokuraturze owszem. Byłam ostra, zimna, pewna siebie. We własnym domu czułam się już bezpiecznie. Wiedziałam, że Mariusz w razie czego załatwi mi adwokata. A jeśli Jakub może użyć swoich wpływów, by stwierdzono, że w wypadku nie było udziału osób trzecich, to lepiej, żeby się nie rozmyślił.

– Chciałam cię tylko zmobilizować, żebyś załatwił sprawę. Nie mam ochoty spędzić reszty życia za kratkami. A jeśli ja tam trafię, to ty też. Bądź pewny.

– Aga, Nika. Nie mogę przyzwyczaić się do tego idiotycznego imienia. W ogóle do ciebie nie pasuje. Mówiłem przecież, że to załatwię. A ty przestań intrygować, drażni mnie to.

– Nie zrozum mnie źle. Tylko chronię swoją skórę. Jeśli poczuję się bezpieczna, z mojej strony nic ci nie grozi.

– Tak się umawiamy. A co robisz dziś wieczorem?

– Spotykam się z narzeczonym. Na nic nie licz.

– Zapomniałem. Wtedy, wiesz, jak się kochaliśmy...

– Zadzwoń, jeśli będziesz coś wiedział. Papier schowam w skrytce bankowej.

– Nie ufasz mi? – zjeżył się.

O mało nie wybuchnęłam śmiechem. Dlaczego niby miałabym ufać? Wolne żarty. Wiem przecież, że mną manipulujesz, już nie złapię się na te słodkie słówka.

– Oczywiście, kochanie. Właśnie dla naszego wspólnego dobra schowam go w sejfie.

Odłożyłam słuchawkę.

Miesiąc później sprawa została umorzona. Samobójstwo, brak udziału osób trzecich, dwa promile alkoholu we krwi. Smutna śmierć najprzebieglejszego z przebiegłych. Nosił wilk razy kilka, ponieśli i wilka. Odetchnęłam i przez chwilę poczułam się znów jak jaszczurka, której właśnie odrósł kolejny ogon. Który już? Straciłam rachubę, czułam się szczęściarą. I dopiero po Jego śmierci, kiedy popsuło się z Mariuszem i chaotycznie zmieniałam łóżka różnych mężczyzn, zatęskniłam do tego wulkanu emocji, jaki czułam przy Nim. Zaczynałam rozumieć, co miał na myśli, ostrzegając mnie, że z nikim nigdy nie będzie mi już tak dobrze. Każde z osobna byliśmy nieczułymi kamieniami, ale połączeni ożywialiśmy się nawzajem, momentami stapiając się w jeden. Dopiero teraz jestem taka mądra. Co z tego, że posiadany skarb doceniamy dopiero wtedy, kiedy go utracimy. Wtedy nie można już nic zrobić, a posiadanie tej wiedzy rodzi frustrację, gniew i agresję. To wszystko przerabiałam na własnej skórze. Kiedy w końcu pojęłam, że jego śmierć zapoczątkowała moją, nic już nie mogłam na to poradzić.

Rozdział 34
Mieszkanie Kończaka

„Kiedy musisz kogoś przeprosić, zrób to osobiście"

– Nic już nie mogłem na to poradzić – powiedział dobitnie Eugeniusz Kula, kiedy ludzie z wojewódzkiej zabrali ciało Egona Kończaka.

Łysy kiwał głową.

– Rozumiem – odrzekł potulnie.

Dzielnie znosił dym papierosowy i nie powiedział ani słowa szefowi posterunku, choć co jakiś czas kichał.

– To jego auto znaleziono w lesie – dodał Czerwieński. – A tu są klucze do jego pokoju w hotelu. Mieszkał naprzeciwko komisarza Meyera.

– Tak? – zainteresowali się Kula i Łysy.

– W pokoju numer dwieście pięćdziesiąt dziewięć.

Łysy przekazał klucze jednemu ze swoich ludzi. Kazał zebrać ślady i przeszukać pokój. Rzucił na stół profil nieznanego sprawcy wykonany przez psychologa. Otworzył na stronie, gdzie profiler opisuje, jak mógł wyglądać ten pokój: zdjęcia aktorki, telewizor, kasety.

– Ale on tam nie mieszkał – ciągnął Czerwieński. – Dom miał trzy wioski dalej, we wsi Kajanka. Trasa na Lublin. Z tego, co wiem, mieszkał z matką.

- To dlaczego wynajmował pokój? - zdziwił się Łysy.

- Firma mu opłacała. Jeździł przecież po całym województwie.

- Sprawdzić jego dom. - Łysy wydał polecenie. - Tylko dyskretnie. Nie spłoszyć rodziny. Mogą chcieć go wybielać.

Skierował wzrok na Kulę.

- Może pańscy ludzie najpierw wejdą?

- Sam pojadę - powiedział Kula pewnym głosem. - Za ile będzie nakaz?

- Już jest. - Łysy wykręcił numer. Zakomunikował przez telefon, o co chodzi. Odłożył słuchawkę. - Możecie jechać.

Kierownik posterunku wstał. Poprawił mundur. Łysy chwycił profil i zaczął szczegółowo czytać.

- Miałem to dziś panu dać - powiedział cicho.

- Co to jest? - Kula zatrzymał się w drzwiach i udał zdziwienie.

- Analiza psychologiczna pańskiego kolegi. Nie dostał pan?

- Nie - zająknął się kierownik posterunku. - To nie należy do moich obowiązków. Ja tu tylko sprzątam - zaśmiał się sztucznie i poczuł, że pieką go uszy. Nie umiał kłamać.

- Niech pan to przeczyta, zwłaszcza ostatnią część. Tu wszystko jest. To potrwa kwadrans. Ja się przejdę - oznajmił Łysy. - Powie mi pan, co pan o tym sądzi - dorzucił i wyszedł.

Kula nie zamierzał czytać. Znał profil na pamięć. Wiedział, jak profiler opisał pokój sprawcy. Zamknął drzwi i zadzwonił do Meyera.

- Genek? - odezwał się psycholog.

- Złapaliśmy ptaszka! - Tym razem Kula nie chciał tracić czasu na wstępy.

- Jak? - Meyer nie krył zaciekawienia.

Kula się uśmiechnął.

- Zadzwonię jutro.

- Powiedz chociaż kto!

- Spokojnie, już nie żyje. Druga ofiara miała tasak i wbiła mu go w sam środek czaszki. Jadę do jego domu. Zadzwonię

i wszystko opowiem. A Łysy przyniósł mi twoją ekspertyzę, chyba masz kolejnego fana.
- Zadzwoń koniecznie. O każdej porze.
Kula wyszedł przed posterunek.
- Jestem gotów – oznajmił Łysemu.

Wieś Kajanka była ukryta w głębi lasu. Przy drodze stała złamana ławka, która spełniała funkcję przystanku autobusowego. Kolumna samochodów policyjnych, w tym rozklekotany radiowóz Kuli, wzbudziła ogromne zainteresowanie mieszkańców. W oknach domostw pojawili się ludzie.

Kierownik posterunku zatrzymał auto przy zadbanej chałupie zbudowanej jeszcze według standardów, gdzie izbę dzieli się na dwie części: w jednej mieszkają zwierzęta, w drugiej ludzie. Policjanci nie mogli uwierzyć, że w dzisiejszych czasach taka architektura jest jeszcze możliwa. Na spotkanie wyszła drobna staruszka. Energicznie zawinęła się chustą.

- Dzień dobry. Czy tu mieszka Egon Kończak? – zapytał grzecznie Kula.
- Syna nie ma. Martwiłam się. Czego chcą? – powiedziała skrzekliwym głosem i bojaźliwie wpatrywała się w brygadę ludzi, którzy stali szpalerem na podwórku.
- Mamy nakaz przeszukania. Gdzie jest jego pokój? – Kula ruszył w kierunku drzwi.
- Jaki pokój? Co z Egonem?
- Panie komisarzu, można prosić? – Kula zawołał Łysego.

Oficer w szarym płaszczu podszedł do kobiety, pomachał jej przed oczami świstkiem papieru i powiedział:
- Pani syn jest podejrzany o usiłowanie morderstwa na Malwinie Poskropko. Zginął przywalony drewnem.

Kobieta wybuchnęła płaczem. Lamentowała chwilę, po czym rzuciła się z pięściami na oficera. Wielki krzyż, który wisiał na jej chudej piersi, trząsł się od łkania.

Ktoś zajął się kobietą, a wtedy Łysy i Kula weszli do mieszkania, składającego się z jednej izby, która była jednocześnie kuchnią i sypialnią. Wewnątrz śmierdziało gnojówką, ale było bardzo czysto. Wręcz sterylnie. Sprzęty lśniły. W tym pomieszczeniu nie było ani jednej niepotrzebnej rzeczy. Nie zauważyli też telewizora. Za to na głównej ścianie wisiał stary krucyfiks.

– Gdzie jest jego pokój? – zapytał Łysy.

Rozejrzeli się. Za piecem dostrzegli drzwi, jakby do spiżarki. Były zamknięte. Kula wyszedł na zewnątrz.

– Czy ma pani klucz od zamkniętego pokoju? – zapytał.

Kobieta ocierała łzy, jakby sens pytania do niej nie dotarł. Kula powtórzył. W odpowiedzi pokręciła głową.

– Nie wpuszczał mnie tam – wykrztusiła z siebie w końcu.

– Trzeba wyważyć drzwi – stwierdził Łysy.

Sprawa nie była prosta. Drewniane bale nie chciały puścić. Funkcjonariusze rozbiegli się po wsi w poszukiwaniu człowieka, który ma piłkę do metalu, by przepiłować zasuwę.

Wpatrywali się w deszcz iskier, kiedy jeden z sąsiadów rozpiłowywał wreszcie zamek do pokoju Kończaka. Każdy z nich myślał o tym samym.

– Czy to on zabił Ninę Frank?

W końcu metalowa zasuwka upadła z hałasem na drewnianą podłogę. Żaden nie chciał wejść pierwszy. Łysy zrobił krok, ale gestem zaprosił Kulę. Wspólnie otworzyli drzwi.

Pokój w przeszłości rzeczywiście był spiżarnią, którą Egon Kończak w dorosłym życiu przerobił na własną twierdzę. Na ścianach nie było jednak plakatów Niny Frank, tak jak się spodziewali. Pomieszczenie nie różniło się od wyposażenia reszty domu. Śmierdziało jedynie bardziej. Za ścianą rozlegało się chrobotanie zaniepokojonych zwierząt.

Biurko, krzesło, szafka. Mały telewizor, odtwarzacz wideo i DVD. Na półkach, na których kiedyś stały pewnie słoiki z przetworami, ktoś umieścił segregatory oraz zrobione z tektury prowizoryczne szufladki. Każda opisana, przypominająca archiwum. W głębi pomieszczenia wisiała kotara w dziecięce pajacyki. Kula podszedł do niej i odsłonił jednym ruchem. Nad tapczanem wisiały zdjęcia aktorki, do których ktoś pieczołowicie dokleił nagłówki z gazet: „Zbrodnia bez kary", „Gdzie jest bestia?", „Tego nie mógł zrobić człowiek", „Morderca wciąż na wolności".

Policjanci wertowali segregatory i szufladki. W jednej z nich znaleźli plik listów adresowanych do aktorki. Były związane receptułką. Nigdy nie zostały wysłane. Tkwiły w zaklejonych kopertach z wykaligrafowaną datą w lewym górnym rogu. Łysy wyciągnął jeden z nich. Ten został wysłany. Na pieczątce dojrzał datę: był to dzień, w którym aktorkę znaleziono martwą. Na odwrocie koperty widniało kilka pieczątek: mieszkanie zamknięte, zwrócono do nadawcy. Adresat: skrytka pocztowa nr 34.

Kierownik posterunku przeglądał kasety wideo ułożone w równych rzędach na półce. Kończak nagrywał wszystkie odcinki *Życia nie na sprzedaż* i innych seriali z udziałem Niny Frank.

Przeszukanie zakończyli po kilku godzinach. Kiedy w milczeniu dotarli na posterunek, Kula powiedział:

– Nigdy nie wziąłbym go pod uwagę. A teraz wszystko się układa. Kończak dziesięć lat temu pracował na poczcie. Budynek spłonął w niewyjaśnionych okolicznościach. Przesłuchiwałem go nawet w sprawie podpalenia, ale nie znaleźliśmy dowodów. Podobno defraudował pieniądze. Sprawa przycichła. Matka jest bardzo wierząca, sam pan widział. Wychowywała go surowo. Ojciec się powiesił, kiedy Egon był dzieckiem.

– Pisał do niej – szepnął Łysy. W rękach trzymał otwartą kopertę, która jako jedyna została wysłana. – Numerował listy. Ten jest siedemdziesiąty szósty.

Kula zerknął na pozostałe. Obok daty w górnym lewym rogu też miały numery.

– Siedemnaście, dziewiętnaście, dwadzieścia jeden – dlaczego zachowywał sobie co drugi? – zwrócił się z pytaniem do Łysego.

Rozerwali kopertę i zaczęli czytać. Początek brzmiał jak list miłosny, dalej jednak był już tylko opis marzeń mordercy. Autor zwracał się do aktorki wulgarnie, zwierzał ze swoich makabrycznych pragnień dręczenia i krzywdzenia jej. Pisał, jak chciałby zadawać jej ból. Dokładnie relacjonował, co czuje, co się z nim dzieje. Jak narasta w nim napięcie.

– Czyli pisał dwa rodzaje listów: jako morderca i jako wielbiciel. Tych pierwszych nie wysyłał. Te drugie musiała czytać. Nie było w nich nic, co mogłoby wzbudzić jej strach. Gdzie one są? W jej domu ich nie znaleziono.

Kierownik się zastanowił. Może miała je w Warszawie? Albo on je zabrał.

– W każdym razie wszystko jasne – przerwał mu Łysy. – Jak najszybciej trzeba wypuścić tego młodego, syna bibliotekarki. Jest niewinny. Zanim prokurator wyśle akt oskarżenia.

Kula coś sobie przypomniał. Wyciągnął starannie zapakowany nóż, który dała mu Lidia.

– Ciekaw jestem, czy należał do Egona. Można zbadać odciski? Kto by pomyślał, że to Egon jest mordercą – mówił, kręcąc głową.

Po wykonaniu wszystkich czynności Łysy zbierał ekipę do wyjazdu. Wszedł jeszcze na chwilę do gabinetu kierownika posterunku. Pożegnał się.

– Jeszcze jedno. Czy ma pan numer komórki do komisarza Meyera?

– Oczywiście, a po co panu?

– Nie, nic... – Łysy nagle się rozmyślił. – Chciałbym... Zadzwonię na służbowy.

Kiedy oficerowie z wojewódzkiej odjechali, Kula zadzwonił do profilera i zrelacjonował mu ostatnie zdarzenia.

– Mam nadzieję, że teraz już naprawdę będzie spokój. Muszę odpocząć – zakończył.

– Ale chyba nie wybierasz się jeszcze na emeryturę – zaśmiał się profiler.

– Żarty się ciebie trzymają? – oburzył się Kula. – Czuję się jak po stoczonej bitwie, ale to takie wciągające.

– To ja kończę, muszę wstać o czwartej.

– Zostało ci niespełna pięć godzin snu – jęknął Eugeniusz.

– Służba nie drużba. Bombiarz, nowa zagadka.

– Ty to masz życie.

W tym momencie drzwi gabinetu się otworzyły. Stał w nich Czerwieński.

– Trąba się znalazł! – oznajmił.

– Gdzie? – krzyknął kierownik. A do słuchawki: – Muszę kończyć. Wszystko samo się wyjaśnia.

– Gdzie, gdzie on jest? – Kula wyskoczył z gabinetu i zbiegł po schodach, krzycząc: – Niech ja go dostanę w swoje ręce!

Zobaczył byłego posterunkowego i postawną kobietę, która pouczała go stanowczo:

– Bądź mężczyzną, synku. Twój tatuś był policjantem, bierz z niego przykład. Będziesz dzielnym, odznaczanym funkcjonariuszem.

– Ale ja nie chcę! – jęknął Alojzy i schował się za plecami matki jak małe dziecko. Szeptał cicho: – Mamo, ratuj!

– Musimy porozmawiać, panie kierowniku. Do czego doprowadził pan mojego chłopca? – grzmiała rosła kobieta.

A Trembowiecki patrzył na Kulę, który jak rozwścieczona bestia zbliżał się do nich, i panicznie, obsesyjnie powtarzał:

– Boję się...

Rozdział 35
Koniec końca

*"Spytaj starszą osobę, którą darzysz szacunkiem,
czego w życiu żałuje"*

Boję się. Panicznie, obsesyjnie, widzę cienie nieznanych osób na ścianach uliczek. Obserwuję ludzi idących za mną. Sprawdzam, czy w mieszkaniu, aparacie telefonicznym nie ma pluskiew, kamer. Kilka razy spałam w hotelu, chcąc uniknąć odbierania telefonów w środku nocy. Grozili już, że mnie porwą albo zabiją. Zwolniłam sprzątaczkę pod pozorem kradzieży, choć to pewnie nie ona grzebała w moich rzeczach. Po telefonie od tego człowieka wyładowałam złość na Iwonie, którą tak pobiłam, że trafiła do szpitala. Wstydzę się mojego potwora, agresji, która ze mnie wyłazi. Gardzę sobą, czuję się jak w potrzasku. Nie radzę sobie z emocjami. Piję coraz częściej, nie przestaję palić. Biorę różne leki: jedne na sen, inne na poprawienie nastroju, antydepresyjne, uspokajające. Popijam martini i dżinem.

Mariusz zażądał rozwodu. Nie wraca na noce. Spotkał koleżankę ze studiów, brzydką jak noc, ale dobrze gotuje i jest miła. Pewnie nie próbuje po ecstasy wyskakiwać przez okno. On nie musi w jej mieszkaniu wykręcać klamek, chować noży, wyrzucać żyletek, nożyczek. Nie tłucze szkła, nie bije garnkami o ścianę. Nie śpiewa pijana piosenek na bankiecie i nie opowiada niestosownych kawałów w towarzystwie. Małżeństwa z nim nie żałuję, choć od dawna było fikcją, dobrze na tym wyszłam. Niestety, wszystko zainwestowałam w mój dworek nad Bugiem. Mój azyl. Tyle że znów jestem bez grosza. Początkowo tam uciekałam, potem, kiedy wokół mnie zaczęło być gorąco i rwały się kontrakty, zaczęłam tam robić przyjęcia. Nie wiedziałam, kto mi grozi, więc zamontowałam w domu kamery i nagrywałam wszystko na kasety. Chciałam mieć haka na wszystkich z branży, żeby w razie draki musieli mi pomóc utrzymać się na powierzchni.

Coraz bardziej irytowała mnie ta cała śmietanka towarzyska. Kupa idiotów i bezdusznych materialistów. Patrzą tylko, gdzie by tu wyszarpać dla siebie choć kawałek tortu. Choć jestem ulubienicą telewidzów i co roku dostaję nominacje i nagrody, to jasno, jak przez szkło powiększające, widzę płytkość tego świata. Dlaczego w Polsce nie kręci się filmów, tylko seriale albo ekranizacje lektur? Ewentualnie głupie fabuły dla znerwicowanych rozwódek w stylistyce sitcomu? Do teatru mnie nie chcą, nie mam wykształcenia. Etykietka serialowej zakonnicy nie pomaga mi, ale jakoś nie mogę się z tego wyplątać. Jedyna korzyść, że prowadzę jakiś durnowaty program w studiu telewizyjnym, gdzie ludzie wypłakują się w mój rękaw. Zarabiam nieźle, ale mierzi mnie to. Bo każdy z bohaterów dostaje za swoje łzy pieniądze. Marne, i to tym bardziej żenujące. Nawet wyjazd do Stanów, załatwiony przez Zbyszka, okazał się fiaskiem. Usłyszałam, że w Hollywood jest pięć pułapów aktorskich i jeśli ktoś specjalizuje się już w jednym, raczej ma znikome szanse na zmianę poziomu: soap opery, filmy telewizyjne, filmy kinowe klasy B i wielkie produkcje. Mnie – na podstawie mojego cudownego i z najwyższej polskiej półki dorobku artystycznego – zakwalifikowano do tego najniższego: gwiazda serialu, opery mydlanej. Na dodatek jestem Polką, która nawet w amerykańskiej soap operze mogłaby grać jedynie sprzątaczkę, nianię lub sekretarkę wygłaszającą pojedyncze kwestie: – Proszę poczekać, łączę. Pieprzona *ethnic actress*.

Byłam tam i próbowałam. Myślałam, że najpierw pobiegam na planie w białym fartuszku, a potem trafi się coś ciekawszego. Jennifer Lopez też tak zaczynała. Ale jako dwudziestolatka! Dla mnie, prócz rosyjskich pokojówek, niemych dziewczyn jeżdżących na rolkach brzegiem oceanu i dziwek, które nie muszą mówić, tylko pokazywać cycki, nie było żadnych propozycji. Raz przez sekundę mignęłam u Spielberga – zagrałam półnagą wariatkę, która miała krzyknąć: – *Show must go on!* Powtarzaliśmy tę scenę dwadzieścia cztery razy, bo asystentowi reżysera wciąż wydawało się, że słyszy mój wschodni akcent. Koło samego Spielberga nawet minuty nie stałam, o rozmowie nie wspominając. Wtedy postanowiłam wrócić. Agent rozesłał moje zdjęcia do największych agencji, a ja miałam czekać. Ile to razy byłam na kluczowej rozmowie, bo szukali aktorki o słowiańskiej urodzie do roli zaradnej mamuśki, która pokonuje biurokratyczną machinę i odzyskuje dla swojego niepełnosprawnego dziecka odszkodowanie. Kiedy weszłam do gabinetu, kilku mężczyzn śmiało się, a wtórowała im piskliwym chichotem gruba, obwieszona biżuterią latynoska sekretarka.

– Tu jestem trochę jak Marlena Dietrich, tu trochę jak Marilyn Monroe, tu jak Angelina Jolie, tylko grubsza i brzydsza, a tu nieco zimna jak Nicole Kidman. Tylko wszystko tak beznadziejne, bez wyrazu, podrabiane, udawane, że nie wiadomo, kim naprawdę jestem i co we mnie samej jest dobrego – szydził donośnym głosem jeden z nich. A reszta pękała ze śmiechu. Ten najgłośniejszy to chyba reżyser, sądząc po ekstrawaganckim ubraniu.

– *Ups, here you are! There is Mrs Frank. Hello, how are you?* – ogłosiła słodko sekretarka i przerwała słowotok faceta w kaszkiecie.

Pozostali lekko się speszyli i rozsiedli na krzesłach wokół stołu. Dopiero wtedy dostrzegłam na stole własne portfolio. Na zdjęciach widziałam odciski ich tłustych paluchów. Czułam fizyczny wstręt, jakby przed chwilą dotykali nie zdjęć, lecz mnie. Moich nóg, twarzy, brzucha.

A to, co usłyszałam przed chwilą, dzwoniło mi w uszach. Najgorsze, że mieli rację. To była żałosna prawda. Nie wiadomo, kim naprawdę jestem i co we mnie samej jest dobrego. W trakcie bardzo miłej rozmowy wiedziałam już, że nie mam na co liczyć. Czułam, że nie wypada wyjść, i rozmawiałam tylko pro forma. Chciałam zakończyć tę farsę z godnością. Dopiero kiedy jeden z nich zapytał, ile mam właściwie lat – najwidoczniej nie czytali mojego CV – zaniemówiłam.

– Dwadzieścia dziewięć? I w takim wieku chce pani zaczynać w Hollywood? – Rozciągnął usta jak w reklamie pasty do zębów.

Tortury trwały niecałe pół godziny. Wytrwałam jakoś do końca i wychodząc, byłam przekonana, że gdy tylko zamknę drzwi, wrócą do poprzednich komentarzy.

Zamknęłam się w hotelu i popijając wódkę z lodem, czekałam na termin wylotu. Zbyszek oszukiwał mnie, że są mną zainteresowani ci lub tamci, że Niemcy właśnie robią film i poszukują Polki, zwodził, jak bardzo spodobałam się w agencji CAA i że na pewno napiszą, jeśli będą coś dla mnie mieli. Kiwałam uprzejmie głową, ale nie byłam już w stanie uwierzyć w te wszystkie kłamstwa.

Zrozumiałam wreszcie, że nie nadaję się do niczego. Całe moje życie to jedna wielka fikcja. A co gorsza, nie mam już serca wygłaszać tych durnych kwestii w serialu o zakonnicy. Czy dam radę w innych serialach? Z czego będę żyła?

Kiedy tylko wróciłam do Polski, zadzwoniłam do Świętej.

– Zdecydowałam się odejść. Cieszysz się?

Milczała, pewnie przeżuwała tę informację.

– Chciałabym tylko odejść nagle. Zginąć w wypadku, tragicznie. Nie mam ochoty grać przeoryszy ani mentorki. Nie chcę już przychodzić na plan. Możesz to dla mnie zrobić po starej znajomości?

– Unieszkodliwię cię, jeśli sama tego pragniesz.

– Nie musisz mi mówić jak. Byle jak najprędzej.

– Dostałaś propozycję w Hollywood? – Nie mogła się powstrzymać od zapytania. – Wyjeżdżasz?

– Czekam na odpowiedź – skłamałam. – Może.

– Widziałam cię w tym głośnym filmie akcji. Mówiłaś pół zdania. – Zobaczyłam triumf na jej twarzy, choć rozmawiałyśmy przez telefon.

– Tak, udało mi się wyrwać małą rólkę.

– Bardzo małą – uśmiechnęła się i dodała wesoło: – Aha, kiedy już cię uśmiercę, nie powołuj się więcej na rolę Joanny, dobrze? To zresztą chyba jest oczywiste.

– Jasne.

Miałam na nią kilka kaset, ale na razie nie chciałam nic z nimi robić. Mogłam ją zniszczyć jednym ruchem, nie brudząc sobie rąk, za pomocą Urzędu Skarbowego, bo Święta od lat oszukiwała na podatkach i wysługiwała się w tym zaprzyjaźnioną firmą. Po rozmowie z nią poczułam się słaba. Nikt jej nie lubił, ja, jak już wiesz, też nie zaliczałam się do jej przyjaciół. Zwłaszcza że wolała lizusów, którzy obrabiali jej tyłek, kiedy tylko obracała się plecami. Byłam jednak lojalna i często jej broniłam, choć sama byłam ostrożna i uważałam na to, co przy niej mówię. Ponieważ byłyśmy zmuszone do dobrego kontaktu, starałam się sprawiać jej przyjemność. Pytałam o zwykłe sprawy, by czuła, że mnie to interesuje. A teraz, kiedy już chciałam odejść z jej watahy, nie tylko się ucieszyła, ale jeszcze upokorzyła mnie, żądając, bym nigdy więcej nie powoływała się na jej postać. Czułam się tak, jakbym dostała po twarzy. To było dziwne, bo jednocześnie odczuwałam litość. Wiedziałam o niej przecież tyle: ta samotna kobieta nie ma własnego życia, także intymnego. Praca jest jej jedyną przyjemnością, ucieczką i koniecznością, bo sama utrzymuje męża i dziecko z pierwszego małżeństwa. Ma wielki kredyt, który musi spłacać. A mimo jej zabiegów o szacunek wszyscy jej się jedynie boją i śmieją się z prymitywnych powiedzonek.

Nie wyciągnęłam tych armat na nią, choć wcześniej wypowiedziałam Świętej wojnę. Już mnie nie obchodziła.

Miałam poważniejsze problemy. Choćby szantażystów, którzy dopadli kompromitujące kasety. Uprawiam na nich seks z przygodnymi facetami w Jego mieszkaniu. Grozili ich ujawnieniem i wiedziałam, że nie zawahają się tego uczynić. Ale powiedzieli, że oddadzą mi je, jeśli wydam Jakuba. Mam potwierdzić, że brał czynny udział w wypadku na torach. I nie miało to na celu wsadzenia go za kraty, bo sprawa była przecież jasna – oprócz psychicznej presji nie przyczynił się do jego śmierci. Ale wystarczyło rzucić cień na kryształową medialnie postać polityka, który, jak się okazało, blokował podpisanie umowy z Rosjanami na dostawy ropy. Głosił wszem wobec, że powinni obniżyć ceny, bo w przeciwnym razie zawrzemy kontrakty z innym dostawcą. Ludzie, którzy przyszli do mnie, chcieli go wyeliminować i doprowadzić do tego, by skandal, jaki wybuchnie, spowodował zrzucenie go z piastowanego stanowiska. A zanim nowy człowiek – jeśli w ogóle – będzie blokował podpisanie umowy, minie termin i kontrakt zostanie przedłużony automatycznie.

Wiedziałam, że angażuję się w męską grę, jak to nazywał Jakub, i, co gorsza, nie zaczęłam tego wcale sama. Nie miałam pojęcia, kto mnie szantażuje. Szpiedzy, kontrwywiad, mafia? Ale w pewnym momencie, przerażona i pełna nienawiści, zgodziłam się. Dopiero wtedy się zaczęło. Głuche telefony, listy z pogróżkami. Coraz częściej zauważałam, że ktoś mnie śledzi. Ci od kaset czy może inni? Kilka razy włamano się do mojego mieszkania i przeszukano je bardzo dokładnie. Kiedy pierwszy raz weszłam i zobaczyłam bałagan jak z amerykańskiego filmu, w odruchu paniki zadzwoniłam na 112. Okazało się, że zginął twardy dysk mojego komputera, płyty, ktoś podarł moje zdjęcia. Dobrze, że kompromitujące materiały trzymałam gdzie indziej i nie wpadły w ich ręce. A na twardym dysku miałam jedynie muzykę i trochę własnych zapisków. Nie zginęła biżuteria ani pieniądze. Sprzęt grający, wart fortunę, był przewrócony, ale po niewielkiej inwestycji udało się go uratować.

Policjanci, którzy przyszli, byli bardziej zestresowani ode mnie, chyba pierwszy raz mieli interwencję. Spisali wszystko, jednak szczerze przyznali, że marne są szanse na odnalezienie sprawców. Odcisków w mieszkaniu było tyle, że nie wiadomo, które zbierać. Machnęłam ręką, a gdy podobne sytuacje powtórzyły się kilkakrotnie, nawet nie zgłaszałam tego policji. Wyjeżdżałam na wieś i coraz częściej myślałam o wycofaniu się. Tylko listy od widzów podtrzymywały mnie na duchu. Miałam swój internetowy fanklub, zapraszali mnie na czaty, bywałam na spotkaniach w kawiarniach i rozmawialiśmy o branży. Jeden zakochany we mnie anonimowy fan zdobył adres mojego domu na wsi i pisał do mnie piękne listy. Opowiadał o sobie i swoich marzeniach spotkania takiej osoby jak ja w normalnym życiu. Zdawałam sobie sprawę, że tak naprawdę marzy o mojej osobowości ze szklanego ekranu, o zakonnicy, nie o mnie. I dobrze, bo gdyby poznał, jaka jestem w rzeczywistości, pewnie by uciekł ze wstrętem.

Najgorsze, że mnie zżerało już poczucie winy. Miałam świadomość, że zasłużyłam na to wszystko i nie mogę mieć do nikogo pretensji. Tak długo tkwiłam w iluzji, coraz piękniej udawałam, choć każde kolejne kłamstwo obciążało mnie coraz silniej. Nadal godziłam się na sesje w hotelach, bo moje mieszkanie było zbyt skromne, by je prezentować w prasie. Choć tyle czasu istniałam w tym biznesie, nie dorobiłam się fortuny. W ciągu ostatnich trzech lat stawki spadły o połowę, a agencje aktorskie wciąż poszukiwały nowych, nieopatrzonych jeszcze twarzy. Moje honoraria były i tak wysokie, na co Zbyszek zgrzytał zębami i żądał, bym spuściła z tonu. Ale ja twierdziłam, że jak się sprzedawać, to przynajmniej za duże pieniądze.

Nie miałam komu powiedzieć o tajemniczych ludziach, którzy regularnie mnie straszyli, przez których dostałam nerwicy i fobii. Uciekałam w alkohol, narkotyki. Zatracanie się przynosiło jednak tylko chwilową ulgę, potem dół wracał ze zdwojoną mocą. Wczoraj zauważyłam, że mój internetowy dziennik jest czytany przez sto czternaście osób. To tylko standardowy blog o tytule: *Pies, który mówi*, z wizerunkiem brzuchatego mężczyzny leżącego w kieliszku od margarity. Tę zabawną grafikę wyszukałam w internecie i po prostu wkleiłam. Przez długi czas nikt nie odwiedzał mojego konfesjonału. Może internauci myśleli, że to kolejny uduchowiony grafoman, który marzy o rzuceniu pracy i zostaniu polskim Hemingwayem, a na razie próbuje swoich sił na stronach internetowych. I że to wszystko zmyślone. Zresztą rzadko pojawiały się kolejne odcinki.

Jednym z czytających jest człowiek, który odwiedził mnie wczoraj. Niski, szczupły, typ szczura, który nie zwraca niczyjej uwagi. Poradził mi, żebym więcej już nie wrzucała na blog żadnych danych. A zwłaszcza tej rozmowy. Zgodnie więc z obietnicą nie przytoczę jej. Ale wiedz, że nie była miła. I teraz naprawdę nie mam wyjścia. Muszę wsypać Jakuba. Wiem, że nawet nienawiść nie usprawiedliwia takich zachowań. Ale jeśli tego nie zrobię, oni go „skasują". Zginie w klasycznym wypadku, bez udziału osób trzecich. Paradoksalnie niszcząc mu opinię, próbuję go uratować. Tylko tyle mogę zrobić. Co będzie ze mną? Nie wiem. Niech to będzie moje pożegnanie. Z tobą, panie Szczurek, choć przez ciebie mam spuchnięte pół twarzy i żałuję, że oddałam tę cenną kasetę. Z moim tajemniczym fanem, który pisze do mnie nad Bug i nie podaje adresu zwrotnego. I ze wszystkimi. Wybaczcie mi, proszę, bo to już koniec mojej spowiedzi. Matko, Jakubie! I wy, którzy to przypadkowo czytacie. Choć *Pies, który mówi* zniknie jutro z internetu, o czym dziś już jestem przekonana, zachowam jego treść w bezpiecznym miejscu. U osoby, której nie znam, ale której bezgranicznie ufam. Tę osobę także oszukałam, ale tylko dlatego, by ją ustrzec przed realnym niebezpieczeństwem. I chciałabym bardzo, by to wiedziała. Bo jeśli na ziemi są anioły, to właśnie ona jest moim. Zawdzięczam jej odkupienie. I spokój. A teraz, na zakończenie, przytoczę wam jej słowa. Kiedy będzie wam źle, czytajcie i wspominajcie moją historię. To właśnie usłyszałam:

Mówią, że każdy jest kowalem własnego losu. Jeśli czegoś bardzo pragniesz, wcześniej czy później osiągniesz cel. Uważaj na swoje marzenia – mogą stać się przekleństwem, a za wszystko trzeba będzie zapłacić. Nie ma nic za darmo, zwłaszcza jeśli, by spełnić marzenie, próbujesz się przeistoczyć w kogoś, kim nie jesteś i być nie masz siły. Przeglądamy się w innych jak w lustrze i zwracamy uwagę na te cechy, których sami pragniemy. Ale w głębi duszy zawsze pozostajemy sobą i nasza prawdziwa natura w końcu weźmie górę nad kreacją. Wtedy pieczołowicie tworzona postać rozsypie się w proch. I jeśli założyć, że życie to rozsypana układanka, to każdy sam tworzy z puzzli swój obrazek. Wybiera je i dokłada kawałek po kawałku we własnym tempie. Są jednak elementy pewne, które tworzą kręgosłup naszego życia. Upiorna nieuchronność niektórych zdarzeń wskaże tylko jedno: nigdy nie jesteśmy gotowi, by zapłacić cenę. Czy to będzie magnetyczna miłość, czy drastyczny wypadek, czy śmierć, nie jesteśmy w stanie się do tego przygotować. Cały cud życia polega na tym, że wszystko, co ważne, zdarza się w najmniej oczekiwanym momencie. Dlatego trzeba cenić teraźniejszość, a z przeszłości wyciągać mądre wnioski. Zresztą przeszłość, teraźniejszość i przyszłość też są względne. Przypominają system naczyń połączonych, jak życie ludzi, które plecie się ze sobą i choć pozornie wydaje się chaotycznym kłębowiskiem zdarzeń, jest misternym, ażurowym tworem Mistrza, którego potęgi umysłu nawet nie jesteśmy sobie w stanie wyobrazić, a co dopiero pojąć, wyjaśnić. Wszystko ma swoją przyczynę i skutek. I jest po coś.

Jeśli wracają do ciebie upiory z przeszłości, to znak, że trzeba zrobić zwrot o sto osiemdziesiąt stopni. Naprawić błędy. Nie czekać, aż klątwa się spełni. Nie ma fatum. Nieszczęścia i traumy mają nas pouczyć, dlatego tak często w perspektywie czasu okazują się błogosławieństwem.

Jest coś, czego nie chcemy wiedzieć. Człowiek, dostając od losu to, co cudowne, dostaje jednocześnie to, co najgorsze: spełnienie marzenia zawodowego i miłość z romantycznej książki, ale jednocześnie śmierć bliskiego, który odchodzi nagle. Zwykle granice się zacierają i nie zauważamy tej zależności, ale kiedy zdarza się ekstremum, to znak, by się zastanowić nad swoim życiem i coś zmienić. Bo każdy może i nawet powinien. Inaczej nasza układanka będzie nieskładna lub dziurawa. A, niestety, przyjdzie moment, że będzie już gotowa i zostaje tylko czas na osiągnięcie spokoju. Śmierć nie jest niczym złym, choć, jak każda niewiadoma, przeraża.

Jeszcze przestroga. Kiedy jesteśmy młodzi, wydaje nam się, że wszystko przed nami. Mamy odwagę, upór, siłę do walki o swoje ideały i kartę przetargową: głupotę. Cudowną naiwność w postrzeganiu świata, która otwiera przed nami każde zamknięte drzwi. Ale do czasu – im bardziej jesteśmy świadomi, jak wygląda świat i jak jest skonstruowany, tym bardziej się boimy. Że stracimy to, co do tej pory osiągnęliśmy. Że się nie uda. Że to zdobędziemy i co dalej? Omijamy ryzyko, nie podejmujemy na trzeźwo decyzji. Górę bierze konformizm i zamiast patrzeć w siebie, pracujemy nad układanką naszego wykreowanego wizerunku, a nie nad sobą ukrytym wewnątrz porcelanowej laleczki. Z tchórzostwa uciekamy, by się schronić w kłamstwie, lub idziemy po trupach. Może stajemy się egoistami? Ale wtedy ucieczka jest już koniecznością i jednocześnie pułapką. To ślepa ulica, która prowadzi do nieuchronnego końca w czarnym tunelu. Raz skłamałeś, musisz kłamać coraz częściej albo już zawsze. Gubisz się w swoich kłamstwach. A jeśli mówisz, że nie masz poczucia winy – kłamiesz. Jesteś pewien tego świadomie, ale podświadomie czujesz ciężar zła.

Bo, niestety, zapominamy, że wszystko: i to co dobre, i to co złe – zdarza się nam określoną liczbę razy. Szczęścia i tragedie – mamy ich wyczerpany pakiet. Myślenie, że jeszcze pięć razy pokochamy tak mocno, dziesięć razy będziemy mieli szansę, by zrobić fortunę, albo dwadzieścia razy być na krawędzi życia i śmierci i przeżyć, jest tylko dowodem ignorancji. Los daje nam szanse i pozwala decydować, czy z nich korzystamy. Nie należy zachłannie chwytać wszystkich kół ratunkowych, bo kiedy przyjdzie pora, że naprawdę będziemy ich potrzebować, nie zostanie nam żadne w zapasie. Ty masz czas i już wiesz więcej – możesz wszystko odwrócić. Pokora, świadomość, słuchanie intuicji oraz pokuta za grzechy swoje i cudze, do których się przyczyniłeś, mogą cię ocalić. Pamiętaj, że śmierć nie jest wyzwoleniem, jest ucieczką zagubionych. I jeśli ma nastąpić sama – poczujesz ulgę i przestanie cię przerażać. Prowokowanie jej, gdy nie jesteś gotów, to igranie z ogniem, który spali twoją duszę na wieki.

Rozdział 36
Wątki się zamykają

*"Nie pal za sobą mostów. Jeszcze wiele razy
będziesz musiał przekraczać tę samą rzekę"*

Prowokowanie jej, gdy nie jesteś gotów, to igranie z ogniem, który spali twoją duszę na wieki – te słowa brzmiały w głowie Eugeniusza Kuli od wczorajszej nocy, kiedy skończył czytać dziennik internetowy Niny Frank. Był porażony tym, czego dowiedział się o aktorce. Gdy Hubert przesłał mu e-mailem dokumenty do druku, myślał, że to jakieś kobiece wypociny. Tymczasem pochłonął jej historię jak dobrą książkę. Wszystko mu się układało. Nieuchronność zdarzeń i śmierć, na którą czekała.

Teraz siedział w swoim gabinecie i wpatrywał się w okładkę najpopularniejszego dziennika sensacyjnego w Polsce.

Przed sobą miał własne pucołowate policzki i uczesany wąs, które zajmowały prawie całą pierwszą stronę. Nad zdjęciem był tytuł: *Zwyczajny-Niezwyczajny. Takich gliniarzy nam trzeba.* Rozpierała go duma. Na stare lata taka sława. Kto by pomyślał?

W konkurencyjnym dzienniku nie umieszczono go na okładce, ale za to opublikowano wstrząsający reportaż na dwie strony o znalezieniu mordercy Niny Frank. Na zdjęciu ilustrującym materiał też stał on, dumnie opierając się o bale, pod którymi znalazł zwłoki zabójcy. Tytuł krzyczał:

To on uratował wieś przed seryjnym mordercą! W ramce było malutkie zdjęcie Huberta Meyera i komentarz, kim był Egon Kończak. I jakimi cechami odznacza się seryjny morderca.

Kierownik posterunku wpatrywał się w swój własny wizerunek i ręce mu drżały. Czytał artykuł wielokrotnie i coraz bardziej się czerwienił. Dziennikarze trochę przekręcili jego słowa, ale zrobili z niego bohatera. Nie zamierzał pisać sprostowania. Było mu miło czytać o sobie w prasie. Włożył gazetę w ramki i powoli wkręcał małe śrubki. Chwycił młotek i wbił gwoździk. Powiesił obrazek na samym środku frontowej ściany, tak by każdy z wchodzących mógł go podziwiać, i odszedł krok do tyłu. Gazeta wisiała nad biurkiem jak certyfikat jakości w dobrej restauracji. Patrząc na nią, czuł się naprawdę niezwyczajnie. Znów zadzwonił telefon. Kolejne gratulacje. Odłożył słuchawkę i się uśmiechnął.

Człowiek sam nie wie, ile w nim próżności, zganił się w duchu. Zdjął swój wizerunek ze ściany. Szybko ukrył go pod biurkiem. Na szczęście, bo po chwili do gabinetu wparował Czerwieński i przyniósł nową partię prasy. Kula był dziś niemal w każdej gazecie. Dopiero po miesiącu, kiedy zbadano i porównano wszystkie ślady, biuro prasowe Komendy Wojewódzkiej w Białymstoku ujawniło mediom informację o prawdziwym zabójcy aktorki.

– Kiedy pijemy twoje zdrowie? – teraz dla odmiany zadzwonił Andriusza.

Był szesnastym, który jeszcze przed śniadaniem nazwał go dziś bohaterem. Odezwała się nawet rodzina Gali z Ameryki. Kierownik posterunku, odbierając gratulacje, to rumienił się, to bladł. – Tylko wykonywałem swoją pracę – mówił, ale oczy mu się śmiały. Nareszcie czuł się doceniony, potrzebny. To była zasłużona nagroda za wszystkie lata pracy.

Wstał, włożył czapkę, skierował się do wyjścia. Muszę się przewietrzyć, zdecydował.

Kiedy jechał przez wieś, ludzie kłaniali mu się w pas. Wśród nich byli i tacy, co mieli z nim na pieńku po awanturze przed biblioteką.

– Dzień dobry, panie podkomisarzu – wołali, jakby tamten epizod nigdy się nie zdarzył.

Kiwał głową, ale jak najszybciej chciał schować się w gabinecie. Pomyślał, że życie gwiazdy jest naprawdę ciężkie. Wszyscy ci się przyglądają, chcą zagadać. Nawet wrogowie. A zanim pojawił się w gazecie, odwracali głowy na jego widok.

Przed posterunkiem też stała gromadka ludzi. Kiedy sąsiadka poprosiła go o autograf, machnął ręką.

– Żarty sobie robicie ze starego policjanta? Co to za szopka! – odgonił ją.

Spojrzała oburzona na grupkę kobiet.

– Nie, to nie! – Wzruszyła ramionami. Ale po chwili dodała z wyrzutem: – Patrzcie go, woda sodowa uderzyła mu do głowy. Gwiazdor, teraz z normalnym człowiekiem już nie gada – prychnęła.

– Niech się pani nie obraża – stęknął Eugeniusz Kula.

Już nic nie rozumiał. O co chodzi? Kiedy znalazł się w gabinecie, usiadł przy biurku i wyprostował nogi. Chciał teraz, żeby wszystko wróciło do normy. Marzył o spokoju, tropieniu złodziei drutu i kur, czytaniu o zbrodniarzach na kartach książek, a nie szukaniu ich w rzeczywistości.

– Najdzielniejszy z dzielnych! Widzę, że czeka nas bankiet. – Tym razem wójt, siedemnasty. – Nie wymigasz się. Mogę powiedzieć, zupełnie nieoficjalnie, że na poniedziałek szykujemy na twoją cześć akademię. Medal ci wręczymy, Geniu! – zawył radośnie.

A Kula, zamiast się ucieszyć, jęknął cicho:

– Jaki medal? To przecież moja praca. Za to mi płacą!

– Radiowóz w tej sytuacji wyremontujemy za gminne fundusze – obiecał szybko wójt. – Nie możesz już jeździć na tym motorku. Jak to wygląda? Najlepszy gliniarz w Polsce, a jeździ komarem.

Kula czuł, że głowa mu pęka. Po co to zamieszanie?

– Geniu. – Znów Gala, szósty raz z rzędu. Jej, sąsiadów i rodzinnych gratulacji nie liczył. – Zrobiłam golonkę na miodzie.

I kapustę zasmażaną. Świąteczny obiad, zrobimy sobie małą uroczystość!

– Wybornie, duszko – odpowiedział, zmuszając się do ukrycia melancholii, i szybko odłożył słuchawkę.

Sam nie wiedział, dlaczego mu tak źle z tą sławą. Co go gniecie?

Hubert Meyer wyszedł z sali rozpraw zlany potem. Uścisnął rękę adwokatowi, który reprezentował go przed sądem. Uśmiech pojawił się na jego twarzy nie wiadomo skąd. Wyjął papierosa i wyszedł na powietrze. Kiedy tak stał na schodach, u drzwi sądu pojawiła się Anka.

– Jak mogłeś! Świnia! – syknęła.

Otworzył oczy i odpowiedział z cynicznym uśmiechem:

– A ty?

– Tak łatwo ci nie odpuszczę. Zapłacisz mi za to! – Rzuciła się na niego z pięściami.

Chwycił ją za ręce. Trzymał jak w żelaznych kleszczach. Nie miała sił się ruszyć.

– Nie myśl, że odbierzesz mi dzieci. Jestem ich ojcem – szepnął jej do ucha.

Szamotali się chwilę, po czym zamarli. Z daleka wyglądali, jakby stali w objęciach. W tym momencie nadszedł teść, ojciec Anki. Zdziwił się i wstydliwie odwrócił twarz w przeciwnym kierunku. Nie wiedział, co myśleć, zwłaszcza po t a k i e j rozprawie.

– Tato, zabierz mnie stąd – krzyknęła Anka.

Wykorzystała moment, gdy Meyer poluzował chwyt, i pobiegła w stronę samochodu.

Psycholog się roześmiał. Wpatrywał się w odjeżdżające auto i myślał, dlaczego zachował się tak perfidnie. Cierpliwie poczekał do pierwszej rozprawy pojednawczej i dopiero wtedy ujawnił, co naprawdę wie. Zaczął od zeznania, że wcale nie chce się rozwodzić z żoną, choć ma świadomość, że Anna ma kochanka. Kiedy na sali powstał szmer niedowierzania, wyciągnął zdjęcia, które trzymał w kieszeni płaszcza. I zaczął mówić.

– Dopiero zrozumiałem, dlaczego Ania wciąż biegała i dzwoniła do tego lekarza. Nasz rodzinny pediatra był dla mojej żony wyrocznią w sprawach zdrowia dzieci i jednocześnie autorytetem w sprawach damsko-męskich. – Zawiesił głos. – W każdym razie dowiedziałem się, że ją uwiódł. Obiecał nowe życie. Ona naiwnie we wszystko uwierzyła i przez długi czas robiła mi awantury. Chciała, bym to ja był winien. Szukała pretekstu do rozstania. I znalazła: moją pracę. Tylko że ona jeszcze nie wie o pewnym sekrecie swojego księcia z bajki. Otóż on ma już żonę. Oszukał ją, nagadał kłamstw. A ona, wierząc w te bajeczki, bez ceregieli położyła na szali nasze małżeństwo. I dobro naszych dzieci.

W sali sądowej zaległa cisza. Przewodnicząca składu sędziowskiego, która na początku patrzyła na niego wilkiem, swoje piorunujące spojrzenie przeniosła na powódkę.

– Co pani ma do powiedzenia?

Meyer z satysfakcją patrzył, jak jego żona plącze się w zeznaniach. W końcu przyznała, że to wszystko prawda.

– Kocham Andrzeja! Chcę się rozwieść jak najszybciej – powiedziała dobitnie.

Hubert patrzył na nią jak na obcą osobę. Nie czuł nic prócz rozczarowania.

– Dopuściła się kradzieży naszych oszczędności – dodał mimochodem. – Pewnie chciała wyjechać z pediatrą na bezludną wyspę. Planowała mnie zniszczyć. Zażądała rozwodu z orzeczeniem winy i wysokich alimentów. Zapomniała o tym, że jestem policjantem. – Uśmiechnął się ironicznie.

I wyjaśnił sądowi, jak załatwił z kolegą z prewencji, który teraz prowadzi biuro detektywistyczne, by pośledził Ankę przez parę dni. Dostał zdjęcia i zamarł. Intuicja znów go nie zawiodła. Skąd podejrzenia zdrady?

Kiedy pojechał zobaczyć się z dziećmi, nie poznał jej. Schudła, zaczęła dbać o strój. Nadal nie przypominała tej atrakcyjnej blondynki, z którą się żenił, ale wyglądała o niebo lepiej. Wychodził z domu teściów około dwudziestej trzeciej. I wtedy zadzwoniła komórka żony. Zauważył, że się zaczerwieniła i szybko rozłączyła rozmowę. Była jednak poruszona, uciekała wzrokiem. Jeszcze tego samego wieczoru pogadał o tym z Jankiem.

– Ma kogoś.
– Nie wierzę.
– Mówię ci.
– Weź Popka, on da ci dowody.
– To żenujące.
– Wolisz do końca życia płacić jej długi? Dzieci też nie zobaczysz.
– Dawaj numer.

Złożył wniosek, by rozwód orzeczono z jej winy, a dzieci zostały z nim. Sąd przychylił się do pierwszego punktu jego prośby, dzieciaki miały jednak mieszkać z matką. Z taką przegraną musiał się pogodzić.

Postał jeszcze chwilę na schodach sądu. Po chwili wyszło dwóch prawników z togami przewieszonymi przez ramię. Adwokat i prokurator. W sali przeciwnicy, w życiu – przyjaciele. Śmiali się i żywo dyskutowali. Meyer słyszał tylko strzępki ich rozmowy. Myślał o swoim rozwodzie i o wolności. Kiedy prawnicy się do niego zbliżyli, spostrzegł, że mają w rękach identyczne brązowe teczki.

– Dlaczego nie spytasz o białego Murzyna? – zapytał mecenas oskarżyciela.

Meyer zamarł.

– Czasem dwoje czarnych rodziców płodzi dziecko o białej skórze – odpowiedział mu prokurator. – Ale okropnie rzadko się to zdarza. Zwłaszcza w Polsce, więc cieszmy się, że ta sprawa trafiła do nas – zaśmiali się.

Komisarz stał jak sparaliżowany. Wodził za prawnikami wzrokiem. Kiedy trochę ochłonął, po drugiej stronie ulicy zobaczył kobietę. Rudą, w czerwonym berecie i płaszczu w kwiaty. Stanowczo za lekkim na tę pogodę. Poruszała się tanecznym krokiem, jakby unosząc się nad ziemią. Jej sylwetka była widoczna z daleka. Zwracała uwagę swoim ekscentrycznym strojem. Przyciągała spojrzenia wszystkich przechodniów. Meyer zrozumiał. Ostatni element układanki.

– Kinga! – krzyknął.

Nie patrząc na jadące auta, przeciął jezdnię. Lawirując pomiędzy samochodami, krzyczał jej imię. Rozległo się trąbienie, słyszał za plecami wrzaski kierowców. Ruda chowała się za róg. Biegł więc szybciej. Myślał tylko o tym, że nie może pozwolić jej zniknąć. Choćby to nie była ona. Może to znów omamy? Ale nie zatrzymał się. Zabiegł jej drogę.

Twarz kobiety była pełniejsza niż dawniej, widniały na niej zmarszczki. We włosach dostrzegł niteczki siwizny. Ale to była ona. Milion piegów, bladych po zimie, znów zachwyciło go jak dawniej. Uśmiechnęła się szeroko.

– Uprawiasz jogging w garniturze? – odezwała się do niego niskim głosem, po czym jak gdyby nigdy nic ruszyła przed siebie.

– To ty! – wyrzucił z siebie.

– Kto?

– Ty? – powtórzył bezsensownie. – Kingo, poczekaj!

Stanęła.

– Czekam – powiedziała poważnie, ale w jej oczach błyskały szelmowsko ogniki.

– Mekaba – rzucił jak wyzwanie.

– Uniwersum – odrzekła.

Oboje wybuchnęli śmiechem i jedno przez drugie krzyknęło na cały głos:

– Gwiazdotron.

Te absurdalne trzy słowa zawsze wymawiali, gdy kończyli kłótnię i chcieli się pogodzić. Ludzie na ulicy przyglądali się im z ciekawością, ale oni nie widzieli nikogo prócz siebie. Hubert miał wrażenie, że kolory kwiatów na płaszczu Kingi skrzą się, a czerwony beret płonie. Dalej szli oddzielnie, spoglądając na siebie co jakiś czas.

– Wyjdziesz za mnie? – spytał nagle Meyer.

Kinga pokręciła głową.

– Chyba żartujesz!

– Jesteś mężatką?

– Nie – zaśmiała się chochlikowato.
– Jesteś z kimś?
– Tak.
– Tak. – Zasmucił się.
– Myślałeś, że będę na ciebie czekać do siedemdziesiątki? – żachnęła się i dodała: – Jak tam twoje małżeństwo?

Wzruszył ramionami.

– Nie istnieje, właśnie się rozwiodłem. – Ugryzł się w język.
– Zostaw go. Wyjedźmy.

Patrzyła na niego z politowaniem.

– Kogo mam zostawić?

Wtedy jak na złość zadzwoniła jego komórka. Zerknął na wyświetlacz: Stary.

– Słucham, szefie – powiedział i odwrócił się do Kingi bokiem.
– Postępowanie dyscyplinarne przeciwko panu zostało umorzone. Pana kolega z tej wsi też został oczyszczony z zarzutów.
– Dziękuję, ale dlaczego osobiście mnie pan o tym informuje?
– Mam dobrą nowinę. Coś, na co pan czekał. Być może zacznie pan szkolenia dla profilerów. Proszę zajrzeć do mnie z rana.
– Będę – odpowiedział z lekka rozkojarzony Meyer i sam się zdziwił, jak mało mu teraz na tym zależy.

Chciał jak najszybciej zakończyć rozmowę i wrócić do Kingi. Podziękował i rozłączył się. Kiedy się odwrócił, jej już nie było. Rozejrzał się, podbiegł kilka metrów do przodu. Szukał kwiecistego płaszcza wśród tłumu, który nagle wylał się z biur. Chciał krzyczeć ze złości. Miotał się w kółko na chodniku. Nie było jej. Zagail kwiaciarkę, ale pokręciła głową. Nie widziała nikogo w kolorowym płaszczu. Nie mógł się z tym pogodzić. Znalazł ją i utracił. Jednocześnie spełniają się jego marzenia – bycie ekspertem profilowania i spotkanie Kingi, a po chwili los odbiera mu dopiero co podarowane ciastko. Jakby znów miał wybierać. Dwa ciastka to zbyt dużo szczęścia. Wybrał pracę, a ona zniknęła bezpowrotnie. Gdzie jej szukać? W końcu zrezygnowany ruszył z powrotem do samochodu.

Nagle usłyszał znajomy śmiech. Odwrócił się. Kinga zgięta wpół pokładała się ze śmiechu. Podbiegł do niej i zerwał czerwony beret z głowy.

– Uduszę cię, jędzo!

Pognał do parku naprzeciwko sądu. Kinga usiłowała go dogonić. Wiatr zabawiał się jej rudymi włosami, które falowały niczym czerwona aureola. Biegł pomiędzy drzewami, aż w końcu pozwolił jej złapać się za płaszcz. Gwałtownie przyciągnął ją do siebie i pocałował. Czuł się tak, jakby w ogóle się nie rozstawali. Jakby całe lata tkwił w lodowej trumnie uczuć. A teraz nagle wszystkie emocje ożyły.

– I tak za ciebie nie wyjdę – powiedziała nagle Kinga i otarła usta.

Zawsze tak robiła, nie rozumiał dlaczego. Jakby się go brzydziła. Okropnie denerwowała go tym gestem.

– Więc będziemy kochankami.
– Co to, to nie! – zaprotestowała.
– Dlaczego nie chcesz być ze mną?
– Chodźmy na wódkę.
– Chodźmy. Co ty w ogóle teraz robisz?
– Ja?
– A kto?
– Takie tam badania. Techniki szybkiego uczenia się, efektywnego przyswajania informacji. Przedwczoraj dostałam grant. Nie narzekam. A ty?
– Co ja?
– Przestań się droczyć.
– Wszystko opowiem.

Zniknęli za zakrętem. Kwiaciarka wpatrywała się chwilę w parę po czterdziestce zachowującą się jak nastolatki.

Kinga siedziała na starym tapczanie pożyczonym od Janka. Była naga. Jedną ręką przytrzymywała białe prześcieradło osłaniające jej piersi, drugą włączała zapalniczkę i zapalała papierosa. Zmarszczyła czoło, gdy Meyer skończył opowieść o sprawie Niny Frank.

– Jaka smutna historia – powiedziała i nadstawiła szklankę, by dolał jej wina.

Hubert wstał i otworzył nową butelkę. W tym czasie Kinga zadawała pytanie za pytaniem.

– A Jakub? Co z tym politykiem? Rozmawiałeś z nim?

– Tak. Był porażony tym wszystkim. Tyle mógł dla niej zrobić. Nie więcej. Powiedział, że rzeczywiście ją szantażowali. Dotarli też do niego. Pokazali mu kasety, widział protokół, który podpisała in blanco. Napisali w nim, co chcieli. Czerny wycofał się z polityki. Złożył już dymisję, jeszcze nie została przyjęta. Tylko dlatego, że nie mają nikogo na jego miejsce. Ale znalezienie zastępcy to tylko kwestia czasu. Czerny zapewnia, że nie chce już się w tym babrać. Podły teatr ta polityka. Kupił dom na wyspie Phuket i powoli się przeprowadza. Być może już niedługo zapadną odpowiednie decyzje w jego sztabie. Media rzucą się na to – wybuchnie afera, powołają kolejną komisję śledczą.

– Kula dostał medal? Piękna puenta.

– Został bohaterem, choć męczy się bardzo. Opowiadał, że podczas akademii na jego cześć najbardziej szkoda mu było dzieci. Musiały nauczyć się wierszyków i recytować je na ocenę.

– Zabawny facet. Pojedziemy kiedyś do niego?

– Kiedy tylko będziesz chciała. – Pocałował ją w czoło, a ona znów wytarła je ręką.

– Nie rób tak, proszę.

– Każdy ma jakieś dziwactwa. A co z tym przygłupem, Trąbą?

– Alojzy Trembowiecki – podkreślił dumnie Hubert, stanął na baczność i zrobił minę służbisty.

Kiedy Kinga dławiła się ze śmiechu, upił łyk wina i bryzgnął na nią. Ukryła się pod prześcieradłem. Meyer nie mógł uwierzyć, że ona tu jest. Przyjechała tylko na jeden dzień, do rodziców, właśnie po to, by znów spotkać jego. Tego był pewien. Chciał w to wierzyć!

– Alojzy. Jak można tak skrzywdzić dziecko – odezwało się prześcieradło. A po chwili wyjrzał spod niego rozczochrany rudzielec.

– Został magazynierem w komendzie – ciągnął Hubert. – Liczy prześcieradła, koce, kombinezony policyjne. Wydaje broń i amunicję. Prawie nie ma kontaktu z ludźmi. Ponoć jest szczęśliwy. Przedmioty nie mówią, nie mają humorów, nie łamią przepisów. Panuje tam wzorowy porządek.

– Ale on na was doniósł! Powinien ponieść karę!

– Wystarczy, że spędza służbę w piwniczce. Jego ojciec był cenionym gliną, zginął na służbie. Matka Trąby uparła się, że syn też będzie bohaterem. Tylko że on wcale nie chciał. A donosicielstwo ma we krwi. Już w szkole kablował na kolegów.

– A mąż Niki i jego narzeczona?

– A tak, to ciekawe. Pamiętasz, Ewa opowiadała mi, jak Król ją poddusza podczas stosunków.

– To było kłamstwo?

– Tak, ale pobrali się dwa tygodnie temu. Podobno już na ślubie Ewa zaczęła wykazywać cechy niezłej hetery. Nie ma chłopak szczęścia do kobiet. Teraz ona kręci nim jak pacynką.

– Taka karma. – Kinga zaciągnęła się papierosem. – Widać wybiera sobie określony typ kobiet. Interesują go silne, dominujące osobowości, a potem się dziwi, że jest stłamszony. Jak mogłeś myśleć, że on zabił Ninę Frank? Przecież od razu było wiadomo, że to jego pies. Nie zrobiłby tego.

– Taka jesteś mądra post factum. Teraz to i ja wszystko dokładnie widzę. Jeszcze Mariola...

– Twoja kochanka. – Kinga rzuciła w Huberta butem.

Uchylił się, but wpadł pod kaloryfer.

– Była kochanka – poprawił ją i ucieszył się, że Kinga jest zazdrosna. – Ona już kompletnie oszalała. Umawia się na randki z facetami poznanymi przez internet. Szuka księcia z bajki. Rozpaczliwie chce wyjść za mąż.

– Nie bądź okrutny. A internet to nie jest znów taki zły pomysł. Z pewnością lepszy niż związek z szefem, na dodatek żonatym.

Lidia Daniluk wpatrywała się w syna z miłością: pobyt w areszcie bardzo go zmienił. Schudł, spoważniał i jakby trochę zmiękł. Taki o wiele bardziej się jej podobał. Jechali do miasta na zakupy.

– A co to za dziewczyna, u której wtedy byłeś? – matka zaatakowała go znienacka.

Borys się zarumienił.

– Kiedy?

– No wiesz, synku, kiedy zginęła Nina Frank.

– Nikt.

– Bo jakbyś chciał do niej pojechać, to ja mogę przypilnować psów. Parę dni urlopu dobrze by ci zrobiło.

– Nie mam żadnej dziewczyny. Mówiłem przecież.

– A jak ma na imię?

– Mamo!

– No powiedz, przecież...

– Monika.

– Ładna?

– Zgrabna. Bardzo ładna. I mądra.

– To dobrze. A czym się zajmuje?

– Nie wiem.

– Musisz wiedzieć!

– Jakbym wiedział, tobym ci powiedział, nie?

– Niech ci będzie. Zostaw sobie ten jeden sekret.

– To i tak już skończone.

– Dlaczego? Ale widzę, że... Synku, ty się zakochałeś!

Borys pokrył zawstydzenie śmiechem, ale zdradził go rumieniec, który nagle pojawił się na jego twarzy.

– Nie wierzę w takie rzeczy. Ty nie rozumiesz. Ona o mnie nic nie wie, ja o niej też. Nie rozumiem, dlaczego chce się ze mną spotykać. Toleruje moje zachowanie, podobają się jej moje maniery, nawet cera. – Dotknął policzka obsianego krostami. – Ona nie jest normalna.

– Ty też nie jesteś – odparowała matka. – Może cię lubi. Wtedy człowiek wiele rzeczy toleruje.

– Mama, to przecież tylko seks.

– A myślisz o niej?

Borys milczał.

– Głodny jestem – stwierdził po chwili.

– Pojedź do niej, rozmów się. Ja popilnuję Tokar – nie ustępowała Lidia.

– Ale co ty gadasz! Jak mam się z nią spotykać, skoro ja jestem tu, a ona w Warszawie?

– Wiesz, ostatnio pomyślałam, żeby się przeprowadzić. Wyjechać gdzieś w obce miejsce. Wrócić do miasta.

– Już nie chcesz ogródka i familijnej atmosfery? Spokoju, ciszy, świeżego powietrza? A kto się upierał? – narzekał Borys, ale było widać, że się cieszy. Jasnozielone oczy śmiały się na samą myśl o przeprowadzce.

– Skoro twoja dziewczyna jest w Warszawie, jedź tam. Wiesz, jakie to trudne, by dwie osoby spotkały się i dopasowały do siebie. To właśnie jest miłość.

– Aha, idiotyzm.

– Chwytaj życie garściami, synu. Bo kiedy będziesz odkładał wszystko na później, okaże się, że wszystko, co miałeś przeżyć, już było.

– Chyba nie zdążymy na twój serial. – Borys wskazał zegarek. – *Amanda* zaraz się zacznie.

– Synku, nie pędź tak, bo mi niedobrze – jęknęła Lidia. – Zatrzymaj się.

Kiedy wysiadała, z kieszeni wypadło awizo pocztowe.

– Co to? – spytał Borys.

– Nie wiem. – Lidia spacerowała po poboczu. – Listonosz przyniósł.

– Znów zamówiłaś coś w TV-shopie! – krzyknął Borys i zerknął na datę.

– Ale ja nie zamawiałam...

– Może już nie być tej przesyłki. Jak się czujesz?

– Lepiej.

– To wsiadaj, jedziemy na pocztę.

Kobieta w okienku pocztowym kręciła przecząco głową i rytmicznie uderzała pieczątką w kolejne koperty.

– Odesłaliśmy ją do adresata cztery dni temu.

– Przecież można nam było przypomnieć, pani Jóźwiakowa! – zdenerwował się Borys. – Mieszkamy dwa domy od pani!

– A co to ja? Listonosz? Niech pan tak nie krzyczy, bo wezwę ochronę!

– Ja tutaj jestem ochrona! Gdzie jest paczka?

Wzruszenie ramion, grymas niezadowolenia.

– Może już w Koluszkach. Ale to nie jest takie pewne. Będzie krążyć po kraju, zanim trafi do Wydziału Niedoręczalnych Przesyłek. A potem będzie leżała kilka tygodni, zanim ją zaksięgują. Dopiero za pół roku otworzą. Jeśli wewnątrz będzie coś, co pozwoli na identyfikację nadawcy, zwrócą ją.

– Przecież nadawca nie żyje! – krzyknął Borys.

– Możecie złożyć reklamację.

– Co?

– Czas rozpatrywania – czterdzieści pięć dni.

– A może to coś ważnego? Musi być sposób.

– W tym momencie musowo postępować według procedur – śledzikowała urzędniczka.

Borys niechętnie chwycił druk reklamacyjny.

– Dlaczego nie podała adresu?

Lidia całkiem blada stała przy okienku.

– Bo wiedziała, że umrze. Chciała popełnić samobójstwo. Nie przypuszczała, że los spłata jej okrutnego figla. Nie wiem, synku. A może...

– No?

– Może ja mam tej paczki nie otwierać?

– To co – nie składamy reklamacji?

– Czy pani jest pewna, że w miejscu nadawcy jest Nina Frank?

Urzędniczka spojrzała na rejestr przesyłek.

– Tak. Nadane dwudziestego lutego. Bez adresu nadawcy.

– Co? – krzyknęli jednocześnie syn i matka.

– Przecież ona już tego dnia nie żyła. Tego dnia znaleziono ją martwą. Nie mogła tego nadać – dodała Lidia.

Wacław Dziki, szef Wydziału Niedoręczalnych Przesyłek w Koluszkach, z dumą przechadzał się pomiędzy stołami, przy których kobiety w różnym wieku segregowały listy. Obok każdego stołu spoczywało smętnie po kilka worków korespondencji, która nigdy nie dotarła do adresatów.

– Ludzie są z natury roztargnieni – tłumaczył dziennikarce, która szła za nim krok w krok. – Nie piszą adresów, nie kupują znaczków. Wysyłają czyste koperty... I to wszystko trafia do nas. Miesięcznie siedemset tysięcy przesyłek.

Dotarli do pokoju, gdzie prześwietlano paczki.

– Najpierw sprawdzamy, czy wewnątrz jest jedzenie. Wtedy od razu otwieramy. Jeśli nie, paczka czeka. Cztery razy mieliśmy podejrzenie, że w paczce jest bomba. Co tam dziś na warsztacie, pani Jadziu?

– Trochę zbyt ciężkich paczek do zakładów karnych, anonimów. Nieodebranych w terminie, bez adresu. O, jest jedna ciekawa: od tej aktorki, którą zamordowano.

– Niny Frank? – zainteresowała się dziennikarka.

Truchcikiem podbiegła do ekranu monitora.

– Gdzie ja ją mam? – szukała urzędniczka. – Zosia! Nie masz tej paczki?

W pomieszczeniu powstał ruch. Wszystkie kobiety przetrząsały plastikowe kosze.

– Ta? – pytały, unosząc jakąś do góry.

Jadzia kręciła głową.

– Mniejsza, lekka. Taka szara, przewiązana sznurkiem.

– Znikła.

– Co tam było? – zapytała dziennikarka.

Urzędniczka wzruszyła ramionami.

– Nie zdążyłam jej prześwietlić. Czekałam na was, pan kierownik mi kazał.

Rozdział 37
A to była bujda

"Nigdy nie oglądaj «Szczęk» przed wyjazdem nad morze"

– *Full* – rzucił od niechcenia Eugeniusz Kula, parkując przed dystrybutorem swojego poloneza. Podpatrzył to na jakimś amerykańskim filmie akcji.

Dziewczyna w kombinezonie o trzy numery za dużym tankowała mu samochód i patrzyła bezmyślnie na migające cyferki wyświetlacza. Co chwila zawijała zbyt długi rękaw, który zaczepiał się o metalową rączkę. I chcąc nie chcąc, słuchała monologu piekarza.

– Znów paliwo zdrożało. Wszystko przez to, że podpisali tę cholerną umowę z ruskimi. A mogliśmy mieć tańszą ropę od Arabów – ciągnął gromkim basem wąsaty grubas.

Ale ponieważ pracownica stacji benzynowej nie była zbyt rozmowna, Kula mówił do siebie i wcale nie przeszkadzało mu jej milczenie. Najbardziej lubił słuchać siebie i by jego słuchano. Terroryzował swojego pasierba Alojzego Trembowieckiego, aż biedny nabawił się nerwicy i wciąż był na lekach psychotropowych. Fakt, może nie był zbyt lotny, ale kiedy ma się tak apodyktycznego ojczyma, trudno uwierzyć w siebie.

– Ty fujaro, idioto, palancie, niedojdo – zwracał się do niego Kula.

Zwłaszcza jak sobie wypił, krzyczał wulgaryzmy na całe gardło. Jego żona Gala bała się nawet odezwać, żeby jej też nie zaczął wyzywać od różnych. Jedynym jego przyjacielem był Egon Kończak, cwaniak i oszust, który zbił fortunę na instalacjach kablówki w okolicy i budowie tej właśnie stacji benzynowej. Wzbogacił się, rozdając łapówki wójtowi i radnym. Między innymi Kuli. We dwóch trzęśli okolicą. Nawet lokalny oddział Urzędu Skarbowego zdołali skorumpować. I o ile Kula bywał nawet sympatyczny, a z Egonem zadawał się dla podniesienia lokalnego prestiżu, o tyle Kończak był prawdziwą wszą w ludzkiej skórze, łasą jedynie na pieniądze. Był nietykalny, obleśny, miał się zaś za przystojniaka. Jego żona była od niego wyższa o głowę i pomiatała nim jak starą ścierką. Kończak kupował więc miłość innych kobiet. A jeśli jakaś się z nim zadawała, to tylko dla zysku. I gdy już go wydoiła, szybko znikała z innym. On groził, wydzwaniał, szukał przez detektywów.

– Teraz i pieczywo musi zdrożeć. Taka kolej rzeczy. A ludzie larum podniosą. Znów na krechę Lendziony będą brały w sklepie. A ty co? Ile masz lat, pewnie ze trzydzieści. Ostatni dzwonek, by wyjść za mąż! Staropanieństwo puka do drzwi. Masz jakiegoś narzeczonego?

Pokręciła głową. Kosmyk włosów wymknął się spod czapki i opadł na jej zaczerwienioną od mrozu twarz. Odetchnęła z ulgą, kiedy dystrybutor zaczął strzykać na znak, że zbiornik jest już pełen. Bez słowa weszła do budynku z dykty, dumnie nazywanego stacją benzynową. Okulary zaszły mgłą i Agnieszka Nalewajko zdjęła je, by przetrzeć chusteczką zaparowane szkła. Nie widziała prawie nic. We mgle przed oczami stała postać i nie przestawała gadać.

– Męża sobie musisz znaleźć. Takiego, co cię będzie utrzymywał. Długo tak na dwóch etatach nie pociągniesz, dziewczyno – pouczał ją.

Założyła druciane okulary i pociągnęła nosem. Od tego chodzenia w tę i z powrotem z zimnego w ciepłe wciąż się przeziębiała. Stanęła za ladą i nabiła na kasę sto dziewięćdziesiąt siedem złotych. Kula wyciągnął wymiętoszony portfel i położył na blacie nowiutkie banknoty. Agnieszka sprawdziła, czy to nie fałszywki – włożyła je do maszynki. Kiedy zaświeciły się na niebiesko, wydała resztę.

– Nie trzeba. – Kula przesunął ku niej monety i aż pokraśniał z zadowolenia.

Czuł się w tym momencie bardzo hojnym mecenasem. To nic, że dał dziewczynie zaledwie trzy złote napiwku.

– Ja nie mogę przyjmować – powiedziała i wskazała na naklejkę: „Nie biorę, nie daję ŁAPÓWEK".

Kula jakby tego nie zauważył.

– U mnie w piekarni jest jeden kandydat. Dla ciebie idealny. Gbur, to fakt, ale poczciwina. Borys Daniluk, prawdziwy talent cukierniczy. Jak zrobi tort, to cały mogę zjeść, taki soczysty. Umówię was, chcesz?

Agnieszka pokręciła głową.

– Nie trzeba. Mam już chłopaka – skłamała.

– Tak, a kogo? – zainteresował się piekarz. – Chyba nie tego chłystka Mariusza Króla. Ładną ma buzię, ale to opój i latawiec. I zrobił już jednej z sąsiedztwa dzieciaka, alimenty ma na głowie. A widziałem, jak tu do ciebie przyjeżdżał na motocyklu. – Grubas kiwał palcem i rubasznie się zaśmiewał.

– Panie Geniu, niech pan w końcu przestanie. Lepiej książki oddałby pan do biblioteki – zbeształa go Agnieszka.

– Co ja zrobię, jak tylko po południu otwierasz jedyną na tym zadupiu skarbnicę wiedzy. Ja wtedy czasu nie mam. Zaczyny na chleb robię.

– Raz na miesiąc może pan wygospodarować te pół godziny. Ludzie chcą czytać, a pan wciąż przetrzymuje najciekawsze pozycje. Bo więcej panu nie wypożyczę ani jednego kryminału. – Uśmiechnęła się i przez moment wyglądała nawet miło, choć nos nadal był czerwony jak burak.

Okulary w staroświeckich oprawkach, ze szkłami jak denka od butelek, oszpecały ją dodatkowo. Jeszcze ten obrzydliwy kombinezon. Włosy pod czapką firmową przetłuszczały się po jednym dniu, więc teraz, gdy zrobiło się na chwilę cieplej, zdjęła ją i oczom Kuli ukazał się kask ze ściśle przylegających do głowy kosmyków. Brzydula, ale dobra i miła, pomyślał Kula.

– To dzisiaj przywiozę. Przecież wiesz, jak lubię te detektywistyczne powieści. A czemu nie chcesz się spotykać z Jakubem Czernym? – Zmienił nagle temat.

– Panie Eugeniuszu! On ma tyle lat, co pan! – Agnieszka prawie krzyknęła, lekko już rozzłoszczona.

– No i co? Ale ustawiony, po przejściach. Zaopiekuje się tobą i wymagań nie ma estetycznych. Szuka dobrej kobiety po biurach matrymonialnych. Jakbyś mu dziecko urodziła, miałabyś jak u pana Boga za piecem.

– Dziękuję, ale chyba nie skorzystam z tak intratnej propozycji.

– Będziesz żałować. I inna będzie szczęśliwa. A nowości jakieś są? Przeczytałbym o jakimś przerażającym zabójcy. Brutalnym i nieuchwytnym.

– Zapraszam po siedemnastej, coś się znajdzie. Faktura?

Piekarz skinął głową, poczekał, aż dziewczyna wydrukuje kwit.

– Te baby nic o życiu nie wiedzą – westchnął i wrócił do samochodu.

Agnieszka usiadła na krzesełku i zamyśliła się. Chwyciła ołówek, zeszyt, który trzymała w szufladzie, i zaczęła notować.

– Znów coś bazgrolisz? – przerwał jej przystojny, ubrany na czarno mężczyzna. – Co ty tak ciągle piszesz?

Zerwała się, by wyjść i napełnić bak jego samochodu, ale Hubert Meyer machnął ręką.

– Jesteś kobietą, odpocznij sobie. Chciałem tylko czerwone marlboro i zapalniczkę.

Kiedy podawała mu papierosy, aż drżały jej ręce. Nie śmiała spojrzeć strażakowi w twarz. Przyjechał tu ze Śląska. Był ostatnio nawet na okładce w „Głosie Siemiatycz". Bohatersko wyniósł z pożaru dziecko. Aga od kilku lat się w nim podkochiwała, choć miał żonę i dwójkę dzieci. Wiedziała, że to uczucie beznadziejne. Zresztą i tak nie zwracał na nią uwagi. Ale marzyć o nim nikt jej przecież nie zabroni. Śniła czasem, że spotykają się przypadkowo i Meyer wyznaje jej miłość.

Przez najbliższą godzinę nie było nikogo. Agnieszka siedziała w ciszy i wpatrywała się w okno. Widziała mgły snujące się po polach, zastanawiała się, czy Jurka Ponczek przyjedzie dziś na czas; wciąż się spóźniał na nocną zmianę i Agnieszce autobus uciekał. Musiała czekać na następny dwie godziny i rozmawiać z nim o jego podbojach miłosnych. Nie rozumiała, co normalne dziewczyny widzą w takim prymitywie.

– I po co ci były te studia prawnicze? Żeby teraz na stacji sprzedawać? – szydził z niej, a ona kuliła się w sobie.

Przecież nie dlatego tu siedzi, że chce, ale dlatego, że musi. Mama jest kierowniczką Domu Kultury i szefową chóru cerkiewnego. Nie może zostawić jej samej, zwłaszcza po śmierci taty. Nie poradzi sobie.

Ale kiedy Agnieszka zdejmowała ten okropny strój sprzedawcy benzyny i szła do biblioteki, czuła się nareszcie na miejscu, u siebie. A na widok Lidii robiącej na drutach kolejny sweter rozpromieniała się.

– Mama, zaraz twój serial. A ty jeszcze nie w telewizyjnej?
– Czekałam na ciebie, córeczko. Słuchaj, te rękawy chcesz szersze czy węższe?
– Bardziej obcisłe.
– Co za moda, tak blisko ciała! A wiesz, że twój kolega z podstawówki będzie grał w Jagiellonii? Zauważyli go, jak strzelał gola na gminnym boisku.

Dziewczyna nie chciała nawet o nim słuchać. W szkole dręczył ją i chował jej okulary. Nigdy nie zapomni, jak ją upokorzył i obciął jej włosy na lekcji chemii. Nauczycielka nie zareagowała, a kiedy Aga uderzyła go książką, to ją, a nie jego, wyprosiła z klasy. Przez pół roku miała wrażenie, że wszyscy się z niej śmieją. Jak była zaskoczona, gdy spotkali się parę lat później i wyznał jej, że tak naprawdę strasznie mu się podobała. Diaboliczne błękitne oczy błyszczały. Pokrętnie tłumaczył, że w ten sposób starał się zwrócić jej uwagę.

Kiedy matka wyszła, Agnieszka przygotowała piekarzowi książki do wypożyczenia. Uporządkowała karty biblioteczne i usiadła za biurkiem. Wyciągnęła kilka wymiętych zeszytów zapisanych drobnym maczkiem i zaczęła ich zawartość wpisywać do komputera.

„Nie pamiętam, jak znalazłam się w swoim łóżku. Ból głowy wgniatał mnie w ciemność poduszki. Kiedy próbowałam uciec w nieświadomość, poczułam na piersi czyjś język. Jakaś ręka wędrowała po moim brzuchu i zmierzała między nogi. Po chwili wyczułam, że zęby przygryzające moje sutki i ręka penetrująca właśnie moje wnętrze nie należą do jednej osoby. Natarczywy palec próbował mnie pobudzić. Dopiero gdy ofensywny język z piersi przeniósł się do ust, krzyknęłam..."

Rozdział 38
Zmoknięta Rusałka

*„Głupim pytaniem jest tylko to, które chciałeś zadać,
a nie zadałeś"*

Krople wody płynęły po szybie drzwi wejściowych na stację benzynową. Agnieszce Nalewajko nie chciało się ruszać zza lady, a co dopiero wychodzić na zewnątrz. Tępo wpatrywała się w okno, obserwowała szosę, po której z rzadka śmigały auta. Żadne jednak nie wjeżdżały pod dystrybutor. Upiła łyk zimnej już herbaty, zamknęła kasę na kluczyk i obeszła dookoła budynek. Schowała się w drzwiach z narysowanym odręcznie złotym kółeczkiem. Spojrzała w lustro i poprawiła znienawidzoną czapkę, włożyła dłonie pod zimną wodę. Zdjęła okulary i potarła oczy.

Kiedy wychodziła, jej uwagę zwróciła niebieska walizka stojąca na chodniku przy szosie. Strugi deszczu oblewały błękitny plastik. Nie było żywego ducha. Rozejrzała się czujnie. Czy była tutaj sama? Wtedy z męskiej toalety wyszła dziewczyna. Długie włosy były całkiem mokre, ubranie przykleiło się do jej ciała. Agnieszka wpatrywała się w postać, jakby zobaczyła ducha. Tajemnicza dziewczyna, która pojawiła się tutaj nie wiadomo skąd, potrząsała rękoma, by je wysuszyć. Ponieważ Agnieszka nadal się nie odzywała, bezimienna dziewczyna uśmiechnęła się smutno i bez słowa ruszyła w kierunku bagażu. Agnieszka miała wrażenie, że skądś ją zna. Nie potrafiła sobie jednak przypomnieć, gdzie i kiedy się spotkały.

Zmoknięta dziewczyna potarła oczy, odrzuciła włosy do tyłu, chwyciła walizkę i pewnym krokiem ruszyła wzdłuż jezdni. Wtedy Aga zrozumiała.

– Nie! – krzyknęła i ciarki przeszły jej po plecach, bo wiedziała, że jej głos i tak nie zmieni biegu wydarzeń.

I choć w to trudno uwierzyć, miała pewność, co stanie się za chwilę. Tajemnicza dziewczyna spojrzała na nią pytająco. Zmarszczyła brwi, wzruszyła ramionami.

– Nie idź! – krzyknęła ponownie pracownica stacji benzynowej.

Ale jej głos nie dotarł już do uszu dziewczyny z walizką. Nie mogła usłyszeć przestrogi, bo tuż przed nią zatrzymywał się czerwony sportowy wóz. Jego silnik warczał niczym ostrzegający przed niebezpieczeństwem drapieżnik. Droga hamowania była długa, więc auto stanęło kilka metrów od dziewczyny z walizką, ochlapując ją przy tym doszczętnie wodą z kałuży. Dziewczyna otarła ręką błoto i wodę z twarzy i pewnym krokiem ruszyła w kierunku czerwonej torpedy. Chwyciła klamkę. Drzwi się otworzyły. Agnieszka patrzyła na tę scenę jak zahipnotyzowana. Widziała, jak mężczyzna za kierownicą pochyla się, wyciąga rękę i coś mówi do autostopowiczki. Agnieszka słyszała jego chrapliwy głos, choć to przecież było niemożliwe.

– Ale zmokłaś, Rusałko!

Była przekonana, że jego świetliście błękitne oczy świdrowały zmokniętą postać na wylot. Po chwili zobaczyła, jak walizka ląduje na tylnym siedzeniu czerwonej torpedy, a dziewczyna zajmuje miejsce obok nieogolonego mężczyzny, z którego biła przyciągająca diaboliczna moc.

– Ale zmokłaś, Rusałko! – słyszała jak echo Agnieszka Nalewajko.

W milczeniu wpatrywała się w odjeżdżające auto i czekała. Dalszy ciąg nie był już przeznaczony dla niej. Miała dostrzec tylko ten jeden fragment własnej opowieści. Ściągnęła okropny, zbyt obszerny kombinezon, wrzuciła go z ulgą do kubła na śmieci. Zdjęła staroświeckie okulary, rozpuściła włosy. Czarne wijące kosmyki rozpełzły się po jej ramionach. Weszła na stację, chwyciła gazetę i przeczytała ponownie wywiad z aktorką najpopularniejszego serialu *Życie nie na sprzedaż*. Teraz już doskonale wiedziała, dlaczego akurat w tej okolicy gwiazda filmowa kupiła dom. Na dodatek stary dworek, w który trzeba włożyć fortunę, by w nim zamieszkać.

Deszcz ustał, wyjrzało słońce. Szła, klapiąc japonkami o mokre podłoże, a amulet na jej szyi podrygiwał rytmicznie. Zerwała go jednym ruchem. Mandala z wizerunkiem litery H pofrunęła w krzaki przy drodze.

Już się dokonało, pomyślała Agnieszka. Machina poszła w ruch.

Spis treści

Prolog 7

Rozdział 1
Początek końca 11

Rozdział 2
Lidia, miłośniczka seriali 16

Rozdział 3
Szeryf Kula 19

Rozdział 4
Profiler Hubert Meyer 28

Rozdział 5
Tajemnicza bibliotekarka 34

Rozdział 6
Rozmowa z Quantico 40

Rozdział 7
Narodziny Wenus 44

Rozdział 8
Nad Bugiem 51

Rozdział 9
Listonosz znajduje trupa 60

Rozdział 10
Jakub i matka 75

Rozdział 11
Listonosz czy mąż 81

Rozdział 12
Profiler jedzie na wieś 89

Rozdział 13
Dom Niny 102

Rozdział 14
Mąż żąda wyjaśnień 114
Rozdział 15
Nika to Aga 133
Rozdział 16
Kazirodztwo 146
Rozdział 17
Spotkanie Lidii z Niką 157
Rozdział 18
Tatuaż 165
Rozdział 19
Ucieczka 175
Rozdział 20
Wróżowie i Meyer 184
Rozdział 21
Mefisto i uczennica 200
Rozdział 22
Hagalaz i wariatka 211
Rozdział 23
To ja pana wysłałem 223
Rozdział 24
Schody do nieba 235
Rozdział 25
Borys podsłuchiwacz 243
Rozdział 26
Wszyscy mają kłopoty 260
Rozdział 27
Jestem mordercą Niki 273
Rozdział 28
Pierwsza śmierć 286

Rozdział 29
Kula przeszukuje całą wieś 301
Rozdział 30
Aktorka 319
Rozdział 31
Mleczarka wbija tasak 327
Rozdział 32
Ochotnicze patrole znajdują mordercę 342
Rozdział 33
Pociąg 350
Rozdział 34
Mieszkanie Kończaka 371
Rozdział 35
Koniec końca 378
Rozdział 36
Wątki się zamykają 389
Rozdział 37
A to była bujda 404
Rozdział 38
Zmoknięta Rusałka 410

Książkę wydrukowano na papierze
Ecco Book Snow 2.4 50 g/m²
z oferty Antalis Poland

www.antalis.pl

Warszawskie Wydawnictwo Literackie
MUZA SA
ul. Sienna 73, 00-833 Warszawa
tel. +4822 6211775
e-mail: info@muza.com.pl

Dział zamówień: +4822 6286360
Księgarnia internetowa: www.muza.com.pl

Skład i łamanie: MAGRAF s.c., Bydgoszcz
Druk i oprawa: Abedik S.A., Poznań